Blutschande
Vampir-Saga / Teil 4

Blutschande
Vampir-Saga / Teil 4

Gerdi M. Büttner

Bibliografische Information der Deutschen Nationalbibliothek:
Die Deutsche Nationalbibliothek verzeichnet diese Publikation
in der Deutschen Nationalbibliografie; detaillierte bibliografische Daten
sind im Internet über http://dnb.dnb.de abrufbar.

Die automatisierte Analyse des Werkes, um daraus Informationen
insbesondere über Muster, Trends und Korrelationen gemäß §44b UrhG
(„Text und Data Mining") zu gewinnen, ist untersagt.

© 2016 Gerdi M. Büttner / 2. Auflage

Lektorat, Korrektorat, Umschlaggestaltung: Roland Büttner

Verlag:
BoD · Books on Demand GmbH, In de Tarpen 42, 22848 Norderstedt,
bod@bod.de
Druck: Libri Plureos GmbH, Friedensallee 273, 22763 Hamburg

ISBN: 978-3-7412-6413-9

Kapitel 1: Der Unfall

„Schau nur Daddy, Bojan fürchtet sich vor Daisy." Aufgeregt zupfte Shawna am Hemdsärmel ihres Vaters und deutete auf die beiden ungleichen Hunde. Tatsächlich sah es so aus, als würde sich der große, massige Bullmastiff vor dem winzigen weißen Fellknäuel ängstigen. Er lag demütig ergeben auf der Seite und streckte eine große Pranke in die Luft, so als wolle er um Gnade bitten. Der kleine Westhighland-Welpe hing an seinem Ohr und zerrte mit hellem Knurren daran. Schließlich wurde es dem alten Rüden zu dumm. Mit einem leisen Grollen sprang er auf die Beine und schüttelte den kleinen Plagegeist ab. Dann trollte er sich in eine entfernte Zimmerecke wo er sich aufseufzend niederfallen ließ. Daisy wollte ihm sofort nachsetzen, doch Daniel war schneller. Er packte den Welpen am Nacken und hob ihn hoch. Dann legte er das Hündchen behutsam in die Arme seiner Tochter. „Ich glaube für dich und Daisy wird es höchste Zeit ins Bett zu gehen. Kleine Mädchen und kleine Hunde brauchen ihren Schlaf. Sage deinen Onkeln gute Nacht."

„Klar, Daddy!" Widerspruchslos steuerte Shawna Brendan und Nicolas an, den Welpen hielt sie fest an die Brust gedrückt. „Gute Nacht Onkel Brendan, gute Nacht Onkel Nico. Und vielen Dank für die vielen Geschenke. Daisy ist wirklich das allerschönste Geburtstagsgeschenk. Ich habe mir schon so lange einen eigenen Hund gewünscht."

Nicolas hob sie hoch und drückte ihr einen Kuss auf die Backe. „Gute Nacht, Shawna. Es freut mich, dass Daisy dir gefällt. Brendan und ich haben extra das schönste Hundemädchen für dich ausgesucht." Er reichte sie an Brendan weiter, der sich ebenfalls herzlich von seiner kleinen Nichte verabschiedete.

Als Shawna in ihrem Zimmer verschwunden war, setzten sich die drei Vampire und ihr menschlicher Freund im Kaminzimmer zusammen.

„Ah, so ein Kindergeburtstag ist eine anstrengende Sache." Daniel streckte seine langen Beine aus und lehnte sich gemütlich im Sessel zurück. „Kaum zu glauben, wie schnell die Zeit verfliegt. Nun ist meine kleine Shawna schon fünf Jahre alt. Es kommt mir so vor, als hätte ich sie erst gestern zum ersten Mal im Arm gehalten. Ergeht es dir nicht ebenso, Tessa?"

Zärtlich legte er den Arm um die zierliche Frau und zog sie nahe zu sich heran. „Und noch immer kommt es mir wie ein Wunder vor, dass wir sie haben."

„Ihre Existenz ist auf jeden Fall ein Wunder", behauptete Nicolas ganz ernst." Ich werde nie begreifen, wie ein Baby in Tessas Vampirkörper überleben konnte. Und ihre Ähnlichkeit mit Daniel ist ein weiteres Wunder. Mit ihrem biologischen Erzeuger hat sie absolut nichts gemein, so, als hätte es ihn nie gegeben. Aber das ist auch gut. Auf diese Weise werdet ihr nicht ständig an Randall erinnert."

Shawna war durch eine Vergewaltigung gezeugt worden. Die, damals noch menschliche Tessa, war von ihrem eifersüchtigen Chef, dem Wissenschaftler Dr. Tim Randall zuerst entführt, dann unter Drogen gesetzt und schließlich vergewaltigt worden. Nach ihrer abenteuerlichen Befreiung war aus der jungen, aufstrebenden Ärztin eine todkranke, süchtige Frau geworden. Und zu allem Unglück musste sie feststellen, dass sie schwanger war. Daniel hatte verzweifelt versucht ihr mit Gaben seines heilsamen Vampirblutes das Leben zu retten. Aber sie wurde zusehends schwächer. In seiner Angst die geliebte Gefährtin zu verlieren flehte er sie an, sie zum Vampir machen zu dürfen. Tessa willigte schließlich nach langem Bedenken ein. Niemand rechnete damals damit, dass das Kind in ihrem Leib die Umwandlung überstehen würde. Doch das Wunder geschah, das Ungeborene überlebte. Ein noch größeres Wunder war, dass sie statt ihrem leiblichen Vater Daniel glich. Und jetzt nach fünf Jahren war diese Ähnlichkeit nicht mehr zu übersehen. Shawna besaß die gleichen ebenholzschwarzen Haare wie der Vampir. Auch ihre Gesichtszüge waren seinen gleich. Und für ihr Alter war sie sehr groß, ebenfalls ein Merkmal, das auf den hochgewachsenen Vampir zutraf. Einzig die leuchtenden grünen Augen hatte sie von ihrer Mutter geerbt.

Die Vampire konnten sich das Phänomen dieser Ähnlichkeit nur dadurch erklären, dass Daniels Blutgaben an Tessa die Gene des Ungeborenen verändert hatten. Denn Vampire, männliche wie weibliche, waren zeugungsunfähig. Nur Randall konnte Shawnas Vater sein. Doch obwohl Tessa, die Ärztin und Wissenschaftlerin, unermüdlich nach der Ursache dieser Verwandlung im Mutterleib forschte, war sie dem Geheimnis noch keinen Schritt nähergekommen.

Nach einer kurzweiligen Stunde, die sie plaudernd verbrachten, streckte Brendan gähnend seine Glieder. „Also ich weiß, dass ihr noch nicht müde seid. Aber leider fordert mein elender menschlicher Körper seinen Schlaf.

Und morgen muss ich schon in aller Frühe nach Edinburgh aufbrechen. Ich würde deshalb gerne nach Hause fahren."

Nicolas musterte ihn kurz mit ärgerlich hochgezogener Augenbraue. Er mochte es nicht, wenn Brendan so abfällig über sein menschliches Dasein sprach. Doch um einen weiteren leidigen Wortwechsel zu vermeiden schwieg er zu dem unausgesprochenen Vorwurf des Freundes. Es war ihm längst bewusst, wie gerne Brendan ebenfalls zum Vampir werden wollte. Aber nach Nicolas' Meinung war die Zeit dafür noch nicht gekommen.

Langsam und träge hob er seine hohe Gestalt aus dem Sessel und nickte zustimmend. „Ich richte mich ganz nach dir. Unsere beiden Turteltäubchen hier werden sicher dankbar für unseren Aufbruch sein."

Grinsend zwinkerte er Daniel und Tessa zu, die noch immer eng aneinander geschmiegt, in dem Sessel saßen. Er winkte lässig ab als Daniel so tat, als wolle er sie zur Türe begleiten. „Nein, nein, bleib ruhig sitzen, wir finden auch alleine hinaus."

„Es ist besser, ich fahre", schlug er wenig später vor, als sie an Brendans Wagen angekommen waren. „Du hast Alkohol im Blut. Wir wollen nicht riskieren, dass du ins Röhrchen pusten musst."

Brendan nickte zustimmend und begab sich auf die Beifahrerseite. Müde ließ er sich auf den Sitz fallen und schloss die Augen. Nachdem Nicolas den Sitz seinen langen Beinen angepasst hatte fuhr er langsam durch das Burgtor und dann die gewundene Zufahrtsstraße hinab. Nach ein paar schweigsamen Minuten warf er einen schnellen Blick auf seinen stillen Beifahrer. Brendan tat als schlafe er, doch Nicolas' Vampirsinnen entging nicht, dass er in Wahrheit hellwach war.

„Welche trüben Gedanken wälzt du in deinem Kopf, Bren? Darf ich daran teilhaben?"

„Wieso weißt du, dass ich nicht schlafe? Schnüffelst du wieder einmal in meinen Gedanken herum?" Brendan wandte ihm das Gesicht zu und blickte ihn fast feindselig an.

Der Vampir seufzte innerlich auf. Er konnte sich denken, was nun kam. Dieses Thema wurde in letzter Zeit immer mehr zum Streitpunkt zwischen ihnen. Doch er war nicht gewillt, jetzt zu streiten. Deshalb lenkte er besänftigend ein.

„Du kennst mich lange genug. Inzwischen sollte dir klar sein, dass ich nicht unaufgefordert in deinen Gedanken schnüffele, wie du das nennst.

Aber deine plötzliche schlechte Laune ist auch so unübersehbar. Lass mich raten, es ist wieder einmal das alte leidige Thema, oder? Immer wenn du Tessa siehst, fällt es dir wieder ein. Du beneidest sie glühend darum, ein Vampir zu sein. Stimmt's?"
Nun drehte sich Brendan so auf seinem Sitz zur Seite, dass er den Freund genau vor Augen hatte. „Warum fragst du, wenn du es genau weißt. Ja, es stimmt, ich beneide sie darum. Schau sie dir an, sie ist eine Schönheit und wird es für immer bleiben. Ich hingegen werde ständig älter. Mag sein, dass ich jetzt noch jung und attraktiv genug bin, um dich an mich zu binden. Aber wie ist es in ein paar Jahren? Ich bin jetzt fünfunddreißig, aber die Jahre fliegen dahin. Ich werde alt und du bleibst ewig jung. Irgendwann sehe ich aus, als wäre ich dein Vater. Sage mir nicht das würde dich nicht stören, das kann ich nicht glauben. Ich habe einfach Angst, du verlässt mich eines Tages. Auch wenn du mir noch so oft versicherst, du wirst mich immer lieben."
Nicolas nahm den Blick nicht von der gewundenen Straße, doch er konnte sich Brendans leidenden Gesichtsausdruck lebhaft vorstellen. Innerlich seufzte er erneut auf. In gewisser Weise verstand er dessen Ängste sehr gut. Deshalb entschloss er sich, ihm wenigstens ein kleines Zugeständnis zu machen.
„Brendan", begann er. „Ich werde dir ein kleines Geheimnis offenbaren. Ich sehe, wie sehr du leidest, aber glaube mir, das ist ganz unnötig. Also nur so viel. Ich kann mir durchaus vorstellen, dich eines Tages zu meinesgleichen zu machen. Aber so etwas darf nie willkürlich geschehen. Es ist keineswegs einfach, ein neues Geschöpf der Nacht zu erschaffen. Und gerade das wichtigste Kriterium erfüllst du, zumindest im Moment, noch nicht."
„Und welches Kriterium wäre das?" fragte Brendan atemlos. Die Offenbarung machte ihn fast sprachlos vor Aufregung. Doch sogleich schlich sich Sorge in seine Gedanken. Was, wenn er dieses wichtige Kriterium niemals erfüllen konnte?
„Das wäre, dass du nicht in akuter Gefahr schwebst zu sterben. Nur dieser Grund berechtigt mich dazu, es zu tun. So war es damals bei mir und auch bei Daniel. Und so war es ebenfalls bei Tessa. Du weißt selbst, wie krank sie war. Unrettbar krank. Er schwieg eine Weile und schaute abwesend durch die Windschutzscheibe. Dann gab er sich einen Ruck und fuhr fort.
„Weißt du, ich habe lange vor Daniel schon einmal einen Vampir

erschaffen. Weil ich wollte, dass die Frau die ich liebte für immer so schön und jung bleibt. Und weil sie mich genauso inständig darum gebeten hat wie du. Aber es war ein gewaltiger Fehler denn sie war nicht zum Vampir bestimmt. Am Ende sah ich mich gezwungen sie zu töten. Es war das Schlimmste, was ich jemals tun musste, doch ich hatte keine Wahl."

Abermals schwieg er lange Zeit. Als er dann sein Gesicht Brendan zuwandte war es von Kummer gezeichnet. Leise fuhr er fort: „Inzwischen weiß ich, dass nur wenige Menschen prädestiniert sind ein vampirisches Leben zu führen. Ob du dazu gehörst kann ich erst in der Stunde deines nahenden Todes spüren. Und deshalb werde ich dich niemals ohne zwingenden Grund zu einem Vampir machen."

Brendan nickte stumm. Dann fragte er zaghaft. „Aber wenn ich eines Tages dem Tode nahe bin wirst du es dann in Erwägung ziehen?"
Der Vampir versicherte ihm ernsthaft. „Ich verspreche es dir und wenn du geeignet bist, so werde ich nichts lieber tun. Tut mir leid, ich hätte dir das wirklich schon eher erklären müssen. Es hätte uns vielleicht manchen Streit erspart."
Eine Weile schwiegen sie beide. Nicolas konnte sich denken, dass Brendan trotzdem nicht zufrieden war. Doch es war die reine Wahrheit, die er ihm gesagt hatte. Und je eher Brendan begriff, dass es ihm bitterernst war, desto besser.
„Wenn du müde bist, leg dir doch den Sitz um und versuche zu schlafen", schlug er etwas später vor, als Brendan neben ihm verhalten gähnte. Er deutete durch die Windschutzscheibe nach vorne. „Sieht so aus, als gäbe es eine größere Verzögerung. Dort unten scheint ein Unfall passiert zu sein."
Jetzt fielen auch Brendan die blinkenden Warnlichter auf. Die ganze Straße war voll davon. „Scheint eine größere Sache zu sein", murrte er und gähnte erneut herzhaft. „Vielleicht sollte ich mich wirklich hinlegen und versuchen ein wenig zu schlafen. Immer noch besser, als morgen total übermüdet nach Edinburgh zu fahren."
Er zerrte an den Hebeln unter dem Sitz herum, um sich in eine liegende Position zu bringen. Kurz darauf musste Nicolas den Wagen abbremsen. Vor ihnen hielt bereits eine lange Schlange Fahrzeuge.

Ein Polizist ging von Wagen zu Wagen und erklärte den Autofahrern, was passiert war.

„Guten Abend", grüßte er höflich und tippte sich kurz an die Mütze, als er bei ihnen angelangt war. „Leider bleibt die Straße für noch mindestens zwei Stunden gesperrt. Ein Lastzug ist umgekippt und hat seine ganze Ladung verloren. Die Straße ist unpassierbar, Sie müssen warten oder wenden."

„Das hat uns gerade noch gefehlt", murrte Brendan ärgerlich, als der Polizist zum nächsten Wagen weiterging. „Zwei Stunden. Dann brauche ich gar nicht mehr ins Bett zu gehen, sondern kann gleich weiterfahren. Hoffentlich schaffen wir es noch, bis zum Morgengrauen daheim zu sein. Ich möchte dich ungern als Leiche durch die Gegend transportieren."

„Sollen wir lieber umkehren und auf der Burg übernachten?"

Unwillig schüttelte der Freund den Kopf. „Dann müsste ich morgen in aller Frühe zur Mühle zurückfahren. Meine Unterlagen sind alle dort. Und die brauche ich unbedingt."

Er überlegte einen Moment. „Du könntest über den alten Pass fahren. Um diese nächtliche Zeit sieht man auf der unbeleuchteten Strecke zwar kaum etwas, aber für dich ist das ja kein Problem."

„Ich weiß nicht so recht, Bren." Nicolas wiegte unbehaglich seinen Kopf. „Der alte Pass ist schon bei Tage eine gefährliche Strecke. Er wurde vor zweihundert Jahren für Postkutschen errichtet. Und der baufällige Tunnel ist alles andere als sicher. Deshalb ist er für Autos gar nicht zugelassen."

„Ach, komm schon. Um diese Zeit steht dort bestimmt keine Polizei. Es wäre mir wirklich lieber, den Rest der Nacht im Bett zu verbringen. Über den Pass sind wir in einer halben Stunde zu Hause."

„Na gut, wenn du meinst", gab Nicolas schließlich nach, scherte aus der Schlange aus, wendete und fuhr ein Stück auf der Straße zurück. Die Zufahrt zur alten Passstraße war hinter verwilderten Büschen kaum auszumachen, doch der Vampir kannte die Umgebung wie seine Westentasche. Gemächlich fuhr er die gepflasterte Straße hinauf. Weder vor noch hinter ihnen war ein Fahrzeug auszumachen, anscheinend trauten die anderen Fahrer der dunklen Straße nicht. Oder sie kannten die Abkürzung überhaupt nicht.

Auf halber Höhe gab es einen engen Tunnel, der mitten durch den Berg führte. Nicolas hatte schon oft überlegt, welch unglaubliche Arbeit es vor zweihundert Jahren gewesen sein mochte, solch einen langen Tunnel zu graben. Wie viele Menschen schufteten hier wahrscheinlich jahrelang? Und wie viele Tote hatte das Bauwerk wohl gefordert, ehe es fertiggestellt war?

Die Innenwand des Tunnels bestand aus riesigen quadratischen Steinen, die kunstvoll ineinandergefügt waren. Kleine Rinnsale liefen an den Steinen herab und machten das Pflaster glitschig. Die Straße, für Kutschen und Fuhrwerke gebaut, war kaum breit genug um zwei Fahrzeuge aneinander vorbei zu lassen. Nicolas fuhr noch langsamer, er wollte Brendans Auto nicht beschädigen, indem er es an die Wand fuhr. Hoffentlich kommt mir keiner entgegen, dachte er schaudernd. An manchen Stellen ragten Stützpfeiler in die Fahrbahn, dort war die Straße wirklich verdammt eng. Schon kurze Zeit später bemerkte er den Lichtschein, der ihnen entgegenkam. Das überlaute Brummen eines starken Motors war zu hören.

Verdammt, das klang gar nicht gut. Das hörte sich nach einem großen Fahrzeug an, zu groß, um an ihm vorbeizukommen. Zu allem Überfluss schien es der Fahrer auch noch sehr eilig zu haben. Der Kerl musste ein Verrückter sein.

Als das Fahrzeug in Sicht kam, traute Nicolas seinen Augen nicht. Das war ein Traktor, der ihnen da entgegenkam. Aber keines dieser kleinen Exemplare, die zur Feldarbeit benutzt wurden. Nein, das Ding besaß gigantische Ausmaße. Wahrscheinlich gehörte es zu dem großen Gutshof, der oben auf dem Berg lag. Dort wurden starke Zugmaschinen benötigt um die schweren Ladungen die steilen Straßen hinauf und hinab zu befördern. Aber was suchte solch ein Koloss um diese Zeit in diesem alten Tunnel? Er konnte nicht weiter darüber nachdenken, denn das schwere Fahrzeug kam direkt auf ihn zu. Doch dazwischen befand sich ausgerechnet auch noch einer der Stützpfeiler des Tunnels, der gut einen Meter in die Straße hineinragte.

Nicolas trat instinktiv auf die Bremse und brachte den Wagen kurz vor dem Pfeiler zum Stehen. Der Fahrer des Traktors schien das Hindernis überhaupt nicht zu bemerken. Ungebremst fuhr er auf den Steinwall zu.

Der ohrenbetäubende Krach ließ Nicolas zusammenfahren. Doch er kam nicht zum Erschrecken. Mit ungläubigem Blick sah er, wie der Traktor an den Pfeiler fuhr und von der eigenen Wucht hochgehoben wurde. Wie in Zeitlupe erzitterten die schweren Steine der Stützmauer und gaben nach, wölbten sich langsam durch.

Aus den Augenwinkeln bemerkte er wie Brendan neben ihm aus dem Liegesitz hochfuhr. Geistesgegenwärtig legte er seine Hand auf die Brust des Freundes und drückte ihn zurück. Brendan war zu überrascht um Gegenwehr zu leisten. Und dann war es zu spät noch irgendetwas zu unternehmen. Der Stützpfeiler stürzte mit lautem Poltern zusammen und begrub das Auto unter tonnenschweren Steinen.

Nicolas kam mit einem Ruck ins Bewusstsein zurück. Wo war er und was war geschehen? Etwas war anders als es hätte sein dürfen. Alarmiert riss er die Augen auf und wollte sich aufrichten. Aber er konnte sich kaum bewegen. Entsetzen packte ihn. In seinem langen Leben war es ihm schon einige Male passiert, dass er aufgewacht und plötzlich wehrlos war. Meist befand er sich dann in der Hand irgendwelcher Feinde, die ihm nach seinem unsterblichen Leben trachteten. Allerdings hatte er sich schon seit Jahren keine Feinde mehr geschaffen. Wer also hielt ihn gefangen?

Fast gleichzeitig mit seiner bangen Frage schoss ihm die Erinnerung an die Ereignisse der vergangenen Nacht ins Gehirn. Der Unfall, die Abkürzung über den Pass, der Traktor, die Steine. Der Tunnel war über ihnen eingestürzt.

„Brendan!" rief er bestürzt und versuchte abermals sich aufzurichten. Doch ein Felsbrocken auf seiner Brust hinderte ihn daran. Er war auf seinem Sitz eingeklemmt und hing ziemlich schief darin. Vorsichtig bewegte er den Kopf um die Lage zu sondieren. Das Autodach war eingedrückt, er stieß mit dem Kopf daran. Sein Sitz schien gebrochen, die Lehne hing nach hinten. Anscheinend hatten ihn die Steine mit solcher Wucht getroffen, dass es ihn samt Sitzlehne nach hinten gedrückt hatte. Sicher war er durch den Unfall getötet oder zumindest schwer verletzt worden. Aber während des Tages hatte ihn sein starkes Vampirblut wieder zuverlässig und vollständig geheilt. Doch was war mit Brendan? Mühselig drehte er sich nach der Seite um, auf der sich Brendan befinden musste. Doch oh Schreck, hier war das Wagendach fast bis auf den Sitz herab eingedrückt. Brendan lag irgendwo darunter begraben. Panik überfiel den Vampir. Nein, das durfte nicht sein. Brendan konnte nicht tot sein. Aber sein Verstand sagte ihm, dass genau das der Fall sein musste.

„Bren", flüsterte er heißer und Tränen schossen ihm in die Augen. Warum hatte er der Bitte des Freundes nicht entsprochen und ihn zum Vampir gemacht? Jetzt war er tot, zerquetscht zwischen den Trümmern seines Wagens. Keine Macht der Welt konnte ihn ins Leben zurückrufen.

„Bren, das habe ich nicht gewollt", stammelte er immer wieder. „Verzeih mir, aber das habe ich nicht gewollt."

„Ich... verzeih dir..., Nicolas", erklang eine schwache Stimme aus dem Trümmerhaufen. „Aber ich... kann kaum atmen... Irgendwas... liegt auf meiner... Brust."

Sofort vergaß Nicolas seinen Kummer. Brendan war nicht tot, er lebte. Zumindest im Moment noch. Natürlich würde er alles tun, was in seiner Macht stand, um ihn nicht sterben zu lassen. Mit seinen übermenschlichen Kräften versuchte er den Stein, der ihn behinderte, wegzuschieben. Nach einiger Zeit bewegte sich der Fels tatsächlich ein wenig. Das spornte ihn an, sich noch mehr abzumühen. Kurz darauf rutschte der Felsbrocken über die Motorhaube und fiel auf andere Steine. Das Wagendach auf seiner Seite hochzustemmen war dagegen ein Kinderspiel. Er drückte es so weit nach oben, dass er sich darunter bewegen konnte. Glücklicherweise waren seine Beine nicht eingeklemmt.

Er verlor keine Zeit und drehte sich zu Brendans Seite hin. Durch einen schmalen Spalt konnte er den Freund unter dem eingedrückten Wagendach erkennen. Brendan lag flach auf dem Rücken, der Liegesitz hatte im wahrscheinlich das Leben gerettet. Hätte er in normaler Position im Wagen gesessen, wäre er von den Steinen zermalmt worden. Doch auch so war sein Leben bedroht. Das Wagendach drückte auf seine Brust, so dass er nur schwer atmen konnte. Doch wie sollte Nicolas ihm helfen?

„Halte aus, Bren", beschwor er ihn. „Ich muss erst schauen, wie ich dir helfen kann." Ein mühsamer Atemzug war die einzige Antwort.

Nun, da Nicolas sich bewegen konnte, versuchte er die Tür auf seiner Seite aufzustemmen. Sie war verzogen, doch er schaffte es sie aufzuwuchten. Mit protestierendem Quietschen schwang sie endlich auf und prallte an einen Felsblock. Er zwängte sich durch den entstandenen Spalt ins Freie. Nun konnte er das ganze Ausmaß des Unfalls überblicken. Doch was er sah beruhigte ihn nicht im Geringsten. Über Brendans Wagenseite lagen etliche Felsbrocken aufgetürmt. Zu viele, selbst für seine Kräfte. Zum Glück waren sie so ineinander verkeilt, dass sie sich gegenseitig hinderten herabzufallen. Sonst wäre Brendan unter ihnen zerquetscht worden. Aber wie sollte er ihn aus dem Wagen bringen?

Direkt auf dem Autodach lag ein länglicher, flacher Stein. Über ihm war eine schmale Lücke, nicht viel, höchstens zehn Zentimeter. Nicolas überlegte, ob er es wagen konnte diesen flachen Stein herauszuziehen.

Würden die verkeilten Steine darüber halten, oder würden sie endgültig zusammenstürzen?

Ein gequälter Seufzer drang an seine Ohren. Brendan rang verzweifelt nach Atem. Er musste handeln, wenn er den Freund nicht leiden lassen wollte. Entschlossen griff er nach dem Stein und zog vorsichtig daran. Er ließ sich kaum bewegen, zumindest an einer Stelle wurde er von den Felsen darüber gehalten.

Nicolas erschauerte. Wenn seine Berechnung nicht aufging, so wäre Brendan in ein paar Sekunden tot. Aber wenn er nichts tat, so würde er vielleicht jämmerlich ersticken. Schon jetzt drohte ihm Bewusstlosigkeit wegen des Sauerstoffmangels. Er konnte nur sehr flach atmen, von Minute zu Minute wurde seine Situation hoffnungsloser.

Mit einem kräftigen Ruck riss er den Stein aus seiner Verankerung. Die Felsen, die auf ihm geruht hatten, gaben nach, kamen bedenklich ins Rutschen. Aber sie lösten sich nicht voneinander. Doch nun wurden Brendans Beine noch stärker gequetscht, denn die Karosserie hatte an der Vorderseite unter der Last nachgegeben. Nicolas hörte sein schmerzerfülltes Stöhnen und beeilte sich, wieder zu ihm ins Auto zu kriechen.

Im Inneren des Wagens hatte sich nichts verändert. Noch immer drückte das Wagendach Brendans Brustkorb zusammen. Er röchelte schwach, Eile war geboten. Doch wie sollte er das eingedrückte Dach anheben, ohne Brendan noch mehr zu verletzen?

Fieberhaft arbeiteten seine Gedanken, dann kam ihm die einzig durchführbare Idee. Er brach den kaputten Sitz vollends aus seiner Verankerung, legte sich flach mit dem Rücken darauf und schob sich dicht an den Spalt heran. Sein linker Arm passte zum Glück gerade hindurch. Nun drückte er mit aller Kraft, zu der er noch fähig war, von unten an das Autodach. Langsam, wie im Zeitlupentempo, hob sich das Blech an. Nun konnte er auch seinen Ellenbogen durch den Spalt zwängen und als Hebel benutzen. Das ging schon leichter und bald hatte er das Dach soweit angehoben, dass es nicht mehr auf Brendans Brust drückte. Erleichtert hörte er dessen kräftiger werdende Atemzüge.

Doch noch weiter konnte er das Dach nicht hinauf drücken. Der Spalt reichte auf keinen Fall aus, Brendan herauszuziehen. Um ihn zu befreien bedurfte es der Kräfte schwerer Maschinen. Sie waren auf Hilfe von außen angewiesen.

Doch immerhin befand der Freund sich jetzt nicht mehr in unmittelbarer

Lebensgefahr. Er würde ihm nicht einfach unter den Augen wegsterben. Nein, das würde er zu verhindern wissen. Nicolas drehte sich auf die Seite, um in die Lücke zu spähen. Seine nachtsehenden Augen konnten auch noch in den dunkelsten Winkel blicken. Das schmerzverzerrte Gesicht Brendans kam in sein Blickfeld. Die weit aufgerissenen Augen versuchten vergeblich, sein Gesicht zu erkennen. Um ihn zu beruhigen griff Nicolas nach Brendans Arm und drückte ihn sachte. „Beruhige dich, Bren. Ich werde dich nicht im Stich lassen. Lass mich dich kurz untersuchen. Hast du starke Schmerzen?"

„Meine Beine", wimmerte Brendan schwach. „Ich kann sie nicht bewegen, aber sie schmerzen höllisch."

„Ja, ich weiß. Ein paar Felsbrocken liegen darauf. Aber der Schmerz ist ein gutes Zeichen. Wenigstens ist noch Leben in ihnen." Er war mit seinem kurzen Check fertig. Brendan hatte Gott sei Dank keine inneren Verletzungen. Bis auf seine eingeklemmten Beine und einige Prellungen war er unversehrt.

„Ich würde dir gerne ein wenig von meinem Blut geben. Das nimmt dir die Schmerzen für eine Weile und macht dich ein wenig ruhiger. Wirst du es annehmen?"

Brendan starrte ihn eine Weile ungläubig an. Dann sagte er atemlos. „Du fragst mich ernsthaft, ob ich dein Blut annehmen will? Ja weißt du denn nicht, wie lange ich mir das schon wünsche?"

Der Vampir lächelte leise in sich hinein. Natürlich wusste er, wie sich Brendan nach seinem Blut verzehrte. Seit er ihm vor Jahren davon erzählt hatte, dass er dereinst Daniel von seinem Blut gab, wollte Bren es ebenfalls testen. Doch Vampirblut war für einen Menschen nur in extremen Situationen von Nutzen. Es konnte viele Krankheiten und fast alle Verletzungen heilen, durfte aber nur in besonderen Notfällen verabreicht werden. Und da Brendan bisher weder schwer krank, noch lebensgefährlich verletzt gewesen war, musste er bisher auf diese Erfahrung verzichten.

„Nun, heute ist es soweit. Ich gebe dir vorerst nur ein Schlückchen, es wird die Schmerzen in deinen Beinen mindern. Bei Bedarf kannst du aber später noch mehr haben. Leider kann ich dir nicht sagen, wie lange wir hier ausharren müssen. Meine Kräfte reichen auf keinen Fall aus, uns selbst zu befreien."

„Was ist überhaupt geschehen? Ich kann mich an nichts erinnern."

Nicolas klärte ihn in knappen Worten auf. Dann meinte er. „Vermutlich hast du keine Ahnung wie lange du ohne Bewusstsein warst. Aber vermutlich ist seit dem Unfall mehr als ein Tag vergangen."

Es stellte sich heraus, dass Brendan die ganze Zeit bewusstlos gewesen hatte. Erst Nicolas' Stimme hatte ihn ins Bewusstsein zurückgeholt.

„Die Bewusstlosigkeit war vielleicht mein Glück", meinte er nachdenklich. „Denn in der Ohnmacht reichte mir die wenige Luft aus, die ich bekam. Sobald ich erwachte wurde das Gefühl ersticken zu müssen übermächtig."

Während er redete hatte sich Nicolas mit einem Taschenmesser, das im Wagen lag, die Pulsader geöffnet. Jetzt hielt er sein blutendes Handgelenk durch den Spalt an Brendans Lippen. Er musste den Freund nicht auffordern, gierig sog Brendan an der kleinen Wunde. Als der Vampir nach kurzer Zeit seinen Arm zurückzog, stieß er einen protestierenden Klagelaut aus.

„Das reicht fürs Erste, Bren. Später gebe ich dir noch ein wenig. Ich werde nun für einige Zeit den Wagen verlassen um unsere Lage zu erkunden. Ich komme aber so schnell als möglich zu dir zurück." Er wartete noch Brendans Zustimmung ab, dann verließ er das zerstörte Auto.

Sein Ziel war der Traktor, der hinter der umgestürzten Mauer lag. Um ihn zu erreichen musste er über die Felsbrocken klettern und sich durch eine enge Lücke zwängen.

Im Gegensatz zu Brendans Wagen lag der Traktor nicht unter Steinen begraben. Aber durch die Wucht des Aufpralls war er umgestürzt und stark beschädigt. Er lag wie eine riesige Barriere mitten auf der engen Straße. Seine mächtigen Räder sahen aus wie die in die Luft gestreckten Beine eines verendeten Dinosauriers.

Schon während seiner Kletterpartie über die Steine war Nicolas der schwache Herzschlag des Traktorfahrers aufgefallen. Der Mann schien schwer verletzt zu sein. Und er blutete. Der Geruch des Menschenblutes ließ die Gier des Vampirs erwachen. Seine Zähne wuchsen zu gefährlichen Mordwerkzeugen an.

Eilig umrundete er den Traktor und stand dann vor dem reglosen Mann. Der Aufprall hatte ihn vom Sitz des Traktors geschleudert, dann war das schwere Fahrzeug auf ihn gestürzt. Nur sein Oberkörper ragte darunter hervor. Beine, Becken und Bauch lagen unter der stählernen Last begraben. Es grenzte an ein Wunder, dass der Mann noch lebte. Aber er war nicht mehr zu retten, seine Beine und sein Unterleib konnten nur noch eine breiige Masse sein.

Nicolas Entschluss stand schnell fest. Er würde dem Unglücklichen einen schnellen Tod und sich selbst eine willkommene Mahlzeit bereiten. Gewissensbisse bereitete ihm dieser Entschluss nicht. Der Verunglückte konnte so und so nicht überleben.

Schnell kniete er sich neben den reglosen Körper, beugte sich über ihn. Mit schlafwandlerischer Sicherheit fanden seine Zähne die Stelle am Hals unter der noch schwach die Schlagader pulsierte.

Schon die ersten Züge bestätigten dem Vampir was er bereits vermutet hatte. Der Mann hatte sich stark betrunken hinters Steuer des Traktors gesetzt. Kein Wunder, dass er ungebremst in den Stützpfeiler gerast war. Sein umnebeltes Gehirn konnte ihm die Gefahr nicht mehr aufzeigen. Selbst jetzt, Stunden nach dem Unfall, hatte der Verletzte noch eine Menge Alkohol im Blut.

Nicolas, du wirst dir ebenfalls einen Rausch holen, sagte der Vampir zu sich selbst. Aber wenn er nicht auf unbestimmte Zeit hungrig bleiben wollte, war das Blut des Mannes die einzige Alternative. Also riskierte er betrunken zu werden und saugte ihn aus.

Danach verschloss er sorgfältig die kleinen Wunden, die seine Reißzähne hinterlassen hatten. Er konnte nur hoffen, dass niemand auf die Idee kam, nach dem fehlenden Blut bei der Leiche zu suchen. Der Gedanke machte ihm jedoch keine allzu großen Sorgen. Da der Tod des Mannes auf jeden Fall auf den Unfall zurückgeführt werden würde, war es unwahrscheinlich, dass der Körper auf einem Seziertisch landete.

Es wurde höchste Zeit zu Brendan zurückzukehren. Sicher ängstigte ihn die lange Abwesenheit des Freundes bereits.

Kapitel 2: Verkauft

„So, ich habe alles in die Wege geleitet. Daniel weiß über unsere Notlage Bescheid und setzt sich bereits mit Luke in Verbindung. Der wird alles Weitere veranlassen. Ich hoffe, wir werden spätestens morgen hier heraus sein." Nicolas versuchte es sich auf dem lädierten Autositz so bequem wie möglich zu machen. Kein leichtes Unterfangen bei seiner beachtlichen Körpergröße von fast zwei Metern.

Brendan wusste, dass die Vampire sich miteinander per Telepathie verständigen konnten, deshalb zeigte er sich nicht erstaunt. Trotzdem fragte er verwundert: „Luke Frasier? Aber der ist doch Inspektor bei Scotland Yard. Was haben die mit einem eingestürzten Tunnel zu tun?" Der Vampir registrierte mit Erleichterung, wie kräftig seine Stimme wieder klang.

„Natürlich ist das kein Fall für den Yard. Aber Luke kennt mich und weiß über meine... kleinen Eigenheiten bestens Bescheid. Es kann durchaus der Fall sein, dass sich die Bergungsarbeiten bis in den Morgen hinziehen. Die Helfer würden dann meinen leblosen Körper ins Leichenschauhaus bringen, was ich natürlich vermeiden möchte. Ich hoffe, dass Luke das irgendwie verhindern kann."

Mit Luke Frasier waren er und die Vampire schon seit einigen Jahren freundschaftlich verbunden. Der Inspektor von Scotland Yard leitete damals die Ermittlungen nach Tessas Entführung. Dabei freundete er sich mit Daniel und Nicolas an, nicht ahnend, dass seine neuen Freunde Vampire waren.

Erst als Luke in Lebensgefahr geriet und sie ihm zu Hilfe eilten, mussten sie sich Luke als Vampire zu erkennen geben. Obwohl ihm das Wissen um die Taten der Vampire in Konflikt mit seiner Berufsauffassung und seinen Moralvorstellungen brachte, hielt der Inspektor an seiner Freundschaft zu den Vampiren fest. Und wenn er gebraucht wurde, so wie in diesem Fall, konnten sie sich hundertprozentig auf Luke Frasier verlassen.

„Ich habe bei meiner kurzen Inspektion des Tunnels versucht das Ausmaß des Schadens abzuschätzen", nahm Nicolas den Faden wieder auf. „Ich muss dir leider sagen, es sieht nicht sehr gut aus. Ein großer Teil des Tunnels ist hinter unserem Auto eingestürzt, er war wohl baufälliger als er aussah. Und die Passstraße ist nicht gerade gut geeignet für große und schwere Rettungs- und Räumfahrzeuge."

Ein langer Seufzer Brendans drang aus dem Spalt. „Das kann ja Tage dauern, bis sie sich durch das Geröll und die Steine gekämpft haben. Ich glaube, meine Idee mit der Abkürzung war nicht besonders gut."

„Niemand konnte damit rechnen, dass ein Betrunkener auf diesen Pfeiler auffahren würde. Außerdem ist es müßig, sich darüber Gedanken zu machen. Was wäre wenn...? Es ist nun einmal geschehen und wir müssen nun halt hier ausharren, bis wir befreit werden. Für mich ist das Wichtigste, dass dir nichts Schlimmes passiert ist. Deine Beine scheinen zwar gebrochen zu sein, aber du schwebst nicht in Lebensgefahr. Falls deine Schmerzen schlimmer werden, so sage es mir. Ich gebe dir dann noch ein wenig von meinem Blut."

Brendan lachte leise. „Erst verweigerst du mir jahrelang, von deinem Blut zu kosten und nun drängst du es mir förmlich auf."

„Tja, besondere Umstände erfordern eben auch besondere Maßnahmen. Und wenn wir lange hier festsitzen, so wird mein Blut das Einzige sein, was du in den Magen bekommst. Außer dem Wasser, das an den Steinen herunter rinnt, kann ich dir leider nichts anbieten. Hast du Durst, soll ich dir ein wenig Wasser bringen? Ich vergesse leicht, wie dringend Menschen Flüssigkeit benötigen. Es ist schon zu lange her, mich an meine menschlichen Bedürfnisse zu erinnern."

„Im Moment habe ich keinen Durst. Später vielleicht. Aber da du gerade von Erinnerungen sprichst. Ich wollte schon immer einmal deine Lebensgeschichte hören. Bisher hast du sie mir mit der Ausrede vorenthalten, dazu würdest du Stunden benötigen. Nun ich denke, diese Zeit haben wir jetzt. So wie es aussieht, werden wir hier noch viele Stunden verbringen müssen."

Nicolas schwieg eine Weile zu dem Vorschlag. Dann meinte er ohne große Begeisterung. „Ich weiß nicht ob meine Lebensgeschichte dazu taugt, uns das Warten zu erleichtern. Sie ist nicht gerade erbaulich, fürchte ich. Soll ich dir nicht lieber ein paar meiner Abenteuer erzählen? Die sind sicher amüsanter."

Doch Brendan blieb hartnäckig. „Von deinen Abenteuern hast du mir schon öfter erzählt. Mir scheint fast, du scheust dich davor, über dein Leben zu reden. War es denn so furchtbar?

„Ja, das war es leider. Aber wenn es dich so interessiert, will ich kein

Spielverderber sein. Und Zeit spielt momentan wirklich keine Rolle. Zumindest lenkt uns meine Geschichte ein wenig von der unfreiwilligen Gefangenschaft ab. Also, wo soll ich beginnen? Am besten bei meiner Geburt. An die kann ich mich zwar nicht mehr erinnern, aber trotzdem ist sie bezeichnend was meinen späteren Lebensweg betraf...

...meine Geburt war anscheinend für niemanden besonders wichtig, weshalb sonst konnte mir später niemand sagen, wann genau ich zur Welt gekommen bin. Meinen Berechnungen nach muss ich schätzungsweise irgendwann zwischen 1400 und 1403 geboren worden sein. Sicher ist nur, dass ich in einem Bordell in der Nähe Kiews geboren wurde und meine Mutter bei meiner Geburt starb. Mein Vater war unbekannt.
Zur damaligen Zeit waren Geburten in Bordellen nichts Ungewöhnliches. Weder die Huren noch ihre Freier wussten über Verhütungsmethoden Bescheid, man verließ sich höchstens auf die Mittelchen eines Kräuterweibes, die nur allzu oft versagten. Wenn das der Fall war, blieb den Frauen höchstens noch, sich einer Engelmacherin anzuvertrauen, die das unerwünschte Plag beseitigte. Doch allzu oft mussten das auch die Frauen mit dem Leben bezahlen. Nun, falls sich meine Mutter vor einem frühen Tod fürchtete und deshalb gegen eine Abtreibung war, so hat es ihr nichts genutzt. Wie mir später erzählt wurde, war sie sehr zierlich gebaut, viel zu zart für ein kräftiges Baby wie mich. Sie überlebte meine Geburt nur um wenige Stunden. Wenn du so willst, war sie das erste meiner ungezählten Opfer...
Über meine ersten Jahre kann ich nichts berichten. Heute scheint es mir fast ein Wunder, dass ich überhaupt überlebt habe. Ich habe oft überlegt, wer mich wohl genährt hat, soweit ich zurückdenken kann, fällt mir niemand ein, der sich je um mich gekümmert hat. Vielleicht hatte eine der anderen Frauen im Bordell Mitleid mit mir und nahm sich meiner an. Oder eine Dirne, die zur selben Zeit ein Kind geboren hatte, besaß zu viel Milch für ein Baby und ihre Brüste schmerzten, deshalb stillte sie mich mit. Ich weiß es nicht. Das Einzige, was mir schon früh klar wurde - es gab keine Menschenseele, die mich mochte...
Meine ersten schwachen Erinnerungen beginnen als ich wohl fünf oder sechs Jahre alt war. Ich erinnere mich für das spärliche Essen, das man mir gab, gearbeitet zu haben. Niedere Arbeiten wie fegen, die Stiefel der Männer putzen, die derweil mit den Damen beschäftigt waren. Manchmal

musste ich auch Erbrochenes oder Blut aufwischen, wenn es zu einem Streit zwischen betrunkenen Freiern gekommen war.

Als ich größer wurde steckte mich Sonja, die Frau der das Bordell gehörte, zu den Stallknechten. Dort gefiel es mir recht gut. Die Arbeit mit dem Vieh und den Pferden machte mir Spaß. Und die Knechte sprachen mit mir. Im Bordell hatte es kaum jemand für nötig gefunden mit mir zu reden. Die Damen befahlen mir was ich zu tun hatte und das war's. Kannst du dir vorstellen, dass ich im Alter von sechs oder sieben Jahren kaum einen ganzen Satz zusammenbringen konnte?

Das wenige, was ich sprechen konnte, hatte ich mir im Kontakt mit den anderen Kindern selbst beigebracht. Aber meist wollten sie nicht mit mir spielen und ich hatte auch kaum Zeit dazu. Sobald mich Sonja entdeckte, drängte sie mir eine neue Arbeit auf.

Für die anderen Kinder war ich nur der dumme Nikolai. Das ist mein richtiger Name, ich habe ihn im Laufe der Jahrhunderte ein wenig geändert. In meiner weiteren Erzählung werde ich der Einfachheit halber bei Nicolas bleiben.

Also, die Knechte redeten mit mir und brachten mir bei, in ganzen Sätzen zu sprechen. Bald merkten sie, dass ich gar nicht so dumm war, wie alle meinten. Ich begriff schnell und konnte im Stall bald alle anfallenden Arbeiten selbständig ausführen. Ich hätte mir gut vorstellen können, mein restliches Leben so zu verbringen. Aber das sollte nicht sein.

Auch in den Ställen begegnete ich täglich den Freiern der Mädchen. Sie stellten ihre Pferde dort unter, während sie sich vergnügten. Aber was ich nicht ahnte, ab und zu war auch einmal ein Mann dabei, der sich nicht, oder nicht nur für Frauen interessierte. In den meisten Bordellen hielt man für solche Kunden Knaben oder junge Männer parat, die ihnen zu Willen waren. Auch Sonja beschäftigte ein oder zwei Hausknechte, wie sie die älteren Jungen nannte. Doch was deren Aufgabe war, davon wusste ich nichts.

Eines Tages kam ein Mann und drückte mir die Zügel seines Pferdes in die Hand. Ich wollte mit dem Gaul losgehen um ihn in einzustellen, da hielt mich eine kräftige Hand an der Schulter zurück. Ich blieb erschrocken stehen und überlegte fieberhaft, was ich falsch gemacht hatte. Sonja konnte sehr ungemütlich werden, wenn sich einer der Gäste über mich beschwerte. Schon wegen nichtigerer Dinge hatte sie mir erbarmungslos eine Tracht Prügel verpasst.

Ängstlich sah ich zu dem Mann hoch. „Ja, Hosjain?" - so heißt Herr auf russisch - fragte ich und mein Herz klopfte vor Aufregung. Aber er strich mir bloß über meine Haare und meinte mit seltsam gepresst klingender Stimme. „Du bist ein sehr hübscher Junge. Bist du zu haben?"
Ich hatte nicht die geringste Ahnung, wovon er sprach. Trotzdem ich Tag und Nacht mit den Huren lebte, war mir nicht klar, was sie eigentlich machten. Zwar hörte ich öfter ihr Stöhnen oder Schreien, aber ich wusste nicht, warum sie es taten. Ich glaube, ich machte mir auch nie Gedanken darüber. Zu ihren Zimmern hatte ich sowieso keinen Zutritt.
„Ich weiß nicht Herr, da müsst Ihr Sonja fragen", antwortete ich verwirrt. Dass es genau die falsche Antwort war, konnte ich nicht ahnen. Der Mann entfernte sich mit beschwingten Schritten und ich vergaß ihn schnell.
Höchstens eine Viertelstunde später kam Sonja in den Stall gerauscht. Sie hielt geziert ihre Röcke hoch, damit sie nicht beschmutzt wurden. Angewidert sah sie sich um und rümpfte die Nase. Dann rief sie nach mir. Natürlich kam ich sofort angerannt. Ich hatte also doch etwas falsch gemacht und sollte bestraft werden. Doch mir fiel nichts ein. Betreten stand ich vor ihr und starrte auf den schmutzigen Boden.
„Schau mich an", befahl sie mir und ich hob zögernd den Kopf. Sie musterte mich lange und intensiv. „Wasch' dir Gesicht und die Hände und komm dann zu mir." Im Weggehen rief sie noch über die Schulter. „Und kämme dir gefälligst die Haare, du siehst furchtbar aus mit diesen Zotteln."
Ich muss ihr wohl ziemlich verdattert nachgeschaut haben. Dann drehte ich mich gehorsam zum Wasserfass um und tauchte meine Hände hinein. Aber wie um Himmels Willen, sollte ich mich kämmen. Ich besaß noch nicht einmal einen Kamm. Mein langes Haar hing mir wirr um den Kopf. Ich fuhr mir höchstens ab und zu einmal mit den Fingern durch.
„Komm her, ich kämme dich." Der alte Knecht kam mit einem groben Holzkamm in der Hand an geschlurft, der normalerweise für die Schweife und Mähnen der Pferde benutzt wurde. Er fuhr mir mit dem Ungetüm sachte durch die Haare und entwirrte die verfilzten Knoten. Dabei sprach er kein Wort, er schaute mich nur traurig an.
„Was ist? Was hat sie mit mir vor?" fragte ich ängstlich. „Warum sagt mir keiner etwas?" „Ach Junge", murmelte der Alte nur. „Du bist wirklich zu hübsch für den Stall. Mich wundert nur, dass es der Hosjajka, - der Herrin – bisher noch nicht aufgefallen ist."

Mir wurde immer banger zumute. Doch es nutzte nichts, ich musste Sonjas Befehl gehorchen. Zögernd verließ ich den Stall und trabte auf das Haus zu.

„Da bist du ja endlich." Sonja riss die Türe auf und zog mich herein. Sie zupfte mit spitzen Fingern an dem schäbigen Stoff meines Kittels herum. Barsch meinte sie: „Viel Staat kannst du mit diesen Fetzen ja nicht machen."

Sie packte meinen Arm und zog mich hinter sich her die Treppe hinauf. Mein Herz klopfte stärker. Hier oben befanden sich die Zimmer der Frauen. Bisher war es mir streng verboten gewesen, auch nur einen Fuß in die obere Etage zu setzen. Vor einem der Zimmer blieb sie stehen und drehte mich so, dass ich sie ansehen musste. Mit einer Stimme, die keinen Widerspruch duldete, blaffte sie:

„Du gehst jetzt da hinein. Ein Herr erwartet dich dort. Du tust alles was er dir aufträgt, verstehst du mich. Wage es nicht, ihn zu verärgern."

Zur Unterstützung ihrer Worte schüttelte sie mich grob. Ich nickte nur stumm. Mein Hals war vor Angst ganz ausgetrocknet.

Sie klopfte kurz an die Türe und schob mich dann in das Zimmer hinein. Dann entfernte sie sich rasch. Ich hörte ihre hölzernen Absätze über den alten Dielenboden hämmern. Mein Blick war fest auf den Boden gerichtet, ich wagte nicht den Kopf zu heben. Dann kam eine Hand in mein Blickfeld und hob mein Kinn an. Vor mir stand der Mann aus dem Stall und er war fast nackt.

Nur ein Laken war um seine Hüften geschlungen. Und unter dem Laken bewegte sich etwas, als er mich anzüglich grinsend musterte. Er kam gleich zur Sache. „Zieh dich aus mein Junge. Wie heißt du?"

Ich musste ein paar Mal schlucken, bevor ich stotternd herausbrachte. „Ni... Nicolas, Herr."

„So, so, Nicolas. Ein schöner Name. Er passt zu dir." Während er das sagte gab er mir mit der Hand ein Zeichen, mich zu entkleiden. Ich tat es sehr zögernd. Am liebsten hätte ich die Türe aufgerissen und wäre davongelaufen. Aber meine Angst vor Sonja war noch größer als die vor diesem Mann. Ungehorsam pflegte sie mit einer Tracht Prügel und einem Tag Essenentzug zu bestrafen. Das wollte ich nicht riskieren.

Was dann kam, kannst du dir sicher denken. Nachdem ich ganz ausgezogen war, ging alles sehr schnell. Der Kerl ließ sein Laken zu Boden fallen und legte sich auf das Bett. Dann befahl er mir, mich neben ihn zu legen...

Viel später ließ er endlich von mir ab. Zufrieden grinsend tätschelte er meinen nackten Hintern und stand auf, um sich anzuziehen. Ich rührte mich nicht und wagte auch nicht aufzublicken aus Angst, er würde von vorne beginnen. Aber er war vollauf befriedigt. Bevor er ging kam er noch einmal zu mir. Ich zuckte heftig zusammen, als er meinen Arm von meinem verweinten Gesicht zog. Aber er drückte mir nur eine Münze in die Hand. „Die ist für dich. Du hast sie dir verdient. Doch wenn ich das nächste Mal komme, möchte ich nicht, dass du nochmals so laut schreist. Außerdem hast du mir in die Hand gebissen, als ich dir den Mund zuhielt. Aber das war ja alles noch neu für dich, du wirst dich schon noch daran gewöhnen."

Als Sonja wenig später das Zimmer betrat, lag ich noch immer reglos auf dem Bett. „Was ist los?" keifte sie mich an. „So schlimm kann es doch nicht gewesen sein. Marsch, geh an deine Arbeit zurück."

Sie zerrte mich grob am Arm vom Bett. Ich stieß einen Klagelaut aus und ließ die Münze fallen. Sonja war schneller als ich, sie bückte sich behände trotz ihrer beachtlichen Leibesfülle und hob das Geldstück auf. Flugs verschwand es in ihrer Rocktasche.

„Das brauchst du nicht. Du bekommst ja schließlich von mir alles was du brauchst." Mit raschelnden Seidenröcken verschwand sie durch die Tür und ließ mich in meinem Elend alleine zurück.

Von da an wurde alles anders. Der Mann kam von nun an öfter und verlangte nach mir. Und eines Tages kam ein zweiter und ein dritter...

Sonja meinte rüde, ich solle mich gefälligst an die Freier gewöhnen. Aber jedes Mal, wenn ich einen von ihnen kommen sah, wurde mir schlecht vor Angst. Ich versuchte mich zu verstecken. Aber vergeblich. Sonja stöberte mich überall auf. Und oft verrieten mich auch die anderen Bediensteten. Heute glaube ich, sie taten es zu meinem Wohl. Denn je länger Sonja mich suchen musste, desto härter fiel ihre Strafe aus. Natürlich wurde ich erst bestraft, nachdem ich den Männern zu Willen gewesen war. Keine Striemen auf meinem Rücken sollten ihnen den Spaß an meinem Körper vermiesen.

Als ich älter und größer wurde, begann ich mich trotz drohender Strafen vehement gegen die Freier zu wehren. Für mein Alter von etwa zwölf Jahren war ich bereits sehr groß, größer als die meisten Männer. Zwar war ich dünn, doch von der schweren Stallarbeit war mein Körper kräftig. Immer öfter beschwerten sich die Kerle bei Sonja über meine mangelnde Bereitschaft, ihnen zu Willen zu sein. Und da sie auf die gute Einnahmequelle die ich ihr bot nicht verzichten wollte, zwang sie mich mit immer härteren Strafen dazu, meine Aufgabe zu erfüllen. Ich wehrte mich dennoch, da befahl sie dem Hausburschen mich zu bändigen. Das war den meisten Freiern zu dumm, sie wollten einen willigen Knaben, nicht einen den sie vergewaltigen mussten. Immer seltener verlangte man nach mir. Ich ging glücklich zu meiner Arbeit im Stall zurück, doch mein Glück währte nicht sehr lange.

Ohne den Hurenlohn, den sie für meine unfreiwilligen Dienste eingesteckt hatte, war ich für Sonja wertlos geworden.

Die gierige Alte kürzte aus Wut über die entgangenen Geschäfte meine eh schon kümmerlichen Essensrationen. Ich wurde noch dünner und wenn mir nicht ab und zu einer der Stallknechte ein Stück Brot zugesteckt hätte, wäre ich vielleicht sogar verhungert.

Nach ein paar Wochen verlangte plötzlich wieder ein Mann nach mir. Sonja zwang mich, zu ihm aufs Zimmer zu gehen, verzichtete aber diesmal auf die gewohnten Maßregelungen. Ein seltsamer Ausdruck stand in ihren Augen, den ich nicht deuten konnte.

Beim Anblick des Mannes rutschte mir das Herz in die Hose. Er musterte mich mit kalten Augen, wie ein Metzger, der auf dem Viehmarkt ein Kalb abschätzend betrachtet.

Nach seiner teuren Kleidung zu schließen war er ein wohlhabender Mann. Sein ganzes Gebaren ließ darauf schließen, dass er es gewohnt war zu befehlen. Und das seinen Befehlen bedingungslos gehorcht wurde. Er würde Widerstand nicht dulden, das wurde mir sofort klar. Auf den ersten Blick machte er eigentlich keinen schlimmen Eindruck, er sah noch recht passabel aus für einen Mann von zirka fünfzig Jahren. Seine Figur war zwar etwas korpulent und er war nicht übermäßig groß, aber er wirkte kraftvoll und aktiv. Nur der Blick seiner schiefergrauen Augen war eiskalt und gnadenlos. Mit knappen Worten befahl er mir, mich zu entkleiden und ich wagte nicht, mich ihm zu widersetzen. Nervös schälte ich mich aus meinen schäbigen Kleidern. Nackt und zitternd stand ich vor ihm. Seine drehende Handbewegung sagte mir, ich solle mich umdrehen, ich befolgte sie so eilig, dass ich stolperte. Der Mann flößte mir alleine durch seinen grimmigen Gesichtsausdruck eine Heidenangst ein. Ich war darauf gefasst, aufs Bett geworfen und vergewaltigt zu werden. Doch nichts geschah.

„Zieh dich wieder an!" kommandierte die Stimme hinter mir und ich tat es eilig. Heimlich atmete ich auf, anscheinend fand er keinen Gefallen an mir. Doch seine nächsten Worte gaben mir zu denken.

„Komm hinunter und warte vor Sonjas Tür", war alles was er sagte. Mir rann bei dem eiskalten Ton ein Schauer über den Rücken. Ohne sich zu vergewissern ob ich seinem Befehl nachkam, ging er aus der Tür und die Treppen hinab. Er war sich sicher, ich würde ihm gehorchen.

Schwitzend harrte ich vor der Tür aus. Der Schweiß lief mir in Bächen über Gesicht und Rücken und daran war nicht die sommerliche Hitze schuld. Obwohl ich nicht den Schimmer einer Ahnung hatte, was Sonja mit dem Mann aushandelte, war mir doch bewusst, dieses Gespräch würde mein ganzes Leben verändern. Der Gedanke machte mir Angst.

Dann ging die Türe auf und die beiden traten mir entgegen. Ich konnte in Sonjas Geschäftszimmer blicken und sah auf dem Tisch ein prall gefülltes Säckchen liegen. Da fiel es mir wie Schuppen von den Augen. Sie hatte mich an diesen Kerl verkauft. Einfach verkauft, wie man einen Hund oder ein Pferd verkaufte. Und nun besiegelten die zwei ihren Handel auch noch per Handschlag.

Ich wollte mich ihr zu Füßen werfen und sie anflehen, mich zu behalten. Oder mich einfach umdrehen und zur Tür hinaus fliehen. Aber ich stand da wie erstarrt. Bis mich eine grobe Hand im Genick packte und wegschleifte. Vergeblich wartete ich auf ein erklärendes Abschiedswort von Sonja, noch ehe wir die Haustür erreichten fiel ihre Zimmertür hinter ihr ins Schloss.

Der Mann fand es ebenfalls nicht für nötig, mich über mein weiteres Schicksal aufzuklären. Die Hand verschwand aus meinem Genick und stieß mich stattdessen vorwärts. Mitten im Hof stand ein gesatteltes Reitpferd in der sengenden Sonne. Matt ließ es den Kopf hängen. Seine Flanken waren mit blutigen Striemen übersät und Fliegen tummelten sich in den schwärenden Wunden. Als ich darauf zugestoßen wurde, überkam mich Panik. Wie würde mein neuer Herr mit mir umgehen, wenn er schon sein wertvolles Reittier so übel behandelte?

Er zeigte es mir sofort. Schweigend zog er einen langen Strick aus der Satteltasche und band ihn mir um beide Handgelenke. Das andere Ende befestigte er um den Sattelknauf. Dann stieg er auf und gab dem Pferd die

Sporen. Es wieherte gequält auf und trabte an. Wenn ich nicht umgerissen werden wollte, so musste ich mich beeilen, dem Tier zu folgen. Also rannte ich nebenher und hatte noch nicht einmal Zeit, mich nochmals nach meinem bisherigen Zuhause umzuschauen.
Der Herr dachte nicht daran, das Tempo zu drosseln. Ich lief keuchend hinterher. Meine Lungen brannten bald wie Feuer, ich bekam Seitenstechen und meine Beine schmerzten fürchterlich. Ich war nicht gewohnt, so lange und so schnell zu laufen. Irgendwann konnte ich nicht mehr. Meine Knie gaben nach und ich strauchelte. Schließlich fiel ich der Länge nach hin und wurde ein paar Meter über den steinigen Boden geschleift. Jetzt endlich hielt der Reiter an. Noch immer wortlos zog er auffordernd an dem Strick um meine Hände. Das raue Seil hatte die Haut an meinen Gelenken aufgescheuert, es brannte höllisch. Aber ich verkniff mir einen Schmerzenslaut. Mühsam rappelte ich mich auf und blinzelte zu ihm hoch.
„Scheinst ja nicht gerade viel gewohnt zu sein", meinte er abfällig und ein verächtliches Grinsen verzog sein Gesicht. Dann ließ er sein Pferd im Schritt weitergehen und ich stolperte erneut hinterher.
Wir kamen an einen Waldrand und dort standen unter den Bäumen viele Reit- und Packpferde. Männer lagen im Schatten auf ausgebreiteten Decken und dösten. Ein Mann hielt Wache und rief den anderen etwas zu, als wir uns näherten. Eilig erhoben sich alle und packten ihre Decken zusammen. Bis wir bei ihnen angelangt waren, saßen sie schon auf ihren Pferden. Keiner von den Männern schien verwundert über den gefesselten Knaben, der hinter dem Pferd ihres Herrn herlief. Ja, sie vermieden es sogar, mich anzublicken. Nur ab und zu streifte mich ein flüchtiger Blick. Der Zug setzte sich in Bewegung und ich musste wohl oder übel Schritt halten. In der Karawane gab es etliche Ersatzpferde, die ohne Lasten und Reiter mitliefen. Aber mein neuer Herr erlaubte mir nicht, eines der Tiere zu reiten. In gemäßigtem Tempo ging es stundenlang weiter. Ich glaube, ich verfiel in eine Art Trance. Mechanisch setzte ich einen Fuß vor den anderen und schaute nur auf den Boden, um ja nicht zu stolpern und zu fallen.
Irgendwann hielt der Zug endlich an. Es dämmerte bereits und wir befanden uns auf einer großen Lichtung.
Zu meiner großen Überraschung band mir mein Herr die Hände los. Mit dem Kinn deutete er auf einen nahen Bach. „Geh dort hin und bade. Und

wasch auch deine Haare. Du siehst furchtbar verdreckt aus und stinkst wie ein Iltis. Aber lasse dir nicht einfallen zu türmen. Hier wimmelt es von Bären und Wölfen. Die hätten dich bald erwischt. Außerdem ist es bis zur nächsten Ansiedlung weit. Du würdest sie nie lebend erreichen."
Er reichte mir eine dünne Decke. „Die ist für die Nacht, es ist warm, sie wird dir genügen. Wasch deine Kleider aus und hänge sie zum Trocknen über einen Ast."
Das Wasser des Baches war angenehm kühl und ich genoss es, mir den Dreck und Schweiß vom Körper zu spülen. Bei Sonja war baden ein Luxus, der mir nie zustand. Nur bevor sie mich zu einem Freier schickte, musste ich mich notdürftig waschen.
Ich legte mich ganz ins Wasser und ließ es über meine Haut strömen. Dann wusch ich meine Haare mit dem Stück Talgseife, dass mir mein Herr mitgegeben hatte. Sie hatten eine Wäsche bitter nötig. Und das Ergebnis war sehenswert. Aus den fettigen, langen Strähnen von undefinierbarer Farbe wurde eine wahre Flut glatter hellblonder Haare. Mit dem Rest der Seife wusch ich noch meine alte Hose und den zerschlissenen Kittel aus. Als ich damit fertig war, legte ich die Sachen sorgfältig über einen tiefhängenden Ast.
Der würzige Duft von gebratenem Fleisch stieg mir in die Nase und das Wasser lief mir im Mund zusammen. Wenn ich jetzt noch eine ordentliche Mahlzeit bekam, wäre das Auskommen mit meinem neuen Herrn vielleicht doch nicht so schlimm. Hungrig drehte ich mich um.
Da stand er direkt vor mir und ich stieß einen erschrockenen Schrei aus. Sein Blick war nun nicht mehr kalt und berechnend wie am Morgen. Jetzt stand ein gieriges Flackern in seinen Augen als er mich ungeniert betrachtete. Unwillkürlich wich ich einige Schritte zurück. Der Baum bremste meinen Rückzug.

„Dachte ich's mir doch, dass hinter dem schmuddeligen Jungen ein hübscher Bengel steckt. Meine Investition hat sich zweifellos gelohnt."
Seine Stimme klang heiser, so als wäre er erkältet. Er kam heran und grapschte Besitz ergreifend nach meinen nackten Schultern. Er drückte mich auf die Knie und nestelte an seinem Hosenstall herum.
„Besorg's mir!" befahl er barsch und zog sein erigiertes Glied hervor.
Ich prallte zurück und schüttelte abwehrend den Kopf. In nur ein paar Metern Abstand lagerten seine Knechte. Sie taten zwar als bemerkten sie

nichts, aber natürlich schauten sie alle verstohlen zu uns her. „Nein!" stieß ich trotz meiner Angst hervor.

Sein eben noch lüsternes Gesicht verwandelte sich zu einer wütenden Grimasse. Ohne Vorwarnung packte er meine Haare und zerrte mich hoch. Dann ohrfeigte er mich mit der flachen Hand. Rechts und links trafen mich die schmerzhaften Streiche. Ich biss mir auf die Zunge und Blut lief mir aus dem Mundwinkel über das Kinn. Das brachte ihn anscheinend zur Vernunft. Er hielt inne und starrte mich zornig an. Doch wenn ich dachte er überlege es sich anders, so sah ich mich getäuscht. Nah zog er mein Gesicht zu seinem. Ein Spucke Regen traf mich als er mich gefährlich leise anzischte.

„Du wirst tun, was ich dir sage. Jetzt, sofort und von nun an immer. Du bist dir anscheinend nicht im Klaren über den Zweck, zu dem ich dich erworben habe. Sonja hat mir bereits erzählt, du wärst störrisch wie ein Esel. Aber ich habe bisher noch jeden klein gekriegt und auch du wirst mir schon bald aus der Hand fressen." Grob zwang er mich erneut auf die Knie. „Und nun fang endlich an..."

Kapitel 3: Semjonovs Lustknabe

Nicolas hielt in seiner Erzählung inne und starrte schweigend durch die zerbrochene Windschutzscheibe. Sein Gesicht war eine undurchdringliche Maske, doch das konnte Brendan nicht sehen. Dennoch fühlte er den Schmerz der Erinnerung, der seinen Freund quälte. Schuldgefühle stiegen in ihm hoch. Er hätte Nicolas nicht an diese Demütigungen erinnern sollen. Doch noch ehe er zu entschuldigenden Worten ansetzen konnte unterbrach ihn der Vampir.

„Nein, Bren. Du musst dir keine Gedanken um meine Gefühle machen. Es ist alles schon so lange her. Und ich kann es inzwischen einfach als eine unangenehme Lebenserfahrung betrachten, die eben geschehen ist." Er schien plötzlich abgelenkt und hob lauschend den Kopf. Dann meinte er zufrieden:

„Luke und Daniel sind bereits hier. Sie stehen auf der anderen Seite der Steine und suchen nach einer Lücke. Aber wenn ich von hier aus keine gefunden habe, so werden sie von draußen bestimmt auch keine finden. Gib mir einen Moment Zeit, mich mit Daniel zu verständigen. Dann bin ich wieder für dich da."

Daniel erklärte ihm auf telepathischem Wege, es seien bereits Raumfahrzeuge unterwegs. Allerdings kamen sie von Glasgow her und sie waren nicht sehr schnell. Aber Luke zeige sich zuversichtlich, dass noch im Laufe der Nacht mit ihrer Befreiung begonnen werden konnte. Daniel erkundigte sich nach Brendans Befinden und war erleichtert als er hörte, dass es ihm leidlich gut ging. Er zog sich aus Nicolas' Gedanken zurück, um gemeinsam mit Luke Frasier den Rettungstrupp zu erwarten. Nicolas erklärte Brendan was er mit Daniel besprochen hatte. Dann machte er es sich wieder so gemütlich, wie es die beengten Verhältnisse in dem zerstörten Wagen zuließ. Ohne Umschweife kehrte er zu seiner Geschichte zurück.

„Nach den böse ausgesprochenen Worten meines neuen Herrn war mir endgültig klar, wie meine Zukunft aussehen würde. Eine grauenvolle Angst überfiel mich. In meinem Innersten hatte ich mich der heimlichen Hoffnung hingegeben, der Mann wolle mich als Knecht oder Arbeiter haben. Zu den damaligen Zeiten war es nicht ungewöhnlich, dass sich reiche Herren Arbeitskräfte kauften. Dann war man ein Leibeigener ohne

Rechte. Leibeigene arbeiteten für Unterkunft und Essen und wenn sie dafür zu alt oder krank wurden, war das meist ihr Todesurteil. Ihr Schicksal war ein hartes Los, dennoch hätte ich es dem, dass mir bevorstand, bei weitem vorgezogen.

Boris Semjonov, so hieß mein neuer Herr, machte nicht viel Federlesens. Er packte mich brutal an den Haaren und zwang mich zu tun, was er von mir erwartete. Und obwohl ich mich sonst immer energisch gewehrt hatte, getraute ich mich nicht ihm zu trotzen. Schon sein unbarmherziger Blick jagte mir eine heillose Angst ein.

Nachdem er befriedigt war, ließ er mich los und schickte mich mit gleichgültigen Worten zum Lager. Mit beschämt gesenktem Kopf schlich ich mich zum Feuer zurück und kauerte mich nieder. Die dünne Decke hielt ich fest um meinen Körper gewickelt. Doch sie bot mir keinen Schutz, ich fühlte mich nackt und bloß.

Nun wieder gutgelaunt, kam er hinter mir her und setzte sich ebenfalls ans Feuer. Anscheinend war es ihm völlig egal, was seine Leute gesehen hatten. Er säbelte ein großes Stück von der Rehkeule ab, die auf einem Spieß über dem Feuer briet und warf es mir in den Schoß.

„Da, iss, damit du etwas auf die Rippen bekommst. Die geizige Sonja hat dich nicht allzu üppig gefüttert, he? Dir stehen ja alle Knochen hervor wie bei einer alten Mähre. Das gefällt mir nicht."

Eigentlich war mir der Appetit gründlich vergangen. Ich hatte das Gefühl mich erbrechen zu müssen, wagte es aber nicht. So nahm ich schweigend das Stück Fleisch und zwang mich, es ganz aufzuessen. Unter anderen Umständen hätte ich die Mahlzeit sicher genossen. Fleisch bekam ich bei Sonja so gut wie nie. Ich ergatterte höchstens einmal ein Stück Speck, das in der alltäglichen Kohlsuppe schwamm.

Bald nach dem Essen legten sich die Knechte zum Schlafen um das Feuer nieder. Ein Mann musste Wache stehen und außerdem aufpassen, damit das Feuer nicht ausging. Es wurde nicht wegen der Wärme, sondern um wilde Tiere abzuschrecken die ganze Nacht am Brennen gehalten. Die Männer lösten sich nach einiger Zeit gegenseitig ab, so dass jeder genug Schlaf bekam.

Ich blieb wie eine Statue am Feuer sitzen. Ohne einen Befehl meines neuen Herrn wagte ich nicht, mich zu rühren. Und Boris Semjonov saß mir gegenüber und grinste mich an. Dann meinte er spöttisch. „Sonja erzählte mir, du wärst ein recht widerspenstiger Knabe. Deshalb wollte sie dich auch loswerden. Sie sagte, du isst mehr, als du einbringst. Aber ich muss sagen, bisher habe ich kaum Widerstand bemerkt. Eigentlich schade drum, ich hatte mich schon darauf gefreut, dich zu zähmen. Bisher habe ich noch jeden meiner Jungs kleingekriegt. Aber wenn du schon gleich spurst, soll es mir auch recht sein."

Ich antwortete nicht und rührte mich nicht. Ich hoffte inständig, hier am Feuer sitzenbleiben zu können. Obwohl ich todmüde war und mich wie gerädert fühlte war ich mir sicher, nicht schlafen zu können. Dafür waren meine Nerven zu aufgekratzt.

Semjonov machte sich sein Lager zurecht. Er breitete dazu ein dickes Bärenfell aus, das die Bodenfeuchtigkeit fernhalten würde. Darüber warf er ein paar Decken. Schwerfällig ließ er sich nieder und winkte mich heran. Er streckte mir ein Bein entgegen. „Zieh mir die Stiefel aus", befahl er und ich beeilte mich, es zu tun. Dann wollte ich zu meinem Platz am Feuer zurückkehren. Aber das gefiel ihm nicht.

„Nichts da", knurrte er ungehalten. „Du schläfst hier bei mir. Ich möchte nicht, dass du heute Nacht das Weite suchst." Mit der flachen Hand patschte er auf den Platz neben sich.

Zögernd legte ich mich neben ihn und zog meine Decke noch fester um mich. Doch das passte ihm ganz und gar nicht. Er packte die Decke an einem Zipfel und entzog sie mir mit einem Ruck. Dann hob er auffordernd seine eigene Decke an und grinste.

„Komm, leg dich zu mir. Ich werde schon dafür sorgen, dass dir warm bleibt."

Starr wie ein Stecken lag ich neben ihm und wartete auf das Unvermeidliche. Doch er schloss die Augen und war kurz darauf eingeschlafen. Sein Arm lag über meinem Oberkörper und sein Atem blies mir ins Ohr. Nach einiger Zeit begann er zu schnarchen.

Ich machte keinen Mucks, aus Angst ihn aufzuwecken. Steif lag ich da und starrte in den sternübersäten Nachthimmel. Irgendwann fielen mir die Augen zu.

Ich erwachte schlagartig, als er mich packte und vom Rücken auf den Bauch warf. Ehe ich richtig begriff was geschah, drückte mich schon sein Gewicht zu Boden. Ohne ein Wort zu sagen umfasste er meinen Leib und drang kurz darauf in mich ein. Ich hätte vor Schmerz schreien mögen, aber kein Laut kam über meine Lippen. Stattdessen biss ich verzweifelt in das dicke Bärenfell. Sein scharfer, wilder Geruch stieg in meine Nase und die zotteligen Haare verursachten mir Brechreiz. Aber ich traute mich nicht, es loszulassen. Ich hätte sonst das ganze Lager zusammen gebrüllt. Ich wollte auf keinen Fall die anderen Männer wecken, sie sollten nicht nochmals Zeugen meiner Erniedrigung werden.

Zum Glück war er schnell fertig, sein zufriedener Seufzer klang wie Musik in meinen Ohren. Grunzend wälzte er sich von mir herunter und schlief fast sofort wieder ein. Doch ich konnte in dieser Nacht kein Auge mehr zu tun.

Am Morgen fühlte ich mich zerschlagen und wund. Ich griff nach meiner Decke und legte sie mir um bevor ich zu dem Baum ging, an dem meine Kleider hingen. Bevor ich mich anzog, verrichtete ich hinter einem Busch meine Notdurft und wusch mir dann im Bach die Spuren der Nacht von Hintern und Beinen.

Wieder lief ich hinter dem Pferd her und meine Hände waren gebunden. Ich fühlte die mitleidigen Blicke der Männer in meinem Rücken. Aber keiner von ihnen wagte es, für mich zu sprechen. Sie waren alle froh, nicht den Zorn Semjonovs auf sich zu ziehen. Wie brutal er sein konnte hatte ich am Morgen mit ansehen müssen. Einer der Männer hatte versäumt den Bauchgurt seines Lastgauls fest anzuziehen. Nach einer Stunde Marsch hatte sich der Gurt gelöst und die aufgeschnallte Kiste war unter den Bauch des Pferdes gerutscht. Erschrocken keilte es wild aus. Dabei verhedderte es sich in den Stricken und stürzte schwer. Mit gebrochenem Bein blieb es schreiend liegen.

Ohne sich um das Tier zu kümmern, trieb Semjonov sein Pferd wutentbrannt auf den unglücklichen Mann zu und schlug mit seiner Reitpeitsche solange auf ihn ein, bis er sich am Boden wand. Danach zwang er den blutenden Gezüchtigten, das Pferd töten und die Ladung einem der Ersatzgäule aufzubinden. Keiner der anderen wagte es, dem Knecht zu helfen. Als er endlich wieder auf dem Rücken seines Reittieres saß, war er einer Ohnmacht nahe. Doch Semjonov ließ die Karawane unbeirrt weiterziehen. Wäre der Mann aus dem Sattel gefallen, er hätte ihn gnadenlos in der Wildnis zurückgelassen.

Als der Abend nahte, machte niemand Anstalten, das Lager aufzuschlagen. Das ließ mich vermuten, dass wir wohl bald am Ziel sein würden. Ich war todmüde und am Ende meiner Kräfte. Wir hatten nur kurz um die Mittagszeit haltgemacht und einen Imbiss aus kaltem Fleisch und Brot zu uns genommen. Dazu gab es Wasser aus einer kleinen Quelle für uns und die Pferde. Während der Rast fand es mein Herr noch nicht einmal für nötig, mich von den Fesseln zu befreien. Er band nur den Strick vom Sattel los und legte ihn mir um den Hals. Nach der Rast band er ihn wieder am Sattelknauf fest.

Schon seit einigen Stunden kamen wir durch gepflegte Felder. Ab und zu lugten ein paar mit Stroh gedeckte Hausdächer über das üppige Grün. Später erfuhr ich, dass das ganze Land meinem Herrn gehörte. In den Häusern lebten seine Leibeigenen. Sie waren für die Felder und das Vieh verantwortlich.

Es ging schon auf Mitternacht zu, als wir an einem großen Gutshof ankamen. Am Himmel stand ein riesiger Mond, in seinem Schein erkannte ich, dass es ein riesiges Haus war. Ehrfürchtig betrachtete ich es, ein solch großes Wohnhaus hatte ich noch nie zuvor gesehen. Im Gegensatz zu den armseligen Hütten meines Dorfes, die alle aus Holz bestanden, war es ganz und gar aus Steinen gemauert. Es gab zwei Stockwerke und das Dach war mit Holzschindeln gedeckt. Um das Herrenhaus herum lagen im Halbkreis angeordnet lange Stallungen und hohe Scheunen.

Die Knechte beeilten sich, den Tieren die Lasten abzunehmen und in den Lagerraum zu bringen. Ein paar Männer brachten die erschöpften Pferde in den Stall. Es fiel kaum ein Wort, alle waren hundemüde und wollten nur noch ins Bett.

Auch mir fielen die Augen immer wieder zu, ich schlief fast im Stehen ein. Ich fühlte kaum noch, wie Semjonov mir den Strick abnahm und mich ins Haus führte. In der Kammer, die er mir zuwies, fiel ich auf den Strohsack, der an Stelle eines Bettes auf dem Boden lag und schlief sofort ein. Ich glaube nicht, dass er mich aus Fürsorge in dieser Nacht in Ruhe ließ. Wahrscheinlich war er selbst sehr müde. Jedenfalls schlief ich bis in den halben Vormittag, ohne dass mich jemand weckte.

Irritiert blickte ich mich in der kleinen Kammer um, in der ich erwachte. Erst allmählich kam die Erinnerung zurück. Der beschwerliche Weg, den ich endlose Stunden hinter dem Pferd hergelaufen war, dann der Anblick des großen Gutshauses. Es sah so aus, als sei ich in meinem neuen Zuhause angekommen. Ein prächtigeres Zuhause als ich je besessen hatte. Aber ich bezweifelte, hier glücklich zu werden. Bange fragte ich mich, wie meine Zukunft als Semjonovs Eigentum aussehen würde.

Die Strapazen der zurückliegenden zwei Tage und die sexuellen Übergriffe meines neuen Herrn kamen mir wie ein böser Traum vor. Doch alles war bittere Wahrheit und es fing erst an. Der Gedanke an mein weiteres Leben bereitete mir Übelkeit.
Um mich von den schlimmen Geistern in meinem Kopf zu befreien erkundete ich mein Zimmer. Doch da gab es nicht viel zu sehen. Der billige Strohsack, eine Decke und eine aus Korbweide geflochtene Kleidertruhe waren die ganze Einrichtung. Doch immerhin war das Zimmer sauber und für meine Begriffe geräumig. Hier besaß ich mehr Platz als mir bisher zugestanden hatte. Unter Sonjas Obhut musste ich mir eine dunkle Ecke im Stall mit den anderen Knechten teilen. Dennoch wäre ich lieber dort gewesen.
Mein Blick schweifte zu dem kleinen Fenster. Es besaß eine richtige Glasscheibe. Neugierig betrachtete ich sie. Noch nie zuvor hatte ich Glas gesehen. Die Fenster im Bordell waren mit dünnen Pergamenthäuten bespannt. Sie ließen zwar etwas Licht durch, waren aber nicht durchsichtig.
Vorsichtig, um ja nichts kaputt zu machen, pochte ich mit dem Fingernagel an das Glas. Es fühlte sich hart und kühl an und klang seltsam. Schnell zog ich meine Hand zurück. Wenn ich die Scheibe beschädigte, würde mich mein Herr bestimmt schwer bestrafen.
Ich blickte durch das Fenster in den Hof hinunter. Dort herrschte ein reges Treiben. In der Schmiede gegenüber wurde ein Pferd beschlagen. Schwitzende Knechte wuchteten schwere Baumstämme von einem Fuhrwerk und trugen sie zur Säge. An einer Scheune hing ein frisch geschlachtetes Schwein. Der Schlachter war gerade dabei dem Tier den Bauch aufzuschlitzen. Unter dem Schwein stand ein Holztrog, in den das Blut tropfte.
Mein Blick wanderte zu zwei kleinen Mädchen weiter. Sie trieben mit langen Stöcken Gänse vor sich her zum nahen Weiher. Ihr Kichern und das aufgeregte Schnattern der Vögel war bis zu mir herauf zu hören.
Das geschäftige Leben auf dem Hof gefiel mir. Gerne wäre ich hinunter gegangen um mir alles aus der Nähe anzusehen. Ich wünschte mir, ich würde dort unten mit den anderen Menschen arbeiten können. In meinem Kopf flackerte neue Hoffnung auf. Vielleicht würde ich ja doch ein Leibeigener werden. Immerhin war ich groß und kräftig und war es gewohnt, harte Arbeit zu verrichten.

Doch mein Verstand sagte mir unbarmherzig, dass ich nicht zum Arbeiten gekauft worden war. Bei den vielen Menschen, die in den umliegenden Dörfern lebten, war Semjonov nicht darauf angewiesen sich Arbeiter in der Stadt zu kaufen. Und er hatte mir ja auch klipp und klar gesagt, was er von mir erwartete.

Diese trüben Gedanken wollte ich nicht weiterspinnen. Deshalb wandte ich mich der Truhe zu und schaute hinein. Saubere Kleidung lag ordentlich zusammengelegt darin. Drei wollene Kniehosen, mehrere Obergewänder in verschiedenen Farben und sogar Strümpfe. Ganz in der Ecke lagen ein Paar in ein Tuch eingeschlagene Schuhe. Begehrlich betrachtete ich diese Schätze. Würden sie mir gehören?

„Probiere' sie an", erklang die Stimme meines Herrn hinter mir und ich fuhr erschrocken herum. Ich hatte nicht gehört wie die Tür geöffnet wurde. Nun stand er in dem niedrigen, engen Türrahmen, den er fast ganz ausfüllte. Er starrte mich mit dem gleichen durchdringenden Blick an, mit dem er mich schon bei Sonja gemustert hatte. Und wieder überlief es mich eiskalt. Was hatte der Mann nur an sich, dass mir solche Angst einjagte? Er sah doch nicht anders aus, als andere Männer.

„Nun mach schon, zier' dich nicht. Ich möchte sehen, wie du darin aussiehst", säuselte er einschmeichelnd und kam einen Schritt näher. Ich roch seinen, nach Alkohol stinkenden Atem. Seine Augen glitzerten lüstern. Als ich mich nicht rührte schlug seine Stimmung jäh um und er knurrte: „Oder ist dir lieber, dass ich dir deine dreckigen Fetzen vom Leib reiße?"

Ich zögerte noch immer. Einerseits hätte ich liebend gerne diese schönen Sachen anprobiert. Aber sobald ich mich auszog, würde ich nackt seinen gierigen Augen und Fingern ausgeliefert sein. Und seinen Phantasien...

Er hatte anscheinend nur auf mein Zögern gewartet. Zornig kam er auf mich zu und riss an meinem Kittel. Der zerschlissene Stoff gab nach und er fetzte ihn mir vom Körper. Doch der Strick, der meine Beinkleider hielt, gab nicht nach. Es gelang ihm nur, sie mir bis zur Hüfte herunter zu zerren. Kurzerhand griff er nach dem Messer, das in einer Lederscheide an seinem Gürtel hing. Mein Herz blieb fast stehen vor Schreck als er es zwischen meinen Bauch und die Hose schob. Aber er durchtrennte nur den Strick. Die Hose fiel auf meine nackten Füße.

Eilig griff ich nach den Sachen in der Truhe. Doch er war schneller als ich. Mit festem Griff packte er meinen Arm und zog mich zu sich heran.

Da ich fast gleich groß mit ihm war, standen wir uns Auge in Auge gegenüber. Sein Alkoholatem wehte mir ins Gesicht und seine Augen blickten trübe. Anscheinend hatte er schon kräftig dem Wodka zugesprochen. Doch der Ausdruck seines Gesichts zeigte keine Trunkenheit.
„Du bist ein hübscher Junge", sagte er voll unterschwelliger Erregung. „Der schönste, den ich je hatte. Und ich habe viel Geld für dich bezahlt. Diese Ausgabe muss sich für mich rentieren. Also gewöhne dir sehr schnell dein zickiges Benehmen ab. Ich weiß, dass du Erfahrung besitzt, Sonja hat es mir versichert. Was du noch nicht kennst, bringe ich dir nur zu gerne bei. Aber ich verlange, dass du mir bedingungslos gehorchst. Ansonsten wirst du es sehr schwer haben. Hast du mich verstanden?"
Ich schluckte trocken und nickte eingeschüchtert. Aber das reichte ihm nicht. Er schüttelte mich grob. „Sage es!"
„Ich werde Euch gehorchen..." würgte ich hervor. Und als er mich erneut schüttelte fügte ich hinzu. „Herr."
„So gefällst du mir schon besser. Und du kannst sofort damit anfangen, mir zu beweisen wie ernst es dir ist."

Die folgenden Tage und Nächte waren die schlimmsten in meinem bisherigen Leben. Semjonov schien es sich in den Kopf gesetzt zu haben, mich zu seinem perfekt funktionierenden Spielzeug zu machen. Und zu meinem Leidwesen besaß er schier unerschöpfliche Phantasie und Ausdauer.
Ich weiß nicht, ob ich es leichter gehabt hätte, wäre ich tatsächlich bedingungslos auf seine Forderungen eingegangen. Trotz meiner Angst vor ihm, regte sich immer wieder mein Widerspruchsgeist und ich versuchte, mich zu wehren. Und er genoss es sichtlich, meinen Widerstand zu brechen. Dabei war er in seinen Methoden keineswegs zimperlich. Er schlug mich oft und wie mir schien gerne. Doch er benutzte dazu nie eine Gerte oder Peitsche, so wie er es bei dem unglücklichen Knecht getan hatte. Nein, er züchtigte mich ausschließlich mit der flachen Hand. Und er strafte mich nie durch Essenentzug, so wie es Sonja getan hatte. Im Gegenteil, er achtete streng darauf, dass ich ordentlich und reichlich aß. Meine Speisen waren die gleichen, die auch er zu sich nahm. Erst nach einiger Zeit erkannte ich den Grund dafür. Semjonov verehrte Schönheit. Deshalb steckte er mich in edle Gewänder und deshalb achtete er so sehr darauf, meinen Körper makellos zu erhalten. Kaum etwas

bereitete ihm mehr Freude, als mich ausgiebig zu betrachten und zu befingern. Manchmal kam ich mir vor wie ein edles Pferd, an dessen graziöser Schönheit er sich nicht satt sehen konnte.

Ich selbst hatte mir bis dahin niemals Gedanken über mein Aussehen gemacht, ja ich wusste nicht einmal wie ich aussah. Im Bordell gab es zwar einen Spiegel, aber der hing in Sonjas Zimmer und sie hütete ihn wie einen Schatz. Mein verzerrtes Spiegelbild konnte ich höchstens beim Blick in einen Wassertrog betrachten. Doch da hatte ich meist nur Grimassen geschnitten.

Bei Semjonov stand ich zum ersten Mal vor einem richtigen Spiegel. Das wertvolle Stück befand sich in seinem Schlafzimmer und er stellte sich mit mir davor, damit er sich und mich darin betrachten konnte.

Verwundert schaute ich auf den großen schmalen Knaben, der mir ernst entgegenblickte. Semjonov schubste mich näher an die silberne Fläche, damit ich auch alle Einzelheiten gut erkennen konnte. Mit langsamen Bewegungen strich er über mein hellblondes, langes Haar und ließ dann seine Finger gemächlich über meinen nackten Körper wandern.

„Na, gefällt dir, was du siehst?" fragte er mich mit vor Erregung heißerer Stimme. „Sieh dich gut an. Du bist perfekt, ich habe es sofort unter all dem Schmutz erkannt. Dein unschuldiges Engelsgesicht und deine so ungewöhnlichen hellen Augen haben mich sofort fasziniert. Und nun, da ich dich etwas aufgepäppelt habe, ist auch dein Körper perfekt. Du bist jeden Rubel wert, den ich für dich bezahlt habe."

Er sagte das zwar stolz, doch ohne jegliches Gefühl. Eher so wie jemand, der ein wertvolles Gemälde besitzt und sich nicht daran satt sehen kann. Meiner Person brachte er nicht das geringste Interesse entgegen, es war einzig mein Körper, der ihn interessierte.

Erst nach ein paar Wochen, die ich ausschließlich in meiner Kammer oder seinem Schlafgemach verbringen musste, durfte ich zum ersten Mal nach draußen. Er war sich nun sicher, meinen Willen gebrochen zu haben. Und so war es auch wirklich. Die vielen Schläge und Vergewaltigungen hatten mich seelisch zermürbt. War ich ungehorsam, strafte er mich, indem er mich nicht schlafen ließ. Die ganze Nacht musste ich kerzengerade in einer Ecke seines Zimmers stehen. Wenn er merkte, dass ich schwankte oder gar einschlief, schlug er mich und zwang mich in sein Bett. Irgendwann besaß ich einfach nicht mehr den Nerv, ihm Widerstand zu leisten. Ich tat fortan, was er mir abverlangte. Ich bezwang meinen Ekel, meine Angst und mein Schamgefühl und vergrub alle diese Gefühle tief in meinem Inneren.

Ich durfte mich auf dem Gelände rund um das Haus frei bewegen. Oft ging ich zu den Ställen, um den Knechten bei der Arbeit zuzusehen. Es war mir streng verboten, irgendeine Arbeit zu tun. Sobald es Semjonov nach mir verlangte, musste ich sofort zu ihm kommen und wehe, er bemerkte dann Schmutz oder einen üblen Geruch an mir.

Zuerst erntete ich bei den übrigen Bediensteten nur mitleidige Blicke, keiner wagte es, mich anzusprechen. Alle schienen zu wissen, zu welchem Zweck ich hier war. Doch nach und nach tauten einige der Knechte und Mägde auf und redeten mit mir. Bald fühlte ich mich in ihrer Mitte wohl. Hier lebte ich auf und durfte mir erlauben, mir ein wenig meines Kummers von der Seele zu reden. Ich konnte sicher sein, dass nichts von meinen Klagen zu meinem Herrn getragen wurde. Sie hassten ihn alle, keiner war darunter, den er nicht schon gedemütigt, geschlagen, oder gar noch Schlimmeres hatte erleiden lassen. Sie waren alle Leibeigene, wer nicht für ihn arbeiten wollte wurde gnadenlos von seinem Land verjagt. Das war in den meisten Fällen ein sicheres Todesurteil, denn es gab weit und breit keine andere Arbeit. Die Männer und Frauen arbeiteten für spärliches Essen und Unterkunft in den schäbigen Hütten, die alle zu Semjonovs Eigentum zählten. Ihre Kinder mussten schon im zarten Alter von vier bis fünf Jahren mitarbeiten.

Da alle auf dem Hof die Vorliebe ihres Herrn für Knaben kannte, versteckten sie ihre halbwüchsigen Söhne vor ihm so gut es ging. Jungen in meinem Alter liefen stets bis zur Unkenntlichkeit verschmutzt und in sackähnlichen Gewändern herum, damit sie ihm ja nicht auffielen. Die meisten wurden von ihren Eltern auf die abseits gelegenen Felder zum Arbeiten geschickt, dort kam Semjonov nur selten hin.

Irgendwann fiel mir ein junger Mann von etwa achtzehn oder neunzehn Jahren auf. Er musterte mich oft verstohlen und sein Blick drückte sowohl Mitleid als auch Wissen aus. Er sah gut aus, seine feinen Züge unterschieden sich auffallend von den meist groben Bauerngesichtern der anderen jungen Männer. Unauffällig kam er mir jeden Tag ein Stück näher. Und eines Tages - ich stand alleine im Pferdestall und bewunderte den neuen Deckhengst - stand er plötzlich neben mir.

„Na, wie ist es mit dem alten Bock?" fragte er direkt und ich schaute ihn groß an. So respektlos hatte bisher noch kaum einer der Bediensteten von Semjonov zu sprechen gewagt.

Er lachte abfällig, als er mein schockiertes Gesicht sah. „Bist wohl ein rechtes Seelchen, was?" meinte er spöttisch. „Da tust du dir sicher schwer, seine Spielchen mitzumachen. Aber ich kann dir einen guten Rat geben. In seinem Nachtschrank hat er immer eine Flasche Wodka versteckt. Bevor er zu dir kommt, nimm einen kräftigen Schluck davon. Das hilft dir die Sache ein bisschen lockerer zu sehen. Du brauchst keine Angst zu haben, dass er eine Fahne an dir bemerkt. Er hat immer selbst genug intus, das fällt ihm gar nicht auf."

„Woher kennst du dich so gut aus?" fragte ich naiv. Er lachte erneut belustigt, nur seine Augen blickten todernst. „Ist das so schwer zu erraten? Ich war dein Vorgänger. Acht Jahre lang hat er seinen dreckigen Schwanz in mich gesteckt. Dann wurde ich ihm zu alt und er hat sich ein neues Spielzeug gesucht. Worüber ich natürlich nicht traurig bin. Im Gegenteil ich bin froh, dass ich ihn nicht mehr ertragen muss. Mein Gott, wie habe ich den Kerl gehasst."

Er musterte mich erneut. „Mit dir hat er sich ja ein besonders hübsches Kerlchen geangelt. Obwohl er normalerweise nicht auf Jungen steht, die schon fast größer sind als er selbst. Sicher hat es ihn einige Kraft gekostet, dich zu zähmen. Als er mich damals aus dem Armenhaus holte, war ich mindestens einen Kopf kleiner als er. Wie alt bist du eigentlich und wie heißt du?"

Ich zuckte die Schulter: „Mein Name ist Nicolas. Wie alt ich bin weiß nicht, das hat mir nie jemand gesagt."

Das schien ihn nicht zu verwundern, er nickte nur verstehend und seufzte leise. Dann fuhr er leichthin fort: „Ich bin Vitalij. Da wir das gleiche Schicksal teilen, können wir uns ja vielleicht öfter sehen und reden. Sicher kann ich dir den einen oder anderen Tipp geben. Aber verrate dem Alten nicht, dass du dich mit mir triffst, das würde uns beiden nicht gut bekommen. Ich muss jetzt wieder an die Arbeit. Komm einfach hier in den Stall. Ich finde dich dann schon."

Von da an traf ich mich fast täglich mit Vitalij. Sein Tipp mit dem Wodka half mir wirklich. Fortan trank ich mir jeden Abend Gleichmut an. Mein Herr merkte nichts davon. Er war aber begeistert, wie bereitwillig ich plötzlich seinen Wünschen nachkam.

Zuerst legte mir Vitalij bei unseren Gesprächen nur freundschaftlich die Hand auf die Schulter. Dann streichelte er mich flüchtig. Und schließlich begann er, mich eindeutig zu berühren. Aber er tat es jedoch nicht so plump und roh wie Semjonov, sondern fast liebevoll. Nach anfänglichem Schrecken gefielen mir seine Berührungen. Ich hungerte nach Zuneigung und er gab sie mir. Für mich war es nur natürlich, ihm ebenfalls etwas dafür zu geben.

Als wir wieder einmal im Stroh versteckt einander streichelten, nahm er plötzlich meinen Kopf zwischen seine Hände und küsste mich sanft auf den Mund. Überrascht öffnete ich die Lippen und seine Zunge drängte sich dazwischen. Sie spielte mit meiner Zunge und gleichzeitig fühlte ich seine Hand in meine Hose gleiten.

Es war das erste Mal, dass mich jemand erregte. Semjonovs Berührungen waren stets grob und oftmals schmerzhaft. Es gab ihm Spaß, mir weh zu tun. Vitalij hingegen wusste, was mir gefiel. Und ich tat es ihm gleich. Gemeinsam brachten wir uns zum Höhepunkt.

Mit der Zeit wurde er forscher und dann ließ ich ihn schließlich tun, was er begehrte. Es war auch mit ihm nicht besonders angenehm, aber ich wollte ihn nicht enttäuschen. Mir lag sehr viel an seiner Zuneigung.

Lange Zeit bemerkte mein Herr nichts von unserem Geheimnis. Vitalij und ich fanden fast täglich ein wenig Zeit, uns miteinander zu vergnügen. Doch dann geschah das Unglück.

Wieder einmal lagen wir hinter Heuballen versteckt im Stall und waren so intensiv miteinander beschäftigt, dass wir das Öffnen der Stalltür nicht hörten. Und es war nicht irgendein Knecht, der im Stall zu tun hatte, sondern Semjonov. Er hatte eine neue Stute erworben und brachte sie - ganz gegen seine sonstige Gewohnheit - selbst in den Stall. Und er steuerte genau auf die Box zu, in der wir lagen.

Natürlich gab es weder ein Entrinnen für uns, noch eine gute Erklärung für unser Tun. Und selbstverständlich erkannte Semjonov mit einem Blick was vor sich ging. Sein Gesicht schwoll hochrot an und er explodierte fast vor Wut. Er stieß einen tierischen Schrei aus, packte mich und zog mich hoch. Dann schlug er mit geballten Fäusten auf mich ein. Es war das erste Mal, dass er mich so unbeherrscht schlug. Er traf mein Gesicht, meine Rippen, meinen Bauch, es schien ihm egal. Erst als ich in zusammensackte und blutüberströmt liegenblieb, ließ er von mir ab. Ich war fast ohnmächtig vor Schmerz. Mein rechtes Auge schwoll zu, auf dem linken sah ich nur verschwommen. Inzwischen waren ein paar Männer in den Stall gekommen, um zu sehen was der Lärm bedeutete. Sie kamen Semjonov gerade recht. Er befahl ihnen, Vitalij zu packen, ins Stroh zu werfen und dort festzuhalten. Der junge Mann schien vor Schreck erstarrt und wehrte sich nicht. Noch immer Zorn rot im Gesicht starrte Semjonov auf ihn nieder.

„Du wagst es, dich an meinem Eigentum zu vergreifen!" schrie er ihn an und trat ihm in die Rippen. „Ist das der Dank, dass ich dich nicht längst von meinem Hof gejagt habe? Aber das sollst du mir büßen, ich werde dafür sorgen, dass du so etwas nie mehr tust." Er zog sein Messer aus der Scheide und bückte sich herunter.

Ich konnte nicht sehen was er tat, doch ich hörte den mörderischen, langgezogenen Schrei Vitalijs, der in ein grauenvolles Wimmern überging. Erneut ertönte Semjonovs kalte Stimme. Diesmal galt sie seinen Knechten. „Seht zu, dass der Kerl nicht verblutet. Ich will ihn in ein paar Tagen wieder bei der Arbeit sehen. Bringt ihn zum Kräuterweib, sie soll sich um ihn kümmern."

Ich konnte einen Blick durch seine gespreizten Beine tun. Vitalij lag verkrümmt im Stroh und hielt seine Hände auf seinen Unterleib gepresst. Zwischen seinen Fingern lief Blut hervor und tränkte das Stroh unter ihm. Semjonov würdigte ihn keines Blickes mehr. Er packte mich am Genick und zog mich hoch. Dann schleifte er mich hinter sich her zum Haus. Trotz meiner Schmerzen versuchte ich, mit ihm Schritt zu halten. Ich wollte ihn nicht noch mehr erzürnen. Mein Magen hatte sich vor Angst in einen dicken Knoten verwandelt.

Es kam so schlimm, wie ich es befürchtet hatte. In seinem Schlafzimmer angekommen, fiel er wie ein Berserker über mich her. Er war immer noch außer sich vor Zorn und beschimpfte mich wüst. Dann schlug er mich erneut und vergewaltigte mich brutal. „Ist es das, was du brauchst?" schrie er immer wieder. „Gebe ich dir nicht genug? Nun, du sollst es haben. Von nun an werde ich dir zeigen, dass ich dein einziger Herr und Meister bin."

Kapitel 4: Sklavenjahre

Gegen Morgen war auch Semjonov endlich so erschöpft, dass er einschlief. Er lag über mir und erdrückte mich fast mit seinem Gewicht. Dennoch wagte ich nicht, unter ihm hervor zu kriechen. Lieber wollte ich ersticken, als mich nochmals so misshandeln zu lassen. Es gab keine Stelle an meinem Körper, die mir nicht wehtat.

Nach seinen unüberlegten Faustschlägen im Stall war mein Herr schnell wieder zur Vernunft gekommen. Und als wir in seinem Schlafzimmer angekommen waren, hatte er sich weitgehend unter Kontrolle. Aber noch immer war er sehr zornig und gierte danach mich für meine Untat zu bestrafen. Doch dabei sollten keine bleibenden Narben zurückbleiben. Blaue Flecke auf meiner Haut nahm er jedoch in Kauf, sie waren ja nach einigen Tagen wieder verschwunden.

Bald brannte mein Gesicht von den Ohrfeigen, die er mir verpasste und mein Rücken und Gesäß pochten von den mit flacher Hand ausgeführten Schlägen. Und immer wieder fiel er über mich her, zwang mich, ihm zu Willen zu sein. Sein Zorn schien ihm ungeahnte Kräfte zu verleihen.

Ich ließ alles willenlos über mich ergehen und hoffte nur, es möge bald vorüber sein. Ich konnte nicht mehr denken und brachte nicht einmal die Energie auf, ihn um Gnade anzuflehen. Irgendwann war es vorbei und ich fiel in einen unruhigen Schlaf.

Ich erwachte mit einem Schrei, als er sich erneut an mir zu schaffen machte. Doch er brachte nicht mehr zustande, was er sich vorgenommen hatte, sein Körper weigerte sich ihm zu gehorchen. Das versetzte ihn abermals in Wut und brachte mir eine neuerliche Tracht Prügel ein.

Endlich hielt er schnaufend inne und starrte mich böse an. „Ich hoffe, das war dir eine Lehre. Wage es nicht noch einmal, mich zu hintergehen. Sonst ergeht es dir wie Vitalij."

Er schickte mich in meine Kammer und verriegelte die Türe von außen. Ich war abermals sein Gefangener. In dem Moment war es mir egal. Ich wollte nur noch schlafen und am liebsten nie mehr erwachen.

Die nächsten zwei Wochen kam ich tagsüber nicht aus meiner Kammer heraus. Den Großteil der Nächte verbrachte ich weiterhin in seinem Bett. Erst wenn er befriedigt war, warf er mich hinaus. Dann musste ich entweder auf dem Fußboden schlafen oder ich durfte auf meinen Strohsack in meiner Kammer zurückkehren. Das lag ganz an seiner jeweiligen Laune.

Von Vitalij erfuhr ich in dieser Zeit nichts. Zwar brachte mir die ältliche Köchin jeden Tag mein Essen in meine Kammer, aber Semjonov hatte ihr streng untersagt, auch nur ein Wort mit mir zu wechseln. Sie war viel zu ängstlich um seinen Befehl zu missachten.

Irgendwann durfte ich endlich wieder das Haus verlassen. Mein Herr war sich nun sicher, ich würde es nicht noch einmal wagen, ihn zu betrügen. Das hätte ich auch ohne seine brutale Strafe nicht getan. Schließlich hatte ich mich Vitalij nicht aus Lust, sondern aus Liebe hingegeben. Er war der erste Mensch, der nett zu mir war und mich gemocht hatte. Und dafür war er grausam bestraft worden.

Als ich ihm zum ersten Mal nach dem schlimmen Ereignis begegnete, erkannte ich ihn kaum wieder. Er war hager geworden und sah elend aus. Zuerst wandte er den Blick ab als er mich sah, doch nach kurzem Zögern kam er auf mich zu.

Selbst seine Stimme war nicht mehr die gleiche als er mich ansprach. Sie klang seltsam matt. Nachdem er mich lange gemustert hatte, meinte er: „Wie ich sehe, hat der Alte dich am Leben gelassen. Als ich wieder klar denken konnte, hatte ich Angst um dich. Sicher hat er sich ein paar besondere Gemeinheiten ausgedacht, um dich zu bestrafen, oder?"

Ich nickte unglücklich. „Ja, aber immerhin bin ich glimpflicher davongekommen als du. Hast du noch große Schmerzen?"

Er winkte resigniert ab. „Die Schmerzen sind nicht der Rede wert. Da habe ich während meiner Zeit mit ihm viel mehr durchgemacht. Schließlich war es ja nur eine relativ kleine Wunde, die er mir zugefügt hat. Ich will dir ja keine Angst machen, Nicolas. Aber in den acht Jahren, die ich ihm ausgeliefert war, hat er nichts unversucht gelassen, mich zu brechen. Und es ist ihm auch gelungen. Aber mit der Entmannung hat er mir nun auch noch den letzten Rest meiner Würde genommen. Mein Leben ist zerstört. Und das kann ich ihm nicht verzeihen."

„Immerhin hat er dich am Leben gelassen", widersprach ich zaghaft. „Ich dachte, er würde dich töten."

Ein raues verächtliches Lachen kam aus Vitalijs Kehle. „Es wäre mir lieber gewesen, er hätte mich umgebracht. Was ist mein Leben jetzt noch wert? Ich arbeite für ihn bis ans Ende meiner Tage. Jedes Mal, wenn ich ihn sehe, werde ich an meine Schmach erinnert. Und er sorgt dafür, dass

ich ihn sehe. Jeden Tag sucht er mich auf und verhöhnt mich vor den anderen Knechten. Ich musste sogar vor ihnen meine Hose herunterlassen, so dass jeder sehen konnte, was er mir angetan hat. Er hat den Männern gedroht, ihnen würde das gleiche passieren, sollte jemand dich auch nur anfassen."
Er sah mich eindringlich an. „Wenn du klug bist, Nicolas, klüger als ich es war, dann versuche zu türmen. Glaube mir, es ist besser in der Wildnis von den Tieren getötet zu werden, als dieses Leben zu ertragen. Er wird deinen Körper missbrauchen bis er deiner überdrüssig geworden ist und er wird deine Seele zerstören. Und vielleicht wird er dich töten, wenn du ihm zu alt geworden bist. Die meisten meiner Vorgänger hat er nicht am Leben gelassen. Das erzählten mir zumindest die anderen Bediensteten. Er brachte die Jungen, die nicht mehr für sein Bett taugten, in den Wald und tötete sie bestialisch."
„Und warum lebst du dann noch?"
Er zuckte die Schultern: „Ich denke, das habe ich nur einem Zufall zu verdanken. Kurz bevor er zu seiner Reise aufbrach von der er dich mitbrachte, gab es einen furchtbaren Brand in einem der Schlafsäle. Du hast die ausgebrannten Reste der Hütte sicher schon gesehen. Fast fünfzig Arbeiter kamen in den Flammen um. Er brauchte also dringend neue, möglichst kräftige Männer. Er stellte mich kalt vor die Alternative entweder zu sterben oder sein Leibeigener zu werden. Ich habe nicht lange überlegt. Damals dachte ich tatsächlich, ich wäre ein Glückspilz..."
Vitalijs eindringliche Worte gingen mir später immer wieder im Kopf herum. „Sollte ich wirklich zu fliehen versuchen? Manchmal, wenn mein Herr besonders brutal zu mir war, nahm ich es mir fest vor. Dann schmiedete ich in Gedanken Fluchtpläne und verwarf sie ebenso schnell wieder. Endlich musste ich mir eingestehen, dass ich zu feige war um zu fliehen. Ich kannte die endlose Wildnis, die sich zwischen Kiew und Semjonovs Ländereien befand, von meinem Marsch hierher. Außerdem konnte ich mir ausmalen, wie weit ich kommen würde. Zu Fuß wäre ich einige Tage auf seinem Grund und Boden unterwegs. Und er würde mich mit seinen Hunden suchen. Keiner von Semjonovs Leibeigenen würde es wagen, mir Essen oder Unterkunft zu gewähren. Das würde ihr sicheres Todesurteil bedeuten.
Dennoch gelobte ich mir, stets auf der Hut zu sein. Ich wollte auf keinen Fall getötet werden, wenn ich begann zum Mann zu werden. Fortan

betrachtete ich immer wieder kritisch meinen Körper. Verändere er sich schon? Ich rupfte mir sogar die Schamhaare aus, die immer üppiger zu sprießen begannen. Doch ich konnte nichts gegen das Wachstum meines Körpers tun, unaufhaltsam wurde ich größer und größer, überragte bald fast alle Männer auf dem Gutshof. Doch Semjonov schien es nicht zu bemerken, oder es war ihm egal. Er bediente sich meiner nach wie vor sehr ausgiebig.

Ich befand mich mittlerweile schon über ein Jahr auf dem Gut, als ein Besucher erschien. Das war eine absolute Seltenheit. Nur hin und wieder kam einmal ein Viehaufkäufer oder Getreidehändler bei Semjonov vorbei. Sobald ihre Geschäfte getätigt waren, verschwanden die Händler wieder. Nahe Verwandte oder gar Freunde schien Semjonov nicht zu haben. Zumindest besuchte ihn keiner. Bis auf Pavel Kraswenkow, seinen Neffen.
Pavel Kraswenkow war der Sohn von Semjonovs verstorbener Schwester Svetlana und sollte einmal sein Erbe werden. Und wenn man dem Gemunkel der Bediensteten glauben konnte, war er ebenfalls dem eigenen Geschlecht zugeneigt.
Mein Herr wurde jedenfalls ganz aufgeregt, als ein Bote die Nachricht brachte. Er schien sich tatsächlich über den angekündigten Besuch zu freuen. Noch nie hatte ich ihn so gut gelaunt, ja strahlend erlebt. Dieser Pavel musste ihm wirklich etwas bedeuten.
Als ich Pavel dann zum ersten Mal zu Gesicht bekam, wunderte mich das insgeheim. Es war absolut nichts Besonderes an dem Mann. Er war etwa dreißig Jahre alt und recht klein geraten. Außerdem war er mager wie ein Straßenköter. Sein Gesicht war durchschnittlich hübsch, irgendwie sah er noch immer wie ein Junge aus.
Kaum war er aus der Kutsche gestiegen, fielen sich die beiden in die Arme. Ich hörte Pavel rufen: „Boris, ich freue mich sehr, wieder einmal hier zu sein. Leider haben mich wichtige Geschäfte allzu lange von dir fern gehalten. Aber nun hat es endlich geklappt."
Mein Herr äußerte sich ähnlich überschwänglich und sie verschwanden zusammen im Haus. Ich hatte das freudige Wiedersehen von meinem Kammerfenster aus beobachtet und legte mich nun auf meinen Strohsack. Würde sich die Anwesenheit Pavels günstig oder ungünstig für mich auswirken? Bei Semjonovs unberechenbarem Charakter war das schwer

vorauszusehen. Jedenfalls hatte er mich schon zwei Tage nicht angerührt und ich hoffte, das würde noch einige Zeit so bleiben. Obwohl ich schon lange ohne Widerspruch auf all seine Forderungen einging, empfand ich sie noch immer als Vergewaltigung.

Als die beiden beim Abendessen saßen, kam die Köchin zu mir. Doch anstatt mein Essen zu bringen sagte sie nur, ich solle ins Wohnzimmer kommen. Ihr Blick ruhte voller Mitleid auf mir und mir wurde schlecht vor Angst. Was erwartete mich dort unten? Doch es war nutzlos, sie zu fragen. Aus langer Erfahrung wusste ich, sie würde mir nichts sagen.

Mit klopfendem Herzen ging ich nach unten. Trunkenes Gelächter drang mir schon im Flur entgegen und mir wurde noch mulmiger zumute. Wenn mein Herr sehr betrunken war, kam er auf die absonderlichsten Ideen. Seine Phantasie bekam dann Flügel.

Mir kam der Gedanke, ich hätte mich besser auch mit einem kräftigen Schluck gewappnet. Doch inzwischen brauchte es mehr als einen Schluck, um mich unempfindlich gegen Semjonovs Spiele zu machen.

„Ach, da ist ja mein goldener Engel" lallte er nun und winkte mich zu sich. Dann zog er meinen Kopf zu sich herunter und küsste mich zuerst auf die Wange und dann auf den Mund. Das zeigte mir den Grad seiner Trunkenheit. Nur wenn er voll wie hundert Mann war, bekam er zärtliche Anwandlungen. Mein Unbehagen wuchs, betrunken war er besonders unberechenbar.

Auch Pavel schien mir nicht mehr ganz nüchtern. Doch er war zumindest noch Herr seiner Sinne. Sein lüsterner Blick glitt über mich. Es stimmte also, was die Knechte von ihm sagten. Mir wurde noch elender zumute. Doch dann sagte ich mir, dass ihm Semjonov niemals gestatten würde, mich anzurühren.

Aber das war ein Irrtum, den ich gleich zu spüren bekam. Mein Herr zeigte sich ganz versessen darauf, meine Vorzüge zu preisen. Und er ermunterte Pavel direkt dazu, mich zu betatschen. Und er befahl mir, mich auszuziehen.

Wie immer wagte ich nicht, mich zu widersetzen. Ergeben schickte ich mich an, den Befehl zu befolgen. Schon nach kurzer Zeit fand ich mich auf dem Teppich wieder, flankiert von zwei nackten Leibern. Ich zitterte vor Furcht, gab aber keinen Laut von mir.

Zum Glück wurde es dann doch nicht so schlimm, wie ich befürchtet hatte.

Schnell stellte sich heraus, dass mein Herr zu betrunken war, er begnügte sich schließlich mit dem Zusehen. Und Pavel war überraschend behutsam mit mir. Zwar verlangte er die gleichen unangenehmen Dinge wie mein Herr, aber er war nicht brutal. Dennoch war ich erleichtert, als er endlich mit zufriedenem Grinsen von mir abließ. Semjonov war inzwischen eingeschlafen und auch Pavel fing bald zu schnarchen an. Eilig raffte ich meine Kleider zusammen und schlich in meine Kammer.
Zwei Tage lang bekam ich die beiden kaum zu Gesicht. Sie ritten gemeinsam über die Ländereien und abends betranken sie sich. Meine Ängste blieben unbegründet, keiner wollte etwas von mir. Aber sie schienen über irgendetwas zu verhandeln. Mir war es egal. Hauptsache, ich blieb ungeschoren.
Am dritten Abend rumorte es in Semjonovs Zimmer und mein Magen zog sich zusammen. Aber nicht er kam in meine Kammer, sondern Pavel. Er blickte wohlgefällig auf mich herunter und bat mich höflich: „Würdest du bitte aufstehen und mit mir kommen?"
Ich glaube, ich habe ihn angestarrt wie ein dummer Ochse. So freundlich war seit Vitalij niemand mehr zu mir gewesen. Ich rührte mich nicht. Da kam er auf mich zu und griff nach meinem Arm. Erschrocken zuckte ich zurück und rappelte mich auf.
„Du brauchst vor mir keine Angst zu haben", beschwichtigte er mich freundlich. „Ich tue dir nichts Böses."
Trotz seiner Worte wich die Angst nicht von mir. Was hatte er vor? Als er mich in sein Zimmer führte, wurde es mir klar und meine Angst wuchs ins Unermessliche. Ich malte mir im Geiste aus, was Semjonov tun würde, sollte er uns erwischen. Ich war nur für ihn bestimmt, das hatte er mir deutlich klargemacht. Die Entgleisung vor einigen Nächten war nur seiner Trunkenheit zuzurechnen. Aber heute war er nüchtern.
„Ich darf das nicht", würgte ich schließlich hervor. „Er wird es nicht dulden und mich dafür bestrafen. Bitte lasst mich gehen."
„Nein, er wird dir nichts tun. Dafür habe ich gesorgt. Weißt du, seit meiner Kindheit ist der Alte scharf auf mich. Er hat mich zum ersten Mal verführt als ich zehn war. Und obwohl er eigentlich auf Knaben wie dich steht, ist er aus irgendeinem Grund noch immer verrückt nach mir. Nun, das habe ich ausgenutzt. Ich lasse ihn an mich heran, wenn er mir im Gegenzug deine Gesellschaft gönnt. So läuft das schon seit Jahren zwischen uns."

Ich musste Pavel wohl oder übel glauben. Er war jedenfalls nicht gewillt, mich wieder aus seinem Zimmer zu lassen. Und als ich am nächsten Morgen Semjonov begegnete schaute er mich nur gleichgültig an. Mir fiel ein Stein vom Herzen.

Ich verbrachte auch die weiteren Nächte in Pavels Zimmer. Wann er seine Pflicht bei seinem Onkel erfüllte wusste ich nicht. Seine Nächte widmete er jedenfalls voll und ganz mir. Und nach anfänglichem Widerwillen, genoss ich seine Berührungen.

Wie schon in der ersten Nacht, war er stets behutsam und nachsichtig. Und im Gegensatz zu meinem Herrn war er bemüht, mir ebenfalls Lust zu bereiten. Es gefiel ihm, wenn ich mich unter seinen Händen und Lippen vor Erregung wand. Was Vitalij mit mir begonnen hatte, beherrschte er perfekt. Ich kam bald auf den Geschmack und genoss es, von ihm in den Freuden der körperlichen Liebe unterrichtet zu werden. Er zeigte mir, dass es nicht wehtun musste, mit einem Mann intim zu sein. Im Gegenzug für seine Aufmerksamkeiten schenkte ich ihm bereitwillig, was Semjonov sich von mir erzwang.

Als ich Pavels Körper intensiv betrachtete ahnte ich, was ihn für meinen Herrn so begehrenswert machte. Er hatte noch immer eine knabenhafte Figur und würde sie wohl auch behalten. Seine kleine Gestalt tat ein Übriges. Er war einen ganzen Kopf kleiner als ich.

Viel zu schnell verging die Zeit mit Pavel. Als er abreiste war ich am Boden zerstört. Ich hatte mich regelrecht in den kleinen Mann verliebt und trauerte ihm sehr nach. Den von Angst und Schmerz geprägten Alltag mit meinem Herrn empfand ich nach Pavels Abreise wie einen Fall aus großer Höhe. Jetzt, wo er fort war, schien Semjonov nachträglich die Eifersucht zu packen. Vielleicht merkte er mir auch an, wie sehr ich seinen Neffen vermisste. In den folgenden Tagen und Nächten ließ er mir keine Ruhe und verlangte die übelsten Dinge von mir.

Die folgenden Jahre verliefen mehr oder weniger gleich. Ich war inzwischen total abgestumpft und reagierte wie ein Roboter. Was immer mein Herr auch von mir verlangte, ich tat es ohne darüber nachzudenken und vergaß es dann schnell. Hätte ich mir Gedanken gemacht, so wäre ich sicher wahnsinnig geworden.

Auch meinen Mitmenschen gegenüber wurde ich gleichgültig. Wurde ein Arbeiter für etwas bestraft, so hatte ich früher immer Mitleid mit dem

Unglücklichen. Heute sah ich stumm bei den Züchtigungen zu und war froh, selbst ungeschoren zu bleiben. Selbst als Vitalij für einen missglückten Mordversuch an Semjonov zu Tode gepeitscht wurde, ließ mich das kalt. Nur tief in meinem Inneren rührte sich ein kleines Flämmchen. Aber ich erstickte es schnell unter einem Mantel der Gleichgültigkeit.
Die einzigen Lichtblicke waren Pavels seltene Besuche. Dann verbrachte ich zwei oder drei Wochen mit ihm und war glücklich. Ging er wieder, ließ er mich in dumpfer Verzweiflung zurück.
Immer öfter bemerkte ich, wie Semjonov mich unmutig anblickte. Bald war es offensichtlich; ich gefiel ihm nicht mehr. Diese Erkenntnis riss mich endlich aus meiner Lethargie.
Am Abend stellte ich mich heimlich vor den Spiegel in seinem Zimmer und betrachtete kritisch meinen nackten Körper.
Kein Zweifel, ich war zum Mann geworden. Mühsam rechnete ich nach, wie lange ich schon bei ihm war. Es mussten ungefähr sechs Jahre sein. Wenn ich richtig vermutete, war ich bei meiner Ankunft zirka dreizehn Jahre alt gewesen, also war ich jetzt etwa achtzehn oder gar schon neunzehn Jahre alt.
Aus dem Spiegel schaute mich heute ein sehr großer junger Mann an. Inzwischen war ich mehr als einen Kopf größer als Semjonov. Mein Körper war eckig geworden, die Muskeln traten hart hervor. Auch mein Gesicht zeigte nun Kanten. Schon seit einem Jahr musste ich mich täglich rasieren. Als ich mich so betrachtete, wunderte ich mich, was mein Herr noch immer an mir fand. Einem Knaben sah ich jedenfalls nicht mehr ähnlich.
„Sicher wunderst du dich, was ich noch an dir finde", ertönte seine Stimme plötzlich von der Türe her und er trat neben mich. Ich zuckte zusammen. Konnte der Mann meine Gedanken lesen?
„Ich sage dir, was es ist. Bestimmt nicht mehr dein Körper, ganz gewiss nicht. Nein, es ist das Gefühl der Macht, dass ich empfinde, wenn ich dich besteige. Deine noch immer kindliche Demut in diesem großen Körper. Ich genieße deine ungebrochene Angst, die du vor mir hast und ebenso, wie du in hündischer Bereitschaft all meinen Befehlen nachkommst. Und dass, obwohl du mich bis aufs Blut hasst. Das ist es, was dich noch immer so begehrenswert für mich macht."
Ich starrte ihn durch den Spiegel an, vor dem wir jetzt beide standen. Und seine abfälligen Worte lösten in mir die plötzliche Einsicht aus:

Es stimmte was er sagte. In meiner panischen Angst vor ihm hatte ich noch gar nicht bemerkt, wie groß und stark ich geworden war. Nun, da er es mir selbst vor Augen führte, war es ganz offensichtlich.

Ich war jung, sehr groß, kräftig und meine Muskeln waren wie aus hartem Stein gemeißelt. Er hingegen reichte mir noch nicht einmal bis zum Kinn. Seine Figur wies weiche, schwabbelige Fettpolster auf. Unter seinen trüben Augen hingen Tränensäcke. Ohne dass ich es je bemerkt hatte war er ein alter, fetter Mann geworden. Wo war seine Stärke geblieben? Wenn ich gewollt hätte, könnte ich ihn mit bloßen Händen erwürgen.

Hatte er tatsächlich noch Macht über mich? Die Frage ging mir in der folgenden Zeit nicht mehr aus dem Kopf. Ja, natürlich besaß er die noch, er hatte Macht über alle Menschen, die auf seinen Ländereien lebten. Und wenn es ihm in den Sinn kommen sollte, so konnte ich im nächsten Moment tot sein. Er brauchte dazu nur ein Wort zu sagen, man würde mich gnadenlos töten.

Doch wenn meine Angst vor seiner Macht auch blieb, so begann ich doch zuerst fast unmerklich, dann stärker, die Grenzen seiner Macht über mich auszuloten. Ich kam nicht mehr sofort angesprungen, sobald er nach mir verlangte. Ich trödelte herum und tat, als hätte ich ihn nicht gehört. Das ging auch manchmal schief, wenn er schlecht gelaunt war bekam ich Schläge. Aber wenn er mich nun schlug, duckte ich mich nicht mehr vor ihm. Ich blieb aufrecht stehen und lächelte trotz der Schmerzen spöttisch auf ihn herab. Auch in seinem Bett gehorchte ich nicht mehr bedingungslos. Ich wehrte ihn immer öfter ab und lachte, wenn er sich vergeblich mühte, mich zu bezwingen. Lange konnte das nicht gutgehen, das war mir klar. Und ich war Tag und Nacht auf der Hut. Vitalijs Worte hatten sich unauslöschlich in meinen Kopf eingeprägt. Ich wollte von Semjonov weg, aber ich hatte nicht die Absicht zu sterben.

Dann eines Abends kam er von einem längeren Ausritt über seine Ländereien zurück und hinter seinem Pferd angebunden, lief ein kleiner verschmutzter Junge. Das Gesicht des Jungen war vom Weinen und vielleicht auch von Schlägen verquollen. Semjonov band ihn los und schleppte ihn hinter sich her in meine Kammer, wo er ihn auf den Strohsack stieß.

Dann drehte er sich zu mir um und blaffte mich an. „Ab sofort schläfst du im Stall. Und morgen will ich dich mit den anderen Arbeitern auf dem Feld sehen. Verschwinde!"

Das brauchte er mir nicht zweimal zu sagen. Ich tat nichts lieber, als sein Haus für immer zu verlassen. Selbst die üppigen Mahlzeiten vermisste ich nicht. Lieber aß ich mit seinen Knechten dünne Kohlsuppe und trockenes Brot.

Am Abend legte ich mich neben den übrigen Männern im Stall zum Schlafen nieder. Ein älterer Knecht, der mich schon immer seltsam angeschaut hatte, quetschte sich noch zwischen mich und die Wand. Ich dachte mir nichts dabei und schloss die Augen. Plötzlich fühlte ich seine Hand zwischen meinen Beinen und er raunte mir ins Ohr. „Jetzt, wo dich der Herr nicht mehr haben will, kannst du doch mich an deinen Arsch lassen. Es soll dein Schaden nicht sein. Hier sieh, ich habe extra für dich mein Brot aufgespart." Er lächelte mich vertraulich an und schwenkte eine trockene Brotkruste vor meinem Gesicht. Sein, nach Fusel und verfaulten Zähnen stinkender Atem wehte mir in die Nase.

Ohne nachzudenken sprang ich mit einem wütenden Schrei auf, packte den dürren Kerl und stieß ihn an die Stallwand. Dann rammte ich ihm die Faust in den Magen. „Wage es nie mehr, mich anzufassen, du dreckiges Miststück!" zischte ich ihn an. „Von nun an bestimme ausschließlich ich über meinen Arsch. Und du kriegst ihn auf keinen Fall."

Noch immer wütend funkelte ich die anderen Knechte an. „Das gilt für jeden von euch." Ich packte den Ranken Brot und stopfte ihn dem aufdringlichen Kerl zwischen seine schwarzen Zahnstummel. Dann legte ich mich wieder hin und zog die dünne Decke über mich. Keiner wagte mehr, mich anzusprechen.

Mein neues Leben als Leibeigener sollte nicht lange währen. Seit einigen Tagen bereits arbeitete ich mit den anderen auf den Feldern. Es war Herbst und die Ernte musste eingebracht werden. Eine Knochenarbeit für mich, war ich doch körperliche Arbeit nicht gewohnt. Als Semjonovs Spielzeug durfte ich ja nichts arbeiten, er hatte Angst, ich würde mich verletzen. Dabei dachte er natürlich nur an meinen Körper, nicht an mich selbst. Jetzt aber wurde von mir verlangt, dass ich die gleiche Arbeit leistete, wie die anderen Männer. Das war mir jedoch unmöglich. Obwohl ich kräftig und gut genährt war, fehlte mir die Routine und die Schnelligkeit der anderen. Ich musste oft fragen, wie eine Arbeit ausgeführt wurde und war meist zu langsam und hielt alle auf. Nach ein paar Tagen wurde ich nach Feierabend zu Semjonov gerufen.

Er stand mit seiner Reitpeitsche in der Hand im Hof und blickte mir finster entgegen.

„Ich habe gehört, du drückst dich vor der Arbeit. Das kann ich nicht dulden. Deshalb werde ich dich bestrafen. Zieh dein Hemd aus und deine Hose herunter", befahl er grob.

Mir wurde himmelangst zumute. Schon oft hatte ich mit angesehen, wie er seine Männer züchtigte. Wenn er schlecht gelaunt war, hatte das schon manchem bleibende Narben eingebracht. Und mir schien er heute sehr schlecht gelaunt.

Schwitzend vor Angst schüttelte ich störrisch den Kopf. „Nein. Ich habe nichts falsch gemacht, also dürft Ihr mich nicht schlagen. Ich brauche ein wenig Zeit, mich an die Arbeit zu gewöhnen. Schließlich durfte ich bei Euch nicht arbeiten." Meine Argumente kamen mir selbst sehr dürftig vor, doch es fielen mir keine besseren ein.

Semjonov fackelte nicht lange. Er gab zwei Männern einen Wink und sie packten mich bei den Armen. Ein Dritter zog mir das Hemd über den Kopf und ließ meine Hose herab. Sie lag auf meinen nackten Füßen. Sie zogen meinen Oberkörper über einen Holzbock, der speziell zu diesem Zweck im Hof aufgestellt war. Zu dritt hielten sie mich an Kopf und Armen fest und Semjonov schlug mit der Peitsche auf meinen Rücken und mein Hinterteil ein.

Es tat furchtbar weh, viel mehr als die Schläge mit der Hand oder mit Semjonovs Gürtel, die ich früher erdulden musste. Doch ich wollte ihm nicht die Genugtuung meiner Schreie geben. Also presste ich eisern die Zähne zusammen und wartete bis es vorbei war.

Endlich hörte er keuchend auf und die Männer ließen mich los. Ich sackte zusammen und hörte wie von weit entfernt Semjonovs wütende Stimme. Was er sagte, drang nicht zu mir durch.

Eine Weile blieb ich einfach liegen. Niemand kümmerte sich mehr um mich. Endlich rappelte ich mich langsam auf und zog meine Hose hoch, ignorierte den schneidenden Schmerz auf meinen Hinterbacken. Mein Hemd lag neben mir im Staub, ich streifte es mit zusammengebissenen Zähnen über.

Als ich den Kopf hob, fiel mein Blick auf das Fenster meiner einstigen Kammer. Ängstliche dunkle Augen in einem hübschen Jungengesicht starrten auf mich herab. Als der Knabe bemerkte, dass ich ihn ansah, zuckte er schnell zurück und verschwand.

Einige Tage nach meiner Züchtigung wurde ich abermals zu Semjonov gerufen. Mein Herz tat einen schmerzhaften Satz, als ich den Befehl vernahm. Was hatte ich schon wieder ausgefressen? Ich war mir keiner Schuld bewusst.

Aber er war bestens gelaunt, als ich bei ihm ankam. Sein Pferd stand gesattelt im Hof und er hatte seine Jagdarmbrust am Sattel hängen. Wollte er mich etwa zur Jagd mitnehmen? Manchmal nahm er einen Mann als Treiber mit, der ihm das Wild vor die Armbrust jagte. Aber warum ausgerechnet ich? Misstrauen glomm in mir auf.

„Komm mit!" befahl er nur knapp und schwang sich auf sein Pferd. Dann trabte er vom Hof ohne sich nach mir umzusehen, er war sich vollkommen sicher, ich würde ihm nachkommen.

Wie lange war es her seit ich, an sein Pferd gefesselt, hierherkam? Es kam mir bezeichnend vor, dass ich nun, wiederum hinter seinem Pferd herlaufend, den Hof verließ. War es soweit? Wollte er sich endgültig seines einstigen Spielzeugs entledigen? Nun, da er einen vollwertigen Ersatz für mich besorgt hatte.

In den vergangenen Nächten hatte ich oft den Jungen weinen hören. Nur zu gut konnte ich mir vorstellen, was Semjonov mit ihm anstellte und fühlte den Schmerz, den der Kleine ertragen musste fast körperlich. Manchmal hielt ich mir die Ohren zu, weil ich das Wimmern und Flehen nicht mehr hören konnte. Doch ich hörte es immer noch, es war in mein Gedächtnis eingebrannt. Und manchmal schämte ich mich für die Gedanken, die dann in meinem Gehirn herumspukten. Denn ich war dankbar, dass der kleine Kerl jetzt ertragen musste, was ich jahrelang erduldet hatte.

Etwa eine Stunde trabte ich hinter Semjonov her. Die Herbstsonne brannte heiß auf mich herab und trieb mir den Schweiß aus allen Poren. Längst wusste ich nicht mehr, wo wir uns befanden. So weit war ich noch nie vom Gut weggekommen. Die Felder gingen in noch immer üppiges Weideland über und in der Ferne konnte ich den Waldsaum erkennen. Genau darauf ritt mein Herr zu. Nach einer weiteren Stunde kamen wir am Waldrand an und er hielt das Pferd an. Missbillig schaute er auf mich herab. Ich keuchte vor Anstrengung, das Pferd war schnell getrabt und ich war das lange Laufen nicht gewohnt.

„Bist die vielen Anstrengungen nicht gewöhnt, was? Anscheinend habe ich dich zu sehr verweichlicht. Oder zu gut gefüttert. Aber du warst das

Geld wert, dass ich in dich investiert habe. Zumindest die ersten Jahre. Der kleine Neue ist noch lange nicht so gut, wie du warst. Aber egal, es macht mir Spaß seinen dünnen Arsch zu ficken."

Steif stieg er vom Pferd und dehnte sich. Dann wandte er sich mir erneut zu. „Kannst du dir denken, was ich mit dir vorhabe? Ja, du weißt es, ich sehe es deinen Augen an. Auch deine Vorgänger wussten alle, wenn es soweit war. Einige haben versucht, zu entfliehen. Aber keiner ist mir entkommen. Ihre Knochen liegen hier im Wald verstreut. Deine werden ebenfalls bald dort liegen."

Er sagte es so gefühllos, das mir fast schlecht wurde. Wie konnte ein Mensch nur so gnadenlos und grausam sein? Es schien ihm sogar Spaß zu machen, mir meinen Tod anzukündigen. Lauernd starrte er mir ins Gesicht, begierig, sich an meiner Todesangst zu weiden.

Mein Herz klopfte mir bis zum Halse, doch ich wollte ihm nicht die Genugtuung geben, ihn um mein Leben anzubetteln. Es wäre ohnehin sinnlos gewesen. Fieberhaft überlegte ich, ob ich einfach weglaufen sollte. Aber mit dem Pferd hätte er mich schnell eingeholt. Und außerdem besaß er die Armbrust. Dagegen hatte ich keine Chance.

Er schien meine Gedanken zu erraten. Leicht richtete er die Waffe auf mich. „Versuche es erst gar nicht. Ich schieße dir einen Pfeil in den Rücken. Aber nicht so, dass du gleich tot bist. Schließlich will ich noch ein letztes Mal meinen Spaß mit dir haben. Wie alle deine Vorgänger sollst du mit meinem Schwanz zwischen deinen Arschbacken sterben."

In mir wurde bei seinen Worten alles kalt und leer. Sollte ich wirklich so enden? War es mir tatsächlich vorbestimmt, ihm noch durch meine Todeszuckungen Befriedigung zu verschaffen? Nein, das durfte nicht sein. Ich wollte leben. Das Leben war mir noch so viel schuldig.

Er konnte meine Angst sehen und sie erregte ihn. Ich sah, wie sich sein Glied unter der weiten Hose versteifte. Wie ich diesen Anblick hasste. Und noch mehr das, was unweigerlich darauffolgen würde.

Er wurde unruhig, anscheinend gelang es ihm kaum noch, sich zu beherrschen. Die Armbrust zeigte nun genau auf meinen Bauch und seine Hand lag am gespannten Abzug. Mit einem kurzen Ruck seines Kinns deutete er auf meine Kleider. „Zieh dich aus!" herrschte er mich an. Wie oft in den letzten Jahren musste ich diese Worte hören?

Ich hatte keine Wahl. Wenn ich mich weigerte, so würde er den kurzen Pfeil in meinen Körper schießen, ich sah es seinen Augen an. Und die gefährliche Waffe zeigte auf meine Eingeweide, nicht auf mein Herz. Ich würde auf jeden Fall noch lange genug leben, um seine letzte Vergewaltigung erdulden zu müssen.

Ich zog also resignierend mein Hemd und meine Hose aus und legte beides auf einen umgefallenen Baumstamm. Dann befahl er mir, mich umzudrehen, ich tat es willenlos.

Es ging blitzschnell. Plötzlich spürte ich die scharfe Schneide seines Messers an meiner Kehle. Er befahl mir, mich auf den Bauch zu legen und half mit seinem Knie nach, das er mir in die Kniekehle stieß. Das Messer ritzte meine Haut, als ich fiel. Dann war er schon über mir, drängte seinen massigen Körper zwischen meine gespreizten Beine. Seine linke Hand fummelte an meinem Hintern herum.

Wie immer schmerzte es sehr, als er mit einem brutalen Stoß in mich eindrang. Dann drückte mich sein Gewicht zu Boden und er stieß heftig in mich. Dabei lag die ganze Zeit die Messerklinge an meinem Hals. Sein geiles Grunzen drang in mein Ohr.

Mein linker Arm lag weit nach vorne gestreckt, der rechte war unter meiner Brust eingeklemmt. Meinen Kopf hielt ich krampfhaft hoch, damit mich die Messerklinge nicht schnitt. Die Bewegungen hinter mir wurden schneller, das Schnaufen hektischer. Ich ahnte, sobald er fertig war, würde er mich umbringen. Mir blieben höchstens noch Sekunden.

Da erblickten meine vor Angst aufgerissenen Augen den faustgroßen Stein. Er lag direkt neben meiner ausgestreckten Hand. Ich brauchte nur noch zuzugreifen.

Semjonov war soweit. Ich spürte es an seinem Erschauern. Er keuchte und sein Sabber tropfte mir ins Genick. Und das Messer rutschte einen Moment von meinem Hals ab, zielte auf den Boden. Das war meine letzte Chance. Eine zweite würde ich nicht mehr bekommen.

Mit aller Kraft, zu der ich fähig war, krümmte ich mich unter ihm zusammen und schnellte herum, benutzte den rechten Arm als Hebel. Den Stein schwang ich mit herum und schmetterte ihn mit aller Kraft, zu der ich fähig war, gegen seinen Kopf. Es gab ein hässliches, dumpfes Geräusch, das dennoch wie Musik in meinen Ohren klang. Semjonov gab einen erstickten Ton von sich. Wie ein schwerer Sack fiel er von meinem Rücken und rührte sich nicht mehr.

Schnell wand ich mich vollends unter ihm hervor, den Stein noch immer in der Hand. Aber ein zweiter Schlag war nicht nötig. Der verhasste Mann

lag auf dem Rücken und hatte die Arme ausgebreitet. Sein Kopf war halb zur Seite gefallen. Ich konnte die riesige Wunde sehen, die ich ihm geschlagen hatte. Sein Schädel schien eingedrückt und Blut sickerte in den Staub. Aber er war nicht tot. Sein Brustkorb hob und senkte sich leicht. Seine trüben Augen schienen starr auf mich gerichtet zu sein.
Plötzlich hatte ich den Wunsch, er möge mich noch erkennen. Er sollte in dem Bewusstsein in die Hölle fahren, dass er mich letztendlich doch nicht hatte bezwingen können. Und dass ich sein Richter war.
Lange stand ich da und starrte auf ihn herab. Ich konnte meinen Blick nicht von ihm wenden. Sein Körper zitterte nun krampfhaft und Schaum trat aus seinem Mund. Sein schwacher Atem erzeugte ein röchelndes Geräusch.

Nicolas atmete tief ein und rieb sich dann über die Augen. Er schien wie aus einem tranceähnlichen Zustand zu erwachen und musste sich erst sammeln.
Auch Brendan war von der ungewöhnlichen Lebensbeichte gefangen. In seinem engen Gefängnis herrschte absolute Dunkelheit. So konnte er sich gut auf die Bilder konzentrieren, die Nicolas' Erzählung seinem Gehirn eingaben.
„Wie konntest du solch ein Leben überhaupt ertragen?" stieß er nun hervor.
Nicolas lachte freudlos auf. „Wie erträgt man so etwas. Man lebt von einem Tag auf den nächsten und versucht, nicht nachzudenken. So einfach ist das."

Kapitel 5: Überleben in der Stadt

Das entfernte Brummen von starken Motoren durchbrach die Stille im Tunnel. Der Boden vibrierte leise. „Was ist das?" fragte Brendan aufgeschreckt.
„Das werden wohl die ersten Fahrzeuge sein. Nun geht es endlich los. Aber bis sie den Tunnel abgesichert haben und mit dem abtragen der Steine beginnen können, wird wohl noch eine Weile vergehen. Wie fühlst du dich? Geht es dir weiterhin gut? Falls dich Schmerzen quälen, so unterbrich mich ruhig. Ich verliere schon nicht den Faden meiner Geschichte". Aber Brendan ging es gut. Und er wollte unbedingt wissen, wie es weiterging. War Semjonov tatsächlich gestorben? Und war Nicolas die Flucht geglückt? War sein weiteres Leben glücklicher verlaufen?
Der Vampir lächelte leise über die Ungeduld seines Freundes. „Langsam, langsam!" rief er lachend aus. „Du wirst schon noch genug zu hören bekommen. Was ich dir bis jetzt erzählt habe, ist nur ein winziger Teil meiner Abenteuer. Es war mir noch lange nicht vergönnt, endlich zur Ruhe zu kommen. Aber ich berichte dir lieber eins nach dem anderen. Die Nacht ist noch lange und will ausgefüllt sein." Er fuhr fort:

„Endlich erwachte ich aus meiner Erstarrung. Und mir wurde bewusst, dass ich noch immer nackt war. Semjonovs Samen lief mir die Beine herab und ich verspürte plötzlich das dringende Bedürfnis, mich zu säubern. Egal ob mein ehemaliger Herr weiterlebte oder starb, er würde mich nicht mehr aufhalten können. Und wenn ich nun ging, so sollte nichts mehr von ihm an mir haften. Ich ging in die Hocke und entledigte mich der letzten Reste seines Spermas. Sorgfältig putzte ich mich danach mit Grasbüscheln ab. Es war ein fast zwanghaftes Ritual.
Meine Kleider die ich trug, stammten nicht aus seiner Truhe. Bevor er mich aus seinem Haus verbannte, musste ich alles ablegen, was ihm gehörte. Ich bekam dafür eine grobe Hose und einen einfachen Kittel, wie sie alle seine Knechte trugen.
Als ich mich angezogen hatte und mich ihm wieder zuwandte, lebte er immer noch. Seine Augen waren nach oben gedreht, nur das Weiße war zu sehen. Aber er atmete. Ich konnte seinen Anblick nicht mehr ertragen und setzte mich ein Stück von ihm entfernt ins Gras. Ich musste nachdenken. Wohin sollte ich meine Schritte lenken?

Wenn ich überleben wollte musste ich den Weg zurück in die Stadt finden. Aber wie? Ich hatte längst vergessen, aus welcher Richtung ich vor sechs Jahren mit Semjonov gekommen war. Jemanden zu fragen, wo es zur Stadt ging, getraute ich mich nicht, ich konnte niemandem vertrauen. Ich war mir zwar sicher, keiner seiner Leibeigenen würde Semjonovs Tod betrauern aber ebenso sicher würden sie mich verraten, um selbst einer Strafe zu entgehen. Und wie Pavel auf meine Tat reagieren würde, war ebenfalls ungewiss. Vielleicht vergaß er unsere vielen gemeinsamen Stunden und ließ mich für meinen Frevel hängen.

Semjonovs Pferd stand noch immer angebunden an einem Baum. Sollte ich es mitnehmen? Ich wäre mit dem Tier viel eher am Ziel. Aber dann verwarf ich den Gedanken wieder. Dafür gab es zwei gute Gründe. Der erste war: Alle Pferde Semjonovs trugen das auffällige Brandzeichen seines Gutes. Jeder, der mich auf dem Tier sah würde wissen, dass ich es gestohlen hatte. Ich wusste, auf Pferdediebstahl stand der Galgen, das wollte ich, so knapp dem Tode entronnen, nicht riskieren. Und der zweite Grund: Ich konnte überhaupt nicht reiten. Bei Sonja hatte es keine Reitpferde gegeben. Und die Tiere der Freier waren für mich tabu gewesen. Und Semjonov hatte mir stets strikt verboten zu reiten. Vielleicht fürchtete er, ich würde ihm entfliehen.

Nach einigem Bedenken ließ ich das Pferd einfach frei. Ich nahm ihm Sattel und Zaumzeug ab und gab ihm einen aufmunternden Klaps auf die Kehrseite. Das arme Tier war in seinem Leben genug geschunden worden. Ich fand, es hätte ebenfalls seine Freiheit verdient.

Für mich blieb noch immer das Problem, wohin ich mich wenden sollte. Welche Richtung führte in die Stadt? Ganz in der Nähe erhob sich ein nicht allzu steiler, mit vereinzelten Bäumen und Sträuchern bewachsener Hügel und ich beschloss, mich erst einmal dorthin zu wenden. Vielleicht konnte ich ja von dort oben die Stadt sehen.

Ich war bereits ein Stück gegangen, da fiel mir etwas ein. Semjonov trug stets ein gut gefülltes Geldsäckchen bei sich, das mir sicher gute Dienste tun würde. Ich musste essen und dazu brauchte ich Geld. Außerdem, fand ich, war er mir einiges schuldig, viel mehr, als jemals in Gold aufgewogen werden konnte. Also ging ich entschlossen nochmals zurück um mir wenigstens die Münzen zu holen.

Sein Anblick war grauenerregend und es kostete mich einige Überwindung, ihn zu berühren. Sein Gesicht hatte die violette Farbe einer

reifenden Pflaume angenommen und er rang mühsam nach Luft. Ich starrte auf ihn hinab. Warum starb er nicht endlich? Dieser Schinder war anscheinend selbst dem Teufel zuwider und er wollte ihn nicht bei sich in der Hölle haben.
Mit zitternden Fingern nestelte ich den Beutel von seinem Gürtel und rannte dann davon, als sei sein Geist hinter mir her. Erst als der Hügel steil anstieg wurde ich langsamer. Bis zum Gipfel war es ein beschwerlicher Weg, aus der Ferne war er mir nicht so hoch erschienen. Aber dafür hatte ich von oben einen sehr guten Ausblick. In der klaren Herbstluft lag die Ebene unter mir ausgebreitet. In einiger Entfernung konnte ich das Gut ausmachen, aber dorthin würde ich nie mehr zurückkehren.
Meine Augen suchten nach einer Straße oder einem breiten Weg. Ich konnte mich dunkel erinnern, dass wir damals meist einem, von vielen Karren und Fuhrwerken ausgefahrenen Pfad gefolgt waren, er musste doch von hier oben zu sehen sein. Langsam drehte ich mich im Kreise.
Und da war die Straße. Breit und fast schnurgerade führte sie in Richtung der Stadt. In meine Zukunft. Vielleicht bildete ich es mir nur ein, dass ich an ihrem Ende Häuser als winzige Punkte ausmachte. Ich war glücklich, ich hatte die Straße in die Stadt gefunden und machte mich frohgemut auf den Weg.

Je weiter mich mein Weg von Semjonovs Ländereien wegführte, desto freier fühlte ich mich. Beschwingt schritt ich aus, die Schmerzen in meinen bloßen Füßen ignorierend, wenn ich an Steine oder Wurzeln stieß. Das Glücksgefühl das ich empfand war wie ein Rausch. Darüber vergaß ich jedoch nicht, mich öfter umzudrehen und kritisch zu überprüfen ob ich etwa verfolgt würde. Sah ich eine Staubwolke, die auf Reiter oder Fahrzeuge hindeutete, so schlug ich mich schnell in die Büsche. Meine Angst, entdeckt und zurückgebracht zu werden, war riesengroß.
Als die Nacht hereinbrach, wurde mir zum ersten Mal der Ernst meiner Lage klar. Es wurde empfindlich kalt und ich besaß noch nicht einmal eine Decke. Wehmütig dachte ich an die Pferdedecke, die ich bei Semjonov zurückgelassen hatte. Jetzt hätte sie mir gute Dienste erwiesen. Außerdem quälte mich Hunger. Meinen Durst hatte ich unterwegs an kleinen Bächen gestillt, die am Wegrand flossen. Doch außer ein paar Beeren fand ich nichts, was ich essen konnte.
Die Dunkelheit brach schnell herein und ich hatte noch keinen Platz für

die Nacht gefunden. Gehetzt blickte ich mich um. Wo sollte ich schlafen? Bange fragte ich mich, ob es hier wohl wilde Tiere gab.
Schließlich entdeckte ich im scheidenden Tageslicht einen umgestürzten Baumstamm. Sein Wurzelstock ragte in die Luft und darunter hatte sich eine kleine Höhle gebildet, gerade groß genug um mich hinein zu legen. Bevor ich mich dort niederließ, polsterte ich den feuchten Boden mit dürren Grashalmen aus. So entstand eine einigermaßen gemütliche Schlafstätte. Müde kroch ich hinein.
Doch der Schlaf wollte nicht kommen. Zum einen hielten mich die ungewohnten nächtlichen Geräusche vom Schlafen ab. Es knisterte unheimlich im Unterholz oder es knackten trockene Ästchen, so als schleiche jemand durch die Nacht. Und hin und wieder erschreckte mich der Ruf eines Nachtvogels oder der Todesschrei eines Beutetieres. Zusätzlich quälten mich die Geister der zurückliegenden Stunden. Sobald ich die Augen schloss kamen die Bilder. Semjonov, wie er mir hohnlachend meinen nahen Tod ankündigte. Das Messer, das die Haut an meinem Hals aufritzte. Erneut spürte ich die ausgestandene Todesangst in mir aufsteigen.
Doch am meisten peinigte mich die Erinnerung an meinen sterbenden Herrn. Im Halbschlaf sah ich sein aufgedunsenes, blau angelaufenes Gesicht vor mir und seine Augen starrten mich vorwurfsvoll an. Seine Lippen bewegten sich und er sagte immer wieder meinen Namen. Mit einem Schrei fuhr ich hoch.
Aber er war nicht da. Ich war allein.

Irgendwann schlief ich ein und als ich die Augen wieder aufschlug war es heller Morgen. Steif vor Kälte kroch ich unter dem Baumstamm hervor und dehnte mich. Mein Magen knurrte vernehmlich und ich boxte mir leicht hinein. Bei Semjonov musste ich nie hungern, er fütterte mich zwar nicht üppig - schließlich sollte ich nicht fett werden - aber die Mahlzeiten waren immer gut und ausreichend gewesen.
„Nein!" rief ich laut, als mir beim Gedanken daran das Wasser im Mund zusammenlief. „Lieber will ich vor Hunger sterben, als mich wegen der Mahlzeiten zurückzusehnen." Immer wenn mein Magen knurrte, sagte ich mir das vor. Es wurde zu einer Art Gebet für mich. Dann tröstete ich mich damit, dass ich mir in der Stadt Essen kaufen konnte. Die Münzen in meinem Beutel würden sicher eine ganze Weile reichen.

Ich lief den ganzen Tag, ohne große Pausen einzulegen. Meine Beinmuskeln schmerzten, aber ich setzte unbeirrt einen Fuß vor den anderen. Noch immer versteckte ich mich, sobald ich Menschen nahen sah. Aber das war nicht oft der Fall.

Die zweite Nacht brach an und ich hatte die Stadt noch immer nicht erreicht. Meine Füße bluteten und ich war zu Tode erschöpft. Im Laufe des Tages war mein nagender Hunger einem dumpfen Gefühl in meinem Magen gewichen. Als ich die windschiefe Hütte sah, dachte ich zuerst an eine Sinnestäuschung. Aber dann stand ich direkt davor. Sie war Wirklichkeit.

Doch keine menschliche Seele war weit und breit zu entdecken. Anscheinend handelte es sich um eine Wetterschutzhütte für die Hirten, die hier im Sommer die Rinder- und Schafherden hüteten. Jetzt war sie verlassen. Ich würde also wieder keine Abendmahlzeit bekommen. Nun, immerhin hatte ich für die Nacht ein Dach über dem Kopf. Und am anderen Tag, da war ich mir sicher, würde ich die Stadt ganz bestimmt erreichen.

So war es dann auch. Mein Marsch führte mich zuerst an vereinzelten Hütten und kleinen Höfen vorbei, dann wurden es immer mehr. Nun wich ich auch den Menschen, die mir begegneten nicht mehr aus. So weit von Semjonovs Gut entfernt würde mich sicher niemand kennen.

Ein freundlicher Bauer nahm mich ein Stück auf seinem Ochsenkarren mit. Als er meinen Magen knurren hörte, bot er mir ein Stück Brot und harten Käse an. Ich verputzte beides in Windeseile. Mit dem Hunger schwanden auch die trüben Gedanken, die ich mir den ganzen Morgen gemacht hatte. Ich sah meiner Zukunft wieder zuversichtlich entgegen.

Der Anblick der Stadt übertraf alle meine Erwartungen. So viele Häuser, Menschen und Tiere waren mir noch nie auf einem Fleck begegnet. Und dabei war ich noch nicht einmal mitten in Kiew, sondern in einem der äußeren Bereiche.

Ich glaube, mir blieb vor Staunen der Mund offenstehen, als ich das rege Treiben sah. Bisher kannte ich nur das kleine Dorf, an dessen Anfang Sonjas Bordell stand und die Ländereien Semjonovs.

Stundenlang, wie mir schien, ließ ich mich von dem Menschenstrom mitziehen. Die vielen Straßen und Gassen verwirrten mich. Hier standen die Häuser dicht an dicht, große aus Stein erbaut und dazwischen kleine windschiefe Holzhütten. Ich sah steinerne Bauwerke, deren Türme schier in den Himmel ragten. Noch niemals zuvor hatte ich eine Kirche gesehen, ja ich wusste noch nicht einmal, was eine Kirche war. Hinter anderen Menschen schlich ich mich in das Bauwerk hinein und erstarrte vor Ehrfurcht. Eine solche Pracht konnte nicht von Menschen geschaffen sein. Die hohen Decken waren mit bunten Bildern bemalt und selbst die Fenster bestanden aus buntem Glas. Da gab es mehr als lebensgroße Figuren, mit purem Gold überzogen. Der, dem dieses Haus gehörte, muss ein sehr, sehr reicher Mann sein, ging es mir durch den Kopf.

Einige Straßen weiter wurde auf einem großen Platz ein Markt abgehalten. Die Stände quollen über vor allerlei Gütern. Hier gab es einfach alles zu kaufen, was man sich nur vorstellen konnte. Eine Garküche zog mich magisch an. Der verführerische Duft von gebrühten Würsten, gebratenem Fleisch und frisch gebackenem Brot stieg mir verlockend in die Nase. Das Wasser lief mir im Mund zusammen und mein Bauch knurrte vernehmlich.

Die freundliche Marktfrau packte mir ein großes Paket zusammen und hielt es mir hin. Dann sagte sie mir den Preis. Verlegen hielt ich ihr den Beutel mit Geldstücken hin. Ich kannte den Wert der großen und kleinen Münzen darin nicht und verstand auch nicht, wieviel sie von mir wollte. Verwundert und misstrauisch nahm sie den Geldsack entgegen und pflückte sich einige Münzen heraus. Den Rest reichte sie mir zurück. Dabei sah sie mich seltsam an und ich machte, dass ich fortkam. Etwas abseits von dem Trubel setzte ich mich in den Schatten eines Baumes und verzehrte heißhungrig das Vesper. Die Wurst war gut gewürzt und ich bekam Durst. An einem der Stände kaufte ich mir ein dunkles Bier, das mir in einem hölzernen Becher gereicht wurde. Auch dem Wirt hielt ich meinen Beutel entgegen.

Ich bemerkte die zwei Burschen nicht, die mir heimlich durch die Menge folgten. Und als ich an einer dunklen Seitengasse vorbeikam, waren sie plötzlich über mir. Ich war zu überrascht, um mich zu wehren. Ehe ich mich versah, lag ich auf dem Boden und der Geldbeutel wurde mir von dem Strick gerissen, den ich als Gürtel trug. Bis ich mich aufgerappelt hatte, waren die beiden Spitzbuben schon in der Menge verschwunden. Ich hätte über mein Unglück weinen können. Was sollte ich jetzt machen? Ohne Geld kam ich nicht weit. Die Stadtmenschen waren ein harter

Menschenschlag. Sie würden mir nicht aus Barmherzigkeit eine Mahlzeit schenken.

Am Abend ließ ich mich todmüde und resigniert an der Außenmauer der Kirche nieder. Ich war nicht der einzige Obdachlose. Viele Männer, Frauen und sogar Kinder schlugen hier ihr Nachtlager auf. Doch die meisten besaßen wenigstens ein paar verschlissene Decken, in die sie sich einhüllten. Ich hatte nur meine Hose und das dünne Obergewand. Frierend schlang ich meine Arme um die Knie und legte den Kopf darauf. So zusammengekauert versuchte ich einzuschlafen.

Die nächsten Tage und Nächte waren nicht besser. Ich hungerte und fror des Nachts erbärmlich. Ich versuchte eine Arbeit zu finden, um wieder zu Geld zu kommen. Aber das war fast unmöglich. Es gab in der Stadt einfach zu viele Menschen, die ebenfalls arbeiten wollten. Ab und zu gab mir ein Bauer ein Stück Brot, wenn ich ihm beim auf- oder abladen seiner Güter half. Aber das war wie ein Tropfen auf den heißen Stein. Ich war ein großer, kräftiger Kerl, mein Körper verlangte nach wesentlich mehr Nahrung als ich ihm bieten konnte.

Zum Stehlen kam ich eher zufällig, denn selbst mein hungriger Magen brachte mich nicht auf die Idee, ihn mit Essen zu füllen, dass ich anderen wegnahm.

Wieder einmal schlenderte ich über den Marktplatz, auf der Suche nach jemandem, dem ich gegen einen kleinen Obolus behilflich sein konnte. Einer Marktfrau fiel ein großes Brot vom Stand, es rollte mir direkt vor die Füße. Mechanisch bückte ich mich danach und wollte es ihr schon zurückgeben. Aber dann besann ich mich anders. Ich klemmte mir das Brot unter den Arm und rannte davon. Ihr Gezeter hinter mir wurde schnell leiser. In einer dunklen Ecke machte ich mich über meine erste sättigende Mahlzeit seit Tagen her.

Das gute Gefühl, einen gefüllten Bauch zu haben, überwog bald mein schlechtes Gewissen. Dazu kam die Erkenntnis, dass es für einen langen Kerl wie mich einfach war, zu stehlen. Die meisten Frauen und auch viele Männer getrauten sich nicht, mir ernsthaft gegenüberzutreten. Alleine meine Größe schüchterte sie ein, das machte ich mir zunutze. Schon bald langte ich ungeniert über die Schultern der Marktleute und stibitzte mir, was ich haben wollte. Dann eilte ich mit meiner Beute davon. Kaum einer machte überhaupt den Versuch, mich zu verfolgen. Die meisten schimpften nur hinter mir her.

Bereitete mir zu Anfang diese Art des Broterwerbes noch Gewissensbisse, so verlor ich bald keinen Gedanken mehr daran. Es war für mich die einzige Möglichkeit nicht zu verhungern. Mehr Kopfzerbrechen bereitete mir ein anderes Problem, das zunehmend dringlicher wurde. Der Winter stand vor der Türe und ohne warme Kleidung und einem Dach über dem Kopf würde ich ihn nicht überstehen. Es gab zwar ein paar Häuser in der Stadt, die Obdachlosen des Nachts Quartier boten, aber die Betreiber verlangten natürlich Geld dafür. Und Geld besaß ich nicht. Es war auch nicht so einfach zu stehlen wie Nahrung. Die meisten Leute trugen ihre Münzsäckchen sicher unter ihrer Kleidung verwahrt. Um sie zu berauben, musste man gewaltsam vorgehen. Aber so abgebrüht war ich nicht.

Mit der Beschaffung von warmer Kleidung war es ähnlich. Um jemanden seiner Kleider zu berauben, hätte ich ihn niederschlagen oder gar ermorden müssen. Das brachte ich nicht fertig. Aber ich brauchte dringend warme Sachen. Noch immer lief ich barfuß umher, dabei war der Boden schon eiskalt. Zwar besaß ich immerhin einen wollenen, mottenzerfressenen Umhang, den ich beim Würfelspiel mit ein paar angetrunkenen Zechern gewonnen hatte, aber der würde mich nicht vor dem Erfrieren retten, wenn der Winter mit Schnee und Eis kam.

Meine Verzweiflung wuchs von Tag zu Tag. So hatte ich mir meine Freiheit nicht vorgestellt. Und manchmal kam mir sogar der Gedanke, dass ich bei Semjonov zwar viel ertragen musste, aber wenigstens nicht zu hungern und zu frieren brauchte. Wenn mich solche Gedanken heimsuchten, sah ich oft sein hämisch grinsendes Gesicht vor mir. Es kam mir vor, als würde er mich verspotten.

Wieder einmal irrte ich frierend durch die nächtliche Stadt. Ich traute mich nicht, mich zum Schlafen niederzulegen, aus Angst auf dem eisigen Boden zu erfrieren. Ich hatte mir angewöhnt am Tage zu schlafen, wenn die bleiche Wintersonne die Plätze notdürftig erwärmte. Oder ich kauerte mich in einer der Kirchen in eine Nische und hoffte, nicht allzu bald entdeckt und verjagt zu werden. Aber lange konnte ich auf diese Weise nicht mehr überleben, der erste Schnee kam sicher bald. Die Luft roch schon danach.

Es war so kalt, dass mir der Atem zu Reif gefroren an Augenbrauen und Haaren hing. Ich war hundemüde, getraute mich aber nicht, mich niederzusetzen um auszuruhen. Sollte ich einschlafen wäre das mein sicherer Tod. Unermüdlich setzte ich einen Fuß vor den anderen, zwang mich, die dunklen Straßen weiter zu durchstreifen. Irgendwann hob ich den Kopf und sah mich um. Dieser Teil der Stadt kam mir unbekannt vor. In Gedanken versunken war ich wohl in eine falsche Richtung gelaufen. Es war mir egal, denn es war überall gleich kalt.

Vor mir öffnete sich die Türe eines Wirtshauses und ich blieb unwillkürlich stehen um etwas von der Wärme, die nach außen drang, aufzufangen. Zwei angetrunkene Männer stolperten mir entgegen und blieben leicht schwankend vor mir stehen. Sie waren jung und gut gekleidet. Ich wollte schnell weitergehen, doch der eine hielt mich am Arm zurück.
„He, Großer!" lallte er und blickte trunken zu mir auf. „Hast du Lust, dir ein paar Rubel zu verdienen?" Er blinzelte sich die Schneeflocken aus den Augen, die sachte vom Himmel schwebten.
Unbehaglich entwand ich ihm meinen Arm, blieb aber stehen. Ein paar Rubel konnte ich dringend gebrauchen. „Was müsste ich den dafür tun?" fragte ich vorsichtig. Die beiden kamen mir etwas seltsam vor.
„Ach komm, Gennadij, lass ihn gehen. Sieh doch wie abgerissen und schmutzig der Kerl ist. Du wirst dir bei ihm höchstens Läuse holen." Der andere war nicht ganz so betrunken. Er versuchte, seinen Freund weiterzuziehen. Aber der blieb hartnäckig stehen.
„Er gefällt mir", beharrte Gennadij mit trunkener Stimme. „Und wozu besitze ich das Dampfbad in meinem Haus? Das kann er benutzen, dann ist er sauber."
Mir dämmerte langsam, welche Gedanken der Mann in seinem besoffenen Kopf wälzte. Zorn und Empörung wallten in mir hoch. Wütend stieß ich ihn zurück und fauchte. „Du dreckiger Hurensohn. Was bildest du dir ein. Meinst, du kannst mich für ein paar mickrige Rubel kaufen? Wage nicht, mich nochmals anzufassen, ich schlage dir die Zähne ein." Dann drehte ich mich abrupt um und stapfte davon. Hinter mir ertönte seine lallende Stimme. „Falls du es dir anders überlegst, du findest mich fast jeden Abend hier. Du gefällst mir wirklich sehr..."
Ich drehte mich nochmals um und drohte ihm mit der Faust. Aber er stieg schon, gestützt von seinem Freund, in eine wartende Kutsche ein. Sie fuhr an mir vorbei und ich musste zur Seite springen, wollte ich nicht unter die Räder kommen. Aus dem Fenster winkte mir der junge Mann nochmals

zu. Dann verschwand die Kutsche ratternd in der Nacht. Ich blieb alleine im dichter werdenden Schneetreiben zurück.

Eigentlich wollte ich den unverschämten Kerl so schnell als möglich vergessen. Aber er ging mir nicht aus dem Kopf. Meine eiskalten Füße machten mir deutlich, wie dringend ich seine Rubel gebraucht hätte. Ich hatte mir notdürftig ein paar Lumpen um die Füße gewickelt die mit Stricken zusammengehalten wurden. Ein dürftiger Ersatz für Schuhe, aber ich konnte mir noch nicht einmal ein paar billige Holzschuhe leisten. Seit ich von Semjonov geflohen war, verbot ich mir selbst jeden Gedanken an die widerlichen Dinge, zu denen er mich einst gezwungen hatte. Nur manchmal, in meinen Träumen fühlte ich noch immer seinen schwitzenden Körper auf mir, spürte seinen Schwanz in Mund und Hintern. Dann wachte ich stets schweißgebadet auf und konnte mich nur schwer beruhigen. Nur die Gewissheit, ihn nie mehr ertragen zu müssen, ließ mich dann wieder ruhiger werden.

Und jetzt bot mir dieser elende Kerl Geld dafür, es mit ihm zu treiben. Noch immer entrüstet schüttelte ich den Kopf. Doch ich konnte sein Angebot nicht mehr aus meinem Schädel tilgen. Ein kleiner Teufel in meinem Gehirn lockte immer wieder: Warum nicht, Nicolas. Ein paar Rubel sind enorm viel Geld. Und das alles für eine Sache, die du vor nicht allzu langer Zeit noch umsonst gemacht hast. Es ist ja nur das eine Mal. Das wird dich nicht umbringen, im Gegenteil, es kann dir das Leben retten. Für einen Rubel bekommst du schon ein paar gebrauchte Schuhe. Ein paar Rubel können dich über den Winter bringen.

Schon am nächsten Abend stand ich wieder in der engen Gasse vor dem Wirtshaus. Aus dem Fenster drang Gelächter und lautes Stimmengewirr zu mir heraus. Ich fror erbärmlich und trat von einem Fuß auf den anderen. Sollte ich einfach in das Wirtshaus hineingehen? Vielleicht war der Mann ja gar nicht da und ich stand mir umsonst frierend die Beine in den Bauch. Aber ich traute mich nicht. Leute wie ich wurden in Gaststätten wie dieser nicht geduldet.

Je länger ich unschlüssig herumstand, desto mehr kam mir zu Bewusstsein, was ich zu tun in Begriff war. Wollte ich das wirklich? fragte ich mich immer wieder. Ich würde nicht nur meinen Körper, sondern auch meine Seele verkaufen. Nein, ich wollte es nicht. Entschlossen wandte ich mich ab um wieder zu gehen, da kam die Kutsche angefahren. Mein Herz pochte mir auf einmal bis zum Hals. Was sollte ich jetzt tun?

Der Teufel in meinem Gehirn meldete sich erneut zu Wort: Schau ihn dir wenigstens einmal an, flüsterte er. Vielleicht ist er ja gar nicht so schlimm. Außerdem ist es doch nur das eine mal. Morgen kannst du ihn vergessen und bist um ein paar Rubel reicher.
Mein Entschluss stand fest, ich würde bleiben. Die Türe der Kutsche ging auf und der junge Mann trat auf die Straße. Zuerst schien er mich überhaupt nicht zu bemerken. Zielstrebig steuerte er die Wirtshaustüre an. Diesmal trat ich ihm in den Weg. Verlegen sah ich zu Boden und murmelte. „Ich habe es mir überlegt. Steht Euer Angebot noch?"
Er musterte mich einen Moment erstaunt, dann erhellte sich sein Gesicht. „Ach du bist es. Ich habe gar nicht mehr an dich gedacht. Gestern Abend war ich wohl etwas äh... verwirrt."
Zu meinem Ärger fühlte ich Enttäuschung in mir aufsteigen. Er hatte es nur im Suff gesagt. Und heute, in nüchternem Zustand, wollte er von mir dreckigem, abgerissenem Kerl nichts mehr wissen. Beschämt wollte ich mich abwenden. Doch er hielt mich zurück.
„Ja. Selbstverständlich steht mein Angebot noch. Mein Geschmack ändert sich nicht, nur weil ich nüchtern bin. Aber warum hast du es dir anders überlegt? Wenn ich mich recht entsinne, hast du mich gestern ziemlich übel beschimpft."
„Das tut mir leid, ich bitte Euch um Verzeihung dafür. Aber die Wahrheit ist, ich brauche das Geld dringend. Es ist lebensnotwendig für mich."
Er musterte mich noch intensiver und ein Leuchten trat in seine Augen. „Na, wenn das so ist, dann ist ja alles geklärt. Komm, dann fahren wir gleich zu mir nach Hause. Auf dem Weg können wir dann unser Geschäft besprechen."
Er hielt mir sogar die Tür der Kutsche auf und ließ mich einsteigen. Seine Freundlichkeit machte mich ein wenig ruhiger. Vielleicht würde es ja doch nicht so schlimm werden.
Ich drückte mich unbehaglich in eine Ecke der Kutsche. So feudal war ich noch nie gefahren worden. Die Sitzbänke waren mit Samt bezogen und gepolstert und ich befürchtete, ich würde sie schmutzig machen. Zum ersten Mal kam mir so richtig zu Bewusstsein, welch eine verdreckte, abgerissene Erscheinung ich bot. Von meinen Klamotten stieg ein Geruch nach altem Schweiß und Schmutz auf und breitete sich langsam im Inneren der Kutsche aus. Es war mir peinlich, doch mein Gegenüber äußerte sich nicht dazu.

Ich musterte den Mann heimlich, wenn er aus dem Fenster schaute. Er war noch jung, ich schätzte ihn auf etwa fünfundzwanzig Jahre. Feine Gesichtszüge wurden von braunen lockigen Haaren eingerahmt. Seine Augenfarbe konnte ich in der Dunkelheit nicht erkennen, aber seine Augen blickten ruhig und offen. Er sah nicht aus, als ob er gewalttätig veranlagt sei. Das beruhigte mich noch ein bisschen mehr.
„Tust du es das erste Mal oder besitzt du bereits Erfahrung?" drang seine weiche Stimme in meine grübelnden Gedanken. Unwillkürlich schrak ich zusammen. Was wollte er hören? Dachte er, ich würde es öfter für Geld tun? Aber ich wollte ihm auf keinen Fall meine Lebensgeschichte beichten.
„Ist das für Euch so wichtig?" fragte ich aggressiv dagegen und wiegelte im gleichen Atemzug entschuldigend ab: „Ich spreche nicht gerne über mich selbst."
Lächelnd beschwichtigte er mich. „Nein, nein, es ist nicht wichtig. Aber ich stelle mich gerne auf meine... Partner ein. Falls du es noch nie getan hast, dann muss ich dir vielleicht ein paar Dinge erklären..."
„Ich denke ich werde schon kapieren, was Ihr von mir wollt. Wieviel gedenkt Ihr eigentlich für meine Dienste zu bezahlen?" Ich hoffte, meine Worte klangen nicht allzu vermessen. Aber seine Frage hatte wieder Panik in mir aufsteigen lassen. Und die konnte ich nur bezähmen, wenn ich wusste, für wieviel ich mich verkaufte. Falls mir die Summe zu gering erschien, wollte ich lieber schnell aus der Kutsche springen. Schließlich tat ich es ja bloß, um mein Überleben in nächster Zukunft zu sichern.
Er grinste amüsiert und zuckte die Schultern. „Das kommt auf dich an. Ich dachte an fünf Rubel. Aber es können auch gut doppelt so viele werden..."
Vor Erstaunen riss ich die Augen auf. Fünf Rubel waren ein kleines Vermögen für mich. Inzwischen kannte ich leidlich den Wert des Geldes. Einer der Obdachlosen, mit denen ich mich oft herumtrieb, hatte es mir erklärt. Für fünf Rubel bekam ich dicke, mit Pelz gefütterte Winterstiefel und einen warmen Umhang dazu. Ich würde mir zudem jeden Tag eine warme Mahlzeit gönnen können. Und erst für das Doppelte... Meine Gedanken überschlugen sich. Ich sprang nicht aus der Kutsche.
Nach kurzer Fahrzeit kamen wir vor einem prächtigen Herrenhaus an. Es erinnerte mich ein wenig an Semjonovs Haus und ein Stich fuhr mir durch den Bauch. Aus der Türe kam ein Diener geeilt und öffnete die

Kutschentüre. Mein Begleiter gab mir wiederum den Vortritt und sprang locker hinter mir heraus. Der Diener rümpfte indigniert die Nase, als ich an ihm vorbei ging, sagte aber nichts. Doch ich bemerkte sein heimliches abfälliges Kopfschütteln, wahrscheinlich brachte der junge Herr nicht alle Tage Leute wie mich mit nach Hause.

Ich wurde gleich in das Badehaus geführt. Gennadij, so hieß der junge Herr, wenn ich mich recht erinnerte, bat mich höflich meine Kleider abzulegen. Langsam kam ich seiner Bitte nach. Hier im Badehaus war es sehr warm. Und es gab dampfendes heißes Wasser, das aus einer Leitung in ein gekacheltes Becken floss. So etwas hatte ich noch nie gesehen, selbst der reiche Semjonov konnte nicht mit so etwas aufwarten. Gennadij bemerkte mein Staunen und erklärte mir stolz das System.

„So ein Badehaus ist eine feine Sache, nicht wahr. Ich habe es mir extra anfertigen lassen. Das Wasser kommt aus einem Bach hinter dem Haus und wird in diesen Kessel geleitet, der von einem starken Feuer erhitzt wird. Hier siehst du, wie das kochende Wasser überläuft und durch die Zinnrohre in das Becken fließt. Dort wird es dann mit kaltem Wasser gemischt, so dass man darin baden kann. Das überflüssige Wasser wird durch weitere Rohre wieder in den Bach zurückgeleitet. Eigentlich einfach, aber genial. Und besonders im Winter sehr angenehm. Zögere nicht. Hier ist Seife, wasch dich zuerst dort in dem Zuber, dann steigst du in das Becken."

Schnell tat ich, wie er mir auftrug. Mit einem weichen Lappen und viel duftender Seife wusch ich mir den Dreck der vergangenen Wochen vom Körper. Auch meine Haare seifte ich ein. Aus den Augenwinkeln sah ich, wie der junge Herr mich ungeniert dabei beobachtete. Es kümmerte mich nicht, es tat so gut, endlich wieder sauber zu sein. Seit das Wasser des Dnjepr zu kalt geworden war, hatte ich nicht mehr gebadet.

Bei Semjonov musste ich einmal die Woche baden und mit der Zeit gefiel es mir, sauber und frisch zu sein. Erst jetzt merkte ich, wie sehr mir dieses Gefühl gefehlt hatte.

Nachdem ich mich von Kopf bis Fuß eingeseift hatte kam Gennadij mit einem Holzbottich voller warmem Wasser und schüttete ihn über mir aus. Dass er diese Arbeit, die eigentlich ein Diener tat selbst verrichtete, sagte mir, dass seine Bediensteten nicht wissen sollten was er trieb.

Als ich mir die Seife aus den Augen gerieben hatte und aufblickte, stand er nackt neben mir. Wir musterten uns gegenseitig. Er mich offen und voller Begierde, ich ihn eher scheu und zurückhaltend. Mit Erleichterung stellte ich fest, dass mich sein schlanker, sehniger Körper nicht abstieß, so wie es Semjonovs Körper getan hatte. Das würde mir die unausweichlich folgenden Dinge vielleicht etwas leichter machen.

Er kam dicht an mich heran und berührte mich ungeniert. In seiner Stimme schwang Erregung als er murmelte: „Ich wusste gleich, als ich dich sah, dass du etwas Besonderes bist. Warum versteckst du diesen Körper und dieses Gesicht hinter so viel Schmutz?"

Ich gab ihm keine Antwort, was hätte ich auch sagen sollen? Sicher wollte er keine deprimierende Geschichte hören. Gennadij kam schnell zur Sache. Mit einer einladenden Handbewegung bat er mich in das dampfende Becken und stieg selbst hinzu. Sein nackter Körper bedrängte mich und es kostete mich Anfangs Überwindung, ihn nicht von mir zu stoßen. Mit Macht überfielen mich Gedanken an Semjonov - seine gierigen Finger, die mich gepackt und genötigt hatten. Er war stets grob gewesen und es hatte ihn erregt, meine Abscheu und Angst zu spüren.

Gennadij hingegen war sanft, wenn auch fordernd. Er wusste genau, was er wollte und sagte es mir gerade heraus. Keine seiner Forderungen, was mir fremd und, wie ich mir eingestehen musste, bereiteten seine Wünsche mir auch keinen besonderen Widerwillen. Ich tat zuerst ohne nachzudenken, was er verlangte und nachdem ich meine Scheu vor ihm überwunden hatte, fand ich sogar selbst ein wenig Spaß an unseren Spielen.

Spät in der Nacht schlichen wir, in warme Decken gehüllt und mit Filzschlappen an den Füßen in sein Schlafzimmer. Hier war es mollig warm. Prasselnde Holzscheite loderten in einem großen Kamin.

Erst gegen Morgen schliefen wir beide erschöpft ein. Meine anfängliche Angst vor ihm war längst gewichen und ich hatte unsere Intimitäten schließlich sogar genossen. Kurz vor dem Einschlafen ging mir träge durch den Kopf, dass ich nichts dagegen gehabt hätte, die Erlebnisse dieser Nacht zu wiederholen.

Als ich erwachte, lag ich alleine auf dem großen Bett und Gennadij befand sich auch nicht im Zimmer. Ich seufzte und wickelte mich fester in die warme Bettdecke, versuchte nicht daran zu denken, dass ich in kurzer Zeit wieder in der Kälte stehen würde. Aber immerhin wäre ich dann nicht mehr so bettelarm.

Die Türe wurde leise geöffnet und ich lugte unter der Decke hervor, wer ins Zimmer kam. Es war der Hausdiener, der gestern so verächtlich die

Nase gerümpft hatte. Er trug meine spärlichen Kleidungsstücke auf dem Arm und legte sie jetzt auf einen Stuhl. Ich sah sofort, sie waren gewaschen und gebügelt worden. Nur die schmutzigen Fußlappen waren nicht dabei. Stattdessen stellte er ein Paar richtige Lederschuhe unter den Stuhl. Überrascht fuhr ich hoch.
Der Diener drehte sich zu mir um und musterte mich feindselig von oben herab. „Na, Kerl", stieß er verächtlich hervor. „Hast du es dem jungen Herrn ordentlich besorgt? Du musst ja mächtig gut gewesen sein, er war heute Morgen schier aus dem Häuschen und hat schon in der Frühe alle rebellisch gemacht, damit deine stinkenden Klamotten gewaschen und trockengebügelt werden. So hat er sich bisher noch bei keinem angestellt. Erzähl mal, was habt ihr denn miteinander getrieben?"
Ich hatte nicht die Absicht dem missgünstigen Diener irgendetwas zu erzählen und zum Glück kam jetzt Gennadij zur Türe herein. Der Hausangestellte verließ nach einer kurzen Verbeugung eilig das Zimmer. „Hat er dich beleidigt?" fragte Gennadij mit gerunzelter Stirn, doch ich schüttelte den Kopf. „Halb so wild, da musste ich mir schon schlimmere Sachen anhören."
„Ivan kann sich nicht mit dem Gedanken anfreunden, dass ich...äh... anders bin. Er ist schon seit meiner Kindheit im Haus und glaubt deshalb, er könne sich mir gegenüber bestimmte Freiheiten herausnehmen. Ich lasse ihn gewähren, denn im Grunde ist er mir treu ergeben."
Er setzte sich auf das Fußteil des Bettes und schaute mir ins Gesicht. Dann nahm er einen kleinen Lederbeutel aus der Tasche und legte ihn vor mich. „Für dich. Du hast es dir redlich verdient. Ich habe dich gestern Abend schon gefragt, aber du hast mir nicht geantwortet. Willst du mir heute sagen, warum du dich hinter Gestank und Schmutz versteckst? Wovor hast du Angst?"
Ich fühlte, von Gennadij hatte ich nichts zu befürchten und sein Interesse galt wirklich meiner Person. Das überwältigte mich so, dass ich plötzlich ein regelrechtes Bedürfnis verspürte, ihm mein Schicksal mitzuteilen. Ich erzählte ihm in knappen Worten die Tragik meines bisherigen Lebens. Was ich für mich behielt, war, dass ich meinen früheren Herrn wahrscheinlich getötet hatte. Ich sagte nur, ich sei vor ihm auf der Flucht. Und ich nannte keinen Namen.
Gennadij nickte zu meinen Worten und meinte wissend. „Daher deine anfängliche Angst und dein Widerwille. Nein, streite es nicht ab, ich habe

es genau gespürt. Auch dass du später schnell Vertrauen zu mir gefasst hast. Ich konnte in deinem Gesicht lesen, wie in einem offenen Buch. Irgendetwas ganz Besonderes ist an dir, Nicolas, ich konnte mir gestern schon nicht vorstellen, dass du nur ein Strichjunge bist."

Ich starrte ihn verwirrt an, konnte aber nicht leugnen, dass mir sein Kompliment gefiel. Noch nie hatte mir jemand gesagt, ich wäre etwas Besonderes.

Gennadij griff nach dem Beutel, den ich noch nicht angerührt hatte. Mit der anderen nahm er meine Hand und legte ihn hinein. Dann sah er mir erneut in die Augen. „Ich würde mich freuen, wenn du öfter zu mir kommen würdest. Es soll dein Schaden nicht sein, ich bin sehr großzügig, wie du an dem Inhalt des Beutels merken wirst. Falls es dir also nicht gar so zuwider ist, hätte ich nichts dagegen, dich fortan regelmäßig zu treffen."

Ich wusste nicht, was ich tun sollte. Eigentlich wollte ich meinen Körper nicht nochmals verkaufen. Es sollte eine einmalige Sache bleiben, nur zu dem Zweck mein Überleben zu sichern. Doch andererseits gab mir Gennadij nicht das Gefühl, mich verkauft zu haben, ja ich musste zugeben, es hatte mir sogar gefallen. Deshalb bat ich mir eine Bedenkzeit aus und er gewährte sie mir.

Kapitel 6: Abstieg in die Gosse

Dieses Mal war es Brendan, der Nicolas' Erzählung unterbrach. Durch die erzwungene Bewegungslosigkeit waren seine Muskeln taub geworden. Jetzt verkrampften sie sich, was ihm höllische Schmerzen bereitete. Zuerst versuchte er tapfer den Schmerz zu ignorieren, doch er wurde von Minute zu Minute stärker.

Nicolas' sensible Vampirsinne erfassten sofort, dass es dem Freund schlechter ging. Und er verfluchte insgeheim seine Unfähigkeit, ihm wirksamere Erleichterung verschaffen zu können. Da Brendans Beine höchstwahrscheinlich gebrochen waren, wagte er nicht, ihm eine größere Menge von seinem Blut zu geben. Das würde zwar seine Schmerzen endgültig beseitigen, aber Vampirblut besaß neben seiner schmerzstillenden Wirkung, auch stark heilende Kräfte. Wenn er dem Freund zu viel davon gab, so würden die Knochen in seinen Beinen in kürzester Zeit zusammenwachsen. Aber eben darin bestand die Gefahr. Sollten sie in ihrer jetzigen, verschobenen Stellung zusammenwachsen, würde Brendan vielleicht für immer ein Krüppel sein.

„Ich kann dir noch ein wenig von meinem Blut geben", sagte er deshalb zu ihm. „Aber es darf wirklich nur wenig sein." Kurz erklärte er ihm was ein Zuviel bewirken würde. Brendan war einsichtig und hörte sofort auf zu trinken, als er von Nicolas ein Zeichen bekam. Immerhin war er jetzt wieder für eine Weile schmerzfrei. Und er kam auch sofort auf Nicolas' Lebensbeichte zurück, die ihn immer mehr in ihren Bann zog.

„Und?" fragte er gespannt und nahm so den Faden wieder auf. „Wie hast du dich letztendlich entschieden?"

„Nun, nach dieser Nacht ging ich erst einmal in die Stadt zurück. Ich hatte nicht in das Säckchen geschaut, aber ich ahnte, dass viel mehr darin war, als Gennadij mit mir am vergangenen Abend ausgemacht hatte.

Unterwegs musste ich immer wieder an ihn denken. Er war ganz anders als die Männer, mit denen ich bisher zu tun hatte. Sogar Pavel, den ich doch einst zu lieben glaubte, konnte nicht gegen ihn bestehen. Er war zwar immer freundlich zu mir gewesen und hatte zumindest mitfühlend getan, dennoch war er von seinen Forderungen auch dann nicht abgewichen, wenn er sah, dass er mir dadurch Schmerzen bereitete. Heute denke ich, er war ähnlich sadistisch veranlagt wie sein Onkel.

Er verpackte seine Quälereien nur in mitleidiges Gehabe, und garnierte sie mit kleinen Zärtlichkeiten, um mich einzulullen.
Gennadij hingegen hatte sofort von mir abgelassen, wenn er merkte, er bereitete mir Unbehagen. Dabei hatte ich mich kein einziges Mal beklagt, schließlich bezahlte er mich ja dafür.
In der Stadt angekommen, führte mich mein erster Weg in einen Kleiderladen. Der Inhaber handelte mit neuer und gebrauchter Kleidung und führte auch andere Dinge des täglichen Gebrauchs. Ich entschloss mich zum Kauf gebrauchter Kleidung, die Stücke waren gut erhalten und erheblich billiger als neue. Und sie erfüllten ihren Zweck, mich warm zu halten, genauso gut. Das Wort Eitelkeit war mir damals noch fremd, ich wollte nur nicht frieren müssen.
Dennoch suchte ich lange und sorgfältig aus, schließlich war es nicht einfach, für meine Größe einigermaßen passende Kleidung zu finden. Die Kleidungsstücke der damaligen Zeit unterschieden sich übrigens erheblich von den heutigen. Hosen, so wie man sie heutzutage kennt, gab es überhaupt nicht. Meist waren es Beinlinge, etwa in der Form mit langen Strümpfen vergleichbar. Sie bestanden aus Fell, Leder oder groben Stoff und wurden an der Taille mittels eines Stricks oder Gürtels zusammengehalten. Oftmals trugen Männer auch nur Tuch- oder Fellröcke um die Hüften geschlungen und Felle um die Beine, die mit Lederbändern umwickelt wurden. Auch Hemden in der heutigen Form gab es nicht, sondern Tuniken oder Kasacks. Nur die reichen Leute konnten sich modischere Kleidung leisten. Da die Art der Bekleidung aber in meiner Geschichte keine Rolle spielt, verwende ich einfach die herkömmlichen Begriffe.
Als ich den Laden verließ, besaß ich also einige wollene Obergewänder, zwei Hosen und eine dicke Weste aus Schaffell. Dazu einen schweren Umhang aus wasserdichter Wolle und ein paar gefütterte Stiefel. Eine Mütze aus Bärenfell machte meine Winterausstattung komplett. Ich zog einen Teil der Sachen sofort an und ließ mir den Rest in ein Leintuch einschlagen. Dann bezahlte ich meine neuen Schätze stolz aus meinem Geldbeutel. Ich brauchte zwar eine Weile, bis ich die passenden Münzen zusammengesucht hatte, aber es gelang mir ohne die Hilfe des Händlers. Stolz wie ein König verließ ich den Kleiderladen.
In den nächsten Nächten übernachtete ich in der Armenpension. Und ich ging alle paar Tage in das öffentliche Badehaus und reinigte mich

ausgiebig. Dann suchte ich einen Barbier auf, ließ mir den Bart abschaben und meine lange, verfilzte Mähne auf Schulterlänge kürzen. Auch mein Essen kaufte ich mir wieder und stahl es nicht mehr.

Jeden Abend überschlug ich kurz meine Ausgaben und zählte dann langsam und gewissenhaft meine restlichen Münzen. Wenn ich gut haushielt, so wurde mir freudig bewusst, würde ich den Winter problemlos überstehen. Ich hatte es also nicht nötig, nochmals zu Gennadij zu gehen.

Aber er ging mir nicht aus dem Kopf. Immer wieder dachte ich an die Nacht mit ihm. Im Nachhinein erschien es mir immer verlockender, sie zu wiederholen, ja manchmal träumte ich sogar von seinem schlanken, geschmeidigen Körper.

Und dann, an einem Abend, stand ich wie zufällig wieder vor der Wirtshaustüre. Meine Schritte hatten mich fast wie von selbst dorthin geführt. Dieses Mal blieb ich nicht bescheiden vor der Türe stehen, ich ging hinein. Schließlich war ich kein Bettler oder Dieb mehr, ich besaß genügend Geld um mein Bier zu bezahlen.

Er saß mit anderen beim Würfelspiel und sah mich sofort. Ein Strahlen ging über seine männlich schönen Züge und er winkte mich zu sich. „Nicolas, wie schön dich zu sehen. Ich dachte schon, du hättest es dir anders überlegt. Komm, setz dich her zu uns."

Wie selbstverständlich stellte er mich seinen Tischnachbarn als einen guten Freund vor. Sie akzeptierten mich alle und machten mir bereitwillig einen Platz in ihrer Mitte frei. Gennadijs Bekannter von damals saß ebenfalls neben ihm, aber er erkannte mich nicht.

Wie selbstverständlich stieg ich später mit den beiden in die Kutsche ein. Slava, Gennadijs Freund, stieg kurz darauf vor seinem Haus aus und ich fuhr mit Gennadij alleine weiter. Jetzt konnten wir uns ungestört unterhalten. Er sah mich bewundernd an. „Ich kann es noch gar nicht glauben, Nicolas. Bist du es wirklich? Ohne den Bart bist du schöner denn je. In deinen neuen Kleidern und mit den geschnittenen Haaren siehst du einfach umwerfend aus."

Seine offene Bewunderung machte mich ganz verlegen. Aber so war er eben, direkt und geradeheraus. Deshalb wunderten mich auch seine nächsten Worte nicht. Frei sagte er. „Ich kann es gar nicht erwarten, mit dir ins Bett zu kriechen. Deshalb bist du doch gekommen, oder?"

Dieses Mal lachte ich über seine ungenierte Frage. Und insgeheim gab ich ihm recht, ja, nur aus diesem Grund war ich zu ihm zurückgekehrt.

Wir begannen unser Liebesspiel wieder im Dampfbad. Und heute musste er mir nicht sagen, was er gerne hätte. Ich hatte mir seine Vorlieben gemerkt und gewährte sie ihm freiwillig. Schnell fand ich ebenfalls Gefallen daran, was ich ihm auch sagte. Er war hocherfreut darüber und versuchte seinerseits mir Lust zu bereiten. Wir erkundeten einander sehr ausgiebig und wurden nicht müde unsere Körper voller Gier zu vereinen. Nach einem gemeinsamen Frühstück am nächsten Morgen, schob er mir wiederum einen kleinen Lederbeutel zu. Entrüstet gab ich ihn zurück. Wir hatten nicht über Geld gesprochen und ich wollte mich nicht für etwas bezahlen lassen, dass mir selbst höchstes Vergnügen bereitet hatte.

„Sei nicht albern, Nicolas." Mit einem tadelnden Blick schob er mir den Beutel erneut zu. „Ich verfüge über mehr Geld als ich je verbrauchen kann. Und dir erleichtert es etwas dein Leben. Ich denke bestimmt nicht schlecht von dir, nur weil du meine kleine Zuwendung annimmst. Gönne dir dafür etwas Schönes, dann ist es gut angelegt."

Also nahm ich sein Geld an. Und ebenso all die anderen Male, die ich mit ihm zusammen war. Ich verlangte es nie, aber er bestand jedes Mal darauf, dass ich es annahm. Eigentlich wäre es Gennadij am liebsten gewesen, ich hätte fortan mein Leben unter seinem Dach verbracht. Aber da war noch Ivan, der wie eine Glucke über seinen Schützling wachte und mich niemals im Haus dulden würde.

„Ich darf Ivans Einfluss auf meinen Vater leider nicht unterschätzen", vertraute mir Gennadij eines Tages an. „Mein alter Herr hat ihm aufgetragen, alle Unregelmäßigkeiten sofort an ihn zu melden. Wenn er von meinen Neigungen erfährt, so ergeht es mir schlecht. Bisher konnte ich Ivan noch bestechen, ihm nichts zu verraten. Aber ich darf es nicht übertreiben. Sonst bin ich bald in Moskau und das möchte ich auf keinen Fall."

Das wollte ich auch nicht, lieber kam ich jeden Abend auf ein paar kurze Liebesstunden und verabschiedete mich dann wieder. Immerhin ging es mir mittlerweile so gut, dass ich nicht mehr darauf angewiesen war, im Armenhaus zu übernachten. Stattdessen mietete ich mir ein kleines Mansardenzimmer im Haus einer resoluten Witwe. Ich war endlich zufrieden mit meinem Leben. So konnte es meinetwegen immer weitergehen. Doch das Schicksal hatte wieder einmal anderes mit mir vor.

Eines Tages reichte mir Gennadij mit unglücklicher Miene einen Brief entgegen. Als ich ihm gestand, dass ich nicht lesen konnte, zuckte er mit

der Schulter und erklärte mir, was darinstand. „Mein Vater will mich bei sich haben. Er hat mir befohlen, so schnell als möglich zu ihm nach Moskau zu kommen. Anscheinend hat ihm jemand gesteckt, dass ich meine Zeit mit Männern verbringe, anstatt mir eine reiche Frau zu suchen, wie er es mir befohlen hatte. Und nun will er mir meine Flausen, wie er es nennt, endgültig austreiben. Er hat eine junge Witwe aufgetrieben, mit der er mich verheiraten will."
Mit einer verzweifelten Geste fuhr er sich durch die Haare und starrte mich kopfschüttelnd an. „Was soll ich bloß machen, Nicolas? Nichts liegt mir ferner, als zu heiraten. Noch dazu eine Witwe. Der kann ich im Ehebett nichts vorspielen. Ich kann nur hoffen, dass ich bei ihr meinen Mann stehen kann."
„Warum bleibst du nicht einfach hier?" schlug ich vor. „Moskau ist doch weit weg. Dein Vater wird nicht hierherkommen und dich holen, oder? Und, bist du nicht alt genug zu tun, was du willst?" Der Gedanke, ihn zu verlieren, bereitete mir Kummer. Nicht etwa wegen des Geldes, das er mir gab. Nein, er war der einzige Freund, den ich hatte und ich glaube, ich liebte ihn sogar.
Gennadij lachte unlustig auf. „Hast du eine Ahnung. Der alte Herr hat mich ganz schön unter der Fuchtel. Das Haus hier gehört ihm, ebenso das Geld, dass ich verprasse. Erst wenn er tot ist, wird alles mir gehören. Falls er mich bis dahin nicht enterbt hat. Ich habe jüngere Brüder, denen käme es nur recht, wenn ich bei Vater in Ungnade fiele. Nein, ich muss wohl fahren. Und heiraten."
Es war mehr als ungewiss, ob ich Gennadij jemals wiedersehen würde. Unser Abschied gestaltete sich dementsprechend. Als ich ihn schließlich verließ, dachte ich, das Herz müsse mir vor Qual zerspringen.
Doch Gennadijs Abreise war nicht das einzige Unglück, das mich traf. Nur einige Wochen danach stand das Haus in dem ich wohnte plötzlich in Flammen. Vermutlich hatte jemand einen Ofen unbeaufsichtigt brennen gelassen. Es passierte mitten in der Nacht und das Feuer überraschte mich und die anderen Hausbewohner im Schlaf. Als ich erwachte, brannte das mit hölzernen Schindeln gedeckte Dach schon lichterloh. Mit letzter Kraft konnte ich mich durch das verqualmte Treppenhaus nach draußen retten.
Zitternd und hustend stand ich mit den anderen Menschen, die sich retten konnten, im Hof und schaute zu, wie mein kleines Dachzimmer ein Raub

der Flammen wurde. Und mit ihm all meine Besitztümer. Ich war mit einem Schlag wieder so bettelarm, wie ich in Kiew eingetroffen war.

Dieser erneute Schicksalsschlag trieb mich in eine tiefe Krise. Ich haderte mit meinem Los. Warum ausgerechnet ich, fragte ich mich immer wieder. Hatte ich nicht schon genug durchgemacht? Sollte ich immer und immer wieder Nackenschläge einstecken müssen?

Nach einigen Tagen, die ich im Freien verbrachte, war ich am Ende. Es regnete in Strömen und der Himmel machte nicht den Eindruck, als ob er seine Schleusen so schnell wieder schließen wollte. Jetzt, Ende März, war es noch immer empfindlich kalt. Ich trug noch immer die angesengten Sachen, die ich in der Brandnacht anhatte. Weil es mich gefroren hatte, war ich in jener Nacht in meinen Kleidern ins Bett gegangen. Ein glücklicher Zufall, sonst wäre ich fast nackt gewesen.

Einzig eine stinkende Plane aus eingefetteten Häuten, die ich von einem Bauernwagen gestohlen hatte, gab mir Schutz vor der allgegenwärtigen Nässe. Aber Wärme spendete sie nicht.

Vor Kälte bibbernd stand ich unter einem Vordach und dachte über meine trüben Zukunftsaussichten nach. Aber so sehr ich auch grübelte, es fiel mir nichts ein, wie ich meinem Leben eine Wende geben konnte.

Eine Kutsche kam die ansonsten leere Straße entlang, hielt in einer Seitengasse und ein vornehm gekleideter Herr stieg aus und eilte in einen Hauseingang. Ich erkannte in dem jungen Mann Slava, Gennadijs Freund und Trinkkumpan. Der Kutscher schien auf ihn zu warten, er zog sich seinen dicken Umhang fester um die Schultern und zog seinen Hut tiefer ins Gesicht. Mit stoischer Ruhe wartete der Mann auf die Rückkehr seines Herrn.

Beim unverhofften Anblick Slavas durchzuckte eine aberwitzige Idee mein Gehirn. Aber dann verwarf ich sie schnell wieder und drehte mich um. Ich floh vor meinen eigenen Gedanken. Doch schon ein paar Meter weiter blieb ich erneut stehen. Warum sollte ich es nicht wagen? Ich brauchte dringend Geld, wollte ich nicht elend in irgendeiner zugigen Ecke krepieren. In der kurzen Zeit, die ich in Kiew weilte, hatte ich schon viele Tote gesehen. Obdachlose Bettler, die verhungert oder erfroren waren, wurden jeden Morgen von städtischen Arbeitern auf Karren geladen und vor der Stadt in Massengräbern verscharrt. Es waren keineswegs nur alte, ausgelaugte Gestalten. Nein, es waren ebenso Frauen und Kinder darunter. Und auch junge Burschen wie ich.

Diese Gedanken gaben schließlich den Ausschlag. Ich wollte noch nicht sterben. Also wendete ich meine Schritte zu der kleinen Gasse hin und wartete dort auf Slavas Erscheinen. Immer wieder legte ich mir im Geiste Worte zurecht, die ich ihm sagen wollte. Ich wollte nicht gar zu verzweifelt klingen. Das würde ihn nur verleiten, mich auszunutzen.

Slava war mir bisher nicht gerade wohl gesonnen gewesen, er neidete mir Gennadijs Freundschaft. Aber ich wusste er war scharf auf mich, oft genug hatte ich seine lüsternen Blicke bemerkt. Doch ich war Gennadij treu gewesen, für mich war kein anderer Mann in Frage gekommen.

Als die Türe aufging, waren mir noch immer keine passenden Worte eingefallen. Slava starrte mich überrascht an. Dann ging ein Grinsen über seine hübschen Züge.

„Ja, wen haben wir denn da? Hast du etwa auf mich gewartet? Brauchst wohl Geld, he? Und da fällt dir auf einmal der alte Slava ein."

Seine spöttischen Worte verletzten mich und am liebsten hätte ich mich umgedreht und wäre weggerannt. Aber ich bezähmte meinen aufkeimenden Zorn und nickte bloß. Ich starrte ihn so unpersönlich an, wie ich es fertigbrachte. Ich durfte nicht allzu sehr vor ihm kriechen, wollte ich ein Geschäft mit ihm machen.

„Ja" sagte ich kühl. „Ich bin in einer kleinen Notlage und kann etwas Geld gebrauchen. Und du willst mich schon lange. Warum sollen wir also nicht ein Abkommen treffen?"

Er schürzte überlegend die Lippen und tastete mich mit seinem Blick ab. Ich sah, wie Verlangen in seine Augen kroch und entspannte mich ein wenig. Ich war mir fast sicher, er würde auf meinen Vorschlag eingehen. Nun kam es nur noch darauf an, mich nicht unter Wert zu verkaufen.

„Fünf Rubel und ich stehe dir zur Verfügung" forderte ich kühn. „Für zehn kannst du mich die ganze Nacht haben." Mit Genugtuung sah ich, wie er die Augen aufriss. „Zehn Rubel!" rief er aus. „Dafür kann ich mir zwei zwölfjährige Jungen nehmen."

„Na, dann nimm sie dir, wenn du gerne kleine Kinder besteigst. Ich dachte du wärst an jemandem interessiert, der weiß, was er tut. Und ich bin wirklich gut." Ich tat, als wolle ich mich entfernen. Dabei klopfte mein Herz zum Zerspringen. Hatte ich übertrieben?

„Nein, nein warte. Ich bin interessiert. Gennadij war ja ganz versessen auf dich, also musst du wohl gut sein. Gut, abgemacht. Fünf Rubel und du zeigst mir, was du kannst. Einverstanden?"

Selbstverständlich war ich einverstanden. Schnell stieg ich in die Kutsche und bald darauf hielten wir vor Slavas Haus.

Natürlich war es mit Slava ganz anders als mit Gennadij. Aber es war erträglich und dauerte nicht allzu lange. Er besaß nicht viel Phantasie und war leicht zu befriedigen. Danach gab er mir mein Geld und schickte mich fort.

Erleichtert verließ ich sein Haus. Mein schlechtes Gewissen und meinen aufkeimenden Ekel vor mir selbst beruhigte ich mit der Tatsache, dass mein weiteres Überleben gesichert sei. Ich musste mich erneut einkleiden, dafür ging ein großer Teil der fünf Rubel drauf. Wollte ich nicht bald erneut mittellos dastehen, musste ich jedoch sehr sparsam sein. Aber das fiel mir auf einmal gar nicht mehr so leicht. Durch Gennadijs Großzügigkeit war ich auf den Geschmack gekommen. Ich hatte schnell erkannt, wie angenehm das Leben sein konnte. Ich hasste es, erneut gezwungen zu sein am Existenzminimum zu leben, ich wollte nicht mehr arm sein. Warum durfte es mir nicht vergönnt sein, wenigstens ein kleines Stück vom großen, süßen Kuchen zu ergattern?

Selbstverständlich war mir klar, dass ich es nie zu großem Reichtum bringen würde. Und das war auch nicht mein Ziel. Aber ich wollte endlich spüren, dass ich lebte und nicht nur existierte. Und das konnte ich nur mit genügend Geld in der Tasche.

Tatsächlich waren die restlichen Rubel noch schneller ausgegeben als ich es vermutet hatte, ich brauchte schon bald Nachschub. Und was lag näher, als meinen Körper erneut zu verkaufen. Zuerst ging ich wieder zu Slava und er nahm mein erneutes Angebot auch gerne an. Fortan besuchte ich ihn meist einmal in der Woche. Doch mit der Zeit reichte auch dieses Geld nicht mehr um meine erwachende Lebensgier zu finanzieren. So ging ich eines Tages auch auf die Offerten anderer Männer ein. Bald kannte ich die geheimen Orte, an denen sich schwule Männer einen jungen Liebhaber kauften. Immer öfter tauchte ich dort auf. Am liebsten ließ ich mich mit älteren Männern ein, sie waren leicht zufrieden zu stellen und akzeptierten dankbar meinen Preis. Zu meiner Schande muss ich gestehen, dass ich nach und nach Gefallen an dieser schnellen Art der Geldbeschaffung fand.

Am Anfang machte ich mir noch viele Gedanken über meinen unrühmlichen Lebenswandel. Ich empfand mich selbst als schmutzig und schlecht. Doch immer wieder tat ich es. Das Geld gab ich meist ebenso schnell aus, wie ich es verdiente. Wenn mich mein schlechtes Gewissen zu stark quälte, so betäubte ich es einfach in Alkohol. Der Wodka wurde bald zu meinem ständigen Begleiter. Ich trieb mich immer öfter in dunklen Spelunken herum, trank spielte... und hurte.

Ehe ich mich versah, war ich in einen Teufelskreis geraten, aus dem es keinen Ausweg mehr gab. Ich war auf dem besten Weg, in der Gosse zu landen und bemerkte es nicht einmal. Ich war erst zwanzig Jahre alt, und doch schon ein ausgelaugtes Wrack. Zumindest seelisch, mein Körper war nach wie vor ansehnlich und begehrenswert. Die Freier waren verrückt nach mir und ich trieb es mit jedem, der mich haben wollte und meinen Preis bezahlen konnte. Nur Slava hatte sich schon lange von mir zurückgezogen. Ich war ihm zu gewöhnlich geworden.

Eines Nachts ließ ich mich wieder einmal leichtsinnig mit einem zwielichtigen Kerl ein, den ich am Würfeltisch kennengelernt hatte. An dem Abend war mir Fortuna hold gewesen, ich gewann und nahm ihm eine Menge Geld ab. Er war wütend auf mich und behauptete, ich hätte betrogen. Eigentlich hätte ich misstrauisch werden müssen, als er plötzlich umschwenkte und sich von seinen letzten Rubeln meine Dienste erkaufte. Aber ich war schon zu betrunken um argwöhnisch zu sein. Zufrieden mit dem erfolgreichen Abend verließ ich in seiner Begleitung die dreckige Spelunke.

In einer dunklen Gasse stand ich mit heruntergelassener Hose und er stieß grunzend in mich. Mit den Händen stützte ich mich an einer Wand ab und wartete ungeduldig, dass er endlich fertig wurde. Sein Stöhnen wurde lauter und ging schließlich in einen zufriedenen Seufzer über. Als er aus mir herausglitt bückte ich mich, um meine Hose hochzuziehen. In dem Moment versetzte er mir einen gewaltigen Stoß, so dass ich gegen die Wand flog und daran herunterrutschte. Benommen wollte ich aufspringen, doch mein Schädel brummte mörderisch. Bunte Kreise tanzten vor meinen Augen.

„He, Mann", lallte ich benommen. „Bist du verrückt geworden? Was soll das...?"

Aber er gab keine Antwort. Stattdessen kam er jetzt geduckt auf mich zu. In der herrschenden Dunkelheit erahnte ich ihn mehr als ich ihn sah. Wie ein dunkler Schatten war er über mir, dann schnellte sein Arm vor. Ich spürte einen plötzlichen schneidenden Schmerz in meinem Bauch und bäumte mich auf. Doch er stieß mich brutal in den Dreck zurück und

fummelte an meiner offenen Hose herum. Dort befand sich mein Geldbeutel und er riss ihn mir mit einem Ruck ab. Leise lachend hielt er ihn mir dicht vor die Augen. „Das Geld brauchst du nicht mehr, es war ohnehin meines." Dann bedankte er sich noch höhnisch bei mir für die Dienste, die ich ihm gratis geliefert hatte. Die ordinären Worte, die er dazu benutzte, kann ich nicht mehr wiedergeben. Ohne sich um mein weiteres Schicksal zu kümmern, verschwand er rasch aus der dunklen Seitengasse. Nur das eilige Getrappel seiner Füße war noch eine Zeitlang zu hören.
Zuerst war ich unfähig, mich zu rühren. Der Schock und der Schmerz machten es mir unmöglich, auch nur einen klaren Gedanken zu fassen. Erst nach einer ganzen Weile begriff ich, was geschehen war. Mit vorsichtigen Fingern tastete ich meinen Leib ab und erschrak, als meine Hand an den Griff eines langen Messers stieß. Instinktiv wollte ich die Klinge aus meinem Bauch ziehen. Doch der sofort einsetzende grausame Schmerz ließ mich innehalten. An meinen Fingern fühlte ich mein warmes, klebriges Blut.
Das Entsetzen kroch ganz langsam in mein Gehirn, als mir die Tatsache klar wurde: Ich würde hier in dieser dreckigen Gasse sterben. Das Messer steckte tief in meinen Eingeweiden. Welche Organe verletzt waren wusste ich nicht, es war auch nicht von Belang für mich. Kein Arzt der Welt würde mir mehr helfen können. Ganz davon abgesehen, dass wohl kaum ein Arzt einen Mann wie mich behandeln würde.
Mit ungeahnter Wucht überfiel mich Selbstmitleid. Ich weinte wie ein Kind und haderte erneut mit meinem Schicksal. Das hatte ich einfach nicht verdient. Ich wollte doch nur ein besseres Leben haben. Was hatte es mir bisher schon Schönes geboten? Meine Kindheit war mir von Sonja gestohlen worden und Semjonov hatte sich meiner Jugend bemächtigt. Und nun sollte ich hier, in der Blüte meiner Jahre, auf einer dunklen Straße krepieren. Das war einfach nicht fair.
Heiße Tränen rannen mir über die Wangen und langsam überfiel mich eine grenzenlose Müdigkeit und Schwäche. Ich spürte, wie mein Leben unerbittlich verrann. Auf einmal fühlte ich die Nähe eines Wesens. Das Gefühl, nicht mehr alleine zu sein, breitete sich warm in mir aus. Ich war glücklich darüber. Egal, wer mir in meinen letzten Minuten beistand, er war mir willkommen. Mit letzter Kraft öffnete ich die Augen. Und sah nur Schwärze.

Dann erkannte ich langsam die Umrisse eines Mannes. Ich wollte ihn ansprechen, ihn bitten bei mir zu bleiben, aber meine Stimme versagte. Nur ein klägliches Wimmern drang über meine ausgetrockneten Lippen.
„Psst!" sagte eine angenehme Stimme leise zu mir. „Du musst nicht sprechen, es strengt dich zu sehr an." Er ging neben mir in die Hocke und legte leicht seine Hand auf meine Stirn. Eine seltsame Kraft ging von dieser Berührung aus und ich wurde ruhiger.
„Ich werde dir helfen, wenn du es mir erlaubst." Irrte ich mich, oder erklang die Stimme tatsächlich nur in meinem Kopf? War, dass das Ende? Halluzinierte ich bereits?
Doch der Fremde war Wirklichkeit. Er nahm jetzt meinen Kopf sanft in seine Hände und hob ihn ein wenig an, stützte ihn. Meine tränenverschleierten Augen suchten vergeblich das Gesicht des Mannes, es blieb in der Schwärze der undurchdringlichen Schatten verborgen. Mehr ahnte als sah ich die leichte Bewegung, mit der er seine Hand an seine Lippen führte. Dann hielt er mir etwas an den Mund. Es war warm und weich und feucht.
„Trink!" befahl er leise und ich öffnete wie unter Zwang gehorsam die Lippen. Warme Tropfen perlten über meine Zunge, rannen in meinen Hals. Ich schluckte sie.
Im nächsten Moment bäumte ich mich auf, fiel aber sofort mit einem wehen Schrei zurück. Die unbekannte Flüssigkeit entfachte ein wahres Höllenfeuer in meinen Eingeweiden. Nach ein paar Sekunden ebbte der brennende Schmerz ab, an seine Stelle trat eine wohlige Wärme, die sich langsam in meinem ganzen Körper ausbreitete.
Nun packte der Fremde beherzt den Messergriff und zog die Klinge mit einem energischen Ruck aus meinem Leib. Erneut stieß ich einen Schrei aus und presste meine Hände auf meinen Bauch. Klebriges Blut rann durch meine Finger.
Wieder wurde mir warme Haut an die Lippen gelegt und die Stimme befahl mir zu schlucken. Und ich gehorchte ihr ebenso wie beim ersten Mal. Diesmal blieb das Brennen aus, aber die wohlige Wärme durchströmte mich abermals. Sie drang bis in die klaffende, tiefe Bauchwunde und schien sie zusammenzuziehen. Der schneidende Schmerz verebbte langsam.
Was hatte der Fremde mit mir gemacht? War er ein Zauberer oder gar ein Hexenmeister? Auf keinen Fall war er ein Mensch. Ich wollte ihn fragen,

aber die Worte entschwanden mir ehe ich sie aussprechen konnte. An ihre Stelle trat ein friedliches Gefühl und ich wurde sehr müde. Kaum konnte ich noch die Augen offenhalten. Der Fremde hielt mich noch immer wie ein Baby an seine Brust gedrückt und ich fühlte mich unendlich geborgen. Mit einem leisen Seufzer schloss ich die Augen.
„Schlafe dich aus, Nicolas", hörte ich wieder die sanfte Stimme in meinem Kopf. „Du kannst ganz beruhigt sein. Von nun an werde ich über dich wachen."

Nicolas stockte, ganz in seine Erinnerungen versunken. Und auch Brendan schwieg eine Weile. Dann räusperte er sich ein paar Mal und fragte ungläubig. „Du hast dich wirklich verkauft um dir ein schöneres Leben gönnen zu können?"
Dem Vampir entging der Unglaube in seiner Stimme nicht, ebenso wenig wie die leise Anklage, die in Brendans Worten mitschwang. Er lächelte bitter, was der Freund natürlich nicht sehen konnte.
„Schockiert dich das so sehr? Aber ich kann dich verstehen, du kennst mich nur als den Mann, der ich heute bin: Reich, meine Mitmenschen betörend, hilfreich gegenüber Schwächeren. Und nicht zu vergessen, als unsterbliches Wesen. Das alles bin ich heute und es ist meine Natur. Damals jedoch war ich ein armseliges, verschrecktes Menschenwesen, dem in seinem kurzen Dasein zu viel Böses zugefügt wurde. Ich weiß, es fällt dir schwer, dich in dieses frühe Jahrhundert und das fremdartige Land zu versetzen. Noch schwieriger ist es bestimmt, sich in meine damalige Situation hineinzuversetzen. Nach fast sechshundert Jahren fällt mir das selber schwer. Doch es ist die reine Wahrheit. Ich habe mich prostituiert. Zuerst um zu überleben und später, um ein besseres Leben zu haben. Damals habe ich nicht erkannt, dass es genau das Gegenteil bewirken und mich in meinen Untergang führen würde."
Brendan klang nun etwas verlegen. „Entschuldige, ich wollte dich nicht kritisieren. Es ist bloß tatsächlich so, wie du gesagt hast. Ich kann mir nicht vorstellen, dass du einmal ein junger, verstörter Mensch gewesen bist. Und über das Leben zu früheren Zeiten habe ich mir noch niemals Gedanken gemacht."
Jetzt lachte Nicolas gutmütig. „Du brauchst dich nicht zu entschuldigen, Bren. Ich habe mich ja mit der Wahl meiner Lebensumstände tatsächlich nicht gerade mit Ruhm bekleckert. Als Entschuldigung kann ich

höchstens meine Jugend und meine plötzliche Gier nach all dem angeben, was mir bis dato versagt geblieben war. Immer nur war ich benutzt worden, es schien mir fast, als sei ich nur zu dem Zweck geboren, anderen zu Willen zu sein. Und das wollte ich ändern. Mich für meine ureigenen Zwecke zu verkaufen war die einzige Möglichkeit, die mir damals einfiel..."

Wieder war eine Zeitlang nichts als das gedämpfte Brummen der Räummaschinen zu hören. Dann meldete sich Brendan erneut zu Wort.

„Je länger ich darüber nachdenke, desto mehr kann ich mich in dich hineinversetzen. Aber wie ging es weiter, nachdem du fast dein Leben verloren hättest? Ich ahne ja, wer dein geheimnisvoller Retter war, aber erzähle mir die Geschichte bitte aus deiner damaligen Sicht weiter."

Nicolas veränderte seine unbequeme Lage ein wenig. Schließlich hatte er eine einigermaßen günstige Position für seine langen Beine gefunden. Zufrieden seufzte er auf und fuhr dann versonnen in seiner Erzählung fort.

Kapitel 7: Ein neues Leben

Ich erwachte mit einem Gefühl der Zufriedenheit und fühlte mich geborgen wie noch niemals zuvor. Doch als ich die Augen aufschlug, wusste ich nicht, wo ich mich befand. Das Zimmer in dem ich lag, hatte ich noch nie zuvor gesehen.

Ich runzelte irritiert die Stirn und dachte über die Ereignisse der vergangenen Nacht nach. Die schäbige Kneipe fiel mir ein. Ich hatte beim Würfelspiel gewonnen und war dann mit dem Verlierer in diese dunkle Seitengasse gegangen.

Ein stechender Schmerz in meinem Kopf erinnerte mich unliebsam an den Wodka, den ich getrunken hatte, es waren wohl etliche Gläschen zu viel gewesen. Mein Gehirn wollte die Erinnerung an die unmittelbare Vergangenheit nicht preisgeben. Doch ich strengte mich an - ich wusste, es war etwas Wichtiges passiert - aber was...?

Schließlich fiel es mir ein, und mir wurde schlecht. Ich war verwundet worden. Der Kerl hatte mir sein Messer in den Bauch gerammt. Aber ich lebte seltsamerweise noch. Und ich verspürte keinerlei Schmerz. War das ein gutes oder ein schlechtes Zeichen?

Kurz kam mir in den Sinn, dass Sterbende oft keine Schmerzen mehr verspürten. Das hatte mir wenigstens einmal jemand erzählt. Wenn dem so war, so würde ich sicher bald sterben. Todesangst packte mich und trieb mir Schweißperlen auf die Stirn. Ich lag unbeweglich auf dem fremden Bett und wagte nicht, mich zu rühren.

Dann überlegte ich: Wenn ich im Sterben lag, warum fühlte ich mich dann so wohl? War auch das ein Zeichen des nahen Todes?

Ganz vorsichtig begann ich mich zu bewegen. Zuerst meine Arme und meinen Kopf, dann zögernd meine Beine unter der dicken Decke. Kein Schmerz, noch nicht einmal unangenehmes Ziehen. Endlich fasste ich Mut und schob meine Hände unter die Decke, ließ sie über meinen nackten Leib wandern. Doch sie fanden nichts, keinen Verband, keine Wunde, noch nicht einmal einen kleinen Kratzer. Das konnte doch überhaupt nicht sein. Der schneidende Schmerz fiel mir wieder ein. Und der Schaft des langen Messers, der aus meinem Bauch geragt hatte. Meine Finger waren mit meinem warmen Blut bedeckt gewesen, ich erinnerte mich jetzt genau. Ungläubig schlug ich die Daunendecke zurück und richtete meinen Oberkörper auf um besser auf meinen Unterleib sehen zu können.

Aber alles was ich sah, war meine nackte, unversehrte Haut. Keine Wunde, kein Blut. Auch meine Hände waren makellos sauber. Irgendjemand musste sich die Mühe gemacht haben mich auszuziehen, zu waschen und ins Bett zu packen. Aber wer?
Vor meinem inneren Auge tauchte die schemenhafte Gestalt eines Mannes auf. Ich hörte wieder diese ungemein beruhigende Stimme in meinem Ohr und spürte die Wärme seines Handgelenkes an meinen Lippen.
Ich stutzte. War es wirklich sein Handgelenk, aus dem er mich diese seltsame Flüssigkeit trinken ließ? Ich lachte kurz auf bei diesem absurden Gedanken. Anscheinend war es am vergangenen Abend sehr viel Wodka gewesen. Noch nie zuvor hatten mich irgendwelche Halluzinationen geplagt.
Entschlossen warf ich die Bettdecke zurück und schwang die Beine über den Rand der weichen Bettstatt. Ich wollte den vergangenen Abend mit all seinen Ungereimtheiten einfach vergessen. Wahrscheinlich hatte ich in meinem Wodkarausch alles nur geträumt. Dennoch, falls es ein Traum gewesen war, dann ein sehr realistischer. Außerdem blieb die Frage: Wie kam ich hierher?
Meine Augen schweiften durch das fremde Zimmer. Ein sehr schönes Zimmer, mit edlen Möbeln eingerichtet und mit allerlei Kunstgegenständen bereichert. Ich hatte zwar keine Ahnung von solchen Dingen doch mein Verstand sagte mir, dass die Bilder an den Wänden und die hölzernen, geschnitzten Figuren alt und wertvoll waren. Auf dem Fußboden lagen dicke Teppiche und am Fenster gab es einen schweren Vorhang. Kein Zweifel, ich war im Haus eines sehr reichen Mannes gelandet. Noch nicht einmal Gennadijs Haus war so verschwenderisch ausgestattet gewesen, wie dieses Zimmer. Sicherlich war es das Haus eines der Fürsten, von denen ich schon erzählt bekommen hatte. Doch noch nie in meinem Leben war mir einer dieser hochgestellten Persönlichkeiten begegnet. Und ganz sicher ließ sich kein Edelmann herab, einen halbtoten, betrunkenen Strichjungen aufzulesen. Oder doch? Immerhin war ich hier.
Auf einem gepolsterten Stuhl lagen ein paar Kleider. Es waren nicht meine, aber da keine anderen da waren sollten sie wohl für mich sein. Ich erhob mich vom Bett und ging hin, um sie mir anzusehen.
Auch die Kleider bestanden aus edlen Stoffen. Die weiche braune Hose war eines reichen Mannes würdig. Und das Hemd war nach der

Landestracht geschneidert, ein Kasack aus hellbraunem Leinenstoff, am Hals und am Bund mit farbigen Borten abgesetzt. Sogar ein Paar aus dicker Wolle gestrickte Strümpfe lag dabei, ein unerhörter Luxus. Unter dem Stuhl standen, sauber geputzt, meine Schuhe.

Ehrfürchtig bewunderte ich die Sachen, dann zog ich sie mir über. Die Hose war mir etwas zu weit und ein Stück zu kurz. Aber das machte mir nichts aus. Alle meine Hosen waren zu kurz. Für große Männer wie mich gab es kaum gebrauchte Hosen zu kaufen, die ausreichend lang waren. Die meisten meiner Geschlechtsgenossen waren mindestens einen halben Kopf kleiner als ich. Um passende Hosen zu bekommen, hätte ich sie mir maßschneidern lassen müssen. Aber das konnte ich mir nicht leisten.
Ich trat vor den hohen, goldgerahmten Spiegel, der über einer Kommode angebracht war und betrachtete mich darin. Seit ich von Semjonov weg war, hatte ich mich nicht mehr in einem Spiegel gesehen. Jetzt starrte ich verwundert auf mein Abbild. Ich sah einen sehr großen jungen Mann mit langen, hellblonden Haaren. Obwohl ich mir um mein Aussehen bisher kaum Gedanken gemacht hatte, erkannte ich plötzlich, was mich für Männer, die auf ihr eigenes Geschlecht standen so interessant machte. Damals war ich gewiss noch nicht eitel, so wie heute. Doch ich sah es selbst, ich war ein wirklich schöner Mann. Im Gegensatz zu vielen meiner Landsleute, deren slawische Gesichtszüge eher hart und kantig wirkten, waren meine Züge zwar nicht weich, aber auch nicht eckig, sondern ebenmäßig modelliert. Und meine hellblauen Augen mit den dunklen Rändern um die Iris waren wirklich sehr ungewöhnlich. Mein Körper, noch etwas hager und zu schlank für meine Größe, besaß starke und gerade Knochen. Eigentlich ein Wunder, dachte ich bei mir - hatten Sonja und Semjonov nicht jahrelang versucht, mich zu beugen und zu brechen. Nun, zumindest äußerlich war es ihnen nicht gelungen.
Auf der Kommode lag ein Kamm aus Elfenbein und eine Bürste mit weichen Borsten. Ich überlegte, ob ich beides wohl benutzen durfte und entschied mich dafür. Meine Haare waren zwar sauber - immer noch besuchte ich regelmäßig die öffentlichen Badestuben – aber wirr. Einen Kamm hatte ich mir nie geleistet, ich kämmte meine Haare stets mit den Fingern.
Das Auskämmen der verfilzten Mähne ziepte schmerzhaft, doch ich gab nicht eher auf, bis alle Strähnen entwirrt und geglättet waren. Dann

bürstete ich meine Haare bis sie glänzten. Zufrieden betrachtete ich nochmals mein Konterfei, dann ging ich zur Tür um mich meinem geheimnisvollen Gastgeber zu stellen.

Das Haus war riesengroß stellte ich fest, als ich die Tür öffnete. Ein langer Gang erstreckte sich vor mir, von dem außer meinem, noch andere Zimmer abgingen. Am Ende des Flures gab es eine Treppe nach unten und ich ging darauf zu. Die Wände zu beiden Seiten sowie der Treppenaufgang waren mit Bildern und Teppichen verziert. In einer Nische, in der einige Ikonen hingen, stand eine große Vase mit frischen Sonnenblumen. Darunter lag ein bunter Teppich. Das Haus war aus Stein gebaut und trug innen einen groben, weiß getünchten Putz. Die hölzernen Balken und das Holz der Treppe waren dunkel gebeizt. Alles sah sehr gediegen und sauber aus. Meine Spannung stieg, wer mochte wohl der Hausherr sein? Unten kam mir ein Hausmädchen entgegen und lächelte mich strahlend an. „Ah, junger Herr. Seid Ihr endlich erwacht. Der Baron hat befohlen, Euch nicht zu wecken. Kommt mit in die Stube, ich werde Euch das Frühstück servieren." Ohne auf meinen erstaunt offenstehenden Mund zu reagieren, drehte sie sich um und wies mir den Weg.

Ich war perplex. Der Baron..., ich hatte also recht gehabt, das Haus gehörte einem Adeligen. Und junger Herr hatte das Mädchen mich genannt. Ich war in meinem Leben schon mit vielen Namen bedacht worden, oft waren sie wenig schmeichelhaft gewesen. Aber junger Herr hatte mich bisher noch niemand genannt.

Ich glaube ich war rot bis unter die Haarwurzeln, als ich dem Mädchen langsam folgte. Mein Blick lag auf ihrer wohlgeformten Figur, sie schwang kokett ihr üppiges Hinterteil. Und ihre kastanienbraunen Haare lagen in einem sorgfältig geflochtenen Kranz um ihren Kopf. Ein paar vorwitzige Löckchen hingen ihr ins Genick. Ich starrte selbstvergessen darauf.

Auch die Stube war mit edlen Möbeln und Kunstwerken bestückt. Auf dem gedeckten Tisch stand ein großer Teller mit allerlei Köstlichkeiten. Der Duft der Speisen ließ mir das Wasser im Mund zusammenlaufen. Ich setzte mich auf die Eckbank und sofort kam das Mädchen mit einer dampfenden Tasse Suppe geeilt. Sie stellte sie vor mich und berührte dabei wie zufällig meinen Arm. Lächelnd fragte sie mich, ob ich weitere Wünsche hätte. Ich verneinte stotternd und sie entfernte sich wieder. Verwirrt schaute ich ihr nach.

Kräftig langte ich zu, es schmeckte wirklich hervorragend. Als ich fertig war kam statt des Mädchens ein älterer Mann auf mich zu. Seiner Garderobe nach zu urteilen war er der Hausdiener. Er musterte mich streng, aber nicht unfreundlich. Dann sagte er:
„Der Baron ist leider verhindert, Euch zu begrüßen. Er hat dringende Geschäfte, wird aber am Abend zurück sein. Ich soll Euch ausrichten, er wäre erfreut, Euch heute Abend begrüßen zu dürfen. Doch natürlich möchte er Euch keine Vorschriften machen. Wenn Ihr gehen wollt, so steht Euch seine Kutsche zur Verfügung. Sie wird Euch in die Stadt zurückbringen."
Seine ehrende Anrede machte mich abermals verlegen. Es war ungewohnt und kam mir seltsam vor, so zuvorkommend behandelt zu werden. Ich suchte meine spärlichen Manieren zusammen, um ihm nicht wie ein ungehobelter Flegel zu erscheinen.
„Vielen Dank. Ich werde gerne auf seine Rückkehr warten." Der Diener entfernte sich nickend.
Den restlichen Tag brachte ich damit zu, mir das riesige Anwesen zu betrachten. Ich schlenderte über den weitläufigen Hof und betrat die Scheunen und Stallungen. Die Aufteilung der Gebäude war ähnlich wie bei Semjonov. Doch hier sah alles gepflegter aus und die Menschen machten einen glücklichen und zufriedenen Eindruck. Sie grüßten mich freundlich und gingen dann wieder ihrer Arbeit nach. Ich fragte mich, ob sie ebenfalls Leibeigene waren. Jedenfalls schien sich keiner über meine Anwesenheit zu wundern.
Ich wurde immer neugieriger auf meinen unbekannten Retter. Wenn ich mich auch nicht mehr auf die genauen Ereignisse des vergangenen Abends entsinnen konnte, so war ich doch im Innersten überzeugt, dass ich ohne den Baron nicht mehr am Leben wäre. Vielleicht würde er ja meinem löcherigen Gedächtnis auf die Sprünge helfen.
Der Abend dämmerte und vom Baron war noch immer nichts zu sehen. Ich saß auf einer Bank vorm Haus und genoss die friedliche Atmosphäre. Die leisen Geräusche aus den Ställen waren mir vertraut, doch noch nie hatte ich sie als so angenehm empfunden. Bei Semjonov war es mir immer unbehaglich zumute geworden, sobald die Nacht anbrach. Hier jedoch herrschte wahrer Friede. Ich dachte, wie schön es wäre, hier bleiben zu dürfen.
Plötzlich hatte ich das untrügliche Gefühl, beobachtet zu werden.

Erschrocken schaute ich auf und sah die Silhouette eines Mannes vor mir aufragen. Ich wusste sofort, es war mein Retter, obwohl ich ihn weder gestern noch heute deutlich erkennen konnte. Wo kam er so plötzlich her? Unmöglich war er durch den Hof gekommen. Ich hätte ihn bemerken müssen. Doch noch ehe ich mir weitere Gedanken darüber machen konnte verschwand die Frage aus meinem Kopf. Sie wurde mir quasi herausgezogen.
„Guten Abend, Nicolas", ertönte die sanfte Stimme, die ich nie mehr vergessen würde. „Ich freue mich, dass du meine Einladung angenommen hast." Seine vertrauliche Anrede hatte nichts Plumpes oder gar Abfälliges an sich. Sie klang, als gälte sie einem guten Freund.
Eilig sprang ich auf. Vor Aufregung kam ich ins Stottern. „Guten Abend, Baron..." Voller Entsetzen stellte ich fest, dass ich noch nicht einmal seinen Namen wusste. Und woher kannte er meinen Namen?
„Lasse den Baron einfach weg. Es ist nur ein nichtssagender Titel. Ich heiße Wladimir Krolov."
Ich war noch mehr verdattert, wie sollte ich ihn nun ansprechen? Unmöglich konnte ich ihn Wladimir nennen. Er lächelte ein wenig amüsiert, so als könne er meine chaotischen Gedanken lesen und meinte locker.
„Wollen wir ins Haus gehen oder möchtest du lieber etwas spazieren gehen? Ich liebe die Abenddämmerung. Schau nur, diese prächtige Rotfärbung des Himmels. Ich kann mich nie daran satt sehen."

Verwundert starrte ich auf das Abendrot, das den Horizont überzog. Es war nur mehr als breiter, feuriger Streifen zu sehen. Darüber lag die dunkle Bläue der beginnenden Nacht. Bisher hatte ich noch kaum einmal darauf geachtet. Wie gesagt, der Abend und die Nacht bargen eher Schrecken für mich.
„Hier geschieht dir nichts. Ich werde dich beschützen." Fast die gleichen Sätze hatte er schon gestern zu mir gesagt. Sie klangen wie ein Schwur in meinen Ohren. Flüchtig fragte ich mich, woher er meine geheimen Ängste kannte. Aber auch diese Frage verflog, noch eh ich sie zu Ende dachte.
Wir gingen mit langsamen Schritten den Weg an den Koppeln entlang und auf die nahen Felder zu. Dabei sprachen wir nicht. Die Dunkelheit war nun fast undurchdringlich, ich sah kaum die Hand vor Augen. Doch der Baron schritt sicher aus, so als wäre es heller Tag. Locker fasste er

meinen Ellenbogen und führte mich um jedes Hindernis auf dem Weg herum. Er schien die Augen eines Nachttieres zu haben.

Nach etwa einer halben Stunde standen wir wieder vor seinem Gutshaus. Durch die Fenster schien anheimelnd das Licht der Kerzen und des Kaminfeuers. Erneut überkam mich eine bisher unbekannte Sehnsucht. Wie schön müsste es sein, hier zu Hause zu sein.

Im Haus geleitete mich der Baron in ein großes Wohnzimmer. Zusätzlich zu den gediegenen, dunklen Möbeln gab es hier ein Bücherregal, das eine ganze Wand einnahm. Ich starrte beeindruckt auf die vielen Bücher. Bisher hatte ich nur bei Gennadij welche gesehen. Aber er besaß nur höchstens ein Dutzend, auf die er unheimlich stolz gewesen war. Hier standen sicher hunderte, fein säuberlich aufgereiht. Der Baron musste nicht nur sehr reich, sondern auch sehr gebildet sein. Kaum jemand konnte zu jener Zeit lesen oder schreiben. Selbst bei reichen Leuten war es keine Selbstverständlichkeit. Semjonov hatte ebenfalls weder lesen noch schreiben können.

Abermals lächelte der Baron leise, als er meine ehrfürchtigen Blicke bemerkte. Dann bat er mich mit einer Handbewegung, in einem der großen Sessel Platz zu nehmen. Er setzte sich mir gegenüber und sah mich, noch immer schweigend, an.

Nun endlich konnte ich ihn ausgiebig betrachten. Es verwunderte mich, was ich sah. Irgendwie hatte ich ihn mir in meiner Phantasie ganz anders vorgestellt. Wesentlich älter. Doch mir gegenüber saß ein etwa fünfunddreißigjähriger, sehr gut aussehender Mann. Ich traute mir zu, dass zu beurteilen, schließlich hatte ich in meinem bisherigen Leben fast ausschließlich mit Männern zu tun gehabt. Sein weizenblondes Haar trug er halblang, an den Ohren war es kürzer, hinten fiel es ihm locker bis ins Genick. Seine Augen waren so blau wie ein Sommerhimmel und sein bartloses Gesicht trug feine, edle Züge. Auch seine Statur war perfekt. Er war überdurchschnittlich groß, wenngleich nicht so groß wie ich und seine Figur war wohlproportioniert. Die teure Garderobe schien ihm auf den Leib geschneidert. Sie war elegant aber nicht protzig.

Als er mich jetzt anlächelte zeigte er ein prachtvolles Gebiss in dem kein einziger Zahn fehlte. Das war zur damaligen Zeit eine Seltenheit. Zahnhygiene war praktisch unbekannt. Die meisten Menschen über dreißig hatten Zahnlücken oder faulige Zähne. Auch meine eigenen Backenzähne waren bereits von Karies befallen und schmerzten mich manchmal.

„Hattest du einen guten Tag?" begann er schließlich das Gespräch und ich nickte verlegen. Die Wahrheit war, dass ich mich heute so wohl gefühlt hatte, wie noch nie zuvor. Und das trotz des Katers, der mich bis fast in den Nachmittag hinein gequält hatte.

„Das ist gut. Es freut mich immer, wenn Besuchern mein kleines Reich gefällt. Leider machten es mir dringliche Geschäfte unmöglich, während des Tages hier zu sein. Aber jetzt haben wir Zeit, uns ein wenig zu unterhalten."

Kurz fielen mir die seltsamen Umstände ein, die uns zusammengeführt hatten, aber sie schwanden schnell aus meinen Gedanken. Der Baron begann mich behutsam auszufragen. Er tat das so geschickt und unauffällig, zeigte dabei so viel echtes Interesse und Mitgefühl, dass es mir direkt ein Bedürfnis war, ihm mein bisheriges Leben mitzuteilen.

Ich redete und redete, sprach mir meinen ganzen Kummer und meine bisher selbst nicht eingestandenen Ängste von der Seele. Er unterbrach mich kein einziges Mal und sprach mir auch keinen Trost zu. Doch ich fühlte, wie er mit mir litt und das gab mir ein einzigartiges Gefühl von Verständnis und Geborgenheit. Ich wusste mit Sicherheit, all die schlimmen Dinge, die ich ihm erzählte, würden niemals in fremde Ohren dringen. Als ich geendet hatte, war mir unendlich wohl zumute. Ich war wie befreit, so als hätte ich von ihm die Absolution für alle meine Sünden erhalten. Er tadelte mich nicht und war auch nicht entsetzt über meinen unrühmlichen Lebenswandel. Schließlich fragte er mich. „Und wie stellst du dir deinen weiteren Lebensweg vor, Nicolas? Willst du so weitermachen, wie bisher?"

Nein, das wollte ich ganz gewiss nicht. Das war mir plötzlich sonnenklar. Keinen Tag länger konnte ich dieses Leben ertragen. Aber was sollte ich stattdessen tun? Für Menschen wie mich gab es keine Alternative. Deshalb zuckte ich nur resigniert mit den Schultern.

„Ich kann dir eine Alternative bieten", sagte er, so als hätte er meine Gedanken gelesen. Hoffnungsvoll blickte ich ihn an. Würde er mir eine ehrliche Arbeit auf seinem Hof anbieten? Das wäre zu schön, um Wahrheit zu werden.

„Ich biete dir an, hier in meinem Haus zu bleiben. Nicht als Knecht oder Diener. Nein, ich habe anderes mit dir vor. Bist du interessiert?"

Die Enttäuschung überschwemmte mein Gehirn wie eine mächtige Flutwelle. Er also auch. Ich hatte gedacht, er wäre tatsächlich an meiner

Person interessiert. Doch jetzt gab er sein wahres Gesicht preis. Wie alle anderen Männer, mit denen ich bisher zu tun hatte, war auch er nur an meinem Körper interessiert. Plötzlich hasste ich diese perfekte Hülle, meine Schönheit war ein Fluch. Sie hatte mir seit meiner Kindheit nur Kummer und Schmerz bereitet. Ich wünschte mir entstellt und hässlich zu sein. Dann würde mich niemand bemerken.

Doch ich unterdrückte meine Frustration und nickte stumm. Er würde mich zwar ebenso benutzen, wie all die anderen vor ihm, aber hier konnte ich vielleicht trotzdem ein wenig Ruhe finden.

„Ich knüpfe nur eine kleine Bedingung an mein Angebot", fuhr er fort und übersah meinen desillusionierten Gesichtsausdruck. Dann blickte er mich fragend an.

„Und die wäre?" fragte ich pflichtschuldig.

Dabei sah ich ihn nicht an, sondern starrte auf das Muster des Teppichs zu meinen Füßen. Es interessierte mich nicht besonders, was für Sonderwünsche er hatte. Ich war schon mit allen möglichen Perversionen konfrontiert worden. Die meisten waren mit gutem Willen und dem Ausschalten der Gedanken zu bewältigen. Schließlich war er ein attraktiver Mann, er konnte mir also nicht allzu viel Ekel bereiten. Seinen folgenden Worten schenkte ich deshalb kaum Aufmerksamkeit. Die Enttäuschung nagte in meinem Kopf und bereitete mir würgende Übelkeit.

„Hörst du mir überhaupt zu, Nicolas?" fragte er jetzt und griff nach meinem Arm.

„Äh..., Entschuldigung, ich war einen Moment unaufmerksam", bekannte ich lahm und wandte ihm mein Gesicht wieder zu. Ich hatte mich nun wieder vollkommen in der Gewalt.

„Ich sagte, die einzige Bedingung, die ich an dich stelle, ist deine Bereitschaft zu lernen. Besitzt du diese Bereitschaft?" Forschend schaute er mir in die Augen.

„Lernen?" echote ich perplex. „Was soll ich denn lernen? Ich bin ziemlich gut, denke ich. Ihr könnt mir bestimmt kaum etwas Neues beibringen."

Jetzt schüttelte er tadelnd den Kopf. Aber seine Worte sprach er so geduldig aus, als hätte er ein begriffsstutziges Kind vor sich.

„Ich spreche nicht von diesen Dingen, Nicolas. Darin bist du mir sicher um Längen voraus. Nein, ich spreche von Bildung. Du scheinst mir ein kluger Kopf zu sein. Dir fehlt nur Anleitung. Und ich möchte dir diese

Anleitung bieten. Ich wünsche, dass du lesen und schreiben lernst und noch einiges mehr. Falls du bereit bist zu lernen, so sage einfach ja."
Ich muss ihn angesehen haben, als käme er von einem anderen Stern. Lange Zeit brachte ich kein Wort heraus. Dann stieß ich hervor. „Ja! Ja! Ja!"
Er lachte und schlug mir leicht auf die Schulter. „Na, das ist doch ein Wort. Gleich morgen werde ich alles in die Wege leiten. Du bekommst einen Privatlehrer. Anatolij Nekrasnov ist ein alter Freund von mir und ein sehr gebildeter Mann. Du wirst dich gut mit ihm verstehen. Abends kann ich dir dann selbst noch ein paar Stunden geben, wenn es dir nicht zu viel wird. Aber das werden wir alles sehen."
Er beugte sich ein wenig vor und schaute mir intensiv in die Augen. „Du wirst deinen bisherigen Lebenswandel doch nicht vermissen, oder? Ich möchte nicht, dass du das, was du bisher getan hast, weiterhin tust. Du wirst hier bei mir dein Auskommen haben. Wenn dir das Zimmer, in dem du geschlafen hast gefällt, so kannst du es weiterhin benutzen. Ansonsten gibt es in meinem Haus auch noch andere leerstehende Zimmer. Suche dir einfach eines aus. Um dein Essen musst du dir ebenfalls keine Sorgen machen. Antonia, die Köchin bekommt dich sicher auch noch satt. Und was all die anderen Sachen wie Kleidung und dergleichen betrifft, wende dich vertrauensvoll an mich, solltest du etwas brauchen. Ich bin sicher, wir finden einen Weg."
Noch immer war ich wie vor den Kopf geschlagen. Ich befürchtete zu träumen und abrupt in meiner alten Welt zu erwachen. Doch es war kein Traum. Es war wunderbare Wirklichkeit. Doch mein Misstrauen blieb. Wie ein kleiner böser Teufel bohrte es in meinem Gehirn. Aus welchem Grund tat Baron Krolov das? Bisher war mir noch nie etwas geschenkt worden. Immer musste ich eine Gegenleistung erbringen. Wo war der Pferdefuß?
„Warum?" fragte ich schließlich. Es kostete mich meinen ganzen Mut, diese Frage zu stellen, aber ich musste es einfach wissen. „Warum tut Ihr das für mich? Ihr kennt mich doch gar nicht."
Der Baron zuckte lächelnd mit den Schultern. „Ehrlich gesagt, ich weiß es selbst nicht genau. Ich mag dich einfach."

Es war wirklich kein Pferdefuß an der Sache. Nach seinem überraschenden Geständnis verabschiedete sich Wladimir bald von mir.

Er habe noch etwas Wichtiges vor, sagte er und ließ sich sein gesatteltes Pferd aus dem Stall bringen. Er bestieg den herrlichen Rotschimmel und verschwand in der Nacht.
Und ich kehrte in das Zimmer, das nun mein Zimmer war zurück, um nachzudenken. Nicht, dass ich meine Entscheidung nochmals überdenken wollte, nein, mein Entschluss stand fest. Das war die Chance, auf die ich jahrelang insgeheim gewartet hatte. Und ich war gewillt mein Bestes zu geben, um meinen Gönner nicht zu enttäuschen. Als ich rücklings auf dem Bett - meinem Bett - lag, gingen mir seine Worte immer und immer wieder durch den Kopf. „Ich mag dich einfach", hatte er gesagt. Und das war das Schönste, was mir jemals jemand gesagt hatte. „Bisher hatte ich nur Sätze wie „Ich will dich", „ich begehre deinen Körper" oder wesentlich plumpere, ja ordinäre und verachtende Worte gehört. Auch an gierig oder kalt vorgebrachten Befehlen hatte es nicht gemangelt. Aber noch nicht einmal Pavel oder Gennadij hatten mir jemals gesagt, sie würden mich mögen.
Zwei Tage später traf Anatoli Nekrasnow auf dem Gut ein. Ich schloss den alten, kleinen Mann sofort in mein Herz. Und er schien mich ebenfalls zu mögen. Noch jemand, der mich einfach um meiner selbst Willen mochte. Ich konnte mein Glück kaum fassen und dankte es ihm mit besonderem Fleiß und Eifer. Zu Anfang tat ich mir schwer mit Griffel und Tafel. Papier in der heutigen Form gab es damals noch nicht. Also übte ich auf einer Schiefertafel und mit weichen, angespitzten Kreidesteinen meine ersten Buchstaben.
Meine Hand war furchtbar ungelenk und oft wollte ich verzweifeln. Doch Anatoli machte mir immer wieder Mut und lobte auch den kleinsten Fortschritt. Das Lesen bereitete mir hingegen wenige Schwierigkeiten. Ich lernte es anhand der Bücher in der Bibliothek. Sie waren alle handgeschrieben, mit akkuraten, teils verschnörkelten Buchstaben. Ein Teil davon waren alte Bibeln, da ich nicht religiös war, konnte ich nicht viel damit anfangen. Aber manche der Geschichten gefielen mir.
Daneben besaß Wladimir viele Geschichtsbücher. Sie dokumentierten die geschichtliche Entwicklung der Stadt Kiew. Erst aus diesen Büchern - und durch Wladimirs und Anatolis Berichte erfuhr ich, wie die Stadt hieß, in der ich lebte. Außerdem lernte ich, dass es außer der Stadt und dem Land darum herum, noch andere Städte und sogar ferne Länder gaben. Ich war einfach fasziniert von dieser Tatsache. Bisher hatte ich nie einen

Gedanken an das verschwendet, was hinter den Grenzen meiner engen Welt lag. Doch nun erwachte in mir der Wunsch, irgendwann einmal in die große weite Welt zu ziehen. Doch bis es soweit sein würde, wollte ich noch so viel als möglich lernen.

Die Unterrichtsstunden bereiteten mir pures Vergnügen. Ich konnte einfach nicht genug kriegen und oftmals erschöpfte ich Anatolij über die Maßen mit meinen endlosen Fragen. Mein Gehirn saugte alle Informationen auf wie ein trockener Schwamm das Wasser. Mein Wortschatz vergrößerte sich von Tag zu Tag und ich lernte endlich fließend und in ganzen Sätzen zu sprechen. Im Gegensatz dazu müsste ich mir viele Worte der Gossensprache abgewöhnen, die bisher ein Gutteil meines sprachlichen Repertoires ausgemacht hatte. Der arme Anatolij war des Öfteren im Wechsel errötet und erbleicht, wenn er meine rüden Ausdrücke hörte. Aber ich kannte leider keine weniger ordinären Worte.

Neben Lesen, Schreiben, Rechnen und all den anderen geistigen Fächern erhielt ich vom Stallmeister Unterricht im Reiten. Endlich durfte ich auf einem Pferd sitzen. Zuerst bekam ich ein älteres, ruhiges Tier, doch das war mir bald zu langweilig. Ich wollte über die Felder galoppieren und mir den Wind um die Ohren wehen lassen. Nach einigem Zögern lenkte mein Reitlehrer ein und gab mir einen kräftigen Wallach. Auf ihm stob ich bald durchs Gelände und ließ ihn sogar über Hindernisse springen. Das Reiten machte mir unbändigen Spaß, wahrscheinlich lernte ich es deshalb so schnell.

„Komm mit, Nicolas", sagte Wladimir zu mir, als ich etwa ein halbes Jahr bei ihm war. „Ich habe eine kleine Überraschung für dich." Er führte mich in den Stall und blieb vor einer Box stehen. „Das ist Sascha." Er streichelte den edlen Kopf einer wunderschönen, kupferfarbenen Stute. „Sie wird ab heute dir gehören. Und auch alle Fohlen, die du aus ihr ziehst."

Mir fiel vor Staunen die Kinnlade herab. Mein eigenes Pferd. Und noch dazu eine junge, wertvolle Stute. Ich konnte es nicht glauben. Das Tier war ein kleines Vermögen wert. Stammelnd bedankte ich mich bei Wladimir. Doch er winkte großzügig ab und sagte nur. „Sattle sie und wir reiten ein Stück. Ich will sehen, wie du mit ihr zurechtkommst. Sie ist noch nicht lange zugeritten und braucht noch eine feste Hand. Aber der Stallmeister hat mir versichert, sie wäre gut abgerichtet."

Sascha war wirklich gut eingeritten. Willig ordnete sie sich mir unter und befolgte auch den leisesten Schenkeldruck. Und sie war völlig ohne Angst Menschen gegenüber. Wenn ich da an die armseligen Pferde unter Semjonovs Knute dachte. Wie es seine Art war, hatte er seine Jungpferde stets eingebrochen, anstatt sie langsam an Sattel und Zaum zu gewöhnen. Waren er oder seine Zureiter mit den Tieren fertig, so waren diese am Ende ihrer Kräfte. Selbst junge, feurige Hengste zwang er mit Peitsche und schweren Sandsäcken auf dem Rücken in die Knie. Danach gehorchten sie zwar willenlos der Peitsche, doch viele erholten sich nie aus ihrer Apathie. Sie wurden scheu, unberechenbar und bissig.
Wir ritten eine Weile im leichten Trab den mondbeschienenen Feldweg entlang. Nur das leise Trappeln der Pferdehufe und die Geräusche der Nacht waren zu hören. Irgendwann unterbrach Wladimir das Schweigen.
„Du bist nun schon eine ganze Weile bei mir. Und ich habe das Gefühl, es war für uns beide keine schlechte Entscheidung. Siehst du das auch so?"
Was meine Sicht betraf, so hatte er voll und ganz recht. Es war die beste Entscheidung, die ich jemals getroffen hatte. Doch traf das auch wirklich auf ihn selbst zu? Durch mich hatte er allerlei kostspielige Ausgaben. Angefangen bei meinen Privatlehrern - nachdem Anatoli mein Wissensdurst zu groß geworden war, hatte er noch zusätzlich zwei gelehrte Männer engagiert - bis hin zu meiner teuren Garderobe, hatte ich ihn bisher nur gekostet. Nachdem feststand, dass ich bleiben würde, hatte er seinen Schneider auf das Gut beordert, um bei mir Maß zu nehmen. Innerhalb der nächsten Wochen zauberte der aus herrlichen, teuren Stoffen neue Kleidung für mich. Nun besaß ich für jeden Anlass die passende Garderobe. Und für den kommenden Winter hing in meinem Kleiderschrank ein dicker, mit warmem Pelz ausgefütterter Umhang bereit. Darin konnte ich getrost jeder noch so kalten Witterung trotzen. Und mein Essen war so reichhaltig und nahrhaft, dass ich schon einiges an Gewicht zugenommen hatte.
All das tat Wladimir für mich, ohne bis jetzt die kleinste Gegenleistung dafür verlangt zu haben. Seine Aufforderung, tüchtig zu lernen war keine wirkliche Herausforderung gewesen. Ich tat es aus eigenem Interesse. Ja, ich war schier süchtig danach, mein Gehirn mit immer mehr Wissen vollzustopfen. Wenn ich daran dachte, wie begrenzt mein geistiger Horizont noch vor einem halben Jahr war, so schauderte es mich.

„Für mich trifft das auf jeden Fall zu", beantwortete ich wahrheitsgemäß seine Frage. „Ob es allerdings für Euch ein großartiges Geschäft war, wage ich zu bezweifeln. Bisher hattet Ihr durch mich nur große Ausgaben. Und jetzt auch noch dieses wundervolle Pferd, das Ihr mir geschenkt habt. Ich werde meine Schuld niemals abtragen können."
„Sprich nicht von Schuld mir gegenüber. Unter Schuld verstehe ich andere Dinge. Du brauchst dir wirklich keine Gedanken über meine finanziellen Belastungen zu machen. Es klingt zwar großspurig, aber Geld besitze ich mehr als genug."
„Nun, aber was könnt Ihr schon von meiner Anwesenheit auf Eurem Gut haben. Ich habe Euch bisher keinerlei Gegenleistung geboten. Obwohl es mir ein Bedürfnis ist, Euch in irgendeiner Weise gefällig zu sein. Aber Ihr fordert nichts von mir."
Heute waren meine Worte ehrlich gemeint. Ich wäre ihm sehr gerne zu Willen gewesen. Gerade die Tatsache, dass er nie meinen Körper begehrte, passte mir nicht. Im Gegensatz zu meinen früheren Ängsten, hätte ich mittlerweile sehr gerne mit ihm das Bett geteilt.
Er wusste das sehr wohl, ich hatte es ihm vor einigen Wochen freimütig angeboten. Doch er hatte zu meiner Enttäuschung freundlich, aber bestimmt abgelehnt.
„Doch, ich fordere etwas von dir."
„Und das wäre?" wiederholte ich meinen Satz vom ersten Abend. Dieses Mal wartete ich gespannt auf seine Antwort. Wenn es mir nur irgend möglich war, so würde ich es tun, egal, was er verlangte. Ich glaube, notfalls hätte ich für ihn sogar gemordet. Aber natürlich verlangte er keinen Mord von mir.
„Ich fordere deine Freundschaft."
„Meine Freundschaft?" echote ich verblüfft. „Mehr nicht? Aber ich bin Euch doch längst freundschaftlich verbunden. Ihr seid der einzige Freund, den ich habe."
Er hielt seinen Hengst an und ich zügelte ebenfalls meine Stute. Sein Gesicht war mir nun zugewandt und das Mondlicht beschien seine edlen Züge. Er lächelte leicht.
„Ich meine echte Freundschaft. Eine Freundschaft, die nichts erschüttern kann und die auch ein großes Geheimnis verkraftet. Ich habe dich in der Zeit, die du bei mir bist sehr genau beobachtet. Und ich denke, du bist ein Mann, dem ich vertrauen kann."

Seine leisen Worte machten mich sehr glücklich. Er, der reiche unnahbare Baron Krolov, wollte mich zum Freund haben. Ich fühlte mich wirklich geehrt. Und so reichte ich ihm spontan meine Hand. Er schlug ein und ein erleichtertes, leises Lachen erklang aus seinem Mund.

Kapitel 8: Wladimirs Geheimnis

Auf unserem Weiterritt klärte mich Wladimir dann in schonender Form über das auf, was er mir als sein Geheimnis angekündigt hatte. Dazu holte er weit aus.
„Kannst du dich noch an unsere erste Begegnung entsinnen?" fragte er mich und schaute mir dabei ernst ins Gesicht. Dann beantwortete er seine Frage nickend selbst. „Natürlich kannst du dich erinnern, wenn auch nur verschwommen. Du warst dem Tod näher als dem Leben und deine seelische Verfassung erschien mir beängstigend."
Wie konnte er wissen, wie es in meiner Seele aussah, fragte ich mich, unterbrach ihn aber nicht. Wie stark ich seelisch angeschlagen war, war mir damals selbst nicht klar.
„Mir erschien es günstiger, dich über das im Unklaren zu lassen, was ich tat. Aus diesem Grund habe ich ein wenig deinen Geist... vernebelt. Diesen verwirrenden Zustand habe ich bis heute nicht von dir genommen, aber ich weiß, dass du oft über die damaligen Ereignisse nachgrübelst."
Das tat ich tatsächlich noch immer, aber ich hatte es ihm nie gesagt. Weshalb wusste er so gut darüber Bescheid? Er schien abermals keine Antwort zu erwarten und fuhr fort. „Es gab nur eine Möglichkeit dein Leben zu retten. Das Messer hatte in deinem Bauch eine Schlagader verletzt, du drohtest innerlich zu verbluten. Deshalb tat ich das einzig mögliche: Ich gab dir von meinem Blut."
„Blut?" ächzte ich fassungslos. „Dann war es tatsächlich dein Handgelenk, aus dem ich diese Flüssigkeit empfangen habe. Ich dachte bisher, das hätte mir mein verwirrter Verstand vorgegaukelt." In meiner Verwunderung bemerkte ich gar nicht, dass ich ihn so vertraulich ansprach. Es schien ihm nichts auszumachen, er äußerte sich nicht dazu.
„Ja. Es war mein Blut, das die Wunde in deinem Inneren verheilen ließ. Sicher hast du zuerst einen scharfen Schmerz verspürt. So ergeht es jedem, der unser Blut trinkt. Doch es besitzt starke heilende Kräfte. Und wie du dich selbst überzeugen konntest, hat es bestens gewirkt. Du bist gesund und munter."
Aus lauter Verwirrung drückte ich der Stute die Absätze zu stark in die Flanke. Mit einem schrillen Wiehern stieg sie hoch und machte einen Satz nach vorne. Fast wäre ich aus dem Sattel geschleudert worden. Wladimir ritt ungerührt weiter auf einen kleinen Hain zu und stieg dann ab.

Ich tat es ihm nach. Wir ließen die Pferde grasen und setzten uns auf den Stamm eines umgestürzten Baumes.

Ich nahm den Faden wieder auf. „Das war wirklich Blut? Aber wieso konnte es eine so schwere Verwundung heilen? Seid Ihr ein Zauberer oder so etwas Ähnliches?"

Er lachte amüsiert auf. Wir saßen so dicht beieinander, dass ich seine Körperwärme spürte. Ein leichter Schauer der Erregung durchrieselte mich.

„Kein Zauberer, eher so etwas ähnliches. Aber du kannst getrost beim du bleiben. Nenne mich ruhig Wladimir. Um auf deine Frage zurückzukommen. Nein, ich bin kein Zauberer und auch kein Hexer. Aber ich bin auch kein Mensch. Zumindest nicht mehr ganz."

Nun war ich vollkommen verwirrt. Ich musste träumen, das konnte keine Wirklichkeit sein. Heimlich kniff ich mir in den Arm. Es schmerzte, also war es doch kein Traum.

Wladimir setzte sich seitlich hin, so konnte er mir besser in die Augen schauen. „Weißt du was ein Vampir ist, Nicolas? Hast du schon jemals Geschichten über Untote, blutsaugende Wesen gehört?"

Nein, das hatte ich noch nie. Bisher hatte sich niemand bemüßigt gefühlt, mir Geschichten zu erzählen, um mich zu unterhalten. Deshalb schüttelte ich ratlos und stumm den Kopf. Er seufzte leise und begann dann zu erklären.

„Das kompliziert die Sache ein wenig, vereinfacht sie andererseits aber auch, denn du bist vorurteilslos. Ich bin wohl gezwungen, dir ausführlicher zu erklären. Also, die Sache ist die. Wir Vampire sind eine sehr seltene Spezies. Ich schätze, auf der ganzen Erde gibt es höchstens etwa hundert von uns. Und das hat einen ganz bestimmten Grund. Nämlich die Art unserer Ernährung. Denn wir ernähren uns ausschließlich von Menschenblut."

Sein Blick ruhte während seiner Worte auf mir, er beobachtete meine Reaktion. Ich hingegen starrte ihn ungläubig an. Nur langsam drang der Sinn seiner Worte in mein Gehirn. Wieso war er kein Mensch? Er sah durch und durch menschlich aus. Aber Blut als Nahrung... Ich schüttelte mich bei dem Gedanken. Er sah es und lächelte verzerrt.

„Ja, ich weiß. Es ist eine ungewöhnliche Art der Ernährung. Aber andere Speisen vertragen wir nicht. Wir können Flüssigkeiten trinken, wenn es sein muss, aber sie nutzen uns nicht, erhalten uns nicht am Leben. Das tut ausschließlich Blut."

Ich hatte mich wieder etwas gefasst und zuckte nun unsicher die Schultern. In meinem Kopf formte sich ein Gedanke, den ich nun auszudrücken versuchte.

„Na ja. Das ist zwar ungewöhnlich, aber ich denke, es gibt Schlimmeres. Jeder Mensch kann einen kleinen Teil seines Blutes entbehren. Und ich bin groß und kräftig. Wenn du von mir Blut möchtest, so kannst du ruhig davon haben. Es wird mich schon nicht umbringen."

Jetzt lachte er laut auf, wurde aber schnell wieder ernst. Vorwurfsvoll blickte er mich an. „Immer noch der alte, unsichere Nicolas, der glaubt, er wäre mir etwas schuldig. Du solltest es dir endlich abgewöhnen, allem und jedem zuzustimmen. Ich spüre genau, wie dich der Gedanke ängstigt, mir von deinem Blut zu geben. Warum bietest du es mir trotzdem an? Ich schätze dich nicht geringer, nur weil du etwas ablehnst oder deine eigene Meinung kundtust. Du musst mir nicht irgendwelche Wünsche erfüllen, nur weil du glaubst, es mir schuldig zu sein."

Wie so oft, hatte er meine geheimen Gedanken erraten. Ja, ich hatte vermutet, er wolle als Dank für seine Hilfe und Freundschaft mein Blut. Und sofort war ich pflichtschuldig bereit, ihm diesen Wunsch zu erfüllen, obwohl mir der bloße Gedanke Angst einjagte. Ich wagte tatsächlich noch immer nicht, einfach nein zu sagen. Semjonov hatte mir jahrelang eingebläut zu allem ja zu sagen, egal wie zuwider es mir auch war. Dieses eingeprägte Verhaltensmuster konnte ich nicht so einfach ablegen.

„Außerdem", fuhr er nun in belehrendem Tonfall fort, „würde es dich sehr wohl umbringen, nähme ich von deinem Blut. Um zu existieren benötige ich nicht nur das Blut, sondern auch das Leben meiner Opfer. Denn ich bin selbst schon lange tot."

Seine Worte trafen mich wie ein Schock. Wie konnte er tot sein, wenn er so lebendig neben mir saß? War er am Ende verrückt geworden? Langsam stand ich auf und versuchte ein wenig Abstand zwischen uns zu bringen. Aus den Augenwinkeln schielte ich nach meiner Stute. Konnte ich sie schnell genug erreichen, falls er ganz den Verstand verlor?

Wiederum schien er meine Gedanken zu erraten. Er stand ebenfalls auf und fasste mich an der Schulter, noch ehe ich fliehen konnte. Unwillkürlich stieß ich einen erschreckten Schrei aus und versuchte, mich loszureißen. Doch er hielt mich mit einer Leichtigkeit gepackt, die übermenschlich sein musste. Dennoch bereitete er mir keinen Schmerz, sondern hielt mich ganz sachte fest.

„Nicolas, hör mir zu. Du brauchst dich nicht vor mir zu fürchten. Ich will weder dein Blut, noch bin ich verrückt. Komm, setz dich wieder hin und höre mich an. Ich werde dir alles genau erklären."

Seltsamerweise beruhigte ich mich nun schnell. Seine leise, zwingende Stimme und die sanfte Kraft seines Blickes machten mich willenlos. Gehorsam ließ ich mich erneut auf den Baumstamm sinken. Er nahm ebenfalls wieder seinen Platz ein und fuhr in seiner Erklärung fort.

„Ich wurde vor fast vierhundert Jahren zum Vampir. Genau gesagt, im Jahre 1048. Seither muss ich töten und Blut trinken. Ich tue es normalerweise jede Nacht. Doch keine Angst, meine Opfer sind niemals harmlose, normale Menschen. Nein, ich suche mir nur Verbrecher für meine blutige Mahlzeit aus. Und diese Mörder und Gewalttäter erkenne ich, indem ich ihre Gedanken lese."

„Du kannst nur die Gedanken von Verbrechern lesen?" Ich war jetzt ganz irritiert.

„Nein, natürlich kann ich die Gedanken eines jeden Menschen lesen. Das ist eine vampirische Eigenheit, die mir schon oft sehr nützlich war. Ihr hast du dein Leben zu verdanken, denn ich hörte deinen stummen Hilferuf, als du tödlich verwundet in der dunklen Gasse lagst und bin ihm gefolgt. Dann gab ich dir von meinem Blut zu trinken und habe dich dadurch geheilt. Du siehst, ich wollte dir nie etwas Böses antun. Wäre das meine Absicht gewesen, so hätte ich dich damals getötet, anstatt dein Leben zu retten."

Das leuchtete mir ein und ich entspannte mich zusehends. Jetzt, da meine plötzliche Angst gewichen war, wurde ich neugierig. Auf einmal fielen mir viele Dinge auf, die mir bisher gar nicht ins Bewusstsein gedrungen waren. Warum, zum Beispiel, war mir bis heute nicht aufgefallen, dass er nie am Tage zu sehen gewesen war? Immer war er erst nach Einbruch der Dunkelheit erschienen. Ebenso kam es mir bisher nicht verwunderlich vor, dass er nie aß oder trank. Dabei hatte er mir oft bei meinen Abendmahlzeiten Gesellschaft geleistet. Doch ich hatte diese Dinge früher nie beachtet.

„Erzähle mir bitte alles über dich." Ich war ganz aufgeregt vor Neugier. Er lachte zufrieden auf und dämpfte meine Begeisterung ein wenig. „Wenn ich dir alles über mich erzählen soll, so reicht eine Nacht nicht

aus. Also werde ich dir heute noch ein wenig über mein unsterbliches Leben berichten und den Rest nach und nach. Wir haben noch viele Nächte vor uns, die ausgefüllt sein wollen. Als mein Freund sollst du natürlich genau über mich Bescheid wissen. Ich muss dich aber bitten, dein Wissen für dich zu behalten. Wir Vampire führen ein heimliches Leben, es ist gefährlich für uns als das erkannt zu werden, was wir sind."
„Ich werde nie auch nur ein Sterbenswörtchen darüber verraten", versprach ich feierlich. Und es war mir noch niemals in meinem Leben etwas so ernst gewesen. Ich betrachtete ihn nun mit ganz anderen Augen. Vierhundert Jahre wollte er schon alt sein? Er sah jung und vital aus. Wurden Vampire niemals alt?
Wiederum beantwortete er meine unausgesprochene Frage. „Wir können uns nicht mehr verändern, sobald wir erst zum Vampir geworden sind."
Zweifellos las er in meinen Gedanken. Nur so konnte er wissen, was ich gerade dachte. Seine nächsten Worte bestätigten es mir.
„Ja, ich habe mir erlaubt, hin und wieder in deine Gedanken zu blicken. Ich muss gestehen, das ist eine heimliche Leidenschaft von mir. Aber von nun an werde ich es bleiben lassen. Es schickt sich nicht bei guten Freunden. Fortan werde ich darauf vertrauen, dass du mir erzählst, was dich bewegt. Natürlich erwarte ich nicht, in all deine Angelegenheiten eingeweiht zu werden. Deine Privatsphäre geht mich nichts an. Aber bitte erlaube mir in deine Gedanken zu dringen, sollte es nötig sein. Das kommt in erster Linie dir zu Gute, denn ich denke dabei hauptsächlich an Notlagen, in die du unter Umständen geraten kannst."
Ich war noch immer verwirrt durch sein Geständnis. Es fiel mir schwer, das Gehörte zu verarbeiten. Und das konnte Wladimir auch sehen, ohne in meinen Kopf zu blicken. Tröstend legte er mir die Hand auf die Schulter. „Das ist alles ein bisschen viel. Aber nimm dir ruhig Zeit, darüber nachzudenken. Wie gesagt, wir haben viel Zeit einander kennen- und verstehen zu lernen. Vorausgesetzt, du willst noch immer mein Freund und Begleiter sein."
Selbstverständlich wollte ich das. Eigentlich gab es nichts, was mir mehr bedeutete.
„Aber warum gerade ich?", musste ich trotzdem wissen. „Es gibt so viele junge, vertrauenswürdige Burschen. Warum suchst du dir ausgerechnet einen abgerissenen Herumtreiber mit mehr als zweifelhafter Vergangenheit zum Freund? Das ist mir einfach rätselhaft."

Ein erneuter erster Blick traf mich bis in die Seele. „Ich habe es dir schon einmal gesagt und es ist die reine Wahrheit. Ich wusste, als ich dich sterbend in dieser Gasse fand, dass du etwas Besonderes bist. Vielleicht sagte es mir mein Vampirinstinkt. Weißt du, Nicolas. Wir Vampire sind nicht sehr vertrauensselig Menschen gegenüber. Doch ohne Begleiter gefällt uns das Leben auch nicht. Deshalb sind wir oft jahrelang auf der Suche nach einem menschlichen Gefährten. Bevor ich dich traf, war ich über siebzig Jahre ohne vertrauten Freund. Sicher habe ich meine Vertrauenspersonen, die mir meinen Haushalt führen und meine Güter verwalten. Grigori, mein Haus Faktotum, ist so ein Mensch. Ebenso Antonia, die gute Seele. Die beiden sind schon seit Jahrzehnten bei mir und wissen auch über mein unsterbliches Wesen Bescheid. Sie sind mir lieb und teuer, ich schätze sie sehr. Dennoch gehören sie nicht zu den Menschen, denen ich bedingungslos vertraue. Zum Beispiel wissen sie nichts über die Art meiner Ernährung, oder gar, dass ich ein todbringender Blutsauger bin. Dieses Geheimnis teile ich nur mit dir."

Sein ehrliches Geständnis erfüllte mich mit ungeheurem Stolz. Ich fühlte mich plötzlich so glücklich wie noch nie zuvor. Mich hatte er auserwählt, sein Begleiter und sein Freund zu werden. Er hatte mich unter Tausenden ausgesucht und als würdig befunden, sein Geheimnis zu teilen. Ich konnte es noch immer nicht fassen.

„Ich fühle mich durch dein Vertrauen sehr geehrt", stammelte ich noch immer atemlos vor Glück. „Und ich werde mich bemühen, dich nie zu enttäuschen."

„Das wirst du nicht", antwortete er im Brustton der Überzeugung, „da bin ich mir ganz sicher. Aber jetzt lasse uns nach Hause reiten. Und wundere dich in den nächsten Tagen nicht allzu sehr. Ich habe meinen vampirischen Bann von dir genommen. Von nun an kannst du meine Unnatürlichkeit sehen und spüren. Vieles wird dir zu Anfang seltsam vorkommen. Außerdem musst du darauf achten, den anderen Bediensteten nichts, wenn auch unabsichtlich, zu verraten. Wenn mein Bann durchbrochen wird, so erkennen mich alle als Vampir. Das kann für mich sehr gefährlich werden. Traust du dir zu, zu die Wahrung meines Geheimnisses zu meistern?"

„Ja, sicher. Doch was hat es mit diesem... Bann auf sich? Ich habe nie etwas davon gemerkt."

„Das ist ja auch der Sinn des Bannes. Denk nur einmal an meine vielen

Dienstmägde und Knechte. Sie dürfen nie erfahren, was ich bin. Und deshalb belege ich sie mit meiner vampirischen Magie. Damit nehme ich jeglichen Argwohn von ihnen. Am Tage, wenn ich in meinem Todesschlaf liege, denken sie einfach nicht an mich. Es ist, als gäbe es mich überhaupt nicht. Und wenn ich des Abends auf dem Gut erscheine, macht sich niemand Gedanken darüber, wo ich herkomme und wo ich den ganzen Tag war. Auch du hast mich während des Tages noch nie vermisst, oder?"

Wladimir erhob sich von dem Baumstamm und klopfte sorgfältig seine Hose ab, ehe er sich auf seinen Hengst schwang. Er war immer sehr um sein tadelloses Aussehen bemüht. Sogar jetzt, mitten in der Nacht und im einsamen Gelände sah er aus, als ginge er zu einem Herrenabend. Und ich ertappte mich immer öfter dabei, wie ich es ihm eifrig nachmachte.

Auf dem Heimritt erzählte er mir noch mehr Details seiner unnatürlichen Existenz. Und ich lauschte geradezu begierig seinen Ausführungen und prägte mir alles gut ein. Es faszinierte mich und ich glaube schon damals keimte der Wunsch in mir auf, eines Tages zu werden wie er.

Nach diesem denkwürdigen Abend war alles nicht mehr wie zuvor. Sobald ich am nächsten Morgen die Augen aufschlug, galt mein erster Gedanke Wladimir. Wo hielt er sich während des Tages auf? Er hatte von seinem Todesschlaf gesprochen, aber nicht erwähnt, wo er ihn verbrachte. Schlief er hier im Haus oder vielleicht irgendwo im Wald, wo ihn niemand finden konnte? Aber nein, das konnte ich mir nicht vorstellen. Zu gut kannte ich inzwischen sein geradezu pedantisches Bedürfnis nach Reinlichkeit und Eleganz. Er würde sich nie in dreckigem Waldboden verkriechen.

Als ich mein Zimmer verließ um zum Frühstücken zu gehen, fiel mir eine Türe auf, die ich bisher kaum bemerkt hatte. In allen anderen Zimmern des oberen Flurs war ich schon gewesen, in diesem aber noch nicht. Neugierig drückte ich die Klinke herunter. Die Türe war nicht abgesperrt und ich spähte ins Zimmer. Es war so finster darin, dass ich nichts erkennen konnte. Sollte ich wieder gehen?

Doch meine Neugierde war stärker. Schnell ging ich in mein Zimmer zurück um eine Kerze zu holen. Vor Aufregung gelang es mir kaum den Docht zu entzünden. Endlich brannte die Kerze und ich eilte zu dem dunklen Zimmer zurück. Bevor ich es betrat vergewisserte ich mich, ob mich auch niemand beobachtete. Doch keine Seele ließ sich blicken und ich schlüpfte schnell hinein, schloss die Türe sorgfältig hinter mir.

Der dürftige Kerzenschein erhellte den Raum nur spärlich, ich musste die Augen anstrengen um etwas zu erkennen. Nach ein paar Sekunden hatte ich mich an das Dämmerlicht gewöhnt. Ein weiteres Schlafzimmer, erkannte ich. Mit edlen Möbeln und Kunstgegenständen ausgestattet, wie die anderen Zimmer auch. Den Mittelpunkt bildete ein riesiges Himmelbett mit schweren Vorhängen.

Mein Herz begann plötzlich zu rasen. Aber ich ging tapfer auf das Bett zu und zog einen Vorhang zur Seite. Und da lag Wladimir. Er trug seinen Hausmantel aus Brokat und Samt und hatte locker eine Decke über sich gelegt. Sein Gesicht zeigte friedlich entspannte Züge. Doch so lange ich ihn auch anstarrte, kein Atemzug hob seine breite Brust.

Zögernd griff ich nach seiner Hand, die auf der Decke ruhte, und zuckte zurück. Sie fühlte sich eiskalt an, die Finger waren seltsam steif. Entsetzt fuhr ich zurück. Todesschlaf hatte er gesagt, aber er war richtig tot. Mit einem Mal bekam ich Angst um ihn. Würde er wieder erwachen?

Doch dann sagte mir mein Verstand, er würde ganz sicher wieder erwachen. Schließlich hatte er mir erklärt, er sei unsterblich. Also beschloss ich, mir keine Sorgen zu machen und einfach den Abend abzuwarten. Auf Zehenspitzen, so als könne ich ihn wecken, verließ ich das Zimmer wieder und ging nach unten. Und selbstverständlich tauchte Wladimir am Abend wieder auf.

Ich beobachtete heimlich die Dienstboten und stellte fest, dass am Tage keiner von ihnen jemals von dem Baron sprach. Begegnete er ihnen jedoch des Abends, so grüßten sie ihn höflich und freuten sich, wenn er ein nettes Wort parat hatte. Wenn ich dann jemanden auf den Gutsbesitzer ansprach, waren sie stets voll des Lobes über ihren gar nicht herrisch auftretenden Herrn. Dennoch arbeiteten alle gewissenhaft, kaum einer ließ sich einmal etwas zuschulden kommen. Wenn ich sah, wie höflich und vor allem gerecht Wladimir mit seinen Leuten umging, dachte ich oft an Semjonov zurück. Bei dem hatte es statt freundlicher Worte die Peitsche oder gar noch Schlimmeres gegeben.

Noch immer quälten mich ab und zu Alpträume von meinem früheren Herrn und meinem noch nicht allzu lange zurückliegenden trostlosen Leben. Diese unbewältigten Erinnerungen peinigten mich manchmal so sehr, dass ich zeitweise in tiefe Depressionen verfiel. Dann machte mir

nichts mehr Spaß und ich verkroch mich in meinem Zimmer und starrte die Wände an. Wladimir entging das natürlich nicht. Meist überließ er mich eine kurze Weile meinen schlimmen Gedanken, dann nahm er mich zur Seite um mit mir zu reden.
Nein, eigentlich ließ er mich reden und hörte mir nur zu. Und er bewies dabei eine wahre Engelsgeduld. Hin und wieder ermunterte er mich dazu weiterzusprechen, wenn ich ins Stocken geriet. Mit der Zeit zeigten sich erste Erfolge seiner Therapie. Ich lernte, auszusprechen was mich quälte und konnte dadurch das Geschehene besser verarbeiten. Und meine Depressionen traten in immer größeren Abständen auf und verschwanden irgendwann fast gänzlich.

Ich begleitete Wladimir nun oft des Abends, wenn er seinen Geschäften nachging. Er ließ es sich nicht nehmen, die Produkte seiner Ländereien selbst zu verkaufen. Natürlich konnte er sich dazu nicht wie ein gewöhnlicher Händler auf den Marktplatz stellen. Das war auch nicht sein Stil. Nein, er verkaufte die Erzeugnisse seines Gutes an Viehaufkäufer und Großhändler, die er des Abends in Gasthäusern traf. Dann feilschte er mit ihnen wie ein gewiefter Bauer und es schien ihm einen Heidenspaß zu bereiten.
Ich fragte ihn einmal, weshalb er nicht seinen Verwalter mit dieser Aufgabe betraute. Schließlich war er ein Baron und hatte es nicht nötig, sich selbst zu bemühen. Aber er winkte nur lachend ab.
„Ich brauche eine Aufgabe, Nicolas. Wie, um Himmels Willen, soll ich all die langen Nächte herumbringen. Ich kann schließlich nicht nur meinen Mahlzeiten hinterherjagen. Das füllt mich einfach nicht aus. Auch ein Jahrhunderte alter Vampir braucht ein wenig Abwechslung in seinem Leben. Und du weißt, ich liebe den Kontakt mit Menschen. Das gibt mir ein wenig das Gefühl, noch immer zu ihnen zu gehören. Die Verbrecher, die ich jage, sind meist nicht sehr gesprächig."
Gar zu gerne hätte ich ihn einmal auf seiner Menschenjagd begleitet. Ich konnte mir nicht vorstellen, wie er es anstellte. In meiner Phantasie sah ich ihn die wildesten Abenteuer bestehen. Und ich grübelte darüber nach, auf welche Weise er seine Opfer tötete um an ihr Blut zu kommen. Doch ich traute mich nicht, ihn direkt danach zu fragen. Obwohl ich mittlerweile sehr vertraut mit ihm war und ihm ansonsten alle möglichen Fragen stellte, die er mir auch stets bereitwillig beantwortete. Er hingegen kam

nie auf die Idee, mir von sich aus über die Methoden seiner Nahrungsbeschaffung zu berichten. Es war, als hätten wir beide Hemmungen, darüber zu sprechen.

Als sich zum ersten Mal der Tag jährte, an dem mich Wladimir vor dem Tod gerettet hatte, war aus mir ein ganz anderer Mensch geworden. Und das traf sowohl auf mein Äußeres als auch auf mein Seelenleben zu.

Ich war noch ein Stück gewachsen und überragte fast alle meine Mitmenschen. Mein vormals dünner schlaksiger Körper zeigte nun wohlproportionierte Muskeln. Und aus dem Spiegel schaute mir jetzt das markante, von hellblonden Haaren umrahmte Gesicht eines mit sich zufriedenen jungen Mannes entgegen. Der Blick meiner hellen Augen war meist ein wenig skeptisch auf meine Gesprächspartner gerichtet. Wer mich nicht gut kannte hielt mich wahrscheinlich für arrogant und unnahbar. Doch das scherte mich nicht, im Gegenteil, ich genoss den Respekt, den man mir nun entgegenbrachte. Mit Freundschaften tat ich mir schwer. Außer Wladimir vertraute ich noch immer keinem Menschen. Nach wie vor erhielt ich Unterricht und noch immer gefiel es mir, neues zu lernen. Jeden Vormittag kamen meine Lehrer aufs Gut um meinen Wissensdurst zu stillen. Doch daneben entdeckte ich eine bisher nicht gekannte Leidenschaft: Frauen.

In meinem bisherigen Leben hatte ich - zuerst zwangsläufig, später aus eigenem Antrieb - ausschließlich mit Männern zu tun gehabt. Für Frauen gab es in meinem Alltag keinen Platz. Natürlich begegneten mir schon bei Semjonov etliche Frauen und junge Mädchen. Sie unterhielten seinen Haushalt oder waren als Mägde in den Ställen tätig. Doch die waren alle Tabu für mich. Er selbst hatte kein weibliches Wesen je angerührt, egal wie hübsch oder jung es war. Sie waren nur dazu da, die Arbeit zu erledigen.

Mir war hin und wieder schon einmal ein Mädchen aufgefallen, das mir besonders gefiel. Doch ich hätte es nie gewagt, mich ihr zu nähern. Schon gar nicht in der Absicht, mit ihr zu schlafen. Erstens wusste ich darüber kaum Bescheid und zweitens war ich mir sicher, Semjonov hätte mich auf der Stelle kastriert, wenn er mich dabei erwischt hätte. Vitalijs Schicksal stand mir stets deutlich vor Augen.

Auch in Wladimirs Haushalt und Ställen gab es viele Frauen. Und hier durfte ich mich ihnen unbesorgt nähern. Vor allem war mir Marina aufgefallen, der ich gleich am ersten Tag begegnet war. Sie war jung, hübsch und trug ihr Haar meist zu einem kecken Zopf geflochten. Und sie war kein Kind von Traurigkeit. Ihre unkomplizierte Art gefiel mir, ohne Scheu hatte sie mich angesprochen. Immer wenn wir uns begegneten berührte sie mich wie zufällig. Stellte sie am Morgen das Frühstück vor mich, so streifte sie meinen Arm. Hatte sie die Marmelade vergessen, so reichte sie mir den Topf über die Schulter, ihre Brüste drückten sich dabei sekundenlang an meinen Rücken. Oder sie begegnete mir auf der Treppe und lächelte mich so herzlich an, dass mir ganz warm wurde. Doch ich wagte es nicht, sie anzusprechen, ich war voller Hemmungen und unbekannter Ängste.

Eines Tages war ich bei meinem Ausritt in einen Wolkenbruch geraten. Bis ich endlich auf dem Gut ankam, war ich nass wie eine ertrunkene Ratte. Eilig lief ich ins Haus, rannte die Treppe hinauf um mich umzuziehen. Schon auf dem Flur begann ich, mir die nassen Sachen abzustreifen. Die durchweichten Wollsachen fühlten sich schrecklich kratzig auf der Haut an, ich konnte es kaum erwarten, sie vom Leib zu kriegen. In meinem Zimmer warf ich den durchnässten Reitumhang auf den Boden und zerrte mir das pitschnasse Hemd über den Kopf. Dann streifte ich mir die enganliegende Reithose herunter und erstarrte, als ich ein perlendes Lachen hörte. Entsetzt blickte ich auf und sah Marina neben meinem Bett stehen. Sie war gerade dabei die Überzüge zu wechseln und hielt mein Kissen an einem Zipfel in der Hand.

Voller Schreck und puterrot versuchte ich, mir die nasse Hose wieder hochzuziehen, doch sie klebte förmlich an meinen Beinen. Ich kam ins Straucheln und fiel wie ein nasser Sack auf den Rücken. Da lag ich nun vor sie hingestreckt, mit nacktem Oberkörper und der Hose um die Knie. Und Marina lachte so sehr, dass ihr die Tränen in die Augen traten. Ich dachte, ich müsse vor Scham im Boden versinken. Mein Gesicht hatte sicher die Farbe einer vollreifen Tomate angenommen. Und die verdammte Hose ließ sich einfach nicht mehr hochziehen.

Marinas Blick glitt ungeniert über meinen praktisch nackten Körper. Zu damaligen Zeiten war es noch nicht üblich, Unterwäsche zu tragen. Ich präsentierte ihr also unfreiwillig mein intimstes Körperteil. Sie war jedoch keinesfalls schockiert, sondern betrachtete mich mit fachmännischem Blick, wie mir schien. Dann zeigte sie endlich Erbarmen und warf mir mit einem strahlenden Lächeln ein Bettlaken zu.

„Du bist gut gebaut", sagte sie anerkennend. „Warum versuchst du so krampfhaft, deine Schätze zu verstecken? Hast du etwa Angst vor Frauen. Weißt du nicht, wie verrückt die jungen Mägde nach dir sind? Aber du scheinst keine zu bemerken."

Sprachlos schaute ich zu ihr auf. Nein, das war mir nie aufgefallen. Aber ich hatte auch immer betreten zu Boden geblickt, wenn ich einem jungen, hübschen weiblichen Wesen begegnet war.

Sie kam nun heran und ging neben mir in die Hocke. Ich lag immer noch reglos da, hatte nur das Laken um mich gerafft. Ihre Hand glitt über meine nackte Schulter und kroch unter dem Laken weiter über meine Brust. Die zarte Berührung war sehr angenehm und erregend, ich reagierte sofort darauf, was unter dem dünnen Laken nicht verborgen blieb. Interessiert betrachtete sie die eindeutige Bewegung und meinte dann zufrieden.

„Wusste ich's doch. Die anderen haben behauptet, du stehst nur auf Männer. Aber das konnte ich nicht glauben. Es wäre bei deinem Aussehen ja auch eine sündhafte Verschwendung gewesen."

Noch immer hatte ich mich nicht bewegt aber ihre lockeren Worte nahmen mir die Scheu. Marina war kein bisschen prüde. Sie wusste was sie wollte; nämlich mich und das sofort.

Auf einmal ging alles ganz wie von selbst. Ehe ich zu Verstand kam lagen wir eng aneinander gepresst auf dem Teppich und ich küsste sie voller Erregung. Sie war nicht mehr unschuldig und leitete mich sachte. Ich beschloss, einfach meinem Instinkt zu vertrauen. Schließlich war auch ich alles andere als unerfahren in Liebesdingen und dachte bei mir, dass es wohl keinen allzu großen Unterschied machte, einen Mann oder eine Frau zu lieben. Und meine Vermutung erwies sich als richtig.

Als ich in sie eingedrungen war, nahm ich mich zusammen. Ich wollte ihr ebenfalls Befriedigung verschaffen, kannte mich aber leider in der weiblichen Anatomie nicht aus. Doch Marina war sofort bereit, mir Nachhilfe zu geben. Ungeniert flüsterte sie mir ins Ohr, wie sie es gerne hatte und ich folgte ihren Anweisungen bereitwillig. Meinen eigenen Trieb zu unterdrücken fiel mir nicht schwer, darin besaß ich jahrelange Übung. Semjonov lehrte mich früh, meinen Körper eisern zu beherrschen.

Irgendwann schrie Marina voller Erregung auf, ihr Körper erzitterte unter mir. Da gab es auch für mich kein Halten mehr und ich ergoss mich, vor Wonne stöhnend, in ihr.

Marina schien mit meinen Liebeskünsten durchaus zufrieden gewesen zu sein. Von da an besuchte sie mich öfter in meinem Zimmer. Ich verlor schnell meine restliche Scheu, unser Liebesspiel wurde bald wilder und leidenschaftlicher.

Meine Gespielin war nicht besitzergreifend und war auch nicht darauf aus, geheiratet zu werden. Sie wollte ihren Spaß und nicht mehr. Was sie tat, um eine Schwangerschaft zu verhüten, weiß ich bis heute nicht. Sie schien so ihre Tricks zu haben. An mir lag es jedenfalls nicht, dass sie nicht schwanger wurde. Ich hielt mich nie zurück.

Wie gesagt, sie war nicht darauf aus, mich nur für sich zu behalten. Und anscheinend unterhielt sie sich mit den anderen Mädchen freizügig über meine Qualitäten. So kam es, dass ich nach einiger Zeit die Auswahl zwischen drei oder vier Mägden hatte. Und ich nahm ungeniert, was mir so freizügig angeboten wurde.

Wladimir bekam natürlich irgendwann mit, was ich trieb. Doch er sagte nichts zu meinem Liebesleben. Er tolerierte meine Eskapaden auch dann schweigend, als ich mich neben den Mägden einem der jungen Knechte zuwandte.

Der junge Mann arbeitete im Pferdestall, deshalb traf ich ihn fast jeden Tag. Niemals hätte er gewagt, mich anzusprechen. Ich war der junge Herr und er brachte mir stets Respekt entgegen. Doch mir entgingen seine Blicke nicht, mit denen er mich begehrlich musterte. Aus langer Erfahrung konnte ich sie deuten, obwohl er immer schnell die Augen abwandte, wenn ich zu ihm hinschaute. Seit meinen befriedigenden Erfahrungen mit den Mägden hatte ich zuerst gedacht, Männer seien für mich fortan uninteressant. Aber Viktor - so hieß der junge Mann - ging mir nicht mehr aus dem Kopf. Ich wollte ihn haben, seinen schlanken, drahtigen Körper erforschen und besitzen. Und so ging ich eines Tages einfach auf ihn zu und sprach in an. Begeistert kam er meiner Aufforderung nach. Zum ersten Mal hatte ich einen Liebhaber, der sich ganz und gar nach meinen Wünschen richtete. Auch das war eine gänzlich neue Erfahrung für mich. Doch eingedenk meiner eigenen schlechten Erfahrungen behandelte ich Viktor niemals abfällig oder gar brutal. Das lag mir einfach nicht.

So kam es, dass ich bald ein, in jeder Hinsicht sehr ausgefülltes Leben führte. Und ich war endlich rundherum glücklich und zufrieden.

Kapitel 9: Die Macht der Frauen

Der Lärm, der nun von außen in ihr steinernes Gefängnis drang, wurde ohrenbetäubend. Ein schwerer Motor brummte und dröhnte überlaut in den empfindlichen Ohren des Vampirs. Er verzog schmerzvoll das Gesicht und presste seine Hände auf die Ohren. Das minderte den Lärm in seinem Kopf auf ein einigermaßen erträgliches Maß. Erst nach langen Minuten verstummte das entnervende Geräusch.

Nicolas wandte sich wieder dem schmalen Spalt zu, hinter dem sein Freund gefangen lag. „Entschuldige Bren, aber dieser Lärm macht mich fast taub. Meine Ohren registrieren ihn mindestens doppelt so laut wie deine. Hoffentlich sind die da draußen bald soweit. Bis zum Morgen ist es nicht mehr all zulange hin. Sollten wir bis dahin immer noch hier festsitzen, so muss ich dich leider verlassen und mir ein Versteck zwischen den Steinen suchen."

„Meinst du, es dauert noch lange?" Brendans Stimme klang müde und gequält. Die Wirkung des Vampirblutes ließ nach und er litt erneut Schmerzen. Nicolas konnte spüren, wie er tapfer dagegen ankämpfte. Er überlegte, ob er ihm noch einen Schluck Blut geben durfte. Dann entschied er sich dagegen. Noch mehr Blut würde Brendans gebrochene Knochen zumindest ansatzweise zusammenwachsen lassen. Auf lange Sicht war das nicht zu vertreten, denn dann müssten die Knochen erneut gebrochen werden, damit sie wieder gerade zusammenwachsen konnten. Das würde mindestens eine komplizierte Operation für Brendan bedeuten, sollten viele Knochen zersplittert sein, sogar mehrere.

„Ich wage es nicht, dir noch mehr Blut zu geben", gestand er ihm deshalb und erklärte nochmals genau warum.

Brendan stöhnte vor mühsam unterdrücktem Schmerzen. „Kannst du dich mit Daniel in Verbindung setzen? Vielleicht weiß er ja inzwischen, wie lange es noch dauern wird. Der Schmerz in meinen Beinen wird von Minute zu Minute heftiger. Außerdem meine ich, mein Rückgrat löst sich auf. Diese unnatürliche Lage halte ich nicht mehr lange aus."

Der Vampir tat ihm den Gefallen und setzte sich mit Daniel in Verbindung. Der beratschlagte eine Weile leise mit Luke und erklärte ihm Brendans verzweifelte Lage. Doch Luke wusste ebenfalls nicht, wie lange es noch dauerte. Er erkundigte sich beim Kommandeur der Rettungsmannschaft.

„In einer, höchstens zwei Stunden sind sie durch", berichtete Nicolas kurze Zeit später. „Die Barrikade ist nicht so stark, wie sie zuerst vermutet haben. Hältst du es solange noch aus?"
„Es bleibt mir ja nichts anderes übrig." Brendan ächzte unterdrückt, doch dem Vampir konnte er nichts vormachen. Hoffnungsvoll fragte er Nicolas. „Oder hast du noch irgendeinen Zaubertrick in der Hinterhand?"
„Nun, ich kann dich in Tiefschlaf versetzen, wenn die Schmerzen allzu stark werden. Soll ich es tun? Dann quälst du dich nicht so."
„Nein, lieber nicht. Es geht auch schon wieder. Du kannst es ja tun, falls wir am Morgen immer noch hier eingeschlossen sind. Bis dahin erzähle mir lieber deine Geschichte weiter. Du sagtest, du wärst endlich einmal glücklich gewesen. Wenn ich bedenke, was ich bisher gehört habe, war diese Zustand bestimmt nicht von langer Dauer. Oder irre ich mich da sehr?"
Nicolas lachte leise und räusperte sich dann. „Naja. Wie man's nimmt. Gegen meine Kindheit und Jugend war das Leben bei Wladimir jedenfalls das reinste Zuckerschlecken. Aber du hast nicht Unrecht. Irgendwie schaffte ich es immer wieder, mir selbst das Leben schwer zu machen. Aber zunächst fühlte ich mich wohl, wie nie zuvor. Und diese schöne Zeit hielt sogar eine ganze Weile an.
Der Baron besaß nicht nur das Gut, sondern auch noch drei weitere Häuser in der Stadt. Irgendwann zog es ihn dorthin und ich ging natürlich mit ihm. Um seine Ländereien musste er sich während seiner Abwesenheit keine Sorgen machen. Sein Verwalter und alle Bediensteten sorgten für den weiteren reibungslosen Ablauf dort.
Ebenso war es in seinen Stadthäusern. Als wir im ersten ankamen, waren wir sofort daheim. Die Zimmer waren hergerichtet, das Haus war warm und strahlte vor Sauberkeit. Auch hier gab es einen Hausdiener, der die übrigen Angestellten überwachte.
An Garderobe nahmen wir nur das nötigste mit. Wladimir bestand darauf, uns beide neu einzukleiden. Schon zwei Abende später wurde das Haus von Schneidern und Näherinnen aufgesucht, die uns Vorschläge zur Mode der Saison machten. Bis dahin hatte ich nicht gewusst, dass die Mode ständig wechselte. Als ich noch in der Stadt mein Dasein fristete war ich froh, einigermaßen passende und vor allem wärmende Kleidung zu haben. Welches Hemd mit welcher Hose und Jacke harmonierte, hatte mich nie interessiert. Das wurde nun schnell anders.

Denn Wladimir hegte die Absicht, mich in die bessere Gesellschaft einzuführen. Ich lernte eine völlig neue Seite an ihm kennen. Auf seinem Gut war er stets auch wie ein Gutsherr gekleidet gewesen. Zwar bevorzugte er teure, edle Stoffe, doch seine Kleidung war der eines Grundbesitzers angepasst. Hier in der Stadt verwandelte er sich in einen wahren Baron und Edelmann. Und ich sollte ihm darin nicht nachstehen.

Meine diesbezüglichen Gefühle waren eher gemischt. Natürlich freute ich mich über die eleganten Sachen und ich muss gestehen, ich gefiel mir darin sehr gut. Aber andererseits erschien es mir vermessen, wie ein Adeliger gekleidet herumzulaufen. Ich hatte meine niedere, ja ehrlose Herkunft nicht vergessen und ebenso wenig das Leben in der Gosse. Irgendwie fühlte ich mich zwischen den vornehmen Bojaren und Adeligen wie ein Betrüger und Hochstapler.

Voller Schrecken dachte ich daran, dass mich einer meiner früheren Freier erkennen und vor aller Welt denunzieren könnte. Es waren einige aus der Oberschicht darunter gewesen, die es besonders erregend fanden, sich einen Strichjungen zu kaufen. Um meine eigene Person machte ich mir dabei weniger Sorge. Aber Wladimir wollte ich diese peinliche Situation gerne ersparen. Er war ein allseits bekannter, geschätzter Mann, eine derartige Enthüllung über seinen Begleiter würde ihn in Verruf bringen. Diese Ängste verfolgten mich bis in meine Träume. Und vor dem ersten Abend in großer Gesellschaft gestand ich Wladimir meine Bedenken.

„Ach Nicolas", meinte er schmunzelnd. „Du machst dir viel zu viele Gedanken. Erstens glaube ich nicht, dass dich jemand erkennt. Seit dieser unseligen Zeit hast du dich doch sehr verändert. Äußerlich, ebenso wie in deinen Manieren und Gebaren. Da wird man höchstens an eine zufällige Ähnlichkeit denken. Und dann solltest du wissen, erkennt dich tatsächlich jemand als den früheren Strichjungen, so wird er das kaum publik machen. Diese Leute haben alle Angst, ihren guten Ruf zu verlieren. Keiner wird freiwillig zugeben, er hätte sich einen Jungen aus der Gosse gekauft. Sie hätten im Gegenteil Angst, von dir denunziert zu werden."

„Aber ich fühle mich trotzdem nicht wohl bei dem Gedanken, als Niemand zwischen Grafen, Baronen und weiß Gott welchen hochgestellten Leuten zu sein. Ich habe ja noch nicht einmal einen Nachnamen. Niemand hat mir je erzählt, wie meine Mutter oder gar mein Vater hieß. Ich muss ja schon froh sein, dass Sonja mir wenigstens einen

Vornamen zugedacht hat. Willst du mich deinen Bekannten als deinen namenlosen Freund vorstellen? Wirft das nicht ebenfalls ein schlechtes Licht auf dich? Immerhin hast auch du hier in der Stadt einen Ruf zu verlieren." antwortete ich ihm deprimiert.

Er schaute mich eine ganze Weile sinnend an. Dann sagte er leise aber eindringlich. „Ehrlich gesagt, schert mich mein Ruf wenig. Und wie du weißt, ist es mir ein leichtes, die Gedanken meiner Mitmenschen zu manipulieren. Aber um auf deine Frage zurückzukommen. Nein, ich habe nicht die Absicht, dich als namenlosen Freund vorzustellen. Aber als meinen jüngeren Bruder Nicolas Krolov. Vorausgesetzt natürlich, du willst meinen Namen überhaupt annehmen."

Sprachlos starrte ich ihn an. Ich sollte fortan seinen Namen tragen? Seinen guten, Jahrhunderte alten vornehmen Namen. Ein Name der in ganz Kiew bekannt war und sehr viel Gewicht hatte. Er würde mir Tür und Tor öffnen. „Das willst du tatsächlich tun? Mich als deinen Bruder ausgeben. Geht das denn überhaupt?"

Er trat neben mich und legte mir freundschaftlich den Arm um die Schulter. Dann drehte er sich mit mir zu dem hohen, goldgerahmten Spiegel, der über einem kleinen, dreibeinigen Tischchen hing.

„Sehen wir nicht tatsächlich ein kleines bisschen wie Brüder aus?" fragte er mich und lächelte unserem Spiegelbild zu. „Und wenn ich den Leuten sage, du bist mein Bruder, so werden sie es ganz sicher nicht anzweifeln. Außerdem ist alles schon in die Wege geleitet. Ich habe, dein Einverständnis vorausgesetzt, bereits ein beglaubigtes Papier unterzeichnet. Ab sofort bist du mein adoptierter Bruder Nicolas Krolov. Nur meinen Titel wirst du nicht erben können, da ich nicht sterben werde."

Auf seinen Titel war ich ganz gewiss nicht erpicht. Seinen Namen tragen zu dürfen, war mehr als ich mir je erträumt hatte. Ich wäre auch mit einem ganz gewöhnlichen Namen zufrieden gewesen.

Zu meinen Vorbereitungen für die großen Gesellschaften gehörte es, tanzen zu lernen. Zuerst fand ich den Gedanken, nach Musikklängen durch die Gegend zu hüpfen, albern. Aber Wladimir bestand auf meine Tanzstunden und schickte mich zu einer älteren Dame, die mir Unterricht gab. Mir widerstrebte schon der bloße Gedanke, sie in meine Arme zu nehmen, vom Alter her hätte sie meine Mutter sein können. Doch nachdem wir uns bekannt gemacht hatten, erwies sie sich als sehr nett. Wenn sie lachte wirkte ihr Gesicht um Jahre jünger und sie lachte gerne und oft.

Als sie mich als tauglich entließ, auf dem Parkett eine gute Figur zu machen, war sie mir richtig ans Herz gewachsen.
Dann kam der Abend, an dem ich der ersten großen Gesellschaft meines Lebens beiwohnen sollte. Ich war nervös und zupfte ständig an meinen neuen Kleidern herum. Zu Feier des Tages bekam ich noch ein Geschenk von Wladimir, einen protzigen Goldring mit einem auffälligen Rubin. Dazu eine passende Anstecknadel, um das seidene Tuch um meinen Hals festzustecken. In den vornehmen Kreisen wurde auf auffällige Schmuckstücke Wert gelegt erklärte er mir, als er mein belämmertes Gesicht sah. Ich mochte Schmuck nicht besonders, schon gar keinen so auffallenden.
Die Stücke waren kunstvoll gearbeitet und sehr wertvoll. Inzwischen kannte ich mich ganz gut in diesen Dingen aus, mir war bewusst, wie sündhaft teuer dieses Geschenk war. Aber er winkte nur locker ab, als ich zaghaft Bedenken äußerte. „Es steht einem Krolov zu, teuren Schmuck zu tragen. Niemand wird sich darüber wundern. Im Gegenteil, das erwartet man von uns."
Der Ball wurde ein voller Erfolg. Alle schienen begeistert, als Wladimir mich als seinen Bruder vorstellte. Die Damen fragten ihn kokett, weshalb er mich so lange vor ihnen versteckt hätte und warfen mir tiefgründige Blicke zu. In seiner charmanten Art erklärte er, ich hätte zu Studienzwecken die renommiertesten Universitäten des Landes besucht und sei nun endlich auf die heimatlichen Güter zurückgekehrt.
Diesem ersten Abend folgten viele weitere und ich wurde mit jedem Mal sicherer in meinem Auftreten. Bei den Damen kam ich besonders gut an, sie rissen sich um einen Tanz mit mir und danach verschwand so manche gerne mit mir in einem der lauschigen Nischen. Und ich blieb meinem neuen Lebensmotto treu, ich nahm gerne an was mir so freizügig geboten wurde. Damit machte ich mir jedoch keine Freunde, zumindest nicht unter den Männern der Gesellschaft. Bald hatte ich etliche Neider, denen ich ungeniert die Damen ausgespannt hatte. Zeigte sich eine willig, so nahm ich sie mir einfach und scherte mich den Teufel drum, ob sie verlobt oder gar verheiratet war. Ich glaube, mein neuer Name und mein unglaublicher Erfolg beim weiblichen Geschlecht waren mir gewaltig zu Kopf gestiegen. Manchmal trieb ich es so bunt, dass es selbst Wladimir zu viel wurde. Eines Abends stellte er mich ernst zur Rede.
„Du wirst dir noch deinen Verstand aus dem Kopf vögeln", tadelte er mich und ich schaute ihn erstaunt an. Solche rüden Worte war ich aus

seinem Mund nicht gewohnt. Bisher war ein missbilligendes Kopfschütteln seine einzige Reaktion auf meine Eskapaden gewesen.
„Ich dachte, du würdest irgendwann von alleine vernünftig werden, aber das scheint mir nicht der Fall zu sein. Besinne dich endlich auf deine wahren Werte, Nicolas. Schon jetzt hast du dir viele Feinde geschaffen, es werden fast täglich mehr. Irgendwann wird wieder einmal jemand versuchen, dir ein Messer zwischen die Rippen zu jagen. Und dann bin ich vielleicht nicht rechtzeitig zur Stelle. Warum bist du nur so unersättlich?"
Ich wusste es selbst nicht. Es war wie ein Zwang, dem ich nachgeben musste. Und Wladimir hatte recht mit seiner Behauptung, ich hatte mir viele Feinde geschaffen. Schon zweimal war ich von gehörnten Ehemännern zum Duell gefordert worden. Damit ich nicht getötet wurde, hatte er meine Gegner aufgesucht und sie mit Geld oder auch mit Hilfe seines vampirischen Bannes von ihrem Vorhaben abgebracht.
Ich sah ja ein, dass ich so nicht weitermachen konnte und gelobte ihm Besserung. Ich bemühte mich sogar wirklich, doch der Erfolg war eher mäßig. Immer wieder vergaß ich meine guten Vorsätze sobald mir eine Frau schöne Augen machte.
Und das wurde mir eines Nachts fast zum Verhängnis. Ich kam beschwingt von einem kleinen Tete-a-Tete mit der Frau eines hohen, aber schon betagten Beamten. Sie war zwar einige Jahre älter als ich, aber das spielte für mich keine Rolle. Ihr Mann war impotent und sie geradezu ausgehungert nach den Freuden der körperlichen Liebe. Das erzählte sie mir, während wir uns auf ihrem Ehebett wälzten und wir lachten beide über den armen, gehörnten Tropf. Fortan besuchte ich sie öfter und war mir sicher, ihr Mann wüsste nichts davon. Dass er anscheinend doch Bescheid wusste, musste ich bald schmerzhaft erfahren.
Mein Pferd stand in einem abseits gelegenen Mietstall. Mir fiel zuerst nicht auf, dass kein Knecht zu sehen war. Pfeifend schlenderte ich auf die dunkle Box zu, in der meine Stute stand, als ich einen Schlag über den Kopf erhielt. Benommen ging ich zu Boden und landete in einem Haufen Pferdemist. Noch bevor ich mich aufrappeln konnte, kniete sich jemand in mein Kreuz. Meine Hände wurden mir auf den Rücken gezerrt und gebunden. Dann zogen mich grobe Fäuste in die Höhe und warfen mich an mein Pferd. Ehe ich mich versah lag ich bäuchlings über dem Sattel. Um mich daran zu hindern um Hilfe zu schreien, wurde mir ein widerlich

riechender zusammengeknüllter Lappen zwischen die Zähne gezwängt. Von meinen Überwältigern war kein Wort zu hören, ich sah nur ihre dunklen Gestalten.

Sie bestiegen ihre Pferde und zogen mein Tier am Zügel hinter sich her. Meine unbequeme Lage quer über den Sattel ließ mich jeden Schritt des Pferdes spüren. Der eklige Lappen in meinem Mund würgte mich aber er war zu groß, um ihn mit der Zunge auszustoßen. Ich atmete ganz flach um mich nicht zu übergeben. Das wäre mein sicherer Tod gewesen.

Mein unfreiwilliger Ausflug endete nach einer halben Ewigkeit, wie mir schien an einer einsam gelegenen Scheune weit vor der Stadt. Kaum waren meine Häscher abgestiegen, wurden meine Füße gepackt und hochgezerrt. Ich fiel kopfüber vom Pferd und landete unsanft auf meinem Gesicht. Erneut packten mich die groben Hände und zerrte mich auf die Beine.

Eine raue, unbeteiligte Stimme erklang. „Na, du Hengst. Hast du wieder einmal auf der falschen Koppel gegrast? Das werden wir dir heute ein für alle Mal austreiben. Der alte Kerl, dessen Frau du bestiegen hast, wünscht es so und hat uns einen guten Batzen Geld gegeben um dir klarzumachen, dass das keine gute Idee war."

Ich bekam es gewaltig mit der Angst zu tun. Was würden die drei Schläger mit mir anstellen? Hätte ich reden können, ich hätte ihnen mehr Geld geboten als ihr Auftraggeber, damit sie mich laufen ließen. Aber der verdammte Knebel in meinem Mund hinderte mich daran.

Ohne noch ein weiteres Wort zu verlieren, fielen die drei Kerle über mich her und schlugen mich systematisch zusammen. Einer hielt mich fest und die anderen droschen auf mich ein, so dass mir Hören und Sehen verging. Mit meinen gefesselten Händen hatte ich nicht den Hauch einer Chance mich zu wehren. Und der Lappen in meinem Mund verursachte mir zunehmend Brechreiz. Die Schläge in Magen und Unterleib taten ein Übriges. Außerdem blutete meine Nase heftig von einem gezielten Hieb. Mein Magen hob sich und ich erbrach mich, brachte aber nichts heraus, weil es der Knebel verhinderte. Verzweifelt versuchte ich, ihn mit der Zunge herauszustoßen. Vergeblich, er saß fest zwischen meinen Zähnen verkeilt und die Luft ging mir aus. Mit meinen krampfhaften Atemzügen sog ich nur das Erbrochene und das Blut in meine Lungen.

Endlich merkten die Kerle was mit mir los war und ließen von mir ab. Einer zog mir rasch den Lappen aus dem Mund und ich stürzte nach Luft ringend zu Boden. Ich war mir sicher, hier zu sterben. Vergeblich würgte und hustete ich, doch ich bekam keine Luft in meine Lungen. Dann wurde mir schwarz vor Augen...

Ich kam, noch immer hustend und würgend zu mir. Meine Lungen brannten wie Feuer, aber sie waren wieder frei. Auch meine Hände waren nicht mehr gefesselt und ich richtete mich mühsam in sitzende Position auf. Neben mir raschelte es leise und Wladimirs ernste Stimme erklang. Täuschte ich mich, oder bebte sie vor unterdrücktem Zorn?

„Das war äußerst knapp Nicolas. Als ich hier ankam, warst du schon fast erstickt. Nur eine Minute später und ich hätte dich höchstens noch begraben können."

„Wie hast du mich gefunden?" krächzte ich heiser und musste erneut husten. „Woher wusstest du überhaupt...?"

„Ich habe deinen stummen Notruf vernommen und bin dir gefolgt. Aber das ist jetzt unwichtig. Viel mehr solltest du dir Gedanken machen, wie du in Zukunft solche Anschläge auf dein Leben vermeidest. Du weißt vermutlich nicht einmal, welcher deiner vielen Widersacher dir so übel mitgespielt hat. Und es kann jeden Tag wieder passieren. Jetzt komm, es wird Zeit für mich, nach Hause zu kommen. Ich möchte nicht vom Morgen überrascht werden."

Kein Zweifel, Wladimir war stinkesauer auf mich. Und ich konnte es ihm nicht einmal verdenken. Wie oft hatte er mich gewarnt es nicht zu übertreiben. Ich wollte ihn nicht noch mehr reizen, deshalb setzte ich mich jetzt leise stöhnend auf mein Pferd und folgte ihm. Mein zerschlagenes Gesicht und mein ganzer Körper brannten höllisch. Und der harte Sattel tat meinem malträtierten Unterleib so weh, dass ich mich in den Steigbügeln aufstellte. Die Schmerzen zeigten mir, wie wütend Wladimir auf mich war. Sonst hätte er mir von seinem heilsamen Blut gegeben. Aber er bot es mir nicht an und ich wagte nicht, ihn darum zu bitten. So litt ich stumm und ächzte nur hin und wieder leise auf.

In seinem Haus angekommen verschwand er ohne ein weiteres Wort in seinem Zimmer und schloss hinter sich ab. Das hatte er in all der Zeit, die ich bei ihm war noch nicht getan. Seufzend begab ich mich ebenfalls in mein Zimmer. Dort stellte ich mich im Schein einer Kerze vor den Spiegel und betrachtete entsetzt mein Gesicht.

Meine Nase war zweifellos gebrochen, sie stand nun schief und es lief noch immer ein kleines Blutrinnsal daraus hervor. Auf der Stirn prangte

eine mächtige Beule, die sich bereits blau verfärbte. Außerdem war meine Unterlippe eingerissen und ein blutiger Riss zog sich über mein Kinn.
Mein teures Seidenhemd war zerrissen und mit Blut und Erbrochenem besudelt. Mit wehem Stöhnen zog ich es mir über den Kopf und starrte dann dumpf auf das Spiegelbild meiner Brust. Auch sie war übersät mit blauen und roten Blutergüssen. Leicht tippte ich mit dem Finger darauf und stöhnte erneut auf.
Nach dem Schock dieses Anblicks kann ich mir auch noch den Rest betrachten, dachte ich wehleidig und zog mir langsam und vor Schmerz leise winselnd die Hose aus. Viel schlimmer konnte es bestimmt nicht mehr werden. Aber dann war ich doch schockiert, als ich das ganze Ausmaß der Misshandlungen sah.
Mein bestes Stück war ebenfalls blaurot verfärbt und meine Hoden waren fast auf doppelte Größe angeschwollen. Mir wurde schlecht vor Angst bei dem Anblick. War das das Ende meiner amourösen Abenteuer? Würden die Verletzungen und Schwellungen wieder ganz abheilen?
Oder war ich fortan so impotent wie der Alte, den ich noch vor kurzer Zeit verspottet hatte?
Wladimir, dachte ich hoffnungsvoll. Er konnte und musste mir helfen. Notfalls würde ich ihn auf Knien anbetteln, mich mit seinem Blut zu heilen. Aber ein Blick zum Fenster sagte mir, dass es zu spät war. Der Morgen brach an und Wladimir lag schon in seinem Todesschlaf. Zumindest bis heute Abend musste ich mich gedulden. Und die schlimmen Schmerzen ertragen.
Das hat er mit Absicht getan, mutmaßte ich grollend. Er wollte mich für meine Ausschweifungen bestrafen. Leise schimpfend und stöhnend schleppte ich mich zu meinem Bett und ließ mich vorsichtig darauf niedersinken. Es klopfte an der Türe und das Dienstmädchen streckte den Kopf herein. Entsetzt starrte sie auf meinen nackten Körper und ihre Augen wurden groß und rund, als sie die Blutergüsse und blutigen Kratzer sah. Ich bat sie matt, mir etwas warmes Wasser und ein weiches Tuch zu bringen. Dann rollte ich mich auf die Seite und fiel in einen erschöpften Schlaf. Ihre sanfte Hand weckte mich, als sie behutsam meine Wunden mit einem feuchten Tuch abtupfte. Ich ließ sie dankbar gewähren. Nachdem sie mich gesäubert und die schlimmsten Stellen mit einer lindernden Salbe bestrichen hatte, deckte sie ein Leintuch über mich und verließ leise mein Zimmer. Ich fiel in einen unruhigen Schlaf.

Dämmerlicht umgab mich, als ich mühsam meine geschwollenen Lider hob. War es schon Abend? Hatte ich den ganzen Tag verschlafen? Anscheinend, denn vor meinem Fenster versank eine rotglühende Sonne hinter den Dächern der Häuser. Ächzend und jammernd setzte ich mich auf. Konnte ich es wagen, nochmals in den Spiegel zu blicken? Vielleicht sahen mein Gesicht und mein Körper jetzt noch schlimmer aus. Ich wusste nicht, ob ich in der Lage war, mir den Anblick zuzumuten.
Aber dann rappelte ich mich doch auf. Der Kerl, der mir aus dem Spiegel entgegen starrte, konnte unmöglich ich sein. Mein Gesicht war verschwollen und schillerte in allen Regenbogenfarben. Die Nase stand wie ein unförmiger schiefer Klumpen über blutverkrusteten, geschwollenen Lippen. Meinen Oberkörper zierten etliche dunkelblaue faustgroße Flecken und zwischen meinen Beinen sah es nicht besser aus. Ich würgte vor Angst und Ekel. Dann wankte ich erschöpft zum Bett zurück und schloss die Augen. Im Zimmer war es angenehm warm, ich verzichtete auf das Leintuch.
Plötzlich war Wladimir da, ich hatte ihn gar nicht kommen hören. Er legte seine warme Hand auf meine nackte Schulter und ich hob schwerfällig ein Augenlid. Mein Zorn auf ihn war verraucht, ich war einfach zu erschöpft, ihm weiter zu grollen. Und schließlich hatte er ja Recht, mich leiden zu lassen. Ich hatte es wirklich zu weit getrieben und war an meiner Misere selbst schuld.
Doch er wirkte ebenfalls zerknirscht als er nun das ganze Ausmaß meiner Verletzungen sah. Mitleidig fuhr seine Hand über meinen, von Prellungen übersäten Oberkörper. Er setzte sich leise seufzend neben mich auf die Matratze.
„Es tut mir leid, Nicolas. Mein Zorn hätte mich nicht dazu hinreißen sollen, dir meine Hilfe zu verweigern. Aber ich habe solche Angst um dich ausgestanden. Und fast wäre ich zu spät gekommen. Zum ersten Mal seit undenklicher Zeit kam ich mir vollkommen hilflos vor. Du lagst auf dem Boden, den Mund voller Erbrochenem und Blut. Dein Körper zuckte vor Lufthunger. Und ich wusste nicht, was ich tun konnte um das Zeug aus deiner Luftröhre zu bringen. Schließlich habe ich dich um die Hüften gepackt und dich mit dem Kopf nach unten gehalten. Dann habe ich dich wie verrückt geschüttelt und dir auf den Rücken geklopft. Und ich war selig vor Erleichterung, als du dir fast die Seele aus dem Leib gekotzt hast. Aber dann kam meine Wut auf deine Unvernunft zurück und..."

Ich winkte matt ab. „Es ist schon gut Wladimir. Alles ist meine eigene Schuld. Und ich verdiene jeden blauen Flecken an meinem Leib. Aber es tut einfach furchtbar weh. Wenn du nicht mehr allzu wütend bist, könntest du mir dann ein wenig von deinem Blut geben? Nur ein kleines Schlückchen, damit ich wieder auf die Beine komme. Bitte."
„Ja, sicher. Deshalb bin ich doch hergekommen." Er sprang schnell auf und blickte sich im Zimmer um. „Ich bin nicht mehr wütend auf dich. Wie gesagt, das war nur meine Angst, die mich so handeln ließ. Sag, hast du ein Messer hier irgendwo? Sonst muss ich hinunter in die Küche."
Was um Himmels Willen wollte er mit einem Messer? Mir etwa einen Bluterguss aufstechen? Oder mich zur Ader lassen? Bisher hatte ich gedacht, er brauchte keine Hilfsmittel um zu heilen. Aber ich war zu schwach, meine Bedenken zu äußern. Ich vertraute darauf, dass er wusste was er tat. „Da, in meinem Nachttisch." Ich deutete auf die geschlossene Schublade und ließ mit einem leisen Stöhnen meinen Arm aufs Bett fallen. Schon diese kleine Bewegung bereitete mir Schmerzen. Aber ich schaute misstrauisch, was er mit dem Messer tat.
Doch anstatt mich zu schneiden, tat er es bei sich selbst. Ohne zu zögern setzte er die scharfe Spitze an seinem Handgelenk an und schnitt sich in die Pulsader. Dann reichte er mir seinen Arm und bat leise. „Trink das Blut, Nicolas. Es wird deine Schmerzen lindern und deine Verletzungen heilen. Doch halt, ich habe noch etwas vergessen..."
Er griff in mein Gesicht und berührte leicht den Klumpen, der einmal meine schöne, gerade Nase war. Bedauernd sah er mir in die Augen. „Leider muss ich dir zuvor noch einen zusätzlichen Schmerz bereiten. Damit deine Nase ihre ursprüngliche Form zurückbekommt, muss ich sie dir einrichten bevor du mein Blut nimmst. Nur dann kann sie gerade zusammenwachsen. Ich mache so schnell ich kann, aber es wird wehtun. Bist du bereit?"
Ich nickte beklommen und schloss die Augen. Es tat wirklich furchtbar weh und ich stieß einen Schrei aus. Aber der Schmerz verflog rasch und wich einem dumpfen Druck. Und dann lag Wladimirs Handgelenk an meinen Lippen und ich wagte vorsichtig einen ersten Schluck. Wie damals durchzog ein schneidender Schmerz meine Eingeweide, doch er ermunterte mich leise, weiter zu trinken. Ich tat es und bald wurde es leichter. Ich spürte eine plötzliche Gier nach seinem Blut in mir aufsteigen und umklammerte sein Handgelenk damit er es mir nicht entzog. Viel zu

bald hieß er mich aufhören und entwand mir sachte seinen Arm. Er hielt sich die kleine blutende Wunde an den Mund und leckte mit seiner Zunge darüber. Als er den Arm senkte, war der Schnitt wie durch Zauberei verschwunden. Ich schüttelte ungläubig den Kopf und starrte auf die nun wieder unversehrte Haut an seinem Arm. Er lächelte nur matt.
„Du kannst nun aufstehen", ermunterte er mich, nachdem ich keine Anstalten dazu machte. „Deine Verletzungen sind verschwunden. Und die Schmerzen sicher auch."
Zaghaft versuchte ich, mich zu bewegen. Und tatsächlich, ich spürte nichts mehr. Schnell sprang ich auf und lief zum Spiegel, blickte aufgeregt hinein. Erleichterung überkam mich, als ich meinen makellosen Körper sah. Die blauen Flecke und Prellungen waren allesamt verschwunden. Ein ängstlicher Blick auf meinen Unterleib bestätigte mir; auch hier war alles wieder in Ordnung. Ich seufzte vor Glück und wandte meinen Blick meinem Gesicht zu. Es sah aus wie immer. Nur unter der Nase klebte noch frisches Blut, das beim Geraderichten geflossen war. Wladimir reichte mir einen feuchten Lappen und ich wischte es weg.
„Danke Wladimir" sagte ich bewegt zu seinem Spiegelbild. Er stand dicht hinter mir und fixierte mich nachdenklich. Langsam drehte ich mich dann zu ihm um und blickte ihm lange in die blauen Augen. Er erwiderte meinen Blick reglos, dann nickte er leise. „Es ist schon gut. Aber versprich mir, dich wenigstens ein klein wenig zurückzuhalten. Ich habe dich wirklich sehr gerne und ich möchte dir nicht eines Tages in dein frühes Grab blicken müssen."

Kapitel 10: Der Vampir in Wladimir

Ich versprach Wladimir aus ehrlichem Herzen, mich in Zukunft zusammenzureißen und diesmal hielt ich mein Versprechen. Der Anschlag auf mein Leben hatte mich kuriert. Naja, zumindest trieb ich es nicht mehr gar so arg.

Es ging auf Weihnachten zu und die feine Gesellschaft traf sich zum alljährlichen Wohltätigkeitsball zugunsten notleidender Obdachloser. Als ich jedoch sah, wie pompös da gefeiert wurde, hegte ich den leisen Verdacht, dass die Ärmsten der Armen nicht allzu viel von dem gesammelten Geld sehen würden. Wladimir stimmte mir zu, als ich ihn darauf ansprach.
„Wenn sie das Geld für all die teuren Speisen und Getränke den Armen geben würden, so wäre denen mehr gedient. Aber dem Adel und den Reichen war schon immer jeder fadenscheinige Anlass recht, um rauschende Feste zu feiern."
Er selbst hatte, wie jedes Jahr, dem städtischen Waisenhaus einen Teil seiner Ernte und dazu zwei Milchkühe zukommen lassen. So konnte er sicher sein, dass die Hilfe auch wirklich an der Stelle landete, wo sie am dringendsten gebraucht wurde. Das Waisenhaus konnte sowieso nur einen kleinen Teil der verwaisten oder ausgesetzten Kinder aufnehmen. Der Rest musste sich auf eigene Faust durchschlagen und viele würden den harten Winter nicht überleben. Ich hatte oft gesehen, wie steif gefrorene kleine Körper auf den Totenkarren abtransportiert wurden.
Wieder einmal kam mir in den Sinn, dass Wladimir so gar nicht dem entsprach, was man allgemein über Vampire erzählte. Er war großherzig, stets hilfsbereit und zu allen Menschen freundlich. Ich kannte nur diese Seite an ihm.
Neugierig hatte ich mich inzwischen über Vampire schlau gemacht. Ich lauschte in Gasthäusern den Geschichten, die des Abends oft erzählt wurden. In den Märchen und Sagen, die Geschichtenerzähler zum Besten gaben, kamen oft Wesen vor, die Menschen das Blut aussaugten. Fast immer waren sie böse, hässlich und unersättlich. Und sie besaßen lange, spitze Fangzähne, mit denen sie ihren Opfern tiefe Löcher in den Hals bissen. Die Unglücklichen, die das Pech hatten von einem Vampir gebissen zu werden, wurde selbst zu untoten Geschöpfen.
Nein, dachte ich bei mir. Wladimir war nie und nimmer solch ein böses

Wesen. Er hauste weder in einer alten Gruft, noch verschlief er den Tag in einem Sarg. Ich hatte ihn ja sogar schon während des Tages in seinem Schlafgemach aufgesucht. Und was sein Aussehen betraf, er war ein betörend schöner Mann. Seine Zähne waren zwar ungewöhnlich kräftig, doch taugten sie noch nicht einmal dazu, sich selbst zu beißen. Warum sonst hätte er ein Messer benutzen müssen, als er seine Ader öffnete um mir von seinem Blut zu geben? Immer wenn mir solche Gedanken durch den Kopf gingen, kam ich zu dem Schluss, er müsste wohl einer harmlosen Sorte von Vampiren angehören.

Am Abend des Weihnachtsballes schneite es heftig und die Landschaft lag unter hohem Schnee versteckt. Deshalb nahmen wir den Pferdeschlitten. Warm in dicke Pelze eingehüllt saßen wir auf dem riesigen Schlitten, der von zwei Pferden gezogen wurde. An den hölzernen Bögen über ihren Köpfen klingelten kleine Glöckchen im Rhythmus der Hufe.
Wir kamen vom Gut und fuhren durch die einsame nächtliche Weite in Richtung der Stadt. Nach den aufregenden Monaten des Stadtlebens hatte sich Wladimir nach der Abgeschiedenheit seines Landhauses gesehnt und ich war selbstverständlich mit ihm zurückgekehrt. Aber die Stadt mit all ihren Verlockungen und Reizen fehlte mir, auf dem Gutshof gab es im Winter nicht allzu viel Abwechslung und ich langweilte mich. Der Wohltätigkeitsball war deshalb eine willkommene Abwechslung vom beschaulichen Landleben für mich. Wir unterhielten uns angeregt während unser Kutscher die Pferde sicher durch die eisige Nacht lenkte.
Ich bemerkte nichts von einer drohenden Gefahr, doch Wladimir setzte sich plötzlich gerade auf und lauschte. Mit einer knappen Geste gebot er mir, mich still zu verhalten und jetzt hörte ich es auch. Reiter, die ihre Pferde durch den hohen Schnee trieben. Sie kamen auf uns zu, schon konnte man ihre dunklen Silhouetten durch die schwebenden Flocken erkennen. Die Zielstrebigkeit, mit der sie unseren Schlitten einzukreisen versuchten, zeigte uns ihre Absichten; sie wollten uns überfallen. Ich zählte sechs Mann, - ein ungleiches Verhältnis, wir waren nur zu dritt und außerdem unbewaffnet.
Besorgt schaute ich zu Wladimir und wisperte leise. „Was sollen wir tun? Wir haben noch nicht einmal Waffen."
Doch zu meiner Verwunderung sah Wladimir weder besorgt noch ängstlich aus. Im Gegenteil, in seinen blauen Augen erkannte ich ein gieriges

Glitzern, das ich noch nie zuvor bemerkt hatte. Als er zu mir sprach, klang seine Stimme rau und ich vermeinte, ein leises Grollen aus seiner Brust zu hören. Knapp befahl er:
„Übernimm du den Mann, der sich von der Seite an dich anpirscht und versuche ihn zu überwältigen. Pass aber auf, er trägt einen Prügel bei sich."
Ohne sich zu versichern, ob ich seinen Worten nachkam, wies er den Kutscher an: „Jurij, du übernimmt den auf deiner Seite, die anderen überlasst getrost mir. Die Kerle verlassen sich auf ihre zahlenmäßige Überlegenheit, das macht sie leichtsinnig."
Ich starrte angestrengt in das Schneetreiben, konnte aber kaum mehr als Schemen erkennen. Doch Wladimir schien sich sicher und so beschloss ich, ihm einfach zu vertrauen. Der Kutscher hatte bereits einen der Reiter ins Visier genommen und ich konzentrierte mich nun ganz auf den Mann, der von der Seite auf mich zukam. Unsere Pferde standen still, warfen nur nervös schnaubend die Köpfe hoch. Der unfreiwillige Halt gefiel ihnen nicht, vielleicht spürten sie auch die Gefahr. Dampfwolken stiegen aus ihren Nüstern und von ihren Flanken auf.
Mein Gegner kam schnell heran und hob seinen Prügel an. Ich wollte nicht warten, bis er noch näherkam. Deshalb sprang ich mit einem mächtigen Satz vom Schlitten und auf ihn zu. Im letzten Moment wich ich dem niedersausenden Prügel aus und schnappte nach seinem Bein. Mit einer ruckartigen Bewegung hebelte ich den Kerl von seinem klapprigen Gaul. Erschrocken jaulte er auf und landete in einer Schneewehe. Noch bevor er sich aufrappeln konnte warf ich mich über ihn, packte mit einer Hand seine Kehle und drosch mit der anderen Faust auf ihn ein. Er war zu überrascht, Gegenwehr zu leisten. Nach ein paar wuchtigen Schlägen gegen seinen Kopf blieb er bewusstlos liegen. Ich hatte in meiner Zeit als Straßenjunge so manchen Kampf ausgetragen und gelernt, nicht zimperlich im Austeilen zu sein. Zu meiner Zufriedenheit erkannte ich nun, ich hatte nichts verlernt. Das Adrenalin in meinem Blut machte mich kampflustig, wild hob ich den Kopf um nach einem weiteren Gegner auszuschauen. Doch es gab nichts mehr für mich zu tun.
Der Kutscher hatte seinen Mann ebenfalls niedergestreckt und hieb nun mit dem Prügel, den er immer mit sich führte auf einen zweiten Kerl ein. Er hörte erst auf, als der Mann zu Boden sank. Der Schnee unter seinem Kopf färbte sich rot vom Blut.

Wladimir stand keine drei Schritte von mir entfernt und hielt einen kräftigen Räuber umklammert. In der vom Schnee erhellten Nacht konnte ich ihn deutlich erkennen. Und ich sah das Unglaubliche. Wladimirs weit geöffneter Mund war eben im Begriff sich auf den Hals seines Opfers herab zu senken. Und daraus hervor blinkten mörderische lange Zähne. Nach unten liefen sie spitz zu und sie schienen messerscharf zu sein. Sie drangen durch die Haut am Hals des Opfers. Dann legte der Vampir seine Lippen über die Wunden und begann genüsslich zu saugen. Nach ein paar Minuten erschlafften die Beine des Räubers und knickten weg, aber Wladimir ließ ihn nicht los und saugte unbeirrt weiter. Dabei hielt er den schweren Männerkörper mit einer Leichtigkeit, als handele es sich um eine Gliederpuppe.

Dann ließ er ihn einfach in den Schnee fallen, wo schon ein anderer lag. Ebenfalls ausgesaugt und tot. Seine weit aufgerissenen, starren Augen zeigten noch immer das Grauen, dass er in seinen letzten Lebensminuten empfunden haben musste.

Die Augen des Vampirs streiften kurz die restlichen Männer am Boden. Es schien, als könne er mit einem Blick sehen, wer tot war und wer lebte. Zielsicher griff er nach dem bewusstlosen Mann, den ich niedergeschlagen hatte. Als er ihn hochzog trafen sich unsere Blicke und er hielt in der Bewegung inne. Sein Mund war leicht geöffnet und die mörderischen Zähne ruhten auf seiner Unterlippe.

„Ja. Den du in diesem Augenblick siehst ist der wahre Wladimir, der Vampir", hörte ich seine Stimme in meinem Kopf. Seine Lippen hatten sich dabei nicht bewegt und doch verstand ich ihn ganz deutlich. „Ich töte und ich trinke Blut, das ist meine Bestimmung. Kannst du es akzeptieren?"

Forschend und abwartend lagen seine Augen auf mir, gespannt, wie ich entscheiden würde. Als ich nach kurzem Bedenken nickte, schien er fast erleichtert. Mit raschem Biss öffnete er die Halsschlagader des Verbrechers und saugte ihn aus.

Ich schaute ihm mit einer Mischung aus Neugier, leisem Grauen und Faszination zu. Fast meinte ich, den Geschmack des Blutes auf meiner Zunge zu spüren. In mir keimte eine verwirrende Frage auf. Würde ich es fertigbringen, ein eben solches Dasein zu führen? Als ewig lebendes, Blut saugendes Nachtwesen? Ich wusste keine Antwort darauf.

Ein Mann lebte noch, er kauerte verstört vor seinem Pferd am Boden und

konnte seine Augen nicht von dem grausigen Geschehen abwenden. Nachdem Wladimir mit seinem dritten Opfer fertig war, ging er langsam auf ihn zu und zog ihn an den Schultern hoch. Willenlos, am ganzen Körper vor Angst schlotternd, hing er in seinem Griff.
Ich betrachtete ihn nun genauer und stellte erstaunt fest; der Kerl war fast noch ein Kind. Furchtsame dunkle Augen richteten sich auf den Vampir, der ihn streng, aber jetzt ohne Gier im Blick musterte.
Ich trat langsam näher, gespannt was Wladimir mit dem jungen Burschen vorhatte. Eigentlich kam mir das hagere Kerlchen nicht wie ein verkommener, mordgieriger Verbrecher vor. Zu diesem Schluss schien auch Wladimir gekommen zu sein, der zweifellos ausgiebig im Gehirn seines Gegenübers geforscht hatte. Bedächtig und mit sanfter Stimme gab er ihm jetzt Anweisungen.
„Sammele die Pferde deiner Kumpane ein und mach dich mit ihnen auf den Weg zu meinem Gut. Du kannst es nicht verfehlen, du brauchst nur die Spur unseres Schlittens zurückverfolgen. Dort angekommen meldest du dich beim Stallmeister und sagst ihm, der Baron hat dich geschickt und er soll dir einen Platz in den Unterkünften zuweisen. Du kannst bei mir bleiben und dort arbeiten, wenn du möchtest. Und jetzt spute dich, die Nacht ist kalt und die Pferde frieren, wenn sie stehen. Morgen werde ich dich aufsuchen und alles weitere mit dir besprechen."
Er schaute den jungen Mann intensiv an und in dessen eben noch furchtsamen Zügen ging eine bemerkenswerte Veränderung vor. Er fiel auf die Knie und schaute fast ehrfürchtig zu Wladimir auf. Dann packte er spontan dessen Hand und führte sie an seine Lippen. „Ich danke Euch, Herr. Ich werde gerne für Euch arbeiten. Ihr werdet nicht enttäuscht von mir sein."
Wladimir strich ihm über die strähnigen Haare und schüttelte lächelnd den Kopf. „Du musst nicht vor mir knien und du musst mir auch nicht die Hand küssen. Sei fleißig, das ist mir Dank genug. Und nun mach dich auf den Weg, sonst erfrierst du noch in deinen dünnen Kleidern."
Der Junge sprang schnell auf die Füße und sammelte eifrig die struppigen Pferde seiner ehemaligen Gefährten ein. Dann sprang er auf sein eigenes dürres Tier und ritt zügig davon, die kleine Pferdeschar folgte ihm freiwillig nach.
Ich war perplex und wandte mich fragend an Wladimir. „Wie, um alles in der Welt, hast du das angestellt? Zuerst dachte ich, du wolltest den Jungen

ebenfalls töten. Und er sah aus, als würde er gleich vor Angst tot zusammenbrechen. Und jetzt reitet er mit einem Rudel Schindmähren zu deinem Anwesen, als wäre nichts geschehen."

Wladimir drehte sich mir zu und ich sah erstaunt, dass nichts mehr an ihm an das mordgierige Wesen erinnerte, dass ich vor ein paar Minuten gesehen hatte. Seine Zähne waren wieder ganz gewöhnliche Zähne. Und seine Augen blickten freundlich, ohne tödliche Gier. Er lächelte zufrieden.

„Vampirzauber, Nicolas. Ich habe dir schon einmal erklärt, dass ich zuerst in die Gedanken meiner Opfer blicke, bevor ich sie töte. So habe ich sofort erkannt, dass dieser Junge nur ein kleiner Mitläufer war. Er hat sich den Mordgesellen aus purer Not angeschlossen. Und du weißt besser als ich, zu was die Sorge ums nackte Überleben einen Menschen treiben kann. Es war sein erster Raubzug, bis jetzt hat er noch keinen Menschen getötet oder ausgeraubt. Und folglich wäre es eine Todsünde für mich, ihn auszusaugen. Ich denke, er hat einen guten Kern und wird einmal ein tüchtiger Mann werden. Ich habe ihm nur die Chance dazu gegeben, es wird an ihm liegen, etwas daraus zu machen."

„Und du hast ihm durch deine vampirische Magie die Erinnerung an das Geschehen genommen, ehe du ihn zu deinem Gut geschickt hast", vermutete ich.

Er lächelte erneut. „Genau das habe ich getan. Morgen früh wird er nicht mehr wissen, was sich hier abgespielt hat. Es wird ihm nur einfallen, dass er mich getroffen und um Arbeit gebeten hat. Die kurze Zeit, die er mit der Bande verbrachte und den gewaltsamen Tod seiner zweifelhaften Freunde habe ich aus seinem Gedächtnis gelöscht."

Ich musste lachen, als mir etwas einfiel. „Wieso hast du dir eigentlich auch noch all die Klappergäule aufgehalst? Sie taugen das Futter nicht, dass sie fressen werden."

Er sah mich tadelnd an. „Soll ich die armen Tiere etwa hier in der Wildnis zurücklassen? Sie würden verhungern oder von Wölfen gerissen werden. Außerdem sind sie gar nicht so schlecht. Gutes Futter und Pflege dürfte aus ihnen ganz passable Reitpferde machen."

Der Kutscher kam nun heran und sagte, alles wäre zur Weiterfahrt bereit. Während unserer Unterhaltung hatte er die Leichen der Männer zu einer Senke in der Nähe geschleppt, sie hineingelegt und mit Schnee bedeckt. Nun stand er frierend da und schaute den Baron wartend an.

Sein unbeteiligter Blick sagte mir, dass Wladimir auch ihm das Geschehen aus dem Gedächtnis gelöscht hatte. Der Mann erinnerte sich an nichts, was in der letzten halben Stunde geschehen war.
„Ja, wir kommen, Jurij", gab ihm Wladimir freundlich Bescheid. Er klopfte mir auf die Schulter und wir gingen gemeinsam zum Schlitten zurück und packten uns wieder in die Pelze. Erst jetzt merkte ich wie kalt mir war und ich zog die dicken Wolfsfelle bis zum Kinn hoch. Wladimir hingegen fror nicht, er deckte sich nur nachlässig zu, damit die Schneeflocken seine Garderobe nicht verdarben. Er hatte mir einmal verraten, dass Vampire weder große Hitze, noch klirrende Kälte, etwas anhaben konnte. Im Moment beneidete ich ihn um diese Gabe.
Nachdem wir eine Weile schweigend verbracht hatten, sprach ich zögernd aus, was in meinem Kopf herumspukte. „Warum, ...warum hast du dieses Erlebnis nicht auch aus meinem Gedächtnis gelöscht? Hat das einen bestimmten Grund?"
Sein leises Lachen ertönte neben mir. Doch als er sprach war seine Stimme ernst. „Ja, das hat einen bestimmten Grund. Es ist an der Zeit, dass du mich so kennen lernst, wie ich wirklich bin. Bisher zeigte ich dir nur meine menschliche Seite. Aber ich bin in erster Linie ein Vampir. Dieser dunkle Teil meiner Natur ist zwar nur kurze Zeit pro Nacht aktiv, aber er bestimmt mein ganzes Dasein, egal, wie menschlich ich mich gebe. Ich bin ein Vampir und das muss dir klar sein, sollst du weiter mein Begleiter sein. Denn wenn du es nicht akzeptieren kannst, so müssten sich unsere Wege leider trennen."
„Oh. Das bereitet mir keine Schwierigkeiten!" beeilte ich mich zu antworten. Der Gedanke, ihn zu verlassen erschreckte mich. Deshalb beteuerte ich: „Im Gegenteil, es fasziniert mich. Und...", ich stockte irritiert über die Worte, die mir auf der Zunge lagen. Wladimir schien sie trotzdem zu kennen, denn er seufzte leicht und ergänzte meinen angefangenen Satz.
„... und du könntest dir gut vorstellen ebenfalls ein Vampir zu werden."
Er sagte nur diesen einen Satz, sonst nichts. Keine Zustimmung, keine Ablehnung. Unsicher wagte ich einen schnellen Blick. Er saß neben mir und starrte in die Nacht, so als hätte er mich vergessen.
Nach einer Weile sagte er leise. „Das ist eine Entscheidung, die wohldurchdacht sein muss. Um zum Vampir zu werden musst du sterben. Besser gesagt, ich muss dich töten. Und es ist nie mehr rückgängig zu

machen. Vor allem aber, bist du noch viel zu jung, um einen so endgültigen Schritt zu wagen."
„Aber du könntest es dir vorstellen?" fragte ich hoffnungsvoll.
Er schaute mich ernst an. „Ich kann es mir vorstellen, dir aber nichts versprechen. Die Zeit wird uns beiden irgendwann eine Entscheidung abverlangen. Aber noch ist es nicht so weit." Sein anschließendes Schweigen machte mir klar, er wollte nicht weiter darüber reden.
Nun denn, dachte ich bei mir. Das war immerhin keine glatte Absage. Es blieb mir nichts anderes übrig, als mich in Geduld zu üben. Und wenn ich es recht bedachte, so hatte ich das Leben noch längst nicht ausgekostet. Ich wollte noch nicht sterben, im Gegenteil, ich wollte das Leben in vollen Zügen genießen. Gleich auf dem Weihnachtsball würde ich damit beginnen.

Die Tische barsten fast unter all den Köstlichkeiten. Unschlüssig, welche davon ich kosten sollte, starrte ich darauf. Ein Diener sah mich fragend an und ich deutete auf eine silberne Platte mit aufgeknackten Hummerscheren. Er legte mir eine davon auf meinen Teller während mein Blick schon weiter schweifte. Da tippte mir jemand auf die Schulter.
„Nicolas?" fragte eine bekannte Stimme leicht ungläubig. „Bist du das wirklich, alter Freund?"
Ich vergaß meinen Appetit und drehte mich schnell um. „Gennadij!" rief ich höchst erfreut aus. „Wo kommst du denn her? Ich dachte du würdest in Moskau unter dem Ehejoch versauern."
Voller Freude umarmte ich ihn und er strahlte ebenso wie ich über das unvermutete Wiedersehen. Wir lagen uns lachend in den Armen. Schließlich hielt er mich auf Armeslänge von sich und betrachtete mich kopfschüttelnd.
„Du fielst mir gleich auf, als ich den Saal betrat. Das kann nur Nicolas sein, dachte ich bei mir. Diese Größe und Figur, die hellblonden Haare und das Gesicht eines Engels. Deine Schönheit gibt es kein zweites Mal auf der Welt."
„Immer noch der alte Schmeichler", spottete ich um meine Verlegenheit über das Kompliment zu überspielen. Aber ich konnte nicht leugnen, dass es mir gefiel. Er maß mich mit strahlendem Blick in dem ich eine Spur Begehren entdeckte. Er machte aus seiner Verwunderung, mich hier zu sehen, keinen Hehl.

„Ich kann es nicht glauben. Wie kommst du in diese vornehme Gesellschaft? Als ich Kiew verließ warst du zwar nicht mehr arm wie eine Kirchenmaus, aber dass du es so weit gebracht hast, hätte ich nicht vermutet." Er schaute mich plötzlich wissend an. „Hast du dir etwa einen alten, reichen Adeligen geangelt? Sage mir, wer er ist, ich kenne einige, die dich mir nur zu gerne abspenstig gemacht hätten."
„Was hältst du von mir?" fragte ich entrüstet. „Meinst du ich lasse mich mit jedem ein, der Geld hat?" Er wiegte den Kopf und ich meinte Eifersucht in seinen Augen aufblitzen zu sehen.
Wir suchten uns einen etwas abseitsstehenden freien Tisch, an dem wir ungestört plaudern konnten. Meinen gefüllten Teller hatte ich mitgenommen und Gennadij bediente sich ungeniert davon. Anerkennend hob er eine Augenbraue an. „Dein Geschmack ist exzellent. Zumindest was diese Delikatessen betrifft. Aber nun erzähl schon. Wer ist es, der dich in diesen Haufen reicher Wichtigtuer eingeführt hat? Ich werde nichts unversucht lassen, dich ihm wieder abspenstig zu machen."
Ich schaute ihn ebenso amüsiert, wie gekränkt an. „Es ist nicht so, wie du denkst. Ich habe mich nicht verkauft. Ich bin auf Wladimir Krolov getroffen, als es mir sehr schlecht ging. Er hat sehr uneigennützig geholfen und wir sind richtig gute Freunde geworden. Er hat mir sogar seinen Namen gegeben, indem er mich adoptiert hat."
Gennadij starrte mich ehrlich beeindruckt an. „Krolov? Baron Krolov? Ich hätte nie gedacht, dass er auf Männer steht. Aber da sieht man wieder einmal, wie man sich in den Menschen täuschen kann."
Seine Meinung über Wladimir ärgerte mich und ich erwiderte fast unfreundlich: „Ich sagte dir doch, zwischen uns ist nichts. Wir sind Freunde, sehr gute Freunde. Aber wir haben nie das Bett miteinander geteilt. Ich möchte nicht, dass solche Behauptungen über ihn aufgestellt werden." Zornig schaute ich den alten Freund an und er hob beschwichtigend die Hände.
„Ist ja schon gut. Ich würde es nie wagen, etwas über Baron Krolov zu verbreiten. Er ist ein guter Bekannter meines Vaters und war früher oft bei uns zu Gast. Aber wenn ich dich so anschaue und sprechen höre, merke ich, er hat dir ausgezeichnete Manieren beigebracht. Das darf ich doch sagen, ohne ihn zu beleidigen. Denn du bist zweifellos nicht mehr der Nicolas, den ich damals verlassen musste. Du hast dich sehr zu deinem Vorteil verändert. Wenn einer würdig ist, Krolovs edlen, alten

Namen zu tragen, dann du. Er passt zu dir. Man könnte dich für einen geborenen Aristokraten halten."
Seine Worte klangen ehrlich und ich beruhigte mich wieder. Ich wollte unser Wiedersehen nicht durch einen Streit trüben, deshalb lenkte ich nun ein.
„Aber sag, wie kommst du hierher? Was ist mit Weib und Ehestand in Moskau? Hast du deinem Vater doch noch den Gedanken an eine reiche Schwiegertochter ausreden können?"
Gennadij winkte resigniert ab und zeigte mir seine rechte Hand, an der ein breiter, goldener Ring glänzte. „Kein Gedanke. Der Alte bestand stur darauf, dass ich diese junge Witwe heirate. Das, oder Enterbung, hat er gedroht, und es war ihm ernst. Und da ich auf all den Luxus den mir sein Geld beschert nicht verzichten wollte, biss ich zähneknirschend in den sauren Apfel. Was soll ich dir sagen, es ist gar nicht so schlimm. Inzwischen bin ich sogar stolzer Vater eines Stammhalters. Und das zweite Kind ist unterwegs. In vier Monaten wird es soweit sein. Meine Frau ist auch mit mir hier. Aber im Moment ist sie wohl mit ihrer Zofe auf der Toilette. Wusstest du, das schwangere Frauen die meiste Zeit des Tages auf der Toilette verbringen?"
Er schien tatsächlich nicht besonders unglücklich über seine erzwungene Ehe. Und er hatte Kinder? Ich konnte es nicht glauben. Neugierig beugte ich mich zu ihm und fragte leise. „Wie hast du das angestellt? Dass sie schwanger wurde, meine ich. Hast du mir nicht einmal erzählt, bei einer Frau bist du unfähig, eine Erektion zu bekommen? Aber ohne geht es doch nicht, oder?"
Jetzt lachte er schallend und blinzelte mich verschwörerisch an. „Welch ein Glück, dass du nicht mein Vater bis. Er ist bisher noch nicht auf die Idee gekommen, mich das zu fragen. Obwohl er sicher ahnt, wie es um mich bestellt ist. Ich verrate dir ein kleines Geheimnis, dass du bitte für dich behalten musst."
„Ehrenwort", nickte ich und legte drei Finger auf mein Herz. „Kein Sterbenswörtchen kommt über meine Lippen."
„Nun, also wie du schon richtig sagtest bin ich bei einer Frau unfähig, den Beischlaf zu vollziehen. Aber das konnte ich natürlich meinem Vater nicht anvertrauen. Doch ich wollte unter diesen falschen Voraussetzungen nicht heiraten. Oder besser gesagt, ich wollte überhaupt nicht heiraten. Also ging ich zu der Witwe um ihr reinen Wein einzuschenken.

Ich dachte, es wäre ihr gegenüber unfair, es zu verschweigen. Natürlich hoffte ich insgeheim, dass sie mich wegen meiner Neigung zu Männern ablehnen würde. Dann wäre ich aus dem Schneider gewesen. Schließlich konnte sie niemand zwingen, einen schwulen Mann zu heiraten. Aber was soll ich dir sagen; sie war ganz entzückt über mein Geständnis. Und sie unterbreitete mir sogleich einen Vorschlag, den ich nicht ablehnen konnte.

Sie gestand mir, dass sie ebenfalls nicht an mir interessiert war, aber eine Heirat aus familiären Gründen nicht ablehnen konnte. Denn ihre Familie stand wirtschaftlich vor dem Ruin, zwar besitzt sie Land und Güter, aber nichts Bares. Nur eine reiche Heirat konnte verhindern, dass sie ihre Ländereien veräußern mussten. So war schon ihr erster Mann ein uralter, reicher Kerl gewesen, den die Hochzeitsnacht so angestrengt hat, dass er kurz darauf den Löffel abgegeben hat. Ihr Vater hat sie gedrängt, möglichst schnell wieder zu heiraten. Und zwar nochmals einen reichen Mann, da er einen guten Brautpreis herausschlagen wollte. Das Geld seines ersten Schwiegersohnes hatte er bereits ausgegeben. Und mein alter Herr war auf die Ländereien scharf, die meine Braut einmal erben würde. So haben ihr und mein Vater einfach unsere Hochzeit beschlossen. Tatjana, so heißt die Gute, gestand mir, dass ihr Herz schon lange vergeben war. Und zwar an den Verwalter ihres Haushaltes. Die beiden liebten sich schon lange heiß und innig, aber diese Liaison durfte nie ans Licht kommen.

Der Verwalter war ein armer Schlucker, nie hätte ihn ihr Vater akzeptiert. Doch die zwei konnten einfach nicht voneinander lassen. Und so machte mir Tatjana den Vorschlag, wir sollten heiraten um den Schein zu wahren, doch daneben führt jeder sein eigenes Leben.

Ich war begeistert von ihrer Schläue und so geschah es; wir heirateten und nahmen ihren Geliebten in mein Haus mit auf. Offiziell ist er nun mein erster Hausdiener, aber die beiden leben wie ein Ehepaar zusammen unter meinem Dach. Wir haben uns zudem geeinigt, dass alle ihre Kinder als meine gelten und somit meine rechtmäßigen Erben sein werden. So ist allen gedient. Mein Vater ist zufrieden und unheimlich stolz auf seinen Enkel. Tatjana und ihr Geliebter sind glücklich miteinander und wir sind, nebenbei bemerkt, sehr gute Freunde geworden. Und ich habe weiterhin meine Freiheit behalten. Nur auf den unvermeidlichen Bällen oder sonstigen offiziellen Anlässen lassen wir uns gemeinsam blicken. Dann

spielen wir das verliebte Ehepaar, damit keine Gerüchte aufkommen. Ach, hier kommt ja meine schöne junge Frau. Ist sie nicht ein reizendes Geschöpf?"
Galant sprang er auf um seine Frau zu uns zu bitten. Sie war wirklich eine Schönheit, der kleine Babybauch minderte diesen Eindruck keineswegs. Gennadij stellte uns vor und ich küsste ihre Hand. Dabei murmelte ich ein paar ernstgemeinte Komplimente.
Ihr forschender Blick aus klugen blauen Augen glitt taxierend über mein Äußeres, dann bemerkte sie lächelnd. „Ihr seid tatsächlich ein Freund meines Mannes? Ich gestehe, das überrascht mich ein wenig. Nicht was Euer Aussehen betrifft, da hat er einen guten Geschmack. Aber seine sonstigen... Freunde nehmen mich kaum zur Kenntnis. Oder sie haben schlechte Manieren und beleidigen mich sogar. Bisher hat mir jedenfalls keiner von ihnen so nette Dinge gesagt, wie Ihr."
Gennadij räusperte sich ein wenig verlegen und blickte seine Frau um Verzeihung heischend an. „Aber, aber, meine Liebe. Nur weil sich Slava ein wenig danebenbenommen hat, musst du nicht meinen, ich verkehre nur mit Flegeln."
Als wir wenig später wieder alleine waren, fragte ich ihn neugierig. „Was hat Slava deiner Frau denn angetan, dass sie so schlecht auf ihn zu sprechen ist?"
„Tja, mir scheint der Junge hat sich seit meiner Abreise nach Moskau ziemlich verändert. Ich befürchte, er ist in falsche Kreise geraten, er spielt und trinkt zu viel. Seit dem Tod seines Vaters wirft er sein ererbtes Geld mit beiden Händen zum Fenster hinaus. Ich hörte, mittlerweile musste er schon ein paar Grundstücke verkaufen um seine verschwenderische Lebensweise aufrechterhalten zu können. Er war schon immer etwas labil, doch solange er mit mir verkehrte, hielt er sich einigermaßen im Zaum."
„Anscheinend hast du ihm viel bedeutet. Ich besuchte ihn einige Male, nachdem du weg warst, da benahm er sich schon seltsam. Ich glaube, er war heimlich in dich verliebt."
„Kann schon sein, wir hatten auch viel zusammen unternommen. Jedenfalls war er wirklich sehr unfreundlich zu Tatjana, als ich sie ihm vorstellte. Er verhielt sich richtig eifersüchtig und ging bald wieder, noch ehe ich ihm erklären konnte, wie es um meine Ehe in Wahrheit bestellt ist. Aber lasse uns nicht von Slava reden. Reden wir lieber von dir. Erzähle

mir, wie es dir nach unserer Trennung ergangen ist. Und was mich am meisten interessiert, bist du an einer Fortsetzung unserer damaligen Beziehung interessiert?"

Kapitel 11: Familien

Nicolas hielt in seiner Erzählung inne. Schon eine ganze Weile klang seine Stimme schleppend und müde. Das zeigte Brendan, dass der Morgen nahte. Schon oft war er bei dem Vampir gewesen, wenn der des Morgens starb, er kannte die Anzeichen des nahenden Todes mittlerweile gut. Sie erschreckten ihn längst nicht mehr, doch jetzt bekam er es mit der Angst zu tun. Noch immer war es der Rettungsmannschaft nicht gelungen bis zu ihnen vorzudringen. Zwar wurden die Geräusche, die von draußen zu ihnen drangen stetig lauter, aber es konnten trotzdem noch viele Stunden vergehen, ehe er endlich aus seiner misslichen Lage befreit werden konnte. Ohne die tröstliche Nähe seines Freundes würde das eine nervenaufreibende Zeit für ihn werden.
Nicolas spürte Brendans Ängste, doch er konnte nicht viel für ihn tun. Im Gegenteil, es wurde höchste Zeit, für sich selbst einen einigermaßen sicheren Platz zu suchen. Natürlich hoffte und vertraute er auf Luke. Der Inspektor würde hoffentlich verhindern können, dass man allzu intensiv nach ihm suchte. Und sein vampirischer Bann würde die Männer der Rettungsmannschaft zusätzlich davon abhalten, ihn in seinem Versteck aufzustöbern. Am nächsten Abend würde er der Polizei dann einfach eine erdachte Geschichte auftischen, die sein Verschwinden begründete.
Mit müder Stimme erklärte er dem Freund: „Ich muss mich verstecken, Bren. Wenn ich noch lange hier vertrödele, liege ich am Ende tot hier neben dir. Das gibt nur Ärger. Außerdem macht es große Mühe, aus dem Kühlfach des Leichenhauses zu entkommen. Und dann die lange Suche der Behörden nach meiner verschwundenen Leiche. Diesen Stress möchte ich möglichst vermeiden. Und tot nutze ich dir ja auch nichts. Aber ich kann dich, wie versprochen in Schlaf versetzen, damit du nicht leiden musst, bis du endlich befreit wirst."
„Fällt das den Rettern nicht auf? Wenn sie mich tief schlafend vorfinden, werden sie denken, ich sei schon halbtot. Wer weiß, welche Wiederbelebungsmaßnahmen sie dann an mir vornehmen."
„Nein, das braucht dich nicht zu bekümmern. Ich kann dich in einen leichten Dämmerschlaf versetzten. Sobald die Leute bei dir sind, wirst du von alleine erwachen. Ich lasse dich jetzt alleine."
Er machte Anstalten, das Autowrack zu verlassen. Doch Brendan rief ihn noch einmal zurück.

„Was ist mit deiner Geschichte? Das waren doch längst nicht alle Abenteuer gewesen, die du in deinem sterblichen Leben bestehen musstest. Wann erzählst du mir den Rest?"
Ein müdes Lachen klang in seine Ohren, gefolgt von der nicht minder müde klingenden Stimme des Freundes. „Ich werde dich am Abend im Krankenhaus aufsuchen. Dann erzähle ich dir, was mir noch alles widerfahren ist. Aber nun muss ich mich wirklich beeilen, sonst tragen mich meine Beine nicht mehr. Bis heute Abend Bren..."
Brendan hörte die sich entfernenden schleppenden Schritte und hoffte, Nicolas würde noch rechtzeitig einen Schlafplatz finden. Dann durchzuckte ihn ein Schreck. Was war mit dem Vampirzauber, der ihn seine ungemütliche Lage vergessen lassen sollte? Hatte der Freund es vor Schwäche vergessen? Doch kaum hatte er den Gedanken zu Ende gedacht, überfiel ihn eine bleischwere Müdigkeit und er dämmerte in einen leichten Schlaf, der ihn alles um sich herum vergessen ließ.
Der Vampir tappte derweil mit schwerem, schon leicht torkelndem Schritt auf einen Spalt in den Stein- und Geröllmassen zu. Er hatte dieses höhlenartige Versteck schon am frühen Abend ausgemacht, als er zu dem Unglücksfahrer unterwegs war. Die frühe Umsicht zahlte sich nun aus, denn er war wirklich schon sehr schwach. Seine Kräfte reichten gerade noch aus, in das enge Loch zu kriechen und einen daneben liegenden Felsbrocken vor die Lücke zu ziehen. Kaum war das bewältigt spürte er die Krämpfe, die seinen allmorgendlichen Tod einleiteten und sein Bewusstsein driftete allmählich ins Nichts ab.

Brendan wurde durch den starken Strahl einer Taschenlampe geweckt, der in seinen engen Käfig drang. Verwirrt blinzelte er in das Licht und schloss dann geblendet die Augen. Er hörte eine erleichterte Stimme sagen. „Was für ein Wunder, der Mann dort drin lebt tatsächlich noch."
Dann folgte eine Vielzahl von Anordnungen, die sofort ausgeführt wurden. Innerhalb kurzer Zeit war eine eiserne Vorrichtung in den Spalt geklemmt, der einem Wagenheber ähnlichsah und auch den gleichen Zweck hatte. Ein schwerer Motor ertönte und das Wagendach erhob sich langsam Zentimeter um Zentimeter. Bald war die Lücke groß genug, Helfer zogen ihn vorsichtig hervor. Ein Arzt war bereits zur Stelle, der ihn sofort mit routinierten Handgriffen untersuchte. Danach schaute er ihn erleichtert und auch ein wenig ungläubig an.

„Sie haben verdammt großes Glück gehabt, junger Mann. Nach meinem ersten Augenschein dachte ich, sie müssten tot sein. Aber bis auf die gebrochenen Beine scheinen sie unversehrt. Natürlich müssen wir im Krankenhaus noch ein paar Untersuchungen vornehmen um ganz sicher innere Verletzungen auszuschließen. Aber allzu große Bedenken habe ich deswegen nicht. Ich werde Ihnen jedoch vorsichtshalber eine Infusion geben. Das gleicht den Flüssigkeitsverlust aus und wird die Schmerzen lindern."

Brendan war zwar insgeheim überzeugt, dass diese Maßnahmen unnötig waren, zog es aber vor nur zu nicken. Während der Doktor ihm die Infusion anlegte, suchten seine Augen nach Luke Frasier, aber er konnte ihn nirgends entdecken. Der Arzt fragte ihn. „Wissen Sie etwas über den Verbleib des Fahrers? Wir können ihn nicht finden. War er verletzt?"

Was sollte er auf diese Frage antworten? Er zuckte nur hilflos die Schultern und murmelte etwas, das wie „...wohl im Schock davongelaufen..." klang. Der Notarzt nickte bedächtig und gab die Erlaubnis zum Abtransport in die Klinik. Brendan wurde vorsichtig auf eine Trage gelegt und zum bereitstehenden Krankenwagen getragen. Kurz darauf begann das Beruhigungsmittel zu wirken und er wurde schläfrig.

Als er das nächste Mal erwachte, lag er in einem sauberen Krankenbett. Noch ein wenig benommen schaute er sich langsam um. Er war in einem Einzelzimmer untergebracht, stellte er fest. Vor seinen Augen ragte sein rechtes Bein in die Höhe, dick eingegipst und an einer Art Galgen befestigt. Nur seine nackten Zehen ragten aus einem Loch heraus.

Mit leisem Ächzen stemmte er sich auf die Ellenbogen auf, um nach seinem linken Bein zu sehen. Es war ebenfalls eingegipst, doch schien es nicht so schwer verletzt zu sein. Seufzend ließ er sich wieder umsinken und schloss matt die Augen. Die Narkose wirkte noch nach und er fiel in einen unruhigen Traum, in dem er von herabfallenden Steinen eingeschlossen wurde. Es wurden immer mehr, die auf ihn herabstürzten und er vermochte unter der Last kaum noch zu atmen. Er wollte um Hilfe schreien, doch kein Ton kam über seine Lippen.

Eine sachte Hand legte sich auf seine Brust und er wurde sofort ruhig. Noch ehe er die Augen öffnete wusste er, wem die Hand gehörte. Langsam hob er die schweren Lider.

Nicolas saß neben ihm und lächelte ihn an. Seine Stimme klang mitfühlend, als er ihn nach seinem Befinden fragte. „Heute Abend kann ich dir unbesorgt von meinem Blut geben", erklärte er, als Brendan über Schmerzen klagte. „Deine Knochen sind wieder eingerichtet und es besteht keine Gefahr mehr, dass sie schief bleiben. Durch mein Blut werden sie sogar sofort zusammenwachsen."

„Aber wird das den Ärzten nicht auffallen? Sie werden es für ein Wunder halten."

„Du brauchst es ihnen ja nicht auf die Nase zu binden. Besteh morgen früh einfach darauf, entlassen zu werden. Erkläre, deine Schwester sei Ärztin und werde für deine medizinische Betreuung sorgen. Die Ärzte werden zwar nicht gerade begeistert sein, aber schließlich können sie dich nicht gegen deinen Willen hier festhalten."

Er grinste ihn an und meinte leise spottend. „Es sei denn, du willst einmal eine Zeit lang so richtig faulenzen. Dann bleibst du hier und lässt dich von den hübschen Krankenschwestern verwöhnen."

Brendan schnaubte indigniert durch die Nase. „Nein, danke. Also gut, du gibst mir von deinem Blut und ich gehe morgen nach Hause. Ich bin froh, wenn ich nicht mehr an dieses Abenteuer erinnert werde. Und auf zwei Gipsbeine kann ich gerne verzichten."

Der Vampir schien diese Antwort erwartet zu haben. Als er seine Hand aus der Tasche zog, lag ein kleines Taschenmesser darin, dass er vorsorglich mitgebracht hatte. Er setzte sich auf den Bettrand und schnitt sich beherzt in die Pulsader an seinem Handgelenk. Dann reichte er es wortlos seinem Freund.

Nach der Blutspende fühlte sich Brendan fast augenblicklich kräftig und gesund. Selbst die Nachwirkungen der Narkose spürte er kaum mehr. Eigentlich hätte er aufstehen, sich die Gipswickel um seine Beine herunterreißen und das Krankenhaus verlassen können. Aber damit musste er wohl oder übel bis zum Morgen warten. Neugierig platzte er heraus. „Wie hast du es angestellt, dein Verschwinden aus dem Tunnel zu erklären?"

Der Vampir zuckte grinsend die Schulter. „Es war ganz leicht. Ich bin heute Abend zusammen mit Luke bei der Polizei gewesen und habe denen eine erdachte Geschichte von einem Schock und zeitweiliger geistiger Verwirrung erzählt. Ich sagte ihnen, ich wäre erst vor kurzer Zeit aus diesem Zustand erwacht und habe mich dann sofort über mein Handy mit Luke in Verbindung gesetzt. Er bestätigte, mich am Tunnel abgeholt zu haben. Damit war die Sache auch schon erledigt. Sie haben ein Protokoll angefertigt und ich habe es unterschrieben. Dann war ich entlassen. Allerdings wird die Sache noch ein kleines Nachspiel in Form einer Geldstrafe haben, da die Straße ja gesperrt war. Möglich ist auch, dass ich einen Teil der Bergungskosten tragen muss. Obwohl die Spurensicherung eindeutig ergeben hat, dass der Kerl auf dem Traktor die Schuld an dem Unfall hatte. Aber da er tot ist, kann ihn niemand mehr belangen. Eine Blutprobe hat ergeben, dass er 2,3 Promille im Blut hatte."

Er erwähnte nicht, dass er den Mann vorsichtshalber nicht vollständig ausgesaugt hatte, weil er eben diese Blutprobe vorausgesehen hatte. Schließlich wusste Brendan noch nicht einmal, dass er den Mann getötet hatte. Obwohl sie sehr vertraut miteinander waren, sprachen sie über diese Seite seines vampirischen Daseins kaum einmal.

Brendan zeigte sich erleichtert, dass der Unfall keine größeren Unannehmlichkeiten für den Vampir bedeuten würde. Insgeheim gab er sich alleine die Schuld an der Sache, da er darauf gedrängt hatte, über den alten Pass zu fahren. „Ich werde selbstverständlich deine Strafe bezahlen", erklärte er deshalb. „Es war meine Schuld. Du wolltest ja diese Strecke gar nicht fahren."

Nicolas winkte mit gespielt arroganter Miene ab. „Vergiss es, ich besitze mehr Geld als du, die Begleichung der Kosten macht mich kaum ärmer. Viel schlimmer wäre es gewesen, wenn ich dich verloren hätte. Ich darf nicht daran denken, was geschehen wäre, wenn du nicht zufälligerweise deinen Sitz umgelegt hättest..." Er brach hilflos ab und nun war keine Spur der Arroganz mehr zu erkennen. Stattdessen zeigte sein schönes Gesicht eine Verletzlichkeit, die Brendan noch nie zuvor bei ihm gesehen hatte.

„Ach Nicolas", murmelte er bewegt und legte leicht die Hand auf die Schulter des Freundes. „Es ist ja noch einmal gutgegangen. Wir sollten einfach glücklich darüber sein."

Nicolas sagte lange Zeit nichts und starrte auf den Boden unter seinen Füßen. Dann seufzte er vernehmlich, so als hätte er große Zweifel an sich selbst. Brendan stieß ihn kurz an und sagte in betont lockerem Ton. „Nun blase kein Trübsal, mein Junge. Ich lebe noch und morgen werde ich wieder ganz der Alte sein. Statt dich mit Schuldgefühlen zu plagen, kannst du mir die Zeit vertreiben. Und da es uns unmöglich ist, hier etwas anderes zu tun als zu reden, finde ich, du solltest mit deiner ungewöhnlichen Lebensgeschichte fortfahren. Ich habe den ganzen Tag verschlafen

und bin nun recht munter und außerdem schrecklich neugierig, wie es weitergeht. Die Nacht ist noch jung, wir haben also massenhaft Zeit. Oder hast du etwas anderes vor? Du siehst hager aus, hast du heute Abend schon getrunken?"
„Mache dir darüber keine Gedanken. Ich bin nicht hungrig." Das stimmte zwar nicht, Nicolas war immer gierig, wenn sich ein menschliches Wesen in seiner Nähe befand. Auch wenn es sich dabei um seinen besten Freund handelte, machte keinen Unterschied für seine Blutgier. Doch die Beherrschung dieses mächtigen Triebes bereitete ihm nach fast sechs Jahrhunderten Vampirdaseins keine Schwierigkeiten mehr.
„Wenn es dein Wunsch ist, bleibe ich gerne die Nacht bei dir. Lass mich überlegen, wo wir gestern meine Lebensbeichte unterbrochen haben... Ja, jetzt fällt es mir wieder ein - es war der Zeitpunkt zu dem ich Gennadij wieder traf...

...Sicher kannst du dir denken, dass ich seiner Einladung gerne nachgekommen war. Zwar hatte ich seit über einem Jahr mit keinem Mann mehr das Bett geteilt, doch meine erotischen Erlebnisse mit Frauen hatten meinen Appetit auf Männer nicht verdrängt. Manchmal machte ich mir Gedanken darüber, wieso das so war. Ich wusste natürlich, dass es nicht normal war, sich gleichermaßen zu Männern und zu Frauen hingezogen zu fühlen. Aber wen, außer Wladimir, konnte ich fragen, ob es abartig war, wie ich empfand?
Sicher kannst du dir denken, dass es zu jener Zeit einem Verbrechen gleichkam, mit dem eigenen Geschlecht zu verkehren. Solche Dinge wurden nicht toleriert. Zumindest nicht in der Gesellschaft. Was ich dir heute frei erzählen kann, durfte damals niemand erfahren. Alles geschah viel heimlicher als ich es dir beschreiben kann. Es gab keine öffentlichen Orte, an denen sich Strichjungen feilboten, sie suchten dazu sehr geheime Treffpunkte auf. Wurde man bei der Sodomie erwischt, so bestand Gefahr für Leib und Leben. Meist wurde jedoch nur der bestraft, der sich prostituierte. Die feinen Herren, die sich einen Jungen kauften, lösten sich mit Schmiergeldern aus.
Auch Gennadij und ich sprachen nur über diese Dinge, wenn wir uns absolut sicher waren, nicht belauscht zu werden. Leute adeligen Standes wagte zwar niemand öffentlich zu beschuldigen. Dennoch würde ihr Ruf geschädigt und man würde hinter ihrem Rücken tuscheln. Deshalb gingen

viele Homosexuelle Scheinehen ein. Sie wollten nicht in Verruf kommen."

Brendan warf interessiert ein. „Aber dieser Semjonov hat sich keine Mühe gegeben, seine Neigung zu verbergen. Du sagtest, alle seine Leute wussten was er tat, ja sie sahen ihm sogar dabei zu."

Nicolas seufzte schwer. „Semjonov war der absolute Herrscher auf seinen Ländereien. Alle, die dort lebten waren seine Leibeigenen, unfreie Bauern. Hätten sie nur ein Wort gesagt, er hätte sie zu Tode gepeitscht. Er ging nur selten von seinem Land fort, aber war er in der Stadt, so verhielt er sich normal. Oder er ging in ein Bordell. Was an solchen Orten geschah, interessierte niemand. Und wenn ihn Geschäftspartner besuchten, durfte ich mich nie blicken lassen. Dann sperrte er mich in meine Kammer ein.

Aber ich schweife ab. Wie gesagt, mit Wladimir konnte ich über diese Dinge reden. Er verurteilte mich nicht. Er tröstete mich sogar, wenn ich mich vor Scham über mein Tun nicht mehr im Spiegel ansehen konnte.

Aber zurück, zu Gennadij. Fortan trafen wir uns wieder und bald entstand die alte Vertrautheit zwischen uns neu. Wir verbrachten viel Zeit miteinander. Ich lernte auch seine Frau und ihren Gefährten näher kennen und verstand mich bald prächtig mit den beiden. Tatjana und ihr Laslo waren noch immer sehr verliebt und es machte Spaß mit ihnen zu zusammen zu sein und zu reden. Solch eine innige Zweisamkeit war mir bisher vollkommen fremd gewesen. In meiner früheren Welt gab es nur erzwungene Gemeinschaften auf der Basis von Abhängigkeit. Bisher hatte nur Wladimir mich gelehrt, dass es Freundschaft gab, die nichts forderte. Über die wahre Liebe zwischen zwei Menschen konnte oder wollte mir der Vampir jedoch nichts sagen. Den Wladimir hielt sich, was zwischenmenschliche Beziehungen anging, sehr bedeckt. Nie fand ich heraus, ob er vielleicht eine Liebschaft oder wenigstens ab und zu eine kleine Liaison hatte. Nachdem ich ihn einmal danach zu fragen wagte, hatte er nur geheimnisvoll gelächelt und mir erklärt:

„Für uns Vampire ist in erster Linie die Blutgier die treibende Kraft. Es ist eine viel mächtigere Gier als der Geschlechtstrieb. Sie zu befriedigen ist unser erstes Ziel. Manchen Vampiren genügt das vollauf, andere fühlen sich weiterhin von der körperlichen Liebe angezogen. Manche gehen sogar echte Bindungen ein, die bis ans Lebensende des jeweiligen Partners halten."

„Und du?" hatte ich ihn gespannt gefragt. Aber er ließ sich nicht verlocken, meine Neugier zu befriedigen. „Ich habe alles was ich brauche", gab er mir nur zur Antwort und ließ mich stehen.

Wie gesagt, Tatjana und Laslo zeigten mir, wie eine intakte Gemeinschaft aussehen sollte. Und wie Kinder eigentlich groß werden sollten. Geliebt, gehätschelt und ein bisschen verwöhnt. Jedenfalls behandelten sie ihre Kinder so.

Ihr Erstgeborener war ein aufgeweckter Junge. Mit seinen knapp zwei Jahren war er der Liebling des ganzen Haushaltes. Er hieß Ladislaus nach seinem angeblichen Großvater, Gennadijs Vater. Der Kleine entwickelte eine große Zuneigung zu mir. Immer wenn er mich sah, kam er sofort angelaufen und wollte mit mir spielen. Dann schleppte er mich in sein Kinderzimmer und zeigte mir seine Schätze. Zu Anfang wusste ich nicht so richtig, wie ich mich mit ihm beschäftigen sollte. Doch er erklärte mir in seiner drolligen Kleinkindersprache was ich tun sollte. Ich fand schnell Gefallen an den Spielen, die ich selbst nie spielen durfte.

Ich rutschte auf den Knien durch das Zimmer und zog hölzerne Pferde und Wagen hinter mir her. Oder ich legte einem verletzten Stoffbären einen Arm- oder Kopfverband an und steckte ihn dann in ein winziges Puppenbett. Doch Ladislaus größtes Vergnügen war es, mich als Pferd zu benutzen. Stolz saß er auf meinem Rücken und gab mir mit seinen kleinen Füßen die Sporen, worauf ich ihn gehorsam durchs Zimmer trug. Wenn ich mich aufbäumte und wieherte, lachte er fröhlich.

Als dann die kleine Sinja auf die Welt kam, hielt ich zum ersten Mal ein Baby in meinen Armen. Ich konnte mich an dem winzigen Menschlein gar nicht satt sehen. Staunend bewunderte ich das kleine Wesen. Bisher hatte ich mir über Babys und Kinder keine Gedanken gemacht. Sie waren in der Stadt ein alltägliches Bild, auf dem Arm ihrer Mutter oder an deren Hand. Größere Kinder mussten meist schon wie Erwachsene arbeiten, auch sie waren ein so gewohnter Anblick, dass ich ihnen nie besondere Beachtung schenkte. Und niemals zuvor war ich auf die Idee gekommen, mir selbst Kinder zu wünschen.

Erst Gennadijs ungewöhnliche Familienbande weckten in mir den Wunsch, einmal selbst eine Frau und Kinder mein Eigen zu nennen. Aber es keimte noch ein anderer Wunsch in mir auf, zuerst zaghaft und unausgegoren, doch der Gedanke wuchs hartnäckig wie ein kleines

Pflänzchen in meinem Gehirn. Und irgendwann war daraus ein kraftvoller, unnachgiebiger Baum geworden.

Wladimir entging mein ständiges Grübeln natürlich nicht und wie es seine Art war, sprach er mich unverblümt darauf an.

„Ich kann dein Gehirn förmlich arbeiten sehen. Möchtest du mir nicht erzählen, was dich schon seit Tagen beschäftigt."

Natürlich wäre es ihm ein leichtes gewesen, in meine Gedanken zu blicken. Aber er hielt sich eisern an sein Versprechen, es nicht zu tun. Ich war mir sogar sicher, dass er noch nicht einmal einen heimlichen Blick riskierte. Dazu war er zu ehrlich. Ich fragte mich manchmal, ob ich an seiner Stelle genauso eisern sein könnte.

Ich starrte verwirrt zu ihm hoch. Er lehnte mit der Schulter an der marmornen Einfassung des riesigen Kamins und betrachtete mich ernsthaft.

„Du musst es mir natürlich nicht sagen. Aber vielleicht kann ich dir ja behilflich sein."

Ich stand von dem Sessel auf, in dem ich gesessen und gedankenverloren auf die glimmenden Holzscheite geschaut hatte. Verlegen schüttelte ich den Kopf und trat neben ihn. An der Wand neben dem Kamin hingen verschiedene Portraits seiner Vorfahren. Ich deutete auf das Konterfei seines Vaters, der grimmig aus seinem schweren Holzrahmen blickte. Wladimir hatte mir einmal die Namen aller Männer und Frauen genannt, die auf den Gemälden verewigt waren, deshalb wusste ich, welches das seines Vaters war.

„Kannst du dich noch an ihn erinnern?" fragte ich. „Wie war er? Wie hat er dich behandelt? Wie war es überhaupt, eine Familie zu besitzen?"

Er war ein wenig überrascht, doch dann starrte er ebenfalls auf das Portrait und schien zu überlegen. Nach einer kurzen Weile glitt ein wehmütiges Lächeln über seine zeitlosen Züge und er richtete den Blick wieder zu mir.

„Selbstverständlich kann ich mich noch an ihn erinnern. Ebenso wie an meine Mutter. Die beiden hatten es nicht gerade leicht miteinander. Es war keine Liebesheirat, musst du wissen. Zu den damaligen Zeiten heiratete der Adel aus wirtschaftlichen oder auch aus Gründen des Prestiges. Ich denke, heute ist das nicht viel anders. Meine Eltern wurden nicht gefragt, ob sie sich mochten, sie wurden einfach miteinander verheiratet. Und Vater ging oft seiner eigenen Wege. Es hieß, er hätte mehrere Mätressen gehabt.

Obwohl Mutter ihn nicht geliebt hat, hat sie doch unter seiner Treulosigkeit gelitten. Und sie hat ihre ganze Liebe auf uns Kinder verwendet. Ich hatte noch zwei Schwestern und einen Bruder."
„Und dein Vater. Hat er euch Kinder geliebt? Oder wart ihr ihm egal?"
Wladimir lächelte in der Erinnerung an seine Kindheit. „Nein, im Gegenteil. Er war sehr stolz auf uns alle. Und er hat viel mit uns zusammen unternommen. Auch das war damals keinesfalls eine Selbstverständlichkeit. Viele Männer halsten ihren Frauen einen Stall voll Kinder auf um ungestört ihrer Wege zu gehen. Aber nicht unser Vater."
Ich blickte noch immer gedankenverloren auf das Bild und habe wohl unbewusst geseufzt. Denn Wladimir legte mir tröstend den Arm um die Schulter.
„Ist es das, was dich plagt? Hast du Sehnsucht nach einer Familie?"
Ich druckste ein wenig herum und kam mir irgendwie dumm vor. Schließlich war ich mittlerweile etwa achtundzwanzig Jahre alt und hatte nie eine Familie gekannt. Warum also vermisste ich plötzlich, was ich nie besessen hatte?
„Ach, es ist wahrscheinlich nur mein Kontakt mit Gennadij und seiner Familie. Ich habe mir bisher keinerlei Gedanken über ein intaktes Familienleben gemacht. Ich war hier mit dir glücklich. Verstehe mich bitte nicht falsch, ich bin immer noch viel zufriedener und glücklicher als ich es mein ganzes bisheriges Leben war. Und in gewisser Weise bist du noch immer eine Art Vaterfigur für mich auch wenn du, was dein junges Aussehen betrifft, allerhöchstens mein Bruder sein könntest."
Wladimir hob eine Augenbraue und meinte bedauernd. „Also mit einer kompletten Familie kann ich dir leider nicht dienen, ich glaube auch, es ist nicht leicht, eine Frau zu finden, die einen Vampir als Ehemann tolerieren würde. Und Kinder sind uns sowieso versagt, denn wir sind unfruchtbar. Aber so hast du es ja auch nicht gemeint, nicht wahr?"
Ich schüttelte leicht amüsiert den Kopf. Der Gedanke an Wladimir als treusorgenden Familienvater, der redlich Frau und Kinder ernährte, kam mir denn doch sehr absurd vor.
„Tja", fuhr er fort. „Da deine Mutter tot ist, bleibt dir höchstens noch, deinen Vater zu finden. Das dürfte zwar schwer werden, ist aber meiner Meinung nach nicht ganz unmöglich."
„Meinen Vater?" Ich schaute ihn an als hätte er von mir vorgeschlagen, die Wand hochzugehen. Dann lachte ich bitter auf. „Wie stellst du dir das

vor? Mein Vater war irgendein geiler Bock, der eine Hure geschwängert hat. Erstens kämen da wahrscheinlich hundert Männer in Frage. Und zweitens, sollte ich ihn wirklich finden, wird er wohl kaum etwas mit mir zu tun haben wollen. Schließlich bin ich nur ein... Unfall."
Doch Wladimir gab seine Idee nicht so einfach auf.
„Ich behaupte ja gar nicht, dass du ihn tatsächlich finden kannst. Und wie er reagieren würde, kann ich ebenso wenig sagen. Aber wenn du unbedingt das Geheimnis deiner Herkunft lüften willst, so ist das der einzige Weg."
„Und wie soll ich das anstellen. Durch ganz Kiew laufen und jeden älteren Mann betrachten, ob er mir eventuell ähnlichsieht. Darüber würde ich alt und grau werden. Wer weiß, vielleicht ist er ja auch schon tot."
Der Vampir nickte zustimmend. „Das ist gut möglich. Aber du sollst selbstverständlich nicht ziellos durch die Lande spazieren, sondern gezielt mit deiner Suche beginnen. Und zwar in dem Bordell, in dem du geboren wurdest."
Dieser Vorschlag traf mich wie ein Faustschlag in den Magen. Ich krümmte mich ächzend zusammen, so als hätte er mich tatsächlich geschlagen. Entgeistert starrte ich ihn an.
„Das kann nicht dein Ernst sein. Ich soll zu der Stätte meiner freudlosen Kindheit zurückkehren? Zu der Frau, die mich in ein elendes Schicksal verkauft hat? Niemals kann ich dorthin zurückgehen."
„Ja, ich kann dich gut verstehen. Aber nur dort liegt die Chance, deinen Vater zu finden. Und um ein für alle Mal mit dieser düsteren Episode deines Lebens ins Reine zu kommen ist dort ebenfalls der einzige Ort. Ich möchte dich aber nicht bedrängen es zu tun, das liegt ganz in deinem Ermessen."

Ich dachte lange schweigend nach und Wladimir unterbrach meine Gedanken nicht. Geduldig wartete er bis ich zu reden begann. Endlich fragte ich beklommen.
„Wird mir Sonja überhaupt Auskunft geben? Wie soll ich ihr gegenübertreten? Sie denkt sicher schon lange nicht mehr an mich."
„Oh, sie wird sich bestimmt schnell erinnern. Bedenke, Nicolas. Heute bist du ein großer, stattlicher Mann, nicht mehr der kleiner Junge von damals. Sonja hingegen, wenn sie denn noch lebt, ist eine alte Frau. Sie wird dir deine Fragen beantworten. Da bin ich mir ganz sicher.

„Wirst du mit mir kommen?" fragte ich hoffnungsvoll, denn in seiner Begleitung fühlte ich mich gegen alle Widrigkeiten des Lebens gefeit. Aber er schüttelte nur leicht den Kopf.
„Du brauchst mich nicht dabei. Diese Herausforderung meisterst du auch alleine."

Kapitel 12: Wiedersehen mit Sonja

Es klopfte kurz an der Türe des Krankenzimmers und ein junger Assistenzarzt trat mit schwungvollem Schritt und einem gewinnenden Lächeln auf den Lippen ins Zimmer.

„Guten Abend!" grüßte er gutgelaunt und trat an das Krankenbett heran. „Nun, Mr. West, wie fühlen Sie sich? Das war ja ein tolles Abenteuer, auf das Sie sich da eingelassen haben. Es grenzt fast an ein Wunder, wie wenig sie dabei abbekommen haben. Da hat ihr Schutzengel wohl Überstunden gemacht."

Brendan warf Nicolas einen schnellen Blick zu, dann grinste er ebenso gutgelaunt zurück. „Da haben Sie sehr recht, Doktor. Und ich fühle mich auch schon wieder prächtig. Hätte ich nicht diesen Gips an den Beinen, so könnte ich glatt nach Hause gehen."

„Nur keine Eile. Bis Ihre Knochen zusammengewachsen sind, vergehen noch einige Wochen. So nun drehen Sie sich mal ein wenig auf die Seite, damit ich Ihnen die Spritze in den Po geben kann." Er wandte sich an Nicolas. „Würden Sie für einen Moment das Zimmer verlassen, bitte."

„Nein, nein, er kann ruhig bleiben. Er hat meinen nackten Hintern schon öfter gesehen. Aber wozu soll die Spritze gut sein? Ich habe keine Schmerzen." Brendan wälzte sich umständlich auf die Seite und lüpfte seinen Krankenhauskittel ein Stück an. Als er die Spritze spürte, verzog er ein wenig das Gesicht.

„So, das war's schon." Der Doktor legte die leere Kanüle auf sein Tablett zurück und erklärte. „Die Spritze ist auch nicht gegen Schmerzen, sondern sie hält ihr Blut dünn. Nach solchen komplizierten Brüchen besteht immer die Gefahr einer Thrombose oder Embolie. Und das wollen wir nach Möglichkeit vermeiden."

Er wandte sich erneut an Nicolas. „Sie sind der Fahrer des Wagens, oder irre ich mich? Unglaublich, dass Sie es geschafft haben, ohne jeglichen Kratzer aus dem Auto zu kommen. Ich war als Notarzt an der Unfallstelle und habe das demolierte Fahrzeug gesehen. Eigentlich ist es unmöglich, dass Sie noch leben. Der Felsbrocken, der die Fahrerseite traf, hätte Sie normalerweise erschlagen müssen."

Er musterte Nicolas so intensiv, als könne er durch ihn hindurch blicken. Dabei schüttelte er, immer noch fassungslos, den Kopf. Doch der Vampir ließ sich nicht beirren. Gutmütig grinste er den Doktor an. „Nun, mein

Schutzengel war anscheinend noch schneller, als der meines Freundes. Ich habe das Unheil anscheinend im letzten Moment erkannt und mich aus der Wagentüre fallen lassen. Mein Glück, dass ich zuvor vergessen hatte, den Sicherheitsgurt anzulegen. Allerdings bin ich danach im Schockzustand kopflos davongelaufen. Erst heute Mittag bin ich unter Geröll und Steinen erwacht. Völlig unversehrt. Wie ich allerdings dahin kam, ist mir selbst vollkommen schleierhaft."
Der Doktor gab sich mit der etwas dürftigen Geschichte zufrieden. Wahrscheinlich hat Nicolas mit ein bisschen Vampirzauber nachgeholfen, dachte Brendan und blickte neugierig zu ihm hin. Doch der verzog keine Miene.
Nachdem der Arzt das Zimmer wieder verlassen hatte, meinte Brendan. „Ein Glück, dass der Doktor nicht früher ins Zimmer gekommen ist. Es wäre ihm sicher sehr seltsam vorgekommen, wenn er uns bei deiner Blut Gabe erwischt hätte."
Nicolas schüttelte tadelnd den Kopf. „Hältst du mich für einen blutigen Anfänger, Bren? Ich habe zuvor natürlich meinen kleinen Zauber eingesetzt. Aber was ist mit dir? Du siehst plötzlich so nervös aus. Fühlst du dich unwohl oder hat dir die Spritze wehgetan?"
Brendan prustete wegwerfend. „So ein Spritzchen wirft mich nicht um. Aber meine Blase drückt. Und mit den Gipsbeinen werde ich es kaum bis zur Toilette schaffen. Schau doch mal nach, ob es hier irgendwo eine Urinflasche gibt. Ah, da ist sie ja."
Nachdem er sich erleichtert hatte, nahm ihm Nicolas die Flasche ab und legte sie in die Halterung zurück. Dann setzte er sich erneut gemütlich in den Besucherstuhl und fragte. „Soll ich dir weiter erzählen, oder bist du müde?"
„Im Gegenteil, ich bin munter wie ein Fisch im Wasser. Und vor allem neugierig, was du noch alles erlebt hast. Wie ich vermute, überwandst du deine Ängste und hast diese böse Alte aufgesucht. Hat sie dir etwas über deine Eltern verraten, oder...?"
Nicolas hob lachend die Hände. „Langsam, langsam. Ich erzähle ja schon weiter. Also, wie du richtig dachtest, habe ich mich getraut. Aber es fiel mir nicht leicht, das kannst du mir glauben. Ich hatte es bisher vermieden, an die alte Sonja überhaupt zu denken. Wenn ich gekonnt hätte, so hätte ich jegliche Erinnerung an sie aus meinem Gehirn verbannt. Doch nun begann ich bewusst über sie nachzudenken. Obwohl es mir schwerfiel,

zwang ich mich, mir Sonjas fleischiges, grell geschminktes Gesicht vorzustellen, ihre kalten kleinen Augen und den grausamen Mund. Und ich erinnerte mich an ihre mit billigen Ringen geschmückten Finger, die sich gierig um den kleinen Beutel mit Geldstücken legten, den sie für mich erhalten hatte.

Ich überlegte, was ich je für sie empfunden hatte. Sicher, soweit ich zurückdenken konnte, hatte sie mir Angst eingeflößt. Sie hatte mich ausgeschimpft, verprügelt und zu scheußlichen Dingen gezwungen. Wenn ich nicht spurte, hatte sie mich mit Essenentzug gestraft. Aber dennoch war sie der einzige Mensch gewesen, der sich überhaupt um mich gekümmert hatte.

Erst jetzt, Jahre später konnte ich mir in der Dunkelheit meines Zimmers eingestehen, dass ich sie wohl sogar auf eine seltsame Weise geliebt hatte. Doch sie hatte diese Liebe schnöde verkauft.

Die Erinnerungen der schlaflos verbrachten Nacht gaben schließlich den Ausschlag. Ja, ich wollte Sonja noch einmal sehen. Ihr Auge in Auge gegenüber stehen. Und sie sollte mir sagen, weshalb sie mich so sehr gehasst hatte, dass sie mich diesem elenden Schicksal auslieferte. Ich war mir sicher, dass Hass der Grund dafür war. Die paar Rubel, die Semjonov für mich bezahlt hatte, waren nur Kleingeld für sie gewesen.

Ein paar Tage später sattelte ich mir mein Pferd und schnürte meinen Beutel mit den Reiseutensilien hinter dem Sattel fest. Wladimir hatte sich im Morgengrauen von mir verabschiedet und mir alles Gute bei meiner Suche gewünscht. Wir wussten beide nicht, wie lange meine Suche nach meiner Herkunft dauern würde und wohin sie mich führen würde. Vielleicht war ich ja schon bald wieder da, nämlich dann, wenn Sonja mir den Namen meiner Mutter und meines mutmaßlichen Erzeugers nicht nennen konnte oder wollte. Aber falls sie es tat, so wollte ich meinen Vater suchen, egal wohin der Weg mich führte.

Wladimir bestand darauf, dass ich genügend Geld mitnahm und ich musste ihm versprechen, nach Möglichkeit nur in Gasthöfen zu übernachten. Für den Fall eines Überfalles gab er mir eine Armbrust und einen Degen mit. Ich wollte spöttisch protestieren, doch er zwang mich, ihn ernst zu nehmen.

„Niemand weiß so gut wie ich, wie viele Diebe, Mörder und Wegelagerer es da draußen gibt, Nicolas. Ich jage sie jede Nacht, ohne dass es jemals weniger werden. Als du noch auf der Straße lebtest, warst du keine Beute für sie. Sie sahen, dass bei dir nichts zu holen war, deshalb verschonten sie dich. Aber ebenso genau sehen sie dir heute an, dass du sehr wohl eine lohnende Beute bist."

Als er endlich seine Ermahnungen und Ratschläge losgeworden war, umarmte er mich und drückte mich so heftig an seine Brust, dass ich meinte er würde mir die Rippen brechen. Dann entließ er mich nach einer letzten eindringlichen Bitte. „Versprich mir, jedes Risiko zu vermeiden. Sollte dir dennoch etwas zustoßen, dann rufe mich um Hilfe. Es muss nicht lauthals sein. Wenn du intensiv an mich denkst, so reicht das schon aus. Ich werde dir dann umgehend zu Hilfe eilen."

„Aber wie kannst du mich finden? Ich weiß noch nicht einmal selbst, wohin mein Weg mich führt."

Es schien mir fast so, als wäre er verlegen. Er räusperte sich einige Male und sah mir dann ernst in die Augen. „Ich kann dich überall finden, weil ich von deinem Blut getrunken habe..." Er schnitt mir mit einer Handbewegung die erstaunten Worte ab, ehe ich sie aussprechen konnte.

„Ich habe von deinem Blut getrunken, als ich dich damals zu mir nach Hause mitnahm. Du weißt nichts davon, weil ich dich zuvor in Schlaf versetzte. Ich bitte dich mir zu glauben, wenn ich sage, es geschah nur zu deinem Besten. Es hat dir nicht geschadet wie du siehst, aber es kann dir eines Tages nützlich sein. Denn über dein Blut kann ich dich überall finden. Es weist mir den Weg zu dir. Zwar kann ich dir nicht genau sagen, warum das so ist, aber die Hauptsache ist, es funktioniert."

Ich fragte mich insgeheim warum Wladimir mich nicht begleitete, wenn er solche Angst um mich hatte. Heute weiß ich, dass er an einer Art Phobie litt. So etwas gibt es auch bei Vampiren. Er fühlte sich schrecklich unwohl, wenn er nicht seine vertraute Umgebung um sich hat. Sein Radius, in dem er sich sicher fühlte, reichte kaum über die unmittelbare Umgebung der Stadt hinaus. In Kiew selbst kannte er sich aus wie in seiner Westentasche. Jeder noch so verwinkelte Weg war ihm bekannt und er fand selbst die verstecktesten Plätze. Aber in fremder Umgebung war er unsicher und kam sich verloren vor.

Du wirst jetzt vielleicht denken, wie konnte Wladimir ausreichend Nahrung finden, wenn er nie die Stadt verließ. Aber Kiew war schon damals eine große Stadt und zudem ein brodelnder Hexenkessel. Dort trafen verschiedene Menschenrassen aufeinander, Krieg und Gewalt forderten ständig Tribut. Verbrechen aller Art waren an der Tagesordnung und es rotteten sich oftmals große Banden zusammen, die Reisende und Kaufleute bedrohten. Und dann gab es auch noch ein wahres Heer von Obdachlosen, die an Hunger und Krankheit starben. Da Wladimir sowohl Verbrecher jagte, als auch Verwundete und Todkranke von ihrem Leiden erlöste, gab es Vampirnahrung im Überfluss, und der Nachschub riss nie ab.

Ich machte mich also allein auf den Weg. Bis zu dem Vorort, in dem Sonja lebte, war es zu Pferd nicht weit, bereits nach einer knappen Stunde war ich dort. Ich hatte den Weg auf Anhieb gefunden, obwohl ich seit meiner Verschleppung nie mehr dort gewesen war. Das Bordell lag etwas abseits der anderen Häuser des kleinen Dorfes, nahe der Landstraße. Die Männer, die das Haus frequentierten, waren meist reisende Kaufleute, die sich auf ihrem beschwerlichen Weg etwas Abwechslung gönnen wollten. Viele von ihnen kamen in regelmäßigen Abständen vorbei. Insofern konnte Wladimir durchaus Recht haben mit seiner Vermutung, Sonja würde meinen Vater eventuell kennen. Denn die Freier verlangten oftmals nach denselben Mädchen. Trotzdem, ich konnte eigentlich nicht glauben, dass ich meiner Herkunft auf die Spur kam. Doch nun war ich einmal hier, da konnte ich es wenigstens versuchen...
Je näher ich meinem ehemaligen Zuhause kam, desto langsamer trabte meine Stute. Es war, als spüre das sensible Tier meine gemischten Gefühle und wolle mir Zeit lassen, mich zu entscheiden.
„Was würdest du an meiner Stelle tun, Sascha?" fragte ich unschlüssig und sie stellte die Ohren nach hinten um mir zuzuhören. Dann schritt sie plötzlich kräftiger aus. „Du hast ja Recht", ich tätschelte ihren glänzenden Hals. „Ich werde es einfach wagen."

In den fast zwei Jahrzehnten, seit meinem unfreiwilligen Verlassen des Bordells hatte sich hier kaum etwas geändert. Die Fassade des Hauses war irgendwann einmal frisch gekalkt worden, doch die Farbe blätterte an manchen Stellen ab und gab hässliche, graue Flecke preis.
Ich ritt zu den Stallungen und stieg aus dem Sattel. Ein alter Stallknecht kam mir entgegen und dienerte, als er meine vornehme Aufmachung sah. Er kam mir vage bekannt vor und auch er stutzte einen Moment, als er mir kurz ins Gesicht sah. Aber dann nahm er mir wortlos die Zügel ab

und führte das Pferd in den Stall. Ich holte noch einmal tief Luft, dann ging ich mit entschlossenen Schritten auf das Haus zu.

Über der Türe hing noch immer die große eiserne Laterne, deren Talglicht ich jeden Abend entzünden musste, um der Kundschaft den Weg zu weisen. Ich stieg die fünf steinernen Stufen empor und drückte die Klinke herunter.

Auch im Inneren sah es noch genauso aus wie ich es in Erinnerung hatte. In dem kleinen Salon standen dieselben, mit goldener Farbe gestrichenen Stühle. Die gepolsterten Sitzflächen waren inzwischen fadenscheinig geworden. Zwei Männer blickten von ihren Wodkabechern auf und musterten mich kurz und uninteressiert. Sie warteten, bis sie zu den Damen ihres Begehrens vorgelassen wurden. Ich hatte keinen Blick für sie.

Meine Augen waren auf die alte Frau gerichtet, die nun aus ihrem kleinen Nebenzimmer geschlurft kam. War das wirklich Sonja? Ich erkannte sie kaum wieder. In meiner Erinnerung war sie drall und stattlich. Das hier war eine alte, kranke Frau. Sie trug noch immer ein knallig rotes Seidenkleid und ihre Falten waren mit Schichten von Puder und Rouge überschminkt. Doch alle Maskerade nützte nichts gegen die offensichtlichen Zeichen des Alters und des körperlichen Verfalls.

Ihr Haar, früher rotblond und kräftig, war schütter und weiß geworden, es erinnerte mich an ausgekämmte Schafwolle. Die einst so kalt und berechnend blickenden Augen lagen nun in tiefen Höhlen und wirkten stumpf und tot. Und ihr Körper war ausgemergelt wie der eines räudigen Hundes. Sie ging gebückt und stützte sich auf einen Stock. Nur ihre Stimme war noch die gleiche wie früher. Geschäftsmäßig begann sie, mir die Vorzüge ihrer Mädchen aufzuzählen.

Ich weiß nicht mehr, welcher Teufel mich ritt, doch ich fragte sie mit kühler Stimme. „Ich habe gehört, hier gäbe es auch kleine Jungen zu kaufen. Ich wäre daran interessiert."

Nun blickte sie mich genauer an und ein Funke Misstrauen schlich sich in ihre Augen. Aber sie fasste sich schnell wieder. „Einen Jungen könnt Ihr bei mir auch haben. Ihr habt sogar die Wahl zwischen zweien. Der eine ist schon etwas älter und erfahren. Der andere ist noch neu und unerfahren, aber er bemüht sich recht ordentlich. Allerdings muss ich bei ihm darauf bestehen, dass Ihr nicht zu grob und ungestüm vorgeht. Ich möchte auf keinen Fall, dass er verletzt wird." Sie nannte mir noch den

Preis von beiden, doch ich hörte nicht mehr hin. In mir zog sich alles zusammen vor Ekel und Wut.

Ich trat dicht an sie heran und beugte mich weit hinunter, denn sie reichte mir gerade mal bis an die Brust. Dann starrte ich ihr in die erloschenen Augen und flüsterte heißer. „Hast du das meinen Freiern auch ans Herz gelegt, Sonja? Dass sie mich nicht verletzen sollen? Oder war es dir egal, was sie mit mir anstellten? Hast du dich hier unten in deinem Zimmer an meinen Schmerzensschreien geweidet?"

Sie prallte entsetzt zurück und wollte in Richtung ihres Zimmers fliehen, doch ich hielt sie hart am Arm zurück.

„Nicolas?" fragte sie mit ungläubigem Entsetzen. „Bist du es wirklich. Das kann nicht sein. Du musst doch längst..." Schnell presste sie die welken Lippen zusammen, so als habe sie zu viel gesagt.

Es war auch fast zu viel für mich. Sie hatte es also tatsächlich gewusst. Sie wusste genau, dass Semjonovs Spielzeuge nicht alt wurden. Sie hatte mich kaltherzig an diesen Sadisten verkauft, wohl wissend, dass er mich eines Tages umbringen würde.

„...tot sein?" vollendete ich ihren unterbrochenen Satz und konnte nicht verhindern, dass meine Stimme brach. In mir machte sich eine grenzenlose Enttäuschung breit. Sie hatte mich bewusst in den Tod schicken wollen. Was um Himmels Willen hatte ich dieser Frau angetan, dass sie mich so gnadenlos hassen ließ?

Hinter meinem Rücken entstand Unruhe. Eines der Mädchen verabschiedete ihren Freier und wandte sich dem nächsten zu. Alarmiert fragte sie. „Ist alles in Ordnung Sonja? Oder soll ich lieber Boris rufen?"

Ich starrte Sonja drohend an und schüttelte leicht den Kopf. Dabei presste ich ihren mageren Oberarm so fest, dass sie leise aufstöhnte. Sie gehorchte meinem stummen Befehl und beschied dem Mädchen: „Ist schon gut, Lidia. Geh an deine Arbeit."

Um weiteren Beobachtern zu entgehen, drängte ich die alte Frau nun rückwärts in ihre Kammer. Dabei musste ich sie festhalten, damit sie nicht hinfiel. Ich stieß sie unsanft in ihren alten Sessel und schloss die Tür. Das war früher für alle im Haus das Zeichen gewesen, dass sie nicht gestört werden wollte und ich vermutete, es wäre auch heute noch so. Vorsichtshalber lehnte ich mich mit dem Rücken an die Tür und hielt sie mit meinem Gewicht zu.

Lange starrten wir uns gegenseitig stumm an, jeder versuchte, die

Gedanken des anderen zu erraten. Obwohl die Angst vor mir deutlich in Sonjas Gesicht stand, blieben ihre Augen kalt. Ich neigte meinen Oberkörper nach vorne um sie besser ansehen zu können und fragte rau. „Warum, Sonja? Was habe ich dir getan, dass du mir solch ein Schicksal aufgebürdet hast?"

„Wie bist du Semjonov entkommen?" fragte sie dagegen. Mit keinem Wimpernschlag zeigte sie irgendeine Gefühlsregung. Kalt wie eine Hundeschnauze, dachte ich bei mir.

„Ich habe ihn getötet", erwiderte ich gleichmütiger als mir zumute war. „Ich habe ihn, wie es sich für einen räudigen Köter geziemt, mit einem Stein erschlagen. Vielleicht sollte ich das auch mit dir tun?"

„Was hättest du davon?" Sie hatte sich überraschend schnell gefasst und sah mich kalt an. Dann zuckte sie die Schultern und meinte spröde: „Vielleicht würdest du mir sogar einen Gefallen damit tun. Schau mich an, ich bin eine von Krankheit und Schmerzen gezeichnete Frau. Du kannst mir nicht mehr drohen. Das Leben ist für mich schlimmer als der Tod."

„Dann hoffe ich, dass du noch recht lange lebst, Sonja. Und wenn deine Qualen besonders stark sind, dann denke an mich. Ich habe auch endlose Jahre gelitten." Ich empfand in diesem Moment nur Hass und Verachtung für sie. Und ich wünschte ihr von ganzem Herzen, sie möge noch sehr lange leiden.

Sie stieß ein kaltes, meckerndes Lachen aus und betrachtete mich intensiv von oben bis unten. „Na, so schlimm kann es mit deinem Leiden nicht gewesen sein. Wenn ich dich so betrachte, du bist ein feiner Pinkel geworden. Falls du das alles durch den Einsatz deines Körpers erreicht hast, so solltest du mir dankbar sein. Schließlich hast du es bei mir gelernt."

Zorn stieg in mir auf und es bedurfte fast übermenschlicher Beherrschung, um nicht meine Hände um ihren mageren Hals zu legen und zuzudrücken. Es musste eine wahre Wonne sein, ihre letzten, röchelnden Atemzüge zu hören. Aber ich blieb äußerlich gelassen, wenn mich der Hass auch zu übermannen drohte. Mit mühsam beherrschter Stimme knurrte ich.

„Was du mich gelehrt hast, Sonja, hat mir außer viel Kummer, letztendlich nur ein Messer in meinen Bauch eingebracht. Das, was ich heute bin, habe ich gewiss nicht dir zu verdanken. Aber ich bin nicht gekommen, um über mich zu plaudern. Zumindest nicht über mein heutiges

Leben. Hingegen würde es mich sehr interessieren, wer meine Eltern waren. Und du bist die einzige Person, die mir Auskunft erteilen kann." Ihre Augen waren noch immer starr auf mich gerichtet, doch jetzt nahmen sie einen hämischen Ausdruck an. Ihre Stimme triefte vor Bosheit. „Ha, du willst wissen, wer deine Eltern sind? Na, rate mal. Deine Mutter war eine Hure und dein Vater irgendein dreckiger Kerl, der seinen stinkenden Schwanz in sie gesteckt hat. Sie ist lange tot und ihn hat hoffentlich auch bereits der Teufel geholt. Das ist alles, was ich dir sagen werde, mehr wirst du von mir nicht erfahren. Und nun scher dich davon, bevor ich Boris auf dich hetze."

Ich grinste nur geringschätzig über ihre Drohung. Zwar kannte ich Boris nicht, aber ich würde schon mit ihm fertig werden. Um ihr das zu demonstrieren, richtete ich mich zu meiner ganzen imponierenden Größe auf. Und es wirkte, Sonja schien noch mehr in ihrem großen Ohrensessel zu versinken. Aber sie blieb stur und verriet nichts weiter über meine Eltern. Schließlich gab ich es auf. Sie würde nicht reden. Und Gewalt wollte ich nicht anwenden, denn plötzlich empfand ich einen unüberwindbaren Ekel vor ihr. Nach einer Weile drehte ich mich resigniert um und verließ wortlos den kleinen Raum.

Vor der Türe stand ein junger Mann in drohender Pose. Das musste wohl Boris sein. Ich starrte böse auf ihn herab und schob ihn dann einfach zur Seite. Er wehrte sich nicht und ich verließ unbehelligt das Bordell.

Mit schleppenden Schritten ging ich auf den Stall zu, um mein Pferd zu holen. Das war es also schon gewesen, was meine Ahnenforschung betraf. Bereits am ersten Hindernis war ich kläglich gescheitert.

Blinzelnd kniff ich die Augen zu, als ich in die Dämmerung des Stalles trat. Ich hörte nur das gelegentliche Stampfen eines Pferdes und mahlende Kaugeräusche, ansonsten war es totenstill. Nach ein paar Sekunden hatte ich mich an das diffuse Licht gewöhnt und erkannte meine Stute in der letzten Box. Sie kaute auf einem Büschel Heu und blickte mir entgegen. Schleppend trat ich auf sie zu und kraulte sie hinterm Ohr.

„Tja, Sascha. Das wird wohl doch eine kürzere Reise, als wir erwartet haben. Na, wenigstens du wirst froh sein, heute Nacht wieder in deinem Stall zu sein." Ich band sie los um sie nach draußen zu bringen, als hinter mir ein verlegenes Hüsteln erklang. Schnell drehte ich mich um. Vor mir stand der Knecht, der mir bekannt vorkam. Wie war nur sein Name gewesen?

„Bitte entschuldigt, Herr, wenn ich Euch so einfach anspreche. Aber ich muss es einfach wissen..." Er schaute mir kurz und prüfend ins Gesicht und senkte dann schnell wieder den Blick. Leise wisperte er. „Ihr äh ... seht jemandem sehr ähnlich, den ich einmal gekannt habe ..."

„Iwan!" Endlich fiel mir sein Name wieder ein. „Du musst nicht Herr zu mir sagen. Erkennst du mich nicht? Ich bin's, Nicolas..."

Freudig erstaunt riss er die Augen auf, dann stammelte er verwirrt. „Nicolas? Bist du ... – seid Ihr es wirklich? Ich kann es einfach nicht glauben..." Er brach ratlos ab und in seinen gutmütigen Augen standen plötzlich Tränen.

Ich war gerührt von seiner offensichtlichen Freude, mich wiederzusehen. Es gab also doch jemanden hier, der mich vermisst hatte. Das war ein wunderbares Gefühl. Überwältigt machte ich einen Schritt auf ihn zu und riss ihn ungestüm in meine Arme. Ein paar Sekunden verharrten wir so aneinandergepresst, zwei Menschen, die einander wiedergefunden hatten. Iwan löste sich schnell von mir und schaute mich beschwörend an. „Du kannst hier nicht bleiben, Nicolas. Sonja ist ein misstrauisches altes Luder. Wenn du nicht schnell davonreitest, hetzt sie am Ende ihre Burschen auf dich."

„Pah." Ich winkte lässig ab. „Soll sie es doch versuchen, mich zu vertreiben. Ich habe keine Angst mehr vor ihr."

Er blieb hartnäckig. „Trotzdem musst du hier weg. Oder willst du, dass sie mir unangenehme Fragen stellt? Du weißt, wie ungemütlich sie werden kann. Sie scheut nicht davor zurück, mich fortzujagen. Und ich bin zu alt, mir eine neue Arbeit zu suchen. Aber ich mache dir einen Vorschlag. Reite fort und warte dann an der alten Scheune auf mich. Ich schleiche mich weg, sobald die Luft rein ist und dann können wir ausgiebig reden."

Ich verstand seine Ängste und nickte. Mir konnte Sonja nichts mehr anhaben, selbst wenn sie mir ihre Burschen auf den Hals hetzte, würden die nicht viel ausrichten können. Ich war stark und wusste mich meiner Haut zu wehren. Aber bei Iwan sah das anders aus. Er ging bereits auf die Siebzig zu. In dem Alter würde ihn niemand mehr einstellen. Verlor er seine Stelle bei Sonja, wäre das sein sicheres Ende.

Also ritt ich ein paar Minuten später langsam vom Hof des Bordells. Ich schaute mich nicht mehr um, obwohl ich Sonjas Blick förmlich in meinem Rücken spüren konnte. Das Fenster ihrer Kammer ging auf den Hof und

die angrenzende Straße hinaus, so dass sie stets alle die kamen oder gingen beobachten konnte.
An der alten Scheune angekommen stieg ich vom Pferd und ließ es grasen. Die Mittagssonne brannte unbarmherzig vom Himmel und ich setzte mich im Schatten der Scheune auf eine verwitterte, aus groben Balken gezimmerte Bank. Müßig rupfte ich einen der langen Grashalme aus, die zu meinen Füßen wuchsen. Mit einem leisen quietschenden Geräusch löste sich der Halm aus seinem Schaft und ich steckte ihn mir zwischen die Zähne. Selbstvergessen kaute ich auf dem zarten Stängel herum und verjagte träge die Fliegen, die von meinem Schweiß angezogen wurden. Dabei überlegte ich, was Iwan mit mir besprechen wollte. Wusste er vielleicht etwas, dass mir weiterhelfen konnte? Oder war er nur interessiert, wie es mir nach meinem unfreiwilligen Fortgang vom Bordell ergangen war?

Ich musste in der Sonne leicht eingenickt sein, denn ich schrak zusammen, als sich eine Hand auf meinen Arm legte. Blinzelnd schaute ich in Iwans verhutzeltes Gesicht. Er deutete auf die Bank. „Darf ich mich zu dir setzen? Meine alten Beine taugen nicht mehr zum langen Stehen."
„Natürlich, selbstverständlich." Ich sprang auf um ihm Platz zu machen und er ließ sich mit einem Ächzen neben mir nieder. Kopfschüttelnd sagte ich: „Sei doch nicht so förmlich Iwan. Ich bin noch immer derselbe Nicolas, auch wenn ich jetzt vornehme Kleider trage."
„Ja, das bist du. Und du glaubst nicht wie glücklich es mich macht, dich gesund und munter zu sehen. Als dieser Kerl dich damals hinter seinem Pferd vom Hof schleifte, dachte keiner von uns, dass wir dich jemals wiedersehen würden. Sonja meinte, dein neuer Herr würde dafür sorgen, dass sie dich endlich vergessen könne. Sie hat uns mit harten Strafen gedroht, sollten wir deinen Namen jemals erwähnen. Wir hielten dich für tot. Wie ist es dir bloß gelungen, diesem Kerl zu entkommen?"
Ich zuckte die Achseln. „Das ist eine lange und unschöne Geschichte, Iwan. In dürren Worten erzählte ich ihm die wichtigsten Details. Nachdem ich geendet hatte schwiegen wir beide eine kleine Weile. Dann meinte Iwan sinnend. „Er ist noch hin und wieder ins Bordell gekommen, nachdem er dich mitgenommen hatte. Aber Sonja hat ihn bald nicht mehr zu ihren neuen Knaben gelassen, da er zu grob mit ihnen umging. Seit

einigen Jahren ist er nicht mehr aufgetaucht. Ich denke deshalb, es ist dir gelungen, ihn zu töten."

Meine Eingeweide schienen sich zu einem harten Stein zusammenzuballen. Ich seufzte schwer und schaute in die Ferne. Sonja hatte Semjonov von ihren neuen Jungen ferngehalten. Aber mich hatte sie an ihn verkauft. Was, um alles in der Welt, hatte sie dazu bewogen?

Iwan schaute mich betreten an, als ich ihn fragte ob er darauf eine Antwort wisse. Aber er konnte meinem Blick nicht lange standhalten und betrachtete deshalb seine schmutzigen Schuhe. Nach endlosen, in schweigsamem Nachdenken verbrachten Minuten richtete er seine Augen wieder in mein Gesicht. Bedauernd aber entschlossen schüttelte er den ergrauten Kopf.

„Verzeih' mir meine Feigheit, Nicolas, aber ich kann dir den Grund nicht verraten. Sonja hat uns alle zum Schweigen verdonnert und gedroht, sie würde jeden vom Hof peitschen lassen, der den Mund aufmacht. Und das gilt auch heute noch. Ich bin einfach zu alt, um noch etwas zu riskieren. Es tut mir leid..."

„Erzähle es mir und komm dann einfach mit mir", bot ich ihm beschwörend an. Ich war mir sicher, Wladimir würde für Iwan ein warmes Plätzchen übrig haben. Er bräuchte dort nicht einmal mehr für seinen Lebensunterhalt zu arbeiten. Aber der Alte winkte müde ab.

„Ich war fast mein ganzes Leben hier, ich könnte mich nirgends sonst mehr zurechtfinden. Du kennst das Sprichwort von dem alten Baum - genauso erginge es mir. Ich will meine letzten Jahre in vertrauter Umgebung verbringen."

Ich schloss resigniert die Augen. Anscheinend war meiner Mission kein Erfolg beschieden. Vielleicht war es ja besser so und ich sollte die Sache einfach vergessen. Aber einen letzten Versuch wollte ich noch wagen.

„Wenn du mir nichts über mich oder meine Mutter sagen kannst, Iwan, hast du dann wenigstens eine Ahnung, wer mein Vater sein könnte? Ich bin mir sicher, ich habe meine ungewöhnliche Größe und eventuell auch meine Haar- oder Augenfarbe von ihm geerbt. Wenn etwas davon zutrifft, muss er ein auffälliger Mann gewesen sein. Viele der Mädchen haben Freier, die immer wiederkommen. Vielleicht gehörte er ja auch dazu. Falls du ihn kennst, so bitte ich dich, sag mir, wer er ist. Oder hat das Sonja auch verboten?"

Was ich nicht mehr zu hoffen gewagt hatte, traf ein. Über das faltige Gesicht des Alten zog ein verschmitztes Lächeln. „Nein, das hat sie nicht" rief er ganz begeistert aus. „Und was soll ich dir sagen, ich kenne den Mann tatsächlich, oder besser gesagt, ich kannte ihn. Denn er ist schon seit über zwanzig Jahren nicht mehr hier gewesen. Warum bin ich nicht selbst darauf gekommen. Er muss dein Vater sein, kein Zweifel. Vielleicht habe ich dich deshalb sofort wieder erkannt, - weil du aussiehst wie er."
Er atmete heftig und schwer und ich bekam schon Angst, die Aufregung würde ihn umbringen. Aber seine Augen blitzten verschwörerisch. Auch mich packte Unruhe. Sollte ich doch noch brauchbare Informationen erhalten? Am liebsten hätte ich Iwan geschüttelt, damit er mit dem Namen endlich herausrückte. Mit aller Willenskraft beherrschte ich mich und schaute ihn nur beschwörend an.
„Oberst Taraslow, ...Nikolai Taraslow, jetzt fällt es mir wieder ein." Iwan war vor Stolz ganz aus dem Häuschen und hüpfte aufgeregt von einem Bein aufs andere. Erst als er meinen bestürzten Gesichtsausdruck sah, hielt er inne. Dann kam ihm ebenfalls der Sinn seiner Worte. Erschrocken schaute er mich an.
„Nikolai?" flüsterte ich. „Nikolai!. Demnach hat Sonja ganz genau gewusst, wer mein Vater ist. Sie hat mich bewusst nach ihm benannt. Das bedeutet, sie hasste ihn genauso sehr wie mich."
Ich fing mich mühsam und versuchte, mich auf das Wesentliche zu konzentrieren.
„Weißt du, wo ich ihn finden kann? Lebt oder lebte er hier in Kiew?"
„Er war mit seiner Einheit hier stationiert. Wegen der ständigen Mongolenüberfälle wurden damals jede Menge Soldaten benötigt. Aber er stammte nicht von hier, sondern..., lasse mich überlegen. Ich weiß noch, er hat des Öfteren von seiner Heimatstadt erzählt. Himmel, mein Gedächtnis lässt mich immer mehr im Stich..."
Ich betete im Stillen, es möge Iwan einfallen und der Ort würde nicht allzu weit von Kiew entfernt sein. Sollte Oberst Nikolai Taraslow etwa aus Sibirien stammen, so hätte ich einen elend weiten Weg vor mir. Und das ohne jede Gewähr, ihn tatsächlich zu finden.
„Suwar!" rief Iwan jetzt erleichtert aus und auch mir fiel ein Stein vom Herzen. Im Geiste rief ich mir schnell den Geographieunterricht ins Gedächtnis, den ich genossen hatte. Suwar befand sich gerade noch in

dem Bereich, der früher zum Kiewer Reich gehört hatte. Aber es war dennoch weit entfernt und es würde mich viele Tage Ritt kosten, dorthin zu gelangen. Nun, ich kannte immerhin die Richtung, in die ich mich halten musste. Ich würde Suwar finden. Und hoffentlich auch meinen Vater.

Kapitel 13: Vater und Sohn

Die Reise nach Suwar dauerte länger und gestaltete sich beschwerlicher, als ich es mir in meiner Unerfahrenheit vorgestellt hatte. Da ich meine Stute nicht unnötig erschöpfen wollte, schlug ich ein eher gemächliches Tempo an und machte auch des Öfteren Rast, um sie ausgiebig grasen zu lassen. Ich hielt mich an Wladimirs Ermahnungen, übernachtete brav in Herbergen und blieb auf belebten Straßen. Ab und zu schloss ich mich einer Reisegesellschaft oder ein paar Kaufleuten an und ritt eine Zeitlang in ihrer Begleitung. Dabei lernte ich viele interessante Leute kennen und gewann neue Erkenntnisse. Und ich stellte fest, es machte mir unbändigen Spaß, zu reisen. In jeder Stadt, durch die ich kam, machte ich Zwischenstation um mir die wenigen Sehenswürdigkeiten anzusehen und mit Menschen aus der Bevölkerung zu reden. Ich hatte ja Zeit, niemand erwartete mich und ich war mir immer noch nicht im Klaren, wie ich vorgehen wollte, sobald ich mein Ziel erreicht hatte.

Vielleicht zwang mich ja einfach meine geheime Angst vor der Begegnung mit meinem Erzeuger so zu trödeln. Dass diese Angst in mir steckte, wurde mir mit jedem Schritt, den mich mein Pferd vorwärts trug, deutlicher. Oft brütete ich selbstvergessen über fiktiven Gesprächen mit meinem Vater, während Sascha unermüdlich die Straße entlang trabte. Manchmal war Nikolai Taraslow in meinen Wachträumen ein gütiger Vater, der seinen bisher unbekannten Sohn hocherfreut in die Arme schloss. Ein anderes Mal wies er mich entrüstet von sich, noch ehe ich ihm eine Erklärung geben konnte.

Dann wieder plagten mich Überlegungen, was ich tun wollte, sollte er aus Suwar fortgezogen sein. Ihn weitersuchen, solange auch noch die geringste Chance bestand, ihn zu finden? Oder es als Wink des Schicksals ansehen, die Vergangenheit endlich ruhen zu lassen und meine Kräfte fortan voll und ganz der Zukunft zu widmen? So sehr ich auch grübelte, ich fand keine befriedigende Antwort auf meine Fragen.

Nun, auch der längste Weg führt irgendwann zum Ziel. Eines Tages stand ich mit Bangen im Herzen vor den Toren Suwars und hielt unschlüssig meine Stute an. Ich tätschelte ihr gedankenverloren ihren vom Reisestaub bedeckten Hals. Sie schüttelte den Kopf und eine kleine Staubwolke stob aus ihrer Mähne und hüllte mich ein. Die winzigen Partikelchen stiegen mir in die Nase und ließen mich niesen. Ich schaute an mir herunter.

Meiner Kleidung sah man den tagelangen Ritt ebenfalls an und ich überlegte, ob es nicht das Beste wäre, mich zuerst nach einem ordentlichen Gasthaus umzusehen.

Ja, entschied ich, schließlich konnte es noch lange dauern, bis ich etwas über meinen Vater herausfand. Und wenn es soweit war und ich ihm gegenüber trat, wollte ich unbedingt einen guten Eindruck machen. Er sollte auf keinen Fall denken, ich käme als armseliger Bittsteller zu ihm. Ein passendes Gasthaus war schnell gefunden. Es lag am Stadtrand, etwas abseits, aber noch in Sichtweite der Landstraße. Über der Eingangstüre hing ein großes bemaltes Holzschild, auf dem ein Krug und ein Teller mit Essen dargestellt war. Ein eindeutiges Zeichen, selbst für des Lesens unkundige Reisende. Das Zimmer, das der Wirt mir zeigte, war spärlich möbliert und leidlich sauber. Was mir am meisten zusagte, es gab ein Badehaus, in dem ich mir den Reiseschmutz abwaschen konnte. Meine Kleidung, die vom Transport in der Reisetasche ziemlich zerknittert war, gab ich dem Wirt mit dem Auftrag, sie reinigen zu lassen. Er versprach, seine Frau würde sie gründlich ausstauben und aufbügeln. Ich hatte das Zimmer gleich für drei Tage im Voraus bezahlt. Das stimmte den Gastwirt, der zuerst ziemlich mürrisch dreinblickte, augenblicklich freundlich. Er dienerte und versicherte mir, für meine Wünsche stets ein offenes Ohr zu haben. Ich solle nicht zögern, sie zu äußern.

An diesem Tag, beschloss ich, würde ich nicht mehr mit meiner Suche beginnen. Vielmehr wollte ich mich zuerst mit den örtlichen Gegebenheiten vertraut machen. Also schlenderte ich, nachdem ich mich frisch gemacht hatte, in Richtung der Innenstadt. Doch es gab nichts Besonderes zu sehen. Suwar bestand einfach nur aus einer Ansammlung von Wohnhäusern und allerlei Geschäften. Dazwischen gab es die verschiedensten Handwerksbetriebe, wie sie in jeder Stadt zu finden waren. Alles wirkte trist und grau und meine Laune sank. Wie sollte ich hier meinen Vater finden?

Frustriert kehrte ich in den Gasthof zurück um ein frühes Abendmahl einzunehmen. Es schmeckte mir trotz meiner miesen Laune hervorragend und der Wirt schenkte einen erstklassigen Wodka dazu aus. Das gute Mahl brachte meine Lebensgeister schnell zurück. Da sonst kaum Betrieb herrschte, setzte sich der Besitzer der Gaststätte zu mir. Er fragte mich aus, woher ich käme und ich gab ihm bereitwillig Auskunft.

Warum sollte ich ihn nicht einfach nach Nikolai Taraslow fragen, ging es mir durch den Sinn. Ich brauchte ja nicht zu erläutern, weshalb ich ihn suchte. Entweder er kannte ihn, oder eben nicht. Trotzdem ich mir vorsagte, dass es dumm sei begann mein Herz plötzlich heftig vor Aufregung zu klopfen. Aber irgendwann musste ich schließlich mit meinen Nachforschungen beginnen. Warum also nicht sofort?

„Nikolai Taraslow? Oberst Taraslow, meint Ihr den?" fragte der Wirt lebhaft. Und ergänzte. „Ich dachte mir gleich, dass Ihr mit ihm verwandt sein müsst. Die Ähnlichkeit ist nicht zu übersehen. Seid Ihr ein Neffe von ihm? Er erwähnte einmal eine Schwester, die in der Nähe Kiews wohnt."

Ich war perplex. Dass ich so schnell fündig werden würde, hätte ich nicht gedacht. Eifrig nickte ich. „Ja, genau. Ich bin sein Neffe. Er hat mich schon vor Jahren eingeladen, ihn zu besuchen und nun habe ich mich endlich entschlossen, die weite Reise zu tun. Aber ich war noch nie zuvor hier und deshalb muss ich mich durchfragen. Ich dachte nicht, dass ich sobald jemanden finde, der ihn kennt."

„Na, den Oberst kennt hier doch jeder. Zwar hat er vom Militär schon lange seinen Abschied genommen, aber jeder nennt ihn noch den Oberst. Er ist der Besitzer der größten Ländereien rund um Suwar und somit auch der Hauptarbeitgeber hier. Jedes Kind kann Euch zu seinem Landsitz führen."

Mein Mut begann wieder zu sinken. Wenn mein Vater solch ein hohes Tier war, würde er bestimmt mit seinem einstigen Fehltritt nichts zu tun haben wollen. Und ganz sicher besaß er eine Frau und legitime Kinder. Was würden die zu einem unehelichen Sohn ihres Familienoberhauptes sagen? Fast war ich geneigt, meine Nachforschungen abzubrechen und nach Hause zu reiten. Doch der Wirt, der nichts von meinem inneren Zwiespalt ahnte, bot mir eifrig an: „Wisst Ihr, Herr, ich würde Euch vorschlagen heute nicht mehr aufzubrechen. Bis zum Landsitz Eures Onkels ist es ein langer Weg. Und Ihr seid sicher von der Reise müde. Schlaft Euch richtig aus und morgen früh gebe ich Euch einen Stalljungen mit, der Euch den Weg zeigt."

„Wenn es keine Umstände macht", murmelte ich überrumpelt. „Natürlich werde ich Euch für das Geleit des Jungen bezahlen."

„Nichts da. Das ist nur eine selbstverständliche kleine Gefälligkeit für einen Verwandten des Obersts." Der Wirt schien ehrlich entrüstet über mein Angebot.

Am nächsten Morgen klopfte es in aller Frühe an meine Zimmertüre und die Wirtin streckte den Kopf herein. „Das Frühstück ist fertig und der Bursche ist bereit, Euch zu führen."
Ich zog mich mit besonderer Sorgfalt an und bemerkte ärgerlich, dass es keinen Spiegel in meinem Zimmer gab, in dem ich mein Äußeres nochmals überprüfen konnte. Nun, dann musste es ebenso gehen. Mein langes Haar bürstete ich so lange, bis es glatt und glänzend über meine Schultern fiel, dann band ich es im Nacken mit einem weichen Lederstreifen zusammen. Auf einen Hut und Handschuhe verzichtete ich jedoch, denn ich hasste es, beides zu tragen. In Kiew gehörten diese modischen Accessoires zum unbedingten Muss. Hier, im eher provinziellen Suwar, würde ich nur unnötiges Aufsehen damit erregen. Auch auf Schmuck verzichtete ich weitgehend und trug nur den Siegelring mit Wladimirs Familienwappen, den er mir feierlich überreicht hatte, als er mich adoptierte.
Beim Frühstück war ich so nervös, dass ich kaum einen Bissen herunter bekam. Aber ich zwang mich, wenigstens ein paar Brocken langsam zu kauen. Das zögerte die Zeit des Aufbruchs noch eine Weile hinaus. So langsam musste ich es vor mir selber zugeben; mich plagte eine Heidenangst vor der Begegnung, die ich mir doch so dringend herbeigesehnt hatte. In der vergangenen Nacht konnte ich kaum ein Auge zu tun, vor Grübeln, was ich meinem Vater überhaupt sagen wollte. Alles, was ich mir zuvor so sorgfältig zurechtgelegt hatte, war mir auf einmal dumm und unangebracht vorgekommen. Daran hatte auch der reichlich genossene Wodka nichts geändert, der meine Ängste eher noch verschlimmert hatte. Auch Wladimirs Worte, die mich fast jede Nacht erreichten, konnten mich nicht aufmuntern. Er besaß die Gabe, sich selbst über diese weite Entfernung mit mir in Verbindung zu setzen. Ich hörte seine Stimme dann ganz deutlich in meinem Kopf. Zuerst dachte ich, es wäre ein Traum, doch ich gewöhnte mich schnell an diese ungewöhnliche Art der Konversation mit ihm. Meist befragte mich der Vampir sofort nach meinem Befinden. Zuerst wusste ich nicht ob ich meine Antworten laut aussprechen, oder nur denken sollte. Dann entsann ich mich seiner Worte, bevor ich abreiste. Ich brauchte nur intensiv an ihn zu denken und er konnte mich verstehen. Diese Art des Kontaktes schien Wladimir jedoch ziemlich anzustrengen. Er hielt sich meist kurz und verabschiedete sich, sobald er sich von

meinem Wohlbefinden überzeugt hatte. Nur in der vergangenen Nacht hatte er sich kurz erkundigt, ob ich meinen Vater schon gefunden hätte. Vielleicht konnte ich ihm ja in der kommenden Nacht schon mehr berichten.

Mein junger Führer lugte ungeduldig zur Tür herein und ich erhob mich steifbeinig um mich in das Unvermeidliche zu fügen. Meine Stute war schon gesattelt und schaute mir munter entgegen. Ihr war die geruhsame Nacht entschieden besser bekommen als mir. Ihr kupferfarbenes Fell glänzte in der Morgensonne, anscheinend hatte sie der Bursche nicht nur gründlich gestriegelt, sondern sogar gewaschen. Selbst Sattel und Zaumzeug waren gewienert worden. Der Stallbursche stand übers ganze Gesicht strahlend daneben und hielt mir nun die Zügel hin. Hinter ihm stand ein stämmiges Pony, das mürrisch den Kopf hängen ließ. Es trug statt eines Sattels eine raue Decke und nur ein Kopfgeschirr aus geknüpften Seilen.

„Vielen Dank, mein Junge", sagte ich zu dem Knaben und klopfte ihm anerkennend die mageren Schultern. „Du hast meine Stute prächtig herausgeputzt. So hat sie schon lange nicht mehr geglänzt."

Er schien vor Stolz einige Zentimeter zu wachsen. „Ich bin heute extra früh aufgestanden, um sie zu putzen, Herr. Solch ein schönes Pferd hatten wir bisher noch nie in unserem Stall."

Er schwang sich behände auf sein Pony und ritt vor mir her aus dem Hof. Ich folgte ihm mit gemischten Gefühlen. Um mich unterwegs von meinen trübsinnigen Gedanken abzulenken, begann ich ein zwangloses Gespräch mit dem Jungen. Er war dreizehn Jahre alt, erzählte er, und ein Waisenkind. Die Wirtsleute hatten ihn vor vier Jahren aufgenommen und ihm Arbeit im Stall gegeben. Er war recht zufrieden mit seinem Los.

„Es gibt drei Mahlzeiten am Tag und ein warmes Lager im Stall. Und die Wirtsfrau näht mir alle Kleider, die ich brauche", berichtete er stolz. „Letzten Winter hat sie mir sogar eine dicke Jacke geschenkt, die ihr zu eng geworden war."

Ich beneidete den Knaben insgeheim um die relativ sorglose Jugend, die er erleben durfte. Er ahnte sicher nicht, welches Glück er hatte. Munter plapperte er über allerlei Dinge, die ihm erwähnenswert schienen und ich hörte ihm lächelnd zu. Unermüdlich trieb er sein widerspenstiges Pferdchen mit Hilfe seiner nackten Füße und einer dünnen Gerte an. Der Weg

stieg stetig leicht an und das passte dem behäbigen Pony anscheinend überhaupt nicht.
Endlich hatten wir den Hügel erklommen und vor uns breitete sich ein sanft gewelltes Tal aus. Am gegenüberliegenden Waldrand war ein riesiges Haus erbaut worden. War das der Landsitz meines Vaters?
„Das dort drüben ist das Haus des Obersts, Herr. Jetzt findet Ihr sicher alleine den Weg. Ich muss mich sputen und zurückreiten, sonst isst der alte Mika mein Mittagessen auf."
Ich sah natürlich ein, dass ich das nicht verantworten konnte und entließ den Knaben mit einem dankbaren Klaps auf die Schulter. Zuvor hatte ich ihm noch ein Rubelstück zugesteckt, über das er freudig erstaunt den Mund aufgerissen hatte. Jetzt trieb er eilig sein Pony den Weg hinab und noch nach Minuten hörte ich seine freudigen Jauchzer durch die Bäume schallen. Lächelnd trieb ich meine Stute an und ritt langsam den gewundenen Weg entlang, auf das Haus zu.
Ich beschloss, einfach meine wirren Gedanken auszuschalten und abzuwarten, was geschehen würde. Sollte ich im Hause meines Vaters total unwillkommen sein, so würde ich eben - um eine Erfahrung reicher - wieder zu Wladimir zurückkehren.
Aus einem Feldweg kam mir ein Knecht mit einem Ochsengespann entgegen. Er führte die schwerfälligen Zugtiere an Leitseilen, die ihnen durch die Nasenlöcher gezogen waren. Behäbig trotteten sie hinter ihm her. Als er mich sah, blieb er abrupt stehen und starrte mich verdutzt an. Dann zog er schnell seine Kappe vom Kopf und verneigte sich tief vor mir. Ich starrte ihn ebenso verwundert an, wie er mich. Warum diese Ehrerbietung? Der Mann konnte mich doch gar nicht kennen. Und nur meine vornehme Kleidung brachte ihn bestimmt nicht so aus der Fassung. Schließlich war ich nicht der einzige gut gekleidete Reisende. Ich beschloss ihn einfach anzusprechen.
„Guter Mann, könnt Ihr mir sagen, ob ich auf dem richtigen Weg zu Oberst Taraslows Gut bin?" Das wusste ich zwar, doch es war ein harmloser, unverfänglicher Anfang eines Gespräches.
Der Mann nickte, noch immer verwirrt und deutete mit ausgestrecktem Arm zwischen die Bäume. „Ja, Herr, da entlang. In kurzer Zeit seht Ihr dann das Haupthaus vor Euch."
Ich sah ihm an, dass ihm eine Frage auf der Zunge lag, doch er traute sich nicht, sie auszusprechen. Schnell senkte er den Kopf und schickte sich an

weiterzugehen. Die Ochsen setzten sich schnaufend wieder in Bewegung. Aus ihren durchbohrten Nüstern lief zäher Rotz, den sie sich mit ihren langen, rauen Zungen ableckten. Der Mann schlug ihnen mit einem Prügel auf die Köpfe, damit sie schneller gingen. Aber sie ignorierten stoisch die Schläge und behielten unbeirrbar ihren Trott bei.
„Wisst Ihr, ob er zu Hause ist?" fragte ich weiter und ritt langsam neben dem Gespann her. Meine Stute warf empört den Kopf hoch und keilte nach einem der Ochsen aus. Sie mochte Rinder nicht und zeigte ihren Unmut deutlich. Ich gab ihr einen halbherzigen Klaps zwischen die Ohren und trieb sie etwas zur Seite, so dass mehr Abstand zwischen ihr und den Ochsen war.
Der Knecht erwies sich als wenig gesprächig. Er zuckte nur mit einer Schulter und nuschelte undeutlich. „Normalerweise schon. Kann aber auch in die Stadt geritten sein." Er senkte den Kopf noch tiefer und zog stärker an den Seilen seiner Tiere um mir zu entkommen.
Vor so viel Unwilligkeit musste ich kapitulieren. Ich gab eine weitere Befragung auf, grüßte kurz und trieb Sascha voran. Ich würde ja in Kürze merken, ob mein Vater zu Hause war.
Aus der Nähe betrachtet hatte das Gutshaus viel Ähnlichkeit mit Wladimirs Landsitz. Es war sogar noch etwas größer. Jetzt, um die Mittagszeit, herrschte wenig Betrieb auf dem Hof. Eine Schar Hühner pickte auf dem Misthaufen nach Maden und Würmern. Und ein paar Enten schwammen auf einem kleinen Tümpel. Fette Schweine suhlten sich im Matsch ihres aus Knüppelholz gebauten Pferches. Alles in allem bot der Hof ein friedliches und idyllisches Bild.
Ich ritt bis zu einem Baum, der als Schattenspender in der Nähe des Hauses gepflanzt worden war und stieg aus dem Sattel. Umständlich klopfte ich mir den Staub von meiner Reitkleidung und hoffte, dass mich im Inneren des Hauses schon jemand bemerkt hatte. Ich wollte nicht an die Türe klopfen wie ein Hausierer.
Meine Rechnung ging auf. Die schwere Haustüre wurde geöffnet und ein junger Mann erschien darin. Er musterte mich misstrauisch und ich sah deutlich, wie sich seine Augen weiteten. Das frustrierte mich leicht. Jeder, der mich sah, schien sich über mich zu wundern. Ich war zwar Aufmerksamkeit, was meine Person betraf gewohnt, aber hier war es eher leises Entsetzen, das ich in den Gesichtern der Leute las. War ich etwa seit meiner Abreise aus Kiew potthässlich geworden? Oder entsprach ich

einfach nicht dem hiesigen Bild eines gutaussehenden jungen Mannes? Das kränkte mich schon ein wenig, denn inzwischen hielt ich große Stücke auf mein Äußeres.

Ich kniff die Augen gegen die Sonne zusammen und musterte nun meinerseits den Mann, der mich so anstarrte. Er war jünger als ich, ich schätzte ihn auf etwa drei- oder vierundzwanzig Jahre. Und er besaß eine gewisse Ähnlichkeit mit mir. Seine Gesichtszüge waren zwar gröber, ähnelten meinen jedoch verblüffend. Und seine Haare waren ebenfalls blond, jedoch einige Nuancen dunkler als meine. Nur was die Statur betraf, endete unsere Ähnlichkeit, denn er war höchstens mittelgroß und leicht untersetzt. In mir keimte ein Verdacht auf. Stand ich hier vielleicht einem Halbbruder gegenüber?

Er schien die gleichen Überlegungen anzustellen und blaffte mich jetzt barsch an. „Wer seid Ihr und was wollt Ihr hier?"

„Mein Name ist Nicolas Krolov und ich hätte gerne Oberst Taraslow gesprochen", erwiderte ich höflich und verneigte mich leicht. Viel lieber hätte ich dem Burschen eine heruntergehauen, weil er mich so von oben herab behandelte. Aber was er konnte, gelang mir mit Leichtigkeit. Ich setzte meine unnahbare, arrogante Miene auf und betrachtete ihn nun meinerseits abschätzig aus eisigen Augen. Es wirkte, der junge Schnösel wurde zuerst unsicher und dann eine Spur freundlicher.

„Mein Vater ist noch in den Pferdeställen. Aber er wird sicher jeden Moment kommen. Wollt Ihr solange ins Haus kommen?"

Na bitte es klappt doch, dachte ich grimmig, lächelte aber zustimmend und nahm die drei Stufen mit einem Schritt. Es war ein seltsames Gefühl, plötzlich neben einem Halbbruder zu stehen, von dem man bislang keine Ahnung gehabt hatte. Er schaute unbehaglich zu mir hoch und drehte sich dann brüsk ab, um mir voranzugehen.

Im Zimmer gab es noch mehr Leute, die alle um einen großen Esstisch versammelt saßen. Neugierig hoben sich die Köpfe, als ich eintrat. Und alle schauten sie mich mit dem gleichen ungläubigen Ausdruck an. Fast gewöhnte ich mich schon an die staunenden Blicke.

Am liebsten wäre ich auf dem Absatz umgedreht und geflüchtet. Aber ich nahm meinen ganzen Mut zusammen und grüßte, mich höflich verneigend, in die Runde. Dann blieb ich beklommen neben der Tür stehen.

„Das ist Nicolas Krolov, er möchte Vater sprechen", stellte mich mein Bruder vor und ging zu seinem Stuhl. Statt seiner erhob sich nun eine Frau und sah mich fragend an. Sie war klein, mollig und hübsch, ich schätzte ihr Alter zwischen vierzig und fünfundvierzig Jahren ein. War das die Frau meines Vaters, die Mutter meiner Halbgeschwister? Dass es sich um mehrere handelte, fiel mir mit einem Blick auf. Sie verband alle eine große Ähnlichkeit miteinander. Drei Jungen und vier Mädchen saßen um den Tisch verteilt. Das letzte Kind konnte ich auf Anhieb keinem Geschlecht zuordnen, es war etwa vier Jahre alt, mit blonden halblangen Locken und rosigen Apfelbäckchen. Es konnte ebenso gut ein Junge, als auch ein Mädchen sein.

Da hat sich mein Vater ja mächtig ins Zeug gelegt, dachte ich halb ärgerlich, halb amüsiert. Acht eheliche Kinder und wer konnte schon sagen, wie viele Bastarde es außer mir noch gab.

Die Dame des Hauses unterbrach meine Gedanken. Sie hatte sich wieder gefasst und bot mir nun mit einer knappen Geste einen Stuhl an. „Sicher seid Ihr hungrig, junger Herr. Setzt Euch zu uns, es ist genug da. Mein Mann wird sicher auch gleich erscheinen." Falls sie irgendeinen Argwohn gegen mich hegte, so ließ sie es sich nicht anmerken. Sie hob eine Tischglocke an und läutete kurz. Ein Dienstmädchen erschien und sie bestellte noch einen zusätzlichen Holzteller für mich.

Ich weiß nicht ob es an meiner Anwesenheit lag, aber es gab keine Gespräche am Tisch. Alle starrten vor sich hin. Auf dem Tisch stand schon das Essen bereit, duftender Braten, Gemüse und frisch gebackenes Brot. Daneben stand ein großer Krug mit gekühlter Milch.

Endlich ging die Haustüre auf und schwere Schritte erklangen im Flur. Dann trat er ins Zimmer und ich hielt unwillkürlich den Atem an, als ich ihn sah. Mein Vater. Wie eine, an Fäden gezogene Marionette erhob ich mich und starrte ihn an.

Nun, da ich ihm von Angesicht zu Angesicht gegenüberstand wunderten mich die vielen erstaunten Blicke nicht mehr. Iwan hatte nicht übertrieben. Ich war das jüngere Ebenbild meines Vaters.

Er war sehr groß und kräftiger als ich gebaut. Seine hellblonden Haare wurden an den Schläfen schon etwas schütter und er trug sie kürzer als ich meine. Doch seine Gesichtszüge glichen den meinen frappant. Dieselbe aristokratisch anmutende Nase, das markante Kinn, der gleiche fein geschwungene, sinnliche Mund und die gleichen, leicht schrägen Augen, die sowohl spöttisch als auch arrogant blicken konnten. Nur die

Farbe seiner Augen war anders, seine waren von gesprenkeltem Grau, während meine hell wie Gletschereis waren.
Er verhielt einen Moment verdutzt den Schritt, fing sich aber sofort wieder und kam dann auf mich zu und reichte mir die Hand.
„Ah, wir haben einen unverhofften Gast. Willkommen, mein Junge. Ich bin Nikolai Taraslow, aber das weißt du ja sicher schon. Komm, lass uns essen, danach können wir miteinander reden."
Er hegte also ebenfalls keine Zweifel, wer ich war. Und er versuchte gar nicht erst, mich zu verleugnen. Ich musste seine Kaltblütigkeit bewundern.
Das Essen verlief schweigend, nur das kleine Kind plapperte ein paar Sätze. Alle anderen starrten betont auf ihre Mahlzeit, nur ab und zu traf mich ein schneller abschätzender Blick von meinen Geschwistern. Ich bemühte mich, gleichgültig und gelassen zu wirken, aber innerlich zitterte ich vor Aufregung. Mein Magen weigerte sich, die paar Bissen aufzunehmen, die ich herunterwürgte. Nur unter Einsatz all meiner Körperbeherrschung konnte ich sie bei mir behalten.
Es kam mir wie eine halbe Ewigkeit vor, bis die Mahlzeit endlich beendet war. Die kleine Tischgesellschaft löste sich zögernd auf und dann saß ich mit meinem Vater alleine am Tisch. Er musterte mich zum ersten Mal lange und offen, dann nickte er bedächtig.
„Wie heißt du, mein Junge?" fragte er geradeheraus.
„Nicolas Krolov!" antwortete ich und betonte meinen Nachnamen besonders. Er zog eine Augenbraue hoch. „Krolov? Es gab da einmal einen Baron Krolov in Kiew..."
„Den gibt es auch heute noch, er hat mich adoptiert." Wenn ich gehofft hatte, das würde ihm irgendeine Reaktion entlocken, so sah ich mich getäuscht. Er verzog keine Miene.
Nachdem wir uns abermals eine ganze Weile schweigend angestarrt hatten, sagte er plötzlich weich. „Nicolas. Sie hat dich also nach mir benannt. Das hätte ich von der alten Hexe nicht angenommen."
Ich schnappte empört nach Luft. „Welche alte Hexe? Sprecht Ihr von meiner Mutter?" Ich hatte eigentlich nie große Wertschätzung für die Frau empfunden, die mich geboren hatte, aber so unflätig wollte ich sie nun auch nicht beschimpfen lassen. Immerhin schien er genau zu wissen, von welcher Frau ich abstammte. Vielleicht gab es ja doch nicht allzu viele uneheliche Geschwister.

„Entschuldige", er schien ehrlich zerknirscht. „Aber ich habe nicht deine Mutter gemeint. Ich weiß, dass sie bei deiner Geburt starb. Nein, ich meinte deine Großmutter. Doch vielleicht tue ich ihr ja unrecht. Immerhin hat sie dich zu einem prächtigen jungen Mann erzogen. Das hätte ich ihr eigentlich gar nicht zugetraut. Manchmal täuscht man sich in den Menschen."
„Meine Großmutter? Wer soll das gewesen sein? Ich hatte nie eine Großmutter. Zumindest keine, die ich kannte." Ich war ehrlich verblüfft. Verwechselte er mich etwa doch mit einem anderen Bastard, den er gezeugt hatte?
Er klang nun auch verwirrt. „Ja, bist du denn nicht bei der alten Sonja aufgewachsen? Sie hat sich damals geweigert, dich an mich herauszugeben. Sagte mir, du wärst das Einzige, was sie jetzt noch hätte. Ich habe ihr eine hübsche Stange Geld gegeben, dafür das sie dich großzog."
Das war zu viel für mich. In meinem Kopf drehte sich alles und ich dachte, ich würde ohnmächtig werden. Sonja meine Großmutter? Das durfte einfach nicht wahr sein.
„Was hast du, mein Junge?" fragte Taraslow und sprang von seinem Stuhl auf. „Du bist ja plötzlich ganz grün im Gesicht. Ist dir nicht gut?"
„Nein, nein. Es geht schon wieder. Es ist bloß der Schock. Bisher habe ich nicht gewusst, dass Sonja meine Großmutter ist."

Er stand jetzt dicht über mich gebeugt und starrte mich besorgt an. Er war mir so nah, ich konnte jede kleine Falte in seinem gebräunten Gesicht deutlich erkennen. Mein Vater. Der Gedanke, ihm so nahe zu sein, verwirrte mich noch mehr. Nur mit Mühe gelang es mir, einigermaßen klar zu denken.
„Was sagst du da? Du hast es nicht gewusst? Aber wer, zum Teufel hat dich großgezogen, wenn nicht sie?"
Meine Fassung kehrte langsam zurück, so dass ich in der Lage war zu antworten. Ich holte tief Luft, dann sagte ich leise:
„Großgezogen hat sie mich. Wenn man dürftiges Essen, schäbige Kleidung und viele Schläge als großziehen bezeichnen kann. Aber ich dachte immer, sie wäre nur die Frau, in deren Haus ich zufälligerweise geboren wurde. Genauso hat sie mich behandelt, wie einen zugelaufenen Hund, den man nicht mehr loswird. Nie im Leben wäre ich auf den Gedanken gekommen, dass sie eine Blutsverwandte von mir ist."

Wieder schwiegen wir eine Weile während wir uns weiterhin gegenseitig musterten.

„Warum?" fragte ich schließlich. „Warum habt Ihr Sonja Geld gegeben, damit sie mich behielt? War ich Euch so gleichgültig? Ein ungewollter Bastard, den man durch eine kleine Geld Gabe aus seinem Leben tilgen konnte? Da hättet Ihr mich ebenso gut an Sinti oder Roma verkaufen können. Oder noch besser, Ihr hättet mich gleich nach der Geburt ersäuft. Dann wäre mir viel erspart geblieben."

Er schüttelte überrascht und ungläubig den Kopf und richtete sich wieder zu seiner vollen Größe auf. „Was erzählst du da? So, wie du meinst war es damals nicht, Nicolas. Ich habe Sonja nicht bezahlt, weil ich dich nicht wollte. Das Gegenteil ist der Fall. Bitte lasse mich es dir erklären..."

Ich fühlte die Bitterkeit wie Galle in mir hochsteigen. Doch, er hatte mich verkauft. Nein, noch schlimmer, er hatte dafür bezahlt, mich loszuwerden. Ich bereue jetzt, überhaupt hierhergekommen zu sein. Diese Demütigung hätte ich mir ersparen können. Langsam stemmte ich mich aus dem Stuhl hoch und tappte schwerfällig zur Türe. Ich wollte gar nicht wissen, welche Entschuldigung er sich ausgedacht hatte. Doch seine harte, befehlsgewohnte Stimme ließ mich mitten im Schritt innehalten.

„Warte!" donnerte er und ich blieb abrupt stehen. „Wieso bist du gekommen, wenn du dich jetzt wie ein Feigling davonschleichen willst? Gib mir wenigstens eine Chance, dir zu erklären."

Etwas milder bat er mich mit einer Handbewegung, mich wieder zu setzen. Wie unter Zwang gehorchte ich. Er selbst setzte sich ebenfalls wieder hin, nur nahm er jetzt den Stuhl neben dem meinem. Er rückte ihn so zurecht, dass er mir beim Reden in die Augen schauen konnte.

„Nun, da du den Weg zu mir gefunden hast, besitzt du auch das Recht, die ganze Wahrheit über dich, mich und deine Mutter zu erfahren. Ich werde sie dir ehrlich erzählen und danach wirst du mir erzählen, wie es dir erging. Nur so kann es uns vielleicht gelingen, die Missverständnisse, die zwischen uns stehen, auszuräumen. Bist du damit einverstanden?"

Ja, das war ich und ich nickte stumm. Dann schaute ich ihm gespannt auf die Lippen, als er zu reden begann.

Kapitel 14: Schuld und Unschuld

„Ich war damals ein junger Kerl von zwanzig Jahren, als ich mit meiner Einheit in Kiew stationiert wurde um die Mongolenhorden, die noch immer die Stadt heimsuchten, zu bekämpfen. Ich hatte trotz meiner Jugend schon eine Truppe zu befehligen. Das war meinem Vater zu verdanken, der ein hohes Amt in der Armee beglich und der wollte, dass es sein Sohn einmal genauso soweit brachte wie er selbst. Nun, das habe ich nicht, denn er war ein General und ich habe es nur bis zum Oberst gebracht. Irgendwann hatte ich den Krieg spielen satt und wollte lieber bei meiner Familie sein. Aber das ist eine andere Geschichte...

Tja, also wie gesagt, ich war jung und da hat man natürlich gewisse körperliche Bedürfnisse. Was lag da näher, als ab und zu ein Bordell aufzusuchen. Geld besaß ich genug, ich war also nicht darauf angewiesen, irgendeine dralle Magd in einem dreckigen Stall zu besteigen, wie es viele andere Soldaten taten.

Ich besuchte damals regelmäßig Sonjas Bordell, da es in der Nähe unserer Kasernen lag. Zuerst bot mir Sonja ihre gewöhnlichen Mädchen an und ich war recht zufrieden mit deren Diensten. Doch schon nach kurzer Zeit, merkte sie, dass bei mir Geld zu holen war, viel Geld. Und da wollte sie einen möglichst großen Batzen davon abhaben.

Sie versuchte, mir spezielle Dienste ihrer Mädchen aufzuschwatzen, natürlich gegen Aufpreis. Aber das gefiel mir nicht besonders. Ich war ein normaler junger Mann, mit normalen Bedürfnissen.

In ihrer Gier nach meinem Geld bot sich Sonja mir dann sogar selbst an. Damals sah sie zwar noch sehr gut aus, aber sie war mir zu alt und zu berechnend, also lehnte ich abermals ab. Doch sie gab nicht auf. Als ich das nächste Mal kam, nahm sie mich zur Seite und bot mir einen besonderen Leckerbissen an - wie sie sich ausdrückte. Und dieser Leckerbissen war ihre eigene Tochter.

Was soll ich zu meiner Verteidigung sagen, Nicolas...? Tatsache ist, ich hatte nie zuvor ein bezauberndes Mädchen gesehen und ich nahm das Angebot - ich muss es zu meiner Schande gestehen - ohne nachzudenken an. Sonja knöpfte mir einen horrenden Preis ab, da ihre Tochter angeblich noch Jungfrau war und ich bezahlte ohne zu murren. Dann gab sie uns ihr schönstes Zimmer und ließ uns alleine.

Doch es kam anders als ich es mir vorgestellt hatte. Kaum waren wir alleine, fing Galina - so hieß deine Mutter - fürchterlich zu weinen an. Sie wollte nicht tun, was ihre Mutter so herzlos befohlen hatte und flehte mich an, ihr nicht weh zu tun. Und obwohl du mich sicher für einen brutalen Wüstling hältst, brachte ich es nicht übers Herz, sie gegen ihren Willen zu nehmen.

Das Ende vom Lied war, dass wir gemeinsam auf dem breiten Bett saßen und uns lange unterhielten. Sie sagte mir ihren Namen und ihr Alter, sie war gerade sechzehn Jahre jung. Dann klagte sie mir ihr Leid. Sie konnte ihre Mutter nicht verstehen, die sie aus Geldgier verschachert hatte. Und ich saß einfach da, hörte ihr zu und bewunderte sie.

Sie war eine ganz ungewöhnliche Schönheit mit langen, rotblonden Locken. Für ein junges Mädchen war sie bemerkenswert groß, von Sonja konnte sie ihre gertenschlanke Figur nicht geerbt haben. Sie besaß das Gesicht eines Engels, so fein und zart modelliert, dass sie fast ätherisch wirkte. Aber das unglaublichste waren ihre hellen Augen. Sie wirkten wie ein zarter, blasser Frühlingshimmel. Und der dunkle Rand um die Iris verstärkte ihre feenhafte Faszination noch mehr. Sie hatte die gleichen Augen wie du. Als ich dich sah, habe ich sofort Galina in dir erkannt.

Glaubst du mir, wenn ich dir sage, ich habe mich auf der Stelle in sie verliebt? Es war tatsächlich so. Und ich weiß, ihr erging es ebenso mit mir.

Wir haben also geredet und geredet und sind uns immer nähergekommen. Aber wir haben nicht getan, wofür ich gezahlt hatte. Als die Zeit um war, die Sonja uns zugestanden hatte, zerwühlten wir das Bett ein wenig und ich schnitt mir in den Finger und verschmierte das Blut auf dem Laken. Sonja brauchte nichts von unserer aufkeimenden Liebe zu wissen, sie sollte ruhig glauben, dass ich ihre Tochter entjungfert hatte.

Von nun an kam ich noch öfter ins Bordell und ich verlangte immer Galina. Sonja war es recht, denn sie knöpfte mir weiterhin viel Geld für ihre Tochter ab. Und mit der Zeit blieb es zwischen uns nicht mehr beim Reden, wir liebten uns auch körperlich.

Dann wurde meine Einheit in ein anderes Gebiet geschickt und ich konnte Galina ein halbes Jahr lang nicht sehen. Doch kaum zurück, suchte ich sie sofort auf. Und fand sie schwanger vor. Natürlich bot ich an, sie zu heiraten und sie wollte mich ebenfalls. Aber Sonja machte uns einen Strich durch die Rechnung. Sie verbot ihrer Tochter rigoros, mich zu heiraten. Warum, sagte sie nicht und ich weiß bis heute nicht, weshalb sie so sehr dagegen war, ihrer Tochter und ihrem Enkelkind zu einem rechtmäßigen Namen zu verhelfen. Sie verbot mir sogar, Galina jemals wiederzusehen und behauptete, das Kind könne ebenso gut von einem anderen Freier sein. Aber ich wusste, dass das nicht stimmte. Galina hatte nur mit mir geschlafen, da war ich mir ganz sicher.

Nur zweimal gelang es mir, mich heimlich mit ihr zu treffen. Am liebsten hätte ich sie auf mein Pferd gesetzt und sie einfach mitgenommen, egal wohin. Aber sie wollte nicht von ihrer Mutter weg und ich konnte ebenfalls nicht einfach auf und davon. Das wäre Desertion gewesen, man hätte mich dafür aufgehängt.

Es blieb mir nichts anderes übrig, als deine Geburt abzuwarten. Vielleicht, so hoffte ich, würde Sonja dann nachgeben. Aber wie du weißt, kam es abermals ganz anders. Galina starb kurz nachdem du geboren warst im Kindbett.

Als ich Sonja aufsuchte, schleuderte sie mir die furchtbare Nachricht förmlich ins Gesicht. Sie sprühte vor Hass, beschuldigte mich, ihre Tochter getötet zu haben. Als ich dich sehen wollte, verweigerte sie es mir. Du wärst das Einzige, was ihr geblieben wäre sagte sie, und sie würde dich mir niemals geben. Niedergeschlagen ritt ich davon.

Nach einigen Tagen versuchte ich es nochmals. Ich hoffte, sie hätte den ersten Schmerz überwunden und wäre zugänglicher. Und tatsächlich durfte ich ins Haus und dich sogar kurz auf den Arm nehmen. Dann nahm sie dich mir wieder weg und verlangte Geld dafür, dass sie dich großziehen würde. Schweren Herzens willigte ich schließlich ein. Ich war noch immer in der Armee, da gab es für einen Säugling natürlich keinen Platz. Meine eigene Mutter war tot, meine Schwestern alle verheiratet und weggezogen. Wem hätte ich dich anvertrauen können?

Wir handelten aus, dass ich dich zweimal im Jahr besuchen durfte. So hielten wir es auch in den folgenden vier Jahren. Ich besuchte dich, durfte einige Stunden mit dir verbringen und musste dann wieder gehen. Natürlich vergaß sie nie, mir immer wieder Geld abzuluchsen. Ich bezahlte es gerne für die Gewissheit, dass es dir gutging.

Dann wurde ich überraschend nach Moskau versetzt und konnte acht Jahre lang nicht mehr nach dir sehen. In der Zwischenzeit habe ich meine Frau kennengelernt und geheiratet. Ich hatte drei weitere Kinder und dachte, dass du gut mit ihnen bei mir aufwachsen könntest. Meine Frau hätte nichts dagegen gehabt.

Nachdem ich endlich zurück war, ging ich mit dem Vorschlag sofort zu Sonja. Aber du warst nicht mehr da. Zumindest behauptete Sonja das und ich konnte dich auch nirgends entdecken. Sie sagte, sie hätte dich zu ihrem Bruder aufs Land gebracht, damit du etwas Rechtes lernst. Aber sie verriet mir nicht, wohin sie dich geschickt hat. Von ihren Bediensteten wusste angeblich auch niemand etwas.

Ich flehte sie an, mir deinen Aufenthaltsort zu nennen, aber sie blieb hart. Sie sagte, du hättest mich inzwischen längst vergessen, was sicher auch stimmte. Schließlich warst du noch ein kleiner Junge, als ich dich verlassen musste.

Ich weiß nicht ob es richtig war und ob du es verstehen kannst. Aber ich habe es schließlich aufgegeben, nach deinem Verbleib zu forschen. Meine Familie lebte in Suwar, meine Frau erwartete unser viertes Kind und ich hatte viel Arbeit mit dem Aufbau unseres Heimes. Zwar gab ich Sonja meine Adresse, falls sie es sich anders überlegte, aber ansonsten suchte ich nicht mehr nach dir. Ich hoffte einfach, dass es dir gut ginge und du vielleicht eines Tages den Weg zu mir finden würdest. Nun, da du tatsächlich bei mir bist, kann ich nur beten, dass meine damalige Entscheidung die richtige war."

Ich stieß ein bitteres Lachen aus, als er geendet hatte. Was sollte ich ihm antworten? Dass er mir die Hölle erspart hätte, wäre er hartnäckig geblieben und hätte Sonja gezwungen, meinen Aufenthaltsort preiszugeben. Konnte ich akzeptieren, dass er mich einfach aufgegeben hatte? Er besaß ja eine Familie, dachte ich erbittert, wozu sollte er sich also mit einem unehelichen Sohn belasten, der ihn höchstwahrscheinlich nicht einmal mehr erkannte?

Ich verspürte plötzlich Hass in mir, der sich wie ein gefräßiger Wurm durch meine Gehirnwindungen bohrte. Und ich verspürte das Bedürfnis, ihm diesen Hass entgegen zu schleudern. Ich wollte ihn leiden sehen für das, was er mir durch seine Verantwortungslosigkeit angetan hatte.

„So war das also", stieß ich mit mühsam beherrschter Stimme hervor. „Ihr hattet ja eine neue Familie. Was scherte Euch da ein zwölfjähriger Bastard, der irgendwo war. Ihr hattet gehofft, dass es mir gut ginge. Welch ein frommer Wunsch. Aber leider traf er nicht zu."

Ich sah und spürte die Veränderung, die in ihm vorging. Seine Züge wurden schlaff. Auf einmal sah er aus wie ein alter, ängstlicher Mann. Ja, genauso wollte ich ihn haben, krank vor Angst, was er mir in seiner Sorglosigkeit angetan hatte. Seine Stimme klang zittrig, als er mich jetzt zögernd fragte. „Was ist dir geschehen?"
Ich weidete mich noch einen Augenblick an seinem kalkweißen Gesicht, aus dem jegliche Spur von Selbstsicherheit verschwunden war. Dann sagte ich leise und tonlos.
„Sie hat mich verkauft - Sonja. Genauso wie sie ihre eigene Tochter verkauft hat. Wie konntet Ihr nur annehmen, dass sie mich mehr achten würde als ihr eigen Fleisch und Blut? Zuerst bot sie mich Kerlen an, die auf kleine Jungen standen. Und später, als ich mich gegen die Männer wehrte und sie keine Geschäfte mehr mit mir machen konnte, verkaufte sie mich kaltlächelnd an einen perversen Lüstling."
Ich hätte nicht gedacht, dass er noch fahler werden könnte. Er schluckte krampfhaft und räusperte sich einige Male bis er in der Lage war zu sprechen. „Verkauft? Sie hat dich wie ein Stück Vieh verkauft?"
Ich nickte müde und spürte, wie meine Wut auf ihn verrauchte. Seine Erschütterung war echt und fast tat er mir jetzt leid.
„Ja. Sie hat mich schon früh gezwungen, fremden Männern zu Willen zu sein. Ich wollte es nicht, da hat sie mich geschlagen und mir zur Strafe mein eh schon spärliches Essen vorenthalten. Als ich dann älter und stärker wurde, habe ich mich ernsthaft gewehrt. Das hat die Freier vergrault. Von da an war ich ein unnützer Esser für sie, den sie nicht mehr haben wollte. Deshalb hat sie mich einfach für ein paar Rubel an einen reichen Bojar namens Semjonov verkauft."
Mein Vater schnappte hörbar nach Luft. „Semjonov? Etwa Boris Semjonov?"
Erstaunt nickte ich. „Ihr habt den Kerl gekannt?"
„Und ob ich ihn gekannt habe. Seine Güter lagen nicht weit von unseren Kasernen entfernt. Er hat Geschäfte mit der Armee gemacht, uns mit Frischfleisch und Getreide versorgt. Etwa einmal im Monat kam er mit seiner Ware in unser Lager. Ich hatte öfter mit Beschwerden über ihn zu tun, weil er seine Finger nicht von den jungen Soldaten ließ. Und dieser Mann hat dich gekauft? Aber wieso..., was wollte...?" Die Worte versagten ihm und er kam ins Stottern.
Ich schaute ihn spöttisch an. Konnte er wirklich so naiv sein und es nicht

wissen? Oder traute er sich nicht, sich vorzustellen was Semjonov mit mir getan hatte? Kalt klärte ich ihn auf.
„Könnt Ihr Euch das nicht denken? Er hat mich für sein Bett gekauft. Ausschließlich für sein Bett. Wobei Ihr das Wort Bett nicht allzu wörtlich nehmen solltet. Wenn ihm danach war bediente er sich meiner, der Ort war ihm egal. Manchmal fiel er sogar vor den Augen seiner Leute über mich her."
„Aber du warst doch noch ein Kind, höchstens...?"
„Ich war zwölf. Ich schätze, ich war im gleichen Alter, in dem einer Eurer Söhne ist, stimmt's?"
Er nickte mechanisch und ich fuhr fort. „Jungen in diesem Alter gefielen ihm am besten. Keine greinenden kleinen Kinder mehr, denn er konnte es nicht leiden, wenn man vor Schmerz oder Scham weinte. Aber er wollte auch keine allzu kräftigen Burschen, die sich ihm ernsthaft widersetzt hätten. Nicht etwa, dass er Gewalt verabscheut hätte. Nein er war sogar sehr erfinderisch darin, jemanden zu quälen. Er bevorzugte einfach Jungen, die begriffen, was er ihnen antat, doch körperlich noch unreif waren."
Ich wolle ihn schockieren, als ich sagte. „Stellt Euch einmal Euren zwölfjährigen Sohn an meiner Stelle vor. Sicher könnt Ihr erahnen, wie er sich fühlen würde, wenn er als Spielzeug einer perversen Bestie herhalten müsste? Wenn er gezwungen würde, einen dreckigen Schwanz zu schlucken oder seinen mageren Arsch hinzuhalten? Und das täglich, manchmal sogar mehrmals und viele, endlose Jahre lang. Seht Euren Sohn an. Ich war damals wie er und musste all das über mich ergehen lassen, während Ihr hofftet, es würde mir schon gut gehen. Was würde er tun, Euer Sohn? Weinen, flehen? Oder irgendwann einfach resignieren und tun, was von ihm verlangt wurde? Ich habe genau das getan, zuerst geweint und um Gnade gebettelt und schließlich habe ich resigniert. Aber Euch trifft ja keine Schuld an meinem Schicksal. Schließlich habt Ihr ja das Beste für mich erhofft."
Ich hatte mich immer mehr in Rage geredet und meine Stimme wurde immer lauter. In diesem Moment war mir egal, ob ich ungerecht gegen ihn war. Und es war mir vollkommen gleichgültig, wer mithörte. Ich musste meinen so lange eisern in meinem Inneren verborgen gehaltenen Schmerz einfach herausschreien.
Taraslow starrte mich noch immer stumm und betroffen an. Er bewegte

sich nicht und ich glaube, er atmete noch nicht einmal. Schließlich holte er Luft, wie ein Erstickender zog er den Atem keuchend in seine Lungen. Tonlos brachte er heraus.

„Davon hatte ich keine Ahnung. Nicht in meinen schlimmsten Phantasien hätte ich an so etwas gedacht. Und wenn man bedenkt, wie nahe ich dir war. Ich hätte höchstens ein paar Stunden gebraucht, um bei dir zu sein. Aber woher hätte ich es wissen sollen, Nicolas? Du musst mir glauben, dass ich dich auf der Stelle dort weggeholt hätte. Ich hätte diesen elenden Dreckskerl mit meinen eigenen Händen umgebracht."

Ich winkte erschöpft ab und ließ mein Kinn müde auf meine Brust sinken.

„Das habe ich schon selbst erledigt." Nun wieder in normaler Lautstärke erzählte ich ihm schonungslos den Rest meiner Geschichte. Ich ließ nichts aus, außer der Tatsache, dass mein Retter kein Mensch, sondern ein Vampir war.

Als ich geendet hatte, besaß ich wieder Gewalt über meine Gefühle. Gefasst blickte ich in seine Augen. „Sicher fragt Ihr Euch, weshalb ich Euch aufgesucht habe. Nun, eigentlich hatte ich nicht die Absicht, Euch mit meiner unschönen Vergangenheit zu konfrontieren. Und ich bitte um Entschuldigung für meine Vorwürfe. Denn natürlich konntet Ihr tatsächlich nicht ahnen, wie es mir erging. Eigentlich wollte ich bloß wissen, wer der Mann ist, der mein Vater sein soll. Eure Enthüllungen über meine Mutter und Sonja haben mich wohl etwas aus dem Konzept gebracht."

„Jedenfalls", fuhr ich nach einer kurzen Pause fort, „bin ich nicht gekommen, um irgendwelche Ansprüche zu erheben. Ihr, oder Eure Kinder brauchen sich nicht zu sorgen, dass ich einen Erbteil oder dergleichen verlange."

„Aber du bist mein ältester Nachkomme. Und demzufolge hast du ein Anrecht auf deinen Erbteil. Du bist sogar mein Haupterbe und ich werde dafür sorgen, dass dir deine Geschwister nichts streitig machen. Ich besitze genug, dass es für alle meine Kinder ausreicht."

Ich schüttelte heftig den Kopf und blickte ihn fast feindselig an. „Nein. Ich bin nur Euer Bastard. Wie ich bereits sagte, ich fordere nichts von Euch. Als ein - wenn auch nur adoptierter Verwandter von Baron Krolov besitze ich selbst genug. Mehr, als ich je brauchen werde. Bitte demütigt mich nicht, indem Ihr mir unterstellt, ich wäre auf einen Erbteil aus. Ich wollte wirklich nur den Mann kennenlernen, der mich gezeugt hat."

Ich erhob mich brüsk und stellte sorgfältig den Stuhl auf seinen Platz zurück. Dann blickte ich meinem Vater in die Augen. Er hatte sich ebenfalls erhoben und stand dicht vor mir. Ich konnte die Gefühle, die sich in seinem Gesicht widerspiegelten nicht deuten. Plötzlich riss er mich impulsiv in seine Arme und drückte mich fest an sich. Und ich umarmte ihn ebenso spontan.

Es war ein seltsam ergreifendes Gefühl, meinen Vater zu umarmen. Es gab mir eine schwache Ahnung von dem, was hätte sein können, wäre es uns vergönnt gewesen, ein normales Vater-Sohn-Verhältnis aufzubauen. Aber es war anders gekommen und wir fühlten beide, dass es zu spät war. Langsam lösten wir uns voneinander, beide etwas verlegen. Er hielt mich leicht an den Armen zurück und betrachtete mich noch einmal intensiv. „Werde ich dich wiedersehen?", fragte er leise, doch er schien die Antwort bereits zu kennen.

„Wirst du mir jemals verzeihen können?" Seine Augen blickten angst- und hoffnungsvoll zugleich. Ich nickte. „Ja", sagte ich ernst und löste mich endgültig von ihm. Dann ging ich zur Tür und verließ das Haus.

Sascha stand dösend unter dem Baum, ich weckte sie durch eine sanfte Berührung ihrer Nüstern auf und stieg in den Sattel. Dann ritt ich davon, ohne mich noch einmal umzublicken.

Ich ritt ganz in Gedanken versunken die kurze Allee entlang, die vom Gut zur Straße führte. In mir war ein bisher nicht gekanntes Gefühl des Verlustes und ich spürte Tränen in meinen Augen brennen. Hatte ich einen Fehler gemacht, als ich beschloss, nie mehr hierher zurückzukommen?

Eine jähe Bewegung zwischen den Bäumen schreckte mich aus den trüben Gedanken auf. Sascha war ebenso erschrocken wie ich. Sie bäumte sich laut wiehernd auf und ich hatte einen Moment lang zu tun, um nicht abgeworfen zu werden. Als sie schnaubend stand, warf ich einen ungnädigen Blick auf den Störenfried, der so rasch zwischen den Büschen aufgetaucht war. Erstaunt bemerkte ich den ältesten meiner Brüder, der mich so feindselig begrüßt hatte.

„Willst du, dass ich mir den Hals breche?" fauchte ich ihn an. „Eigentlich solltest du wissen, wie man sich einem Pferd nähert."

Er starrte ausdruckslos zu mir auf und packte Saschas Zügel knapp unter ihrem Kinn um sie ruhig zu halten.

„Kann ich mit dir reden?" fragte er mich genauso barsch, wie vorhin. Der junge Mann hat eindeutig keine guten Manieren, ging es mir durch den Kopf. Vielleicht sollte ich ihm eine brüderliche Zurechtweisung zukommen lassen. Der Gedanke gefiel mir, ich lächelte ihm grimmig zu und stieg vom Pferd. Mit einer Handbewegung deutete ich auf eine kleine Bank die in einiger Entfernung vor einem steinernen Heiligenbild aufgestellt war. Schweigend gingen wir darauf zu und setzten uns so weit auseinander, wie es die Bank zuließ.

Ich stellte lässig ein Bein zwischen uns auf das von der Sonne ausgebleichte Holz und legte meine Arme locker um mein Knie. Auf diese Weise war ich ihm zugewandt und konnte ihn ungeniert anstarren. Was ich so ausgiebig tat, dass er schließlich den Blick abwandte. Ich war zufrieden.

„Was willst du mit mir besprechen?" fragte ich betont gelangweilt, als er hartnäckig schwieg. Dabei betrachtete ich interessiert das steinerne Bildnis, auf dem ein Mann in einem langen Gewand und mit einer seltsamen hohen Mütze abgebildet war. Er sah den Popen ähnlich, die in den Kirchen Kiews die Messen abhielten. Ich wusste so gut wie nichts über religiöse Dinge, das war eines der wenigen Themen, die meine Lehrer weitgehend ausgespart hatten. Neugierig fragte ich. „Wen stellt das dar? Mein Halbbruder folgte meinem Blick zu dem steinernen Bildnis und Erstaunen lag in seinem Blick. „Das weißt du nicht? Es ist dein Namenspatron, der heilige Nikolai. Vater hat das Bild vor langer Zeit hier aufstellen lassen."

„Mit diesen frommen Dingen kenne ich mich nicht aus" gab ich widerwillig zu. „Das hat mir nie jemand beigebracht."

„Dafür hat man dir Dinge beigebracht, die alles andere als fromm waren", sagt er anzüglich und schaute mir wissend in die Augen. Ich runzelte die Stirn und empfand plötzlich ein Kältegefühl zwischen den Schulterblättern.

„Hast du gelauscht?" Das musste er ja wohl, woher sollte er es sonst wissen. Er nickte freimütig. „War ja auch kaum zu vermeiden, so laut wie du geschrien hast. Aber du hast Recht, ich habe gelauscht und alles gehört. Auch das, was du leise erzählt hast. Es war sehr... aufschlussreich."

Nun denn, dann wusste er es eben. Was sollte er mit seinem Wissen schon anfangen? Ich würde mir jedenfalls nicht von einem jüngeren Halbbruder meine verkorkste Vergangenheit vorhalten lassen. Gelassener als mir zumute war, zuckte ich die Schultern.

„Na, dann hast du sicher auch gehört, dass ich dir dein Erbe nicht streitig machen will. Du kannst also ganz beruhigt sein. War es das, was du mit mir besprechen möchtest? Ich kann dir versichern, es bleibt bei meinem Wort. Ich will nichts haben, ich wollte nur den Mann kennenlernen, der mein Erzeuger ist. Er, du und deine Geschwister haben nichts von mir zu befürchten."

Er schaute mich grübelnd an und nun war nichts mehr von der Feindseligkeit zu spüren, die er noch vor einigen Minuten gezeigt hatte. Tief Luft holend, so als habe er sich zu einem Entschluss durchgerungen, erläuterte er.

„Nein, ich befürchte nicht, dass du mir mein Erbe wegnimmst. Eigentlich bin ich nur neugierig auf dich. Schließlich taucht nicht jeden Tag ein langer verschollener Halbbruder auf. Vielleicht war ich nur eifersüchtig, weil Vater so oft von dir gesprochen hat."

„Er hat von mir gesprochen? Wann?" Nun war es an mir, perplex zu schauen.

Er zuckte mit einer Schulter. „Immer. Seit ich denken kann hat er mir und auch meinen Geschwistern von dir erzählt. Er sagte uns, wir hätten einen älteren Halbbruder, den er leider vor vielen Jahren aus den Augen verloren hatte. Er war dann immer sehr traurig, weil er noch nicht einmal deinen Namen wusste. Und er hat uns erklärt, würdest du jemals auftauchen, hättest du die gleichen Rechte wie wir anderen auch."

Ich schluckte einen Kloß im Hals hinunter. Darauf war ich nicht gefasst gewesen. Auf einmal kam ich mir schäbig vor. Was hatte ich meinem Vater in meinem Zorn alles an den Kopf geworfen. Ich hatte ganz selbstverständlich angenommen, nur mir wäre großes Unrecht geschehen und ihm nicht geglaubt, als er mir versicherte, wie sehr er um meinen Verlust getrauert hat.

Beschämt warf ich einen Blick zum Haus zurück. Ich hatte ihm bitter vorgehalten, wie ich mich von ihm verraten gefühlt hatte. Konnte ich jemals wieder gutmachen, was ich ihm angetan hatte?

„Als du vor der Tür standst, habe ich dich sofort erkannt. Und die Eifersucht stach wie ein Dolch in mein Herz." Die Worte meines Halbbruders drangen zäh in mein verwirrtes Gehirn. Ich musste mich zusammennehmen, ihm zuzuhören. Er redete unbeirrt weiter.

„Deshalb war ich auch so kalt zu dir. Ich hätte dich am liebsten wieder fortgeschickt. Aber dann dachte ich an Vater, wie sehr er sich freuen würde, dich zu sehen."

Er schaute mir jetzt ehrlich in die Augen. „Ich habe dich aufgehalten, weil ich dich bitten wollte, deine Entscheidung nochmals zu überdenken. Ich fürchte, du hast Vater mit deinen harschen Worten das Herz gebrochen. Und das hat er einfach nicht verdient."

„Aber... warum hat er mir das nicht selbst gesagt? Ich war wirklich der Meinung, er hätte es einfach aufgegeben an mich zu denken. Deshalb war ich so wütend."

„Er ist ein sehr stolzer Mann. Ich glaube, auch in dieser Beziehung seid ihr euch sehr ähnlich. Er konnte es..."

Ein Schrei aus einem Kindermund ließ ihn innehalten. Alarmiert sah er den Weg entlang, auf dem uns jetzt eine meiner Halbschwestern entgegen gerannt kam. Sie fuchtelte wild mit den Armen und keuchte atemlos als sie bei uns ankam. „Alexeij" rief sie keuchend aus und hielt sich die Seite. „Komm schnell ins Haus. Es ist Vater..."

Mich durchfuhr ein eisiger Schrecken. Was war geschehen? Hatte ihm die Begegnung mit mir so zugesetzt, dass er zusammengebrochen war?

Ohne nachzudenken schwang ich mich auf meine Stute und preschte zum Haus zurück. Vor der Tür sprang ich aus dem Sattel und rannte hinein.

Er lag in dem Zimmer, in dem ich ihn verlassen hatte. Sein Gesicht war aschfahl und er rührte sich nicht. Aber als ich mich neben ihm niederkniete sah ich wie sein Brustkorb sich hob und senkte. Beklommen sah ich seine Frau an, die bleich neben ihm kauerte und ein nasses Tuch auswrang, um es ihm auf die Stirn zu legen.

„Er hat sich plötzlich ans Herz gegriffen und ist zusammengebrochen", erklärte sie leise schluchzend. „Die Aufregung war sicher zu viel für ihn."

Keine Vorwürfe, keine beschuldigenden Blicke. Trotzdem kam ich mir mies vor.

„Wir sollten ihn nicht auf dem Boden liegenlassen", murmelte ich betreten und schob vorsichtig einen Arm unter den Oberkörper des Bewusstlosen. Den anderen schob ich unter seine Beine und hob ihn an. Er war ein schwerer Mann, schwerer als ich und ich schaffte es nur unter Aufbietung aller Kräfte, ihn hochzuheben. Zum Glück kam jetzt Alexeij zur Tür herein und fasste mit an. Mit vereinten Kräften gelang es uns, ihn in den oberen Stock zu tragen und aufs Bett zu legen. Seine Frau drängte

uns zur Seite und begann ihn erneut mit kühlenden Tüchern zu bearbeiten. Alexeij, ich und die anderen Kinder standen stumm besorgt um das Bett herum.
Nach einiger Zeit flatterten Taraslows Lider und dann schlug er die Augen auf. Sein stumpfer Blick glitt ziellos durch das Zimmer und blieb dann auf den Familienmitgliedern um sich herumhängen. Prüfend schaute er jeden einzelnen an. Als er zu mir kam, verhielten seine Augen und klärten sich ein wenig.
„Nicolas", krächzte er leise und lächelte verzerrt. „Du bist zurückgekommen." Die Augen fielen ihm wieder zu und er schien zu schlafen. Leise verließen wir das Zimmer und überließen ihn der liebevollen Pflege seiner Frau.

Ich blieb wie selbstverständlich bei meinen Halbgeschwistern und sie schienen mich zu akzeptieren. Leise unterhielten sie sich und ich erfuhr, dass mein Vater schon einige Male solch einen Herzanfall gehabt hatte. Das beruhigte mein schlechtes Gewissen ein klein wenig und nahm mir etwas von meinen drückenden Schuldgefühlen. Aber natürlich war mir klar, dass ich der Auslöser seiner Herzattacke war.
Zu meiner großen Erleichterung erholte er sich innerhalb der nächsten Tage vollständig von seiner Krankheit. Ich folgte der Einladung seiner Frau und blieb, bis er wieder ganz genesen war. In diesen wenigen Tagen lernte ich meine Halbgeschwister besser kennen. Sie behandelten mich tatsächlich wie ein lange vermisstes Familienmitglied und das tat mir unendlich wohl.
Dann kam der Tag, an dem mein Vater sich kräftig genug fühlte, um das Bett zu verlassen. Und die Stunde, in der wir uns wirklich aussprachen. Ohne Schuldzuweisung oder unüberlegte Wutanfälle. In den zurückliegenden Tagen hatten wir beide genug Gelegenheit gehabt, über unsere wahren Gefühle nachzudenken.
Es wurde ein sauberes, ehrliches Gespräch zwischen Vater und Sohn, dass alle Ungereimtheiten und noch bestehende Zweifel beseitigte. Ich sah ein, dass Nikolai Taraslow sein Möglichstes getan hatte, um mich zu sich zu nehmen. Dass es ihm nicht gelungen war, war ganz allein Sonjas Schuld. Später kamen dann die übrigen Familienmitglieder dazu und wir sprachen uns nochmals aus. Alle waren sich einig, dass ich fortan in ihrer Mitte bleiben sollte, falls das auch mein Wunsch sei. Ich dachte lange darüber

nach und entschied mich dann für Wladimir. Er war mir Freund und Familie zugleich. Schon seit Nächten erschien er nicht in meinen Gedanken, selbst als ich ihn rief und um seinen Rat bat, meldete er sich nicht. Er wollte mich nicht beeinflussen, die Entscheidung lag ganz allein bei mir.

Auch mein Vater und meine Geschwister akzeptierten meinen Wunsch, nach Hause zurückzukehren. Doch sie versicherten mir ernst, ihr Haus stünde mir jederzeit offen. Am Tag meiner Abreise trafen wir uns alle nochmals im großen Wohnzimmer. Meine kleineren Brüder und Schwestern hatten mir mit viel Eifer ein Bild der ganzen Familie gemalt, dass sie mir feierlich überreichten. Gerührt betrachtete ich die mehr oder minder gelungenen Zeichnungen und rollte das Pergament dann sorgfältig zusammen. Es sollten fortan mein Zimmer schmücken und mich daran erinnern, dass es endlich eine Familie für mich gab, die mich stets willkommen heißen würde.

Mein Vater umarmte mich zum Abschied und bat mich, bald wieder vorbeizukommen. Ich versprach es ihm ehrlichen Herzens. Doch es sollte zu keinem Wiedersehen kommen. Ein halbes Jahr später erreichte mich die Nachricht von seinem plötzlichen Herztod. Wie mir seine Frau in ihrem Brief glaubhaft versicherte, starb er mit meinem Namen auf den Lippen.

Kapitel 15: Die Abrechnung

Ich überlegte mir während meines Heimrittes ernsthaft, ob ich Sonja noch einmal aufsuchen oder die Sache einfach auf sich beruhen lassen sollte. Brachte es mir mehr Seelenfrieden, wenn ich ihr meinen Triumph über ihre Intrigen entgegen spie? Oder würde es mich abermals in tiefe Verzweiflung stürzen, wenn ich nochmals mit meiner schlimmen Vergangenheit und vor allem mit Sonjas Bösartigkeit konfrontiert wurde?

Ich war mir noch immer nicht im Klaren darüber, als die ersten Häuser Kiews in der flimmernden Mittagshitze vor mir auftauchten. Sascha trabte müde den staubigen, ausgefahrenen Weg entlang. Ab und zu stolperte sie, ein Zeichen, dass sie erschöpft war. Ich tätschelte ihr den staubigen Hals und sprach leise auf sie ein. Durch meine Grübeleien hatte ich zu wenig auf die Stute geachtet und sie übermäßig erschöpft. Das tat mir nun leid und deshalb ritt ich jetzt querfeldein zu einem nahen Bach, der unter den tiefhängenden Ästen alter Weidenbäume munter dahinfloss.

Als ich aus dem Sattel stieg wurde mir meine eigene Müdigkeit bewusst. Meine Muskeln waren durch die Strapazen des langen Rittes verhärtet und ich dehnte mich ächzend. Das Plätschern des Baches beflügelte meine Phantasie. Ich stellte mir vor, wie angenehm es wäre, in die kühlen Fluten zu steigen.

Warum eigentlich nicht, kam es mir in den Sinn. Ich hatte doch Zeit. Niemand erwartete mich. Wladimir lag noch Stunden in seinem Todesschlaf und außer ihm wusste niemand, dass ich auf dem Rückweg war. Wundersamer Weise war er wieder in meinen Gedanken erschienen, sobald mein Entschluss feststand, nach Hause zurückzukehren. Wenn ich ihn heute Abend wiedersah, nahm ich mir vor, musste ich ihn unbedingt fragen, wie er das angestellt hatte.

Sascha schien vom Wasser ebenfalls magisch angezogen, sie zerrte an den Zügeln und zog mich ein Stück mit sich. Ich musste erst schimpfen, ehe sie aufgab. Als ich ihren sehnsüchtigen Blick zum Bach sah, musste ich lachen.

„Du hast ja Recht, mein Mädchen. Warum sollen wir beiden Hübschen uns nicht ein kühles Bad gönnen. Warte, ich befreie dich von deiner Last, dann kannst du baden gehen."

Schnell war sie ihres Sattels und Zaumzeugs ledig und ich gab ihr einen aufmunternden Klaps auf die Kruppe. Sie war sehr durstig und trabte eilig zum Wasser. Ich ließ sie gewähren, ich wusste, sie würde sich nicht allzu weit von mir entfernen.

Langsam pellte ich mich aus meinen staubigen, verschwitzten Kleidern und schüttelte sie kräftig aus, bevor ich sie auf einen niedrigen Ast hängte. Dann folgte ich dem schmalen Trampelpfad, den das Pferd im hohen Gras hinterlassen hatte.

Der Bach war an dieser Stelle breit und etwa einen Meter tief. Das sah ich an Sascha, die bis zum Bauch darinstand. Ich watete zu ihr hin und ließ mich dann neben ihr in das kühle Nass sinken. Es war eine wahre Wohltat und ich tauchte prustend unter.

Nach einer Weile wurde mir die Kälte des Wassers unangenehm und ich tappte zum Ufer zurück. Ein langer flacher Stein lud zum Ausruhen ein. Er war warm von der Sonne und ich legte mich nackt darauf nieder und schloss wohlig seufzend die Lider.

Etwas kribbelte an meiner Leiste und ich griff träge hin um das lästige Insekt zu verscheuchen. Dabei rieben meine Fingerspitzen über meine feuchte Haut.

Und da spürte ich sie wieder, diese Ei großen elastischen Knoten, die sich manchmal vergrößerten und dann wieder verschwanden. Ich hatte sie schon öfter ertastet. Es gab sie in meiner Leistengegend und auch in meinen Achselhöhlen. Obwohl sie nicht wehtaten, beunruhigte mich ihr Erscheinen immer ein wenig. Sie strahlten etwas Bedrohliches und Schleichendes aus. Zum ersten Mal hatte ich sie vor ein paar Jahren bemerkt. Damals war ihr Auftreten mit heftigem Fieber und Ausschlag einhergegangen. Diese Schübe dauerten meist nur wenige Stunden und im Höchstfall ein, zwei Tage an. In den symptomlosen Wochen dazwischen fühlte ich mich stets gut.

Selbst Wladimir waren diese Knoten nicht ganz geheuer. Er schien es zu riechen oder sonst wie zu bemerken, sobald ich von ihnen befallen wurde. Dann beobachtete er mich einige Tage heimlich und wie es mir vorkam, besorgt. Aber er hatte sich noch nie dazu geäußert und mich befiel stets eine angstvolle Scheu, wenn ich es erwägte, ihn danach zu fragen.

Um mich von den unheilschwangeren Mutmaßungen über meine Gesundheit abzulenken, zwang ich meine Gedanken wieder zu meinem Problem mit Sonja. Ich befand mich ganz in der Nähe ihres Bordells und musste mich endlich entscheiden, ob ich sie nochmals aufsuchen wollte. Nachdenklich zog ich mich wieder an und pfiff dann Sascha aus dem

Bach. Sie kam nur sehr widerwillig angetrabt. Das Wasser troff von ihren Flanken und sie überschüttete mich mit einem Sprühregen, als sie sich wie ein Hund schüttelte.
Ich rieb ihren Leib mit dürren Grasbüscheln trocken und sattelte sie dann um meinen Weg fortzusetzen. Als ich wenig später an die Weggabelung kam, die mich entweder nach Hause oder zu Sonja führen würde, schlug ich wie selbstverständlich den Weg zum Bordell ein. Ja, ich würde sie noch einmal aufsuchen, die Frau, die meine Großmutter war. Was ich mir davon erhoffte war mir selbst nicht klar. Vielleicht wollte ich nur die Betroffenheit in ihren Augen sehen, wenn sie erfuhr, dass ich ihr lange gehütetes Geheimnis enthüllt hatte. Um ein für alle Mal mit ihr abzurechnen fühlte ich mich emotional zu müde und ausgelaugt.
Da ich nicht die Absicht hatte lange zu bleiben, band ich meine Stute vor der Tür an einen Holm und betrat das Haus.
Jetzt, um die Mittagszeit, herrschte kein Betrieb. Keine Menschenseele war zu sehen. Die meisten der Mädchen ruhten sich in ihren Zimmern aus und Sonja würde wie immer ihren täglichen Mittagsschlaf abhalten. Nun, dann würde ich sie eben wecken. Ich pochte einmal laut an die Türe ihres Zimmers, wartete aber keine Aufforderung ab, sondern betrat sofort den kleinen Raum.
Sie saß zusammengesunken in ihrem Sessel und blickte erschrocken auf. Als sie mich erkannte, sank sie noch mehr in sich zusammen. Aber sie hielt meinem kalten Blick stand.
„Du hast es also herausgefunden." Es war keine Frage, sondern eine Feststellung und ich hörte die Resignation in ihrer dünnen Altweiberstimme. „Als ich dich sah, deine wilde Entschlossenheit, da war mir klar, dass du es herausfinden würdest. Was willst du jetzt noch von mir? Wenn du auf Reue hoffst, so muss ich dich enttäuschen. Ich bereue nichts. Kannst du mich nicht einfach in Frieden lassen?"
„Warum sollte ich dich in Frieden lassen? Auf deine Reue pfeife ich. Und nur weil du jetzt eine alte Frau bist, werde ich dir nicht vergeben", erwiderte ich beißend und ließ mich mit dem Rücken gegen die Wand sinken. Die Luft im Zimmer war muffig und verbraucht. Ich konnte Sonjas alten, ungewaschenen Körper riechen. Um den Geruch zu kaschieren hatte sie sich mit süßlich duftendem Parfüm besprizt. Das erinnerte mich an früher und ich fühlte Ekel in mir aufsteigen. Aber ich verdrängte ihn gewaltsam und beugte meinen Oberkörper etwas vor, um

meine Arme auf die Lehnen ihres Sessels zu stützen. So konnte ich ihr besser in die Augen sehen. Denn ihre Augen würden mir ihre wahren Gefühle verraten.

„Warum Sonja?" fragte ich genau wie beim ersten Mal. „Warum hast du mir verschwiegen, dass meine Mutter keine Hure, sondern deine Tochter war?"

„Sie war eine Hure!" keifte sie und ihr stinkender Atem schlug mir ins Gesicht. „Sie hat sich mit diesem Kerl eingelassen und er hat sie geschwängert. Er ist schuld an ihrem Tod. Genau wie du."

Ich konnte nur ungläubig den Kopf schütteln. War sie geistig nicht mehr ganz klar? Brachte sie alles durcheinander oder hatte sie sich so lange etwas vorgemacht, dass sie es selbst glaubte?

„Du hast sie doch an ihn verkauft. Deine eigene Tochter. Und nicht nur einmal. Mein Vater hat mir die Geschichte erzählt. Du konntest den Hals nicht vollkriegen und hast ihm für viel Geld deine noch jungfräuliche Tochter angeboten. Aber deine Rechnung ging nicht auf, denn die beiden haben sich ineinander verliebt."

„Ach was, verliebt. Liebe hat in unserem Gewerbe nichts verloren. Da stören derlei Gefühle nur. Nein, das konnte ich nicht dulden. Galina sollte einmal mein Lebenswerk fortsetzen und das Bordell übernehmen. Deshalb sah ich mich gezwungen, sie anzulernen. Mit sechzehn war sie alt genug. Früher habe ich auch mitgearbeitet. Aber dann verknallt sie sich in den erstbesten Kerl und lässt sich von ihm schwängern. Ja, die beiden wollten sogar heiraten und fortziehen. Das konnte ich nicht dulden. Deshalb habe ich ihr verboten, den Mann wiederzusehen. Zum Glück ist er dann ja versetzt worden, aber leider zu spät. Sie hatte dich schon im Bauch."

„Es wundert mich, dass du sie nicht gezwungen hast mich abzutreiben. Das wäre für dich doch die einfachste Lösung gewesen. Was hat dich gehindert? Doch nicht etwa dein Gewissen." Sie überhörte den sarkastischen Tonfall meiner Stimme und verzog nur angewidert die Lippen.

„Das war natürlich mein erster Gedanke", gab sie unverblümt zu. „Ich wollte ihr einen Trank geben, der das Problem aus der Welt geschafft hätte. Aber sie weigerte sich und hat mir gedroht, für immer zu verschwinden, sollte ich sie dazu zwingen. Sie sagte, wenn sie schon deinen Vater nicht haben könne, so wolle sie wenigstens sein Kind haben.

Und was hat ihr diese Sturheit eingebracht? Du hast sie getötet. Du warst zu groß und zu schwer für ihren zarten Körper. Es hat sie umgebracht, dich zur Welt zu bringen."
Anscheinend hat sie ihre Tochter doch geliebt, ging es mir durch den Kopf. Zwar auf eine seltsam verquere Weise, aber dennoch... Ihre nächsten Worte bestätigten mir diese Vermutung. Ihre Stimme bebte als sie hervorstieß. „Warum sie? Warum meine kleine Galina. Sie war doch alles was ich hatte. Hättest nicht du statt ihrer sterben können? Nein, du lebtest und hast mich jeden Tag an meinen Verlust erinnert, wenn du mich mit deinen hellen Augen angeschaut hast."
Ich war verwirrt „Nur deshalb hast du mich so sehr gehasst? Weil ich am Leben blieb und sie starb? Aber ich konnte doch nichts für meine Geburt, schließlich habe ich mich nicht selbst gezeugt. Und du hast mich immerhin großgezogen. Warum, wenn du mich doch gar nicht wolltest? Hattest du etwa Skrupel, ein neugeborenes Kind zu töten? Weshalb durfte ich nicht zu meinem Vater? Er wollte mich doch zu sich nehmen. Du hättest mich nie mehr in deinem Leben sehen müssen."
Ihre stumpfen Augen bekamen einen fieberhaften Glanz und sie bleckte ihre braunen Zahnstummel. Sie zitterte vor Hass als sie mir ins Gesicht schleuderte: „Nein, das wollte ich auf keinen Fall. Er war für deine Zeugung verantwortlich und somit für Galinas Tod. Ich habe dich ihm verweigert, weil ich wusste, wie unglücklich ihn das machen würde. Am liebsten hätte ich ihm sogar erzählt, wie sehr ich dich hasste. Aber das durfte er nicht erfahren, denn sonst hätte er dich mir mit Gewalt weggenommen. Dann wären meine Rachepläne zunichte gewesen."
„Rachepläne? Du willst mir sagen, du hättest all das geplant, was du mir angetan hast?"
Voller Triumph sah sie zu mir auf. „Ich hatte geplant, dich irgendwann zu töten. Wenn er sich erst an dich gewöhnt hätte. Nur deshalb habe ich ihm gewährt, dich manchmal zu besuchen. Er sollte dich liebgewinnen, damit er umso mehr leidet, wenn du stirbst. Aber es kam leider anders, als ich gedacht hatte. Er musste für viele Jahre nach Moskau gehen und ich hatte Angst, er würde niemals von deinem Tod erfahren. Also habe ich dich noch länger durchgefüttert. Aber das war nicht weiter schlimm, denn du hast mir ja sogar noch Geld eingebracht."
Am liebsten hätte ich ihr das höhnische Grinsen mit einem Faustschlag aus dem Gesicht gewischt aber ich bezähmte meine Mordgedanken.

Ich wollte die ganze Wahrheit von ihr hören. Tonlos bestätigte ich. „Du hast Geld mit mir gemacht, indem du mich an diese Lüstlinge verkauft hast."
Jetzt lachte sie meckernd, so als wäre das ihre beste Idee gewesen. „Ja, genau. Dabei ist mir das zu Anfang nicht einmal selbst in den Sinn gekommen. Eigentlich schade, sonst hätte ich schon viel früher an dir verdient. Aber immerhin lief das Geschäft ganz gut, diese Kerle waren regelrecht versessen auf dein unschuldiges Engelsgesicht. Und mir war jede Gelegenheit recht, dich zu piesacken. Aber nach einigen Jahren war ich mir nicht mehr sicher, ob dein Vater jemals wiederkäme. Außerdem wurdest du mir zu groß und kräftig. Ich bezweifelte, dich noch lange beherrschen zu können. Da kam mir Semjonovs Angebot gerade recht. So konnte ich meine Rache vollenden und hatte dich endlich los.
Als Taraslow bei mir erschien, kurz nachdem ich dich verkauft hatte, hätte ich ihm am liebsten ins Gesicht geschrien, welches Schicksal ich dir beschert hatte. Ich stellte mir sein Gesicht vor, wenn er erführe, was du fortan würdest erleiden müssen. Leider konnte ich das nicht wagen, denn dann hätte er deinen Aufenthaltsort gewaltsam aus mir herausgepresst. So blieb mir nur die Genugtuung, dass ich selbst wusste, wie es dir erging. Ich malte mir täglich aus, was Semjonov mit dir tun würde. Ich sah es förmlich vor mir, denn ich habe seine Vorlieben gut gekannt. Die Gedanken daran waren Balsam für meine wunde Seele."
Ihre Augen glitzerten jetzt vor Wahnsinn. Ja, sie musste wahnsinnig sein. Nur ein krankes Gehirn konnte auf solch eine Rache an einem unschuldigen Kind kommen.
„Was willst du nun tun, Nicolas? Nun, da du endlich die ganze Wahrheit weißt? Wirst du mich umbringen?" Sie schleuderte die Worte hasserfüllt hervor. Dabei traten ihr Spucke Blasen vor den Mund und sprühten mir ins Gesicht. Angeekelt wischte ich sie mir mit dem Ärmel fort.
In mir breitete sich eine eisige Kälte aus. Selbst in meinen wildesten Gedanken war mir nicht in den Sinn gekommen, dass sie mich aus purem Hass so gequält hatte. Dass sie systematisch meinen Tod geplant und eiskalt darauf hingearbeitet hatte.
Ich ließ mir ihre höhnische Frage ernsthaft durch den Kopf gehen. Was konnte ich tun, um sie angemessen für ihr Handeln zu bestrafen? Ich wäre ein Lügner, wenn ich behaupten würde, es wäre mir nicht in den Sinn gekommen, sie zu töten. In meinen Gedanken legte ich meine Hände um

ihren faltigen Hals. Ich konnte fast die Wärme ihrer Haut spüren, ihren klebrigen Angstschweiß riechen...
Ich sah, wie sich ihre Augen in plötzlich aufkeimender Todesangst weiteten. Ich malte mir aus, wie es wäre, wenn sie aus ihren Höhlen quellen würden und ihr Blick schließlich brechen würde.
Aber meine Hände hingen bewegungslos und schlaff an meinen Seiten herab, nur meine Finger krampften sich sekundenlang zusammen, so als ob sie zudrücken wollten. Dann siegte mein Verstand über meine Mordgelüste. Was würde es mir bringen, wenn ich sie erwürgte? Nur einen Moment zweifelhafter Befriedigung, vielleicht noch nicht einmal das. Nein, es würde mich mehr befriedigen, wenn ich wüsste, dass sie mit ihren Hass Gedanken weiterleben musste, wohl wissend das ihre bösen Intrigen letztendlich nicht aufgegangen waren.
„Nein!" stieß ich hervor. „Ich werde dich nicht töten. Der Tod wäre zu gnädig für dich. Du bist eine Wahnsinnige, Sonja. Eine Schlange, die an ihrem eigenen Gift zugrunde gehen wird. Sieh dich an, was dir deine Bosheit eingebracht hat. Du bist eine alte verbitterte Frau, die in der Gewissheit sterben wird, nichts im Leben erreicht zu haben. Denn dein tödlicher Plan ist fehlgeschlagen. Ich bin nicht nur Semjonov entkommen, nein, ich bin auch noch ein reicher, glücklicher und angesehener Mann geworden. Daran sollst du fortan denken und dich darüber schwarzärgern. Ich hoffe, du lebst noch sehr, sehr lange, Großmutter."
Angewidert drehte ich mich zur Türe um. Ich konnte in ihrer Gegenwart nicht mehr atmen und mir war übel. Ich ging, ohne sie noch einmal anzusehen.

Nachdem ich vom Hof des Bordells geritten und so weit weg war, dass ich von dort aus nicht mehr gesehen werden konnte, hielt ich mein Pferd an. Ich zitterte am ganzen Leib und trotz der Hitze überzog eine Gänsehaut meinen Körper. Ich ließ mich von Saschas Rücken rutschen und lehnte mich dann gegen sie, mein Gesicht in ihrer Mähne vergraben.
Ich konnte nicht genau sagen warum, aber mir war zum Heulen zumute. Diese alte Schlampe, dachte ich erbittert. Sie schafft es tatsächlich immer noch, mich zum Weinen zu bringen. Ich meinte wieder der kleine Junge zu sein, der, hinter einem Pferd angebunden und flennend von ihrem Hof gezerrt wurde. Damals hätte ich alles dafür gegeben, bei ihr bleiben zu dürfen. Ihr Geständnis, dass sie mich aus unbändigem Hass an Semjonov

verschachert hatte, machte mir mehr zu schaffen als meine bisherige Vermutung, sie hätte es des Geldes wegen getan.
Sascha stieß ein tiefes, brummendes Schnauben aus. Es klang, als wolle sie mich trösten. Ich nahm meine Stirn von ihrem Hals und rieb mir die Augen trocken. Dann klopfte ich ihr dankbar den muskulösen Hals.
„Du hast ja Recht, mein Mädchen. Die alte Hexe ist es wirklich nicht wert, ihretwegen nur eine Träne zu vergießen. Komm, lasse uns heim reiten. Dorthin, wo wir willkommen sind."

Wladimir strahlte zufrieden, als er mich am Abend wohlbehalten in einem Sessel in seinem Wohnzimmer vorfand. Wortlos zog er mich in seine Arme und drückte mich sekundenlang an sich. Es tat mir gut, seine tiefe Freundschaft zu spüren. Nach meiner unerfreulichen Begegnung mit meiner Großmutter war ich sehr empfänglich für das Gefühl, willkommen zu sein.
Er setzte sich mir gegenüber und schaute mir mit gespanntem Interesse ins Gesicht. „Na, wie ist deine Reise verlaufen? Hast du erreicht, was du dir vorgenommen hast? Du siehst ein wenig erschöpft aus. Fühlst du dich nicht wohl?" Besorgt ließ er seinen prüfenden Blick über mich gleiten.
Ich winkte ab.
„Vielleicht ein bisschen nervös. Aber das legt sich sicher bald wieder. Außerdem war es ein sehr heißer Tag und ich bin lange geritten. Eine Nacht voll ausreichendem Schlaf wird mich schon wieder auf die Beine bringen. Aber wie steht es mit dir? Willst du nicht jagen gehen? Wir können uns auch später noch unterhalten."
Jetzt war er es, der nachlässig abwinkte. „Das hat Zeit. Jetzt spann mich nicht länger auf die Folter. Ich weiß durch meine kurzen Kontakte mit dir, dass du deinen Vater gefunden hast. Aber ist die Begegnung auch so gewesen, wie du es dir erhofft hast?"
Ich erzählte ihm, auf welche Weise ich meinen Vater gefunden hatte und ließ auch unseren Streit und das Misstrauen nicht aus, das ich anfangs empfunden hatte. Wladimir hörte mir stumm zu und ich sah seiner Miene an, wie er sich mit mir freute oder mit mir litt. Denn selbstverständlich ließ ich auch die Begegnung mit Sonja nicht aus. Als ich geendet hatte, beugte er sich zu mir und legte mir tröstend eine Hand auf die Schulter.
„Versuche, diese Frau zu vergessen, Nicolas. Sie hat dir schon so viel Unglück beschert. Lasse nicht zu, dass sie dein weiteres Leben vergiftet.

Es ist gut, dass du sie nicht getötet hast, es ist ganz sicher viel schlimmer für sie mit ihrer unerfüllten Rache weiterleben zu müssen."
Nach einer Weile erhob er sich, um auf die Jagd zu gehen. Unter der Tür blieb er nochmals stehen und betrachtete mich abwägend. „Du solltest gleich ins Bett gehen und dich gründlich ausschlafen", riet er. „Du machst einen ungewohnt erschöpften Eindruck. Bist du sicher, dass dir nichts fehlt?"
Wieder einmal waren die seltsamen Schwellungen meiner Lymphdrüsen seinem vampirischen Instinkt nicht entgangen. Ich konnte die Besorgnis in seinen Augen sehen, obwohl er versuchte, einen neutralen Gesichtsausdruck zu zeigen. Das gab mir zu denken und Angst keimte in mir auf. Doch ich winkte matt ab.
„Es ist nichts, Wladimir. Die Hitze und die Strapazen des langen Rittes haben mich etwas erschöpft. Ich werde deinen Rat befolgen und zu Bett gehen. Morgen sehe ich dann bestimmt schon wieder besser aus."
Er nickte lächelnd aber der Ernst schwand nicht aus seinen Augen.
„Ja, so wird es wohl sein. Ich wünsche dir eine gute Nacht, Nicolas.
Am nächsten Morgen wachte ich mit Kopfschmerzen auf und legte mir stöhnend den Arm übers Gesicht. Das grelle Sonnenlicht, das durch die Scheibe fiel, tat meinen Augen weh. Ich schätzte die Uhrzeit am Stand der Sonne und erschrak. Es war schon ungefähr elf, ich hatte ungewohnt lange geschlafen. Trotzdem hing die Müdigkeit bleischwer in meinen Gliedern.
Stöhnend warf ich die Decke zur Seite und schwang die Beine über den Bettrand. Von unten drangen geschäftige Geräusche an mein Ohr und der Duft des Essens zog durchs Haus. Antonia briet zur Feier meiner Rückkehr mein Lieblingsgericht. Knoblauchhähnchen aus dem Backofen. Doch im Gegensatz zu sonst, lief mir heute nicht das Wasser im Mund zusammen. Im Gegenteil, mir wurde von dem Geruch schlecht.
Kopfschüttelnd zwang ich mich aufzustehen. Was war nur mit mir los? Ich fühlte mich schlapp und lustlos. Ahnungsvoll schaute ich an meinem nackten Körper herunter. Die Knoten schienen mir heute noch größer als gestern. Ich betastete sie, spürte aber absolut nichts. Sie waren weich und elastisch wie immer.
Nackt wie ich war tappte ich zum Spiegel um mich in der silbrigen Fläche genauer zu betrachten. Kritisch musterte ich mich von oben bis unten. Es kam mir vor, als sei ich hagerer geworden. Die Hüftknochen und die

Rippen zeichneten sich deutlicher unter der Haut ab als früher. Ich hob die Arme und betrachtete die Knoten in meiner Achselhöhle. Sie waren ebenfalls angeschwollen. Mit der Hand tastete ich prüfend unter die blonden Achselhaare. Nein, auch hier keinerlei Schmerz.
Schulterzuckend zog ich mich an und ging hinunter in die Küche. Erleichtert registrierte ich wie die Übelkeit verschwand und auch die Gliederschmerzen gingen auf ein erträgliches Maß zurück. Nur mein Schädel brummte noch immer.
„Na, seid Ihr endlich wach geworden, junger Herr? Ich dachte schon, ich müsse euch wecken kommen. Die Reise war sicher sehr anstrengend. Und dazu diese Hitze. Setzt Euch erst einmal hin, ich bringe Euch ein kleines Frühstück. Nicht allzu viel, sonst habt Ihr nachher keinen Hunger mehr."
Antonia wuselte davon. Sie sprach immer, ohne eine Antwort zu erwarten. Es genügte ihr, wenn man den Anschein machte, ihr zuzuhören. So auch jetzt. Fröhlich plappernd servierte sie mir Milch und ein paar Kekse, die noch ofenwarm waren.
Das Frühstück tat mir gut, meine Kopfschmerzen schwanden langsam und ich fühlte mich frischer. Ein anschließender Spaziergang durch die nahen Felder brachte meine Lebensgeister vollends zurück. Als Wladimir am Abend erwachte, ging es mir wieder recht gut.

Kapitel 16: Eine folgenschwere Entscheidung

Ich nahm meine bisherigen Gewohnheiten wieder auf. Tagsüber tätigte ich ein paar Geschäfte für Wladimir. Oder ich setzte mich in sein Wohnzimmer und schmökerte in den alten Büchern. Nachmittags traf ich mich oft mit Gennadij und seiner Familie. Ich schlief auch weiterhin mit ihm, was mich aber nicht abhielt, nebenbei ein paar Mätressen zu haben.
Nur meine späten Abende widmete ich mehr und mehr Wladimir. Ich kannte seine Zeiten, zu denen er normalerweise jagte und traf mich anschließend mit ihm. Dann besuchten wir manchmal irgendwelche Feste oder Bälle. Oder wir ritten durch die einsamen nächtlichen Felder und Wälder. Das machte mir immer besondere Freunde, ich liebte es, mich von ihm zu entlegenen Winkeln entführen zu lassen. In mondhellen Nächten zeigte er mir den geheimnisvollen Zauber der Wildnis um Kiew. Oft saßen wir dann lange auf Steinen an murmelnden Bächen oder wir standen auf den steilen Felsen und blickten zu den Fluten des Dnjepr hinab, der tief unter uns dahinfloss.
Wladimir erzählte mir dann viel Wissenswertes über Stadt und Land. Da er schon so lange hier lebte konnte er die Entwicklung Kiews aus seiner eigenen Sicht erläutern. Doch noch lieber als seinem spannenden Geschichtsunterricht lauschte ich seinen Erzählungen, über die amüsanten oder auch aufregenden Episoden, die er in seinem Jahrhunderte währenden Dasein erlebt hatte. Das hatte er früher nicht getan, da musste ich ihm die Worte förmlich aus der Nase ziehen. Nun berichtete er mir sogar manchmal über seine Jagdgewohnheiten und - was mich verwunderte - er befragte mich zu meiner grundsätzlichen Einstellung dazu. Das war ein Thema, dass er noch vor einem Jahr freiwillig niemals erwähnt hatte. Wäre nicht der Überfall vor einigen Wintern gewesen, ich hätte ihn wohl erst jetzt von seiner vampirischen Seite kennengelernt.

Natürlich freute mich seine Offenheit, zeigte sie mir doch das grenzenlose Vertrauen, dass er zu mir hatte. Aber dann wurde mir auch ein wenig mulmig zumute. Es kam mir manchmal so vor, als wolle er mich testen. Aber wozu? Mir fiel keine Erklärung für sein Verhalten ein und ich wollte ihn nicht direkt fragen. Ich dachte, wenn er mir etwas zu sagen hatte, so würde er es gewiss tun. Normalerweise nahm er kein Blatt vor den Mund. Also fasste ich mich in Geduld.

Mein Leben hätte wunderbar sein können. Ich war einunddreißig Jahre alt und besaß all das, was ich mir schon immer gewünscht hatte: Ein Zuhause, einen treuen und ehrlichen Freund und ich musste mich nicht um meinen Lebensunterhalt sorgen. Ich trug elegante, modische Kleidung und war ein angesehener Mann geworden. Niemand wagte es mehr, mich auf meine Vergangenheit anzusprechen, ja ich selbst dachte kaum noch einmal an jene schlimmen Jahre zurück. Sie waren in einem tiefen Winkel meines Gedächtnisses vergraben, so wie ein Alptraum, der einem manchmal kurz einfällt. War das der Fall, dann stopfte ich die Gedanken schnell wieder in ihr Gefängnis zurück.

Was mir noch fehlte, wonach ich mich insgeheim sehnte, war eine eigene Familie. Eine Frau und Kinder. Ich liebte Kinder über alles und hätte am liebsten ein ganzes Dutzend gehabt. Aber wie das Leben oft spielt, es war mir nicht vergönnt, eine Frau fürs Leben zu finden. An Gespielinnen für mein Bett hatte ich nach wie vor keinen Mangel. Und die eine oder andere davon war bestimmt nicht abgeneigt, mich zu ehelichen. Aber ich konnte keine von ihnen wirklich lieben. Und ich wollte nur aus Liebe eine dauerhafte Verbindung eingehen, etwas anderes kam für mich nicht in Frage.

Meines Wissens gab es noch nicht einmal ein uneheliches Kind, das ich gezeugt hatte. Das war mehr als verwunderlich, betrachtete ich meinen zügellosen Lebenswandel. Wirksame Verhütungsmittel gab es damals nicht und ich hatte mich nie zurückgehalten, sondern meinen Samen immer vergossen. Deshalb kam mir manchmal der Verdacht, ich wäre vielleicht unfruchtbar.

Wie ich schon sagte; eigentlich hätte mein Leben wunderbar sein können. Wäre da nicht der schwarze, unheilvolle Schatten dieser geheimnisvollen Krankheit über mir geschwebt. Dass diese Krankheit mehr und mehr mein Leben bedrohte, wurde mir erst klar, als es bereits zu spät war.

Zuerst häuften sich meine Schwächeanfälle. Und die Knoten in meinen Lymphdrüsen traten immer öfter auf. Meine Stimme hörte sich oft rau und heiser an. Ich war ständig müde und matt und zog mich weitgehend von meinen Freunden zurück.

Wenn ich vor dem Spiegel stand, stellte ich erschreckende Veränderungen an meinem Körper fest. Ich war ja noch nie füllig gewesen, sondern immer schlank, fast hager. Aber nun konnte ich meine Figur nur noch als dürr und ausgezehrt bezeichnen. Und der rote, großflächige Ausschlag bildete groteske Flecken auf meiner Haut.

Ich war der Verzweiflung nahe. Dabei war es zuerst nicht einmal so sehr die Angst um mein Leben, die mich quälte. Nein, meine Eitelkeit konnte es nicht ertragen so entstellt auszusehen. Zwar wurden die befallenen Stellen meines Körpers alle von edlem Stoff bedeckt, doch das war mir kein Trost. Denn auch mein Gesicht wurde von der Krankheit mehr und mehr in Mitleidenschaft gezogen. Meine Augen lagen in tiefen Höhlen und glänzten meist fiebrig. Die Gesichtshaut zeigte eine ungesunde Blässe und meine Wangen wirkten eingefallen. Und sogar meine Haare wurden stumpf und struppig, und es blieben immer große Büschel in der Bürste zurück. Nichts war mehr von dem strahlend schönen Nicolas geblieben, den ich die ganzen Jahre verkörpert hatte.

Ich kann wirklich nicht behaupten, dass mir die Veränderung meines Äußeren nichts ausmachte. Im Gegenteil, ich war kreuzunglücklich darüber. Kaum noch, dass ich mich unter Menschen wagte und meine Freunde mied ich. Selbst Gennadij wollte ich nicht mehr besuchen und als er mir seinerseits einen Besuch abstattete ließ ich mich verleugnen. Ich wollte seine mitleidigen Blicke - oder noch schlimmer- seine Abscheu nicht sehen, das hätte ich nicht ertragen.

Der Einzige, dem ich nicht ausweichen konnte und der meine kindischen Schamgefühle missachtete, war Wladimir.

Nach einem besonders heftigen Fieberanfall, der mich fast den ganzen Tag in Bewusstlosigkeit verbringen ließ, stand er des Abends an meinem Bett. Ich erwachte von seiner sanften Berührung. Seine Hand auf meiner fieberheißen Stirn fühlte sich angenehm kühl an und ich öffnete langsam die brennenden Lider.

„Wladimir", flüsterte ich heiser und leckte mir über die verkrusteten, trockenen Lippen. „Ich glaube, ich sterbe. Kannst du mir nicht von deinem Blut geben? Es hat mich doch schon einmal gerettet. Bitte, lasse mich nicht sterben..."

„Du wirst nicht sterben, Nicolas", versicherte er mir. „Noch ist dein Körper stark. Du wirst sehen, morgen ist der Anfall vorbei. Aber ich kann dir gerne ein wenig von meinem Blut geben. Vielleicht zögert das den nächsten Anfall eine Weile hinaus. Heilen kann ich dich leider nicht. Dazu wütet die Krankheit schon zu lange in deinem Körper. Vampirblut ist imstande fast alle frischen Verletzungen und auch akute Erkrankungen zu heilen. Aber bei chronischen Krankheiten ist es fast wirkungslos.

Es kann die Symptome mildern und den Krankheitsverlauf verzögern, jedoch nicht heilen."
„Aber was ist das für eine Krankheit? Werde ich daran sterben?" Ich schaute flehend zu ihm auf, so als läge es in seiner Entscheidung, ob ich leben oder sterben würde. Er setzte sich seufzend neben mich aufs Bett und legte seine Hand auf meine schweißnasse Brust. „Ich weiß es nicht. Ich bin ein Vampir und kein Heilkundiger. Aber ich muss dir leider sagen, dass du die Krankheit schon in dir trugst, als ich dich fand. Und schon damals konnte ich mit meinem Blut nichts dagegen ausrichten. Sonst wärst du heute gesund."
Er hielt kurz inne und überlegte. Dann fuhr er mit Bestimmtheit fort. „Leider ist es mir nicht möglich dir große Hoffnungen zu machen. Aber ich will dich auch nicht belügen. Du hast ein Recht zu wissen, was ich denke. Wie gesagt, ich bin kein Heiler aber wir Vampire haben ein sicheres Gespür für den nahenden Tod. Und dein Tod ist nahe. Ich kann spüren, wie dein Körper dagegen ankämpft und diesmal wird er den Kampf gewinnen. Er wird ihn wohl noch mehrmals gewinnen, bis du zu schwach bist. Aber letztendlich wirst du an dieser Krankheit sterben. Vielleicht dauert es noch ein Jahr oder auch zwei, aber gewiss nicht länger. Das kommt auf deine Kondition und deinen Lebenswillen an."
Ich keuchte erstickt auf und packte seine Hand, umklammerte sie. „Nein. Ich will noch nicht sterben. Ich habe doch erst zu leben begonnen. Das Leben ist mir noch etwas schuldig. Mir wurde meine Kindheit, meine Jugend geraubt. Ich habe viel erdulden müssen. Und jetzt, da ich glaubte es endlich geschafft zu haben und glücklich zu sein, da soll ich sterben müssen? Das ist einfach nicht fair."
Er schaute bekümmert auf mich herab. „Ich weiß, Nicolas, niemand weiß das wohl besser als ich, der ich schon viel Unrecht und Unglück gesehen habe. Ja, es stimmt, das Leben ist nicht fair. Aber so sehr ich auch möchte, ich kann das Schicksal leider nicht ändern. Ich kann dir dein Los nur erleichtern."
„Mir mein Los erleichtern?" stieß ich erbittert heraus und entwand ihm meine Hand. „Wie edel von dir. Du hast ja auch leicht reden, du bist ja unsterblich. Ich will nicht sterben, Wladimir. Ich habe noch längst nicht genug vom Leben gehabt. Tue etwas, was mir hilft."
Ich starrte ihn mit wilden Blicken fordernd an. Und in diesem Moment war es mir wieder einmal vollkommen egal wie ungerecht ich war.

Ich wollte leben, wollte wieder gesund sein und schön. Und ich dachte, ich könne ihn dazu zwingen, mir diesen Wunsch zu erfüllen.
Wladimir war weder erzürnt noch gekränkt über meinen Ausbruch. Er ergriff einfach erneut meine Hand und zwang mich, ihm in die Augen zu sehen. Obwohl ich meinen Blick trotzig abwenden wollte, gelang es mir nicht. Zum ersten Mal spürte ich seine Macht über mich und fühlte mich plötzlich klein und hilflos. Er beugte sich weit zu mir herunter und sagte eindringlich.
„Werde vernünftig Nicolas. Du stirbst noch lange nicht. Ich sagte dir du wirst noch mindestens ein Jahr leben, eher noch länger. Ich wünsche, dass du diese Zeit nutzt um mit dir selbst ins Reine zu kommen. Du musst lernen zu akzeptieren. Ich werde dir dabei helfen, so gut ich kann, du wirst nicht alleine sein. Aber du musst Vertrauen haben, zu mir und zu dir selbst."
Ich spürte wie sein starker vampirischer Wille in mich drang und mich erfüllte. Zum ersten Mal bekam ich eine Ahnung davon, wie er die Menschen manipulierte. Fühlten sich seine Opfer ähnlich willenlos, ehe er sie tötete?
Er lächelte hart, was mir zeigte, dass er wohl in meinen Gedanken las. Seine Worte bestätigten es mir. „Ja, ich habe deine Gedanken gelesen und ich bin in dein Innerstes eingedrungen. Ich habe dir zwar versprochen, es nicht ohne deine Zustimmung zu tun aber nun scheint mir, das ist ein ...Ausnahmezustand. Wirst du vernünftig sein, Nicolas?"
Ich starrte ihn noch eine Weile an, dann nickte ich resigniert. Sofort verschwand der zwingende Druck in meinem Kopf. Wladimir seufzte erleichtert auf und sprach nun wieder mitfühlend zu mir.
„Wir werden es gemeinsam meistern. Ich helfe dir so gut ich kann. Und wir fangen sofort an. Bist du bereit?"
Er wartete mein Nicken gar nicht erst ab, sondern führte sein Handgelenk entschlossen an seinen Mund. Als er ihn öffnete sah ich seine langen Vampirzähne direkt über mir. Er machte keine Anstalten, mir den Anblick vorzuenthalten. Ich war fasziniert und erschrocken zugleich. Wie konnte es sein, dass seine Zähne von einer Sekunde auf die andere angewachsen waren? Und warum verbarg er sie nicht mehr vor mir, so wie er es immer getan hatte?
Überdeutlich sah ich, wie sie in die Haut seines Handgelenkes drangen und sie durchstießen. Er betrachtete einen Moment die blutenden Wunden

und in seinen Augen erkannte ich ein gieriges Aufflackern, das sofort wieder erlosch als er mich anschaute. Behutsam glitt seine andere Hand unter meinen Kopf und stützte ihn. Dann legte er mir sein blutendes Handgelenk an die Lippen.
Wie unter Zwang öffnete ich den Mund und trank das aussickernde Blut. Nachdem die anfänglichen Krämpfe in meinen Eingeweiden abgeklungen waren, konnte ich nicht mehr aufhören zu saugen. Verzückt schloss ich die Augen und sog das lebensspendende Elixier in mich hinein. Ich kam erst wieder zu mir, als er mir sachte sein Handgelenk entwand. Er musterte mich prüfend, während er abwesend über die kleinen Male leckte. Sie zogen sich augenblicklich zusammen und verschwanden vollständig.
„Geht es dir besser?" fragte er nach einer Weile und ich nickte ehrlich. Ich fühlte mich tatsächlich viel besser. Und auch meine selbstmitleidigen Gedanken waren wie ausgelöscht. Es war, als hätte ich Wladimirs Einstellung mit seinem Blut in mich eingesogen. Zumindest im Moment sah ich meinem drohenden Tod gleichgültiger entgegen.

Ich erholte mich überraschend schnell von dem Anfall und war danach wochenlang beschwerdefrei. Dennoch war mein schleichender körperlicher Verfall nicht aufzuhalten. Wladimir brachte mich zu einem Heilkundigen, der schon wahre Wunder vollbracht haben sollte.
„Die russische Heilkunst ist eine Wissenschaft, die schon seit tausend Jahren praktiziert wird", erklärte er mir auf dem Weg. „Das Wissen wird vom Heiler an seinen fähigsten Schüler weitergegeben und so von einer Generation an die nächste überliefert. Der alte Jaroslaw übt diesen Beruf nun schon seit sechzig Jahren aus. Trotz seines hohen Alters ist er der einzige, dem ich zutraue, dir helfen zu können."
„Woher kennst du ihn? Du hast einen Heilkundigen bestimmt nie nötig gehabt."
Er lächelte. „Nein, zumindest nicht mehr seit ich ein Vampir geworden bin. Ich bin aus Zufall auf den Alten gestoßen. Ich habe vor Jahren einen Verwundeten gefunden, der schon so gut wie tot war. Ich weiß nicht mehr ob er das Opfer eines Unfalles oder eines Überfalls war. Jedenfalls war er so schwer verletzt, dass ich erwog ihn zu töten. Es ist uns Vampiren erlaubt Schwerkranke, die keine Aussicht auf Rettung haben, auszusaugen.

Als ich mich über ihn beugte um meine Zähne in ihn zu schlagen, bat er mich mit schwacher Stimme, ihn zu Jaroslaw zu bringen. Was ich nach einigem Zögern auch tat. Und der Heiler hat ihn tatsächlich wieder auf die Beine gebracht. Es dauerte eine lange Zeit, aber nach einigen Wochen war der Mann wieder gesund. Ich weiß das, weil ich seine Genesung heimlich beobachtet habe. Das heißt jedoch nicht zwingend, dass der Alte dich ebenfalls heilen kann, Nicolas. Ich denke nur, wir sollten nichts unversucht lassen."

Der Meinung war ich auch. Wir ritten also zu Jaroslaws kleiner Hütte. Ich grübelte die ganze Zeit über das nach, was Wladimir erzählt hatte. Mir war daran etwas aufgefallen, was mir ungewöhnlich vorkam. Schließlich platzte ich heraus.

„Warum hast du den Verletzten nicht selbst geheilt? Du hättest es doch sicher gekonnt. Mich hast du damals doch auch errettet."

Er schaute mich seltsam an und schwieg eine Weile. Dann zuckte er die Achseln. „Es ist nicht unsere Aufgabe, schwerverletzte Menschen zu erretten. Im Allgemeinen töten wir sie, um sie von ihren Leiden zu erlösen."

Ich war verwirrt und er bemerkte es natürlich. Aber er sagte nichts, sondern blickte mich nur stumm an. So, als wisse er, wie meine nächste Frage lautet. Ich stellte sie prompt.

„Aber warum mich? Ich war ebenfalls so gut wie tot. Und du kanntest mich doch überhaupt nicht. Ganz zu schweigen davon, dass du ja gleich gemerkt hast, ...was ich war."

Jetzt hielt er sein Pferd an, wendete es zu mir und stützte sich mit beiden Händen auf das Sattelhorn. Er schaute mir offen ins Gesicht. „Es ist die Wahrheit, wenn ich dir sage, ich weiß den wahren Grund nicht. Du hast Recht, normalerweise hätte ich dich ohne zu zögern getötet. Aber als ich mich zu dir beugte, sagte mir eine innere Stimme, ich müsse dich retten. Als ich dir ins Gesicht blickte, da wusste ich, dass du zu mehr bestimmt warst als zu Vampirfutter."

„Zu mehr? Was meinst du damit? Wenn ich wirklich zu etwas Höherem bestimmt sein sollte, so muss es bald eintreffen. Es bleibt mir nicht mehr viel Zeit, etwas Besonderes im Leben zu erreichen."

Er zuckte abermals die Schultern und ließ sein Pferd wieder antraben. Über die Schulter meinte er. „Wir werden es ja sehen. Noch bist du nicht tot. Und wer weiß, vielleicht kann dir Jaroslaw ja tatsächlich helfen."

Aber der alte Heilkundige schüttelte nur betrübt den Kopf. Er hatte mich gründlich untersucht und mich lange und eingehend ausgefragt. Er wollte alles von mir wissen, meine Ernährungsgewohnheiten, meinen Lebenswandel - und mein Vorleben.

Ich tat mir schwer, einem Wildfremden mein Leben zu offenbaren. Aber Wladimir ermutigte mich wortlos, dem Alten alles zu sagen. Also tat ich es zögernd.

„Ich habe mir fast so etwas gedacht", sagte er unverblümt zu mir. „Es handelt sich um eine Krankheit, die durch Körperkontakte übertragen wird, durch enge Körperkontakte. Die meisten Menschen glauben nicht, dass es so etwas wie Ansteckung gibt. Sie sind zu sorglos im Umgang mit anderen Menschen oder auch Tieren. Aber wir Heiler wissen, dass sehr viele Krankheiten von einem Lebewesen auf das anderen übertragen werden."

Er schaute mich offen an und ebenso offen waren seine Worte. „Diese spezielle Krankheit wird durch Geschlechtsverkehr übertragen. Ihr könnt sie ebenso von einem Mann, wie von einer Frau bekommen haben. Und ich fürchte, Ihr habt sie im Laufe der Jahre ebenfalls weitergegeben."

Ich wurde blass bei dem Gedanken. Wenn es stimmte, was er sagte, wie viele Freunde und Gespielinnen hatte ich infiziert und somit zum Tode verurteilt? Das traf mich so hart, dass ich seine nächsten Worte fast überhörte.

„Leider seid Ihr viel zu spät zu mir gekommen. Ich kann nichts mehr für Euch tun, außer Euch Kräuter gegen die Beschwerden zu geben. Aber Ihr solltet sie erst nehmen, wenn Ihr spürt, es geht zu Ende. Denn sie betäuben den Körper und den Geist."

Er schaute sinnend zu Wladimir hin und kratzte sich grübelnd seinen ergrauten Kopf. Dann meinte er wissend. „Aber ich denke, Ihr werdet die Kräuter nicht brauchen. Euer Freund kennt ein besseres Mittel um Euch zu helfen."

Auf dem Rückweg war ich am Boden zerstört. Nicht nur wegen der trüben Aussichten, die mir der Alte prophezeit hatte. In meinem Inneren hatte ich es schon geahnt, deshalb traf mich der Schock nicht allzu tief. Doch viel mehr machte es mir zu schaffen, wie sorglos ich diese schreckliche Krankheit an Menschen weitergegeben hatte, die mir vertrauten.

Schließlich unterbrach Wladimir meine düstere Stimmung. „Es ist doch nicht gesagt, dass du alle angesteckt hast, mit denen du zusammen warst. Außerdem konntest du nicht ahnen, welche Krankheit du in dir trägst.

Und schließlich bist du selbst irgendwann von jemandem angesteckt worden. Es ist nicht deine Schuld, Nicolas. Es ist tragisch, aber nun einmal nicht zu ändern. Nimm es dir nicht allzu sehr zu Herzen."
Nachdem er noch eine Weile so auf mich einredete, glaubte ich seinen Worten. Es blieb mir ja auch nichts anderes übrig, als die Tatsache hinzunehmen.
„Was hat der Heiler gemeint als er sagte, du wüsstest ein besseres Mittel mir zu helfen? Mir kam es seltsam vor, wie er dich gemustert hat. Ich hegte fast den Verdacht, er hat erkannt, was du bist. Kann es sein, dass er deine Blutgaben meinte?"
„Schon möglich. Das oder etwas Ähnliches muss er wohl vermutet haben. Ich habe in seine Gedanken geblickt und gesehen, dass er mich entlarvte. Aber er wird mich nicht verraten. Außer seinen Heilkünsten beherrscht er noch einige Dinge, die ihn leicht in Gefahr bringen könnten, als Hexer verfolgt zu werden. Ich habe seine übersinnlichen Fähigkeiten deutlich gespürt. So wie er die meinen."

Ein knappes Jahr später war mein Körper so von der Krankheit geschwächt, dass jedem der mich sah klar war; es ging zu Ende mit mir. Ich war nicht mehr in der Lage, mich aus dem Bett zu erheben und musste versorgt werden, wie ein Wickelkind. Ständig war jemand von den Bediensteten in meiner Nähe. Ich wurde mit zu Mus zerkleinerten Speisen gefüttert, weil ich nicht mehr kauen konnte und gesäubert, nachdem ich meine Notdurft verrichtet hatte.
Die Krankheitserreger waren in meine Nervenbahnen eingedrungen und lähmten mich. Und sie begannen, mein Gehirn zu befallen.
Wladimir hatte es aufgegeben, mir von seinem Blut anzubieten, es nützte mir kaum noch. Er saß meist die ganze Nacht an meinem Bett, redete leise zu mir oder starrte mich grübelnd an. Kaum gönnte er sich genug Zeit, seine Nahrung zu suchen. Oft sah er grau und eingefallen aus, ein Zeichen, dass er nichts getrunken hatte.
Meine Stimme konnte ich nur noch schleppend benutzen, ich sprach langsam und stockend wie ein Betrunkener. Und immer öfter vergaß ich mitten im Satz, was ich eigentlich sagen wollte.
Mein Aussehen glich dem eines lebenden Leichnams, meine Figur einem mit fahler Haut überzogenen Skelett. Mein Kopf war ein Totenkopf mit tief in die Höhlen gesunkenen Augen. Haare besaß ich kaum noch, nur

noch ein paar struppige Büschel bedeckten meinen ansonsten kahlen Schädel. Die meisten meiner Zähne waren mir ausgefallen. Mein letzter Blick in den Spiegel lag schon Wochen zurück. Ich hatte ihn danach mit der letzten Kraft, die ich noch aufbringen konnte zerschlagen.

In den letzten Tagen war mein Bewusstsein immer mehr in Apathie abgedriftet. Die Zeiten, in denen ich noch einigermaßen denken konnte, wurden immer begrenzter. Aber wenn ich klar im Kopf war, dann kam die Angst. Nicht die Angst, vorm Sterben, darüber war ich lange hinaus. Nein, seit einigen Tagen beschäftigte mich eigentlich nur noch ein Gedanke - wo würde ich landen, wenn ich erst tot war? Nicht mein Körper, der konnte von mir aus auf einem Acker verrotten. Nein, ich fragte mich, ob es so etwas wie einen Himmel oder eine Hölle wirklich gab – und ob schon ein Platz für mich reserviert wäre.

Ich war nie religiös gewesen und hatte mir auch Zeit meines Lebens keine Gedanken darüber gemacht. Aber nun, da ich dem Tod so nahe war, ging mir diese Frage nicht mehr aus dem Kopf. Würde ich meinen Vater treffen? Oder meine Mutter, die ich niemals gesehen hatte? Die beiden waren bestimmt im Himmel glücklich vereint, denn sie waren gute Menschen gewesen. Aber war ich selbst ein guter Mensch gewesen? Ich hatte viele schlimme Dinge getan und würde wohl eher in der Hölle landen.

Wie würde sie sein, die Hölle? Erwartete mich Semjonov dort, um mich erneut zu seinem Sklaven zu machen? Manchmal, wenn ich aus einem Alptraum schreckte, meinte ich ihn an meinem Bett stehen zu sehen. Er grinste mich höhnisch an und befahl mir, mit ihm zu kommen. Dann vergrub ich meinen Kopf in die Kissen und wimmerte.

Als ich wieder einmal des Nachts aus unruhigen Träumen erwachte, fiel mein getrübter Blick auf Wladimir. Er saß wie üblich auf dem Stuhl neben meinem Bett. Doch nun hatte er sein Gesicht in seine Hände vergraben. Es sah aus, als weinte er. Ich streckte mühsam meine Hand nach ihm aus, was mir durch die Lähmung in meinen Armen fast nicht mehr möglich war. Aber ich hatte das dringende Bedürfnis ihn zu trösten. Er zuckte zusammen als ich ihn berührte und starrte mich sekundenlang an, als käme er aus einer anderen Welt zurück. Nein, er hatte nicht geweint, seine Augen waren trocken.

„Ich habe nachgedacht, Nicolas", sagte er und rieb sich mit beiden

Händen über die Augen. „Ich habe sehr lange und sehr gründlich nachgedacht. Und nun ist es an der Zeit, eine Entscheidung zu treffen."
Er stand auf und setzte sich auf mein Bett. Behutsam hob er meinen Oberkörper ein wenig an, so dass mein Gesicht dem seinen sehr nahe war. Seine Augen blickten meistens ernst aber jetzt zeigten sie einen so entschiedenen, todernsten Ausdruck, dass mein Herz vor Aufregung wild zu schlagen begann. Was hatte er vor? Konnte er mich nicht mehr leiden sehen und wollte mich töten? Ich hätte nichts dagegen gehabt. Mein Leben bestand nur noch aus Schwäche und Schmerz, es war mir längst unwichtig geworden. Und was konnte es Besseres geben, als von meinem besten Freund sanft getötet zu werden. Ich wusste, er konnte das. Ich würde in einem ekstatischen Rausch in die Hölle fahren. Ja, das würde mir gefallen. Ich lächelte verzerrt.
Aber er schüttelte mich leicht. „Das kommt überhaupt nicht in Frage, Nicolas."
Was ist aus seinem Versprechen geworden, nicht ohne Erlaubnis in meine Gedanken einzudringen, dachte ich träge, doch eigentlich war es mir egal. Matt bat ich: „Bitte, Wladimir. Gewähre mir diesen letzten Dienst."
„Nein!" sagte er nur knapp. „Ich habe etwas anderes mit dir vor. Doch dazu brauche ich deine uneingeschränkte Zustimmung."
„Ja, ja, alles was du willst", murmelte ich uninteressiert und schloss enttäuscht die Augen. Er wollte mich also nicht erlösen. Nun denn, lange würde ich so oder so nicht mehr leben. Ich riss die bleischweren Lider auf und ächzte schwach, als er mich nun grob schüttelte. Konnte er mich nicht wenigstens in Ruhe sterben lassen?
„Hör mir zu, Nicolas! Hör mir gut zu und denke gründlich nach. Denn die Entscheidung, die ich von dir fordere, ist nicht mehr rückgängig zu machen."
Nun war ich doch interessiert. Er klang so ernst und eindringlich, er musste mir etwas Wichtiges zu sagen haben. Tapfer bemühte ich mich seinen Worten zu lauschen, ohne mit den Gedanken abzuschweifen. Was er mir sagte riss mich tatsächlich aus meiner Lethargie.
„Ich will es kurz machen, mein Freund. Wie gesagt, ich habe lange gründlich nachgedacht. Und ich bin zu dem Schluss gekommen; ich möchte dich nicht verlieren."
Ich versuchte ein schwaches Lächeln, aber es war wohl eher das Grinsen eines Totenkopfes. „Wenn ich ehrlich bin, so möchte ich dich auch nicht

verlassen, Wladimir. Aber es sieht so aus, als gäbe es keine Alternative für mich."
„Doch, die gibt es. Wie gesagt, sie bedarf nur deiner Zustimmung. Wenn du zustimmst, Nicolas, wenn es wirklich dein fester Wille ist, so werde ich dich zu meinesgleichen machen."
Ich sagte eine Weile nichts zu seinem Vorschlag. Ich musste seine Worte erst verdauen. Aber dann schüttelte ich resigniert den Kopf. „Nein. Nein das kann ich nicht." Schnell wandte ich den Kopf ab, er sollte meine Tränen nicht sehen.
Warum fragte er mich jetzt danach? Wie oft in den letzten Monaten hatte ich ihn darum gebeten. Ja, ich hatte ihn angefleht und ihn daran erinnert, dass er es mir vor vielen Jahren versprochen hatte. Doch er hatte immer abgewehrt.
„Die Zeit ist nicht reif dafür", waren immer seine abweisenden Worte gewesen. Schließlich hatte ich resigniert. Er wollte mich nie zu einem Vampir machen. Seine Worte damals waren nur hohles Geschwätz gewesen.
Trotzdem ich bitter enttäuscht von seiner Ablehnung gewesen war, konnte ich Wladimir nicht hassen. Und er war weiterhin freundlich zu mir und pflegte mich mit der Hingabe eines Bruders.
„Warum nicht?" fragte er jetzt sehr sanft und legte seine Hand unter meinen Kopf. Sachte, um mir nicht weh zu tun, aber unnachgiebig drehte er mein Gesicht zu sich hin. Mit dem Daumen wischte er mir eine Träne ab, die mir über die Wange lief.
„Sieh mich doch an", brach es weinerlich aus mir hervor. „Ich sehe aus, wie ein Monster. Meinst du, ich will so durch die Ewigkeit tappen? Ein Unsterblicher, vor dem die Kinder schreiend flüchten. Wie soll ich überhaupt Nahrung finden, wenn jeder vor mir flieht sobald er mich erblickt? Warum hast du es mir nicht angeboten, als ich noch einigermaßen gut aussah? Da hast du mich immer wieder vertröstet. Es sei nicht der rechte Zeitpunkt, hast du gesagt. Nun, jetzt ist er überschritten. Nein, ich danke dir für dein spätes Angebot aber ich bin lieber tot, als... als so... entstellt."
Er lachte nicht, obwohl ich ein vergnügtes Funkeln in seinen Augen bemerkte. Wollte er mich jetzt auch noch verhöhnen? Aber er wurde schnell wieder ernst.
„Es war einfach nicht der richtige Zeitpunkt, Nicolas. Ich habe es dir immer wieder erklärt, aber du wolltest ja nicht zuhören. Hör mir

wenigstens jetzt zu. Es ist eine schwierige Aufgabe, einen neuen Vampir zu schaffen. Dabei sind ein paar wichtige Kriterien zu beachten. Und eine dieser Kriterien ist der richtige Zeitpunkt. Ich musste abwarten bist du dem Tod nahe bist. Erst wenn du keinerlei Chancen mehr hast weiter zu leben, ist es mir gestattet, dich zu fragen. Das sind uralte Vampirgesetze, die keiner von uns brechen sollte. Nun ist es soweit, du wirst diese Nacht nicht überleben können. Nun kann ich dir die Unsterblichkeit anbieten. Willst du sie annehmen?"

Ich war hin und her gerissen. Ich spürte selbst, dass mir nur noch eine geringe Zeitspanne blieb. So fließend, wie ich es nun schildere war unser Gespräch nicht. Ich war erschöpft und schlief immer wieder ein, Wladimir weckte mich dann durch sanftes Schütteln. Mein Sprechen war mehr ein leises Lallen und ich verlor mehrmals den Faden. Aber ich war noch klar genug, um Wladimirs Worte zu verstehen und zu überdenken.

„Einmal von deinen Sorgen um dein Aussehen abgesehen", hakte er hartnäckig nach. „Wie stehst du grundsätzlich zu der Aussicht, ein Vampir zu werden? Du weißt, es ist ein gewaltiger Schritt bei dem es keine Umkehr gibt. Du musst dir deiner Sache ganz sicher sein. Ich kann dir weder zu- noch abraten. Und meine Wünsche dürfen für deine Entscheidung nicht relevant sein."

Wladimir schaute mich mit unerschütterlichem Vertrauen an, so als wäre er ganz sicher, wie ich entscheiden würde. Ich seufzte zitternd und nickte dann schwach. „Ich würde nichts lieber tun, als ein Vampir zu werden. Es war schon mein Wunsch, als ich dich das erste Mal so sah. Aber mein Körper..." Resigniert brach ich ab, ich wollte nicht doch noch in Tränen ausbrechen. Schwer atmend schloss ich die Augen.

„Jetzt vergiss endlich dein Aussehen", wischte er meinen Einwand fort, „es ist nicht wichtig. Habe ich dich richtig verstanden? Du willst wirklich ein Vampir werden?" Er fragte mich sehr eindringlich und zwang mich, die Augen zu öffnen und ihn anzusehen.

„Ja", hauchte ich kaum hörbar. Dann nahm ich meine ganze, mir verbliebene Kraft zusammen und sagte nochmals laut und deutlich. „Ja, ich will es!"

Kapitel 17: Die Umwandlung

Für Wladimir kamen meine Worte einem Startsignal gleich. Er spürte, dass es mir ernst war und verschwendete keine weitere Zeit. Wie durch Zauberei blinkten plötzlich seine Reißzähne aus seinem leicht geöffneten Mund und er führte sein Handgelenk daran und biss sich hinein.
„Vertrau mir, Nicolas", sagte er und seine Stimme klang fremdartig und tief. Die langen Zähne behinderten ihn ein wenig beim Sprechen. „Tue einfach, was ich dir sage."
Er legte mir sein Handgelenk an die Lippen und ich brauchte keine Aufforderung, um zu trinken. Es war das gleiche Spiel, das wir schon so oft exerziert hatten. Erst kam der stechende Schmerz in meinem Leib und dann das Wohlgefühl und die Ekstase. Ich saugte wie ein Verdurstender und wollte nie mehr aufhören. Mit jedem Schluck wurde ich ein wenig kräftiger. Im Gegensatz zu früher ließ mich Wladimir sehr lange gewähren. Er stöhnte ab und zu leise auf, aber ich ignorierte seinen offensichtlichen Schmerz. Ich konnte einfach nicht aufhören. Schließlich entwand er mir seinen Arm und leckte über die Wunde, so wie er es immer tat.
Sein Blick glitt prüfend über mein Gesicht und er schien zufrieden. „Ich werde dir nun Blut entziehen. Viel Blut, aber habe keine Angst. Es wird dir nichts geschehen." Noch immer klang seine Stimme rau wie das Knurren eines Raubtieres und seine Zähne waren so weit angewachsen, dass sie unter seiner Oberlippe hervor spitzten. Er sah gefährlich und faszinierend zugleich aus. Ich konnte den Blick nicht von ihm wenden.
Ich empfand keine Angst und dachte keine Sekunde lang daran, dass etwas schiefgehen könnte. Und er schien sich seiner Sache ebenso sicher zu sein. Ich vertraute ihm voll und ganz. Selbst als er jetzt die Lippen hochzog und die tödlichen Zähne sich unaufhaltsam meinem Hals näherten empfand ich nur... Leidenschaft. Ja, es war pure, prickelnde Leidenschaft, stärker als ich sie je bei meinen sexuellen Abenteuern empfunden hatte. Ich bog meinen Kopf zur Seite, so dass er besser an meine Halsschlagader kam. Es war nur ein kurzer scharfer Schmerz und dann umhüllte mich nur noch Wonne. Ich glaubte vor Verzückung zu sterben, als er begann mein Blut auszusaugen. Und ich empfand es als unglaublich schönes Gefühl, wie meine Sinne langsam schwanden.
Dann zog er sich von mir zurück und ich stieß einen klagenden Laut des Verlustes aus. Ich war durch den Blutentzug so geschwächt, dass ich

kaum noch die Augen öffnen konnte. War es so, zu sterben? Warum hatte ich mich nur so lange dagegen gewehrt? Es war doch wunderschön.
Sein sachtes Schütteln brachte mich wieder ein wenig ins Bewusstsein zurück. Wie von weitem hörte ich seine eindringliche Stimme. „Trink, Nicolas. Du musst dich zwingen zu trinken, sonst bist du verloren."
Aber ich wollte nicht. Es fühlte sich alles so himmlisch leicht in mir an. Mein Körper schien zu schweben und mein Geist wollte in höhere Sphären entweichen. Ich fühlte mich so wohl wie schon lange nicht mehr. Warum also sollte ich mir die Mühe machen, nochmals zu trinken? Doch Wladimir gab mich so nahe vorm Ziel nicht auf. Er schlug mir mit der flachen Hand ins Gesicht, so dass ich zusammenzuckte und herrschte mich in seinem schärfsten Befehlston an: „Trink, Nicolas!" Ich spürte sein Handgelenk an meinem Mund und schmeckte den süßen Wohlgeschmack des Blutes auf meiner Zunge. Die Gier kam mit Macht zurück und ich begann erneut zu saugen. Er ließ mich abermals gewähren und ich trank, bis ich nicht mehr konnte.
Ich schlug die Augen auf und blickte in Wladimirs Gesicht. Er sah bleich aus, der Blutverlust machte ihm ebenfalls zu schaffen. Aber er lächelte fast triumphierend. „Das hast du gut gemacht Nicolas, ganz ausgezeichnet. Damit hast du deinen Part erfüllt. Den Rest kannst du getrost mir überlassen. Ich fürchte, es wird nicht ganz angenehm sein, aber du wirst es schon meistern. Und ich bin ja bei dir um dir beizustehen. Hab keine Angst."
Er biss mir erneut in die Halsvene und begann zu saugen. Es tat nicht weh und abermals überschwemmte mich die Ekstase. Dieses Mal saugte er noch mehr Blut aus mir und als er endlich von mir abließ spürte ich deutlich das Stolpern meines Herzens. Mir war furchtbar schwindelig und trotz seiner beruhigenden Worte stieg nun Todesangst in mir auf. Aber ich fühlte, es war zu spät jetzt noch etwas zu ändern. Ich würde sterben, sehr bald sterben. War die Umwandlung geglückt? Oder war ich für ewig verloren?

„Du bist nicht verloren" hörte ich Wladimirs Stimme in meinem Kopf. In meinen Ohren rauschte es so stark, dass ich nichts sonst hörte. Aber in meinem Kopf erklang seine Stimme laut und deutlich. „Dein Körper ist durch den Blutverlust geschwächt und wird bald sterben. Aber fürchte dich nicht, morgen Abend wirst du als Vampir erwachen."

„Wie lange wird es dauern bis ich... tot bin?" fragte ich schleppend. Ich fühlte mich zwar matt und todmüde aber ich verspürte keinerlei Schmerz. „Ich weiß es nicht", antwortete er ehrlich. „Es kann noch Stunden oder auch nur noch Minuten dauern. Ich kann nicht sagen, wieviel Energie dein Körper noch hat oder wie stark dein Unterbewusstsein noch am Leben festhält. Aber länger als bis zum Morgengrauen dauert es nicht. Dein menschliches Blut ist nun so mit meinem vampirischen vermischt, dass du keinen Tag mehr erleben kannst. Ab jetzt bist du ein Geschöpf der Nacht. Genau wie ich."
Genau wie er. Ich musste lächeln bei dem Gedanken. Was würde auf mich zukommen? Wie würde ich als Vampir empfinden? Genauso, wie als Mensch? Ich hatte auf einmal so viele Fragen, doch meine Schwäche hinderte mich daran, sie auszusprechen.
Wladimir tröstete mich leise. „Morgen werden wir alle deine Fragen erörtern. Oder auch übermorgen. Du hast nun keine Eile mehr, Nicolas. Du wirst ewig leben, zumindest wenn das dein Wunsch ist. Aber du musst auch wieder anfangen zu lernen. Die Vampirgesetze stehen zwar nirgends geschrieben und es gibt auch keinen Wächter, der ihre Einhaltung überwacht. Dennoch wirst du dich daranhalten müssen. Und es ist meine Pflicht, dir all das beizubringen, was ich selbst weiß. Wir werden die nächste Zeit zusammen bleiben bis du ein erfahrener Vampir bist. Danach steht es dir frei, deinen eigenen Weg zu gehen."
Er unterbrach sich und hielt mich fest in seinen Armen, denn ich wurde von heftigen Krämpfen geschüttelt. Ich dachte, meine gesamten Eingeweide seien vergiftet. Die Schmerzen rasten durch meinen Körper, es fühlte sich fast so an wie damals, als mir das Messer im Bauch steckte. Ich holte keuchend Atem und krümmte mich zusammen, die Arme fest um meinen Leib geschlungen.
„Es ist das Vampirblut", erklärte Wladimir mitleidig. „In dieser Menge ist es pures Gift für deinen menschlichen Körper, es bringt ihn langsam um. Leider gibt es kein Mittel gegen die schmerzhaften Krämpfe. Ich kann dir nur versichern, dass es bald vorüber sein wird."
„Erzähle mir irgendeine Geschichte, die mich von den Schmerzen ablenkt. Am besten..., am besten die, wie du selbst zum Vampir wurdest. Du hast es mir bisher verschwiegen. Oder möchtest du sie nicht erzählen?"
Ich ließ mich ermattet zurücksinken. Mein Gesicht war von kaltem

Schweiß bedeckt und Wladimir wischte ihn mit einem feuchten Tuch ab. Er lächelte und zuckte leicht die Schultern. „Oh, es ist kein Geheimnis dabei. Ich habe sie dir nur nie erzählt, weil sie doch eher banal klingt. Mein menschliches Leben verlief längst nicht so aufregend wie deines. Im Gegenteil, es war fast langweilig. Und mein Tod war ebenfalls nicht spektakulär. Aber ich will dir gerne davon erzählen, wenn es dich interessiert."

Seine Erzählung begann in seiner Kindheit. Er war das einzige Kind seiner adeligen Eltern und Erbe großer Ländereien und eines riesigen Vermögens. Aber er war stets ein Einzelgänger, der nicht viele Freunde hatte. Bis ihm Jago begegnete. Jago war ein uralter Vampir, der durch eine Feuersbrunst aus der Stadt vertrieben wurde, die Jahrhundertelang seine Heimat gewesen war. Die Zerstörung der Stadt bedeutete gleichzeitig auch die Zerstörung seiner Lebensgrundlage. Fortan ging er auf Wanderschaft und hatte noch keinen Ort gefunden, der ihm als neues Domizil zusagte. Wladimir bot ihm an, bei ihm zu wohnen und der Vampir willigte ein, ohne seinem Schützling von seiner unnatürlichen Natur zu erzählen. Nach alter Vampirtradition hielt er seine Mitbewohner im Unklaren über sein wahres Ich. Doch nach und nach lockerte er seinen Bann Wladimir gegenüber. Und der akzeptierte schließlich die Eigenheit seines Freundes. Seit der Zeit waren die beiden unzertrennlich und es gelang dem Vampir sogar, Wladimir aus seiner selbstgewählten Isolation zu reisen. Doch dann schlug das Schicksal in Form der Pest zu. Wladimirs Familie und alle Bediensteten wurden innerhalb weniger Tage dahingerafft und er selbst drohte auch an dieser heimtückischen Krankheit zu sterben. Da bot ihm Jago an, ihn zum Vampir zu machen. Wladimir zögerte nicht, genau wie ich war er insgeheim schon lange dazu bereit, das Leben eines unsterblichen Blutsaugers zu führen.
„Wir müssen also dem Tode nahe sein, ehe wir die Chance bekommen ein Vampir zu werden?" fragte ich Wladimir schwach und er nickte bestätigend.
„Natürlich gelingt die Umwandlung unter Umständen auch, wenn der Vampiranwärter nicht im Sterben liegt. Aber eigentlich ist es die Bestimmung eines jeden Vampirs, nicht mehr leben zu können. Erst die Tatsache deines unabwendbaren Todes berechtigte mich dazu, einen Vampir aus dir zu erschaffen."

Jetzt wurde mir auch klar, weshalb Wladimir so lange gezögert hatte. Aber ich kam nicht mehr dazu, ihm die Fragen zu stellen, die mir auf den Lippen lagen. Meine Lebensuhr war endgültig abgelaufen, meine knappen Reserven unwiederbringlich verbraucht. Wie zur Bestätigung meines unmittelbar bevorstehenden Todes schwebte jetzt eine Fledermaus durch das geöffnete Fenster lautlos ins Zimmer. Sie umschwirrte sowohl mich als auch Wladimir einmal und verließ dann eilig wieder den Raum.
„Schau nur", hauchte ich und deutete mit letzter Kraft auf die Botin des Todes. „Es heißt, sie holt die Seelen der Sterbenden ab." Ich fühlte, wie das Leben unaufhaltsam aus meinem geschwächten Körper entwich.
Wladimir strich mir sanft die verschwitzten dürftigen Strähnen meiner einstigen Haarpracht aus der Stirn. Seine Stimme klang weich und tröstlich, aber auch auffordernd. „Dann folge ihr, Nicolas. Klammere dich nicht mehr an die Reste deines menschlichen Lebens. Es ist Zeit für dich zu gehen..."
Seine folgenden Worte konnte ich nicht mehr verstehen. Der Tod griff nun mit Macht nach mir, ich besaß keine Kraft mehr, mich seiner länger zu erwehren.

Ich tauchte aus tiefer Finsternis ins Leben zurück. Meine Lungen drohten zu zerbersten, so hungrig nach Luft war ich. Was war mit mir geschehen? Ganz langsam kehrte meine Erinnerung zurück. Ich war gestorben. Diese unheimliche, schleichende Krankheit hatte letztendlich doch den Sieg über meinen verzweifelten Lebenswillen davongetragen. Aber wie konnte es sein, dass ich mich so lebendig, so überaus wohl fühlte? War ich etwa doch im Himmel gelandet?
„Der Himmel wird wohl noch eine Zeitlang auf dich warten müssen, Nicolas. Aber ich denke, das Leben auf der Erde sagt dir sowieso besser zu. Für himmlische Sphären bist du nicht geschaffen. Also steh endlich auf und lasse dich von mir in die Unsterblichkeit führen."

Wladimirs launige Worte brachten mir die letzte Nacht ins Gedächtnis zurück, alles fiel mir wieder ein. Ich war gestorben, um als Vampir wiedergeboren zu werden. Aber seltsam, ich fühlte mich immer noch als Mensch. War die Verwandlung etwa nicht geglückt?
„Alles ist so, wie es sein soll", beschwichtigte mich Wladimir, der überraschend ungeniert in meinen Gedanken las. „Und nun zögere nicht

länger. Mach die Augen auf. Du hast lange genug geschlafen, ich dachte schon du würdest nie erwachen."
Ich öffnete gehorsam die Augen und schaute mich im Zimmer um, als sähe ich es zum ersten Mal. Draußen vor dem Fenster war es stockdunkle Nacht und auch im Zimmer brannte keine einzige Kerze. Trotzdem konnte ich alle Möbel und Gegenstände genau erkennen. Noch nicht einmal so kleine Feinheiten wie ein Kratzer auf dem Holz des Schrankes oder eine unregelmäßige Falte im schweren Stoff des Vorhanges blieben mir verborgen. Selbst die unterschiedlichen Farbnuancen der alten, edlen Wandteppiche konnte ich deutlich unterscheiden.
„Dachtest du etwa das Leben der Vampire würde in Grautönen verlaufen? Ich kann dir versichern, es ist bunt. Und nun erhebe dich endlich, damit ich dir die Vielfalt deiner neuen Existenz nahebringen kann."
Es war also tatsächlich geschehen. Ich war zum Vampir geworden. Das schnöde menschliche Leben mit all seinen Kümmernissen und Schmerzen lag ein für alle Mal hinter mir. Ich konnte es noch immer nicht glauben. Und doch, es musste so sein. Denn alle Krankheit und Schwäche war von mir gewichen.
Behände schwang ich meine Beine aus dem Bett um mein neues Leben in Angriff zu nehmen. Wladimir reichte mir lächelnd die Hand und zog mich mühelos hoch. Dann blickte er mir lange ins Antlitz und umarmte mich dann spontan.
„Willkommen in der Unsterblichkeit Nicolas. Auf diesen Augenblick habe ich all die Jahre sehnsüchtig gewartet."
„Du hast es gewusst? Hast die ganze lange Zeit gewusst, dass du mich eines Tages zu deinesgleichen machen würdest?" Ich war verwundert. Warum hatte er mir nie etwas von seinem Vorhaben erzählt. Wie viel einfacher, ja glücklicher, hätten meine letzten Lebensjahre verlaufen können, wäre ich mir gewiss gewesen, niemals für immer sterben zu müssen.
Doch Wladimir dämpfte meinen aufkeimenden Ärger. „Nein, ich habe es nicht gewusst. Da war nur so eine heimliche Ahnung in mir. Schon als ich dir das erste Mal begegnete. Aber ich wusste erst gestern Abend mit Bestimmtheit, was ich zu tun hatte. Und ich habe es ohne zu zögern getan. Fast glaube ich, es ist manchen Menschen vorbestimmt, zum Vampir zu werden... Aber wie auch immer, nun ist es geschafft. Möchtest du dich nicht zuerst einmal im Spiegel betrachten?"

Siedend heiß fiel mir mein elendes, ausgezehrtes Aussehen wieder ein. Oh Gott, was hatte ich getan? Ich hatte es zugelassen, zu einem unsterblichen, hässlichen Monster zu werden. Ich würde mich nie mehr auf Festen zeigen, nie mehr einfach durch die belebten Straßen schlendern können. Wie sollte ich es verkraften, dass für den Rest meines unendlichen Lebens alle mit den Fingern auf mich zeigten, denen ich begegnete? Warum nur konnte ich diese, für einen eingebildeten Mann wie mich so wichtige Tatsache einfach vergessen? Und weshalb tat mir Wladimir so etwas an?
Ich schlug die Hände vors Gesicht und ließ mich langsam wieder auf das Bett sinken.
Doch Wladimir kannte kein Erbarmen. Er zog mich rigoros am Arm in die Höhe. Noch immer war er viel kräftiger als ich, er gab mir erst gar keine Chance zur Gegenwehr. Unnachgiebig zog er mich bis vor den hohen Spiegel und rüttelte mich dann sachte, als ich eisern die Augen geschlossen hielt. Äußerst widerstrebend öffnete ich sie schließlich doch. Was ich sah, verschlug mir die Sprache.
Nichts war von meinem gestern noch todkranken Aussehen geblieben. Aus dem Spiegel schaute mir der einstige schöne Nicolas entgegen. Ich hielt es für eine Sinnestäuschung und ging noch näher an die silbrige Fläche heran. Aber es war keine Täuschung. Wer mir da misstrauisch entgegen blinzelte, war ein junger, vor Gesundheit und Kraft strotzender Mann in der Blüte seines Lebens.
Meine üppigen Haare glänzten in leuchtendem Hellblond und mein Teint zeigte eine gesunde Sonnenbräune mit einem leichten bronzenen Schimmer. Noch gestern war ich so mager gewesen, dass man jede einzelne Rippe hätte zählen können und auf meiner Haut lag bereits der grünliche Schimmer des Todes. Heute war mein Körper wohlproportioniert, mit straffer Haut und festen Muskeln. Und meine hellen Augen blickten noch unergründlicher, fast magisch. Der dunkelblaue Rand um die Iris war intensiver geworden, er verstärkte den mystischen Ausdruck noch, der mich nunmehr umgab.

Fassungslos starrte ich auf Wladimirs Spiegelbild, das hinter meinem auszumachen war. „Hast du das auch nicht gewusst? Oder wolltest du mich auf die Probe stellen?" Ich konnte nicht verhindern, dass meine Stimme erzürnt klang. Doch Wladimir blieb von meinem Wutausbruch unbeeindruckt. Er legte mir leise lachend die Hand auf die Schulter und kniff mich leicht.

„Ich muss gestehen, ich habe es gewusst und ich habe es dir absichtlich vorenthalten. Dein Aussehen durfte deine Entscheidung ein Vampir zu werden nicht beeinflussen. Und außerdem wollte ich die Überraschung in deinen Augen auskosten. Es war ein göttlicher Anblick, zuerst deine widerstreitenden Gefühle und danach dein ungläubiges Staunen zu beobachten. Kannst du mir noch einmal verzeihen?"

Natürlich konnte ich ihm verzeihen. Ich war so glücklich über meinen, wieder unversehrten Körper, ich hätte ihm noch ganz andere Dinge verziehen. Schnell zog ich mein Nachtgewand über den Kopf und warf es achtlos in die Ecke. Dann drehte ich mich wie eine Primaballerina nackt vor dem Spiegel und konnte mich gar nicht satt sehen an meiner zurückgekehrten Schönheit. Da fiel mir etwas ein.

„Sagtest du mir nicht einmal, ein Vampir würde immer so aussehen, wie zum Zeitpunkt seines Todes? Ich bin zwar heilfroh, dass es bei mir nicht zutrifft aber wieso habe ich mich so verändert?"

„Naja. Das ist eines der vielen Phänomene unserer Existenz, die ich dir nicht genau erklären kann. Normalerweise ist es so, wie ich es dir gesagt habe. Wir werden - zumindest äußerlich - nicht älter und auch sonst können wir uns nicht mehr verändern. Unsere Haarlänge zum Beispiel wird ewig die gleiche bleiben, ebenso die Länge unserer Fingernägel. Und wenn du zum Zeitpunkt deines Todes einen Bartschatten gehabt hättest, so wärst du gezwungen dich bis in alle Ewigkeit nächtlich zu rasieren, denn der Bart würde sich während des Tages immer wieder erneuern. Aber bei körperlichen Entstellungen, oder wenn wir durch schwere Krankheit gezeichnet sind, so hat die Vorsehung oder die Vampirnatur mit uns ein Einsehen. Nach der Umwandlung zum Vampir erwachen wir in dem körperlichen Zustand, in dem wir uns normalerweise befinden würden, wären wir gesund. Denn für einen Vampir ist es wichtig auf seine Mitmenschen betörend zu wirken. Das macht es uns leichter, unsere Opfern zu becircen."

„Heißt das, wenn mir ein Bein oder ein Arm gefehlt hätte, so wäre er ebenfalls wieder nachgewachsen?" Ich war ehrlich beeindruckt.

„Ja, selbstverständlich aber nur dann, wenn dir dieses Körperteil nicht schon von Geburt an gefehlt hätte. Nur eine Ausnahme gibt es noch. Falls ein Mensch das Glück hat ein hohes Alter zu erreichen, bevor er zum

Vampir wird, so verjüngt er sich nach seiner Umwandlung. Er oder sie, - denn natürlich gibt es auch weibliche Vampire - erwacht dann in der körperlichen Hülle eines Menschen in den besten Jahren, also so etwa um die dreißig. Auch bei sehr jungen Anwärtern ist das der Fall - nur umgekehrt - sie werden älter. Es gibt keine Kindvampire. Aber es ist natürlich dringend davon abzuraten, einen sehr jungen Menschen zum Vampir zu machen. Das darf nur im aller äußersten Notfall geschehen. Denn zum Vampirdasein gehört vor allen anderen Dingen eine ausgeprägte Reife."
„Und du meinst, die besitze ich?" fragte ich halb belustigt, halb ernst. Wladimir musterte mich gutmütig, wie ich splitternackt mitten im Zimmer stand und mich im Spiegel betrachtete. Zweifelnd wiegte er den Kopf. „Also wenn ich dich momentan so ansehe, kommen mir große Bedenken. Aber nein, natürlich bin ich von deiner Reife überzeugt, sie ist zwar noch tief in dir verborgen doch eines Nachts kommt sie gewiss zum Vorschein."
Er öffnete die Türe des Kleiderschrankes und forderte mich lächelnd auf, mir endlich etwas anzuziehen. „Doch nun beeile dich. Wenn du weiter trödelst, komme ich heute nicht mehr dazu, dir die grundlegenden Dinge des Vampirdaseins beizubringen. Was du zuerst brauchst ist menschliches Blut, damit du stark wirst."
Blut. Schon das Wort alleine erweckte eine leise Gier in mir. Seltsam, ich hatte bis jetzt gar keinen Hunger verspürt. Wladimir lachte leise. „Ich habe vorsichtshalber allen Bediensteten frei gegeben. Nicht, dass du mir meine Leute verschreckst. Die Blutgier ist nämlich sehr mächtig, auch wenn du das jetzt noch nicht glauben kannst. Wenn du endlich fertig bist, reiten wir in Richtung der Stadt. Aber bitte denke an unsere eherne Regel, Nicolas. Keine unschuldigen Menschen. Du musst lernen, deine Gier zu zügeln bis wir auf geeignete Opfer stoßen."
Seine Worte verstärkten die unbestimmte Gier in mir und ich beeilte mich nun. Da keine Stallburschen da waren mussten wir unsere Pferde selber satteln. Während ich Sascha den Sattel auflegte, hörte ich ihren und den Herzschlag der anderen Pferde deutlich. Er rief aber keinerlei Gier in mir hervor.
„Pferdeblut ist für uns ungenießbar, ebenso wie jedes andere Tierblut. Nur Menschenblut verschafft uns Kraft und Befriedigung." Wladimir bemerkte meinen verwunderten Blick und meinte leichthin. „Ich weiß du wunderst dich, aber ich werde mir die Freiheit nehmen, die nächste Zeit

in deinen Gedanken zu lesen. So kann ich dich besser kontrollieren und dich vor eventuellen Dummheiten bewahren. Denn mit deiner Erschaffung habe ich eine große Verantwortung übernommen, die ich nicht auf die leichte Schulter nehme."

Seine Vorsicht leuchtete mir ein und ich äußerte mich nicht zu seinen Ausführungen. Aber dennoch war ich neugierig. „Was würdest du denn tun, wenn ich mich über die Vampirregeln hinwegsetzen würde?"

Er zuckte nichtssagend mit den Schultern. „Ich denke, du wirst sie einhalten. Hätte ich diese Meinung nicht von dir, so wärst du heute tot..."

Ich schauderte unwillkürlich bei seinen, so lapidar vorgebrachten Worten. Plötzlich wurde mir bewusst, dass er mich töten würde - töten musste - sollte ich seinen Erwartungen nicht entsprechen.

„Du wirst deine Prüfungen meistern, da bin ich mir ganz sicher", versicherte er mir sofort. „Denke einfach nicht darüber nach, sondern folge deinem Instinkt. Er wird dich leiten. Und ich werde dir helfen, so gut ich kann."

Meine aufkeimende Angst legte sich wieder ein wenig. Ja, er würde mir helfen. Und ich war gewillt, ihn nicht zu enttäuschen. Wenn ich auch kein allzu guter Mensch gewesen war, ich würde ein guter Vampir zu werden.

Etwa eine Stunde ritten wir durch die Nacht, die mir so viel anders vorkam als jemals eine Nacht zuvor. Der Himmel hing samtschwarz über uns und doch sah ich alles genau, was um uns herum vorging. Kein Mäuschen blieb mir verborgen, auch wenn es noch so schnell vorüber huschte. In einiger Entfernung äste ein Rudel Hirsche, deutlich konnte ich den mächtigen Platzhirsch ausmachen, der seine Damen eifersüchtig bewachte. Und ich erspähte mühelos den Bären, der sich im Schutz der Bäume an das Rudel heranpirschte.

Doch dann wurden meine Sinne mit Gewalt von meiner Betrachtung abgelenkt. Die plötzliche Blutgier überfiel mich mit solcher Macht, dass ich abrupt meine Stute zügelte. Da war etwas in der Nähe, dass dieses unglaubliche Gefühl in mir hervorrief.

„Menschen", sagte Wladimir leise neben mir. „Fortan wird jedes menschliche Wesen diese Gier in dir auslösen."

Ich war kaum fähig zu sprechen. Die langen Zähne, die wie aus dem Nichts in meinem Mund gewachsen waren, machten es mir fast unmöglich. Doch ich versuchte es trotzdem, der Gedanke, der sich in meinem

Gehirn formte, zwang mich dazu. „Es wird immer so sein? Bei jeder Begegnung mit Menschen? Aber wie soll ich das aushalten?"
Schon jetzt flog ich am ganzen Körper vor Blutdurst. Dabei waren die Menschen noch so weit weg, ich sah sie noch nicht einmal. Dennoch glaubte ich mich kaum noch beherrschen zu können. Ich wollte meinem Pferd die Sporen geben damit es mich so schnell wie möglich zu ihnen trug. Es interessierte mich keinen Deut mehr, ob es sich um gute oder schlechte Menschen handelte. Ich wollte nur ihr Blut und ihr Leben.
Aber Wladimir zeigte sich nicht gewillt, mich einfach davon stürmen zu lassen. Eisern hielt er die Zügel meiner Stute umklammert. Obwohl ich sie antrieb, machte sie keinen Schritt vorwärts. Schließlich gab ich es auf, noch nie zuvor war mir seine enorme Stärke so bewusst geworden, wie in diesem Moment. Ich hatte ihr nichts entgegenzusetzen. Der Frust darüber ernüchterte mich einigermaßen und ich gab mich geschlagen.
„Du wirst es lernen, deine Gier zu beherrschen. Und du wirst lernen, mit ihr zu leben. Atme ein paarmal tief durch und dann werden wir uns auf den Weg zu den Menschen machen. Erst dort werden wir entscheiden, ob sie zu unseren Opfern zählen. Verdränge solange deinen Blutdurst und versuche stattdessen, in ihre Köpfe zu schauen. Das ist nicht einfach und wird dich genügend ablenken."
Wladimir ritt voran und ich folgte ihm eilig. Wusste er, was er da von mir verlangte? Ich war ein neugeborener Vampir und lechzte nach meiner ersten Mahlzeit. Doch dann fielen mir seine Worte wieder ein. Fortan wird jedes menschliche Wesen diese Gier in dir auslösen. Also erging es ihm nach all den Jahrhunderten noch genauso wie mir?
Über meine Grübelei waren wir den Menschen so nahegekommen, dass wir sie deutlich ausmachen konnten. Sie saßen um ein hell auflodernds Feuer, über dem ein Reh am Spieß briet. Der Geruch des bratenden Fleisches löste einen Würgereiz in meinem Hals aus. Wladimir ignorierte die angewiderten Geräusche, die ich ausstieß.
Konzentriert blickte er zu der Gruppe hin, dann zog ein zufriedenes Lächeln über seine Lippen. Deutlich konnte ich seine Reißzähne sehen. Es gab nun keinen Grund mehr, sie vor mir zu verbergen. Hoffnung keimte bei dem Anblick in mir auf.
„Sind das Verbrecher?" fragte ich begierig und leckte mir die Lippen. Dabei schnitten meine messerscharfen Zähne tiefe Wunden in meine Zunge. Ich stieß einen überraschten Klagelaut aus. Das tat verdammt weh.

Aber der Schmerz verebbte schnell und die Wunden schlossen sich innerhalb weniger Sekunden.

„Versuche in ihre Gedanken zu blicken. Das ist das Erste, was du lernen musst." Wladimir erklärte mir so gut das möglich war, wie ich es anstellen sollte. Aber es wollte mir nicht gelingen. Ich wurde von Minute zu Minute nervöser und gieriger. Wäre mir seine überlegene Kraft nicht so überdeutlich vor Augen gestanden, ich glaube, ich hätte mich vergessen. Aber es ging eine unterschwellige Drohung von ihm aus, obwohl er mich anlächelte. Also ignorierte ich meine Blutgier tapfer so gut es ging und versuchte, in die Köpfe der vier Männer am Feuer zu blicken. Und endlich gelang es mir, wenigstens ein paar Gedankenfetzen zu erhaschen. Aber ich wurde nicht recht schlau daraus.

Doch Wladimir schien dieser erste Erfolg zu genügen. „Prima, Nicolas. Die schwierigste Hürde hast du gemeistert. Der Rest wird ein Kinderspiel werden. Ich verrate dir, dass vor dir deine ersten Opfer sitzen. Die Männer gehören einer üblen Bande an, die sich auf Überfälle spezialisiert hat. Sie haben schon so viele Leute auf dem Gewissen, es wird Zeit, dass sie gestoppt werden. Also reite los. Doch denke daran, du bist zwar unsterblich, aber nicht unverwundbar. Sei bitte vorsichtig. Es wäre nicht gut, wenn du verwundet wirst, bevor du deinen ersten Schluck menschliches Blut getrunken hast."

Sein Startsignal war eine Erlösung für mich. Seine Warnung hörte ich nur noch leise, ich war schon auf dem Weg zu den Wegelagerern. Sascha galoppierte auf die Gruppe zu und Wladimirs Wallach folgte ihr eilig. Innerhalb einer Minute war ich am Ziel.

Ich ließ mich vom Pferd gleiten, noch ehe es zum Stehen gekommen war. Wie ein Kastenteufel fuhr ich unter die überraschten Männer und packte mir den Erstbesten. Meine Gier kannte keine Grenzen und für das, was nun folgte, brauchte ich keinen Lehrmeister. Meine Zähne fanden mit traumwandlerischer Sicherheit die richtige Stelle am Hals meines Opfers und ich zerriss gierig das weiche Fleisch. Unendlich köstlich sprudelte das warme Lebenselixier in meinen Mund und ich trank in vollen Zügen. Noch während ich mich labte, fixierte ich mein nächstes Opfer und bannte es Kraft meines vampirischen Willens auf seinen Platz. Es fiel mir ganz leicht, da ich gar nicht darüber nachdachte. Aus den Augenwinkeln sah ich, dass Wladimir mit seinen Opfern genauso verfuhr. Innerhalb kurzer Zeit lagen die vier Männer tot zu unseren Füßen.

Kapitel 18: Vampirische Lehrjahre

Brendan starrte mit großen Augen fasziniert auf seinen Freund. Nicolas schwieg und blickte gedankenverloren durch das Fenster in den nächtlichen Park, der an das Krankenhaus anschloss. Dann kehrte sein Blick zu Brendan zurück und er seufzte tief auf.

„Tja, das war mein Leben. Keine besonders schöne Geschichte, aber ich habe dich ja gewarnt."

„Nein", stimmte Brendan zu und zog sich an dem Galgen über seinem Bett hoch. „Wirklich keine Story, die als Gute-Nacht-Geschichte taugt. Was war das eigentlich für eine Krankheit, an der du starbst? Ich dachte zuerst an Aids, aber das gab es damals sicher noch nicht."

„Nein, wahrscheinlich nicht. Aber es handelte sich vermutlich um eine Geschlechtskrankheit. Welche es genau war, lässt sich nach so langer Zeit höchstens noch erraten. Ich denke jedoch, es war eine Form der Syphilis. Die wurde Anfang des fünfzehnten Jahrhunderts von Seefahrern nach Europa eingeschleppt."

„Du musst furchtbar gelitten haben", meinte Brendan voller Mitleid und Nicolas zuckte vage die Schultern. „Die letzten Monate, ja. Wahrscheinlich wäre es mir noch schlechter ergangen, wenn mir nicht Wladimir ständig von seinem Blut gegeben hätte. Wie du inzwischen aus eigener Erfahrung weißt, ist Vampirblut ein ausgezeichnetes Schmerzmittel."

„Ich meinte nicht nur diese Krankheit", räumte Brendan ein. Er sah scheu in die Augen des Freundes, so als würde er ihn plötzlich in einem ganz anderen Licht sehen. „Der überwiegende Teil deines Lebens, so scheint mir, war von Schmerz und Unglück geprägt. Bist du wenigstens als Vampir endlich glücklich geworden? Dass du heute zufrieden bist, hast du mir schon öfter gesagt. Und man sieht dir die Zufriedenheit auch an. Aber inzwischen sind auch fast sechshundert Jahre vergangen. Erzählst du mir, wie deine ersten Jahre als Vampir verliefen? Darüber gibt es bestimmt noch einiges Interessantes zu berichten. Ich will alles erfahren."

Nicolas lachte verblüfft auf. „Du hast noch immer nicht genug? Ich dachte du wärst froh, dass ich endlich zu einem Ende gekommen bin."

„Wie kannst du das annehmen? Ich bin mir fast sicher, dein Leben als junger Vampir war mindestens genauso aufregend wie dein menschliches. Oder schätze ich dich da falsch ein?" Amüsiert grinste er Nicolas ins Gesicht.

Der tat entrüstet. „Was denkst du eigentlich von mir? Meinst du, ich wäre selbst als Vampir nicht vernünftig geworden?" Dann zog ein wehmütiges Lächeln über seine edlen Züge. „Aber du hast leider vollkommen recht. Auch als Vampiranfänger musste ich tüchtig Lehrgeld bezahlen. Aber für heute muss es erst einmal genug sein. Ich habe noch eine weite Strecke zu fahren und werde mich deshalb auf den Weg machen. Sieh zu, dass du morgen nach Hause darfst, dort ist es gemütlicher. Dann werde ich deine Neugier befrieden und dir auch noch den Rest meiner Geschichte erzählen."

Am nächsten Abend war Brendan wieder zu Hause und auch den Gips um seine Beine los. Es hatte ihn zwar einen kleinen verbalen Kampf mit dem Oberarzt gekostet, aber schließlich hatte der ihn seufzend und mit vielen strengen Ermahnungen versehen, entlassen. Brendan ließ sich von einem Taxi zu Daniels Burg fahren, wo er seinen Vater bat, ihm mittels einer Säge den Gips von den Beinen zu entfernen. Bei der folgenden Prozedur schwitzte er Blut und Wasser vor Angst und musste sich noch zusätzlich die Vorwürfe anhören, die ihm seine Eltern wegen des Unfalls machten. Er ertrug alles mit zusammengebissenen Zähnen. Nachdem seine Beine endlich wieder frei waren, beeilte er sich, nach Hause in Nicolas' Mühle zu fahren.

Am frühen Abend packte ihn seltsame Unruhe und er suchte das Schlafzimmer auf. Dort herrschte undurchdringliche Finsternis, alle Fensterläden waren fest verschlossen. Er knipste das Licht an und starrte lange auf den leblosen Körper des Vampirs. Der Anblick war ihm schon lange nicht mehr ungewohnt, doch heute erzeugte er eine leichte Gänsehaut auf seinem Körper.
Nicolas lag auf dem Rücken, seinen Kopf leicht zur Seite geneigt. Die Augen fest geschlossen wirkte er entspannt, als ob er schliefe. Aber es war kein gewöhnlicher Schlaf, der ihn befallen hatte. Doch er war auch nicht tot. Wenn man ihn sehr lange und intensiv betrachtete, konnte man in Minutenabständen leichte Atemzüge wahrnehmen. Auch sein Herz schlug, nur sehr langsam und schwach.
In diesem scheintoten Zustand konnte der Vampir weder etwas wahrnehmen, noch in irgendeiner Weise reagieren. So gefährlich er in der Nacht sein konnte, am Tage war er vollkommen wehrlos.

Brendan ließ sich neben dem leblosen Körper auf das Bett nieder und musterte gedankenverloren die Züge des Mannes, den er liebte. Er kannte Nicolas schon Zeit seines Lebens. Brendan war auf Daniels Burg geboren worden. Sein Vater arbeitete als Verwalter auf dem Gestüt, seine Mutter führte den Haushalt. Beide waren enge Vertraute des Vampirs.

Jahrelang ahnte Brendan nicht, dass er sein Heim mit einem Vampir teilte. Erst als er etwa sechzehn Jahre alt war, erfuhr er es. Damals wusste er schon sicher um seine Homosexualität und war heimlich in Nicolas, den Geschäftspartner und Freund Daniels, verliebt. Doch er wagte nicht, ihm seine Gefühle zu offenbaren. Er konnte ja auch nicht ahnen, dass der längst wusste wie es um ihn stand.

Nicolas fühlte sich zwar ebenfalls zu dem jungen Mann hingezogen, zeigte sich jedoch anfangs nicht geneigt, eine Beziehung mit ihm einzugehen. Er scheute außer Brendans Jugend vor allem die Konfrontation mit dessen Eltern, die keine Ahnung von der Neigung ihres Sohnes hatten. Aber er kümmerte sich fortan intensiv um ihn, wurde sein Ratgeber und Freund. Als er erkannte, wie zuverlässig Brendan war, vertraute er ihm an, dass er und Daniel Vampire waren. Er wurde nicht enttäuscht, Brendan wahrte penibel das Geheimnis seiner unsterblichen Freunde.

Mit siebzehn lernte Brendan dann einen Mann kennen, den keine Skrupel wegen seiner Jugend plagten und der ihn schamlos sexuell ausnutzte. Als er Seiner nach einiger Zeit überdrüssig wurde, ließ er ihn einfach fallen. Brendan war am Boden zerstört und redete sich schließlich bei Nicolas seinen ganzen Kummer von der Seele. Und bei dieser Gelegenheit verriet er ihm auch endlich, was er für ihn empfand. Der Vampir gestand ihm im Gegenzug, dass er ihm ebenfalls sehr zugetan war. Dieses gegenseitige Geständnis bedeutete gleichsam das Ende ihrer platonischen Freundschaft. Seither waren sie unzertrennlich.

Während Brendan so dasaß und seinen vampirischen Freund betrachtete, war es draußen langsam dunkel geworden. Sobald der Tag in Dämmerung überging, ging an dem Vampir eine Veränderung vor. Sein bleicher Teint bekam einen rosigen Hauch und nun hob und senkte sich seine Brust deutlicher. Seine eben noch entspannten Züge verzerrten sich, so als litte er Schmerzen. Dann öffnete er abrupt die Augen und holte tief und röchelnd Luft. Ein Zittern durchlief seinen Körper. Doch schon nach einigen heftigen Atemzügen beruhigte er sich wieder und setzte sich auf.

Er wunderte sich nicht über Brendans Anwesenheit, sondern lächelte ihm leise zu. „Hallo, Bren. Du hast es also geschafft, aus dem Krankenhaus zu entfliehen." Er schaute ihn prüfend an. „Geht es dir gut?"
„Naja, es hat mich ein wenig Überzeugungskraft gekostet, aber dann hat der Arzt nachgegeben. Und dass es mir wieder gut geht verdanke ich nur dir. Ich glaube, ich habe es bisher versäumt, mich dafür zu bedanken. Das möchte ich hiermit nachholen. Du hast sehr viel für mich getan, Nicolas. Vermutlich hast du mir sogar das Leben gerettet. Ich hoffe, ich kann es dir eines Tages vergelten."
Nicolas' Augen funkelten humorvoll und ein Grinsen überzog seine Züge. „Nun, ich hoffe nicht, dass ich allzu bald in eine Situation komme, in der ich auf Rettung angewiesen bin. Aber ich bin mir auch so sicher, du würdest alles daransetzen, mir zur Hilfe zu kommen."
Er stand behände vom Bett auf und streckte seine Glieder um die Blutzirkulation in Schwung zu bringen. Die geschmeidige Bewegung erinnerte Brendan an einen großen Tiger. Schon oft hatte er in Gedanken den Vampir mit diesem ebenso schönen, wie gefährlichen Raubtier verglichen.
Er wusste, diese tierhafte Geschmeidigkeit war allen Vampiren zu Eigen. Daniel besaß sie im gleichen Maße wie Nicolas. Und auch Tessa, Brendans Schwester, die von Daniel vor nunmehr fünf Jahren zum Vampir gemacht wurde, besaß sie. Wenn er die drei zusammen sah, keimte immer leiser Neid in ihm auf.
Er seufzte leise auf und Nicolas sah ihn fragend an. Da er nur mit Brendans Zustimmung in dessen Gedanken las, sah er nichts von den Sehnsüchten, die im Moment in seinem Gehirn herumspukten. Aber wie meist ahnte er, was seinen Freund bewegte.
„Vielleicht eines Tages, Bren. Du musst Geduld haben. Hat dir meine Geschichte nicht klargemacht, dass ich dich nicht einfach so aus dem Leben reißen darf? Und glücklicherweise bist du dem Tode noch sehr fern."
„Aber was wäre gewesen, wenn ich in den Trümmern des Autos gestorben wäre? Du hättest keine Möglichkeit gehabt, mich vorher zu einem Vampir zu machen."
Nicolas blickte ihn nachdenklich an. Dasselbe hatte er sich auch schon gefragt. Und der Gedanke hatte ihm Angst gemacht. Aber dann straffte er sich und blickte Brendan offen ins Gesicht.

„Wenn es dir vorbestimmt ist zum Vampir zu werden, dann bietet sich eine Möglichkeit dazu. Und schließlich und endlich bist du ja nicht gestorben. Denke einfach nicht weiter darüber nach."
Brendan raufte sich in halb gespielter, halb echter, Verzweiflung die Haare und stand dann ebenfalls vom Bett auf. „Du hast gut reden. Wenn du mir wenigstens sagen könntest, dass ich würdig bin, ein Vampir zu werden. Aber das tust du ja auch nicht."
„Ich kann es nicht, Bren. Die endgültige Gewissheit habe ich erst, wenn es soweit ist. Ich habe bisher zwei Vampire geschaffen, Marija und Daniel. Marija zu schaffen war ein großer Fehler, den ich ewig bereuen werde. Ich habe es aus einer Laune herausgetan und weil sie mich darum bat. Dabei habe ich alle Vampirregeln über Bord geworfen, übrigens das einzige Mal in meinem unsterblichen Leben. Und es ist gründlich schiefgegangen. Damals habe ich mir geschworen, unter keinen Umständen nochmals diesen Schritt zu wagen. Aber als dann Daniel vor mir lag, schon so gut wie tot, da wusste ich es plötzlich mit Gewissheit; er war dazu bestimmt ein Vampir zu werden. Dennoch habe ich gezaudert, ...fast zu lange. Die Angst saß einfach zu tief in mir. Und so verhält es sich auch bei dir. Ich werde mich unter keinen Umständen hinreißen lassen, dich vor Ablauf deiner natürlichen Lebenszeit zu töten. Dafür bedeutest du mir zu viel."
Brendan beschloss das Thema fallenzulassen. Er wollte einfach darauf vertrauen, dass er ebenfalls zu den Auserwählten zählte. Ansonsten hätte ihm Nicolas gewiss schon alle Gedanken an Unsterblichkeit aus dem Kopf gelöscht. Einlenkend fragte er: „Wirst du mir heute den Rest deiner Geschichte erzählen? Ich bin schon neugierig, wie es weitergeht."
„Wenn du dich noch eine Weile gedulden kannst, so erzähle ich dir gerne auch noch den Rest. Aber zuerst muss ich jagen gehen."

Nicolas war etwa zwei Stunden unterwegs, dann kam er ins Wohnzimmer geschlendert wo Brendan vor dem Fernseher saß. „Was schaust du dir an? Ist es etwas Interessantes?"
„Ach, nur eine Wiederholung. Ich habe den Film bereits zweimal gesehen." Er drückte auf die Fernbedienung und das Fernsehbild erlosch. „Ich wollte nur die Zeit bis zu deiner Rückkehr totschlagen."
Nicolas streifte die Schuhe von seinen Füßen und machte es sich dann auf seiner Couch gemütlich. Heute war er leger in schwarze Jeans und ein

sportlich geschnittenes graues Leinenhemd gekleidet. Wie immer sah er umwerfend gut aus.

Auf lautlosen Pfoten kam Snow, der schneeweiße Kater an, sprang mit elegantem Satz zu Nicolas auf die Couch und ließ sich schnurrend neben ihm nieder. Der Vampir hatte den jungen, halb verhungerten Kater eines Nachts von einem Streifzug mitgebracht. Seither hing das Tier mit inniger Zuneigung an ihm. Snow war ein Albino, aber seine Augen waren nicht rot, sondern fast so hellblau wie die seines Herrn.

Nicolas' Hand strich liebevoll über das weiße Fell, während er mit der Fortsetzung seiner Geschichte begann.

„Nach meiner ersten Blutmahlzeit war ich wahrhaftig zum Vampir geworden. Ich spürte, wie das menschliche Blut mich stärkte und meine Umwandlung endgültig besiegelte. Von nun an gab es kein Zurück mehr. Ich war für immer zum Geschöpf der Nacht geworden.

Wladimir erklärte mir später, dass ich ohne dieses Blut dem Tode geweiht gewesen wäre. Junge Vampire, die aus irgendwelchen Gründen nicht innerhalb der ersten Nacht Menschenblut trinken können, müssen sterben.

Nun, diese Hürde hatte ich gemeistert ohne zu ahnen, wie schnell sich meine Unsterblichkeit in meinen unwiderruflichen Tod hätte wandeln können. Nämlich dann, wenn wir anstatt auf Wegelagerer auf normale Reisende gestoßen wären.

In dieser Nacht begann nicht nur ein neues Leben für mich, sondern auch eine erneute Zeit des Lernens. Was mich Wladimir nun lehrte, würde ich in keinem Buch nachlesen können. Aber mein Gedächtnis und meine Auffassungsgabe hatten sich durch meine Umwandlung erweitert. Fortan würde mir alles im Gedächtnis haften bleiben, was ich jemals gelernt hatte und noch hinzulernen würde. Deshalb kann ich dir heute die Dinge genauso erzählen, wie sie sich vor fast sechshundert Jahren tatsächlich zugetragen haben. Sie sind unauslöschlich in mein Gehirn einprogrammiert. Obwohl ich manche Episoden meines Lebens lieber vergessen würde...

Ich zog mit Wladimir umher, was für meinen Vampirvater eine schwere Prüfung darstellte. Ich habe dir schon erzählt, wie sehr ihm an seiner vertrauten Umgebung lag. Aber er überwand tapfer seine Aversionen gegen unbekannte Umgebungen und reiste mit mir etwa ein Jahr umher.

In dieser Zeit brachte er mir all das bei, was ein Vampir wissen musste. Das war zuallererst die richte Wahl der Stätten, an denen wir den Tag ungefährdet verbringen konnten. Denn ich konnte mich nicht darauf verlassen, immer ein sicheres Dach über dem Kopf zu haben. So suchten wir alle möglichen und oft auch unmöglichen Stellen auf, in denen wir den Tag verbringen konnten ohne von der Sonne gebraten, oder - was noch schlimmer wäre - von Menschen aufgestöbert zu werden. Die Auswahl reichte von einfachen Erdlöchern, über uralte Grüfte, bis hin zu Erd- oder Felsenhöhlen. Einmal legten wir uns sogar in eine Bärenhöhle, kaum einige Meter von einer Bärin entfernt, die darin ihre neugeborenen Jungen säugte. Ich hatte schwere Bedenken, dass ich am Abend ohne Arme oder Beine erwachen würde. Aber Wladimir versicherte mir, unser Bann würde auch bei Bären wirken. Dennoch war ich am folgenden Abend froh, als ich feststellte, dass mir tatsächlich keine wichtigen Teile meiner Anatomie abhandengekommen waren.
Noch heute bedaure ich Wladimir. Meine Zeit als unerfahrener Jungvampir muss eine wahre Tortur für ihn gewesen sein. Doch er hat sich nie beklagt. Dennoch konnte ich ihm die Erleichterung deutlich ansehen, als meine Lehrzeit zu Ende war und er endlich wieder zu Hause in seinem gemütlichen Heim sein, und sich von seinen Angestellten verwöhnen lassen konnte. Ich meine, seither wusste er seinen Luxus noch mehr zu schätzen.
Um sich von den Strapazen der Wanderschaft zu erholen bezog er eines seiner Stadthäuser. Nach der vielen Natur stand ihm der Sinn nach vornehmer Gesellschaft und Festen. Ich zog wie selbstverständlich mit ihm. Ich war nun zwar ein Vampir, der sich notfalls auch alleine durchschlagen konnte, aber es gab immer noch vieles, was ich nicht wusste. Außerdem hatte ich einfach noch das Bedürfnis, bei Wladimir zu bleiben. Das Herumreisen hatte jedoch eine Sehnsucht in mir neu erweckt, die ich schon zu meinen Lebzeiten ab und zu leise verspürt hatte. Mir machte es nichts aus, in schäbigen Schlupflöchern zu schlafen, wenn ich dafür herrliche Abenteuer erleben durfte. Ich wollte mehr von der Welt sehen, wollte fremde Orte und Menschen kennenlernen. Doch noch war die Zeit dafür nicht reif.
So verbrachte ich die nächsten Jahre also weiterhin in Wladimirs Obhut. Und ich nahm nach einiger Zeit weitgehend die Gewohnheiten wieder auf, denen ich vor meiner Krankheit nachgegangen war. Ich hatte

inzwischen die Beherrschung meines Blutdurstes sicher im Griff und konnte mich unter vielen Menschen bewegen, ohne Angst zu haben unangenehm aufzufallen oder gar, meine Gier nicht unterdrücken zu können. Wie mir Wladimir prophezeit hatte, gewöhnte ich mich schnell an den stetigen Schmerz des unbefriedigten Blutdurstes.

Ich lernte ebenfalls schnell in Gesellschaft Getränke jeglicher Art zu mir zu nehmen, obwohl ich mich manchmal regelrecht davor ekelte. Aber es war wichtig, um nicht unnötig aufzufallen. Im Gegensatz zu früher konnten mich aber alkoholische Getränke nicht mehr betrunken machen, selbst wenn ich sie literweise in mich hineinschüttete. Mein Vampirkörper war unfähig, etwas anderes als Menschenblut zu verwerten.

Sorge machte mir zu Anfang, wie ich meinen Freunden meine unglaubliche Genesung erklären sollte. Alle wussten, dass ich schon so gut wie tot gewesen war.

Wladimir beruhigte mich. „Erzähle ihnen einfach, ein Heiler hätte dich im letzten Moment gerettet. Benutze dein vampirisches Geschick, ihre Köpfe zu beeinflussen. Sie werden nicht an deinen Worten zweifeln."

So war es tatsächlich. Ich berichtete von meiner wundersamen Heilung und einem langen Erholungsurlaub in der Abgeschiedenheit Sibiriens. Niemand, noch nicht einmal Gennadij, kam auf die Idee meine Worte entsprächen nicht der Wahrheit. Und keinem fiel jemals auf, dass ich nur noch des Nachts anzutreffen war.

Bisher hatte mein ganzes Trachten der Befriedigung meiner Blutgier gegolten. Manchmal verbrachte ich die ganze Nacht damit, Mördern oder sonstigem menschlichen Abschaum hinterher zu jagen. Ich konnte vier und fünf Menschen töten und aussaugen, ohne dass meine Gier geringer wurde. Oft führte mich meine Jagd so weit von zu Hause fort, dass ich den Tag wirklich in einem der düsteren Verstecke verbringen musste, die mir Wladimir so vorsorglich aufgezeigt hatte.

Irgendwann plagten mich Bedenken wegen meiner ungezügelten Blutgier. War das noch normal? Nun gut, ich war zum Vampir geworden, schon das alleine war alles andere als normal. Trotzdem peinigte mich die heimliche Angst, es zu übertreiben. Ich wusste, Wladimir saugte meist nur einen, selten einmal zwei Menschen pro Nacht aus. Ich fasste mir schließlich ein Herz und fragte ihn danach. Doch er lächelte beruhigend und erklärte mir dann. „Mache dir keine Gedanken darüber. Manche jungen Vampire sind unersättlich. Und da du schon immer zu

Übertreibungen geneigt hast, wundert es mich eigentlich nicht besonders, dass du auch hier kein Maß findest. Aber keine Sorge, dass legt sich im Laufe der Jahre. Irgendwann ist dir die Nacht zu schade, um nur hinter Blut herzujagen. Und solange du dich an die Regeln hältst, bleibt es dir überlassen, wie viele Menschen du tötest."

Er hatte - wie immer - vollkommen Recht. Mit der Zeit wurde mir die ausschließliche Menschenjagd zu eintönig. Ich besann mich auf andere Dinge, die mir früher Spaß gemacht hatten und die ich gerne wieder tun würde. Ich ging wieder zu Tanzveranstaltungen und besuchte mit Wladimir zusammen die Gesellschaften und Bälle der reichen Leute von Kiew. Nur, nach was mir wirklich der Sinn stand, traute ich mich nach wie vor nicht zu tun.

„Ich habe Angst die Beherrschung zu verlieren, wenn ich mit jemandem schlafe", gab ich frustriert zu, als mich Wladimir fragte, weshalb ich so unzufrieden sei.

„Stell dir vor, meine sexuelle Erregung und meine Blutgier vermischen sich und ich bin nicht mehr fähig, das eine vom anderen zu trennen. Ich könnte es nicht verkraften, einen Unschuldigen zu töten. Und du wärst gezwungen, mich unschädlich zu machen. Dennoch kann ich die Gedanken an sexuelle Befriedigung einfach nicht aus meinem Gehirn verdrängen."

Das war jedoch ein Problem, bei dessen Lösung mir Wladimir nicht behilflich sein konnte. Er gehörte zu den Vampiren, für die Sex gleichgültig geworden war. Wir hatten zwar nie darüber gesprochen, aber ich denke, er war schon im Leben nicht allzu versessen darauf gewesen. Solche Menschen soll es ja geben. Ich gehörte jedenfalls weder vor, noch nach meiner Umwandlung, zu dieser Kategorie.

Schließlich meinte er achselzuckend. „Ich denke, du machst dir zu viele Gedanken darüber. Bisher hast du dich nie dazu hinreißen lassen, einen Unschuldigen zu töten. Du wirst schon nicht die Kontrolle über dich verlieren."

Er hatte leicht reden, fand ich. Ich selbst war mir meiner nicht so sicher. Also wartete ich weiterhin ab. Selbst Gennadijs Annäherungsversuche wimmelte ich immer wieder unter fadenscheinigen Vorwänden ab. Außerdem hatte ich ihm gegenüber ein schlechtes Gewissen. Mit meinen Vampirsinnen konnte ich mühelos die schreckliche, schleichende Krankheit an ihm ausmachen, die mich selbst das Leben gekostet hatte.

Zweifellos hatte ich sie ihm übertragen. Und obwohl ich es ja nicht mit Absicht getan hatte, belastete mich dieses Wissen stark. Aber vielleicht gab es ja noch Hoffnung für ihn, noch war er nicht offensichtlich krank. Deshalb bearbeitete ich fortan nachhaltig seinen Geist, suggerierte ihm, sich möglichst bald in kundige Hände zu begeben. Er tat es zu meiner Erleichterung und ging zu dem Heiler, der mir nicht mehr helfen konnte. Tatsächlich konnte der ihn vor meinem schlimmen Schicksal bewahren. Zwar wurde Gennadij die Krankheit nicht mehr los, aber sie breitete sich auch nicht weiter in seinem Körper aus.
Mein spezielles Problem löste sich eines Nachts fast ganz von alleine.
Auf einer meiner nächtlichen Touren kam ich an einem nicht allzu feinen Wirtshaus vorbei. Musik und Gelächter drang in meine Ohren und ich beschloss, mich einmal dort umzusehen. Ich hatte bereits Blut getrunken, wäre aber einer zweiten Mahlzeit nicht abgeneigt gewesen. Also öffnete ich die Tür und schaute mich um.
Es war eher eine Spelunke als ein Wirtshaus und ich musste unwillkürlich an Wladimir denken. Er verabscheute es, sich in solch elenden Kneipen ein Opfer zu suchen. Ich musste bei dem Gedanken grinsen, wie er mich während meiner Lehrzeit äußerst widerwillig auch in solche Häuser geschleppt hatte. Er war immer froh gewesen, schnell wieder gehen zu können und hatte kaum gewagt, etwas zu berühren. Ja, er konnte seine vornehme aristokratische Abstammung wirklich nicht leugnen. Mir hingegen machte der Besuch derlei Kneipen kein Kopfzerbrechen. Oft zog es mich sogar förmlich dort hin.
In der Wirtsstube saß ein bunt zusammengewürfeltes Völkchen beieinander. Ein Balalaika Spieler zupfte ein paar Weisen und bekam dafür ab und zu einen Wodka spendiert. An den groben Tischen saßen meist Männer. Sie befanden sich in den verschiedensten Stadien der Trunkenheit. Einige lagen sogar auf dem Boden und schliefen ihren Rausch aus, Lachen von Bier oder Erbrochenem um sich.
Ich wollte schon wieder gehen, weil ich schnell feststellte, dass kein allzu schlechter Mensch unter den Trinkern weilte. Da sprach mich eine weibliche Stimme an.
„Hallo Fremder, kann ich dir etwas anbieten?" Aus dem Schatten einer Ecke kam eine Frau auf mich zu. Sie war grell geschminkt und trug ein auffallend freizügiges Kleid, das ihre üppigen Reize betonte. Eine Hure, zweifellos.

Sie legte ihre Hand auf meinen Arm und hinderte mich so daran, zu gehen. „Bleib doch ein wenig bei mir", gurrte sie und ließ ihren Blick wohlgefällig über mich gleiten. „Hier kommen nicht oft Männer deines Schlages her. Trinke etwas und leiste mir Gesellschaft. Vielleicht kann ich dir auch noch mehr anbieten..., wer weiß."
Eigentlich war sie nicht nach meinem Geschmack aber ich blieb aus einer Laune heraus. Sie brachte mir einen Wodka und trank mir dann zu. Dabei taxierte sie mich - wie sie meinte, unauffällig. Doch trotz der schummerigen Beleuchtung konnte ich sie natürlich ausgezeichnet sehen. Und ich konnte vor allem ihre Gedanken verfolgen.
Sie überlegte kaltblütig ab ob es sich lohne, mich betrunken zu machen um dann meine Geldbörse zu plündern. Das waren ja interessante Aussichten und ich beschloss, auf ihr Spiel einzugehen. Mittlerweile bereitete es mir keine Schwierigkeiten mehr Wodka zu trinken. Ich stürzte den Becherinhalt hinunter ohne eine Miene zu verziehen, ja, das scharfe Getränk schmeckte mir fast so gut wie früher. Die Hure fummelte unter dem Tisch ungeniert an mir herum, während sie mich nötigte, noch mehr zu trinken. Die Flasche leerte sich merklich. Da ich nicht betrunken werden konnte, mimte ich diesen Zustand einfach, was mir eingedenk früherer Erfahrungen leichtfiel. Daneben las ich eifrig in ihren Gedanken. So erfuhr ich, dass sie überlegte, ob sie mir den Genuss ihres Körpers gönnen und mir dafür einen großen Batzen Geldes abluchsen sollte, oder ob es sich rentierte, mich mittels eines Giftes zu betäuben um sich anschließend meine gesamte Barschaft unter den Nagel zu reißen. Anscheinend waren ihr solche Gedanken vertraut, denn ich sah kurz andere Männer in ihrem Gedächtnis aufblitzen, denen sie genau das angetan hatte. Und ich sah ebenfalls, dass es ihr völlig gleichgültig war, ob ihre Opfer starben.
Diese Tatsache machte sie zu einem idealen Opfer für mich und in meinem Gehirn entwickelte sich ein Plan. An ihr konnte ich bedenkenlos testen, was mich schon die ganze Zeit beschäftigte. Falls ich beim Liebesspiel in Blutgier verfiel und sie tötete, so traf es wenigstens keine Unschuldige.
Scheinbar auf ihre Lockungen eingehend, folgte ich ihr wenig später nach Oben, wo sie einen kleinen Raum bewohnte. Es bereitete mir keine Mühe, ihren ursprünglichen Pan mit dem Gift zu vereiteln. Mit ein wenig Vampirzauber veranlasste ich sie dazu, sich mir willig hinzugeben. Meine

lange, unfreiwillige sexuelle Abstinenz machte mich ungeduldig und ich drängte sie aufs Bett. Hastig schob ich ihre Röcke hoch, zuvor hatte ich schon meine Hose aufgeschnürt und legte mich auf sie. Sie zierte sich nicht lange und spreizte bereitwillig die Beine, damit ich in sie eindringen konnte.

Ich spürte, wie sich gleichzeitig mit meiner körperlichen Lust auch meine Blutgier regte. Meine Zähne wuchsen an und schnitten mir in die Unterlippe. Der leichte Blutgeschmack verstärkte meine Gier noch mehr. Ich konnte mich nicht beherrschen und ritze die Haut an ihrem Hals leicht mit meinen Zähnen. Die winzigen Blutstropfen, die aus den kleinen Wunden quollen, leckte ich auf und verschloss sie somit sofort wieder. Meine Gespielin merkte nichts davon. Sie wand sich unter mir und stöhnte verzückt. Ihre Leidenschaft war keineswegs gespielt, es waren meine vampirischen Verführungskünste, die sie so erregten. Wenig später ließ ich befriedigt von ihr ab und versetzte sie in einen leichten Schlaf.

Ich war zufrieden mit mir. Keine Sekunde hatte mich meine Blutgier so weit getrieben, ans Töten zu denken.

Kapitel 19: Verhängnisvolle Fehler

Ich ließ die Hure am Leben. Zumindest für diese Nacht. Schließlich hatte sie mir, wenn auch unbeabsichtigt, einen guten Dienst erwiesen. Aber ich wollte sie mir merken. Sie war eine Mörderin und irgendwann würde sie mein Opfer werden.
Meine neu gewonnene Erkenntnis brachte mir meine gute Laune zurück. Erst jetzt schien mir mein unsterbliches Leben vollkommen. Und das machte mich leider übermütig. Ich vergaß Wladimirs eindringliche Worte und verwechselte meine Unsterblichkeit mit Unverwundbarkeit. Das sollte mir schlecht bekommen.
Wie gesagt, ich war voller Übermut und schlug Wladimirs vorsichtige Ermahnungen in den Wind. Er wollte und konnte mir keine Vorschriften machen, wie ich mein Vampirleben gestaltete, solange ich mich an die Regeln hielt. Aber er war wesentlich erfahrener und weitsichtiger als ich und sah das Unheil schon lange auf mich zukommen.

Ich war nun schon seit über dreißig Jahren ein Vampir, also durchaus kein unerfahrener Grünschnabel mehr. Aber auch noch lange kein erfahrener Blutsauger, das wurde man frühestens mit hundert oder hundertfünfzig Jahren. Noch immer gab es viel zu lernen für mich und noch immer war ich dankbar für Wladimirs Fürsorge. Aber in manchen Angelegenheiten wünschte ich seine Einmischung nicht und er respektierte das in seiner gutmütigen Art. Eine dieser Angelegenheiten war mein Sexualleben.
Heute muss ich eingestehen, ich trieb es wirklich sehr bunt. Noch schlimmer als zu meinen wildesten menschlichen Zeiten. Ich hatte ja von keinem Menschen mehr etwas zu befürchten. Dachte ich zumindest.
Diese irrige Annahme machte mich leichtsinnig. Nichts und niemand waren mir heilig. Ich verführte ohne Bedenken, wen ich gerade haben wollte. Zeigte sich jemand nicht willig, so setzte ich ohne Skrupel meine vampirischen Verführungskünste ein. Zu meiner Ehrenrettung muss ich sagen, ich wandte niemals Gewalt an, nein es gab mir einfach Spaß, zu flirten und zu verführen. Hatte ich erreicht was ich wollte, löschte ich das Geschehene manchmal wieder aus den Köpfen meiner Partner oder Partnerinnen. Unliebsame Folgen brauchte niemand zu befürchten, als Vampir war ich unfruchtbar und konnte außerdem weder Krankheiten empfangen noch übertragen.

Selbstverständlich lebte ich noch immer mit Wladimir zusammen. Er hatte mittlerweile aus Bequemlichkeit zwei seiner drei Stadthäuser verkauft und besaß nun nur noch ein großes Haus mitten in der Stadt und natürlich das Gut, seinen Rückzugsort, wenn er der Ruhe bedurfte. In dem Stadthaus lebten wir seit nunmehr drei Jahren. Es lag in unmittelbarer Nähe der Zehntkirche, einer großen, eindrucksvollen Kathedrale.

Die Nähe der Kirche störte uns nicht. Wladimir suchte sie sogar des Öfteren auf und ich begleitete ihn manchmal. Obwohl ich mit den frommen Riten der russisch-orthodoxen Kirche nach wie vor nichts anfangen konnte, gefiel es mir, in der Einsamkeit der nachtdunklen Kirche zu sitzen und die prunkvollen Schätze und Gemälde zu betrachten. Und seltsamerweise brachten mir diese Besuche sogar ein wenig inneren Frieden in mein ansonsten so rastloses Dasein.

Wie ich sagte, die Kirche störte mich nicht, wohl aber der Pope, der dort für das Seelenheil seiner Schäfchen zuständig war. Pope Oleg war ein älterer Mann, dessen Alter man wegen seines wallenden graumelierten Bartes, der sein halbes Gesicht bedeckte, nicht genau schätzen konnte. Über seinen streng blickenden Augen lagen dichte, dunkle Augenbrauen. Er zog sie meist unwillig zusammen, was ihm ein noch grimmigeres Aussehen verlieh. Er war ein zorniger Mann, der oft und laut von der Kanzel wütete, deshalb nannte man ihn heimlich Oleg, den Wüterich.

Diesem Oleg war ich bald ein Dorn im Auge. Es wurde ihm anscheinend zugetragen, wie freizügig ich mir Partner für mein Bett suchte. Erst da fiel mir auf, wie genau die Nachbarn mich beobachteten. Bisher hatte ich in meiner Naivität geglaubt, wenn ich mich nicht um sie kümmerte, so würden sie sich auch nicht um mich kümmern. Aber dem war nicht so. Vielleicht hatte ich auch einfach Neider, oder das eine oder andere Mal versäumt, meinen vampirischen Bann um mich zu hüllen, ich weiß es nicht. Jedenfalls stand Oleg eines Abends vor unserer Türe und begehrte, Wladimir und mich zu sprechen.

„Es kann nicht angehen", so wütete er mit zornbebender Stimme und deutete anklagend auf mich, „dass von diesem Mann hier, praktisch unter den Augen der Kirche, Unzucht getrieben wird. Das kann ich nicht dulden! Ich weiß zwar nicht wie er es anstellt, aber er macht sogar fromme, gottesfürchtige Ehefrauen zu seinen willigen Gespielinnen. Ja ich hörte sogar", er bekreuzigte sich und sah mich voller Abscheu an „er betreibe Sodomie... Doch was das Schlimmste ist, er hat meine junge

Haushälterin, die unschuldige Tochter meiner Schwester, verführt. Ich habe die Sünderin unter der Auflage zu fasten und zu beten in ihr Dorf zurückgeschickt. Dort kann sie fortan über ihre Schande nachdenken. Aber die Schuld trifft nicht nur sie, sondern mehr noch diesen Kerl. Er hat ihre Jugend und Unschuld schamlos ausgenutzt. Dafür muss er büßen."

Er hatte Recht, wie ich gestehen musste. Die hübsche Nachbarin war mir eines Abends in der Kirche begegnet, wo sie die welken Blumen durch frische ersetzte. Sie war reizend anzusehen und ich hatte nicht eher geruht, bis ich sie im Pferdestall hinter dem Haus des Popen ins Heu gedrückt hatte. So unschuldig wie Oleg meinte war sie zwar nicht mehr gewesen, aber das band ich dem frommen Mann nicht auf die Nase. Die lebensfrohe Kleine litt sicher schon genug unter ihrer Verbannung auf ein ödes Dorf.

Wladimir, der den Popen schon lange Jahre kannte, gelang es schließlich ihn zu beruhigen. Er versprach ihm, für Abhilfe zu sorgen und komplimentierte ihn dann wieder zur Tür hinaus. Um den alten Wüterich gnädig zu stimmen, hatte er ihm sogar einen großzügig gefüllten Beutel mit Geldstücken für seinen Opferstock zugesteckt.

Ich war nicht begeistert, wie freundlich Wladimir den Kerl behandelt hatte und sagte es ihm auch unverblümt. Er sah mich ernst an und meinte dann mit leichtem Vorwurf in der Stimme. „Wann lernst du endlich, dass Vampir sein kein Freibrief ist, Nicolas? Du bringst uns noch alle beide in Gefahr durch deine Zügellosigkeit. Wir leben nun einmal inmitten vieler Menschen und müssen uns ihnen anpassen. Ich habe dir doch bereits des Öfteren lange und breit erklärt, dass wir niemals auffallen dürfen. Aber du fällst auf, indem du den Anstand und die guten Sitten verletzt. Und du ziehst mich damit hinein, weil du in meinem Haus lebst. Werden wir erst einmal beobachtet, so ist unsere Tarnung schnell dahin. Und falls wir, aus welchem Grund auch immer, als Blutsauger entlarvt werden, so beginnen die Menschen uns gnadenlos zu hetzen. Ich lebe nun schon so viele Jahrhunderte hier und bin noch nie jemandem aufgefallen. Deshalb bitte ich dich inständig, verhalte dich so, dass es auch weiterhin so bleibt."

Das war die erste Rüge, die er gegen mich aussprach. Doch anstatt Reue zu zeigen, wurde ich zornig. „Wenn du meinst ich bringe dich in Gefahr, dann kann ich ja gehen. Ich kaufe mir irgendwo ein eigenes Haus, oder

noch besser, ich ziehe fortan in der Welt umher. Dann kannst du hier in Ruhe die nächsten Jahrhunderte versauern."
Er ließ sich nicht provozieren, sondern sprach sanft, wie zu einem trotzigen Kind. „Ich kann dich zwar nicht aufhalten, wenn du gehen möchtest, Nicolas. Aber bitte überdenke das alles noch einmal. Es ist doch nur zu deinem und meinem Schutz, wenn ich dich bitte, ein wenig vorsichtiger zu sein. Wir müssen nun einmal mitten unter den Menschen leben, ansonsten würden wir bald verhungern. Falls wir von hier vertrieben werden, bedeutet das eine sehr unruhige Zeit in der wir kein Dach über dem Kopf haben. Dir mag das vielleicht egal sein, aber mein Wunsch ist es nicht. Ich möchte weiterhin in Frieden hier wohnen. Wirst du darüber nachdenken?"
Ich versprach es ihm nach einigem Zögern und ich tat es wirklich. Schließlich musste ich mir eingestehen, dass er Recht hatte. Ich hatte undankbar und egoistisch gehandelt. Und obwohl Wladimir mich mit unbewegtem Gesichtsausdruck ansah, spürte ich, dass ich ihn gekränkt hatte. Verlegen über meine bösen Worte, entschuldigte ich mich bei ihm und gelobte reumütig Besserung.
Er lachte verständnisvoll und winkte ab. „Ich verlange ja nicht, dass du dich vollkommen änderst. Zumindest nicht von heute auf morgen. Junge Vampire neigen manchmal dazu, sich für übermächtig zu halten. Ich bin mir sicher, du wirst eines Nachts vernünftig werden. Aber es liegt bei dir, wie du diese Erkenntnis letztendlich gewinnst. Leider muss ich sagen, du hattest schon immer eine fatale Neigung, durch eine harte Schule zu gehen."
Nun, das stimmte zweifelsohne und ich war entschlossen, es dieses Mal nicht so weit kommen zu lassen. Fortan mäßigte ich mich ein wenig, außerdem verlegte ich meine Aktivitäten mehr in die Randgebiete der Stadt. Dort kannte mich niemand und Oleg würde mich bis dorthin nicht verfolgen. So dachte ich zumindest.
Anfangs ging alles gut. Ich mied die Begegnung mit dem Wüterich, was mir nicht schwer fiel. Wenn mir nach Stille und Beschaulichkeit zumute war, suchte ich einfach eine der vielen anderen Kirchen in Kiew auf. Allzu oft war das eh nicht der Fall. Mit der Zeit vergaß ich Oleg den Wüterich fast ganz. Aber er vergaß mich nicht.
Ich schlenderte durch die Grabreihen des Friedhofes und suchte nach den typischen Spuren eines frischen Grabes. Gennadij war heute beerdigt

worden und ich wollte ihm die letzte Ehre erweisen. Es gab mehrere frische Grabhügel und ich ging sie nacheinander ab, bis ich vor dem Holzkreuz stand, auf dem sein Name eingebrannt war.
Gennadij hatte das stolze Alter von fast siebzig Jahren erreicht. Wir waren bis zu seinem letzten Tag befreundet geblieben. Als ich jetzt vor seinem Grab stand, empfand ich ein nagendes Gefühl des Verlustes in meinem Inneren. Plötzlich wurde mir bewusst, dass Vampir sein außer Unsterblichkeit auch immerwährende Trauer bedeutete. Ich würde all meinen Freunden, die ich jetzt kannte und die mir im Laufe der Jahrhunderte begegnen würden, ins Grab blicken müssen. Sie konnten mich nur ein kurzes Stück meines Lebens begleiten. Der Gedanke erfüllte mein Herz mit Verzweiflung.
Ich ging in die Hocke und legte eine weiße Lilie zwischen die welkenden Blüten, die den Hügel bedeckten. Dann nahm ich eine Handvoll Erde und ließ sie durch meine Hand rieseln. Eine einsame Träne rann meine Wange herunter und tropfte auf ein Blütenblatt. Eine Träne für einen Freund.
Unser erstes Zusammentreffen ging mir durch den Kopf. Ich hatte Gennadij dafür gehasst, dass er mich meiner Illusion beraubt hatte. Aber er war einer der vielen Meilensteine in meinem Leben gewesen. Ein wichtiger Stein der umfiel und andere wie Dominosteine mit umstieß. Auf diesem Wege wurde ich zu dem, was ich heute war. Ohne ihn wäre mein Leben total anders verlaufen und vielleicht wäre ich Wladimir niemals begegnet.
Obwohl ich inzwischen bestens über dieses Phänomen Bescheid wusste, war ich dennoch immer verwundert gewesen, dass Gennadij niemals auffiel, dass ich im Gegensatz zu ihm nicht älter wurde. Wie oft hatte er mir über die Gebrechen des zunehmenden Alters die Ohren vollgejammert, ohne sich über mein stets gleichbleibend junges Aussehen zu wundern. Erst als er schon auf dem Totenbett lag, hatte ich es gewagt und ihm von meiner unsterblichen Existenz erzählt. Er starb mit dem Staunen der Erkenntnis in seinen Augen und nun ruhte mein Geheimnis für immer mit ihm unter diesem Hügel.
Menschlicher Herzschlag durchdrang meine traurigen Gedanken, behände sprang ich auf. Suchend glitt mein Blick über die Grabsteine und machte eine Gestalt aus, die sich schnell hinter einem dicken Baumstamm verbarg. Ich drang in die Gedanken des jungen Mannes und erfuhr so, dass er mich in sicherem Abstand verfolgt hatte und nun Angst bekam,

ich würde ihn entdecken. Das war ja interessant. Was wollte der Kerl von mir? Ehe er ahnte, dass ich ihn bemerkt hatte, stand ich schon neben ihm und hielt ihn an der Schulter fest. Er starrte mich zu Tode erschrocken an und ging unter meinem Griff leicht in die Knie.

„Warum verfolgst du mich?" herrschte ich ihn an. Dabei schaute ich drohend auf ihn herab. Er versuchte meine Hand abzuschütteln, was ihm natürlich nicht gelang. Dann schluckte er trocken und raffte sich zu einer lahmen Antwort auf.

„Ich verfolge Euch nicht, ich will nur das Grab meiner Mutter besuchen." Mit zittrigen Fingern deutete er auf ein Grab hinter sich.

„Jetzt, um diese Zeit? Außerdem liegt in dem Grab ein Mann, wie man unschwer auf dem Stein lesen kann."

Er gab nicht so leicht auf. Trotzig straffte er die Schultern und meinte frech. „Ihr seid doch auch um diese Zeit hier. Meint Ihr, das sei Euer alleiniges Recht?" Auf die Inschrift des Grabsteines ging er nicht ein, weil ihm keine passende Antwort einfiel. Sie interessierte mich sowieso nicht.

„Du hast mir nachgeschnüffelt!" behauptete ich und presste seine Schulter etwas stärker. „Warum? In wessen Auftrag?" Es war mir klar, er handelte nicht im eigenen Interesse, sondern war nur ein kleiner Spitzel. Aber er schwieg eisern, obwohl er leise vor Schmerz stöhnte. Und vor Angst schwirrten nur chaotische Gedanken durch seinen Kopf. Kein Hinweis auf seinen Auftraggeber. Ich ließ ihn los. Er war kein schlechter Kerl, das konnte ich immerhin aus seinen wirren Gedanken lesen. Er war noch nicht einmal ein Dieb, der es auf meinen Geldbeutel abgesehen hatte. Natürlich hätte ich ihn zwingen können, mir Rede und Antwort zu stehen aber diese Maßnahme erschien mir zu krass. Wahrscheinlich war ich durch Gennadijs Tod etwas aufgewühlt und sah Gespenster. Ich machte eine auffordernde Handbewegung und der junge Mann flitzte davon, als sei der Leibhaftige hinter ihm her.

Doch schon bald musste ich feststellen, dass ich tatsächlich beobachtet wurde. Im Menschengewimmel der Stadt konnte ich natürlich nicht sicher feststellen, ob mir jemand nachging. Aber an einsamen Orten spürte ich oft, dass jemand in meiner Nähe war. Leider stellte sich mein neuer Verfolger schlauer an. Er folgte mir in sicherem Abstand und verschwand, sobald ich ihn in einsame Gegenden locken wollte. Manchmal ahnte ich seine Anwesenheit nur und fragte mich, ob ich halluziniere.

Ich wurde immer vorsichtiger und nervöser und liebäugelte mit dem Gedanken, Wladimir zu Rate zu ziehen. Doch dann verwarf ich die Idee wieder. Ich würde doch noch imstande sein, einen Verfolger abzuschütteln.

Fortan ging ich zu Pferd auf die Jagd. Und ich suchte mir meine Opfer weit außerhalb der Stadt auf den Reisewegen. Zu diesem Zweck schaffte ich mir extra einen schnellen Hengst an, obwohl ich lieber Stuten ritt. Das leichtfüßige Tier trug mich des Abends in Windeseile aus der Stadt, ich war mir sicher, kein anderes Pferd würde uns einholen können. Und meine Rechnung ging auf. Ich spürte seither keinen Verfolger mehr.

Als ich nach einigen Wochen immer noch keinen Spion bemerkte, ließ mein Misstrauen langsam nach. Was immer der Kerl auch von mir gewollt hatte, es schien als habe er seine Absicht endgültig aufgegeben. Langsam verfiel ich wieder in meine alten Gewohnheiten und suchte meine Opfer hauptsächlich in den Spelunken der Stadt.

Gemütlich ritt ich am Ufer des Dnjepr entlang. Ich war satt und wollte noch ein wenig den Zauber der herrlichen Vollmondnacht genießen. Der Mond stand ungewöhnlich tief und es schien, als wäre er der Erde besonders nahe. Riesengroß leuchtete seine Scheibe über dem Fluss und spiegelte sich unruhig in den gekräuselten Wellen. Eine Fledermaus flog lautlos an mir vorbei und für Sekunden flatterte sie direkt durch den Mond. Es war ein Bild, das abergläubische Gemüter wohl in Angst versetzen konnte. Mir gefiel es. Ein zarter, winziger Herzschlag drang in meine sensiblen Ohren und ich hielt verblüfft mein Pferd an. Der Herzschlag war zweifellos menschlich, wie ich am Anschwellen meiner Blutgier bemerkte. Aber er gehörte keinem erwachsenen Menschen.

Ich ritt darauf zu und bald stieg mir Blutgeruch in die Nase. Ich trieb den Hengst zu schnellerer Gangart an und stand kurz danach vor einem kleinen Bündel, das sich schwach bewegte. Schnell kniete ich daneben nieder und packte es vorsichtig aus. Ein neugeborenes Baby kam zum Vorschein, es ächzte leise als die kühle Luft seine nackte Haut traf. Die Nabelschnur war nicht abgebunden, nur durchtrennt und es war mit eingetrocknetem Blut verschmiert. Kein Zweifel, das Kind war hier zum Sterben abgelegt worden.

Ich spürte, es besaß keinen Lebenswillen und als ich es sanft hochnahm sah ich auch warum. Sein Rücken war offen, man konnte durch eine dünne Haut seine Eingeweide sehen. Wahrscheinlich hatten es seine Eltern vor Schreck über diese schreckliche Missbildung einfach ausgesetzt. Es war auf jeden Fall zum Tode verurteilt, mit dieser Missbildung konnte es nicht überleben.

Als ich das erkannte stand mein Entschluss fest. Ich würde das Baby töten und es so vor einem langsamen, elenden Tod bewahren. Wie jeder Vampir sehe ich es als Pflicht, todkranke und nicht mehr lebensfähige Menschen von ihren Leiden zu erlösen. Ein Baby macht dabei keine Ausnahme.

Ohne länger nachzudenken drückte ich sachte meine Zähne in den winzigen Hals. Ein Reißzahn durchstieß die Schlagader und ich sog das Blut durch die kleine Wunde. Schon nach einigen Sekunden erschlaffte das arme Wesen und war tot.

Meine Blutgier erlosch im selben Moment, in dem das Leben aus dem Menschlein wich. Und da bemerkte ich es. Einen kräftigen Herzschlag, der vor Aufregung hektisch schlug. Alarmiert sprang ich auf und spähte in die Richtung, aus der ich das Pulsieren vernahm. Auf der anderen Seite des Flusses stand ein Mann und starrte fassungslos zu mir herüber. Ich konnte sein entsetztes Keuchen über das laute Plätschern der Wellen hören. Doch ich konnte nicht zu ihm, der Fluss war an dieser Stelle etwa zehn Meter breit und der Mann saß auf einem Pferd. Bis ich zu ihm hinübergeschwommen wäre, hätte er längst das Weite gesucht.

Erst jetzt bemerkte ich, dass ich noch immer den kleinen Leichnam in meinen Händen hielt. Und der riesige Mond stand genau über mir und beleuchtete gnadenlos die, für meinen Beobachter, sicher makaber anmutende Szene.

Ich konnte dem Mann noch nicht einmal Vorwürfe für seine schlimmen Gedanken machen. Er musste mich für ein wahres Monster halten, das ein wehrloses Baby getötet und sein Blut getrunken hatte.

Noch ehe ich fähig war mich so weit zu sammeln um den Mann mit meinem Bann zu belegen, gab er seinem Pferd die Sporen. Mit wirbelnden Hufen preschte das Tier davon. Kurze Zeit später war er hinter Büschen verschwunden und nur noch das sich rasch entfernende Stakkato der Pferdehufe war zu hören.

Ratlos und verwirrt starrte ich hinter ihm her. Wer war der Mann und wem würde er sein grausiges Erlebnis erzählen? Warum hatte ich auch nicht aufgepasst. Mir war der dümmste und zugleich gefährlichste Fehler

unterlaufen, der einem Vampir zustoßen konnte. Ich hatte mich beim Töten, beim Bluttrinken erwischen lassen. Und das Opfer war auch noch ein hilfloses Baby gewesen. Ich fühlte das Unheil schon auf mich zukommen.
Bevor ich weitere Schritte überlegte, musste ich erst die kleine Leiche loswerden. Am besten, der Körper verschwand auf Nimmerwiedersehen. Sollte ich ihn einfach in den Fluss werfen? Oder ihn lieber begraben? Ich entschied mich für letzteres. Der Fluss konnte das Baby irgendwo an Land treiben. Also packte ich das Kind in seine Decke und trug es weit von der Stelle fort, an der ich es gefunden hatte. Inmitten eines dornigen Brombeergestrüpps grub ich mit bloßen Händen eine tiefe Kuhle und legte den kleinen Körper hinein. Dann schob ich die lose Erde darüber und beschwerte das Grab mit einigen großen Steinen. Ich war mir sicher, dass niemand mehr das Baby finden konnte. Dann lief ich eilig zu meinem Pferd zurück und verließ den einsamen Ort.
Mein Weg führte mich schnurstracks zu Wladimir. Dieses Mal war ich auf seinen Rat angewiesen, alleine konnte ich das Problem nicht bewältigen.
Aber Wladimir war noch nicht zu Hause, ich konnte seine Aura nicht fühlen, als ich mein Pferd vor der Eingangstüre anhielt. Dafür spürte ich etwas anderes. Nämlich einen stechenden Blick, der aus einem Fenster des Nachbarhauses auf mich gerichtet war. Ich drehte meinen Hengst auf der Hinterhand und starrte genau in Olegs finsteres Gesicht. Seine Augen musterten mich mit einer Mischung aus Zorn, Entsetzen und Furcht. Und da wusste ich endlich, wer mein steter Schatten gewesen war.
Ich bezweifelte, dass er mich höchstpersönlich verfolgt hatte. Das lag unter seiner Würde als Kirchenoberhaupt. Aber bestimmt hatte er den Auftrag dazu erteilt. Ganz sicher waren mehrere Männer auf mich angesetzt worden, deshalb konnte ich auch so schwer bemerken, dass ich unter Bewachung stand. Wäre immer derselbe Mann hinter mir her gewesen, so hätte ich ihn bald an seiner Ausstrahlung erkannt. So wie jeder Vampir eine unverkennbare Aura besitzt, besitzt sie auch jeder Mensch – wenn auch in abgeschwächter Form.
Inzwischen hatte der Zeuge meiner Bluttat Oleg wahrscheinlich erzählt, was er gesehen hatte. Das war eine Katastrophe. Ausgerechnet der Wüterich. Ich überlegte verzweifelt, ob er wohl ahnte, was ich war. Was wussten Priester über Vampire? Gehörten wir zu dem Bösen, dass sie so

vehement bekämpften? Ich hatte keine Ahnung und zum ersten Mal fühlte ich Bedauern darüber, dass ich so wenig über die Lehren der Kirche wusste.

Ich musste weg von hier. Sehr weit weg und sofort. Undenkbar wenn ich Wladimir durch meine Unvorsichtigkeit mit in diesen Sog von Verfolgung und Rache zog. Denn ich war mir sicher, eine Lawine losgetreten zu haben. Eine Lawine, die nicht mehr zu stoppen war und die jeden unter sich begraben würde, der sich ihr in den Weg stellte.

Noch immer ließ mich Oleg nicht aus den Augen. Und ich starrte mit wild verzerrtem Gesicht zu ihm hinauf. Dann stieß ich meinem Hengst so heftig die Absätze in die Weichen, dass er sich schrill wiehernd aufbäumte. Doch ich saß wie eine große, unbewegliche Statue im Sattel, mein Kopf umwallt von einer Flut hell schimmernder langer Haare. Ich musste dem frommen Mann in diesem Moment wie der leibhaftige Teufel erschienen sein. Ich sah noch wie er sich bekreuzigte, dann stob das Pferd mit mir in die Nacht. Seine eisenbeschlagenen Hufe ließen hinter uns einen feurigen Funkenregen aus den Pflastersteinen aufsteigen.

Erst als ich die Stadt weit hinter mir gelassen hatte, gestattete ich dem Hengst in eine langsamere Gangart zu verfallen. Er war schweißnass und keuchte laut, so hatte ich ihn angetrieben. Jetzt tätschelte ich beruhigend seinen, mit weißem Schaum bedeckten Hals.

Ich zerbrach mir den Kopf wie ich nun vorgehen sollte. Ich war mir nur in einem sicher, ich konnte nicht zu Wladimir zurückkehren. Mein Vampirvater durfte auf keinen Fall ebenfalls als Vampir entlarvt werden. Hoffentlich war der Schaden, den ich angerichtet hatte, nicht so groß, dass er in Mittleidenschaft gezogen wurde. Aber ich wollte auch nicht einfach verschwinden, ohne ihm Lebewohl gesagt zu haben.

Gerne hätte ich ihn per Telepathie angerufen. Aber soweit waren meine vampirischen Fähigkeiten noch nicht ausgeprägt. Doch vielleicht, dachte ich, sollte ich es einfach versuchen. Es konnte nicht mehr passieren, als dass er mich nicht hörte.

Aber Wladimir hörte mich. Ich weiß nicht ob es meine Verzweiflung war, die mich plötzlich bewerkstelligen ließ, was ich bislang vergeblich versuchte. Jedenfalls ertönte nun die vertraute Stimme in meinem Kopf. Vor Erleichterung hätte ich am liebsten geweint.

Seltsamerweise schien Wladimir schon zu wissen, was passiert war. Er hielt sich nicht mit langem Reden auf, sondern befahl mir knapp, auf

ihn zu warten. Er war aus meinen Gedanken verschwunden, noch ehe ich ihm mitteilen konnte wo ich mich befand.
Nach einer Stunde spürte ich sein Nahen und dann kam er auf mich zu. Ich war lange nicht mehr so glücklich gewesen, ihn zu sehen. Schon von weitem bemerkte ich, wie wütend er war. Schuldbewusst senkte ich den Kopf. Was immer er mir als Strafe zudachte, ich würde es demütig annehmen.
Wladimir war wirklich sehr erzürnt und schimpfte laut und lange mit mir. Ich hörte mir seine Standpauke stumm an. Noch nie hatte ich ihn so außer sich gesehen. Das zeigte mir, wie sehr ihm die ganze Sache an die Nieren ging und es tat mir unendlich leid, ihn da hineingezogen zu haben. Aber je länger er schimpfte, desto mehr wurde mir bewusst, dass es nur die Sorge um mich war, die ihn so in Rage versetzte. Über seine eigenen Unannehmlichkeiten verlor er kein Wort.
Endlich wurde er ruhiger und funkelte mich nur noch aus seinen blauen Augen an. „Es tut mir leid", brachte ich schließlich kläglich heraus.
„Das sollte es auch", erwiderte er sarkastisch und atmete dann tief durch. Seine Züge entspannten sich merklich und er war wieder die Ruhe in Person. Erschöpft ließ er sich auf einen großen Stein sinken und rieb sich mit beiden Händen übers Gesicht. Dann blickte er zu mir auf.
Ich stand immer noch wie ein begossener Pudel da und starrte betreten auf meine Schuhspitzen. Meine Überheblichkeit, die ich in letzter Zeit an den Tag gelegt hatte, war mir gründlich vergangen.
„Eigentlich tut es mir auch leid, dass ich so wütend geworden bin", ließ sich Wladimir schließlich in seiner gewohnt ruhigen Art vernehmen. „Denn wenn ich es richtig bedenke, so hast du gar nichts Unrechtes getan. Du hast ein Baby vor einem qualvollen Tod bewahrt. Solche oder ähnliche Dinge tut jeder Vampir. Und du konntest ja nicht ahnen, dass du beobachtet wurdest."
„Ich hätte ihn viel eher bemerken müssen", murmelte ich schuldbewusst. „Die Blutgier hat mich blind und taub gemacht. Ich habe mich benommen wie ein blutiger Anfänger."
Wladimir seufzte tief auf. „Nun, auch das passiert durchaus auch alten Vampiren. Ich nehme mich selbst nicht davon aus."
Ich druckste ein wenig herum, dann bekannte ich leise. „Außerdem habe ich sehr wohl gewusst, dass mich jemand beobachtet. Aber ich wollte dich nicht beunruhigen und ..., ich dachte, ich komme schon alleine damit klar.

Und in den letzten Wochen war ich mir sicher, meine Beobachter abgeschüttelt zu haben. Bis heute ..."

Er starrte mich sprachlos an und stieß dann ungläubig hervor. „Du hast davon gewusst und es mir nicht gesagt? Warum, um Himmels Willen? Dachtest du im Ernst, du könntest damit alleine zurechtkommen? Manchmal frage ich mich wirklich, was in deinem Gehirn vorgeht."

Er rang sichtbar um Fassung, ehe er weiterfragen konnte. „Weißt du etwa auch, wer dich verfolgt?"

„Bisher habe ich selbst herumgerätselt. Aber heute ist es mir klargeworden. Es ist Oleg, der Pope..."

Kapitel 20: Als Vampir entlarvt

„Ich hätte es mir denken können" meinte Wladimir kopfschüttelnd. „Der alte Wüterich vergisst und vergibt niemals. Und auf dich hat er einen regelrechten Hass entwickelt. Das heißt, du hast dir ein wirklich großes Problem geschaffen. Denn deine Tarnung ist dahin und dein Bann wirkt nicht mehr. Wenn Oleg seine Getreuen auf dich hetzt - und das tut er mit Sicherheit - so werden sie alle sehen können, dass du kein Mensch mehr bist."

„Und was soll ich jetzt tun?" fragte ich bestürzt. Die Aussicht, von jedermann als Vampir erkannt zu werden, machte mir Angst. „Muss ich die Stadt für immer verlassen?" Ich hatte mich zwar schon öfter heimlich mit dem Gedanken getragen Kiew zu verlassen, aber nun ging mir das alles gegen den Strich. Mein innerer Widerstand wuchs und überflügelte die bohrende Angst. Nein, ich würde mich nicht einfach wie ein gemeiner Dieb davonjagen lassen. Schon gar nicht von Oleg und seinen bigotten Anhängern.

Wladimir dachte realistischer. Er erkannte mit sicherem Instinkt meine wachsende Auflehnung und warnte mit besorgter Stimme. „Es wäre gut, wenn du wenigstens für einige Zeit von hier verschwinden würdest. Die Gemüter der Menschen beruhigen sich schnell und in einiger Zeit wirkt dein Vampirbann wieder zuverlässig. Deshalb schlage ich vor, wir ziehen vorerst zurück aufs Gut. Das ist weit genug von Oleg entfernt. Er wird uns nicht verfolgen. Ich bezweifle sogar, dass er davon weiß."

„Nein", sagte ich nach langem Nachdenken. „Ich komme nicht mit. Geh du aufs Gut zurück. Das ist mein Kampf und ich werde nicht dulden, dass du wegen meiner Unvorsichtigkeit in Gefahr gerätst. Aber ich bleibe auf jeden Fall hier. Ich sehe es nicht ein, mich von einer Handvoll Männer vertreiben zu lassen."

Wladimirs Stimme klang beschwörend und er heftete seinen magischen Blick fest in meine Augen. „Sei nicht so störrisch, Nicolas. Unter Umständen kann dir viel mehr passieren, als nur vertrieben zu werden. Überschätze deine vampirischen Kräfte nicht. Du bist nicht stark genug, es mit einer Horde aufgebrachter Bürger aufzunehmen."

„Sie werden mich nicht kriegen", antwortete ich im Brustton der Überzeugung und riss mich gewaltsam von seinem Blick los. Er würde meinen Willen nicht beeinflussen. Wladimir ist wirklich viel zu besorgt, dachte ich. Was sollte mir schon passieren? Ich war ein Vampir, ein unsterbliches Wesen. Ich würde ihnen allen beweisen, dass ich schlauer war als jeder Mensch. Deshalb sagte ich jetzt kategorisch. „Mein Entschluss steht fest. Ich bleibe in der Stadt. Ich werde mir jeden Morgen ein neues Versteck suchen, so kann mich niemand während des Tages ausfindig machen."

Mein Vampirvater seufzte abgrundtief, so als hätte er es schon geahnt. Schon seit langen Jahren las er nicht mehr in meinen Gedanken. Deshalb war er auf das angewiesen, was ich ihm freiwillig erzählte. Ich trug mich jedoch nicht mit der Absicht, ihn in meine weiteren Pläne einzuweihen. Er wäre ganz bestimmt nicht damit einverstanden.

„Ich werde bei dir bleiben", meinte er nun mit vor Besorgnis rauer Stimme. Ich hörte an seinem Tonfall wie ernst er es meinte, aber ich konnte seine heroische Absicht nicht dulden. Ich hätte es mir nie verzeihen können, ihn den Strapazen einer langwierigen Flucht ausgesetzt zu haben. Mir war noch gut in Erinnerung, wie ihn das endlose Herumreisen nach meiner Umwandlung belastet hatte. Nur in seinem geliebten Heim fühlte er sich wirklich glücklich und dort sollte er bleiben.

Deshalb ließ ich mich nicht erweichen. Ich glaube, ich habe ihn mit meinen ablehnenden Worten ziemlich vor den Kopf gestoßen. Es tat mir zwar furchtbar weh, ihn mit meinen abweisenden Worten zu kränken, aber letztendlich zeigte meine kategorische Ablehnung seiner Hilfe die gewünschte Wirkung.

„Dann tue, was du nicht lassen kannst!" rief er schließlich zornig aus und stapfte wütend zu seinem Pferd. Als er aufgesessen war drehte er sich nochmals zu mir um und ich konnte deutlich sehen, wie verletzt er war. „Wenn es dir schlecht ergeht, so weißt du ja nun, wie du mich erreichen kannst. Ich wünsche dir viel Glück bei deinem Vorhaben. Du wirst es wahrscheinlich dringend brauchen können."

Ich starrte ihm niedergeschlagen hinterher, als er in der Nacht verschwand. Mir war elend zumute wie lange nicht mehr. Immerhin war es mir gelungen, Wladimir davon abzuhalten mich zu begleiten. Eigentlich sollte ich stolz auf mich sein. Doch ich fühlte mich miserabel.

Mit trüben Gedanken kämpfend stieg ich auf mein Pferd und ritt langsam an. Wo sollte ich hin? Ab sofort besaß ich kein Zuhause mehr. Also überließ ich es einfach dem Hengst, einen Weg zu suchen. Er trug mich von der Stadt weg und erst als ich das Nahen des Morgens fühlte, schaute ich mich um. Ich befand mich mitten in der Wildnis. Auch gut, dachte ich müde. Dann würde ich mich eben in der Erde vergraben.

Am nächsten Abend ritt ich entschlossen in die Stadt zurück. Trotzig hielt ich auf die Straße zu, in der Wladimirs Haus stand. Wie ich schon vermutet hatte, war er nicht mehr da. Aber Oleg war da. Ich sah sein Gesicht hinter der Fensterscheibe. Anscheinend hatte er schon auf mich gewartet, denn nun drehte er sich schnell um und schien mit jemandem zu sprechen. Kurz darauf sprang die Haustür auf und drei Männer stürmten auf mich zu.

Damit hatte ich gerechnet und jetzt gab ich dem Hengst die Sporen. Hohnlachend galoppierte ich dicht an den Männern vorbei, sah sie entsetzt zur Seite springen, als das Pferd sie fast streifte. Dann, in gebührender Entfernung, hielt ich an und schaute über die Schulter zurück. Sie drohten mir mit den Fäusten, was mir nur ein erneutes Gelächter entlockte. Gemächlich trabte der Hengst die Straße entlang. Meine verhinderten Häscher blieben zurück.

So oder ähnlich trieb ich es auch in den folgenden Nächten. Natürlich wurden meine Verfolger schnell schlauer und lauerten mir bald mit Pferden auf. Aber keines ihrer Tiere konnte es mit meinem Hengst aufnehmen. Selbstverständlich war ich nicht so dumm, nochmals zu Wladimirs Haus zu reiten. Doch ich ritt jeden Abend in die Stadt und suchte nach meinen Verfolgern. Langsam fand ich Gefallen an dem Spiel. Ich ließ mir immer neue Varianten einfallen, sie in die Irre zu führen und zu narren. Und übersah dabei, wie aus dem vermeintlichen Spiel unaufhaltsam blutiger Ernst wurde.

Mein Katz- und Mausspiel mit Olegs Männern dauerte nun schon die dritte Woche an. Langsam verlor ich die Lust, mich noch länger wie ein wildes Tier hetzen zu lassen. In letzter Zeit hatte ich meine liebgewonnenen Gewohnheiten sträflich vernachlässigt und ich sehnte mich nach ein paar gemütlichen Nächten des Müßiggangs. So beschloss ich endlich, Wladimirs eindringlichem Rat zu folgen und mich für einige Zeit aus der Stadt zurückzuziehen.

In der ganzen Zeit seit unserem Zerwürfnis war ich meinem Vampirvater nicht begegnet und hatte auch keinen Kontakt zu ihm gesucht. Nur manchmal hatte ich das vage Gefühl, er streife durch meine Gedanken. Aber das waren nur kurze Augenblicke, zu kurz um ihn um Vergebung zu bitten. Gerne wäre ich zu ihm zurückgekehrt, aber mein unvernünftiger Stolz hielt mich davon ab. Dabei ahnte ich, dass er mir schon längst verziehen hatte. Doch ich selbst konnte mir meine Dummheit noch nicht verzeihen und das hinderte mich daran heimzukehren.

Wie gesagt, ich verlor allmählich den Spaß an den endlosen Verfolgungsjagden. Deshalb beschloss ich mir in dieser Nacht meine Opfer weit außerhalb der Stadt auf der Landstraße zu suchen. Dort, so vermutete ich, suchten mich Olegs Mannen ganz gewiss nicht. Doch das Glück war mir nicht hold. Ich traf zwar bald auf eine Gruppe Männer und pirschte mich erwartungsvoll und hungrig an sie heran. Aber ein kurzer Blick in ihre Köpfe machte mir klar, dass ich hier keine Mahlzeit finden würde. Es waren harmlose Kaufleute, die sich in der Wegstrecke verschätzt hatten und deshalb unter freiem Himmel kampierten.

Also ritt ich weiter, auf der Suche nach Bösewichten, deren Leben mir Kraft und Unsterblichkeit bescherte. Doch es war wie verhext. Weit und breit konnte ich keine Menschenseele aufspüren. Es nutzte nichts, ich musste in die Stadt zurückkehren, wollte ich nicht leer ausgehen. Ich brauchte dringend Nahrung. In den letzten Nächten war ich durch die andauernde Hatz kaum zum Trinken gekommen und ich verspürte schon eine merkliche Schwäche in mir.

Für einen Jungvampir ist es zwingend notwendig, möglichst regelmäßig zu trinken. Längere Enthaltsamkeit führte unweigerlich zu Schläfrigkeit und konnte mich im Extremfall sogar in einen Todesschlaf versetzten, aus dem mich nur ein erfahrener Vampir zurückholen konnte. Das wollte ich auf keinen Fall riskieren. Deshalb ritt ich jetzt lieber wieder in die Stadt zurück, dort fand ich mit Sicherheit ein Opfer. Er war schon späte Nacht, bis zum Morgengrauen blieben mir noch etwa vier Stunden. Sobald ich getrunken hatte, musste ich mich schleunigst auf die Suche nach einem Schlafplatz machen.

An meine Verfolger verschwendete ich keinen Gedanken. Sicher hatten sie die halbe Nacht die Stadt nach mir abgesucht und lagen jetzt müde und frustriert in ihren Betten. Nun, ab heute würden sie vergeblich nach mir Ausschau halten. Und hoffentlich sehr bald würden sie mich vergessen haben.

Endlich lag die abgelegene Spelunke vor mir, in der ich schon so manches Opfer aufgetan hatte. Grölendes Gelächter und trunkene Stimmen sagten mir, dass ich wohl auch heute unter den unermüdlichen Trinkern einen oder auch zwei finden würde, die den Tod verdient hatten. Der Gedanke an das alkoholverseuchte Blut stieß mich zwar ab, aber mir blieb nicht genügend Zeit einen nüchternen Verbrecher zu suchen. Und ich traute mir zu, auch in betrunkenem Zustand einen sicheren Unterschlupf zu finden. Ich hatte schon zu Anfang meines Vampirlebens bemerkt, dass mich das Blut eines Betrunkenen ebenfalls betrunken machte. Das war verwunderlich da mir ansonsten Alkohol nichts ausmachte. Er lief geradewegs durch mich hindurch und ich musste ihn über die Blase ausscheiden.

Ich wollte gerade die Türe öffnen, da wurde sie von innen aufgestoßen und ein Mann kam mir entgegen gewankt. Ein etwas längerer Blick in sein umnebeltes Gehirn zeigte mir, dass der Kerl ein Mörder und somit ein ideales Opfer für mich war. Ich hielt mich nicht lange auf, sondern zwang ihn sogleich unter meinen Willen und hieß ihn, mir in ein dichtes Gebüsch folgen.

Es war nicht immer leicht Betrunkene zu hypnotisieren, manche waren kaum noch in der Lage auf meine Befehle zu reagieren. Aber bei diesem hier klappte es auf Anhieb. Er torkelte die hölzerne Treppe herab und folgte mir leise vor sich hin brabbelnd zu den hohen Sträuchern. Dort machte ich nicht viel Federlesens mit ihm, ich packte ihn am Genick, zog ihn zu mir heran und drückte meine Zähne in seinen Hals. Er roch nach Schweiß, Schmutz und Wodka und seine Haut war alles andere als sauber. Das hinderte mich aber keinen Moment, ihn zu beißen und verzückt sein Blut zu trinken. Wenn mich die Blutgier packt empfinde ich weder Ekel, noch sonst irgendein Gefühl. Ich versinke in einen wahren Blutrausch.

Nur allzu schnell versiegte sein Leben, mit seinem Tod schwand gleichzeitig meine Gier. Kalt überlegend starrte ich auf den Leichnam in meinen Armen. Wohin mit dem Kerl?

Mir blieb nicht sehr viel Zeit, ihn so verschwinden zu lassen, dass er nie mehr auftauchte. Das große Messer, das in seinem Gürtel steckte, brachte mich auf die Idee. Ich zog es aus der Scheide und schnitt ihm kurzerhand die Kehle durch. Es floss noch ein wenig Blut aus der Wunde und netzte den Boden unter ihm. Einem kritischen Betrachter wäre zwar bestimmt aufgefallen, dass es viel zu wenig Blut für solch eine klaffende Wunde war, aber ich war mir sicher, niemand würde sich darüber Gedanken machen. Dann bückte ich mich zu dem Toten hinunter und nahm ihm all sein Geld ab. So würde er wie das Opfer eines Raubmordes aussehen, in dieser Gegend war das keine unübliche Todesart.

Zufrieden ging ich zu meinem Pferd und schwang mich in den Sattel. Der Alkohol begann langsam zu wirken, es wurde Zeit mir einen Ort zu suchen, um in Ruhe meinen Rausch zu überwinden. Das dauerte erfahrungsgemäß ein bis zwei Stunden. Ich musste also den Platz so wählen, dass ich anschließend gleich meinen Tageschlaf abhalten konnte, da das Morgengrauen dann nicht mehr fern war.

Nach zehn Minuten Ritt stellte ich benommen fest, der Kerl war anscheinend wesentlich betrunkener gewesen, als ich vermutet hatte. Ich begann im Sattel zu schwanken und musste mich zusammennehmen, um nicht vom Pferd zu fallen. Meine Gedanken schwappten träge durch mein Gehirn und ließen mich grundlos kichern. Der Weg und die Büsche verschwammen vor meinen Augen und ich sank auf den Hals meines Pferdes.

Ich musste wohl eingenickt sein. Als der Hengst plötzlich stehenblieb, öffnete ich mühsam die Augen und blickte mich irritiert um. Was ich sah, machte mich mit einem Schlag nüchtern. Das dumme Tier war aus alter Gewohnheit direkt zu seinem Stall gelaufen, wir standen vor Wladimirs Stadthaus. Was mich jedoch zu Tode erschreckte waren die fünf Männer auf Pferden, die keine hundert Meter von mir entfernt vor dem Haus des Popen standen und mich genauso verblüfft anstarrten, wie ich sie.

Ich fluchte leise und lästerlich. Meine unbeabsichtigte Trunkenheit hatte mich direkt in die Arme meiner Häscher geführt. Jetzt öffnete sich die Haustüre und Oleg erschien darin. Anscheinend waren die Männer gekommen, um ihm über ihre vergebliche Suche nach mir zu berichten.

Die Ereignisse überschlugen sich. Oleg deutete auf mich und befahl mit aufgeregter Stimme, mich festzuhalten. Die Männer, obwohl todmüde, befolgten sogleich den Befehl und trieben ihre erschöpften Klepper an. Und ich gab meinem Hengst die Sporen, um vor ihnen zu fliehen.

Laut hallten die Hufschläge der Pferde durch die Nacht, als wir in halsbrecherischem Tempo durch die engen Gassen jagten. Mein schneller Hengst verschaffte mir bald einen guten Vorsprung, aber ich machte mir trotzdem Sorgen. Das Pferd war müde und konnte das Tempo nicht mehr lange durchhalten. Zum Glück erging es den Pferden meiner Verfolger nicht besser. Wesentlich schlimmer war die Tatsache, dass es bis zum Morgen noch nicht einmal mehr eine Stunde dauerte. Wie sollte ich einen Unterschlupf finden, wenn mir diese Meute erzürnter Bürger im Genick hing?

Leider bin ich nicht imstande, den Zeitpunkt meines morgendlichen Todes zu beeinflussen. Und schon Minuten vorher werde ich von Krämpfen geschüttelt, die dann rasch in Agonie übergehen. In diesem Zustand bin ich vollkommen hilflos. Fiele ich so meinen Häschern in die Hände, dann Gnade mir Gott. Die Vorstellung ließ mich mein Pferd noch mehr antreiben, ich verlangte dem Hengst das Letzte ab. Tapfer versuchte er, meinem Befehl zu gehorchen, aber seine Müdigkeit und das ansteigende Gelände ließen ihn immer langsamer werden.

Aus den Augenwinkeln blickte ich zu meinen Verfolgern zurück. Ich wagte nicht, mich ganz im Sattel umzudrehen. Falls mein Pferd strauchelte und mich abwarf, war ich verloren. Schon konnte ich die bleierne Schwäche fühlen, die meinen morgendlichen Tod einleitete. Mir blieb höchstens noch eine halbe Stunde. Viel zu wenig, um mich zu verstecken.

Hektisch suchten meine Augen die Umgebung ab. Eine Felsenhöhle oder eine tiefe Bodensenke hätten zu meiner Rettung gereicht. Da meine Verfolger in der Schwärze der Nacht kaum etwas sahen, würden sie mich sicher übersehen. Ein bisschen Vampirzauber wäre ausreichend, mich unauffindbar zu machen. Aber es gab weit und breit kein derartiges Versteck, das mich vor dem Tageslicht schützen würde.

Und dann, ich hatte schon alle Hoffnung aufgegeben, kam die Ruine in mein Blickfeld. Es war eine alte Burg, die schon lange leer stand und langsam in sich zusammenfiel. Aber für meine Zwecke sollte sie ausreichen. In ihrem Inneren befanden sich sicher Keller und Gewölbe, in denen ich unterkriechen konnte. Jetzt musste ich nur noch schnell genug dort sein, bevor die Krämpfe begannen und mich lähmten.

Ich ließ den völlig erschöpften Hengst unterhalb der Ruine stehen und machte mich an den Aufstieg. Der letzte Teil des Weges war sehr steil, das konnte ich dem Pferd nicht mehr zumuten. Endlich erreichte ich das hölzerne Tor. Meine rasch schwindenden Kräfte reichten gerade noch aus, das altersschwache eiserne Schloss aufzubrechen. Bevor ich durch den Torspalt schlüpfte, hielt ich nochmals kurz nach meinen Verfolgern Ausschau. Anscheinend hatten sie meine Spur verloren, als ich querfeldein geritten war. Ratlos standen sie unterhalb der Ruine und beratschlagten. Gut so, dachte ich grimmig. Das würde mir den erhofften Vorsprung verschaffen.

Gerade als ich das Tor hinter mir schloss, hörte ich meinen Hengst schrill wiehern. Das verdammte Vieh hatte sicher eine Stute gerochen und prompt seine Müdigkeit vergessen. Natürlich würde das Wiehern den Männern sagen, wo sie suchen mussten.
„Elender Gaul!" knirschte ich erzürnt durch die Zähne. „Wenn ich die Sache heil überstehe, werde ich dich zum Abdecker bringen und zu Hundefutter verarbeiten lassen."
Leider besaß das Tor keinen Balken mehr, den ich von innen hätte vorlegen können. Er lag vermodert im hohen Dickicht. Der Himmel wurde nun merklich heller und meine Schwäche nahm zu. Deshalb beeilte ich mich jetzt, mich zur Burg zu schleppen. Der zarte rosa Hauch des beginnenden Tages reichte aus, meine Augen vor Schmerz tränen zu lassen. Noch ein rostiges Schloss. Verdammt, warum war diese Ruine so gesichert? Hier gab es doch nichts zu stehlen. Mit einem verzweifelten Tritt trat ich die morsche Türe ein und schlüpfte in die wohltuende Dunkelheit, die dahinter lag. Eilig folgte ich den dunklen Gängen und kam zu einer steinernen Treppe, die nach unten führte. Die ausgetretenen Stufen waren mit glitschigem Moos bewachsen und es roch faulig und modrig. Mein Fuß stieß an den Kadaver einer Ratte und ich kickte sie angeekelt in eine Ecke.
In den unterirdischen Verliesen war es selbst für meine scharfen Augen zu dunkel. Vielleicht war es aber auch nur mein naher Tod, der mich blind machte. Um nicht anzustoßen, tastete ich mich mit ausgestreckten Händen durch die muffigen Gewölbe. Nur allmählich gewöhnten sich meine Augen an die Finsternis. Aber ich konnte keinen Raum entdecken, der sich als Versteck anbot. Und ich wurde von Minute zu Minute schwächer. Schon zweimal war ich gestrauchelt und hatte mir Gesicht und Hände an dem feuchten, rauen Mauerwerk aufgeschrammt.
Dann wurde es plötzlich merklich heller und ich prallte zurück. An dieser Stelle war der Burgturm zusammengestürzt und hatte ein Stück der Kellerdecke eingedrückt. Eilig zog ich mich in den Schutz der Dunkelheit zurück. Resigniert ließ ich mich langsam an der Wand herabgleiten. Ich konnte nicht mehr.
Schmerzhafte Krämpfe zuckten durch meinen Körper und das Atmen fiel mir schwer. Mein Röcheln hallte überlaut durch die Gänge. Es würde meinen Verfolgern den Weg zu mir weisen. Ich konnte es nicht verhindern. Und ich war bereits zu schwach, einen wirksamen Bann über

mich zu legen. Ich konnte nur noch hoffen, dass mich die Männer hier nicht finden würden.
Ich sackte vollends an der Wand herab und lag nun verdreht wie eine Gliederpuppe auf dem mit Schimmel und Moos überzogenen Boden. Meine Arme und Beine wurden taub und in mein Gehirn schlich sich ein Gefühl der Gleichgültigkeit. Ich konnte weder denken, noch auch nur einen Finger rühren. Mir war noch, als sähe ich verschwommenen Fackelschein und Gesichter über mir, die gnadenlos auf mich herab starrten. Aber es konnte sich ebenso um eine Sinnestäuschung handeln. Sekunden später stockte mein Atem und gnädige Schwärze hüllte mich ein.

Mein Erwachen verlief ähnlich schmerzhaft wie mein Tod und ich stöhnte unbewusst auf. Ich fühlte mich seltsam schwach, bekam kaum die Augen auf. Meine Gesichtshaut spannte und brannte höllisch genau wie auch die Haut meines Oberkörpers und der Arme. Und als ich mich bewegen und aufstehen wollte, durchfuhr mich schneidender Schmerz. Unwillkürlich schrie ich auf und fiel zurück. Wie betäubt blieb ich reglos liegen, nur meine Gedanken arbeiteten fieberhaft. Aber ich konnte mir nicht erklären, was mit mir los war.
Nach einer Weile ließen die tobenden Schmerzen ein wenig nach und ich wagte es erneut, vorsichtig die Augen zu öffnen. Mehr als einen Spalt brachte ich sie nicht auf. Erneut quälten mich stechende Schmerzen. Dennoch bewegte ich mich jetzt, das heißt, ich versuchte es. Es gelang mir jedoch nur, den Kopf anzuheben. Das reichte aus, um mir zu zeigen, warum mein Körper so schmerzte. Mein Oberkörper und meine Arme waren nackt und von aufgeplatzten und schwärenden Brandwunden bedeckt. Zusätzlich waren mir die Arme mit breiten Lederbändern an den Körper gefesselt. Ein Gurt hielt meine Oberarme an meine Brust gepresst, ein zweiter fesselte meine Unterarme und Hände an meine Taille. Ein dritter und vierter lag eng um meine Knie und Knöchel gewunden. Ich war zusammengeschnürt, wie ein Rollschinken. Trotz meiner hilflosen Lage lachte ich rau auf. Was, um Himmels Willen, war mit mir geschehen?
Die Erinnerung durchfuhr mich wie ein Blitz. Die Verfolgungsjagd des vergangenen Abends fiel mir wieder ein. Die Ruine, die unterirdischen Gänge, die hassverzerrten Gesichter über mir, als ich starb. Sie waren also

doch keine Sinnestäuschung gewesen. Olegs Männer hatten mich gefangengenommen. Aber wo waren sie jetzt?

Das Fehlen meiner Blutgier zeigte mir deutlich, dass ich vollkommen alleine war. Hatten mich die Männer für tot gehalten und einfach liegengelassen? Nein, das konnte nicht sein. Warum hätten sie mich fesseln sollen, wenn sie mich für tot hielten? Und warum war ich mit Brandblasen übersät?

Ganz langsam dämmerte es mir. Sie hatten mich ins Tageslicht gelegt und von der Sonne braten lassen. Also wussten sie, dass ich ein Vampir war. Sie hatten gehofft, die Sonne würde mich töten. Die Fesseln waren wohl nur eine zusätzliche Vorsichtsmaßnahme. Vielleicht befürchteten sie, ich würde erwachen und verschwinden. Anscheinend besaßen sie nicht allzu viele Kenntnisse über Vampire. Ich wusste nicht ob ich darüber froh oder besorgt sein sollte. Zumindest war es ihnen gelungen, mir höllische Schmerzen zu bereiten. Ich wollte gar nicht darüber nachdenken was sie mir noch antun konnten, sollte es mir nicht gelingen, mich bis zu ihrer Rückkehr zu befreien.

In meinem bisherigen Vampirdasein war ich noch nicht nennenswert verwundet worden. Und mit Sonne war ich auch noch nicht in Berührung gekommen. Wenn ich es recht bedachte, hatte ich mich tatsächlich für unverwundbar gehalten. Jetzt wurde ich auf grausame Weise eines Besseren belehrt.

Wäre ich ein Mensch gewesen, so hätten mir die rasenden Schmerzen sicher schon das Bewusstsein geraubt. Für einen Vampir gab es diese Gnade anscheinend nicht. Ich musste solange durchhalten, bis die Selbstheilung meinen Körper repariert hatte. Da ich bislang keine diesbezüglichen Erfahrungswerte besaß konnte ich nur hoffen, es würde nicht allzu lange dauern. Denn erst wenn die lähmenden Schmerzen nachließen konnte ich darangehen, die Fesseln zu sprengen um mich zu befreien.

Um mich ein wenig abzulenken, schaute ich mich in meinem Gefängnis um, soweit ich es wagen konnte den Kopf zu drehen und die Augen zu öffnen. Jede kleinste Bewegung tat abscheulich weh. Aber nach etwa einer Stunde spürte ich, wie sich mein Körper regenerierte. Die offenen Wunden schlossen sich langsam und verschwanden nach und nach. Der Schmerz ließ endlich nach und nun konnte ich auch wieder richtig sehen. Ich lag nicht mehr in dem Verlies in dem ich gestorben war, sondern in dem Kellerteil dessen Decke eingestürzt war. Olegs Männer hatten mich anscheinend dort hingeschleppt und mich entkleidet. Nur die Hose hatten sie mir gelassen. Meine Schuhe fehlten ebenfalls. Meine Füße waren jedoch weitgehend von der Sonne verschont geblieben, da mein Hemd darüber lag, dass jemand achtlos fallengelassen hatte.

Der Probe halber spannte ich die Muskeln an und versuchte, die starken Riemen zu sprengen. Sie knirschten zwar und gaben auch ein wenig nach, aber sie hielten stand. Die Regeneration der Brandwunden hatte mich übermäßig viel Kraft gekostet. Das einzige Mittel schnell wieder zu Kräften zu kommen wäre Blut gewesen. Doch wenn es mir nicht gelang mich aus den Fesseln zu befreien, würde ich kein Blut bekommen. Ich war in einem Teufelskreis gefangen.

Wladimir fiel mir ein. Ob er wohl ahnte, wie es mir erging? Sollte ich versuchen, ihn um Hilfe anzurufen? Würde er mir überhaupt zu Hilfe kommen oder saß die Kränkung noch zu tief in ihm? Gleich darauf schämte ich mich für diesen Gedanken. Natürlich würde Wladimir mir zur Hilfe eilen, wenn er konnte. Er war weder nachtragend noch rachsüchtig. Es war jedoch die Frage, ob mir mein geschwächter Zustand erlaubte, bis zu ihm durchzudringen.

Gerade wollte ich einen Versuch wagen, da überfiel mich die Blutgier mit Macht. Menschen kamen. Viele Menschen. Und sie führten bestimmt nichts Gutes im Schilde.

Plötzliche Angst überspülte mich wie eine Woge und ließ mich unkontrolliert erzittern. So ausgeliefert hatte ich mich seit Semjonovs Zeiten nicht mehr gefühlt. Aber nun kam das Gefühl der Hilflosigkeit mit Macht zurück. Es überdeckte sogar die Blutgier, die in mir tobte.

Die Menschen kamen schnell näher. Verzweifelt spannte ich abermals meine Muskeln an, um die Bänder zu zerreißen. Es gelang mir nicht. Sie hielten eisern und ich sank erschöpft zurück. Resigniert schloss ich die Augen und versuchte mich gegen das zu wappnen, was kommen würde.

„Ich bin unsterblich", sagte ich mir leise vor. Immer und immer wieder, wie eine Litanei. „Ich bin unsterblich, sie können mir nichts antun."

Dann waren sie da. Oleg und mindestens ein Dutzend seiner Anhänger. Und sie bewiesen mir im Handumdrehen, dass sie mir sehr wohl etwas antun konnten.

Kapitel 21: Teufelsaustreibung

Ich hielt die Augen fest geschlossen und tat, als würde ich schlafen. Einen heftigen Fußtritt in meine Seite ignorierte ich ebenso wie einen derben Schlag ins Gesicht. Den schmerzhaften Stich mit einem spitzen Gegenstand konnte ich jedoch nicht ignorieren. Ich zuckte wider Willen aufstöhnend zusammen und öffnete die Augen einen Spalt. Über mir stand ein hämisch grinsender Mann, eine verrostete Hellebarde in der Hand. Damit hatte er mir so tief in den Muskel meines Oberarmes gestochen, dass ein dünnes Blutrinnsal meinen Arm herunter rieselte.
Der Geruch und der Anblick meines eigenen Blutes ließ die Blutgier erneut in mir erwachen. Ich spürte wie meine Zähne anwuchsen, doch ich kämpfte eisern dagegen an. Sie sollten nicht gleich erkennen, was ich war. Noch immer war ich mir nicht im Klaren, was sie wirklich über mich wussten. Nur zu gerne hätte ich ihnen einen ganz normalen Menschen vorgespielt. Ich bezweifelte jedoch, dass ich die Kraft dazu aufbringen konnte. Es gelang mir ja noch nicht einmal in die Gedanken der Männer einzudringen, die mich umringten. Und schon gar nicht, sie mit meinem Bann zu belegen.
Zum ersten Mal wurde mir klar, welch ein armseliger und unbedarfter Vampir ich doch noch war. Meine jahrelang so großspurig an den Tag gelegte Überheblichkeit zerbröckelte wie ein trockener Keks. Kein Gedanke mehr an Unsterblichkeit und Unverwundbarkeit.
Warum hatte ich bloß Wladimirs Mahnungen in den Wind geschlagen? Seine eindringliche, besorgte Stimme erklang in meinem Kopf, mit der er mich genau vor dieser Situation gewarnt hatte. Ich wollte damals seinen Worten keinen Glauben schenken und nun würde ich dafür büßen müssen.
Oleg trat aus der Schar seiner Männer auf mich zu und blickte streng auf mich herab. Seine Augen hefteten sich auf den Schnitt in meinem Arm und er zog ungläubig die buschigen Brauen zusammen. Rügte er die Art, wie sein Scherge mit mir umgesprungen war? Duldete er nicht, dass ich verletzt wurde? Neue Hoffnung keimte in mir auf.
Mein Aufatmen kam zu früh, denn der Pope beugte sich nun zu mir, packte grob meinen verletzten Arm und quetschte an der Wunde herum. Ich ächzte unwillkürlich leise auf und verdrehte den Kopf, um ebenfalls darauf schauen zu können. So sah ich ebenfalls, was ihn irritierte; die

schnelle Heilung meiner Wunde. Unter anderen Umständen hätte mich dieses Phänomen selbst fasziniert, hatte ich es doch noch nie zuvor gesehen. Aber in meiner momentanen Situation war es fatal.

Mit ungläubig aufgerissenen Augen verfolgte Oleg wie das Blut, das eben noch aus dem Stich geflossen war, zum Stillstand kam. Es schien sich regelrecht aufzulösen. Gleichzeitig zog sich der klaffende Schnitt zusammen und verheilte innerhalb weniger Minuten ohne die winzigste Narbe zu hinterlassen.

„Wie machst du das?" riss mich seine fassungslose Stimme aus meiner Betrachtung. „Das ist reinstes Teufelswerk. Bei keinem Menschen kann ein so tiefer Schnitt so schnell verheilen. Und dein Blut ..., es löst sich einfach auf."

Selbst wenn ich gewillt gewesen wäre, ich hätte es nicht erklären können. Und Oleg schien auch gar nicht wirklich eine Antwort zu erwarten. Er ließ sich von einem seiner Leute eine Fackel reichen und hielt sie über mich, um meinen nackten Oberkörper genauer zu betrachten. Ungläubig glitt sein Blick über meine Haut, die, als er mich zuletzt gesehen hatte, mit aufgebrochenen Brandblasen bedeckt war. Sie war inzwischen so weit abgeheilt, dass nur noch eine leichte Rötung zu sehen war.

„Unglaublich!" murmelte der Pope und bekreuzigte sich. Er zögerte einen Moment unschlüssig. Dann packte er das große hölzerne Kreuz, dass er um den Hals trug und drückte es energisch auf meinen Brustkorb, nahe meinem Herzen. Natürlich geschah überhaupt nichts.

Der ärgerlich enttäuschte Ausdruck in seinem Gesicht reizte mich zum Lachen und ich versteckte meine Furcht hinter boshaften Worten. „Dachtest du, dein Kreuz brennt mir ein Loch ins Herz?" fragte ich leise und funkelte ihn böse an. „Dazu braucht es schon mehr als ein läppisches christliches Symbol."

Eine Gotteslästerung wollte er aus meinem Mund nicht dulden und er bestrafte mich unverzüglich, indem er mir die brennende Fackel auf die Brust drückte. Einen erstickten Schrei ausstoßend bäumte ich mich in meinen Fesseln auf. Doch ein erneuter Fackelstoß warf mich auf den kalten Steinboden zurück. Stöhnend presste ich die Lippen zusammen, damit er meine, durch den Schmerz erneut angewachsene Zähne nicht sehen konnte.

Nun war es an Oleg höhnische Worte auszustoßen. „Na, wie gefällt dir das? Wenn du nicht auf geweihte Dinge reagierst, so muss ich eben zu

profaneren Mitteln greifen. Meine Leute sind darin besser bewandert als ich und sie haben auch die nötigen Utensilien dabei."
Wie zur Bestätigung hoben die Männer um uns herum ihre Werkzeuge und Waffen an, die sie mitgebracht hatten. Mir wurde beim bloßen Anblick der unterschiedlichsten Gerätschaften angst und bange. Ich wollte gar nicht erst darüber nachdenken, was man damit einem gefesselten und wehrlosen Vampir antun konnte.
Der brennende Schmerz auf meiner Brust ließ schnell nach und auch meine Gedanken klärten sich wieder. Ich überlegte fieberhaft, wie ich meine Häscher überlisten und der mir zugedachten Tortur entkommen konnte. Aber es wollte mir nichts einfallen. Zudem bemerkte ich mit wachsendem Unbehagen, dass immer mehr Menschen das düstere Kellergewölbe füllten. Neugierig gafften sie mich an.
Der Pope folgte meinem Blick und erklärte mit einer ausholenden Geste auf das bunt gemischte Volk, dass sich um die besten Schauplätze drängte: „Ich habe meine Gemeinde gebeten, mir bei der Bezwingung eines Dämons beizustehen. Und siehe da, es kommen immer mehr um mir zu helfen, den Teufel, der in dir steckt, zu vertreiben."
Seine Worte beruhigten meine gereizten Nerven ein wenig. Wenn er mich für von einem Dämon besessen hielt, beschloss ich, dann würde ich ihm eben einen Besessenen vorspielen. Das war noch immer besser als dass man mich als Vampir entlarvte. Zwar wusste ich nicht genau, durch welche Rituale ein Teufel oder Dämon aus einem Menschen vertrieben wurde, vermutete aber, sie würden, wenn schon nicht angenehm, so aber auch nicht allzu schmerzhaft sein. Ich schloss ergeben die Augen, um das was kommen möge einfach über mich ergehen zu lassen. Doch Olegs weitere Erklärung machte meine Hoffnung, glimpflich davonzukommen wieder zunichte. Während er sich erhob, beschied er mir barsch.
„Doch bevor wir endgültig zur Austreibung schreiten, muss ich dir noch einige Fragen stellen. Ich hoffe, du zeigst dich gewillt, sie mir zu beantworten, ansonsten muss ich sie mit Gewalt aus dir pressen. Ich muss erfahren, wer der Dämon ist, der dich zu einem solch gottlosen Wesen gemacht hat. Ist es jemand aus meiner Gemeinde? Ich habe einige im Verdacht, mit dem Teufel im Bunde zu stehen. Sag mir, wer dein Verführer war und wie er es getan hat."
Er kauerte sich nochmals zu mir herunter und stieß mich leicht an.
„Komm gar nicht erst auf die Idee, mich anzulügen. Ich will dir sagen,

dass ich einiges über Dämonen und ihr Verführungswerk weiß. Die Kirche gibt ihren Priestern ein umfangreiches Wissen mit auf den Weg, damit die der Gefahr, die vom Teufel und seinen Helfern ausgeht entgegenwirken können. Ich bin mir sicher du bist von einem Krowopijza – einem blutsaugenden Dämon befallen, denn du bist beobachtet worden wie du das Blut eines Säuglings getrunken hast. Und am Tage bist du tot, was ich mit eigenen Augen gesehen habe. Das sind untrügliche Anzeichen für einen Krowopijza. Also versuche erst gar nicht, mir Märchen zu erzählen. Ich werde Mittel und Wege finden, dir die Wahrheit zu entlocken."

Meine Befürchtungen drängten mit Macht in meinen Kopf zurück. Was sollte ich dem frommen Mann erzählen um ihn zufriedenzustellen? Ich hatte keine Ahnung von seinen Teufeln und ihren Verführungspraktiken und wusste nicht, was er zu hören wünschte. Und was sollte ich ihm zu den Dämonen erzählen, die er in seiner Gemeinde vermutete? Ich kannte kaum jemanden und hätte ihm überdies auch keinen harmlosen Bürger ans Messer geliefert, nur um meine Haut zu retten. Noch weniger kam es mir in den Sinn Wladimir zu verraten. Warum der Pope nicht sowieso ihn in Verdacht hatte, war mir ein Rätsel. Wie oft schon hatte er uns zusammen gesehen und er wusste auch, dass Wladimir sehr großen Einfluss auf mich hatte. Dann dämmerte mir, dass der Bann des alten Vampirs, im Gegensatz zu meinem tadellos funktionierte. Wenn ich ihn nicht verriet, würde sich daran auch nichts ändern. Diese Erkenntnis breitete sich wie ein Fieber in meinem Kopf aus. Niemals und unter keinen Umständen durfte ich Wladimirs Namen nennen. Er durfte nicht in die Hände dieses Priesters und seiner Anhänger fallen. Lieber würde ich mich foltern lassen.

Ein vertrautes Vibrieren traf meine Sinne und ich riss verstört die Augen auf. Hatte ich so intensiv an Wladimir gedacht, dass ich mir einbildete, er wäre in meiner Nähe? Oder war ich bereits jetzt schon vor Furcht so verwirrt, dass ich halluzinierte? Nein, erkannte ich schnell, es war keine Einbildung. Wladimir war wirklich hier in diesem düsteren Kellergewölbe, nun spürte ich ihn ganz deutlich. Eisiger Schreck durchfuhr mich. Was dachte er sich dabei, mitten in der Höhle des Löwen zu erscheinen? Wusste er nicht um die Gefahr, die hier auf ihn lauerte?

So unauffällig, wie möglich, wälzte ich mich ein wenig herum und spähte in die Richtung aus der ich seine Aura fühlte. Tatsächlich, da stand er inmitten des Pöbels und blickte stumm auf mich herab. Seine edlen Züge zeigten keine Regung. Nur mir, der ich direkt in seine Augen schaute, fiel der unsägliche Schmerz darin auf. Seine bloße Nähe war wie Balsam für meine verängstigte Seele. Ich beruhigte mich sofort. Aber auf Rettung konnte ich nicht hoffen. Selbst Wladimirs starke Vampirkräfte reichten nicht aus, das zu bewerkstelligen. Es befanden sich viel zu viele Menschen hier. Unmöglich, sie alle zu beeinflussen. Aber er wollte, dass ich wusste, er würde mich nicht im Stich lassen. Da erklang auch schon seine Stimme in meinem Kopf. Und sie tröstete mich, wie sie das schon so oft getan hatte.

Wladimir teilte mir wortlos mit, was ich schon längst ahnte: „Halte durch, Nicolas und spiele nicht den Helden. Versuche, diese Nacht so unversehrt als möglich durchzustehen. Sage dem Popen einfach alles, was er wissen möchte, scheue dich nicht, ihm meinen Namen zu nennen. Habe keine Angst um mich, ich weiß mich seiner zu erwehren. Wenn sie mit deinen Informationen zufrieden sind, so werden sie vermutlich gnädig sein."

Verstand ich ihn richtig? Er wollte, dass ich ihn verriet? Nein, das konnte ich nicht tun. Ich konnte nicht zulassen, dass sie ihn ebenfalls überwältigten. Lieber würde ich mich von ihnen in Stücke schneiden lassen. Gerade wollte ich ihm das mitteilen, da brachte sich Oleg gewaltsam in Erinnerung und forderte meine volle Aufmerksamkeit ein. Er hatte auf mich eingeredet, während ich mich auf Wladimir konzentrierte, deshalb waren seine Worte ungehört an mir abgeprallt. Das erzürnte ihn über alle Maßen und er wollte sich endlich Respekt verschaffen. Grob packte er mich bei den Haaren um meinen Blick auf sich zu richten.

Ich handelte ohne zu überlegen. Die rüde Unterbrechung meiner Kommunikation mit Wladimir machte mich wütend. Dazu kam meine mühselig unterdrückte Blutgier in Verbindung mit meiner wachsenden Nervosität. In Sekundenschnelle mutierte ich zum Vampir, mit wütendem Grollen schnellte ich meinen Kopf herum und schnappte wie ein bösartiger Hund nach seiner Hand. Meine Zähne waren zu ihrer vollen Länge ausgewachsen und drangen tief in sein Fleisch. Ich hörte das knirschende Geräusch brechender Knochen durch den tierischen Aufschrei des Popen. Vergeblich versuchte er sich loszureißen, doch aus der Gewalt meiner Zähne gab es kein Entkommen.

Durch die Menge der Gaffer ging ein Aufschrei. Zuerst wichen alle entsetzt zurück, dann, nach einiger Zeit wagten sich ein paar mutige

Männer wieder ein paar Schritte nach vorne. Drohend richteten sie ihre Waffen auf mich und ich sah mich allerlei gefährlichen Mordwerkzeugen gegenüber. Dennoch gab ich die Hand des Popen nicht frei.

Inzwischen war ich längst wieder zu Verstand gekommen und malte mir aus, welch einen erschreckenden Anblick ich für die braven Bürger darstellen musste. Olegs zerfetzte Hand zwischen meinen Reißzähnen war kein Anblick für schwache Gemüter. Sein Blut lief mir am Kinn herunter, ich spürte deutlich die feuchte Wärme, roch den Duft. Ein wenig Blut lief in meinen Mund und sorgte zusätzlich dafür, dass meine Gier nicht nachließ. Mit der Zunge stieß ich an die klaffenden Wunden und leckte gierig die Tropfen meines Lebenselixiers auf. Sie schmeckten mir wie reinste Ambrosia.

Schließlich gab Oleg sein sinnloses Gezerre auf. Zittrige Atemzüge drangen pfeifend durch seine vor Schmerz zusammengebissenen Zähne und er sank ein wenig zurück. Sein Blick zuckte hektisch von seiner Hand zu meinem Mund und dann zu seinen Männern, die mich immer noch mit ihren Waffen bedrohten. Sollten sie mich doch töten um ihren Anführer aus meinem Gebiss zu befreien, dachte ich grimmig. Das würde mir ein langes Martyrium ersparen. Mir war bewusst, mit dieser Attacke hatte ich mich endgültig als dämonisches Wesen klassifiziert. Ich konnte nicht mehr auf Gnade hoffen.

Oleg schien meine Absicht zu erahnen, mit seiner unverletzten Hand hielt er die Männer zurück. „Nein. Tötet ihn nicht. Er muss uns erst noch Rede und Antwort stehen."

Obwohl er sicher schlimme Schmerzen litt, handelte er wieder kühl und überlegt. Er ließ sich erneut eine Fackel reichen und hielt sie bedrohlich nahe an mein Gesicht. Mit leiser Stimme befahl er mir. „Lasse mich los, oder ich brenne dir deine verdammten Dämonenaugen aus dem Gesicht."

Ich spürte seine tödliche Entschlossenheit und spürte bereits die sengende Hitze, die meine Augen zum Tränen brachte. Er würde seine Drohung wahr machen, wenn ich nicht gehorchte. Ich gab auf, diese Runde ging an ihn. Langsam lockerte ich meinen Biss so weit, dass er seine Hand herausziehen konnte. Der Schmerz zwang ihn, sich um die Versorgung seiner Hand zu kümmern. Das lenkte ihn erst einmal von mir ab. Auch seine Anhänger standen unschlüssig herum, bedachten mich mit bösen Blicken, wagten sich aber nicht an mich heran. Ich nutze die Zeit, mich zu sammeln und meine Blutgier zu unterdrücken.

Eine der anwesenden Frauen riss einen breiten Streifen aus ihren Unterröcken und verband dem Popen damit notdürftig die blutenden Wunden. Eigentlich hätten die gebrochenen Knochen eingerichtet und geschient gehört, aber Oleg ließ es nicht zu. Das hätte zu unnötigen Verzögerungen in meiner Befragung geführt und er war jetzt noch erpichter als zuvor, dem verhassten Dämon sein Geheimnis zu entlocken. Ich befürchtete zu Recht, dass soeben erlittene schmerzhafte Erlebnis hatte ihn nicht gnädiger gestimmt.

Mit der Fackel in der Hand wandte er sich wieder zu mir und ich wappnete mich gegen das was kommen würde. Inzwischen hatte sich meine Blutgier vollends gelegt, meine Reißzähne waren verschwunden. Dennoch würde der geringste Anlass genügen, mich wieder in eine rasende Bestie zu verwandeln. Meine Nerven waren zum Zerreißen gespannt, es bedurfte all meiner Willensstärke, nicht erneut zu mutieren.

Immer und immer wieder sagte ich mir vor, ich bin ein Vampir, - unsterblich. Egal was sie mit mir anstellten, es würde ihnen nicht gelingen, mir dauerhaften Schaden zuzufügen. Spätestens beim Morgengrauen wäre alles vorbei. Aber so oft ich mir das auch selbst vorsagte, es konnte meine aufflackernde Angst nicht mindern. Nervös schätzte ich die Zeit. Noch etwa fünf Stunden, bis der beginnende Tag meinem Leben ein Ende setzen würde. Fünf Stunden voller Angst und Qual. Sie erschienen mir schon jetzt wie eine halbe Ewigkeit.

Olegs Stimme klang noch gepresst, als er mich erneut ansprach. Dieses Mal hielt er respektvoll Abstand zu meinen Zähnen, was mir ein klein wenig Genugtuung verschaffte. Seine Worte klirrten indes wie harter Stahl. „Du hast uns erneut bewiesen, dass du nicht menschlich bist, denn kein Mensch kann solche furchtbaren Zähne entwickeln. Aber diese Waffe wird dir nun, da wir sie kennen, nichts nützen. Also, wie ist es geschehen, dass du zu diesem... furchtbaren Ding wurdest? Ganz sicher wurdest du nicht so geboren. Nenne mir denjenigen, der dich geschaffen hat. Dann lasse ich vielleicht Gnade walten."

„Wie sieht sie aus, deine Gnade?" fragte ich und versuchte nicht allzu sarkastisch zu klingen. Es schien mir nicht gut, ihn noch mehr zu provozieren. „Wirst du mich laufen lassen, wenn ich dir sage, was du wissen willst?" Natürlich glaubte ich keine Sekunde daran. Aber das Reden zögerte das Unvermeidliche hinaus.

„Nein, das kann ich nicht. Du wärst weiterhin eine Gefahr für die ganze Stadt. Aber ich verspreche dir einen raschen Tod. Das ist mehr, als du verdient hast."

Meine Gedanken arbeiteten fieberhaft. Was konnte ich sagen, was ihn von Wladimir ablenkte und gleichzeitig logisch genug klang, den Wüterich in die Irre zu führen? Es wollte mir partout nichts einfallen. Oleg war nicht gewillt mir eine lange Bedenkzeit zu gewähren. Er gab dem Mann mit der Hellebarde ein Zeichen, worauf der eifrig vortrat und mich erneut mit dem rostigen Instrument stach. Dieses Mal wählte er meinen Oberschenkel und er war nicht zimperlich. Das scharfe Blatt der Lanze drang tief in mein Fleisch ein.

Da ich diesmal darauf vorbereitet war, gelang es mir, nicht zu schreien. Mit Macht presste ich die Zähne zusammen, dass sie knirschten. Doch ein unterdrücktes Stöhnen konnte ich nicht verhindern. Oleg schaute interessiert in mein Gesicht.

„Was ist?" bellte er. „Ich möchte, dass du sofort antwortest. Ansonsten wird es noch schlimmer." Um mir seine Entschlossenheit zu demonstrieren, gab er erneut ein Zeichen und die Lanze drang abermals tief in mein Bein. Ich bäumte mich keuchend auf und versuchte instinktiv die Fesseln zu sprengen. Fast wäre es mir auch gelungen. Die Angst und der Schmerz verstärkten meine Kräfte. Ich kam irgendwie auf die Knie und spannte meine Brust- und Armmuskeln an. Der Lederriemen um meine Oberarme riss mit einem lauten Knall. Aber die Bänder um meine Beine und Taille hielten noch immer. Und dann war die Chance vertan.

„Ergreift ihn, zwingt ihn nieder. Er darf sich nicht befreien!" Olegs schrille Stimme mobilisierte sofort seine Männer. Mindestens ein Dutzend Mutige stürzten sich auf mich und rangen mich wieder zu Boden. Sie erdrückten mich fast und ich bekam keine Luft mehr. Dann traf mich eine Keule am Kopf und ich verlor für einen Moment das Bewusstsein. Als ich wieder zu mir kam lag ich in Ketten, die sich um meinen Körper wanden. Zu allem Übel hatten sie mich geknebelt indem sie mir einen starken Ast zwischen die Zähne gesteckt und mit einem Strick um meinen Kopf befestigt hatten. Selbst wenn ich gewollt hätte, ich konnte keinen Ton mehr hervorbringen. Und auch nicht mehr beißen.

„Hast du jetzt endlich genug?" geiferte mich Oleg an. Er hielt seine verletzte Hand umklammert und aus dem Verband tröpfelte Blut auf den Boden. Er ahnte noch nicht, dass die Wunde nie mehr heilen würde.

Nur mein Speichel konnte sie verschließen, aber das hätte ich ihm auch nicht verraten, wenn ich nicht durch den Knebel am Sprechen gehindert worden wäre. Sollte ihm doch die Hand abfaulen.
Ich nickte ergeben, was blieb mir schon anderes übrig, als mich in mein Schicksal zu fügen. Was dann folgte war grauenhaft. Der Wüterich nannte es mich läutern. Doch es war eine wüste Attacke auf meinen Leib und meinen Geist, mit dem einzigen Ziel, mich zu brechen. Ich wurde geschlagen, getreten und mit allerlei stumpfen Gegenständen bearbeitet. Als die Meute endlich von mir abließ, gab es keinen heilen Fleck mehr an mir. Mein Atem ging stoßweise und Blut lief aus meiner Nase in meinen Mund. Meine Augen waren so zugeschwollen, dass ich kaum noch etwas sah. Jemand zerschnitt den Strick, und der Ast wurde zwischen meinen Zähnen hervorgezogen. Ich war zu marode, um nach der Hand zu schnappen.
„Sprich endlich, sonst passiert dir noch Schlimmeres", hörte ich Oleg durch das Rauschen in meinen Ohren. Und gleichzeitig drang Wladimirs Stimme mit fast dem gleichen Wortlaut in meinen Kopf. Nur, dass er besorgt und flehend klang. Ich verschwendete keinen Gedanken darauf wieso er wusste, was in diesem Moment mit mir geschah. Denn er war nicht in meiner Nähe, das hätte ich auch in meinem benommenen Zustand bemerkt.
Ich musste irgendetwas sagen, wollte ich nicht noch mehr gepeinigt werden. Aber was....?
Ein leiser geflüsterter Satz von einem der Schergen Olegs brachte mich auf die Idee. Er wisperte seinem Kumpan zu. „Der Kerl scheint wirklich vom Teufel gezeugt. Schau nur, seine Wunden schließen sich schon wieder."
Der Teufel. Natürlich, warum war ich nicht selbst darauf gekommen. Oleg würde mir ganz sicher abnehmen, dass der Teufel persönlich mich zu dem gemacht hatte, was ich war. Damit wäre Wladimir aus dem bösen Spiel. Mühsam kramte ich in meinem Gehirn, was ich jemals über den Teufel gehört hatte. Es war nicht allzu viel. Ich wusste über ihn genauso wenig wie über Gott, aber mein dürftiges Wissen musste einfach genügen. Also begann ich nach einer angemessenen Zeitspanne zu reden. Ich entwarf eine wilde Geschichte, in der mich der Teufel aufgesucht und verführt hätte. Meine Erzählung schmückte ich mit all den Perversionen, die mir jemals in meinem Leben begegnet waren. Meine Zuhörer zeigten sich

gebührend schockiert und ich sah des Öfteren, wie sich der eine oder andere schnell bekreuzigte. Manche der anwesenden Frauen schlugen entsetzt die Hände vor die geöffneten Münder. Wäre meine Situation nicht so hoffnungslos gewesen, ich hätte die schockierten Gesichter meiner Peiniger sicher genossen.

Auch der Wüterich schaute vor Entsetzten starr auf mich herab und sagte lange Zeit nichts. Dann gewann er langsam seine Fassung zurück und räusperte sich laut. Er stellte mir noch einige gezielte Fragen, die ich bereitwillig beantwortete. Die Antworten kamen mir nun, da ich ein Konzept gefunden hatte, flüssig von den Lippen. Ich dachte nicht weiter darüber nach. Und so überhörte ich die Fangfrage, die mir doch noch zum Verhängnis werden sollte.

Natürlich erhoffte ich mir durch meine wüste Geschichte, einzig und alleine einen raschen Tod. Aber den verscherzte ich mir nun endgültig.

„Du behauptest also, der Teufel sei in dich gefahren und zwänge dich seither, all diese abscheulichen Dinge zu tun?" fragte mich Oleg und ich nickte bekräftigend. Das fiebrige Leuchten in seinen Augen hätte mich eigentlich warnen sollen, aber ich war in jener Nacht weit von meiner Bestform entfernt und das betraf leider auch meine Geistesleistung.

„Das heißt, er steckt noch immer in dir?" fragte der Pope weiter und ich nickte abermals unbedacht. Erst seine folgenden Worte ließen mich meinen großen Fehler erkennen, leider viel zu spät, um mein Schicksal nochmals herumzureißen.

„Wenn das so ist, dann kann ich dir den versprochenen gnädigen Tod nicht gewähren. Als Priester bin ich verpflichtet den Teufel aus dir auszutreiben, ehe ich dich töten lasse. Ansonsten wirst du immer wieder aus deinem Grab auferstehen."

Oleg hielt sich nun nicht mehr mit langen Reden auf, sondern schickte zuerst den größten Teil der versammelten Menschen heim. Sie murrten zwar, verließen dann aber bereitwillig die Stätte des Grauens. Nur ein paar beherzte Männer blieben zurück, um den Geistlichen bei seiner schwierigen Aufgabe zu unterstützen. Dazu hatte der Pope wohlweislich eine Tasche mit sakralen Gegenständen mitgebracht.

Ich lag derweil bewegungslos auf dem feuchten Steinboden und hoffte, dass die Teufelsaustreibung nicht allzu unangenehm verlaufen würde. Nach meiner Schätzung waren es bis zum Morgengrauen kaum noch zwei Stunden und ich sehnte den Zeitpunkt herbei, an dem mich der Tod endlich aus diesem irrsinnigen Spektakel befreite. Was mir am darauffolgenden Abend blühen mochte, daran wagte ich noch nicht zu denken. Zuerst begann die Teufelsaustreibung mit einer harmlosen Zeremonie. Ich wurde mit Weihwasser besprengt, was natürlich keinerlei Wirkung zeigte. Auch die lauten Gebete der Männer störten mich nur wenig. Sollten sie lange und ausgiebig für mein Seelenheil beten, mir war alles recht, was nicht weh tat und mich dem Morgen näherbrachte. Ich glaube, ich bin über das monotone Gemurmel sogar eingenickt. Die Strapazen forderten auch meinem zähen Vampirkörper Tribut ab.

Erst als ich in die Höhe gerissen und unter einen großen steinernen Bogen geschleift wurde, kam ich wieder zu mir. Die Männer wickelten ein starkes Seil unter meinen Armen hindurch um meine Brust und führten es durch eine Öffnung in der Bogeneinfassung. Dann zogen sie solange an dem Seil, bis ich frei im Raum hing. Nur meine Fußspitzen berührten leicht den Boden, ich konnte aber nicht stehen.

Noch immer Gebete murmelnd umkreisten sie mich langsam und schlugen dabei mit kurzstieligen Peitschen auf mich ein, die aus vielen dünnen Lederschnüren bestanden, in die Knoten geknüpft waren. Die Streiche begannen eher sachte und taten nicht besonders weh. Die Männer umrundeten mich schneller, sangen und beteten und schlugen weiter auf mich ein. Mit jeder Runde wurde ihr Beten lauter und ihre Schläge heftiger. Nach einer halben Stunde waren mein Oberkörper und meine Arme mit blutigen Striemen bedeckt. Ich registrierte durch die brennenden Schmerzen hindurch kaum, wie die Tortur endete und Oleg vor mich hintrat. Er betrachtete mich kritisch.

Ich muss ein schlimmes Bild abgegeben haben. Mein geschundener Körper hing zusammengesackt in den Stricken. Der tobende Schmerz hatte meine Fangzähne anwachsen lassen, ich hatte sie mir in die Unterlippe gebohrt, um nicht zu schreien. Aus meinem Mund rannen dicke Speichelfäden, mit meinem Blut vermischt. Wie aus weiter Ferne hörte ich die Stimme des Wüterichs, der mich immer und immer wieder etwas fragte. Ich wollte ihm nicht mehr antworten, ich hörte einfach nicht zu. Irgendwie war es mir gelungen, mich in eine geistige Ebene zu manövrieren, zu der er keinen Zugang hatte. Es war, als wäre meine Seele von meinem Körper getrennt. Sie schwebte oben im Raum und ließ meinen halbtot in den Seilen hängenden Körper zurück.

Ich kann mich beim besten Willen nicht mehr entsinnen, was sie noch alles mit mir angestellt haben. Ebenso ist mir entfallen, ob ich schließlich doch geschrien, geweint oder vielleicht gar mit ihnen gebetet habe. Alle diesbezüglichen Erinnerungen sind in meinem Gedächtnis hinter einem gnädigen Nebel verborgen. Ich weiß nur eines mit Sicherheit: Hätte mich jemals wirklich ein Teufel befallen, er wäre bestimmt aus mir gewichen. Ich kam erst wieder einigermaßen zu mir, als jemand die Stricke durchschnitt und ich zu Boden fiel. Mühsam öffnete ich die Augen und sah wie mir der Pope ein geweihtes, aus Ästen der Eberesche gefertigtes Kreuz auf die Brust über meinem Herzen setzte. Es war unten zugespitzt und pikte meine ohnehin schon wunde Haut. Obwohl mir seit Stunden nicht mehr zum Lachen zumute war, musste ich über den Aberglauben des frommen Mannes grinsen. Dachte er wirklich, er könne mich mit diesem billigen Utensil des klassischen Vampirjägers für immer ins Jenseits befördern?

Ich nahm meine ganze Kraft zusammen, die mir noch geblieben war und flüsterte heiser. „Ja, tu es. Stoße zu, damit es endlich vorbei ist. Aber du wirst mich nicht loswerden. Ich werde dich bis an dein Lebensende verfolgen und mein Geist wird dich schließlich in der Hölle empfangen."
Ich sah noch mit Genugtuung sein vor Entsetzen starres Gesicht, dann schlug einer seiner Schergen mit einem schweren Gegenstand auf das obere Ende des Kreuzes. Ich verspürte nur einen sehr geringen Schmerz, im Gegensatz zu dem, was ich bereits durchgemacht hatte, dann wurde es dunkel um mich.

Kapitel 22: Die Rettung

Brendan starrte seinen vampirischen Freund mit geweiteten Augen und geöffnetem Mund an. Erst als ihm Nicolas lachend unters Kinn tippte, schloss er den Mund und grinste verlegen. Es war ihm deutlich anzusehen, wie gefesselt er von der ungewöhnlichen Erzählung war.
„Wie konntest du das nur aushalten?" brachte er schließlich hervor. „Das muss ja grauenhaft gewesen sein."
„Allerdings war es das. Aber was blieb mir denn anderes übrig, als es auszuhalten? Zu den damaligen Zeiten waren Folterungen von Gefangenen an der Tagesordnung. Oft geschah es aus weitaus nichtigeren Gründen. Ich war nur einer unter Tausenden, denen so etwas angetan wurde. Immerhin wurde mir die Gnade zuteil, es praktisch unversehrt zu überleben. Denn wenn ich des Abends erwache hat mein Körper sich regeneriert, egal was ihm zuvor angetan wurde. Nur eine totale Zerstörung kann er nicht in einer Nacht reparieren. Dazu bräuchte er Jahre oder gar Jahrzehnte."
„Aber was ich nicht verstehen kann, warum hat dein vampirischer Bann nicht gewirkt? Ich dachte bisher, niemand könne sich darüber hinwegsetzen. Warst du damals als junger Vampir noch nicht stark genug?"
Der Vampir blickte sinnend einer dicken Fliege hinterher, die aufgeregt durchs Zimmer schwirrte. Auch Snow behielt den summenden Brummer im Visier und als er dicht an ihm vorbei flog griff er ihn mit einer geschmeidigen Bewegung aus der Luft. Er nahm die Fliege ins Maul und hüpfte von der Couch, um sie in Ruhe zu verspeisen. Nicolas lächelte und konzentrierte sich wieder auf Brendans Frage.
„Natürlich hat es schon etwas mit dem Alter eines Vampirs zu tun, wie stark sein Bann wirkt. Ich sagte dir ja, dass Wladimir sich mitten unter die Leute mischte, ohne erkannt zu werden. Aber auch ihm kann es unter widrigen Umständen passieren, dass seine hypnotischen Fähigkeiten ausgeschaltet werden. Bei mir kamen damals leider viele unglückliche Faktoren zusammen. Der schwerste Fehler war es wohl, mich bei meiner Blutmahlzeit beobachten zu lassen. Das machte meine Tarnung schlagartig zunichte. Und später dann im Keller war ich durch die vorrausgegangene Sonnenbestrahlung zu schwach um die Menschen in meinem Sinne zu beeinflussen. Die Qualen die ich erlitt schwächten sowohl meinen Körper, als auch meinen Geist. Das führte dazu, dass ich

schließlich nicht einmal mehr ein Kind hätte bannen können. Ich war wirklich vollkommen hilflos."
„Und, wie ging es weiter? Konntest du überhaupt erwachen, mit dem Pfahl im Herzen?"
Nicolas blickte nachdenklich. „Ehrlich gesagt, ich weiß es nicht genau. Wahrscheinlich wäre ich kurz erwacht und dann sofort wieder gestorben. Das wäre mir vermutlich so lange passiert, bis mir irgendjemand das Kreuz wieder aus dem Herzen gezogen hätte. Unter Umständen kann solch eine Verletzung für einen Vampir schwerwiegende Folgen haben. Aber es gab ja noch Wladimir. Er wäre mir ganz sicher in der folgenden Nacht zu Hilfe geeilt. Doch er hatte bereits Vorsorge getroffen. Aber es ist besser, ich erzähle dir alles der Reihe nach.

Ich erwachte und bereits mit meinem ersten Atemzug kam die Erinnerung an die Schrecken der vergangenen Nacht. Vor Angst, das gleiche trostlose Kellergewölbe zu sehen, wagte ich zuerst nicht die Augen zu öffnen. Deshalb bewegte ich erst einmal vorsichtig und zaghaft meine Glieder. Zu meiner grenzenlosen Erleichterung verspürte ich weder Fesseln, noch Schmerz. Außerdem hatte ein Gefühl des Wohlbehagens, ja der Geborgenheit, von mir Besitz ergriffen. Und dann spürte ich auch das vertraute Vibrieren, dass mir Wladimirs Gegenwart signalisierte.
„Na, bist du endlich erwacht?" drang die Stimme in meine Ohren, die ich in dem Moment am liebsten hören wollte. Erleichtert öffnete ich die Augen und fand mich auf meinem Bett, in meinem Zimmer des Gutshauses wieder. Wladimir beugte sich über mich und musterte mich lächelnd. Nur seine Augen blickten besorgt und ich spürte deutlich seine Anwesenheit in meinen Gedanken. Er prüfte, ob ich auch wirklich ganz und gar in Ordnung war.
„Mir geht es gut", meinte ich ein wenig unwillig. „Es braucht schon mehr, mich ernsthaft aus dem Gleichgewicht zu bringen." Trotz meiner abwertenden Worte, konnte ich nicht verhindern, dass mich ein Schauer der Erinnerung überlief und meine Stimme zittern ließ. Wladimir bemerkte es ebenfalls und nickte seufzend. „Immer der alte, harte Bursche, den nichts aus der Fassung bringt, was? Du vergibst dir nichts, wenn du mich einen Blick auf die Wunden in deiner Seele werfen lässt."
Ich lenkte ein. „Entschuldige bitte. Aber die Wahrheit ist, wenn ich allzu intensiv über die gestrige Nacht nachdenke, werde ich vielleicht in Tränen

ausbrechen und nicht mehr aufhören können. Berichte mir lieber wie du es geschafft hast mich zu retten und hierher zu bringen."

„Manchmal hilft es, wenn man weint. Du hättest weiß Gott allen Grund dazu, nach dem was du durchgemacht hast." Aber als ich nur die Zähne zusammenbiss und störrisch den Kopf schüttelte, fuhr er seufzend fort.

„Ich will dich nicht drängen. Also, eigentlich war deine Rettung nicht mein Verdienst, zumindest war ich nicht der auszuführende Teil. Sergej gebührt das Lob. Er hat dich abgeholt und hierhergebracht."

Sergej war damals Wladimirs und mein Vertrauter, der über das Gut wachte und als einziger über unsere wahre Natur Bescheid wusste. Wladimir erzählte mir nun ausführlich, wie er gemeinsam mit Sergej meine Befreiung geplant hatte.

Nachdem Wladimir sich in der Burgruine persönlich überzeugen musste, was mir angetan wurde, ritt er schleunigst zu seinem Gut zurück. Schon auf dem Weg dorthin reifte in seinem Gehirn ein Plan zu meiner Befreiung, denn er dann sofort mit Sergejs Hilfe in die Tat umsetzte. Wladimir konnte selbst dabei nicht mitwirken, denn das Ganze war eine Aktion, die nur am Tage stattfinden konnte. Sergej richtete noch in der Nacht den Wagen her, ein hölzernes Fuhrwerk, das normalerweise dazu diente, darauf die Produkte des Gutes in die Stadt zu karren. Er legte eine Plane darüber, damit niemand sehen konnte was auf dem Fuhrwerk transportiert wurde. Außerdem musste mein empfindlicher Körper unbedingt vor dem Tageslicht geschützt werden. Deshalb nahm er zusätzlich noch eine schwere Plane aus gefetteten Rinderhäuten mit. So vorbereitet, machte er sich schon vor Tagesanbruch auf den weiten Weg zur Burgruine.

Kurz vor Mittag traf er dort ein und überprüfte erst einmal, ob jemand zu meiner Bewachung abgestellt wäre. Das hätte die Rettungsaktion natürlich wesentlich kompliziert. Unter Umständen wäre er gezwungen gewesen Gewalt anzuwenden, um an meinen toten Körper heranzukommen. Zu seiner grenzenlosen Erleichterung war da jedoch kein Mensch weit und breit.

Der Pope musste sich, nachdem er mich mit dem Eschenholzkreuz getötet hatte, seiner Sache sehr sicher gewesen sein. Deshalb fand er es nicht für nötig, meine Leiche bewachen zu lassen. Erst am Abend wollte er mit seinen Männern zurückkehren, um den Leichnam des Krowopijza, auf einem riesigen Scheiterhaufen zu verbrennen. Deshalb schickte er seine Leute fort, genügend trockenes Holz zusammenzutragen.

Sergej erreichte also unangefochten und unbeobachtet die Ruine und machte sich in den unterirdischen Gängen sofort auf die Suche nach mir. Schließlich fand er mich in dem Kellerraum, in dem ich getötet worden war. Der Wüterich hatte es zu meinem Glück unterlassen, mich abermals in den Raum mit der zerstörten Decke zu bringen, um mich von der Sonne braten zu lassen. Er war sich anscheinend hundertprozentig sicher, mich für immer getötet zu haben.
Sergej war mit dem Anblick eines toten Vampirs zwar nicht gerade vertraut, aber er zierte sich nicht lange, sondern handelte entschlossen. Zuerst zog er das Holzkreuz aus meinem Herzen und legte es beiseite. Danach befreite er meinen Körper von den Ketten, wickelte ihn sorgfältig in die mitgebrachte Plane und verschnürte sie gewissenhaft. Er war zwar ein großer, kräftiger Mann, dennoch kostete es ihn viel Kraft, mich den weiten Weg durch die Gänge und über die Treppen zurück zu seinem Fuhrwerk zu schaffen. Die Plane alleine wog schon schwer und ich bin kein Leichtgewicht. Nun denn, er schaffte es irgendwie und brachte sogar noch die Kraft auf, mich auf den Wagen zu hieven. Der Rest war ein Kinderspiel. Gemächlich ließ er die Pferde zum Gut zurück traben, wo er mich ablud und in mein Zimmer schleifte. Nachdem er mich aus der Plane gepellt hatte, legte er mich auf mein Bett und ging, zufrieden mit sich und seinem Werk.

Wladimir schaute mich forschend an. Dann zuckte er entschuldigend die Schultern. „Deine Kleidung hat Sergej auf meinen Rat hin dort gelassen. Aber die kannst du sicher verschmerzen. Es erschien mir sicherer, wenn sie im Keller liegenblieb. So wird Oleg sicher denken, du hast dich einfach ...aufgelöst. So wie sich dein Blut in Nichts verwandelt hat."
Ich winkte müde ab. Die paar Kleidungsstücke machten mir gewiss kein Kopfzerbrechen. Etwas anderes hingegen schon. Unglücklich blickte ich Wladimir an. „Ich werde nicht hierbleiben können. Falls mich einer von Olegs Männern entdeckt, geht die Hetzjagd auf mich von neuem los. Und obwohl ich nur sehr ungern eine Niederlage eingestehe, muss ich dir sagen, dass ich nicht den Nerv habe, so etwas noch einmal durchzustehen."
Trotzdem ich jeden Gedanken an die vergangene Nacht energisch aus meinem Gedächtnis verbannen wollte, überfielen mich die Bilder mit aller Macht. Und meine eisern zur Schau gestellte gleichgültige Miene

zerbröckelte. Ich wandte mich schnell ab, damit Wladimir die Tränen nicht sah, die mir in die Augen schossen. Seinen sensiblen Sinnen konnte ich jedoch nichts vormachen.

Mit einem Schritt war er bei mir und nahm mich tröstend in die Arme. Nahe an meinem Ohr flüstere er. „Es tut mir so entsetzlich leid, Nicolas. Es war meine Schuld. Ich bin dein Vampirvater und für dich verantwortlich. Ich hätte dich niemals im Stich lassen dürfen. Wäre ich bei dir geblieben und nicht aus Bequemlichkeit auf mein Gut zurückgegangen, so wäre das nicht passiert. Nur wegen mir musstest du so entsetzlich leiden. Als ich gestern in die Ruine kam und dich so sah... Ich hätte etwas dafür gegeben, dir diese Pein abnehmen zu können. Aber es stand nicht in meiner Macht. Ich habe mich schon sehr lange nicht mehr so hilflos gefühlt."

Seine Stimme versagte ihm und ich spürte warme Nässe an meiner Wange. Das war zu viel für mich. Noch nie hatte ich Wladimir so unglücklich erlebt. Glaubte er wirklich, er wäre für die Geschehnisse der vergangenen Nacht verantwortlich? Ich selbst wäre nie auf diese absurde Idee gekommen. Ich war seit mehreren Jahrzehnten ein eigenständiger Vampir, ein sehr schwieriger Vampir, das musste ich außerdem zugeben. Und es war ganz und gar meine Schuld, was mir passiert war. Das sagte ich Wladimir jetzt auch. Doch er ließ meinen Einwand nicht gelten.

„Nein, nein, ich habe versagt. Ich war wütend auf dich, weil du nicht auf mich gehört hast. Und ich dachte bei mir, soll er doch sehen, was ihm seine Sturheit einbringt. Es klingt heute fast so, als hätte ich dir gewünscht, dass du so bestraft wirst. Aber das ist nicht der Fall, ich schwöre es dir."

Was redete er nur für konfuses Zeug? Natürlich, er war böse auf mich gewesen, aber er hatte auch allen Grund dazu gehabt. Schließlich hatte ich ihm durch meine Eskapaden schon lange sein ruhiges Leben vergällt. Aber er nahm mir meine beschwichtigenden Worte einfach nicht ab.

„Du bist halt einmal ein unruhiger Vampir. Das habe ich schon geahnt, als ich dich fand und mit mir nahm. Und eigentlich habe ich deine Abenteuerlust immer heimlich genossen. Du bist das ganze Gegenteil zu mir langweiligem Kerl. Und ich hatte nicht das Recht, dich in meinem Sinne ändern zu wollen."

„Aber das hast du doch gar nicht getan. Und ich habe es nie so empfunden. Jetzt hör auf mit deinen Selbstvorwürfen, Wladimir. Du bist nicht schuld, ich habe das nie gedacht und werde es auch nie denken. Das Ganze war ein unglückliches Zusammentreffen widriger Umstände. Ich lebe noch und ich bin heil und gesund. Alles andere sollten wir einfach vergessen. Und nun habe ich einen mächtigen Hunger. Wenn ich nicht bald ein paar Bösewichte zwischen die Zähne bekomme, werde ich tatsächlich noch zum Krowopijza. Also komm, begleite mich ausnahmsweise auf der Jagd. Dann kannst du gleichzeitig aufpassen, dass ich Olegs Schergen nicht erneut in die Arme laufe."

So geschah es dann auch. Wladimir ritt mit mir in die Nacht um sicherzugehen, dass ich auch wirklich das dringend benötigte Blut bekam. Nach den Strapazen der vergangenen Nacht musste ich unbedingt töten. Ich konnte meine volle Kraft nur zurückgewinnen, wenn ich das Leben von mindestens einem, besser noch mehreren Menschen trank.

Wir brauchten nicht allzu weit zu reiten. Auf der Landstraße nach Kiew überraschten wir eine Horde Wegelagerer, die soeben die Insassen einer Reisekutsche überfallen hatten, die wegen eines Radbruches liegengeblieben war. Leider kamen wir zu spät, um den Reisenden das Leben zu retten. Sie waren kaltblütig gemeuchelt worden.

Wladimir, der um meinen dringenden Blutbedarf besser Bescheid wusste wie ich selbst, ging sofort draufgängerisch zum Angriff über. Ehe ich mich versah, lagen drei der fünf Bandenmitglieder bewusstlos auf dem Boden. Meine Blutgier überfiel mich wie eine Woge und ließ mich alles um mich herum vergessen. Schnell hatte ich die beiden letzten Männer niedergemacht und trank nun gierig ihr Blut. Ich war noch immer hungrig, doch Wladimirs Beute war für mich tabu. In dieser Hinsicht sind wir Vampire wie Wölfe. Wer die Beute gefangen hat, darf sie auch verspeisen. So hielten es auch Wladimir und ich schon seit ich in der Lage war, alleine zu jagen. Doch heute nötigte er mich, noch eines seiner Opfer zu töten. Ich war überrascht, ließ mich aber nicht zweimal bitten. Ich weiß nicht, ob es noch immer sein schlechtes Gewissen war, oder einfach mein dringender Bedarf an Blut, der Wladimir so handeln ließ. Jedenfalls fühlte ich mich nach dem dritten Blutspender wieder einigermaßen gut. Meine Kräfte kehrten zurück und ich sah wieder zuversichtlich in die Zukunft. Meine Angst vor einer erneuten Begegnung mit Oleg oder seinen Anhängern schwand allmählich.

Ich schlenderte zu der Kutsche hin, um den angerichteten Schaden zu betrachten. Da merkte ich, dass in einem der Insassen noch ein wenig

Leben war. Ohne zu zögern griff ich mir den armen Kerl und saugte ihn ebenfalls aus. Er wäre sowieso innerhalb der nächsten Minuten gestorben, deshalb bereitete mir sein Tod keine Gewissensbisse.

Mit der Erneuerung meiner Kräfte kehrte auch meine Unternehmungslust zurück und ich blickte mich nach Wladimir um. Er war bereits damit beschäftigt, die Leichen der ausgesaugten Wegelagerer wegzuschaffen. Ich kam ihm zu Hilfe, gemeinsam luden wir die toten Körper auf die Pferde. Zuvor hatten sowohl Wladimir, wie auch ich die verräterischen Wundmale an ihren Hälsen mit unserem Speichel verschlossen. Fand jemand wider Erwarten eines unserer Opfer, so würde er eine natürliche Todesursache vermuten. Trotz dieser Vorsichtsmaßnahme brachten wir die Toten weit abseits der Straße und überließen sie dann der Wildnis mit ihren herumstreifenden Wölfen und Bären. Mehr als ein paar Knochen würden nicht von ihnen übrigbleiben.

Wladimir stand wie eine Statue im hellen Mondlicht und kraulte, in Gedanken versunken, seinem Pferd die Nüstern. Ich spürte deutlich, dass ihm die Ereignisse der vergangenen Nächte noch immer im Kopf herumspukten. Gerne hätte ich ihm seine Selbstzweifel genommen, aber ich wusste nicht, wie ich das bewerkstelligen konnte. Warum glaubte er mir nicht? Ich gab ihm doch wirklich keine Schuld.

Auch auf dem Rückweg zum Gut kam kein Gespräch zwischen uns auf. Schweigend brachten wir die Pferde in den Stall und sattelten sie ab. Auf dem Weg ins Haus begegnete mir Sergej. Er grinste fröhlich, als er mich wohlbehalten sah. Ich bedankte mich aus überquellendem Herzen für seine Hilfe. Gerne hätte ich mich in irgendeiner Weise erkenntlich gezeigt und wollte ihm einen erklecklichen Betrag zustecken, aber er lehnte mein Angebot entrüstet ab. Deshalb machte ich ihm ein Geschenk von dem ich wusste, dass er es sicher nicht ablehnen würde. Ich schenkte ihm den feurigen Hengst, den ich mir für meine Flucht vor Olegs Männern gekauft hatte. Sergej war schon vom ersten Augenblick an in das Pferd vernarrt gewesen. Wie vermutet konnte er nicht widerstehen und nahm das Tier nach einigem Hin und Her freudig in Empfang.

Am nächsten Abend überraschte mich Wladimir mit einem tollkühnen Vorschlag. „Was hältst du davon, der Zehntkirche einen Besuch abzustatten? Ich habe gehört, der Pope hält um Mitternacht eine Messe ab. Eine Dankesmesse, da es ihm gelungen ist, einen schrecklichen Dämon zu vertreiben und somit die Gemeinde vom Bösen zu befreien. Ich finde, wir sollten da keinesfalls fehlen."

Ich starrte ihn ungläubig an. War das wirklich sein Ernst? Er wollte sich in die sicherlich von vielen Gläubigen frequentierte Kirche trauen? Und ich sollte ihn begleiten? Machte er Witze? Aber Wladimir war es nicht nach Scherzen zumute.

Er nickte mir ernsthaft zu und erläuterte dann. „Ich möchte dir beweisen, dass keine Gefahr mehr besteht und dein Bann erneut wirken kann. Zwar solltest du nicht ausgerechnet Oleg unter die Augen treten, aber für seine Gemeinde bist du tot und schon fast wieder vergessen. Unter Berücksichtigung einiger Vorsichtsmaßnahmen kannst du dich getrost unter das Volk mischen."

Zuerst zögerte ich natürlich. Zu frisch waren die Erinnerungen. Aber dann siegten meine Neugierde und mein grenzenloses Vertrauen zu Wladimir. Auf seinen Rat hin zog ich meinen Umhang mit der Kapuze an, die ich mir vorsorglich über den Kopf streifte. Meine auffälligen, hellen Haare verschwanden in dem weiten Kleidungsstück, ebenso wie der größte Teil meines Gesichtes. Wladimir musterte mich kritisch und nickte dann zufrieden. Niemand würde mich erkennen.

Wir waren schon lange, ehe die Messe begann, in der Kirche und saßen im Schatten einer mächtigen Säule auf einer der hinteren Bänke. Ein Seiteneingang befand sich direkt neben uns, dessen Schloss von Wladimir vorsorglich aufgebrochen worden war. So konnten wir schnell fliehen, falls das notwendig werden sollte.

Nach und nach trafen immer mehr Gläubige und auch Neugierige ein und verteilten sich in den Bänken. Keiner beachtete uns und meine Nervosität legte sich langsam. Wladimir saß gelassen neben mir, er hatte sein Gesicht nicht unter einer Kapuze verborgen. Jetzt legte er beruhigend seine Hand auf meine und drückte sie kurz.

Das leise Gemurmel in den Bänken erstarb, als der Pope erschien. Ich hatte es bisher stets vermieden eine Messe zu besuchen und war nun äußerst erstaunt über den prunkvollen Überwurf, den Oleg über sein schlichtes schwarzes Gewand gelegt hatte. Der Mantel war aus schwerem Stoff gefertigt und mit üppigen goldenen Stickereien verziert. Den Kopf des Popen zierte ein hohes Gebilde, aus demselben Gewebe. Wieder einmal wunderte ich mich, welch protzige Zurschaustellung eine Kirche betrieb, die doch angeblich einem Gott der Armut frönte.

Meine Gedanken wurden durch den Beginn der Messe unterbrochen. Die Gläubigen beteten und sangen voller Inbrunst, während Oleg irgendwelche mir fremden frommen Zeremonien abhielt. Sie erinnerten mich fatal an die Zeremonie der Teufelsaustreibung und eine eisige Faust griff nach meinem Herzen. Am liebsten wäre ich aufgesprungen und aus der Kirche geflohen. Abermals griff Wladimirs Hand nach meiner und ich wurde wieder ruhiger.

Dann trat der Pope vor und stellte sich auf ein kleines Podest, von wo aus er zu den Menschen sprach.

Sehr ausführlich erläuterte er die Ereignisse der vergangenen Nächte, so wie sie sich aus seiner Sicht darstellten. Dabei hob er immer wieder hervor, welch ein Teufel in Menschengestalt ich gewesen war. Ich lächelte grimmig über diesen Vergleich, aber eigentlich konnte ich dem frommen Mann keinen Vorwurf machen. Ich musste ihm tatsächlich wie das personifizierte Böse erschienen sein.

Bei seinem heftigen Gestikulieren war der weiße Verband deutlich an Olegs Hand zu sehen. Selbst über die große Entfernung hinweg blieb meinen scharfen Augen nicht verborgen, dass die Wunde noch immer blutete. Der Verband war oben und unten blutdurchtränkt. Die Bissmale würden Oleg noch sehr lange an mich erinnern, denn sie würden nie heilen. Eine Infektion konnte er davon nicht bekommen, denn Vampirzähne sind vollkommen keimfrei. Aber er würde ständig Blut verlieren, was ihn auf die Dauer gesehen durchaus töten konnte.

Wladimir schien denselben Gedanken zu haben. Leise meinte er. „Irgendwann musst du ihn aufsuchen um die Wunden zu verschließen."

„Ich lasse ihn noch eine Weile zappeln", erwiderte ich ebenso leise. „Ein bisschen Todesangst schadet ihm nicht." Mir war klar, ich durfte den Popen nicht langsam verbluten lassen. Er war schließlich kein gemeiner Mörder. Was er mir angetan hatte, geschah in dem frommen Willen, meine Seele zu erretten. Er hatte in dem festen Glauben gehandelt, etwas Richtiges und Gutes zu tun. Und er hatte den Segen seiner Kirche dazu gehabt. Dennoch konnte ich ihm nicht so einfach vergeben. Zu schlimm hatte er mir mit seiner Teufelsaustreibung zugesetzt.

Endlich kam der Wüterich zum Ende seiner Predigt. Er erzählte frohlockend, dass der böse blutsaugende Dämon einfach zu Staub zerfallen sei. Am Abend, als er mit seinen Männern in der Ruine erschienen war um meine sterblichen Überreste den reinigenden Flammen zu übergeben, hatten sie neben meinen Kleidern nur noch meine Fesseln und das unversehrte Holzkreuz vorgefunden. Es klebte noch nicht einmal ein Tropfen Blut daran, ein zwingendes Indiz für Oleg, dass ich mich in Nichts aufgelöst hätte.

Er hielt eben dieses Kreuz triumphierend in die Höhe, zum Zeichen des Sieges des Glaubens über das Böse. Fortan, so versicherte er, würde dieses Kreuz einer Reliquie gleich in der Kirche aufbewahrt werden. Und würde sich nochmals ein Dämon in seine Gemeinde einschleichen, so rief der Pope mit erhobener Stimme aus - er würde mit dem gleichen Kreuz bekämpft werden.

Kapitel 23: Wanderjahre

Die Ereignisse jener Nacht veränderten mich nachhaltig, obwohl ich es niemals zugegeben hätte. Ich wurde stiller, nachdenklicher. War es früher mein größtes Vergnügen, mich nach der Befriedigung meiner Blutgier in fremden Betten zu wälzen, so zog ich es heute immer öfter vor, bei Wladimir zu bleiben.

Der Winter brach herein und brachte eisige Kälte, eine geschlossene Schneedecke überzog das ganze Land. Um nicht unnötig lange zu unseren Opfern unterwegs zu sein, zogen wir in die Stadt zurück. Selbst Wladimir ließ sich derzeit dazu herab, seine Mahlzeiten in den Spelunken am Stadtrand zu suchen. Da die Landstraßen mit meterhohem Schnee bedeckt waren, gab es im Winter keine Reisenden und somit auch keine Wegelagerer. Die verbrachten die kalte Jahreszeit lieber in der Stadt oder auf den Dörfern.

Anfangs war mir mulmig zumute bei dem Gedanken ins Stadthaus zu ziehen. Was, wenn Oleg mich trotz Wladimirs gegenteiliger Versicherungen wiedererkannte? Seit jener unseligen Nacht waren drei Monate vergangen und ich konnte mir nicht vorstellen, dass der Pope ein so kurzes Gedächtnis besaß.

„Solange du dich nicht auffällig benimmst, wirst du die Aufmerksamkeit des Popen nicht erregen", versichere mir Wladimir. „Vertraue dir selbst und deinen vampirischen Fähigkeiten und probiere es einfach aus. Du wirst sehen, der Mann wird dich einfach nicht bemerken, wenn du ihm begegnest. So wirkt unser Bann. Er lenkt die Menschen von uns ab. Natürlich solltest du darauf verzichten, vor den Wüterich zu treten und ihn anzusprechen. Aber ansonsten sei unbesorgt."

Also wagte ich es einfach. Zuerst ging ich in weiter Entfernung an Oleg vorbei, dann wurde ich schnell sicherer. Schließlich schaute ich nicht mehr erst besorgt zu seinem Fenster hoch, ehe ich das Haus verließ, sondern tat es ganz ungezwungen. Und siehe da, Wladimir hatte tatsächlich Recht, der Pope beachtete mich überhaupt nicht.

Der Schnee begann zu schmelzen und es wurde merklich wärmer. Ich atmete auf, dieser Winter war mir besonders lange und streng vorgekommen. Auch in der Stadt lag der Schnee oft so hoch, dass man kaum das Haus verlassen konnte. Natürlich gingen Wladimir und ich jeden

Abend auf die Jagd, aber ansonsten konnten wir nicht viel unternehmen. Die meisten winterlichen Bälle oder Feste der Adeligen und Reichen wurden wegen des Wetters abgesagt. Und mein Sexualleben lag seit jener denkwürdigen Nacht brach. Ich hatte einfach keine Lust mehr, ständig erotischen Abenteuern hinterher zu jagen.

Ich stand, wie so oft in letzter Zeit, am Fenster und starrte in die Ferne. In mir spürte ich ein unbestimmtes Sehnen, das von Nacht zu Nacht stärker wurde. Ich konnte es nicht genau bestimmen, aber es ließ sich auch nicht vertreiben. Zuerst sagte ich mir, es ist einfach die Langeweile. Ich hatte schon fast alle Bücher in Wladimirs Bücherschrank gelesen, endlose Gespräche mit meinem Vampirvater geführt oder mit ihm lange Partien Schach gespielt. Nichts davon konnte mich ganz zufrieden stimmen.

Immer öfter spürte ich Wladimirs besorgten Blick auf mir ruhen. Er machte sich seine eigenen Gedanken über meinen unruhigen Zustand und hatte seine ureigene Theorie dazu. Eines Nachts sprach er es aus. „Du kannst mir noch immer nicht verzeihen, was damals geschah, nicht wahr? Ich sehe es dir an, spüre es mit jeder Faser meines Körpers. Deshalb willst du weg von mir."

Ich schaute ihn sprachlos an. Er hatte erkannt, was mir selbst bislang verborgen geblieben war. Natürlich war es Unsinn, dass er sich noch immer für die Geschehnisse jener Nacht verantwortlich wähnte. Ich dachte kaum noch einmal daran und ich gab ihm noch immer nicht die Schuld daran. Aber sein letzter Satz stimmte, das wurde mir blitzartig klar. Ja, ich wollte weg. Eigentlich wollte ich nicht weg von Wladimir, aber weg aus Kiew, vielleicht sogar weg aus Russland. Es zog mich einfach in die Ferne, egal wohin.

Natürlich versuchte ich erneut, Wladimir seine Schuldgefühle auszureden, aber es gelang mir einfach nicht, ihn von dieser fixen Idee abzubringen.

Nun, da ich den Grund für meine Unruhe kannte, schmiedete ich Pläne für die Zukunft. Ich besprach sie mit Wladimir, in der vagen Hoffnung, ihn zum Mitkommen zu bewegen. Aber es war vergeblich. Traurig schüttelte er den Kopf. Nein, er würde sein geliebtes Kiew niemals verlassen. Er versuchte seinerseits gar nicht erst mich zu halten, er wusste es war ebenso vergeblich.

Als der letzte Schnee geschmolzen war, hielt mich nichts mehr zurück. Ich packte ein paar Kleidungsstücke zusammen und ein paar Dinge, die mir wichtig waren. Dann sattelte ich meine Lieblingsstute. Als ich den Stall verließ, stand Wladimir vor mir. Er sprach kein Wort und auch mir fiel nichts ein, was ich hätte sagen können. Schließlich fielen wir uns stumm in die Arme. Nach einer ganzen Weile ließ ich ihn los.

„Ich schwöre dir, es hat nichts mit dir zu tun", brachte ich mit leicht erstickt klingender Stimme heraus. „Die Zeit ist einfach reif für einen Abschied."

Er nickte und ich sah einen seltsamen Ausdruck in seinen blauen Augen den ich nicht deuten konnte. „Ja, ich weiß. Wirst du wiederkommen? Eines Nachts?"

„Ich werde wiederkommen!" versprach ich feierlich und es war mir todernst. Keiner von uns beiden konnte damals ahnen, dass dreihundert Jahre vergehen würden, ehe ich mein Versprechen einlöste. Dann bestieg ich meine Stute und ritt davon ohne mich noch einmal umzudrehen. Ich war mir nicht sicher, ob ich tatsächlich fortgeritten wäre, hätte ich Wladimir nochmals in die Augen geblickt.

Doch bevor ich Kiew endgültig verließ, hatte ich noch eine letzte Aufgabe zu erfüllen. Nämlich den Popen von seiner blutenden Wunde zu befreien. Bisher konnte ich mich nicht dazu durchringen, obwohl mich Wladimir schon einige Male ermahnt hatte, es endlich zu tun. Heute nun wollte ich den frommen Mann aufsuchen.

Ich hatte Oleg selbstverständlich die ganze Zeit über heimlich beobachtet, um seinen Gesundheitszustand im Auge zu behalten. Wäre er gravierend schwächer geworden, so hätte ich ihn von seinem Siechtum erlöst. Aber der Pope war ein zäher Mann, er dachte nicht daran, an Blutarmut zu sterben.

Ich lauerte ihm nahe der Kirche auf. Die Spätmesse war zu Ende und die wenigen Gläubigen, die der Andacht beigewohnt hatten, lagen längst zu Hause in ihren Betten. Oleg war wie immer der Letzte der die Kirche verließ. Leise trat ich hinter ihn und beobachtete, wie er die schwere Tür sorgfältig abschloss. Als er sich umdrehte, stand ich direkt vor ihm. Er zuckte ein wenig zusammen, fasste sich aber schnell und schaute mir zornig ins Gesicht um mich zu schelten.

Ich sah wie er überlegend die Brauen zusammenzog, anscheinend kam ich ihm bekannt vor. Dann weiteten sich seine Augen in plötzlichem Schrecken, als er mich erkannte und er fuhr mit einem keuchenden Laut zurück, wollte wieder in den vermeintlichen Schutz seiner Kirche flüchten. Da er die Tür jedoch schon versperrt hatte, war es ein vergebliches Unterfangen.

„Weiche von mir!" rief er mit schriller Stimme und fasste nach dem Holzkreuz, mit dem er mich schon einmal vergeblich zu bannen versucht hatte. Ich schüttelte tadelnd den Kopf. „Nicht doch, Oleg. Du weißt, es nützt nichts. Und schrei bitte nicht so herum, wir wollen doch die braven Bürger nicht in ihrem wohlverdienten Schlaf stören."

„Was willst du von mir?" fragte er und flüsterte tatsächlich. „Wieso bist du nicht tot? Ich habe deine Leiche gesehen und ich habe den Staub gesehen, zu dem du zerfallen bist."

„Ich war nie tot, Oleg. Zumindest nicht richtig. Und der Staub, den du zu sehen geglaubt hast, war nur ganz gewöhnlicher Staub. Ich bin kein Dämon und ich war nie vom Teufel besessen. Ich könnte dir sagen was ich wirklich bin, aber du würdest es nicht verstehen. Zudem ist es nicht mehr von Belang, denn ich werde noch heute Nacht die Stadt verlassen. Ich bin zu dir gekommen, weil ich mit dir noch eine Rechnung zu begleichen habe."

Während ich zu ihm sprach drängte ich ihn langsam immer weiter zurück, bis er mit dem Rücken fast in der Türnische klebte. Sachte griff ich nach seiner verletzten Hand. Er versuchte sich aus meinem Griff zu befreien, was ihm nicht gelang. Ohne ihm weh zu tun hielt ich sein Handgelenk umklammert. Seine Augen spiegelten das Grauen wider das er empfand, er war sich sicher ich würde ihn töten.

„Bitte" stieß er angstvoll hervor. „Lasse mich noch ein letztes Gebet sprechen, ehe du ..." Seine Stimme versagte und er schluckte würgend.

„Von mir aus kannst du beten, so viel du willst", gestand ich ihm gönnerhaft zu und hielt seine Hand in die Höhe. Vorsichtig wickelte ich den blutdurchtränkten Verband ab und betrachtete interessiert die aufgeworfenen Wunden. Das aussickernde Blut ließ meine Gier erwachen und ich spürte, wie meine Zähne anwuchsen. Langsam näherte ich meinen Mund mit den leicht geöffneten Lippen dem Gesicht des Popen. Voller Genugtuung sah ich sein panisches Entsetzen, spürte, wie er vergeblich versuchte sich loszureißen.

Doch anstatt ihn zu beißen, führte ich nur seine Hand an meinen Mund. Bedächtig und genüsslich leckte ich über die Wunden auf seiner Handfläche und spürte, wie ihm dabei ein Schauer über den Rücken rann. Dann drehte ich seine Hand um und verschloss die Wunden auf dem

Handrücken auf die gleiche Weise. Ich hielt ihm seine Hand dicht vor die Augen, drehte und wendete sie, damit er sich von ihrer Unversehrtheit überzeugen konnte. Die Verwirrung in seinen Augen entlockte mir ein leises Lächeln. Ohne noch etwas zu sagen, ließ ich ihn los und drehte mich um. Noch bevor er wusste, wie ihm geschehen war, hatte ich mein Pferd bestiegen und ritt davon.

Mein Weg führte mich irgendwo hin. Ich hatte kein besonderes Ziel, sondern ritt einfach immer geradeaus. Gefiel es mir irgendwo, so blieb ich einige Zeit und reiste dann weiter. Es war daher wohl eher ein Zufall, dass ich innerhalb der Grenzen Russlands blieb. Aber natürlich machte ich mich über den jeweiligen Landesteil schlau, in dem ich mich gerade aufhielt. Ich mischte mich unter die Bauern, die Arbeiter und Kaufleute und fragte sie aus. Ausreichend Nahrung fand ich überall dort, wo es Menschen gab, Bösewichte waren in jeder Stadt und in jedem Dorf anzutreffen.

Bald hatte ich mich daran gewöhnt, in allen nur denkbaren Unterkünften den Tag zu verschlafen. Kaum, dass ich noch ein weiches Bett vermisste. Geld und Gold besaß ich schon bald im Überfluss, da ich meine Opfer stets um ihre Barschaft erleichterte. Mein Pferd trug so schwer an meinen angesammelten Reichtümern, dass ich ein Packpferd zu seiner Entlastung kaufte. Damals kam es mir zum ersten Mal in den Sinn, mit dem Gold, dem Schmuck und den Edelsteinen Handel zu treiben. Bei diversen Goldschmieden und Schmuckhändlern ließ ich mich eingehend über Qualitäts- und Wertbestimmung von Schmuckstücken beraten. Nach einigen Jahren konnte mir niemand mehr etwas vormachen oder mich gar betrügen.

So zog ich etwa fünfzig oder auch sechzig Jahre umher, die genaue Dauer meiner Reise ist mir entfallen. Zeit spielte ja keine Rolle mehr für mich, deshalb achtete ich wenig auf die Jahre die verflogen. Noch immer hatte ich nicht genug gesehen, wollte immer noch mehr Leute kennenlernen. Manchmal packte mich zwar die Sehnsucht nach Kiew und vor allem nach Wladimir, aber aus mir selbst unerklärlichen Gründen fand ich nicht den Weg zu ihm zurück. Nur ab und zu meinte ich seine Stimme im Kopf zu hören, aber dann sagte ich mir es war wohl eine Sinnestäuschung.

Eines Nachts kam ich in ein kleines Dorf, das in der Nähe der Stadt Nowgorod lag. Ich war seit zwei Nächten keinem Menschen begegnet und sehr hungrig. Deshalb drückte ich meinem Pferd die Fersen in die Weichen, als vor mir ein kleiner Gasthof auftauchte. Ganz egal, ob er von guten oder bösen Menschen besucht war, ich brauchte dringend Blut. Wenn ich schon keinen Menschen töten konnte, so würde ich mir eben ein paar passende Blutspender heraussuchen und anzapfen. Das war zwar ein kümmerlicher Ersatz, denn eigentlich brauche ich das Leben meiner Opfer um selbst leben zu können. Aber eine Blutspende würde mich wenigstens daran hindern, schläfrig zu werden.

Vor dem Gasthaus waren fünf Pferde angebunden, darunter ein besonders prächtiges Tier. Es musste einem reichen Mann gehören. Ich stellte meine Stute, eine Ur-Urenkelin von Sascha daneben, sie war dem Hengst in Rasse und Qualität ebenbürtig. Dagegen waren die anderen Pferde nur durchschnittliche Gäule.

Als ich abstieg bemerkte ich es zum ersten Mal. Ein leichtes Vibrieren, vertraut und doch gleichzeitig unbekannt. Mein Herz machte einen erschrockenen Satz. Ein fremder Vampir saß in dem Wirtshaus. Zweifellos hatte er mich ebenfalls gespürt.

Mein Puls begann vor Aufregung zu rasen. Ich war nun schon seit fast hundert Jahren ein Vampir und doch war mir außer Wladimir noch kein Wesen unserer Art begegnet. Inzwischen war mir klar, ich gehörte wirklich einer sehr, sehr seltenen Spezies an. Deshalb war ich auf diese Begegnung in keiner Weise vorbereitet. Und ich wusste nicht, wie ich mich einem fremden Vampir gegenüber verhalten sollte. Würde er mich als Freund oder als Feind betrachten?

Nicolas, sagte ich zu mir selbst, er hat dich ebenso bemerkt wie du ihn. Also kannst du ihm auch gegenübertreten. Er wird dich schon nicht beißen. Dabei war ich mir keineswegs sicher, ob er nicht genau das versuchen würde.

Entschlossen stieg ich die wenigen Stufen hoch und öffnete die Türe. Ein Schwall abgestandener Luft drang mir entgegen, vermischt mit menschlichen Ausdünstungen und dem widerlichen Geruch von Speisen und Getränken. Ich würgte meinen Ekel hinunter und trat langsam in den düsteren Raum. Mein Blick glitt über die wenigen Anwesenden und ich checkte sie gewohnheitsmäßig auf ihre Eignung als Vampirmahlzeit ab. Dann trafen meine Augen auf den Mann, der unbeweglich in einer ruhigen Ecke der Stube saß und mich ebenso neugierig musterte, wie ich ihn. Ich vergaß meinen Hunger und die Männer um mich herum, mir war als wären nur noch wir beide im Raum. Ohne zu zögern ging ich auf ihn zu. Er stand nicht auf, lud mich aber mit einer knappen Handbewegung ein, mich zu ihm zu setzen. Ich tat es und wir musterten uns gegenseitig intensiv.

Er war etwa mittelgroß, mit kräftiger Figur und ausgeprägten, gutgeschnittenen Gesichtszügen, die mich sofort vermuten ließen, er stamme nicht aus Russland. Seine dunkelbraunen Haare trug er halblang, sie ringelten sich zu großen Wellen. Die Augen dunkel, fast schwarz, wurden von ebenso dunklen, dichten Wimpern umsäumt, die sein Antlitz fast zart wirken ließen. Nur den kräftigen Brauen, die über der Nasenwurzel leicht zusammenwuchsen und den ausgeprägten Wangenknochen war es zu verdanken, dass sein Gesicht nicht mädchenhaft, sondern männlich attraktiv wirkte. Kein Zweifel, dieser fremde Vampir war ein schöner, verführerisch wirkender Mann.

Das Ergebnis seiner Musterung fiel wohl ähnlich aus, er grinste anerkennend und reichte mir die Hand. „Hallo Fremder. Man nennt mich Cyrill, den Griechen. Wie ist dein Name?"

Ich entspannte mich, als die freundliche, dunkle Stimme meine Ohren traf. Dieser Vampir war kein Feind. Und er freute sich ebenso wie ich, einen Artgenossen zu treffen.

„Ich bin Nicolas und befinde mich auf der Wanderschaft. Du bist der erste meiner Art, den ich treffe. Außer Wladimir natürlich, meinem Vampirvater."

„Wladimir? Meinst du Wladimir Krolov? Ich kenne ihn recht gut. Allerdings ist es... lasse mich nachdenken..., ja, es ist mindestens hundertfünfzig Jahre her, seit ich ihn das letzte Mal gesehen habe. Wenn du sein Zögling bist, so kannst du noch nicht allzu viele Jahre auf dem Buckel haben. Damals war er noch alleine. Wie geht's dem alten Knaben? Kann er sich immer noch nicht von seiner geliebten Stadt trennen?"

Traurig zuckte ich die Schultern. „Nein, das ist der Grund, warum ich ihn verlassen habe. Ich wollte die Welt kennenlernen, doch er konnte sich nicht entschließen, mich zu begleiten. Aber so jung bin ich nun auch nicht mehr. Mein Alter beträgt immerhin schon über Hundertzwanzig Jahre."

„Na, da bist du noch ein rechter Jungfuchs gegen mich. Ich habe es bislang immerhin auf über elfhundert Jahre gebracht. Davon lebe ich nunmehr dreihundert Jahre hier."

Ich war schwer beeindruckt, dieser griechische Vampir war noch älter als Wladimir. Gerne hätte ich die Bekanntschaft mit ihm vertieft. Er konnte bestimmt interessante Geschichten aus seinem langen Leben erzählen. Er schien meine Gedanken gelesen zu haben, jedenfalls meinte er bereitwillig. „Wenn du möchtest, kannst du gerne einige Zeit bei mir wohnen. Ich besitze ein kleines Häuschen, nahe der Stadt. Du bist mir willkommen, ich habe schon lange keinen Gast mehr beherbergt."
Erfreut sagte ich zu und wir machten uns bald auf den Weg. In der Gaststube gab es kein Opfer für mich, aber Cyrill versicherte mir, auf dem Weg zu seinem Heim würden wir sicher ein paar bösen Buben begegnen. So war es denn auch, nach etwa einer Stunde Ritt trafen wir auf eine Horde Banditen, denen wir mit Wonne den Garaus machten.
Cyrills Haus entpuppte sich als prächtiger Palast mit mindestens fünfzehn Zimmern, die Stuben der vielen Bediensteten nicht mitgerechnet. Ich genoss es, nach den vielen Jahren in ständig wechselnden Unterschlüpfen, wieder einmal in einem richtigen Bett den Tag zu verschlafen. Und Cyrill besaß ein riesiges Badehaus, einen Luxus, den ich mir ebenfalls schon lange nicht mehr gegönnt hatte.
Ich blieb etwa ein Jahr bei dem uralten Artgenossen. Ein Jahr, in dem ich viel Neues lernte, denn Cyrill hatte in vielerlei Hinsicht ganz andere Ansichten als Wladimir. Dennoch verglich ich meinen Vampirvater nicht mit dem neuen Freund. Ich hörte mir gespannt an, welche Lebensweisheiten Cyrill mir aus seinem schier endlosen Leben übermittelte und übernahm das, was mir davon zusagte.
Doch jagen gingen wir nach guter alter Vampirsitte stets getrennt. Cyrill war kein Draufgänger, nach Möglichkeit bevorzugte er leichte Beute. Deshalb suchte er seine Nahrung am liebsten in den Hospitälern und Armenhäusern der Stadt. Er hatte sich auf Todkranke spezialisiert, die er des Nachts von ihren Leiden erlöste. Ab und zu griff er sich auch einmal einen Selbstmörder. Die Jagd auf Mörder und sonstige zwielichtige Gestalten – wie ich sie betrieb, war ihm zu anstrengend. An dem Abend unserer ersten Begegnung hatte er ausnahmsweise seine Gewohnheit vergessen und mit mir Wegelagerer gejagt, aus Gastfreundschaft sozusagen.

Auf meinen nächtlichen Streifzügen kam ich weit herum und kannte bald jedes Dorf und jedes Gehöft rund um Nowgorod. Und natürlich die Stadt selbst mit ihren Spelunken und Bordellen, meinen bevorzugten Nahrungsquellen.

Wieder einmal war ich außerhalb der Stadt unterwegs. Ich verfolgte die beiden letzten Überlebenden einer Bande von Strolchen, die auf den Landstraßen ihr Unwesen trieb und schon so manchen unglückseligen Reisenden ermordet und beraubt hatten. Drei von ihnen waren mir schon zum Opfer gefallen, zwei weiteren war die Flucht gelungen. Sie durften nicht überleben, da sie zu viel gesehen hatten und mir gefährlich werden konnten, falls sie es ausplauderten. Wie die wilde Jagd stoben sie auf ihren müden Kleppern vor mir her, trieben die erschöpften Tiere unbarmherzig an. Vergeblich, meine schnelle Stute verringerte den Abstand lässig von Minute zu Minute. Kurz darauf war ich ihnen so nahe, dass ich mir den ersten greifen konnte. Ich riss ihn in vollem Galopp aus dem Sattel und brach ihm das Genick. Er war tot, ehe sein Körper den Boden berührte. Der zweite schaute sich erschrocken nach mir um. Ein grober Fehler, denn sein Pferd strauchelte durch seine abrupte Drehung im Sattel und warf ihn ab. Schnell war ich über ihm und durchbiss seine Kehle. Genüsslich trank ich sein Blut. Danach versteckte ich die Leichen sorgsam und ging zu meinem Pferd zurück. Vom vielen Blut träge stieg ich in den Sattel und ritt an. In einiger Entfernung vor mir sah ich die matt erleuchteten Fenster einiger Häuser. Fröhliche Musik drang an mein Ohr und der liebliche Gesang einer Frau. Aus einer Laune heraus ritt ich auf das Dörfchen zu. Die Dorfbewohner feierten eine Hochzeit. Alle waren auf der Feier zugegen, vom Säugling bis zur uralten Greisin. Es wurde gegessen, getrunken, getanzt und gelacht. Und ich wurde sofort in den Kreis der Feiernden eingeladen. Ein Fremder auf einer Hochzeit bringe dem jungen Paar Glück, wurde mir erzählt. Nun, wenn ich schon als Glücksbringer angesehen wurde, so wollte ich den beiden auch wirklich ein wenig Glück bringen. Deshalb legte ich kurz entschlossen den Schmuck, den ich zuvor den Banditen abgenommen hatte in den Korb, in dem die Geschenke für das Brautpaar aufbewahrt wurden. Damit er nicht sofort entdeckt wurde, versteckte ich ihn unter den Wollstoffen und Haushaltsgegenständen. Neben dem Korb standen ein paar Käfige mit Hühnern, Enten und Kaninchen, ebenfalls Geschenke für das junge Paar. Es wurde eine lustige Nacht, ich tanzte mit der Braut, trank Wodka mit dem Bräutigam und schwatzte mit den Hochzeitsgästen. Und dann sah ich sie.

Kurz nach Mitternacht kamen ein paar Sinti und Roma vorbei und boten ihre Dienste an. Da die Hochzeitsgäste schon reichlich dem Wodka zugesprochen hatten, willigten sie gutmütig ein. Also begannen die Sinti und Roma, drei Männer und eine Frau, zu singen und zu tanzen. Ihre Musik war gut, aber ich konnte mich nicht darauf konzentrieren. Ich hatte nur noch Augen für die Frau.

Sie war das rassigste Wesen, das ich jemals gesehen hatte. Von überdurchschnittlicher Größe besaß sie eine gertenschlanke, geschmeidige Figur. Ihre Haare, sehr lang und gelockt, flogen ihr beim Tanz um Kopf und Oberkörper. Noch nie war mir eine Frau mit solch einer feurigen dunkelroten Mähne begegnet. Und erst diese großen, unglaublich grünen Augen, von langen, seidigen Wimpern umsäumt. Ich war von dem Mädchen vom ersten Augenblick an verzaubert.

Später setzte sich die junge Sinti zu den Leuten an den Tisch um denen, die es wissen wollten, die Zukunft aus der Hand zu lesen. So kam sie auch zu mir und ich streckte ihr bereitwillig die Hand entgegen. Die Berührung ihrer schmalen Hand war leicht und warm. Ihre Augen streiften neugierig über mich und sie lächelte mich an. Dann konzentrierte sie sich auf die Linien meiner Hand. Und erstarrte...

Ich spürte, wie sie sich verkrampfte und fragte mich, was sie wohl sah. Sie wollte schnell ihre Hand von meiner zurückziehen, aber ich ließ es nicht zu. Sanft aber fest umschloss ich ihr Handgelenk. Erschrocken blickte sie auf und unsere Augen trafen sich.

„Was siehst du?" fragte ich leise und verlor mich fast in den grünen Tiefen ihres Blickes. Sie fasste sich schnell und versuchte nicht mehr, sich zu befreien.

„Eure Lebenslinie..., sie ist... ungewöhnlich. Und ebenso Eure Schicksalslinie. Ihr habt ein sehr langes und bewegtes Leben vor Euch. Aber es sieht auch aus, als hättet Ihr schon ebenso viel hinter Euch. Ich habe so etwas noch nie gesehen..."

„Tja, was du siehst ist ganz richtig. Ich habe wirklich schon viel erlebt. Und natürlich erhoffe ich mir noch viele interessante Jahre. Aber das kann dich doch nicht so erschüttert haben. Was siehst du also wirklich?"

Aber sie verriet mir nicht mehr und ich beschloss, es Gutsein zu lassen. Viel lieber wollte ich mehr über sie erfahren. Also becircte ich sie ein wenig mit meinem vampirischen Zauber. Ihr Misstrauen und ihre Sorge schwanden und sie begann, von sich zu erzählen.

Sie hieß Marija und war etwa zwanzig Jahre alt. An ihre frühe Kindheit konnte sie sich nicht erinnern, sie war anscheinend ein Waisenkind das herumirrte und von durchziehenden Sinti und Roma aufgenommen wurde. Seither lebte sie bei dem fahrenden Volk und reiste mit ihnen von einem Ort zum anderen. Um ihren Lebensunterhalt zu verdienen, tanzte sie für jeden, der ihr ein paar Münzen zuwarf und las auch ab und zu die Zukunft aus der Hand. Aber so recht gefiel ihr das Sinti-Leben nicht. Sie war des Herumreisens müde und wollte endlich sesshaft werden, heiraten und Kinder bekommen. Doch bis jetzt hatte sie noch keinen Mann gefunden, der sie nehmen wollte. Sinti und Roma waren Menschen zweiter Klasse.

Ich glaube ich habe mich Hals über Kopf in Marija verliebt. Als sich die Hochzeitsgesellschaft auflöste fragte ich sie, ob sie mit mir käme und sie willigte ein. Ich setzte sie vor mich auf mein Pferd und ritt mit ihr in die Nacht. An einem Heuschober hielt ich an und hob sie aus dem Sattel. Willig ließ sie sich von mir ins weiche Heu legen. Ich brannte darauf diese Frau zu besitzen und begann sofort stürmisch, sie zu küssen und zu liebkosen. Sie erwiderte meine Küsse mit der gleichen Gier. Ihre Hände fuhren über meinen Körper und nestelten dann an meiner Hose. Kein Zweifel, sie wollte dasselbe wie ich. Bald lagen wir nackt im duftenden Heu und liebten uns stürmisch und voller Leidenschaft.

Ich hatte schon ewig, wie mir schien, keine Frau mehr in den Armen gehalten. Die Zeiten meiner sexuellen Unersättlichkeit waren lange vorbei. Doch jetzt, mit Marija, kam meine Lust mit Macht zurück. Und sie schien ebenso hungrig nach mir, wie ich nach ihr.

Sehr spät in der Nacht brachte ich sie zu ihren Leuten zurück. Im Sinti und Roma-Lager war es ruhig, nur das laute Schnarchen eines Mannes drang aus einem der Wagen. Ich ließ Marija vom Pferd gleiten und beugte mich zu ihr herunter, um sie nochmals zu küssen.

„Werde ich dich wiedersehen?" fragte ich leise und sie nickte lächelnd. „Wann immer du willst. Wir sind noch einige Tage hier, ehe wir weiterziehen."

Kapitel 24: Marija

Ich suchte sie bereits am nächsten Abend wieder auf und danach jede weitere Nacht. Vor Liebe und Leidenschaft war ich wie von Sinnen. Noch niemals zuvor hatte ich einen Menschen so begehrt wie Marija.

Die wenigen Tage, die der Sinti und Roma-Trupp in der Nähe der Stadt weilte waren allzu schnell vorüber. Am unserem letzten Abend stand mein Entschluss fest, ich würde Marija nicht einfach davonziehen lassen. Also machte ich ihr einen ungewöhnlichen Vorschlag.

„Ich habe lange nachgedacht, Marija", begann ich meine kurze Rede. Ich war nervös wie ein junger Spund vor seinem ersten Rendezvous. Marija bemerkte es und lächelte mir aufmunternd zu. Also fuhr ich fort.

„Ich habe über dich und mich nachgedacht. Und ich bin zu der Erkenntnis gekommen, dass wir einfach zusammengehören. Ich will dich nicht verlieren, so kurz nachdem ich dich kennen und lieben gelernt habe. Deshalb bitte ich dich, bleibe bei mir."

Sie schaute mich lange aus großen Augen an. Dann fragte sie. „Aber wo soll ich leben? Du sagtest mir, du wohnst bei einem Freund. Soll ich etwa auch dort wohnen? Wäre er denn damit einverstanden?"

Darüber hatte ich schon reiflich nachgedacht. Zwar hätte Cyrill sicher nichts gegen Marijas Anwesenheit in seinem Haus gehabt, Platz besaß er schließlich reichlich. Aber ich hatte eine Idee, die mir besser gefiel. Ich wollte Marija ein Haus kaufen. Am Stadtrand standen einige Häuser und Höfe zum Verkauf. Dort könnte ich sie jeden Abend besuchen, wir wären völlig ungestört.

„Wir reiten zusammen hin und du suchst dir eines aus und ich kaufe es dir", schlug ich vor. Als sie nicht sofort antwortete, hakte ich ungeduldig nach. „Gefällt dir mein Vorschlag nicht?"

Sie fuhr mir mit der Hand durch die Haare und brachte sie durcheinander. Das tat sie besonders gerne, obwohl, oder gerade, weil sie wusste, wie sehr mir an meinem perfekten Äußeren gelegen war. Es machte ihr großen Spaß mich zu necken. Liebevoll sah sie mir in die Augen, wie immer schmolz ich unter ihrem Liebreiz dahin.

„Ach, Nicolas, das würdest du wirklich für mich tun? Besitzt du denn überhaupt genug Geld, um mir ein Haus zu kaufen?"

„Es wird schon reichen." Ich hätte ihr ein Schloss kaufen können, so war mein Reichtum im Laufe der Jahre angewachsen. Aber das verschwieg ich ihr. Sie sollte mich um meiner selbst Willen lieben, nicht wegen meines Geldes.
Wir ritten in Richtung der Stadt und ich zeigte ihr die Häuser, die zum Verkauf standen. Ich überließ ihr die Wahl, mir war es relativ gleichgültig welches sie sich aussuchte. Denn ich würde weiterhin bei Cyrill wohnen. Nur so konnte ich sicher sein, dass sie nichts von meiner unnatürlichen Existenz mitbekam. Ich war zwar unsterblich in Marija verliebt, aber noch war unser Vertrauensverhältnis nicht soweit gediehen, dass ich ihr bedenkenlos meine wahre Natur zu offenbaren wagte. Wie über allen Sterblichen, mit denen ich zu tun hatte legte ich meinen vampirischen Bann auch über Marija. Sie musste sich erst meines Vertrauens würdig erweisen, ehe ich ihr Nicolas, den Vampir zeigte. Unter Umständen würde es nie geschehen.
Marija suchte sich ein mittelgroßes, äußerst gemütliches Häuschen aus. Nicht gerade das billigste aber auch nicht das teuerste. Ich registrierte es mit Zufriedenheit. Sie war also nicht darauf aus, mich nach Kräften auszunehmen. Natürlich hatte ich das auch nicht von ihr angenommen, hingegen hatte ich in meinem langen Leben schon zu viele Enttäuschungen hinnehmen müssen, um noch bedingungslos an das Gute in den Menschen zu glauben.
Selbstverständlich wäre es mir ein Leichtes gewesen, in Marijas Gedanken zu lesen und so zu erfahren, ob sie mich wirklich liebte. Das kam mir jedoch nicht richtig vor und eigentlich tat ich es bei meinen Freunden nie ohne zwingenden Grund.
So verging etwa ein Jahr. Ich schlief während des Tages weiterhin in Cyrills Haus und ging am Abend zu Marija. Unsere Liebe wuchs, nicht der leiseste Hauch eines Zweifels lag mehr zwischen uns. So kam es, dass ich mehr oder minder unbewusst meinen Bann langsam lockerte. Vielleicht geschah es auch aus Absicht und ich wollte, dass sie mein wahres Gesicht sah. Dennoch erschrak ich heftig, als sie mich eines Nachts darauf aufmerksam machte.
Wir hatten uns voller Leidenschaft geliebt und ich lag, wohlig ermattet, neben ihr in den Laken. Ihre Finger strichen zart über meinen nackten Oberkörper und wanderten dann über meinen Hals nach oben, verharrten auf meinem Mund. Ich küsste leicht ihre Fingerspitzen und lächelte als

sie sich über mein Gesicht beugte. Ich dachte, sie wolle mich küssen aber sie zog stattdessen meine Lippen ein wenig auseinander und betrachtete meine Zähne. Irritiert öffnete ich die Augen, die ich zuvor erwartungsvoll geschlossen hatte und starrte sie an.

„Seltsam", murmelte sie leise kichernd. „Aber ich hatte vorhin geglaubt, deine Zähne seien länger geworden."

„Was meinst du mit länger geworden?" fragte ich lahm und versuchte meinen Schreck hinter einem kleinen Scherz zu verbergen. „Etwa, wie die eines Hasen?" Zur Demonstration zog ich die Backen ein, so dass nur meine oberen Schneidezähne über die Unterlippe ragten. Mit dem Kinn machte ich mümmelnde Bewegungen.

Sie kicherte erneut. „Nein, keine Hasenzähne. Eher die eines Wolfes oder Hundes. Aber das kommt wahrscheinlich daher, weil du mich liebst wie ein hungriges Raubtier. Du kannst wohl nie genug kriegen?"

„Nicht von dir", bekannte ich ehrlich und zog sie in neu erwachter Lust an mich. Auch ihre Leidenschaft erwachte erneut und wir liebten uns so wild, als wäre es das letzte Mal.

Danach lag sie schläfrig in meinen Armen und ich küsste ihre feuchte Stirn. Wieder einmal kam mir in den Sinn, dass ich nie zuvor eine so leidenschaftliche Geliebte hatte. Und das wollte schon etwas heißen.

Der Gedanke, ihr die Wahrheit über mich zu erzählen kam mir plötzlich nicht mehr abwegig vor. Ich wollte es endlich wissen, wollte wissen, ob ihre Liebe so groß war, dass sie auch den Vampir in mir akzeptieren konnte. So nahm ich meinen ganzen Mut zusammen und gestand ihr, was ich wirklich war.

Voll Bangen blickte ich in ihr wunderschönes Gesicht, erwartete insgeheim, darin Abscheu und Ekel zu sehen. Doch nichts davon sah ich. Im Gegenteil, Marija war fasziniert, - gebannt hing sie an meinen Lippen, als ich ihr meine wahre Natur gestand. Ja, als ich geendet hatte war sie so erregt, dass sie mich ins Bett zog und mich mit noch größerer Wildheit begehrte, wie ohnehin schon. Ihre Erregung riss mich mit und wir vereinten uns in einem wahren Taumel der Lust.

Nach einigen weiteren Nächten voller wilder Leidenschaft sprach Marija aus, was sie wirklich begehrte. Sie wollte ebenfalls zu einem Geschöpf der Nacht werden. Und obwohl in meinem Kopf sämtliche Alarmglocken schrillten, wollte ich das ebenfalls. Ich wollte nichts lieber und malte mir aus, wie wir uns gemeinsam durch die Ewigkeit lieben würden. Weder Alter noch Tod würden uns jemals trennen können. Am liebsten hätte ich sie auf der Stelle zu meinesgleichen gemacht. Doch ich bat mir noch eine kurze Bedenkzeit aus. Marija schmollte zwar ein wenig, gestand sie mir aber letztendlich zu.

Mein Weg führte mich zu Cyrill, den ich um Rat fragen wollte. Der alte Vampir war mir zum guten Freund und geschätztem Berater geworden und natürlich wusste er um meine Liebe zu Marija. Bisher hatte er mir meine leidenschaftliche Beziehung augenzwinkernd gegönnt. Aber nun machte er ein äußerst ablehnendes Gesicht.

„Nein, das darfst du nicht tun, Nicolas. Deine Liebe zu dieser Frau in allen Ehren, aber was du vorhast ist gefährlich. Du kennst unsere Regeln. Es ist ein schweres Vergehen, einen Vampir aus einer Laune heraus zu erschaffen. Ich kenne deine Marija zwar nicht sehr gut, aber ich wage zu bezweifeln, dass sie dazu bestimmt ist ein Vampir zu werden. Wenn du auf meinen Rat Wert legst, so genieße die Zeit mit ihr und lasse die Natur ansonsten ihren Gang gehen."

Das war nun wirklich nicht das, was ich hören wollte. Ich konnte meine Enttäuschung kaum verbergen und verabschiedete mich bald darauf etwas kühl von Cyrill. Er bemerkte meinen Ärger und legte mir versöhnlich den Arm um die Schulter. „Es tut mir wirklich leid, Nicolas, aber einen anderen Rat kann ich dir nicht geben. Doch ich kann dir auch nicht befehlen, es zu lassen. Du solltest jedoch bedenken, dass du für die möglichen Folgen deines Tuns verantwortlich sein wirst. Überlege dir alles noch einmal gründlich, ehe du eine Entscheidung triffst."

Nachdem ich Cyrill verlassen hatte, ritt ich ziellos durch die Nacht. In meinem Kopf herrschte ein ziemliches Durcheinander von Gefühlen. Ich wollte Marija unbedingt zu meiner Vampirbraut machen. Wenn da nur nicht diese mahnende Stimme in meinem Kopf gewesen wäre. Eine Stimme, die mich warnte, nicht den größten Fehler meines Lebens zu machen. Aber dann tauchte Marijas liebreizendes Gesicht vor meinem inneren Auge auf und ich schmolz vor Liebe und Begehren dahin.

Von Zweifeln und Liebe zerrissen, hielt ich mein Pferd an und stieg aus dem Sattel. Ein umgestürzter Baumstamm lud mich zum Sitzen ein. Ich lehnte meinen Rücken an den rauen Stamm und starrte, in trübe Gedanken versunken zu der Sichel des abnehmenden Mondes empor. Was sollte ich bloß tun?

Ich weiß bis heute nicht, ob ich eingeschlafen war und träumte oder ob Wladimir tatsächlich über die weite Entfernung zu mir sprach. Jedenfalls hörte ich seine Stimme klar und deutlich und seine Worte waren eindringlich wie nie zuvor. Er bat mich fast flehend, nicht zu tun, was ich im Sinn hatte. Seine Besorgnis war für mich fast greifbar. Schließlich verstummte er und ich erwachte aus meinem tranceähnlichen Zustand. Mein Entschluss stand jetzt fest. Ich würde auf ihn und Cyrill hören und Marija nicht zu einem Vampir machen.

Am nächsten Abend suchte ich sie auf, um ihr meine Entscheidung mitzuteilen. Es fiel mir schwer und ich rechnete damit, sie für immer zu verlieren. Mein Herz war vor Kummer krank, als ich daran dachte, wie es wäre fortan ohne sie zu leben.

Aber sie reagierte ganz anders als ich vermutet hatte. Sie warf sich an meine Brust und weinte bitterlich. Dabei versicherte sie mir immer wieder unter Schluchzen, dass sie mich verstehen, meinen Entschluss respektieren würde. Und sie schwor mir mit erstickter Stimme, dass sie mich trotzdem lieben würde. „Ich werde dich bis zu meinem Tode lieben", schluchzte sie.

Diese Worte gaben letztendlich den Ausschlag für mein Tun. Ich warf alle Bedenken über Bord, dachte nicht mehr an Cyrills Rat, nicht mehr an Wladimirs eindringliche Worte und auch nicht mehr an mein ungutes Gefühl. Ich dachte nur noch daran, dass ich diese Frau für immer an meiner Seite haben wollte. Wieso sollte sie kein guter Vampir werden, wenn sie doch ein solch liebenswerter Mensch war? Und so tat ich, was ich niemals hätte tun dürfen.

Marijas Wandlung ging ohne Probleme über die Bühne. Sie starb in meinen Armen, den Kopf vertrauensvoll an meine Schulter gelehnt, auf den Lippen ein verklärtes Lächeln. Noch bevor ich selbst in meinen morgendlichen Todesschlaf versank, dachte ich zuversichtlich, dass alles gut werden würde. Marija würde als Vampir erwachen und fortan mit mir die Ewigkeit teilen.

Ich erwachte, Marija noch immer in meinen Armen haltend. Noch fühlte sich ihr Körper kalt und starr an, aber schon bald würde er von Leben erfüllt sein, von unsterblichem Leben. Voller Vorfreude küsste ich ihre kühlen Lippen und unterdrückte das beklemmende Gefühl, das in mir hochstieg. Es war zu spät darüber nachzudenken, ob ich vielleicht doch einen Fehler gemacht hatte.

Langsam erwärmte sich Marijas Haut und ihr Herzschlag war deutlich zu fühlen. Dann schlug sie mit einem leisen Stöhnen die Augen auf und schaute mich an. Mein Herz machte vor Freude einen Sprung. Sie war, wenn möglich, sogar noch schöner geworden. Sie sah fast überirdisch aus. Doch als sie mich anlächelte, durchzuckte mich ein gelinder Schock. Ihre Zähne waren schon jetzt zu enormen Reißzähnen angewachsen. Aus ihrer Kehle drang ein leises Knurren. Ich war irritiert. Es war keine Menschenseele in der Nähe, die ihre Blutgier entfacht haben konnte. Ihre ersten Worte verwunderten mich noch mehr. „Ich habe Durst. Ich will Blut, jetzt sofort."

Ich lachte ungläubig. „Du bist schon hungrig? Obwohl kein Mensch in der Nähe ist? Das ist unmöglich." Aber ihre Fangzähne sprachen eine deutliche Sprache.

Nun gut, versuchte ich meine aufkeimende Sorge zu beruhigen. Jeder Mensch ist anders und somit auch jeder Vampir. Sie würde sich schon in ihr neues Dasein einfügen. Ganz sicher, redete ich mir ein, würde Marija ein ebenso guter Vampir werden, wie ich es geworden war. Schließlich hatte auch ich Wladimir einigen Kummer bereitet, bis ich geläutert war.

„Na, wenn du so hungrig bist, dann werden wir gemeinsam auf die Jagd gehen", sagte ich leichthin. „Aber versprich mir, dich an meine Anweisungen zu halten. Du musst viel lernen, ehe du ein eigenständiger Vampir sein wirst."

Marija versprach es mir, doch ihre Stimme klang abwesend und ihre Fänge waren noch immer so lang, dass sie unter der Oberlippe hervorspitzten. In ihren schönen grünen Augen glomm ein kaltes Funkeln. Mich schauderte, als ich es sah.

Sie konnte es kaum erwarten bis ich die Pferde gesattelt hatte und ritt dann so schnell vor mir her, dass ich Mühe hatte den Anschluss zu halten. Sie hielt direkt auf die Stadt zu, aber das konnte ich nicht zulassen. Deshalb trieb ich nun mein Pferd an und galoppierte an ihre Seite, drängte sie in Richtung der Fernstraße, die in weitem Bogen an der Stadt vorüber führte. Widerwillig ließ sie es geschehen und folgte mir nach.

Mein ungutes Gefühl wurde stärker. Wieso war Marija bloß so gierig? Ich erinnerte mich an meine erste Nacht als Vampir. Solange kein Mensch in meiner Nähe war, verspürte ich keinerlei Gier. Das hatte sich bis zum heutigen Tag nicht geändert. Und es war weit und breit kein Mensch. Warum also betrug sich Marija so?

Irgendwann trafen wir auf drei Wegelagerer und Marija stürzte sich sofort wie eine Furie auf sie. Ich kam gar nicht dazu, ihr Anweisungen zu geben und war im Nachhinein froh, dass es sich tatsächlich um Banditen und nicht um harmlose Reisende gehandelt hatte. Ich hätte meine Gefährtin nicht hindern können, sie zu töten. Diese Erkenntnis vertiefte meine Besorgnis noch mehr. Was würde aus uns beiden werden, wenn es mir nicht gelang, Marija die Regeln des Vampirseins beizubringen?

Für mich selbst blieb keiner der drei Wegelagerer übrig. Marija ging wie ein Profi vor, schlug zwei kurzerhand zu Boden und griff sich schnell den dritten um ihn auszusaugen. Dabei richtete sie ein wahres Blutbad an und besudelte sich von oben bis unten. Kaum war ihr Opfer tot, schon wandte sie sich dem nächsten zu.

Ich stand vor Grausen starr daneben. Was hatte ich da erschaffen? Natürlich, ein neugeborener Vampir war voller Blutgier, auch mir war es nicht anders ergangen. Aber so wie Marija war ich nicht gewesen. Sie war einfach nicht zu bremsen. Und sie schien unersättlich...

In dieser Nacht ging ich leer aus. Ich war vollauf damit beschäftigt, Marija nach Hause zu bringen. Sie wollte noch weiter töten und hörte nicht auf meine mahnenden Worte. Schließlich war ich gezwungen, meine körperliche Überlegenheit einzusetzen um sie zur Umkehr zu bewegen.

Als wir dann endlich zu Hause waren, schien sie ihre zügellose Gier zu bereuen. Sie zog ihre blutbesudelten Kleider aus und legte sich aufs Bett. Mit leiser Stimme lockte sie mich und ich legte mich zu ihr. Jetzt war sie wieder meine Marija, die ich so liebte. Mit raschen Griffen half sie mir beim Ausziehen und konnte es kaum erwarten, dass ich in sie eindrang. Wir liebten uns in einem wilden Rausch und erst nachdem wir erschöpft nebeneinander lagen bemerkte ich die vielen Bisswunden, die sie mir beigebracht hatte. Inzwischen nahte der Morgen und Marija starb. Mir blieb noch eine Gnadenfrist, ehe ich ebenfalls in den Todesschlaf verfiel.

Ich stützte mich auf meinen Ellenbogen und blickte in das jetzt friedliche Gesicht unter mir. Erneut packten mich Zweifel ob der Richtigkeit meines Tuns. Hatte ich etwas falsch gemacht? Oder würde sich meine schöne Gefährtin doch noch besinnen? Ich konnte es nur hoffen. Leicht schob ich ihre Oberlippe hoch und betrachtete ihre Zähne. Sie waren nur ein klein wenig zurückgegangen, sahen noch immer wie gefährliche Hauer aus. Das war wirklich sehr ungewöhnlich.

Ich betrachtete die Wunden, die sie mir beigebracht hatte. Die tiefen Bisse schlossen sich langsam und brannten nicht mehr gar zu sehr. Ich schüttelte ratlos den Kopf. Zwar tat ich es auch beim Liebesspiel, dass ich meine Partner Biss, aber nicht so. Ich fügte ihnen nur leichte, oberflächliche Wunden zu und verschloss sie dann mit meiner Zunge wieder. Marija hingegen hatte mich richtig tief gebissen. Morgen, - nahm ich mir vor, morgen würde ich sie erst richtig ins Gebet nehmen, ehe ich mit ihr auf Nahrungssuche ging. Sie musste sich beherrschen lernen. Ansonsten...
Meine nahende Agonie verwischte meine Gedanken und so kam ich nicht mehr dazu, mir selbst klar zu machen, was ich tun musste falls Marija nicht vernünftig wurde.

Am Abend erwartete ich mit Herzklopfen Marijas Erwachen. Würde sie heute abermals wie ein wildes Tier morden? Ihre Zähne ließen darauf schließen, sie waren noch immer lang und spitz. Und als sie endlich die Augen aufschlug, lag auch der kalte Glanz noch immer in ihrem Blick.
Immerhin wollte sie nicht sofort töten, das erschien mir als kleiner Lichtblick. Sie räkelte sich wohlig, mir ungeniert ihren perfekten, nackten Körper anbietend. Und wie immer konnte ich ihr keine Sekunde widerstehen. Wir liebten uns voller Leidenschaft. Ja, genau so hatte ich mir mein weiteres Leben mit ihr vorgestellt, unendlich und mit nie endender Leidenschaft und Liebe.
Doch so sehr ich mich auch nach ihr verzehrte, ich achtete sorgfältig darauf, mich abermals ihren Zähnen auszusetzen. Ich konnte es mir nicht leisten, durch hohen Blutverlust geschwächt zu werden. Schon am vergangenen Abend hatten ihre unbeherrschten Bisse mir viel von meinem kostbaren Blut abverlangt. Dazu die zwei Nächte ohne Nahrung, denn auch in der Nacht, in der ich Marija zum Vampir gemacht hatte, war ich nicht zum Trinken gekommen. Der Bluttransfer bei der Verwandlung hatte mir ebenfalls viel Kraft abverlangt. Ich konnte nicht riskieren, von Marija abermals zur Ader gelassen zu werden. Und ich durfte ihr auf keinen Fall von meinem Blut überlassen, das würde sie nur stärker machen.
Nach unserer kurzen, wilden Vereinigung ritten wir sofort los, um uns Opfer zu suchen. Marija hielt sich einigermaßen im Zaum, obwohl sie vor Gier bebte. Das gab mir neue Hoffnung. Sie würde sich ganz sicher noch in die Spielregeln finden.

Doch als wir endlich nach Stunden auf eine Gruppe Banditen stießen, war sie nicht mehr zu halten. Zum Glück war es ein beachtlicher Trupp von acht Mann, zu viele, selbst für Marijas unersättliche Gier. Es blieb mir nichts anderes übrig, als sie gewähren zu lassen. Ich musste selber trinken, nach Möglichkeit mehr als ein Leben. Also griff ich mir gleich zwei Männer und schlug sie bewusstlos. Dann packte ich einen dritten und saugte ihn aus. Genießen konnte ich meine Mahlzeit jedoch nicht so recht, denn ich behielt Marija ständig im Auge.

Ihre Methode des Blutsaugens war ganz anders als meine oder Wladimirs. Gerade mein Vampirvater zeigte stets Stil, selbst wenn er noch so hungrig war. Und auch Cyrill hatte bei der Nahrungsaufnahme stets vampirische Etikette gezeigt.

Marija hingegen veranstaltete ein wahres Schlachtfest. Anstatt die Halsschlagader ihrer Opfer nur zu perforieren und dann das Blut auszusaugen, zerriss sie ihnen mit mörderischer Gewalt die Kehlen und trank das ausströmende Blut in gierigen Zügen. Dabei besudelte sie sich und ihr Opfer gleichermaßen mit Unmengen von Blut und verschwendete dadurch den größten Teil des begehrten Elixiers. So war es kein Wunder, dass sie mehr Menschen töten musste um genügend Blut zu bekommen.

Ein weiterer Nachteil war, dass es bei dieser Art des Tötens unmöglich war, die Wunden ordentlich zu verschließen. Bei einem Toten, der mit einer derart zerrissenen Kehle aufgefunden wurde, würde jedoch nicht einmal ein Blinder eine natürliche Todesart vermuten. Derart zugerichtete Opfer mussten sehr sorgfältig versteckt werden, da bei ihrem Anblick selbst Zweifler an das Werk eines Vampirs glauben würden.

Ich war gerade mit meinem zweiten Opfer beschäftigt, da hatte Marija bereits die restlichen Männer getötet. Jetzt schickte sie sich an, sich meinen dritten Mann zu greifen, der benommen auf dem Boden saß und aus glasigen Augen auf das Grauen um ihn herumstierte. Bei aller Liebe zu Marija, das wollte und konnte ich nicht zulassen. Hätte es sich um einen Notfall gehandelt, nur allzu bereitwillig hätte ich ihr meine Beute überlassen. Aber sie hatte bereits fünf Männer getötet. Und ich brauchte das Blut dieses Mannes dringender als sie.

Hastig nahm ich noch ein paar Züge und verschloss dann mechanisch die kleinen Wunden, die meine Zähne hinterlassen hatten. Dann ließ ich den Leichnam fallen und trat Marija in den Weg. Sie knurrte mich an wie ein gereizter Wolf und bleckte drohend ihre mörderischen Zähne. Aber ich ließ mich nicht einschüchtern, bückte mich und zog den Mann in meine Arme. Da fiel sie mich an, wie eine Furie, versuchte sogar, mir in die Hand zu beißen, mit der ich sie abwehrte.

Das reichte. Ich ließ den Mann fallen, griff blitzschnell nach ihrem Arm und zog sie mit einem Ruck an mich heran. Mit beiden Händen hielt ich sie an den Oberarmen und schüttelte sie wild. „Wage es nicht, noch einmal, meine Beute anzufassen!" knurrte ich drohend und zog die Oberlippe hoch, so dass sie meine Zähne sehen konnte. Ich schüttelte sie noch heftiger, ihr Kopf flog haltlos hin und her. Es tat mir zwar leid, so grob mit ihr umzuspringen aber sie musste lernen, dass sie mich zu respektieren hatte. Und dass ich viel kräftiger war als sie.

Meine Drohung wirkte. Marija wagte nicht mehr mich anzuknurren. Die Wildheit ihrer Züge glättete sich und sie schaute mich jetzt flehend an. „Hör auf. Bitte." Es war nur ein leises Wispern, aber es genügte um auch mich wieder zu Verstand zu bringen.

Am liebsten hätte ich sie in die Arme genommen und getröstet. Doch ich tat es nicht. Sie musste lernen, die Spielregeln zu akzeptieren. Je schneller, umso besser. Deshalb befahl ich ihr jetzt mit einer knappen Handbewegung, sich auf den Boden zu setzen. Ich blieb stehen und erklärte ihr mit ruhigen aber unmissverständlichen Worten, was ich fortan von ihr erwartete. Ich duldete nicht, dass sie mich unterbrach. Schließlich endete ich. „Ich erwarte von dir die strikte Einhaltung all meiner Befehle. Ansonsten wäre ich gezwungen, harte Maßnahmen zu ergreifen. Also bitte tu dir und mir den Gefallen und mäßige dich. Unser beider Existenz steht auf dem Spiel."

Einige Nächte hielt sich Marija an meine aufgestellten Regeln und ich atmete auf. Ich war mir sicher, sie hatte den Ernst der Sache begriffen. Und irgendwann würde auch ihre Liebe zu mir zurückkehren. Denn seit meiner Standpauke ließ sie sich nicht einmal mehr von mir berühren, von anderen Dingen ganz zu schweigen. Sie strafte mich mit Nichtachtung, ja sie sprach noch nicht einmal mit mir. Ich tat als würde es mich nicht kränken, in Wirklichkeit hätte ich aber alles getan, die frühere Vertrautheit zwischen uns wiederherzustellen. So willigte ich schließlich ein, als sie mich eines Nachts bat. „Bitte, lasse mich alleine auf die Jagd gehen. Ich habe die Regeln inzwischen gelernt und werde dein Vertrauen nicht mehr missbrauchen.

Ich möchte, dass es zwischen uns wieder so wie früher wird."
Das war auch mein größter Wunsch und so ließ ich mich von ihr einlullen. Um mir zu beweisen wie ernst es ihr war, entkleidete sie mich mit geschickten Fingern und zog mich dann zum Bett. Unsere Versöhnung war wunderbar, wir konnten einfach nicht genug voneinander bekommen. In dieser Nacht gingen wir überhaupt nicht jagen, sondern liebten uns mit unerschöpflicher Lust.
Am nächsten Abend gestattete ich ihr, alleine auf Nahrungssuche zu gehen. Ich war mir wirklich ganz sicher, sie hätte sich in eine ernsthafte Vampirin verwandelt. Ich vertraute ihr vollkommen - und wurde bitter enttäuscht.
Denn Marija kam nicht mehr zu mir zurück. Ich merkte es erst recht spät. Da ich in den zurückliegenden Wochen stets ein waches Auge auf sie gehabt hatte, konnte ich mir selbst gerade genug Opfer suchen, um nicht zu verhungern. Nun, wo ich nur noch für mich selbst Sorge trug, schwelgte ich geradezu in meiner neu gewonnenen Freiheit. Ich trieb in einer düsteren Kaschemme eine kleine Horde besonders bösartiger Mörder auf und ließ mir Zeit, ihnen das Lebenslicht auszublasen. Wie sehr war mir das doch abgegangen. Ich merkte es erst jetzt.
Es war schon fast fünf Uhr früh, als ich zufrieden meinem Häuschen zustrebte. Ich war mir sicher, Marija würde schon auf dem Bett liegen, in ihrem Todesschlaf gefangen. Doch ich konnte ihre Aura nicht spüren und hetzte besorgt ins Haus. Sie war nicht da.
Was sollte ich tun? überlegte ich fieberhaft. Wütend auf mich selbst tigerte ich in der Stube auf und ab. Es war zu spät, mich auf die Suche nach ihr zu machen. In weniger als einer Stunde würde ich in Schlaf sinken. Wohl oder übel musste ich den nächsten Abend abwarten.
Die Zeit, die mir noch blieb benutzte ich dazu, mich mit Selbstvorwürfen zu quälen. Ich war fast froh, als der nahende Tag mich von meinen trüben Gedanken erlöste. Doch sobald ich die Augen aufschlug waren sie wieder da.
Ich machte mich sofort auf die Suche. Marija würde noch in ihrem Todesschlaf liegen diese Zeit wollte ich nutzen, sie aufzustöbern. Keine Sekunde glaubte ich an die Möglichkeit, sie hätte mich verlassen, weil sie meiner überdrüssig geworden war. Nein, ich wusste mit entsetzlicher Klarheit was der wahre Grund für ihre Flucht war. Sie wollte ungehindert morden.

Warum nur hatte ich nicht sehen wollen, was doch ganz offensichtlich war. Marija war ein bösartiger Vampir geworden, nie, nie würde sie sich ändern. Cyrill hatte es erkannt und Wladimir ebenso. Seine Warnung war kein Traum gewesen. Mein Vampirvater hatte über die riesige Entfernung hinweggesehen, was mir in meiner blinden Liebe verborgen geblieben war. Marija hätte niemals zu einem Wesen der Nacht werden dürfen. Sie war nicht zum Vampir bestimmt.

Da ich von ihrem Blut getrunken hatte, konnte ich Marija überall aufstöbern. Aber sie war weit von mir weg, das spürte ich. Und als ich in die Nähe der Stadt kam, wurde mir eine böse Überraschung zuteil, die mich zudem lange aufhielt.

In den Straßen der Stadt war der Teufel los. Menschen rannten aufgeregt durcheinander und bewaffnete Männer patrouillierten durch die Gassen. Meine sensiblen Sinne ließen mich die Furcht riechen, die über den Menschen hing. Etwas Furchtbares musste geschehen sein und ich ahnte, was es war.

Meine Ahnung wurde bald bestätigt. Durch meine vampirischen Fähigkeiten war es mir ein leichtes, die aufgeregten Bürger auszufragen. Bereitwillig gaben sie mir Auskunft und zeigten mir sogar das Entsetzliche. Sie führten mich auf den Friedhof, in die kleine Leichenhalle. Was ich dort sah, beseitigte meine letzten Zweifel. Die Leichen von sieben Bürgern lagen dort aufgebahrt. Junge, alte, sogar ein Kind befand sich darunter. Und allen war auf die gleiche Art die Kehle zerrissen. Ihre in namenlosem Grauen aufgerissenen Augen starrten mich vorwurfsvoll an.

Hätte ich noch einen Beweis für Marijas Täterschaft gebraucht, hier wäre er gewesen. Zu oft schon musste ich mit angesehen, wie sie ihren Opfern die Kehle zerfleischte. Obwohl ich sie endlose Male ermahnte, nur die scharfen Spitzen ihrer Zähne einzusetzen, hatte sie es nie gelernt. Immer war ihr Biss in ein wahres Blutbad ausgeartet.

Deprimiert verließ ich die Leichenhalle. Mir war schlecht von dem Anblick der unschuldigen Menschen. Es war meine Schuld, so als hätte ich höchstpersönlich diese harmlosen Bürger ermordet. Nichts und niemand konnten mich von dieser Schuld freisprechen.

Kaum, dass ich die Stadt hinter mir gelassen hatte, spürte ich eine vertraute Vibration. Mein Herz machte einen schmerzhaften Sprung.

Cyrill kam auf mich zu und ich ahnte, was ihn zu mir führte. Er hatte mich eindringlich gewarnt, Marija zu einer der Unseren zu machen. Jetzt kam er um Genugtuung von mir zu fordern.

Er verhielt sein Pferd vor mir und blickte mich grimmig an. Würde er mich töten, für das was ich getan hatte? Ich wusste, er war imstande dazu. Seinen uralten Kräften konnte ich nichts entgegensetzen. Unbewusst straffte ich die Schultern. Falls er mich töten wollte, so würde ich in Würde sterben. Kein Bitten, kein Flehen um mein armseliges Leben.

„Nein, Nicolas", sagte er leise und sah mich eindringlich an. „Ich werde dich nicht töten. Aber ich befehle dir, dieses Weibsstück unschädlich zu machen. Bringe sie weit weg von hier, oder noch besser, töte sie. Falls ich dir oder ihr nochmals in meinem Gebiet begegne, so werde ich euch beide töten."

Kapitel 25: Der Tod der Liebe

Cyrill ritt an mir vorbei und verschwand in der Nacht. Ich wusste nicht, ob ich ihn jemals wiedersehen würde. Aber ich wollte seinem Befehl gehorchen, Marija finden und mit ihr weg reiten. Natürlich war mir selbst klar, dass sein Rat sie zu töten der einzig richtige gewesen wäre. Doch ich traute mir selbst nicht zu, das fertigzubringen. Guter Gott, ich liebte Marija noch immer mehr als mein Leben.

Ich dachte nicht mehr weiter nach, ich ritt einfach drauf los, ihrer Blutspur hinterher.

Erst in der nächsten Nacht holte ich sie ein. Sie versuchte zu fliehen, schaffte es aber nicht. Ich ließ mich nicht mehr abschütteln. Zu groß war mein Zorn auf sie geworden, nachdem ich eine Bauernfamilie gefunden hatte, die sie hingemetzelt hatte, angefangen beim uralten Greis bis zum wenige Tage alten Säugling. Als ich die blutbesudelten Leichen sah, ihre zerfetzten Kehlen, war ich mir plötzlich sicher. Ich musste Marija töten. Sie hatte die Unsterblichkeit nicht verdient.

Ich stellte sie, nachdem ihr Pferd einen verhängnisvollen Fehltritt machte und gestürzt war. Marija wurde aus dem Sattel geschleudert und prallte hart auf den felsigen Boden auf, wo sie bewusstlos liegenblieb. Das Pferd schrie laut und versuchte vergeblich, wieder auf die Beine zu kommen. Sein linker Vorderlauf war gebrochen. Ich eilte zu ihm hin und zückte mein Messer. Mit einem beherzten Schnitt durchtrennte ich seine Gurgel und erlöste es von seinen Qualen. Flüchtig dachte ich, wie einfach es für mich wäre, Marija ebenfalls die Kehle durchzuschneiden. Aber es ist unmöglich, einen Vampir auf diese Weise zu töten. Marija würde wieder erwachen. Um sie für alle Zeiten zu töten, musste ich sie aussaugen.

Die Gelegenheit dazu war günstig, sie lag reglos vor mir, unfähig zur Gegenwehr. Aber ich brachte es nicht über mich, Feigling der ich war. Sie sah so friedlich aus, so überirdisch schön. Nein, erkannte ich resignierend, es war mir einfach unmöglich, diesen zarten schlanken Hals zu durchbeißen. Ich kauerte mich neben sie auf die Fersen und stützte die Ellenbogen auf die Knie, schaute ratlos auf sie nieder. Dann bedeckte ich mein Gesicht mit den Händen. Was sollte ich nur tun?

Da spürte ich ihre Hand auf meinem Knie und hörte ihre, von innerer Qual zerrissene Stimme. Sie weinte bitterlich und klang sehr verzweifelt.

„Verzeih mir, Nicolas. Ich wollte es nicht tun. Es ist einfach über mich gekommen. Ich schwöre, ich wollte diese armen Menschen nicht töten. Aber die Gier war stärker, ich hatte einfach nicht die Kraft, ihr zu widerstehen. Aber ich will nicht mehr unschuldiges Leben nehmen. Bitte hilf mir dabei, Nicolas, bleib bei mir."

Ich schmolz erneut dahin. Kein Gedanke mehr, sie zu töten. Ja, ich gab mir sogar selbst die Schuld für ihre Unfähigkeit, der Blutgier zu widerstehen. Ich hatte es versäumt, sie gründlich zu unterrichten, machte ich mir zum Vorwurf. Aber sie hat dir ja gar keine Chance dazu gegeben, flüsterte ein kleiner Teufel in meinem Kopf.

Ich war hin und her gerissen, wusste nicht mehr was ich denken und tun sollte. Dann gab ich mir einen Ruck, ich würde ihr noch eine letzte Chance geben, ihre zerstörerische Gier in den Griff zu bekommen. Wenn ihr das gelang, dann konnte noch alles gut werden. Sie hatte mir doch versichert, dass sie selbst unter ihrer Blutgier litt.

Der kleine, böse Teufel in meinem Gehirn flüsterte hämisch, sie würde mich kalt belügen. Töte sie, sagte er, - sie will dich nur einlullen. Aber ich hörte nicht auf ihn, sondern auf Marija. Nur zu gerne glaubte ich ihr als sie mir schwor, sie wolle sich bessern.

Um ihr den Vorsatz zu erleichtern, zog ich mit ihr in die Wildnis, dorthin wo es kaum Menschen gab. Doch das war kein guter Gedanke, um ein Haar wären wir beide vor Hunger verdorrt. Also zogen wir erneut in die Nähe bewohnter Gebiete. Prompt kam ihre zügellose Gier zurück und sie versuchte mir zu entwischen. Ich konnte sie praktisch keine Sekunde aus den Augen lassen und bekam deshalb selbst kaum genug Blut. Das schwächte mich sowohl körperlich als auch mental. Marija bemerkte natürlich meine Schwäche und nutzte sie gnadenlos um mir erneut zu entfliehen. Wieder fand ich grausam zugerichtete Leichen, sie hatte nichts dazugelernt. Dieser neuerliche Rückfall machte mir endgültig klar, - nein, sie würde es niemals lernen, ihre Gier zu beherrschen. Doch noch immer konnte ich mich nicht dazu durchringen, alldem ein Ende zu bereiten.

Eines Nachts kamen wir zu einem verlassenen Gehöft. Ich fand, es würde sich gut als Unterschlupf für den Tag eignen. Es lag hinter dichten Büschen versteckt und befand sich weit genug von der nächsten Ansiedlung entfernt, so dass wir keine Störung unseres Schlafs befürchten mussten.

Der Morgen nahte, Maria lag schon im Todesschlaf gefangen und ich benutzte die mir verbleibende Zeit, um ein wenig zu mir selbst zu finden. Die ständige Aufsicht über meine blutrünstige Gefährtin belastete mich so ungemein, dass ich jede freie Minute genoss. Müßig durchstreifte ich den hässlichen, alten Steinbau und entdeckte eine verborgene Falltür, die in ein unterirdisches Kellergewölbe führte. Ein alter Weinkeller vermutete ich, der Geruch des Rebensafts hing noch schwach in der Luft. Ich starrte nachdenklich in das dunkle Loch, dessen Grund zirka vier Meter tiefer lag und nur über eine grob gezimmerte Leiter zu erreichen war. Ein Gedanke machte sich in meinem Kopf breit, der mir immer besser gefiel. Die Zeit drängte, bald würde mich der nahende Morgen an meinem Vorhaben hindern. Deshalb eilte ich zu Marija zurück und warf mir ihre schmale Gestalt wie einen Sack über die Schulter. Mit meiner Last erreichte ich erneut das Loch und ließ den schlaffen Körper meiner einstigen Geliebten in das Loch hinab. Das letzte Stück ließ ich sie einfach fallen. Falls sie sich verletzte, so würden die Wunden während des Tages verheilen. Schnaufend stand ich über der Luken Öffnung. Sie war für Marija ohne Leiter nicht zu erreichen. Und die Leiter befand sich hier oben, bei mir. Gut, dachte ich träge, denn meine Gedanken zerfaserten langsam. Endlich hatte ich ein Gefängnis gefunden, das auch einem Vampir standhalten konnte. Hier würde ich Marija einige Zeit gefangen halten. Zumindest so lange, bis ich mich selbst wieder ein wenig erholt hatte. Am Abend bekam ich fast ein schlechtes Gewissen wegen Marijas Gefangennahme. Ernsthaft überlegte ich, ob ich sie tatsächlich in dem dunklen Verlies darben lassen sollte. Doch dann siegte mein Egoismus über mein schlechtes Gewissen. Ich brauchte unbedingt wieder einmal ein paar Nächte, in denen ich nur meinen eigenen Interessen nachgehen konnte. Es war für mich dringend notwendig, endlich wieder ausgiebig zu trinken. Durch die ständige Bewachung Marijas hatte ich nur das Nötigste zu mir genommen und war reizbar und unzufrieden geworden. Noch einmal warf ich einen zweifelnden Blick in das Kellerloch, dann verließ ich eilig das Gebäude bevor ich mich doch noch anders besann. Ich sattelte mein Pferd und ritt in Richtung der nächsten Ortschaft. Marijas Pferd nahm ich mit, ich wollte ihr später ein paar Sachen besorgen, die ihr die Haft ein wenig erleichterten.
Die Nacht verlief erfolgreich für mich. Ich traf auf drei Männer, die gerade im Begriff waren, einen jungen Mann zu ertränken. Sie hatten dem

Burschen die Hände auf den Rücken gefesselt und ihm einen Stein um den Hals gebunden und wollten ihn just von einer niedrigen Brücke in den Fluss stoßen, als ich dazukam. Natürlich vereitelte ich ihren Plan, indem ich die drei kurzerhand niederschlug. Dann befreite ich den vor Angst halb toten Jüngling und beruhigte ihn mittels meiner mentalen Kräfte. Er war der Sohn eines reichen Kaufmannes, erzählte er mir mit zittriger Stimme. Die drei hatten ihn entführt, um Lösegeld von seinem Vater zu erpressen. Doch anstatt ihn nach erfolgter Zahlung laufenzulassen, wollten sie sich des unliebsamen Zeugen lieber entledigen.

Der Junge war voll des Dankes und beschwor mich, ihn zu seiner Familie zu begleiten, wo ich eine großzügige Belohnung zu erwarten hätte. Ich lehnte jedoch ab und bewegte ihn dann dazu, sich auf den Heimweg zu machen. Ich versprach ihm, mich seiner Entführer anzunehmen und versicherte, er würde nie mehr mit ihnen zusammenstoßen. Endlich ritt er eilig von dannen, nach Hause zu seinem besorgten Vater.

Ich hingegen saugte zwei der Entführer aus und versenkte ihre Leichen im Fluss. Den dritten fesselte ich und legte ihn bäuchlings über Marijas Pferd. Satt und mit mir zufrieden ritt ich zu meiner neuen Behausung zurück.

Ich hatte nicht erwartet, Marija brav auf mich wartend vorzufinden. Und im Geiste war ich schon auf böse Worte oder auch heiße Tränen vorbereitet. Aber nicht auf eine tobende Irre, die mich mit den unflätigsten Schimpfworten bedachte. Kaum konnte ich glauben, dass das wirklich Marija war, die da tobte und schrie, es hörte sich eher nach einer Horde kämpfender Katzen an.

Dem gefesselten Mann den ich hinter mir her zerrte, wurde noch ängstlicher zumute, ich spürte sein Zittern. Fast tat er mir leid, denn ich wusste, ihn erwartete ein grausiger Tod. Aber da ich nicht die Absicht hatte, Marija verhungern zu lassen, musste ich ihr jede Nacht Nahrung bringen. Zuerst versuchte ich sie zu beruhigen. Ich ging am Luken Rand in die Hocke und sprach besänftigend auf sie ein, versuchte ihr zu erklären. Allerdings ohne Erfolg. Sie hielt nur kurz inne um Luft zu holen und beschimpfte mich dann aufs Neue. Schließlich verlor ich die Lust, mir länger ihre Beleidigungen anzuhören. Um sie wenigstens für eine kleine Weile zum Schweigen zu bringen, ließ ich den Verbrecher in ihr Verlies hinab. Dazu packte ich den sich heftig wehrenden Kerl am Schlafittchen und hob ihn in die Tiefe. Er zappelte und schrie voller Panik. Es gab einen dumpfen Laut als ich ihn losließ und er unsanft auf dem gestampften Boden des Kellers auftraf. Marija stellte sofort ihr Gezeter ein und warf sich wie eine Löwin auf ihre Beute. Ich entfernte mich schleunigst, Marijas Essgewohnheiten waren nichts für schwache Nerven, ich wollte nicht unbedingt Zeuge ihrer Blutorgie sein.

Ich verzog mich in eines der oberen Zimmer, in dem ich mir aus Decken ein notdürftiges Lager hergerichtet hatte, legte mich nieder und ließ meinen Blick trostlos durch den ansonsten leeren Raum wandern. Einzig eine Spinne leistete mir Gesellschaft. Wie tief war ich gesunken. Ein Glück - grübelte ich und seufzte leise - dass mich Wladimir hier nicht sehen konnte. Er wäre sicher enttäuscht von meinem Werdegang. Ich hatte schrecklich versagt. Und es war kein Ende meiner Misere abzusehen. Nicht, solange Marija wie ein Klotz an meinem Bein hing. Ein Klotz, der mich immer tiefer ins Verderben zog.

Wohl zum tausendsten Mal fragte ich mich, was ich mit ihr anstellen sollte. Kaum konnte ich mich noch an die Liebe und Leidenschaft erinnern, die uns einst verbunden hatte. Dabei war es noch nicht allzu lange her, dass wir in Liebe zueinander entbrannt waren. Konnte es wirklich sein, dass sich ein Mensch so veränderte? Oder war es von Anfang an Berechnung gewesen, was Marija an mich band? Nein, eigentlich glaubte ich das nicht. Ihre Liebesschwüre waren echt gewesen. Aber warum hatte sie sich bloß so schrecklich verändert?

Cyrills harte Worte fielen mir wieder ein, ebenso Wladimirs ernste Warnung. Sie hatten mir alle beide eindringlich zu verstehen gegeben, Marija sei nicht zum Vampir bestimmt. Warum nur hatte ich nicht auf die erfahrenen Vampire gehört? War es wirklich nur meine Liebe zu Marija gewesen, dass ich sie für immer bei mir behalten wollte? Oder wollte ich mir eher beweisen, dass ich durchaus imstande war, eigene Entscheidungen zu treffen? Was immer auch meine Beweggründe gewesen waren, mein Tun war auf jeden Fall gründlich in die Hose gegangen. Erst jetzt wurde mir voll und ganz bewusst, weshalb es nur so wenige Vampire auf der Welt gab. Das strenge Auswahlverfahren hatte seinen Sinn, ansonsten würde die Menschheit von zügellosen, gierigen Blutsaugern wie Marija tyrannisiert und ausgelöscht werden.

Ich hoffte immer noch verzweifelt, die Einzelhaft in dem dunklen Verlies würde Marija läutern, oder sie wenigstens zum Nachdenken bringen.

Aber meine Hoffnung war vergebens. In den ersten Nächten verlegte sie sich noch aufs Bitten. Natürlich wurde ich prompt weich und stieg zu ihr in das Kellergewölbe hinab. Sie umschmeichelte mich wie eine Katze und wollte sogar wieder mit mir schlafen. Ich ließ mich nur zu gerne darauf ein, noch immer begehrte ich sie sehnsüchtig. Bald bemerkte ich jedoch, dass sie nur eine Gelegenheit suchte, mich zu übertölpeln und zu fliehen. Ich blieb unnachgiebig und Marija zeigte ihr wahres Gesicht. Wütend fiel sie mich an kratzte und biss mich. Eine Chance hatte sie natürlich nie gegen mich, ich war wesentlich stärker als sie. Ihre Kräfte waren nur unwesentlich stärker geworden, seit sie zum Vampir geworden war. Heute denke ich, auch das war ein Zeichen dafür, dass sie nicht dazu ausersehen war, ein Geschöpf der Nacht zu sein.
Wochen vergingen und es zeichnete sich keine Änderung unserer verfahrenen Lage ab. Mittlerweile sprachen wir kaum einmal mehr miteinander. Ich warf jeden Abend einen Verbrecher ins Verlies und holte die Leiche meist erst ab, wenn Marija schon in Schlaf gefallen war. Ich hatte keine Lust, ständig von ihr attackiert und gebissen zu werden.
Inzwischen hatte ich es gründlich satt, in dem alten Gemäuer zu hausen. Mich dürstete nach gepflegter Umgebung und nach dem Umgang mit geselligen Menschen. Aus diesem Grund ritt ich immer öfter in die nächste kleine Stadt. Allerdings war sie so weit entfernt von meinem düsteren Heim, dass ich es nicht mehr rechtzeitig schaffte, vorm Morgengrauen zu Hause zu sein. So verschlief ich den Tag in einem Gasthaus und ritt erst des Nachts zu Marija zurück. Ich beeilte mich nicht besonders, zu ihr zu kommen, sie erwartete mich sowieso mit den immer gleichen Hasstiraden.

Eines Abends brachte ich ihr einen besonders gemeinen Mörder. Ich war leider ein paar Minuten zu spät gekommen, um seine Opfer noch retten zu können. Er hatte eine Kutsche überfallen, den Kutscher getötet und sich dann an den Insassen, zwei jungen Frauen vergangen. Nach der Vergewaltigung schnitt er ihnen kaltblütig die Kehlen durch. Ich erwischte ihn, als er gerade die Habseligkeiten seiner Opfer auf Wertsachen durchsuchte. Zornig über seine Bluttat überlegte ich, dass er einen grausameren Tod verdient hatte, als ich ihm bereiten würde. Ich brachte ihn zu Marija und stieß ihn in ihr Gefängnis. Dann ritt ich nochmals weg, um mir eine andere Abendmahlzeit zu suchen.

Mein Weg führte mich in die Stadt und es wurde zu spät um zurück zu reiten. Ich quartierte mich in dem Gasthof ein, den ich meist aufsuchte und in dem man mich schon kannte. Am Abend machte ich mich auf den Heimweg, ein weiteres Opfer für Marija auf ihrem Pferd hinter mir führend. Ich ritt langsam und dachte - wie immer vergeblich - über eine Lösung meines Problems nach.

Marija empfing mich heute nicht mit den üblichen Schmähreden und ich bekam einen gehörigen Schreck. War es ihr gelungen, zu entwischen? Aber nein, beruhigte ich mich selbst. Ich konnte doch deutlich ihre Ausstrahlung spüren. Allerdings fühlten sich die vertrauten Vibrationen heute etwas anders an, fast als klänge ein leises Echo nach.

„Oh, Nicolas", sprach ich zu mir selbst, „du leidest wirklich schon an Halluzinationen."

Ich stieg ab, führte die Pferde in den Stall und hob dann den Kerl - Marijas Nachtmahlzeit - vom Pferd und warf ihn mir über die Schulter. Er begann wie wild zu zappeln und stieß dumpfe Laute durch den Knebel aus, den ich ihm in den Mund gesteckt hatte.

Aus Marijas Verlies drang noch immer kein Laut, nur ihre Aura war zu spüren, immer noch mit diesem seltsamen Widerhall. Da stimmt etwas nicht, fuhr es mir durch den Kopf und ich ließ den Mann achtlos von meiner Schulter gleiten. Dann bückte ich mich um in das Gewölbe zu spähen.

Marija lag regungslos bäuchlings auf den Kisten, die ihre Lagerstatt bildeten. Der Körper des Mörders vom vergangenen Abend lag mit ausgebreiteten Armen und Beinen auf dem Boden, seine aufgerissenen Augen starrten an die Decke.

Was war da los? Ich konnte mir nicht erklären, was geschehen war. Marija reagierte nicht auf meinen leisen Ruf, ja sie atmete kaum. Aber sie musste schon längst erwacht sein, Mitternacht war bereits vorüber. Es konnte doch nicht sein, dass sie krank war, Vampire waren gegen jegliche Krankheiten immun. Und da war immer noch dieser leise Widerhall...

In meinem Kopf tickte eine unbestimmte Warnung, aber ich ignorierte sie. Ich musste mir einfach Klarheit verschaffen, was dort unten los war. Und was sollte mir schon geschehen? Außer ein paar belanglosen Kratzern und Bissen konnte mir die Vampirin nichts anhaben. Und so, wie sie dalag, war sie nicht einmal mehr dazu fähig.

Entschlossen packte ich die Leiter und ließ sie in das Verlies hinab.

Kurz darauf stand ich neben Maria und griff nach ihrer Wange. Sie war warm und rosig wie immer. Vom Boden erklang jetzt ein leises Geräusch und ich blickte in das Gesicht des Mörders. Täuschte ich mich, oder ging von ihm diese seltsame leichte Vibration aus? Plötzlich überfiel mich siedend heiß die Erkenntnis, ich bückte mich ungläubig und überrascht zu dem vermeintlichen Leichnam herab. Das hätte ich nicht tun sollen, denn dessen Arme schnellten nun hoch und packten mich am Revers meines Umhanges, zogen mich mit einem mächtigen Ruck hinab. Im gleichen Augenblick sprang mir Marija mit einem knurrenden Fauchen ins Kreuz und brachte mich zu Fall.
Ich war zwischen dem Körper Marijas und dem ihres Zöglings eingeklemmt. Der Kerl hielt mich eisern gepackt und hob mir seinen Mund mit den mörderischen Zähnen entgegen. Gleichzeitig versuchte Marija, mir ihre Zähne in den Nacken zu schlagen.
Meine momentane Überraschung verwandelte sich in Sekundenschnelle in rasende Wut. Wut über Marijas Verrat und Wut über meine eigene Blauäugigkeit. Meine Zähne wuchsen an und ich stemmte mich mit übermenschlicher Kraft hoch und schüttelte Marija ab. Wie eine Puppe flog sie in die Ecke. Dann packte ich den Jungvampir an den Haaren, riss ihn hoch und schlug meine Zähne in seine Kehle. Wie es Marija so gerne tat, zerriss ich Haut, Fleisch und Knorpel und fetzte ihm ein riesiges Loch in den Hals, aus dem sein Leben sprudelte. Er zuckte noch einige Sekunden, dann lag er still. Aufbrüllend fuhr ich zu Marija herum und packte sie an den Schultern.
All meine Frustration und Enttäuschung brach nun mit Urgewalt aus mir heraus. Und Marija, dieses undankbare Monster, das ich geschaffen hatte, sollte nun endlich zu spüren bekommen was es hieß, mich zu erzürnen.
Ich sah ihre entsetzt aufgerissenen grünen Augen nahe vor mir. Doch dieses Mal konnte mich ihr flehender Blick nicht erweichen. Es war zu viel was sie mir angetan hatte. In kalter Berechnung hatte sie einen gemeinen Mörder zum Vampir gemacht um mich mit ihm gemeinsam zu besiegen. Sie wollte mich kaltblütig töten, um fortan ungehindert ihrer unstillbaren Blutgier frönen zu können. Nicht auszudenken, was sie und ihr Zögling unter den Menschen angerichtet hätten, wäre ihnen ihr Vorhaben gelungen.
Aber soweit würde es nicht mehr kommen. Marija würde niemals mehr Unheil anrichten. Ich wusste nun endlich, was meine verdammte Pflicht

war. Und ich tat es ohne noch einmal nachzudenken. Ohne auf Marijas verzweifeltes Gestammel zu hören, zog ich ihren Kopf nahe an meinen geöffneten Mund. Sie wehrte sich ebenso verzweifelt wie vergeblich. Unnachgiebig bog ich ihren Kopf nach hinten und stieß meine Zähne in ihre Halsvene. Mit meinen Armen hielt ich sie so eisern umklammert, dass ich ihre Rippen brach. Es war mir egal.
Ich trank mit geschlossenen Augen und sah im Geiste, wie das Leben aus ihr wich. Sie erschlaffte, doch ich hörte nicht auf. Ich musste sie für immer töten, das konnte ich nur, indem ich ihren Lebensfunken in mich aufsog. Dieser Lebensfunke, an den sie sich noch immer eisern klammerte, war gleichzeitig ihre Unsterblichkeit. Die musste ich ihr nehmen, wollte ich verhindern, dass sie jemals wieder auferstand.
Schließlich gab sie auf. Mit einem letzten Seufzer erschlaffte sie vollends in meinen Armen. Ich spürte, sie war unwiederbringlich tot, ihr Lebensfunke für immer erloschen.
Wie in Trance ließ ich sie zu Boden gleiten, direkt neben den Leichnam ihres Zöglings. Bei ihm war es nicht nötig, den Lebensfunken zu zerstören. Er besaß ihn noch nicht, denn er hatte noch kein menschliches Blut getrunken und war somit gar nicht bis zur Unsterblichkeit gelangt.
Angewidert schaute ich auf den blutbesudelten Kadaver herab. Undenkbar was geschehen wäre wenn dieser Kerl, der schon im Leben ein erbarmungsloser Mörder war, gemeinsam mit Marija sein Unwesen getrieben hätte. Mit entsetzlicher Klarheit wurde mir bewusst, dass ich fast zum Urheber einer fürchterlichen Katastrophe geworden wäre. Die nachträgliche Erkenntnis ließ mich vor Angst und Ekel schwindelig werden und ich brach in die Knie.
Ich weiß nicht, wie lange ich so neben den beiden Leichen gekauert habe. Ich spürte eine völlige Leere in mir. Irgendwann rappelte ich mich auf und zwang mich dazu nachzudenken was weiter zu tun war. Marija war zweifellos tot, dennoch hatte ich das Bedürfnis, auch ihren Körper vollkommen zu zerstören.
Ich kletterte schwerfällig die Leiter hinauf und starrte verstört auf den Kerl, den ich für Marija mitgebracht hatte. Im Eifer des Gefechts hatte ich ihn vollkommen vergessen. Fast war ich geneigt ihn laufen zu lassen, dann besann ich mich anders. Er war ein Mörder und würde sicher weiter morden. Deshalb packte ich ihn kurzerhand und saugte ihn aus. Seinen Leichnam ließ ich liegen.

Ich stolperte in die Nacht und suchte trockene Baumstämme zusammen. Zum Glück bot sie mir der nahe Wald in rauen Mengen und bald hatte ich einen ansehnlichen Scheiterhaufen aufgeschichtet. Nacheinander holte ich die Leichen aus dem Keller und legte sie darauf. Vorsorglich schichtete ich noch mehr Holz darüber, sie sollten bis zur Unkenntlichkeit verbrennen.

Grell loderten die Flammen in den Himmel und erhellten die Umgebung. Das brennende Fleisch stank entsetzlich und der Rauch brachte mich zum Würgen. Doch ich blieb nahe beim Feuer und beobachtete, wie die Flammen langsam die Leichen vernichteten. Ich hatte kein Auge für die beiden Mörder, die da brannten, sie interessierten mich nicht. Ich sah nur Marija, sah wie ihre schmale Gestalt langsam verkohlte und dann in sich zusammenfiel. Meine Liebe zu ihr verbrannte gleichsam in diesem Höllenfeuer.

Kapitel 26: Das Erbe

Der Vampir schwieg und sein Blick war auf einen Punkt in weiter Ferne gerichtet, den Brendan nicht erkennen konnte. Er spürte, dass Nicolas mit seinen Gedanken weit in der Vergangenheit weilte und wagte nicht, ihn zu stören. In den Augen des Freundes stand unendliche Trauer und Brendan fühlte leise Eifersucht auf eine Frau in sich aufsteigen, die schon seit hunderten von Jahren tot war. Unbehaglich schob er die Gedanken weit von sich.

Nicolas' helle Augen hefteten sich wieder auf ihn und ein schwaches Lächeln umspielte seine Mundwinkel. Auch ohne in dessen Gedanken zu blicken wusste er, was in seinem Freund vorging. „Du hast keinen Grund zur Eifersucht, Bren", besänftigte er ihn mit leiser Stimme. „Es ist nur die Erinnerung an meine eigene Dummheit, die mich heute Nacht so traurig erscheinen lässt."

„Aber du hast Marija doch geliebt. Und nur aus Liebe hast du diesen Fehler gemacht."

„Ein Fehler, der mir nie hätte passieren dürfen. Nach Marija konnte ich jahrzehntelang keinem Menschen mehr vertrauen. Ich lebte fast wie ein Einsiedler, meine einzige Gesellschaft waren die Mörder und Verbrecher, die ich jagte."

Brendan war noch immer neugierig. „Was hast du nach Marijas Tod getan? Bist du wieder ziellos umhergereist?"

„Nein, nicht sofort. Ich war innerlich so ausgebrannt, dass ich unbedingt jemanden gebraucht habe, mit dem ich über alles sprechen konnte. Natürlich wäre Wladimir der ideale Gesprächspartner gewesen, aber er war leider sehr weit von mir fort. Also ging ich zu Cyrill zurück. Zwar war mir ein wenig unbehaglich zumute, denn als ich ihn das letzte Mal getroffen hatte war er wirklich sehr aufgebracht gewesen. Andererseits hatte ich das Gefühl, Strafe verdient zu haben. Und so beschloss ich, es einfach zu wagen. Sollte Cyrill mich aus Zorn verbannen oder gar töten, so wäre es eben mein Schicksal. Ich war bereit anzunehmen, was immer er mir als Strafe für mein Vergehen auferlegen mochte.

Zu meinem nicht geringen Erstaunen begrüßte mich der alte Vampir jedoch wie einen lange verschollenen Bruder. Er machte mir keinerlei Vorwürfe, im Gegenteil er versuchte mich zu trösten. Seine Anteilnahme

und sein Verständnis halfen mir ein wenig über die Trauer und den Verlust hinweg.
Lange blieb ich jedoch nicht bei Cyrill. Ich spürte das große Bedürfnis Russland zu verlassen, mein Leben in ganz andere Bahnen zu lenken. Cyrill hielt mich nicht auf, auch er hatte vor langer Zeit seine Heimat verlassen und war endlos lange herumgereist, bis er schließlich sesshaft geworden war. Er verstand meine Beweggründe und ermutigte mich sogar noch. Und so sattelte ich bald mein Pferd und verließ ihn. Kurz trug ich mich mit dem Gedanken, noch einmal zu Wladimir zurückzukehren, bevor ich Russland endgültig den Rücken kehrte. Aber dann ließ ich es sein, ich hatte Angst ich würde meinen Entschluss ändern, sobald ich Wladimir wiedersah.
Lange Jahre zog ich umher. Nirgends gefiel es mir so gut, dass ich ernsthaft erwogen hätte, meine Zelte dauerhaft aufzuschlagen. Vielleicht war es auch nur meine innere Ruhelosigkeit, die mich hinderte irgendwo heimisch zu werden. Ich lernte sehr viele Länder kennen, lernt viele Sprachen sprechen. Und ich erfuhr, dass die Menschen, obwohl sie vielerlei Kulturen entsprangen, doch alle irgendwo gleich waren. Und dass es Verbrecher überall gibt und Blut überall gleich schmeckt.
Ich bestand manch tollkühnes Abenteuer und erlitt auch manchen Schmerz. Körperlichen ebenso wie seelischen. Von vielen dieser Abenteuer habe ich dir bereits erzählt.
Nach einiger Zeit wagte ich es sogar wieder Freundschaften zu schließen und Liebschaften einzugehen. Aber sobald mir jemand mehr bedeutete, legte ich den Rückwärtsgang ein. Ich wollte nicht nochmals so leiden müssen, wie durch Marija.
Schließlich landete ich nach langer Irrfahrt hier in Schottland. Ich sah diese Mühle und verspürte plötzlich das Bedürfnis hier zu bleiben. Den Rest kennst du. Ich wurde heimisch und lernte Daniel kennen. Als er zu sterben drohte warf ich all meine Ängste und auch all meine heiligen Schwüre über Bord und wagte es erneut einen Vampir zu erschaffen. Es ist geglückt wie du weißt und es hat mich endgültig zu einem anderen Vampir gemacht. Heute bin ich wieder glücklich und zuversichtlich."
„Und Wladimir? Was ist aus ihm geworden?"
Nicolas' Gesichtszüge versteinerten sich für einen Moment vor Trauer. Dann schaute er Brendan direkt in die Augen. „Wladimir ist tot", sagte er mit tonloser aber fester Stimme. Ich habe ihn getötet."

„Du hast was getan? Brendan starrte seinen vampirischen Freund ungläubig an. Dann lächelte er wissend. „Du willst mich verkohlen." Doch Nicolas blieb sehr ernst. „Nein, das würde ich nicht tun. Schon gar nicht, wenn es um Wladimir geht. Aber es ist leider wahr." Er hob wie beschwichtigend die Hände als er Brendans ungläubig gespanntes Gesicht sah und meinte matt.

„Ist schon gut, Bren. Nun habe ich dir so viel erzählt, da kommt es auf eine Geschichte mehr oder weniger auch nicht mehr an. Also, wie du weißt war ich mit Daniel vor etwa dreihundert Jahren bei Wladimir zu Besuch. Mein erster, längst überfälliger Besuch bei meinem Vampirvater. Damals war Wladimir noch ganz der Alte, so wie ich ihn in Erinnerung hatte. Liebenswürdig und ein wenig versnobt.

Danach besuchte ich ihn dann öfter, so wie ich es ihm versprochen hatte. Alle paar Jahrzehnte stattete ich ihm einen meist längeren Besuch ab. Daniel kam meist mit, da er Wladimir sehr schätzte und auch der ihn sehr mochte.

Als es endlich Fortbewegungsmittel wie Züge, Autos oder Flugzeuge gab, wurde die Reise nach Russland ein Kinderspiel, denn ich war nicht mehr monatelang unterwegs. Grenzen bedeuten für einen Vampir keine Hindernisse. Dank meiner übernatürlichen Fähigkeiten kann ich jeden Zollbeamten dazu bringen, mich auch ohne Pass in ein Land ein- und wieder ausreisen zu lassen.

Seither besuchte ich Wladimir noch öfter, immer wenn ich Sehnsucht nach ihm hatte, reiste ich einfach zu ihm. Und dann, vor etwa dreißig Jahren, bemerkte ich es zum ersten Mal. Er war nicht mehr so zufrieden mit seinem Leben. Kein Wunder dachte ich, tausend Jahre in ein und derselben Stadt, ich wäre schon vor Langeweile gestorben.

Aber Wladimir weigerte sich nach wie vor hartnäckig, Kiew zu verlassen. Du kennst den Spruch von dem alten Baum, den man nicht mehr verpflanzen soll, er wurde zu seinem Lieblingssermon.

Nach einigen weiteren Jahren wurde es dann zur Gewissheit, Wladimir hatte die Lust am ewigen Leben verloren. Irgendwann sprach er ganz offen darüber.

Eigentlich ist es nichts Ungewöhnliches für einen Vampir, sterben zu wollen. Ich erwähnte es bereits einmal. Wir können ewig leben, müssen es aber nicht. Und hin und wieder beschließt ein Vampir, es sei genug. Wladimirs Vampirvater war ebenfalls freiwillig aus dem Leben geschieden, lange bevor ich überhaupt geboren wurde. Seltsam, ich hatte Wladimir nie gefragt wie es vor sich geht, das Sterben eines Vampirs. Auch als er von seinem eigenen Tod sprach fragte ich nicht, wie er es anstellen wollte, zu sterben. Doch ich ahnte, welche Rolle ich dabei spielen sollte und ich fürchtete den Tag, an dem er mich damit konfrontieren würde.

Einige Jahre nach der Katastrophe von Tschernobyl war es dann soweit. Wladimir befahl mich per Telepathie zu sich - profane Telefone waren ihm immer ein Gräuel geblieben. Er bat nicht etwa, nein er befahl mir zu kommen und ich befolgte seinen Befehl schweren Herzens. Ich wusste mit untrüglicher Bestimmtheit, was er von mir verlangen würde.
Er erklärte mir mit ruhiger gefasster Stimme, dass ihm das Leben zur Qual wurde. Nicht etwa wegen eines körperlichen Gebrechens, er war äußerlich noch immer der gutaussehende, gesunde und kraftstrotzende Mann, als den ich ihn kennengelernt hatte. Aber seine Seele war alt geworden. Er könne es nicht mehr ertragen, sagte er, - all das Elend auf der Welt und besonders das in seiner unmittelbaren Umgebung.
Wie du weißt, befindet sich Tschernobyl ganz in der Nähe Kiews und die Bevölkerung wurde natürlich besonders stark von der Katastrophe in Mitleidenschaft gezogen. Anstatt Verbrecher zu jagen wie bisher, sah sich Wladimir nun gezwungen unheilbar Kranke von ihren oft unsäglichen Leiden zu erlösen. Auch nach Jahren war kein Ende der Flut von verstrahlten Kindern und krebskranken Menschen abzusehen. Und Wladimir wollte und konnte das nicht enden wollende Elend nicht mehr ertragen.
„Du musst es tun, Nicolas!" befahl er mir. „Ich bin mir durchaus bewusst, wie schwer es für dich sein wird. Aber du bist nun einmal mein einziger Zögling und somit obliegt es dir, mich zu töten. Auch ich musste es schon einmal tun, bei meinem eigenen Vampirvater, also weiß ich, was ich von dir verlange. Du hast außerdem schon einmal einen Vampir getötet, ich muss dir nicht erklären, worauf es ankommt."
„Aber dieser Vampir hat mir nichts bedeutet", warf ich verzweifelt ein. Wladimir meinte nicht etwa Marija, sie hatte er nie als Vampir angesehen, sondern Alexei, den uralten, wahnsinnigen Vampir den ich vor dreihundert Jahren in einem Kampf auf Leben und Tod besiegt hatte.
„Du hingegen bedeutest mir sehr viel."

„Eben darum muss dir doch an meinem Seelenheil gelegen sein. Ich habe es mir wirklich sehr, sehr reiflich überlegt, Nicolas. Das Leben bedeutet mir nichts mehr, ich sehne mich nach dem Frieden der Unendlichkeit. Ich blicke auf ein langes, gutes Leben zurück. Ich habe einen Vampir geschaffen, der einer der besten unserer Gattung ist. Heute kann ich es dir sagen, denn du bist längst geläutert. Und du hast ebenfalls einen sehr guten Griff getan, als du Daniel zu einem der Unseren machtest. Der schlimme Ausrutscher mit Marija ist dir längst verziehen, letztendlich hat dich dieser Missgriff zu dem gemacht, der du heute bist. Ich habe also mein Lebenswerk erfüllt und für den bestmöglichen Fortbestand unserer Art gesorgt. Ich kann zufrieden aus dem Leben scheiden."

„Ich gönne dir ja deinen Frieden, Wladimir. Auch wenn du mir schrecklich fehlen wirst. Aber warum muss ich es tun? Kannst du keinen Freund damit beauftragen, der dir nicht so nahe steht wie ich? Cyrill zum Beispiel. Er könnte in einer Nacht bei dir sein."

Aber Wladimir schüttelte energisch den Kopf. Er legte mir die Hand auf die Schulter, eine vertraute Geste, die ich immer besonders liebte. „Nein, nicht Cyrill. Du musst es tun, Nicolas. Sozusagen als letzten Liebesdienst. Ich habe dich geschaffen und du wirst mich töten. So will es der vampirische Brauch. Und wem, wenn nicht dir, sollte ich guten Gewissens meine Kräfte schenken? Sie stehen dir zu, sind dein Erbe. Zusammen mit den Kräften Alexeis, die du schon besitzt und mit deinen eigenen, nicht unbeträchtlichen Kräften, wirst du fortan ein sehr mächtiger Vampir sein. Ich kann mir keinen Unsterblichen vorstellen, der besser dazu geeignet wäre."

Er meinte seine Worte durchaus ernst und ich wusste nichts darauf zu antworten. Noch nie hatte ich mich als guten Vampir betrachtet, ja ich wurde auch nach fast sechshundert Jahren noch ständig von Selbstzweifeln geplagt. Wladimirs Worte machten mich sprachlos und verlegen. Er bemerkte es und drückte mich an sich.

„Nur keine falsche Bescheidenheit, Nicolas. Ich weiß sehr gut, von was ich spreche. Und nun mache dich bereit. Jetzt und hier soll es geschehen. Ich vertraue dir mein Leben an. Du wirst deine Sache gut machen."

Es gab keine Zweifel mehr zwischen uns. Er wollte sterben, ich würde ihn töten.

Leicht legte ich meine Hände auf seine Schultern und er neigte den Kopf ein wenig zur Seite. Wie durch Zauberei erwachte meine Gier und ließ

meine Zähne zu messerscharfen Dolchen anwachsen. Als sie die Haut an seinem Hals durchstießen, zuckte er nicht einmal zusammen. Still und gefasst stand er vor mir, gelassen seinen Tod erwartend.
Ich begann mit Kraft an den kleinen Wunden zu saugen um den Blutfluss in Gang zu bringen. Nun gab es auch für mich kein Halten mehr. Unendlich köstlich rann sein Blut über meine Lippen und verstärkte meine Gier noch mehr. Ich schloss die Augen und gab mich ganz dem Rausch des Tötens hin.
Ich spürte wie Schwäche, ausgelöst durch den Blutentzug von ihm Besitz ergriff und packte nun fester zu, um ihn zu stützen. Erst als er sich nicht mehr auf den Beinen halten konnte, ließ ich ihn langsam zu Boden sinken, ging selbst in die Knie um ihn weiterhin leicht in meinen Armen halten zu können. Mein Geist war fest mit dem seinen verbunden und ich merkte wie sein Lebensfunke schwächer wurde. Ein letztes Mal hörte ich seine Stimme in meinem Kopf.
„Du hast deine Sache gut gemacht, Nicolas. Ich danke dir. Lebe wohl."
Dann spürte ich ganz deutlich, wie sein Lebensfunke ihn verließ und in mich überging. Er würde fortan in mir weiterleben, war das Einzige was von ihm blieb. Sein schlaffer Körper lag auf dem Parkett vor mir, sein Gesicht bleich, die Augen geschlossen. Noch immer war er wunderschön, auch wenn nun die Hand des Todes von ihm Besitz ergriffen hatte.
Ich stand langsam auf und starrte auf ihn hinab. Ich hatte keine Tränen. Mein Gehirn weigerte sich noch, zu akzeptieren, was geschehen war. Meine Blutgier war mit seinem Tod versiegt und meine Zähne fühlten sich an wie immer, als ich mit der Zungenspitze darüberfuhr.
Ich stand alleine in dem großen Haus. Wladimir hatte schon vor Wochen seinen Bediensteten andere Arbeitsplätze besorgt. Sein Haus sollte fortan ein Krankenhaus für krebskranke Kinder sein. Er hatte alles testamentarisch in die Wege geleitet und einen riesigen Batzen Geld für wohltätige Zwecke gespendet. Ich brauchte mich also um nichts zu kümmern. Außer um die Beerdigung seines Körpers. Ich schlug ihn in eine weiche Decke ein und trug ihn in die Garage unter dem Haus. Dort legte ich ihn in den Wagen, den er benutzt hatte, um zu seinen Opfern zu gelangen. Das Auto war so ziemlich sein einziges Zugeständnis an die moderne Welt gewesen. Weder Telefon, noch Fernseher waren in sein Haus gekommen.
Mein Weg führte mich in die Wildnis, die es noch immer weit vor den Toren Kiews gibt. Ich fuhr etwa eine Stunde, bis ich die Stelle erreichte,

die er mir zuvor beschrieben hatte. Eine einsame Eiche stand groß und mächtig auf einem kleinen Hügel. Ihr Alter war in etwa dem Wladimirs gleich. Das Land, auf dem sie stand, gehörte zu einem Naturschutzgebiet und es würde aller Voraussicht nach unbebaut bleiben. Von weitem konnte man gerade noch die leuchtende Dunstglocke über Kiew erkennen.

Mit bloßen Händen grub ich zwischen den kräftigen Wurzeln der Eiche ein tiefes Grab und legte Wladimirs Körper hinein. Ein letztes Mal blickte ich in sein friedliches Gesicht, dann begann ich, Erde über ihn zu häufen. Sorgfältig verwischte ich alle Spuren, die auf ein frisches Grab hindeuteten, legte Laub, Moos und Steine über die feuchte Erde. Danach legte ich noch einen besonders intensiven Bann über die Stelle. Weder Menschen, noch Tiere würden Wladimirs Körper ausgraben, da war ich mir sicher.

Nichts hielt mich mehr in Kiew. Ich brachte den Wagen in die Garage zurück und nahm mir ein Taxi, das mich zum Flughafen brachte. Kurze Zeit später war ich auf dem Weg nach Hause..."

Eine Weile herrschte Schweigen, das Brendan abermals durchbrach.
„Du sagst, Wladimirs Lebensfunke wäre in dich übergegangen. Soll das heißen, er lebt in dir weiter?"
Nicolas überlegte mit gerunzelter Stirn, ehe er antwortete. „Das ist schwer zu beantworten. Irgendwie lebt er in mir weiter durch seine Kräfte, die er mir übertragen hat. Aber er spricht nicht zu mir, wenn du das meinst. Er beeinflusst - wenn überhaupt - mein Denken oder Handeln nur indirekt. Etwa dadurch, dass ich mir oft überlege, was er in einer bestimmten Situation getan hätte. Doch ich glaube nicht, dass mich sein Tod verändert hat. Oder bin ich jetzt anders als früher? Du hast mich vor Wladimirs Tod gekannt und danach, musst es also wissen."

Brendan dachte kurz nach, dann schüttelte er den Kopf. „Nein, ich denke nicht. Manchmal wirkst du etwas nachdenklich und sogar melancholisch aber so warst du schon immer. Andererseits bist du manchmal herrlich spontan und sogar witzig. Und du bist jederzeit zu einem Abenteuer bereit. Aus all diesen Gründen habe ich mich in dich verliebt. Aber verrate mir noch..., diese Kräfte, die du als Wladimirs Erbe bezeichnest. Wie wirken sie sich aus? Sind sie körperlich oder eher geistig?"

Nicolas holte tief Luft und reckte sich dann träge. „Du kannst aber auch Fragen stellen. Ehrlich gesagt, ich habe sie bisher nicht ausprobiert. Aber ich denke, sie sind wohl eher geistiger Natur. Was soll ich mit übermächtigen Körperkräften? Als Vampir bin ich von Natur aus mindestens fünf- oder sechsmal so stark wie ein Mensch, das reicht im Allgemeinen aus. Gut, in dem Tunnel wären mir größere Körperkräfte lieb gewesen, aber ansonsten... Ich halte es so, wie ich es schon nach der Übernahme von Alexeis Kräften gehandhabt habe, ich warte ab bis sie gefordert sind. Es dann herauszufinden ist früh genug, denke ich. Aber wenn ich es mir recht überlege, so gibt es wenigstens eine Sache, die sich verändert hat. Ich verfalle erst später in meinen morgendlichen Schlaf. Diese Gnade wird normalerweise nur sehr alten Vampiren zuteil. Auf diese Weise kann ich wenigstens die Morgenröte sehen ohne von ihr verbrannt zu werden."
„Sage mir noch eines, Nicolas." Brendan rutschte nervös auf seinem Sessel hin und her. Aber die Frage, die er im Sinn hatte, duldete keinen Aufschub. „Diese Todessehnsucht Wladimirs... Die hat er dir doch hoffentlich nicht mit vererbt. Wie ich vorhin schon ansprach, manchmal kommst du mir ein wenig melancholisch vor. Du bist des Lebens doch nicht überdrüssig, oder?"
Jetzt lachte der Vampir belustigt auf. Dann drückte er Brendan impulsiv die Hand. „Keine Sorge mein Freund. Die Melancholie gehört zu mir wie das Bluttrinken. Das ist meine russische Seele, weißt du. Also sei dir ganz sicher, ich bleibe dir und der Welt noch sehr, sehr lange erhalten."

ENDE

Sie interessieren sich für weitere von mir verlegte Romane?

Ich habe noch zwei weitere Vampir-Romane, eine Hexer-Trilogie, eine Geistergeschichte und einen Engel-Roman geschrieben.

Ganz besonders möchte ich Ihnen meine Romanreihe „Mein Name ist Huth, Robin Huth" ans Herz legen. Darin erzählt Bulldogge Robin seine oft haarsträubenden Abenteuer, die er als Rettungshund bei einem Tierschutzverein erlebt.
Da ich als große Tierfreundin gerne den vielen notleidenden Hunden in Süd-/Osteuropa helfen möchte, spende ich meine gesamte Buchmarge aus dieser Romanreihe ausgewählten Organisationen, die vor Ort den Hunden helfen.

Auf meiner Homepage erfahren Sie alles über meine Romane und über mich. Schauen Sie doch mal rein.

www.gerdi-m-buettner.de

Weitere Romane der 5-teiligen Vampir-Saga

Blutsfreunde
(Teil 1 der Vampir-Saga)

Daniel Kenneth verlässt nach einem Streit mit seinem Stiefvater sein Elternhaus und verdingt sich bei einem Zirkus als Pferdepfleger. Zufällig entdeckt er, dass der Besitzer einen Mann in einem der Zirkuswagen gefangen hält. Auf Bitte des Mannes hilft er ihm zu fliehen und begleitet ihn zu dessen Haus.

Doch schon bald enthüllt ihm Nicolas, dass er ein Vampir ist.

Trotz seiner anfänglichen Skrupel freundet Daniel sich mit Nicolas an und begleitet ihn auf seinen Reisen. Er ahnt nicht, dass diese Freundschaft sein Leben für immer verändern wird.

Blutgier
(Teil 2 der Vampir-Saga)

Nicolas beschließt nach über dreihundert Jahren in seine Heimat zurückzukehren. Er möchte endlich Wladimir Krolov, den uralten Vampir, wiedersehen, der ihn einst zu einem Wesen der Nacht gemacht hat. Daniel begleitet den Freund. Unterwegs schließt sich ihnen auch noch der unerfahrene Jungvampir Darius an.

Doch die Wiedersehensfreude wird durch eine Mordserie getrübt, welche die Menschen der Stadt in Angst und Schrecken versetzt.

Schnell finden die Freunde heraus, dass ein bösartiger Blutsauger für die Morde verantwortlich ist. Nicolas und seine Freunde sehen sich gezwungen auf die Suche nach ihrem blutrünstigen Artgenossen zu gehen, der sie ebenfalls in Gefahr bringt.

Schnell werden sie in aufregende Abenteuer verstrickt.

Blutschuld
(Teil 3 der Vampir-Saga)

Daniel Kenneth hat sich in die junge Ärztin Theresa verliebt. Die jedoch ahnt nichts von seiner vampirischen Existenz. Auch Dr. Randall, Tessas Chef, ist an der attraktiven Frau sehr interessiert. Eifersüchtig beobachtet er Daniel heimlich und entdeckt so dessen dunkles Geheimnis. Dadurch bringt er Tessa in tödliche Gefahr. Um sie zu retten, verstößt Daniel gegen den vampirischen Kodex und lädt große Schuld auf sich. Die Situation für Tessa scheint aussichtslos. Aber Daniel gibt nicht auf und wagt das Unmögliche um seine große Liebe zu retten.

Blutspiele
(Teil 5 der Vampir-Saga)

Luke Frasier bittet Daniel und Nicolas, ihm bei der Aufklärung seiner mysteriösen Mordfälle zu helfen. Sie finden schnell die Spur des Killers, doch dabei gerät Nicolas in die Hände einer Gruppe, die einem perversen Hobby nachgehen: der Menschenjagd. Deren Anführer, Steven Birmingdale, zwingt den unsterblichen Vampir, fortan bei ihren Todesspielen das Opfer zu sein.
Um Nicolas gefügig zu halten entführte er Brendan, Shawna und Lukes Tochter und droht, sie zu töten. Während Daniel und Luke vergeblich versuchen, Nicolas zu befreien, fordert Birmingdale von seinem Gefangenen immer schrecklichere Dinge.

Schließlich zwingt er Nicolas dazu, die größte vampirische Todsünde zu begehen, die Erschaffung eines blutrünstigen Vampirs.